THE STONE SKY

THE BROKEN EARTH Trilogy 3

석조 하늘

THE STONE SKY:

THE BROKEN EARTH: Book Three

by N. K. Jemisin

Korean translation edition is published by arrangement with

N. K. Jemisin c/o The Knight Agency through Duran Kim Agency.

THE STONE SKY

석조 하늘

THE BROKEN EARTH Trilogy 3

N. K. 제미신

박슬라 옮김

황금가지

차례

프롤로그 나, 내가 나였을 때 — 9

1장 **너는 깨어나 꿈꾸며** — 18

2장 **해방감을 느끼는 나쑨** — 45

실 아나기스트5 — 61

3장 **너는 균형을 잃고** — 72

4장 **광야를 떠도는 나쑨** — 100

실 아나기스트4 — 131

5장 **너는 잊히지 않았다** — 152

6장 **운명을 개척하는 나쑨** — 177

실 아나기스트3 — 193

7장 **너는 앞서 계획을 세운다** — 204

8장 **지하로 내려간 나쑨** — 234

실 아나기스트2 — 270

9장 짧게나마 사막, 그리고 너 —— 290
10장 나쑨은 불길을 뚫고 —— 310

실 아나기스트1 —— 333

11장 너는 집에 거의 다 왔다 —— 353
12장 나쑨은 혼자가 아니다 —— 381

실 아나기스트0 —— 412

13장 나쑨와 에쑨, 세상의 어두운 면에서 —— 456
14장 세상의 끝에서 나는 —— 493

코다 나, 그리고 너 —— 516

부록 I : 계절 —— 531
부록 II : 용어 —— 536

감사의 말 —— 546

살아남은 이들에게.

자, 숨을 크게 쉬어 봐. 그렇지. 한 번 더.

잘했어. 넌 괜찮아. 설령 괜찮지 않더라도 넌 살아 있잖니.

그게 바로 승리한 거란다.

프롤로그

나, 내가 나였을 때

시간이 벌써 이렇게 됐구나, 내 사랑. 이번에는 세상의 시작에 관한 이야기로 끝마쳐 보자. 괜찮지? 그래. 그러자.

하지만 이상하지. 내 기억은 호박(琥珀) 속에 박제된 곤충 화석과도 같아. 온전히 남아 있는 경우가 드물지. 오래전에 죽어 꼼짝없이 갇혀 있는 생명. 다리 하나, 얇게 비치는 날개 한 짝, 가슴마디 정도가 남아 있을 뿐이다. 아주 조금 남은 일부분으로 전체를 간신히 유추할 수 있을 뿐인데 그나마 지저분한 불순물과 무수한 금에 가려 잘 보이지도 않지. 눈을 가늘게 좁히고 유심히 들여다봐야 내게 중요한 것 같은 얼굴과 사건 들이 떠오르고 아마 실제로도 중요한 게 맞겠지만…… 그것들은 내게 별 의미가 없다. 분명히 내가 직접 보고 겪은 일들이건만, 그걸 보고 겪은 건 내가 아니야.

그 모든 기억 속에서 나는 내가 아닌 다른 사람이었다. 고요 대륙이 고요가 아닌 다른 세상이었던 것처럼. 그때, 그리고 지금. 너, 그리고 너.

그때. 당시에 세상은 세 개의 땅덩어리로 이뤄져 있었다. 언젠가는 고요라고 불릴 대륙과 같은 위치에 있긴 했지. 계절의 거듭된 반복은 극지방의 빙원을 늘리고, 해수면을 하강시키고, 네가 아는 "남극권"과 "북극권"을 넓히고 춥게 만들 것이다. 하지만 그때는……

……지금. 내게는 그때도 지금처럼 느껴진다. 그래서 이상하다는 거야…….

지금, 고요가 존재하기 전에 세상의 북쪽과 남쪽 끝은 평범한 농지였다. 네가 알고 있는 서부해안 지역은 대부분 습지와 열대 우림으로 덮여 있는데 그것들은 1000년쯤 지나면 전부 죽어 없어질 거다. 북중위 일부 지방은 아직 존재하지 않고 앞으로 수천 년에 걸쳐 수없이 화산이 폭발하고 용암이 분출된 끝에 조성될 것이다. 네 고향인 팔렐라가 될 땅? 역시 존재하지 않는다. 전반적으로 보자면 사실 그리 크게 변하진 않았어. 하지만 지금은 별로 오래전도 아니다. 판구조적으로 말하자면 말이지. 명심하렴. "세상이 끝났다"는 말은 대개 거짓말이다. 왜냐하면 행성은 변함없이 존재하기에.

이 잃어버린 세상, 이 지금을 고요가 아니라 뭐라고 부를까?

먼저 도시에 대해 말해 줄게.

이 도시는 잘못됐다. 적어도 네 기준에 따르면 그렇지. 도시는 현대의 향이라면 절대로 불허할 모양새로 아무렇게나 난잡하게 퍼져 있다. 이 주변에 방벽을 두르려면 보통 고역이 아닐 테지. 도시의 가장 바깥쪽 경계는 계속 뻗어 나가다 강이나 다른 생명선을 따라 분기되어 또 다른 여러 새끼 도시들을 낳았다. 마치 배양배지에서 자라는 곰팡이가 영양소 줄기를 따라 증식하는 것처럼. 너라면 도시와 도시 사이가 너무 가깝다고 생각할지도 모르겠다. 활동 영역이 너무 많이 겹친다고 말이야. 이 거대한 도시와 굽이치며 뻗어 나간 새끼 도시들은 서로 너무 긴밀한 관계를 맺고 있어 외부와 단절되기라도 한다면 결코 홀로는 생존할 수가 없다.

때때로 이 자손 도시들은 각자 고유의 명칭을 가질 때도 있다. 특히 크고 오래되어 그들만의 새끼 도시를 독립적으로 거느리고 있을 때는 더욱 그렇지. 하지만 그건 표면상의 관계일 뿐. 이들이 지나치게 밀접한 것 같다는 네 느낌은 옳다. 이들은 모두 동일한 시설과 문화, 똑같은 열망과 두려움을 지니고 있다. 이 수많은 도시들은 하나같이 전부 똑같다. 본질적으로 이들은 하나의 거대한 도시다. 이 지금에 존재하는 세상은 곧 하나의 도시다. 실 아나기스트.

국가가 어떤 일을 할 수 있는지 너는 이해할 수 있을까, 고요의 아이야? 그때와 지금 사이에 탄생했다 죽어 간 수백 개의 "문명" 조각들을 그러모아 마침내 하나로 결집시킨 구 산제마저도 감히 그것에는 필적할 수 없다. 산제는 그저 때때로, 오직 생존이라는 하나의 목적을 위해 가진 것을 서로 나누기로 동의한 편집증적인 도시 국가와 자치 구역의 집합체에 불과하니까. 아, 계절은 세상을 그런 보잘것없고 비참한 꿈으로 전락시킬 것이다.

지금, 이 세상에는 꿈에 한계가 없다. 실 아나기스트 사람들은 물질과 물질 구조의 힘을 정복했다. 그들은 생명 그 자체를 원하는 대로 주무르고 새로 빚을 수 있게 되었고, 하늘의 신비를 탐구하고 터득하여 이에 싫증 난 나머지 마침내 발아래 딛고 선 땅으로 관심을 돌리게 되었다. 그리하여 실 아나기스트의 삶은, 아, 그곳의 삶은 번화한 거리와 활발한 상업적 교류, 그리고 너는 뭐라고 불러야 할지도 모를 건물들 안에서 왕성하게 이어졌다. 실 아나기스트의 건물 벽은 패턴을 따라 짜인 셀룰로스, 즉 섬유소이고 그 위에는 이파리와 이끼, 풀, 과일이나 덩이줄기가 주렁주렁 매달려 있어 벽이 보이지도 않을 정도다. 몇몇 지붕 꼭대기에서 휘날리고 있는 깃발은 커다랗게 펼쳐진 진짜 곰팡이 꽃이다. 거리에는 네가 운송 수단이라고는 상상도 못 할 물체들이 사람과 짐을 실어 나른다. 어떤 것들은 커다란 절지동물처럼 다리를 움직여 기어 다니고, 또 어떤 것들은 공명전위 장치 위를 움직이는 자그마한 발판이다. 하지만 이렇게 말하면 너는 이해하지 못하겠지. 간단히 설명하면 지표면 위에 떠다니는 이동 수단이란다. 가축이 끄는 것도 아니고 증기나 화학연료로 작동하는 것도 아니다. 우연히 반려동물이나 어린아이가 그 발판 밑을 지나가기라도 하면 순간적으로 몸이 사라졌다가 반대편에 다시 나타나는데, 중간에 속도가 줄지도 않고 당사자는 무슨 일이 있었는지 알아차리지도 못한다. 그리고 아무도 그런 것을 죽었다 살아난 것으로 여기지 않았다.

하지만 여기서도 네가 알아볼 수 있는 게 하나 있지. 도시 한가운데 우뚝 서 있는 것. 주변 수 킬로미터를 통틀어 가장 높고, 가장 밝고, 어떤 방식으로든 온 도시의 길과 도로와 연결되어 있는 것. 바로 네 오랜 친구, 자수정 오벨리스크다. 하지만 공중에 떠 있지는 않아. 아직은. 자수정은 휴면 상태는 아니지만 단자(端子) 안에 놓여 있고, 간간이 네가 알리아에서 경험한 것처럼 규칙적인 맥동을 내뿜는다. 하지만 알리아에서보다는 훨씬 안정적이야. 자수정은 가넷과 달리 손상되지 않았으니까. 하지만 네가 그때를 떠올리며 몸서리친다고 해도 불건전한 반응이라고 할 수는 없겠지.

세 개의 땅덩어리 어딜 가나, 실 아나기스트의 대형 노드가 있는 곳마다, 그 중앙에는 오벨리스크가 자리 잡고 있다. 세상의 표면에 점점이 흩어져 있다. 256마리의 거미들이 256개 가닥의 거미줄 위에 앉아 도시에 먹이를 공급하고 또한 도시를 통해 배를 불리고 있다.

생명의 거미줄. 네가 그렇게 여기고 싶다면 그렇게 생각해도 좋아. 생명. 실 아나기스트에서 생명은 신성한 것이다.

자, 상상해 보렴. 자수정의 밑동은 육각형의 건물 단지로 둘러싸여 있다. 네가 무엇을, 어떤 모습을 상상하든 실제와는 다를 테지만 뭔가 예쁜 걸 떠올려 봐. 그리고 그중에 한 건물에 가까이 다가가 들여다보렴. 오벨리스크의 남서쪽 면에 있는, 비스듬히 경사진 언덕 위에 서 있는 건물이지. 수정(水晶) 창문에 창살은 없지만 그 투명한 재질 위에 약간 어두운 색의 생체조직이 레이스처럼 얇게 덮여 있는 모습을 상상해 보렴. 가시세포[刺胞]는 원하지 않는 접촉으로부터 창문을 안전하게 보호하는 가장 흔한 대비책 중 하나지. 이 경우에는 외부 침입자를 쫓아낼 목적으로 창문의 바깥 면에만 부착되어 있지만 말이야. 가시세포는 따가운 침을 쏘지만 목숨을 앗아 가지는 않아.(실 아나기스트에서 생명은 신성한 것이다.) 건물 안에는 문 앞을 지키고 선 보초조차 없지. 경비원은 어떤 경우에서든 비효율적이다. 펄크럼은 인간의 본성에 관한 불변의 진실을 깨달은 최초의 조직이 아니거든. 스스로를 제약하고 구속하게 설득할 수만 있다면 감시병 따위는 필요 없다.

여기, 예쁘장한 감옥 안에 예쁘장한 감방이 있다.

감방처럼 보이지는 않지. 나도 알아. 방 안에는 아름다운 조각이 새겨진, 네가 소파라고 부를 법한 가구가 놓여 있다. 등받이는 없고 여러 점의 가구들을 모으고 조립해서 배치해 놓은 모양새지만. 나머지 가구들은 너도 알아볼 수 있는 평범한 것들이다. 어떤 사회든 탁자와 의자는 필요한 법이니까. 창문 너머로는 다른 건물의 지붕에 설치되어 있는 정원이 내다보인다. 하루 이맘때쯤이면 햇빛이 커다란 수정을 통과해 비스듬히 비쳐 들어오는데, 이 정원에 식재된 꽃들은 애초에 이런 효과를 고려해 심고 교배한 것이다. 해가 뜨기 직전 혹은 해가 진 직후의 옅은 자색광(紫色光)이 화단을 물들이면 꽃들은 그 색에 반응해 희미한 빛을 발하지. 이 자그마한 흰색 꽃등들이 이따금 깜박깜박 윙크를 보내면 화단 전체가 마치 반짝이는 밤하늘처럼 보인다.

여기 한 소년이, 창문 너머로 깜박이는 꽃들을 바라보고 있다.

소년이라기보다는 젊은이다. 겉으로 보기에는 성숙한, 왠지 영원토록 나이를 먹지 않을 것 같은 이미지. 몸은 작고 잘 짜여 있지만 다부질 정도는 아니야. 얼굴은 넓적하고 볼은 통통하고 입은 작지. 그리고 모든 부분이 하얗다. 무채색 피부, 무채색 머리칼, 빙백색 눈동자, 그리고 우아하게 늘어진 옷자락까지. 이 방의 모든 것도 하얗다. 가구, 깔개, 깔개 아래 마룻바닥. 섬유소 벽은 희게 탈색되어 있고 그 위에는 아무것도 자라고 있지 않아. 색이 있는 것은 오로지 창문뿐이다. 이 새하얀 무균의 공간 속에서, 밖에서 비쳐 들어오는 자색 반사광 속에서, 살아 있는 것은 오직 이 소년뿐이고.

그래, 그 소년이 나다. 나는 그의 이름을 기억하지 못한다. 그저 글자가 삭아빠지게 많았다는 것뿐. 그러니 그를 호와라고 부르기로 하자. 발음은 거의 같지만 소리 나지 않는 글자와 숨은 의미가 덧대진…… 이 정도면 충분히 비슷하겠지. 그리고 상징적으로도……

아. 지금 내가 이상하게 화가 나 있는 건가? 재미있군. 그렇다면 화제를 바꿔 덜 불쾌한 이야기를 해 볼까. 앞으로 다가올 지금으로, 이곳과는 아주 많이 다른 곳으로 돌아가 보자.

이 지금은 고요 대륙의 지금이다. 열개(裂開)의 잔향(殘響)이 아직도 울려 퍼지고 있는 곳. 하지만 엄밀히 말하자면 이곳은 고요 대륙이 아니라 오래 묵고 거대한 순상화산의 가장 큰 마그마굄 바로 위에 있는 동굴이다. 화산의 심장. 네가 이 비유가 마음에 들고 또 어울린다고 생각한다면 이렇게 불러도 될 거야. 하지만 네 마음에 들지 않는다면, 이것은 어둡고, 깊고, 아버지 대지가 처음 트림을 한 후 수천 년이 지나도록 식지 않은 암반에 뻥 뚫려 있는 불안정한 공기 주머니다. 나는 이 동굴에 서 있다. 붕괴의 전조를 의미하는 미세한 떨림이나 심각한 뒤틀림을 기민하게 알아차릴 수 있도록 부분적으로 바위와 융합한 상태로. 사실 나는 이럴 필요가 없단다. 내가 이미 시작한 일을 멈추거나 되돌릴 수 있는 것은 거의 없으니까. 하지만 나는 두렵고, 혼란스럽고, 앞으로 무슨 일이 일어날지 모를 때 혼자라는 게 어떤 기분인지 알지.

너는 혼자가 아니야. 너는 결코 혼자가 아닐 것이다. 네 스스로 그것을 선택하지 않는 이상은. 나는 무엇이 중요한지 안다. 여기, 세상이 끝나는 지금에.

아, 내 사랑. 세상의 종말이란 상대적인 개념이다. 대지가 무너지고 붕괴할 때, 그 위에 사는 생명들에게는 끔찍한 대재앙이라도 아버지 대지에게는 아무것도 아니다. 한 남자가 죽을 때, 한때 그를 아버지라 부르던 소녀는 절망스러울 것이나 몇 번이고 수없이 괴물이라 불리다 마침내 그 꼬리표를 인정하고 받아들인 후라면 아무것도 아닐 것이다. 노예들의 봉기도 오랜 세월이 흐른 후에 과거의 기록을 읽는 자들에게는 아무것도 아니다. 그저 역사의 마찰과 불화 속에서 닳아 얇아진 종이 위에 적힌 빈약한 단어들일 뿐이겠지.("그러니까 너희는 노예였구나, 그래서 뭐?"라고, 그들은 속삭일 것이다. 마치 그게 아무것도 아니라는 듯이.) 하지만 봉기의 시대를 살았던 사람들, 컴컴한 암흑 속에서 그 순간을 맞닥뜨리기 전까지 타인을 지배하는 것이 당연하다고 여겼던 자들과 한순간이라도 더 "주어진 자리"에서 버티기보다 차라리 세상이 불타 무너지는 것을 보고자 했던 이들에게는……

비유적으로 말하는 게 아니야, 에쑨. 과장하는 것도 아니고. 나는 정말로 세상이 불타는 것을 보았다. 죄 없는 구경꾼들과 부당한 고통, 냉혹한 복수에 대해서는 말도 꺼내지 말렴. 너는 결함층 위에 향을 세우고는 장벽이 무너져 그 안에 살던 사람들을 덮친다면 벽을 비난할 거니? 아니야. 자연의 법칙을 거스를 수 있다고 생각한 멍청한 인간들을 탓해야지. 어떤 세상은 고통의 결함층 위에 세워져 악몽으로 지탱된다. 그런 세상이 무너졌다고 통탄하지 말렴. 그들이 쌓아 올린 분노는 결국 그들 자신을 덮칠 운명이었다.

그러니 이제 세상이, 실 아나기스트가 어떻게 멸망했는지 말해 주마. 내가 그것을 어떻게 끝장냈는지, 아니면 적어도 거의 끝장낼 뻔했기에 어떻게 처음부터 다시 시작해 새로 재건해야 했는지.

내가 어떻게 문을 열었고 달을 날려 보냈는지. 나는 그때 미소를 띠고 있었단다.

그리고 나중에, 죽음의 적막이 내려앉았을 때 내가 뭐라고 속삭였는지 전부 말해 주마.

나는 속삭였다.

바로 지금.

바로 지금.

그러자 대지가 대답했다.

불태워 버려.

1장

너는 깨어나 꿈꾸며

지금. 이제까지 있었던 일을 되짚어 보자.

너는 에쑨이다. 이 세상에서 유일하게 오벨리스크의 문을 열고 살아남은 오로진. 네가 이런 웅대한 운명을 지고 있으리라고는 아무도 예상하지 못했다. 너는 펄크럼에서 자랐지만 알라배스터처럼 각광받는 신성(新星)은 아니었다. 펄크럼 밖에서 발견된 야생아였고, 우연찮게 다른 평범한 로가보다 나은 재능이 있다는 것 외에는 별로 특이한 점도 없었다. 시작은 좋았지만 정체기에 접어드는 것도 일렀다. 딱히 뚜렷한 이유가 있던 것도 아니었다. 너는 그저 성취에 대한 열망이나 남들보다 빼어나고 싶은 욕구가 부족했던 것인지도 모른다. 어쨌든 닫힌 문 뒤에서 상급자들은 그렇게 탄식했다. 펄크럼 체제에 너무 빨리 순응했다는 것. 그것이 네 한계를 그었다.

잘된 일이었다. 만약 그렇지 않았다면 그들은 결코 네 목줄을 느슨하게 풀어 주지 않았을 테니까. 알라배스터와 함께 임무에 내보내지 않았을 테니까. 그는 그들을 삭아죽도록 혼겁하게 만들었다.

그렇지만 너는…… 그들은 네가 안전하다고 생각했다. 적당하게 망가지고 복종하도록 길들여져 있으니, 실수로 마을 하나를 통째로 날려 버릴 것 같지는 않았다. 착각도 유분수지. 네가 지금까지 날려 버린 마을이 몇 개나 되더라? 하나는 반쯤 고의적이었다. 나머지 셋은 의도하지 않은 사고긴 했지만, 그게 뭐 중요할까? 죽은 자들에게는 어차피 똑같을 텐데.

때때로 너는 이 모든 일이 일어나지 않은 세상을 꿈꾼다. 알리아에서 가넷 오벨리스크를 수면 위로 띄워 올리지 않고 대신에 검은 모래사장에서 검은 피부의 아이들이 즐겁게 물장구치는 모습을 보며 수호자의 검은 칼날에 서서히 숨을 거두었더라면. 안티모니가 너희를 메오브로 데려가지 않고, 대신에 펄크럼으로 돌아가 코런덤을 낳았더라면. 너는 코런덤을 낳자마자 잃었을 테고 이논을 갖지도 못했을 테지만, 그래도 그랬더라면 그 둘은 지금도 살아 있을 것이다.(흠, 펄크럼이 코루를 노드에 배치했다면 "살아 있다"는 말에는 어폐가 있겠지.) 하지만 만약 그랬다면 너는 티리모에서의 삶을 살지 못했을 테고, 우체를 낳지도 않았을 테고, 그 아이가 아비의 주먹질에 목숨을 잃지도 않았을 테고, 나쑨을 키우고 그 애의 아버지에게 빼앗기지도 않았을 테고, 한때 사이좋게 지내던 이웃들이 너를 죽이려고 했을 때 그들을 짓밟고 얼려 버리지도 않았을 것이다. 많은 사람의 목숨을 구할 수 있었을 것이다. 너만 얌전히 새장에 갇혀 있었다면. 혹은 명령대로 목숨을 내놓았더라면.

그리고 여기, 지금, 펄크럼의 질서정연하고 안정적인 구속에서 오래전에 벗어난 지금, 너는 강해졌다. 너는 카스트리마 향을 희생해 카스트리마 공동체를 구해 냈다. 적이 이겼을 경우 너희가 흘렸을 피에 비하면 소소한 대가였다. 너는 (너희의) 기록된 역사보다 더 오래된 신비한 메커니즘의 힘을 해방시켜 승리를 거두었고, 이번에도 또한 너답게 그 힘을 다루는 법을 배우는 과정에서 열 반지 알라배스터를 죽여 버렸다. 일부러 그런 건 아니었다. 그가 그걸 소원했다는 의심이 들긴 하지만 어쨌든 그는 죽었고, 이 일련의 사건들 덕분에 너는 이제 이 행성에서 가장 강력한 오로진이다.

그것은 또한 세상에서 가장 강력한 존재라는 종신 직책에 머지않은 종결을 선고받았다는 의미이기도 하다. 왜냐하면 네 몸에도 알라배스터가 겪은 것과 똑같은 일이 일어나고 있으니까. 너는 돌로 변하고 있다. 지금은 네 오른팔뿐이다. 이보다 더 나쁠 수도 있었다. 계속 더 나빠질 것이다. 다음에 네가 문을 연다면, 혹은 조산력이 아닌 이상한 은빛의 힘, 알라배스터가 마법이라고 부르는 것을 쓰면 쓸수록 그렇게 되겠지. 하지만 선택의 여지가 없다. 네게는 해야 할 일이 있다. 알라배스터와, 아버지 대지와 생명 사이의 해묵은 전쟁을 끝내기 위해 묵묵히 애써 온 스톤이터들의 알 수 없는 파벌 때문이다. 네가 생각하기에 그나마 네가 해야 할 일은 쉬운 편이다. 달을 붙잡는다. 유메네스 열개(裂開)를 봉합한다. 앞으로 수천 수백만 년 동안 지속될지 모를 이번 계절의 영향을 감당 가능한 수준으로, 인류가 생(生)을 노릴 수 있을 정도로 완화시킨다. 다섯 번째 계절을 영원히 사라지게 한다.

하지만 네가 하고 싶은 일은 어떻지? 나쑨, 네 딸을 찾는 것. 네 아들을 죽이고 세상이 무너지고 끝나 가는 와중에 네 딸을 세상 반대편까지 끌고 간 사내에게서 그 애를 빼앗아 다시 데려오는 것.

그 이야기 말인데, 좋은 소식과 나쁜 소식이 있다. 하지만 지자에게는 조금 이따 가 보자.

너는 사실 혼수상태에 빠져 있는 게 아니다. 너는 매우 복잡한 시스템의 핵심 부품이고, 그 시스템은 방금 제어력이 부족한 상태에서 갑자기 유입된 대량의 에너지에 힘입어 가동되었고 충분한 후열 시간 없이 덜컥 비상 정지 상태에 돌입했으며, 그러한 사태에 신비화학적 위상-상태 저항과 변이원성(變異原性) 피드백으로 대응했다. 간단히 말하자면 너는…… 재부팅할 시간이 필요하다.

그것은 네가 의식을 잃지 않았다는 뜻이기도 하다. 반쯤은 깨어 있고 반쯤은 잠들어 있는 상태라고 할 수 있지. 이해하겠니? 너는 주변에서 벌어지는 일을 어느 정도 인식할 수 있다. 위아래로 출렁거리는 움직임, 가끔 급작스러운 멈춤. 누군가 음식과 물을 입에 넣어 주기도 한다. 네가 그것을 씹고 삼킬 정도의 의식이 있다는 건 참 다행한 일이다. 종말을 앞둔 회색 재 범벅 세상은 튜브로 영양을 공급받기엔 그리 바람직한 시기도, 장소도 아니기 때문이다. 손들이 네 옷을 잡아당겨 벗기더니 엉덩이 밑에 뭔가를 둘러 묶는다. 기저귀다. 이런 대우를 누리기에도 역시 별로 좋은 시기도 장소도 아니지만, 어쨌든 누군가 너를 보살펴 주고 있고 너는 그다지 신경 쓰지 않는다. 사실 거의 알아차리지도 못한다. 너는 뭔가 입에 들어오기 전까지는 배고픔도 목마름도 느끼지 못한다. 배설을 해도 시원하지 않다. 생이란 그저 견디는 것이다. 열렬히 살 필요는 없다.

이윽고 깨거나 잠들어 있는 시간이 조금 뚜렷하게 구분되기 시작한다. 그러던 어느 날, 너는 눈을 뜨고 머리 위에 걸려 있는 구름 낀 하늘을 발견한다. 몸이 왔다 갔다 흔들리고 있다. 앙상하게 헐벗은 나뭇가지가 때때로 시야를 가로막는다. 구름 너머로 오벨리스크의 희미한 그림자가 비친다. 아마 스피넬이겠지. 원래의 크기와 모양으로 돌아간, 가엾은 강아지처럼 네 뒤를 졸졸 따라다니는 스피넬. 알라배스터가 죽었으니까.

멀거니 하늘만 쳐다보는 게 지겨워진 너는 어떻게 된 상황인지 알아보려 고개를 돌린다. 주변에서 신형(身形)들이 움직이고 있다. 마치 꿈을 꾸는 것처럼 희끄무레한 자취를 남기며…… 아냐, 아니야. 그들은 평범한 옷을 입고 있다. 그저 희멀건 재로 덮여 있을 뿐이다. 그리고 옷을 겹겹이 껴입고 있다. 날이 추워서 그렇다. 물이 얼 정도는 아니지만 영하에 가까운 기온이다. 계절은 벌써 2년째에 접어들었고, 햇빛이 비치지 않은 지도 2년이 되었다. 열개가 적도 근방에서 뜨거운 열기를 퍼붓고 있지만 하늘에 떠 있는 커다란 불덩어리를 대신할 수 있을 정도는 아니다. 그렇지만 열개가 없었다면 추위는 이보다 더 심했을 것이다. 영하에 가까운 정도가 아니라 훨씬 넘어섰겠지. 그나마 작은 다행이다.

어쨌든, 주변에서 움직이던 재투성이 형체 하나가 네가 깨어난 것을 알아차렸거나 아니면 네가 움직이는 걸 느낀 모양이다. 가리개와 고글에 덮인 얼굴이 빙그르 돌아 너를 한참 살펴보더니 다시 앞으로 향한다. 앞쪽에 있는 두 사람 사이에 웅얼거림이 오고 가지만 너는 알아들을 수가 없다. 다른 언어를 사용하고 있는 것도 아닌데. 네가 아직 반쯤 몽롱한 상태이고, 주변에 날리는 낙진이 소리를 먹기 때문일 것이다.

뒤에서 말소리가 난다. 놀라서 고개를 돌려보니 고글과 가리개를 쓴 또 다른 얼굴이 쳐다보고 있다. 이 사람들은 누구지?(겁이 나지는 않는다. 지금의 네게 그런 본능적인 감정은 배고픔과 마찬가지로 묘하게 아득하게 느껴진다.) 그때 머릿속에 반짝 불이 들어오고, 너는 깨닫는다. 너는 지금 들것에 누워 있다. 천 조각 양옆에 막대기 두 개를 끼워 넣은 것에 불과한 들것이지만 네 명이 너를 들어 나르고 있다. 그중 한 명이 뭐라고 소리치자 멀리서 누군가의 응답이 들려온다. 더 많은 목소리. 더 많은 사람들.

저쪽 먼 곳에서 또 다른 외침이 울리고, 너를 나르던 사람들이 멈춰 선다. 서로 시선을 교환하더니 똑같은 동작을 수없이 반복한 깜냥에 힘입어 익숙하고 편안한 솜씨로 네 몸을 동시에 바닥에 내려놓는다. 너는 들것이 부드럽고 고운 잿가루 위에, 그 아래 더 두텁게 깔려 있는 회색빛 화산재층 위에, 그리고 그 아래 있을 도로 위에 내려앉는 것을 느낀다. 그러고는 들것을 나르던 사람들이 흩어져 각자 짐을 풀고 자리를 잡는다. 네가 길 위를 떠돌던 시절에 접했던 익숙한 의식이다. 휴식 시간이 된 것이다.

너는 이 의식을 안다. 너는 일어나야 한다. 뭔가를 먹어야 한다. 신발에 구멍이 나거나 돌이 박히지는 않았는지 살펴보고, 발에 상처는 없는지, 얼굴 가리개가 단단히 씌워져 있는지 확인해야…… 잠깐. 너도 가리개를 쓰고 있나? 만약에 모두가 쓰고 있다면…… 비상자루 안에 가리개를 챙겨 두지 않았던가? 네 비상자루는 어디에 있지?

누군가 흩날리는 재와 어둑함 속에서 걸어 나온다. 키가 크고 어깨가 넓고, 옷과 가리개 때문에 얼굴을 도통 알아볼 수가 없지만 익숙한 고수머리 회발 덕분에 누군지 알 것 같다. 그녀가 네 머리 옆에 쪼그리고 앉는다.

“흠. 결국 안 죽었네. 통키랑 내기했는데 내가 졌잖아.”

“햐르카.”

너는 입을 연다. 네 목소리는 햐르카보다도 더 거칠게 쉬어 있다.

입 가리개가 움직이는 걸로 보아, 햐르카는 웃고 있는 것 같다. 머리로는 웃고 있다고 인식하고 있는데 눈에는 날카롭게 간 치아가 안 보이니 기분이 이상하다.

“머리가 어디 망가진 것 같지도 않고. 적어도 이카랑 한 내기에서는 이겼네.” 햐르카가 주변을 휘 둘러보더니 우렁차게 고함을 내지른다. “러나!”

너는 손을 들어 햐르카의 바짓가랑이를 붙잡으려 한다. 마치 산을 움직이는 느낌이다. 하지만 너는 실제로 산을 움직일 수 있고, 그래서 온 정신을 집중해 손을 반쯤 들어 올리지만…… 순간 너는 네가 왜 햐르카의 주의를 끌려고 했는지 잊어버리고 만다. 하지만 마침 햐르카가 너를 돌아보고는 허공에 반쯤 떠 있는 네 손을 발견한다. 힘이 부쳐 부들부들 떨리고 있다. 햐르카가 잠시 생각에 잠기는가 싶더니 한숨을 내쉬며 네 손을 잡는다. 그러고는 부끄러운 듯 먼 산을 바라본다.

“왜.” 너는 간신히 단어를 내뱉는다.

“내가 묻고 싶다. 아직 쉴 때가 안 됐는데.”

네가 알고 싶은 건 그게 아니다. 그렇지만 문장을 끝까지 말하기엔 너무 힘이 부친다. 그래서 너는 그렇게, 이런 짓을 하느니 차라리 뭐든 딴 일을 하고 싶지만 네가 다정한 위로를 바라고 있는 것 같으니 체면과 위신을 깎는 한이 있더라도 기꺼이 네가 원하는 것을 주고자 하는 여인에게 손을 잡힌 채 가만히 누워 있다. 사실 너는 위로 따위는 필요하지 않다. 하지만 그녀가 너를 그토록 위해 준다는 게 고맙다.

핑핑 도는 혼란 속에서 두 개의 인형(人形)이 모습을 드러낸다. 둘 다 익숙한 윤곽이다. 한 명은 마른 남자고, 다른 한 명은 다소 포동한 여자다. 홀쭉한 남자가 햐르카를 밀어내고 자리를 차지하더니 몸을 기울여 네가 쓰고 있는지도 몰랐던 고글을 네 얼굴에서 벗겨낸다.

"돌을 줘요."

러나다. 무슨 말을 하는 건지 모르겠다.

"뭐?"

그는 네 말을 못들은 체한다. 다른 한 사람, 즉 통키가 햐르카를 팔꿈치로 쿡 찌르자 햐르카가 한숨을 쉬며 자루를 뒤지더니 잠시 후 뭔가 조그만 것을 꺼낸다. 햐르카가 그것을 러나에게 건넨다.

러나가 그것을 쥔 손을 네 뺨에 가져다 댄다. 물체가 익숙한 백광을 뿜으며 빛나기 시작한다. 너는 그것이 지하 카스트리마의 수정 조각이라는 것을 깨닫는다. 그것은 오로진과 접촉하면 빛을 발하고, 지금 러나는 너와 접촉하고 있다. 천재적인 발상이다. 러나가 몸을 구부리고는 수정에서 나는 빛을 이용해 네 눈을 면밀히 검사한다.

"동공 수축은 정상이고." 그가 혼잣말로 중얼거린다. 네 뺨 위에서 그의 손이 움찔거린다. "열도 없고."

"무거워."

"살아 있네요." 러나가 대꾸한다. 마치 그게 완벽하게 논리적인 대답이라는 양. 아무래도 오늘은 모두들 네가 알아들을 수 없는 말만 하는 것 같다. "운동 능력 부진. 인지력은……?"

통키가 몸을 기울인다.

"무슨 꿈을 꿨어?"

돌을 줘요만큼 이상한 말이지만 너는 어떻게든 대답하려고 용을 써 본다. 그러지 말아야 한다는 걸 알기엔 아직 정신이 제자리로 돌아오지 않았으니까.

"도시가 있었어." 너는 중얼거린다. 속눈썹 위로 재 몇 톨이 떨어지는 바람에 흠칫한다. 러나가 얼굴에 고글을 다시 씌워 준다. "살아 있었어. 오벨리스크가 그 위에 있고." 위에? "도시 안에, 아마도. 내 생각엔."

통키가 고개를 끄덕인다.

"오벨리스크는 보통 거주 지역 상공에는 머무르지 않아. 제7대학에 있을 때 거기에 대해 가설을 세운 친구가 하나 있었지. 걔가 뭐라고 했는지 알려 줄까?"

드디어 네가 멍청한 짓을 저질렀다는 사실을 실감한다. 통키를 부추기다니. 너는 그녀를 노려보려고 무지막지한 노력을 퍼붓는다.

"아니."

통키가 러나를 힐긋 쳐다본다.

"사고능력은 괜찮은 거 같은데. 말하는 게 좀 맹하지만 그거야 평소에도 그랬으니까."

"그래요. 확인해 줘서 고맙네요." 러나가 할 일을 마쳤는지 긴장을 풀고 몸을 뒤로 물린다. "한번 걸어 볼래요, 에쑨?"

"너무 급한 거 아냐?" 통키가 고글 너머로도 볼 수 있을 정도로 얼굴을 일그러뜨린다. "방금까지 의식이 없던 사람한테."

"당신이나 나나 이카가 에쑨한테 회복할 시간을 주지 않을 거라는 거 알잖아요. 차라리 이게 나을 겁니다."

통키가 한숨을 푹 내쉰다. 그렇지만 러나가 네 겨드랑이 밑에 팔을 밀어 넣어 일으켜 앉히려 하자 기꺼이 손을 빌려준다. 상체를 일으키는 데에만 몇백 년은 걸린 것 같다. 윗몸을 세우자마자 머리가 핑 도는 게 느껴지지만, 금방 지나간다. 하지만 뭔가 잘못됐다. 마치 네가 지금까지 얼마나 힘들고 격한 고생을 했는지 입증하는 것처럼 몸 전체가 삐뚤어진 느낌이다. 오른쪽 어깨가 밑으로 축 처지고 팔은 무겁고 거치적거리는 것이 마치,

마치 뭔가 묵직한 것으로 만들어진 것처럼

아. 아.

네가 무슨 일이 일어났는지 깨닫는 동안, 아무도 감히 끼어들지 않는다. 그들은 네가 어깨를 들썩이는 것을, 안간힘을 다해 오른팔을 시선이 닿는 데까지 들어 올리려는 모습을 묵묵히 지켜본다. 무겁다. 어깨가 아프다. 어깨 관절은 아직 대부분 말랑한 살덩어리지만 얇은 피부에 묵직한 중량이 매달려 있기 때문이다. 힘줄도 몇 개

변한 것 같지만 붙어 있는 뼈대는 아직 살아 있다. 원래라면 부드럽게 돌아가야 할 어깨의 절구관절에서 뭔가가 드드득 갈리는 느낌이 난다. 하지만 알라배스터를 보면서 생각했던 것만큼 아프지는 않다. 그건 괜찮네.

상의와 셔츠의 소매 부분을 벗겨 놓아 겉으로 드러나 있는 팔은 알아보기도 힘들 정도다. 그게 네 팔이라는 건 분명하다. 아직 네 몸에 붙어 있는 데다, 생긴 게 익숙하기 때문이다. 흠, 네가 젊었을 때만큼 가늘고 우아하지는 않지만. 너는 한때 몸이 불어서 체격이 좋았었고, 여전히 두툼해 보이는 팔뚝과 약간 처진 살에서 그때의 흔적을 찾아볼 수 있다. 이두박근은 전보다 더 뚜렷해졌다. 지난 2년 동안 생존을 위해 투쟁한 탓이다. 손은 주먹을 쥐고 있고, 팔 전체가 팔꿈치 쪽으로 약간 젖혀 있다. 너는 항상, 유독 어려운 조산술을 펼칠 때면 주먹을 쥐는 습관이 있었다.

하지만 옛날부터 네 상완 한가운데 있던, 검은 점처럼 생긴 작은 사마귀가 사라지고 없다. 팔을 돌려 팔꿈치를 확인해 볼 수가 없어 다른 쪽 손을 내밀어 더듬어 본다. 높은 곳에서 떨어졌을 때 생긴 단단한 켈로이드 흉터가 더 이상 만져지지 않는다. 주변보다 약간 볼록하게 올라와 있는 것 같긴 하지만 그 정도의 미세한 차이는 까끌까끌하고 단단한 질감 위에서는 티가 나지도 않는다. 마치 사포질을 안 한 사암(砂巖) 같다. 거의 자기파괴적인 수준으로 박박 문질러 봐도 손끝에는 아무것도 묻어 나오지 않는다. 보이는 것보다 훨씬 단단하다. 색깔은 전체적으로 고른 회색이고, 원래의 네 피부와는 전혀 달라 보인다.

"호아가 데려왔을 때부터 이랬어요." 네가 팔을 살펴보는 내내 조용하게 입을 다물고 있던 러나가 말한다. 그의 목소리는 차분하고 아무 감정도 드러나지 않는다. "호아가 그러는데 당신이 허락하지 않으면, 어……."

너는 돌이 된 피부를 문지르던 동작을 멈춘다. 어쩌면 충격 때문일까. 아니면 두려움이 네게서 충격을 앗아 간 걸까. 그게 아니면 너는 그저 아무것도 느끼지 못하게 된 것일지도 모른다.

"솔직하게 말해 봐." 너는 러나에게 말한다. 낑낑거리며 몸을 세워 앉고 돌로 변한 팔을 직접 보고 나니 조금이나마 사리분별이 돌아온 것 같다. "네 생각엔, 아니, 전문가의 의견으론 이걸 어떻게 해야 할 것 같아?"

"호아한테 먹이거나, 아니면 대형 망치로 때려 부숴야죠."

너는 얼굴을 찌푸린다.

"너무 과장하는 거 아냐?"

"그보다 가벼운 걸로는 흠집도 안 날걸요. 알라배스터가 이렇게 됐을 때 내가 그 사람을 연구할 기회가 많았다는 걸 잊었군요."

너는 문득 알라배스터가 배고픔을 잘 느끼지 못해 먹어야 할 때를 일러 줘야 했다는 것을 떠올린다. 별 상관은 없지만, 그냥 불쑥 그 생각이 난다.

"그 사람이 그걸 허락해 줬어?"

"선택의 여지를 안 줬거든요. 몸에 계속 퍼지는데, 전염되는 건 아닌지 알아봐야 했으니까요. 한번은 표본을 떴더니 안티모니, 그 스톤이터가 돌려 달라고 할 거라고 농담을 하더라고요."

농담이 아니었을 것이다. 알라배스터는 늘 가장 적나라한 진실을 말할 때마다 미소를 짓곤 했으니까.

"그래서, 돌려줬어?"

"그랬다고 생각하는 게 좋겠네요." 러나가 손가락으로 머리를 쓸어 머리카락에 붙은 재를 털어낸다. "밤에는 팔을 싸맬 겁니다. 그래야 기온이 떨어져도 체온이 떨어지지 않을 테니까요. 무게 때문에 어깨에 튼살도 생겼어요. 뼈까지 변형된 탓에 인대에도 부담이 되고 있을 겁니다. 원래 인간의 관절은 이렇게 무거운 걸 지탱하게 만들어져 있지 않으니까요." 그러고는 잠시 머뭇거린다. "지금 떼어 뒀다가 나중에 호아한테 줄 수도 있어요. 당신만 괜찮다면요. 왜…… 호아가 원하는 대로 해 줘야 하는지는 모르겠지만."

너는 호아가 지금 이 순간에도 저 아래 어디선가 너희의 대화를 듣고 있을 것이라고 생각한다. 러나는 이상할 정도로 탐탁지 않아 하는 것 같다. 왜지? 너는 궁금해진다.

"난 호아가 먹어도 괜찮아." 호아를 위해서 이런 말을 하는 게 아니다. 이건 네 진심이다. "이게 그 애에게 도움이 된다면, 더구나 이걸 떼어 낼 수도 있다는데 뭐 어때?"

러나의 표정에서 뭔가가 번득인다. 무표정한 가면이 흘러내리고, 순간 너는 호아가 네 몸에서 팔을 잡아 뜯어 씹어 먹는 모습을 러나가 상상하면서 얼마나 역겨워하는지 알 수 있다. 흠, 그런 식으로 말하니 확실히 역겹긴 하다. 하지만 그건 너무 실리적인 사고방식이다. 지나치게 원초적이기도 하고. 너는 오랜 시간에 걸쳐 알라배스터의 몸에서 세포와 입자가 어떻게 변화하는지 살펴보았기에,

네 팔에서 지금 무슨 일이 벌어지고 있는지 잘 알고 있다. 팔을 보고 있으면 그 안에서 마법의 은색 선이 네 몸을 구성하는 미세 입자와 에너지를 다시 정렬하고 있는 게 보인다. 이 입자를 옮겨 저 입자와 같은 방향으로 맞춘 다음, 전체적으로 하나의 격자 구조를 이루게끔 조심스럽게 단단히 졸라 묶는다. 너무도 정교하고, 또 너무도 효과적인 과정이라 우연일 수가 없다. 그리고 바로 그렇기에 호아가 이것을 섭취하는 행위가 러나의 생각처럼 기괴하고 끔찍할 리가 없다. 하지만 그에게 어떻게 설명해야 할지 모르겠다. 설령 방법을 알더라도 지금은 설명할 힘이 남아 있지 않다.

"나 좀 일으켜 줘."

통키가 조심조심 돌로 된 팔을 잡더니 네 어깨가 비틀어지거나 돌아가지 않게 밑에서 받쳐 준다. 그녀가 러나를 흘겨보자 그제야 러나도 마음을 추스르고는 네 겨드랑이 밑에 팔을 집어넣는다. 너는 양옆에 두 사람을 끼고 가까스로 땅에 발을 딛고 일어서는 데 성공하지만, 딱 거기까지다. 숨은 할딱거리고, 무릎은 바들거린다. 몸속을 도는 혈액이 제 할 일을 못 하고 있는지 순간적으로 어지럼증이 밀려와 몸이 휘청거린다. 러나가 기다렸다는 듯이 말한다.

"괜찮아요. 다시 앉힙시다."

다음 순간, 너는 가쁜 숨을 몰아쉬며 앉아 있다. 어깨에 매달린 팔이 어색한 모양새로 공중에 들려 있지만 통키가 천천히 내려놓아 준다. 이놈의 것은 정말 무겁다.

(너의 팔이다. 것이 아니야. 그건 네 오른팔이다. 너는 네 오른팔을 잃었다. 머리로야 알고 있고, 머지않아 잃어버린 팔을 애도할 수 있게 될 테지만 지금은 너의 일

부가 아닌 다른 것으로 인식하는 것이 더 편하다. 아무짝에도 쓸모없는 의수처럼. 제거해야 할 양성 종양처럼. 실제로도 그렇다. 그리고 그건 네 삭아죽을 오른팔이다.)

쌕쌕거리며 앉아 사방에서 빙글빙글 돌아가는 세상을 멈추려고 애쓰고 있는데, 누군가가 다가오는 소리가 들린다. 그 사람이 우렁찬 목소리로 모두 출발할 채비를 하라고, 휴식 시간은 끝났고 어두워지기 전에 8킬로미터는 더 가야 한다고 소리친다. 이카. 너는 고개를 들어 그녀가 가까이 다가오는 것을 바라본다. 그러고는 네가 이카를 친구로 여기고 있음을 실감한다. 이카의 목소리와, 회오리치는 회색 안개 속에서 나타난 이카를 보자 반가움이 밀려오기 때문이다. 네가 이카를 마지막으로 봤을 때 그녀는 카스트리마를 공격한 스톤이터들에게 죽을 위험에 처해 있었다. 그리고 바로 그 때문에 너는 놈들에게 반격을 가하고 지하 카스트리마 향의 수정기둥에 스톤이터들을 잡아 가두었다. 너는 이카와 카스트리마의 모든 오로진과 나아가 그 오로진들에게 의존하는 모든 카스트리마 사람들이 살아남길 바랐다.

그래서 너는 빙긋 웃는다. 미약하지만. 너는 지금 약하다. 그래서 이카가 너를 보고는 질색한 얼굴로 입술을 꾹 다물자 너는 마음에 상처를 입는다.

이카가 얼굴 아래쪽을 칭칭 감고 있던 천 자락을 풀어낸다. 짙은 눈화장 말고는(세상의 종말이 눈앞에 다가와 있는데도 화장을 포기하지 않았다니.) 조잡하게 만든 고글(재가 들이치는 것을 막으려고 해진 천을 둘둘 감은 안경)에 가려 그녀의 눈을 볼 수가 없다.

"젠장." 이카가 햐르카에게 말한다. "죽을 때까지 이 일로 우려먹

겠군."

하르카가 어깨를 으쓱한다.

"네가 약속한 걸 안 내놓으면."

너는 이카를 바라본다. 소심하게 머뭇거리던 미소가 네 얼굴에서 사라진다.

"완전히 회복할 겁니다." 러나의 목소리에는 감정이 실려 있지 않고, 네가 받은 느낌은 신중함이다. 용암 동굴 위를 걷는 듯한 신중함. "하지만 제 발로 걸을 때까지는 며칠 걸릴 거예요."

이카가 한숨을 내쉬더니 양손을 허리에 걸치고는 응대할 말을 찾아 머릿속을 뒤진다. 그러더니 결국 똑같이 감정 없는 말투로 대답한다.

"좋아. 들것을 맡은 사람들을 늘리지. 하지만 최대한 빨리 걷게 만들어. 다들 자기 몸은 알아서 날라야 하니까, 그게 안 되면 놔두고 가는 수밖에 없어."

이카가 등을 돌리고, 떠나간다.

"그래, 음." 이카가 목소리를 들을 수 없을 만큼 멀어지자, 통키가 나지막하게 말을 건다. "네가 정동(晶洞)을 무너뜨려 버려서 화가 많이 나 있어."

너는 몸을 움찔거린다.

"무너뜨……." 아, 그렇지, 하지만. 스톤이터들을 수정기둥 속에 가뒀다. 사람들을 살리려고 한 일이었지만 카스트리마는 일종의 커다란 기계 장치다. 아주 오래되고, 너는 이해할 수 없는 섬세한 기계 장치. 그리고 너는 지금 지상에 있다. 회색 낙진을 맞으며 느릿느릿 도보로……. "아, 삭아빠질 대지여. 내가 그랬었지."

"뭐야, 몰랐단 말이야?" 햐르카가 피식 웃는다. 약간 씁쓸한 기운이 풍겨 나온다. "우리가 이렇게 지상에 올라와서, 삭아빠질 향 전체가 이 추위에 잿바람을 맞으며 북쪽으로 가고 있는 게 다 재미로 그러는 건 줄 알았어?"

햐르카가 고개를 휘휘 저으며 성큼성큼 걸어가 버린다. 화가 난 건 이카 혼자만이 아닌 모양이다.

"난……."

너는 그러려고 그런 게 아니었어라고 말하려다 입을 다문다. 일부러 그런 건 아니었을지 몰라도 어쨌든 결과는 똑같다.

네 얼굴을 본 러나가 작게 한숨을 쉰다.

"향을 망가뜨린 건 레나니스예요, 에쑨. 당신이 아니라고요." 그는 네가 다시 누울 수 있게 도와주지만 너와 눈을 마주치지는 않는다. "방어를 하겠답시고 지상 카스트리마에 부글벌레를 불러들인 순간 이미 카스트리마를 잃은 거예요. 전투가 끝나고 그것들이 알아서 사라지거나 근방에 먹을 걸 남겨 둘 리가 없잖아요. 정동에 있었더라도 어차피 우린 끝장났을 겁니다."

그건 사실이다. 그리고 완벽하게 합리적인 추론이다. 그렇지만 이카의 반응은, 어떤 것들은 논리나 이성으로는 해결할 수 없다는 것을 입증한다. 너는 사람들의 보금자리와 안정감을 그렇게 갑작스럽고 극적인 방식으로 박탈해서는 안 됐고, 울분을 터트리기 전에 누가 진짜 원인을 제공했는지 꼼꼼히 따져보리라고 기대해서도 안 된다.

"언젠간 극복할 겁니다." 너는 러나가 너를 빤히 쳐다보고 있는 것을 보고는 두 눈을 깜박인다. 그의 시선은 맑고, 표정은 솔직하다. "내가 할 수 있다면 저 사람들도 할 수 있어요. 시간이 좀 걸릴 뿐이죠."

너는 그가 티리모 일을 극복했다는 걸 몰랐다.

러나는 네 시선을 무시한다. 어느새 주변에 모여든 네 명의 사람들에게 손짓한다. 너는 벌써 누워 있고, 그래서 그는 네 돌덩어리 팔을 네 옆에 가만히 누인 다음 담요로 꼼꼼히 덮어 준다. 들것을 운반하는 이들이 일을 시작하고, 너는 이제 깨어 있으므로 조산력을 의식적으로 억제해야 한다. 몸이 흔들릴 때마다 저절로 흔들로 인식되기 때문이다. 들것이 움직이기 시작하자 어디선가 통키의 머리가 불쑥 튀어나온다.

"에쑨. 괜찮을 거야. 나를 싫어하는 사람들도 많은걸."

전혀 도움이 안 되는 말이다. 게다가 네가 그 점을 신경 쓰고 있고, 남들도 그걸 눈치 채고 있다는 게 영 짜증 난다. 너는 원래 냉정하고 차가운 사람이었는데.

하지만 너는 네가 왜 지금은 그렇지 않은지 알고 있다.

"나쑨." 너는 통키에게 말한다.

"뭐?"

"나쑨. 나 그 애가 어디 있는지 알아, 통키."

너는 오른손을 들어 통키의 손을 잡으려 하지만 이내 어깨 전체에 몽롱하게 욱신거리는 기운이 강타한다. 뭔가 쨍하게 울리며 진동하는 소리가 들린다. 아프지는 않지만 너는 오른팔의 상태를 깜박 잊은 데 대해 속으로 욕설을 퍼붓는다.

“그 애를 찾으러 가야 해.”

통키가 들것을 든 사람들을 힐끗 쳐다보더니 이카가 사라진 쪽을 바라본다.

“좀 작게 말해.”

“뭐라고?”

이카는 네가 딸을 찾으러 가고 싶어 한다는 사실을 누구보다도 잘 알고 있다. 그녀를 만나자마자 처음으로 한 말도 그거였으니까.

“이 녹슬어빠질 길 옆에 버려지고 싶으면 계속 말해 보지그래.”

너는 입을 다문다. 꾸준히 조산력을 내리누른다. 아, 그러니까 이카가 그 정도로 화가 났단 말이지.

하늘에서 끊임없이 떨어지는 화산재가 고글 위에 쌓여 시야를 어둑하게 가린다. 재를 떨어낼 힘조차 없는 까닭이다. 어두침침한 회색 세상 속에서 네 몸은 건강을 회복해야 한다는 욕구에 굴복하고, 너는 다시 잠든다. 다시 눈을 떴을 때에는 얼굴에서 재를 털어낸다. 너는 다시 바닥에 뉘어 있고, 돌인지 나뭇가지 때문에 등이 배긴다. 바닥에 한쪽 팔꿈치를 짚으며 일어나 앉는다. 이 편이 더 쉽다. 어차피 이것 말고는 달리 움직일 방도도 없고.

밤이 내려앉았다. 수십 명의 사람들이 숲이라고 부르기엔 부족할 듬성듬성한 곳의 지면에 드러난 노두(露頭) 위에 앉아 있다. 예전에 카스트리마 주변을 조산술로 탐색한 적이 있다 보니 익숙하게 보녀지는 바위층 덕분에 여기가 어딘지 대략 알 것 같다. 카스트리마 정동에서 100킬로미터쯤 떨어진, 생긴 지 별로 오래되지 않은 융기 지반이다. 이렇게 많은 머릿수가 이동할 수 있는 속도를 감안하면 카스트리마를 떠난 지 며칠밖에 되지 않았다는 뜻이기도 하다. 너희가 북쪽으로 가고 있다면 목적지는 한 군데뿐이다. 레나니스. 어찌된 일인지 몰라도 레나니스가 비어 있고 거기서 살 수 있다는 것을 알고 있는 게 틀림없다. 아니면 그냥 희망 사항일 수도 있지만. 이제 이들에게 남은 건 희망뿐이니까. 흠, 적어도 그 점에서는 네가 향 사람들에게 확신을 줄 수 있을지도 모르겠다……. 그들이 네 말을 들어 준다면 말이다.

주변에서 사람들이 모닥불 주위에 둘러앉아 있거나, 꼬챙이를 굽고 있거나, 볼일을 보고 있다. 야영지 군데군데 카스트리마에서 가져온 깨진 수정 조각들이 빛을 발하고 있다. 그걸 작동시킬 수 있을 만큼 많은 오로진이 살아남았다는 걸 알게 되니 조금 위안이 된다. 아직 여행에 익숙하지 않아 비효율적인 측면이 분명 있지만, 카스트리마는 대체적으로 체계가 잘 잡혀 있다. 길 위에서 생존하는 법을 아는 사람들이 꽤 많다는 사실이 커다란 도움이 됐다. 그렇지만 들것을 운반하던 이들은 너를 들것과 함께 아무렇게나 내버려 뒀고, 누군가 네게 음식을 가져다주거나 주변에 불을 피워 줄 생각이 있더라도 아직 행동에는 옮기지 않았다. 러나가 너처럼 바닥에 누워 있는 몇몇 사람들 사이에 쪼그려 앉아 있는 게 보이지만 그는 지금 바쁘다. 아, 그래. 레나니스 군대가 카스트리마를 침공했으니 부상자도 많겠지.

흠, 너는 불도 별로 필요하지 않고 배도 고프지 않다. 그러니 한동안은 남들이 네게 무관심하더라도 불편할 게 없다. 하지만 감정적인 부분은 다른 얘기다. 가장 먼저 너를 괴롭히는 건 네 비상자루가 어디 있는지 알 수가 없다는 것이다. 너는 고요 대륙의 절반을 그것과 함께 횡단했고, 옛 삶에서 얻은 반지를 보관했고, 심지어 스톤이터가 네 방에서 새로운 모습으로 부활했을 때도 불구덩이 속에서 용케 건져내 간직했다. 안에 중한 것이 별로 들어 있지 않더라도 그 자루는 여전히, 지금까지도, 네게 감정적인 가치를 지니고 있다.

하긴. 다들 뭔가를 잃었으니까.

갑자기 옆에서 크고 무거운 산이 불쑥 솟아난다. 저도 모르게 얼굴에 미소가 피어 오른다.

"언제쯤 나타나나 했지."

호아가 네 옆에 서 있다. 이 모습의 호아는 여전히 적응이 안 된다. 조그만 어린아이가 아니라 중간 체격의 어른, 하얗고 말랑말랑한 살갗 대신 소용돌이무늬가 있는 검은 대리석 몸뚱이. 하지만 이상하게도 그 둘이 같은 사람이라고 인식하는 건 별로 어렵지 않다. 똑같은 얼굴, 여전히 선득한 빙백색 눈동자, 예전과 똑같은 형언할 수 없는 기이함과 은은하게 풍기는 엉뚱한 분위기. 네가 지난 1년 동안 알았던 그 호아다. 더 이상 스톤이터가 네게 이질적으로 느껴지지 않는 지금 그 둘이 뭐가 다르지? 호아는 그저 피상적인 겉모습만 변한 것뿐이다. 너는 모든 것이 변했다.

"기분이 어때?"

"좀 나아." 호아를 올려다보려고 몸을 움직이자 팔이 당기는 게 느껴진다. 너희 둘이 맺은 계약을 끊임없이 상기시키는 증거. "사람들한테 레나니스 얘기를 해 준 게 너야?"

"그래. 그리고 그들을 안내하고 있지."

"네가?"

"이카가 듣는 만큼만. 이카는 스톤이터가 적극적인 동맹보다 조용한 위협으로 존재하는 것을 더 좋아하는 것 같다."

그 말에 너는 힘 빠진 웃음을 터트리고 만다. 하지만.

"너는 동맹이야, 호아?"

"저들에게는 아니야. 하지만 이카도 그 점은 이해하고 있지."

그래. 네가 살아 있는 것도 아마 그 덕분일 것이다. 이카가 너를 안전하게 보호하고 먹여 주는 한 호아는 그녀에게 협력할 것이다. 너는 다시 길 위에 있고, 이제는 삭아빠질 거래가 만사의 기본이다. 카스트리마였던 향은 아직 살아 있긴 해도 더는 공동체라고 할 수 없다. 길 위에서 살아남기 위해 힘을 합친 비슷한 부류의 방랑자들일 뿐이다. 다 같이 방어하고 지켜야 할 보금자리를 찾고 나면 다시 진정한 향이 될 수 있을지도 모르지. 하지만 너는 이카가 왜 그렇게 화가 났는지 알 것 같다. 뭔가 완전하고 아름다웠던 것이 영영 사라진 것이다.

하지만. 너는 시선을 낮춰 네 몸을 살핀다. 온전하지는 않아도 남은 부위들을 추스르면 다시 튼튼해질 수 있다. 너는 곧 나쑨을 찾으러 갈 수 있을 것이다. 하지만 지금은 먼저 해야 할 일부터.

"지금 할 거야?"

호아는 한참 동안 아무 말도 하지 않는다.

"각오는 되어 있어?"

"어차피 놔둬 봤자 좋을 것도 없는걸."

희미한 소리가 들린다. 돌과 바위가 천천히, 그리고 거침없이 비벼 대며 마찰하는 소리. 엄청나게 무거운 손이 반쯤 변한 네 어깨 위에 얹혀 있다. 육중한 압력에도 불구하고 너는 스톤이터의 기준에서 매우 세심한 손길을 느낀다. 호아는 너를 굉장히 조심스럽게 대하고 있다.

"여기선 안 돼."

그는 이렇게 말하고 너를 땅 밑으로 끌어당긴다.

눈 깜짝할 사이에 일어난 일이다. 호아는 땅속을 통과할 때면 언제나 빠른 속도로 움직인다. 아마 느긋하게 군다면 네가 숨을 쉬기도 어렵고…… 제정신을 유지하기도 힘들기 때문일 것이다. 이번에는 몸이 휙 하고 움직이는가 싶더니 어둠이 덮쳐 오고, 이내 매캐한 잿가루가 아니라 기름진 흙이 옆을 스쳐 지난다. 그리고 다음 순간, 너는 커다란 노두 위에 누워 있다. 카스트리마 사람들이 앉아 있던 것과 이어진 암석 덩어리인 걸 보아 야영지에서 그리 멀리 떨어지지 않은 모양이다. 모닥불은 보이지 않는다. 빛이라고는 머리 위에 두툼하게 떠 있는 구름층에 비친 불그스름한 열개의 반사광뿐이다. 금세 어둠에 눈이 익지만 주변에 볼 것이라곤 바위와 나무 그림자가 다다. 그리고 네 옆에 쪼그리고 앉아 있는 인간의 형체.

호아가 돌로 변한 네 팔을 두 손으로 살포시, 거의 숭배하듯이 들어 올린다. 너는 지금이 얼마나 엄숙한 순간인지 깨닫는다. 왜 아니란 말인가? 이것은 오벨리스크가 요구한 희생이다. 네 딸을 위한 피 값인 1파운드의 살덩이다.

"네가 상상한 것과는 다를 거야."

너는 순간 호아가 네 마음을 읽기라도 한 줄 알고 고민한다. 하지만 그건 호아가 말 그대로 산과 언덕만큼 오래 살았고, 아마도 네 표정을 읽었기 때문일 것이다.

"너는 우리가 무엇을 잃었는지 알지. 하지만 그 대신에 얻은 것도 있다. 네가 생각하는 것만큼 끔찍하진 않아."

이제 호아는 네 팔을 먹을 것이다. 그건 별로 상관없지만, 너는 다른 걸 알고 싶다.

"그게 뭔데? 왜……?"

너는 뭐라 물어야 할지 몰라 고개를 흔든다. 어쩌면 왜는 중요하지 않을지도 모른다. 어쩌면 너는 이해하지 못할지도 모른다. 어쩌면 굳이 너일 이유가 없는지도 모른다.

"우리는 영양분을 섭취할 필요가 없다. 우리가 살아가는 데 필요한 건 생명뿐이야."

두 번째 문장은 무슨 뜻인지 알 수가 없어서, 첫 번째 문장에 집중하기로 한다.

"영양분이 필요하지 않으면, 그럼 뭘……?"

호아가 다시 천천히 움직이기 시작한다. 스톤이터는 대개 이런 식으로 움직이지 않는다. 움직임은 그들의 기괴함을 두드러지게 만들 뿐이다. 인간과 비슷하면서도 또 너무 다르기 때문에. 차라리 이들이 인간과 완전히 달랐다면 더 나았을 텐데. 스톤이터가 이런 식으로 동작을 취할 때면 너는 한때 그들이 무엇이었는지 상기하게 되고, 그러면 아직 네 안에 남아 있는 인간성에 대해 경종이 울리는 것이다.

하지만 그래도. 너는 우리가 무엇을 잃었는지 알지. 하지만 그 대신에 얻은 것도 있다.

호아가 두 손으로 네 손을 들어 올린다. 네 팔꿈치 아래 한 손을 받치고, 손가락으로 금이 간 네 주먹을 부드럽게 감싼다. 서서히, 서서히. 덕분에 어깨에도 통증이 느껴지지 않는다. 호아가 천천히 들어 올린 네 팔이 그의 얼굴을 가리고, 방금 전까지 팔꿈치를 받치고 있던 손이 위팔 아래쪽을 동그랗게 감싸 쥔다. 호아의 돌 손이 돌로 변한 네 팔 위를 스치자 스르륵 희미하게 문대지는 소리가 난다. 이상할 정도로 선정적이다. 막상 너는 아무 느낌도 없는데도.

네 주먹이 그의 입술에 닿는다. 말할 때조차 달싹이지 않는 입술에.

"두려워?"

너는 한참 동안 곰곰이 생각한다. 겁이 나야 할까? 하지만……

"아니."

"다행이야. 너를 위해서다, 에쑨. 전부 다 너를 위해서야. 나를 믿니?"

잘 모르겠다. 어쨌든 처음에는. 너는 충동적으로 반대쪽 손을 들어 올려 호아의 단단하고, 차갑고, 반질거리는 뺨 위로 손가락을 미끄러뜨린다. 그의 얼굴은 잘 보이지 않는다. 검은 어둠 속 새까만 피부. 네 엄지손가락이 그의 눈썹에 닿고, 어른의 형체를 띠면서 한층 길어진 콧대를 타고 내려간다. 예전에 언젠가 호아는 이상한 몸뚱이를 갖고 있지만 스스로를 인간이라고 생각한다고 말했다. 너는 문득, 네가 그를 인간으로 여기고 있다는 사실을 깨닫는다. 그것은 지금의 이 의식을 단순한 포식 행위 이상으로 만든다. 뭐라고 표현해야 할지 모르겠지만…… 마치 일종의 선물처럼 느껴진다.

"그래. 널 믿어."

호아의 입술이 열린다. 크게, 더 크게, 평범한 인간이 벌릴 수 있는 것보다 훨씬 더 크게. 너는 호아의 입이 너무 작다고 생각한 적이 있다. 지금 그 입은 성인의 주먹이 통째로 들어갈 수 있을 만큼 크다. 그리고 그의 이빨, 작고 고르고 다이아몬드처럼 투명한 이가 어두운 붉은 빛 속에서 아름답게 빛난다. 그 이빨 너머에는 오직 암흑뿐이다.

너는 눈을 감는다.

그녀는 심기가 불편했다. 나이를 잡수셔서 그래요, 그녀의 자식 중 하나가 그렇게 말했다. 그녀는 나쁜 시기가 오고 있다는 얘기를 듣고 싶어 하지 않는 이들에게 경고를 하는 데서 오는 스트레스 때문이라고 말했다. 심기가 불편한 게 아니라 그 나이에만 얻을 수 있는, 예의라는 거짓말을 면제받을 수 있는 특권이었다.

"이 이야기엔 악당이 없다."

그녀가 말했다. 우리는 정원에 있는 돔에 앉아 있었다. 그걸 돔이라고 부르는 이유는 그녀가 그렇게 우겼기 때문이다. 실 스켑틱스(Syl Skeptics)는 그녀가 예견한 일이 일어난다는 증거가 없다고 주장했지만 그녀는 결코 틀린 예언을 한 적이 없었고, 그들보다 훨씬 실(Syl)이었다. 그녀는 안정차(安定茶)를 마셨다. 마치 그 화학물 속에 진실을 새기려는 것처럼.

"손가락질할 악의 세력도 없고, 어떤 시점에 모든 게 돌변하는 것도 아니지." 그녀가 말을 이었다. "상황이 나빠지다가 더 고약해지고, 그다음엔 조금 나아지나 싶다가 다시 나빠지고, 이런 식으로 계속, 계속 반복된

거야. 왜냐하면 아무도 그걸 멈추려 하지 않았으니까. 실은…… 바로잡을 수 있었어. 좋은 것들을 조금씩 늘리고 나쁜 것을 미리 예상하거나 줄여 나가는 식으로 말이야. 때로는 나쁜 것들을 조금씩 해결하기만 해도 끔찍한 사태를 예방할 수 있지. 난 이제 너희를 막는 걸 포기했다. 그저 내 자식들에게 과거를 기억하고 배우고 살아남으라고 가르칠 뿐이지……. 누군가 이 영겁의 고리를 완전히 깨트릴 때까지."

나는 이해할 수가 없었다.

"전소(全燒)에 대해 말씀하시는 건가요?"

어쨌든 내가 그녀를 찾아온 것은 이것 때문이었다. 50년 전에 그녀는 100년 뒤에 그 일이 일어날 것이라고 예언했다. 그 밖에 또 뭐가 중요하겠는가?

그녀는 그저 미소를 띨 뿐이었다.

— 녹취 기록, 오벨리스크 제작자 C, 타피타 고원 유적 #723에서 발견,
시나쉬, 디바스의 혁신자 번역, 날짜 미상, 기록자 미상, 추측: 최초의
전승가? 개인 기록: 배스터, 너 여기 꼭 가 봐야 해. 역사적 보물이
사방에 널려 있지. 대부분은 해독도 못 할 만큼 마모되어 있지만
그래도…… 네가 여기 있다면 얼마나 좋을까.

2장

해방감을 느끼는 나쑨

나쑨은 아버지의 시신을 내려다보며 서 있다. 조각조각 부서진 보석 덩어리와 파편을 그렇게 부를 수 있다면 말이지만. 아이는 약간 어지럼증을 느끼며 휘청인다. 아이의 아버지가 칼로 찌른 어깨의 상처에서 피가 철철 흐르고 있다. 그 상처는 아버지가 나쑨에게 불가능한 선택을 강요한 결과다. 그의 딸이 될 것인가, 아니면 오로진이 될 것인가. 나쑨은 존재론적 자살을 거부했다. 지자는 오로진이 사는 것을 거부했다. 마지막 순간, 둘 중 누구에게도 악의는 없었다. 그저 단호하고 불가피한 폭력만이 있었을 뿐이다.

이 인상적인 그림의 한쪽 구석에서는 나쑨의 수호자 샤파가 충격과 냉담한 만족감이 뒤섞인 감정으로 지자, 제키티의 내항자의 잔해를 내려다보고 있다. 나쑨을 중심으로 그 반대쪽에는 그녀의 스톤이터인 스틸이 서 있다. 이제는 스틸을 그녀의 것이라고 불러도 될 것이다. 나쑨이 필요로 했을 때 기꺼이 달려와 주었으므로. 나쑨을 도와주러 온 것은 아니지만 그래도 스틸은 그녀에게 뭔가를 주기 위해 와 주었고, 그가 나쓴에게 내민 것, 마침내 나쓴이 자신에게 필요하다고 깨달은 것은 바로 목적이었다. 그것은 샤파조차도 나쓴에게 주지 못한 것이었다. 하지만 그건 샤파가 나쓴을 조건없이 사랑하기 때문이다. 나쓴도 그의 사랑이 필요하다. 아, 나쓴이 이런 무조건적인 애정을 얼마나 간절히 원하는지. 그러나 마음이 철저하게 부서져 어떤 것에도 생각을 집중할 수 없을 때, 그 순간에 나쓴이 갈구하는 것은 애정이 아닌 뭔가 다른 것…… 단단하고 견고한 것이다.

나쓴은 그녀가 갈구하는 견고함을 얻을 수 있을 것이다. 그것을 얻기 위해 싸우고, 죽일 것이다. 왜냐하면 나쓴은 이제껏 계속 그래왔고, 거의 습관이 되어 버렸으니까. 원하는 것을 이룰 수만 있다면 목숨이라도 기꺼이 바칠 것이다. 어쨌든 나쓴은 그 어미의 딸이다. 더구나 죽음을 두려워하는 것은 미래가 존재한다고 믿는 사람들뿐이다.

나쓴의 손안에서 끝으로 갈수록 점점 가늘어지는, 거의 1미터에 달하는 긴 수정 조각이 낮게 진동하며 웅웅거린다. 짙은 청색에 정교하게 깎은 것처럼 여러 면으로 각이 졌으며 밑동 부분은 칼자루처럼 변형되어 있다. 때때로 이 기묘하게 생긴 장검은 마치 실체가 없는 것처럼 깜박깜박 나타났다 사라지곤 한다. 하지만 이것은 진짜다. 이 수정 검이 나쓴을 아버지처럼 색색의 돌로 만들지 않는 것은 오로지 나쓴의 집중력 덕분이다. 출혈 때문에 정신을 잃기라도 하면 어떻게 될지 나쓴은 무섭고, 그래서 사파이어를 다시 하늘로 날려 보내 원래의 거대한 형태로 되돌리고 싶지만 그럴 수가 없다.

아직은 안 된다.

저기, 숙소 옆에 그 두 가지 이유가 있다. 움버와 니다, 찾은달의 두 수호자. 그들이 그녀를 직시한다. 나쑨의 시선이 그들에게 닿은 순간, 두 사람 사이를 잇고 있는 복잡한 은빛 덩굴손들이 명멸하기 시작한다. 만일 나쑨이 지금의 나쑨이 아니었다면 말을 섞지도 시선을 교환하지도 않는 두 사람 사이에 침묵의 대화가 오가는 것을 느낄 수 없었을 것이다. 두 수호자의 발밑, 땅속에서 섬세한 은빛 밧줄들이 스멀스멀 기어올라, 발바닥을 통해 희미한 빛을 발하는 몸속 신경과 혈관을 지나, 두 사람의 뇌 속에 박혀 있는 작은 쇳조각에 이르러 하나로 연결된다. 저 곧은 뿌리 같은 굵은 밧줄은 항상 저기 있었다. 그렇지만 나쑨이 수호자들의 은빛 선이 얼마나 크고 굵은지 알아차린 것은 주위에 팽배한 긴장감 덕분일 것이다. 그것은 샤파와 대지가 연결되어 있는 선보다 훨씬 굵고 두껍다. 그리고 드디어, 나쑨은 그게 무슨 뜻인지 이해한다. 움버와 니다는 보다 거대한 의지가 조종하는 꼭두각시에 불과하다. 나쑨은 그들을 믿고 싶었다. 자신과 동류라고 믿고 싶었다. 그렇지만 여기, 한 손에 사파이어를 쥐고 발밑에는 아버지의 시체가 흩어져 있는 지금…… 어떤 아이들은 편리한 시기를 골라 성숙할 수 없는 법이다.

그래서 나쑨은 대지 깊숙이 고리를 찔러 박는다. 움버와 니다가 그것을 감지할 수 있다는 것을 알기 때문에. 그것은 미끼다. 나쑨은 대지의 힘을 필요로 하지 않고, 그들도 아마 알고 있을 것이다. 그럼에도 그들은 반응한다. 움버가 팔짱을 풀고, 문간에 기대서 있던 니다가 몸을 세운다. 샤파도 반응한다. 그의 눈동자가 슬그머니 움직여 나쑨과 시선을 마주친다. 움버와 니다도 알아챌 테지만, 어쩔 수가 없다. 나쑨의 머릿속에는 사악한 대지가 심어져 있지 않아 샤파와 대화를 나눌 수가 없으니까. 하지만 물질적 연결고리가 없어도 애정이 그 자리를 대신할 수 있다. 샤파가 말한다.

"니다."

나쑨에게 필요한 것은 그 한 마디뿐이다.

움버와 니다가 움직인다. 빠르다. 정말 빠르다. 왜냐하면 그들의 몸 안에 있는 은빛 격자가 뼈를 강화하고 근섬유를 튼튼하게 만들어 평범한 인간의 육체는 할 수 없는 일을 할 수 있게 만들기 때문이다. 조산력을 무위로 되돌리는 파동이 인정사정없는 폭풍처럼 몰아쳐 나쑨의 보님기관을 마비시키지만 아이는 이미 공격 태세에 돌입해 있다. 신체적으로 그렇다는 이야기가 아니다. 나쑨은 물리적 전투에서는 감히 그들에게 대적할 수 없고 지금도 간신히 서 있는 게 전부다. 나쑨에게 있는 것이라고는 오직 의지와 은빛 실뿐이다.

그래서 몸은 가만하지만 머리로는 격렬하게 움직이고 있는 나쑨은, 주위에서 팔랑거리는 은빛의 끝자락을 잡아채 조잡하지만 효과적인 그물망으로 엮는다.(처음 해 보는 일이지만 아무도 그런 게 불가능하다고 말하지 않았다.) 그러고는 그 일부를 니다에게 던져 감싼다. 움버는 무시한다. 샤파가 그러라고 했으니까. 그리고 실제로도 다음 순간 나쑨은 샤파가 왜 수호자들 중 한 명에게만 집중하라고 일렀는지 이해한다. 나쑨이 엮은 은빛 그물은 거미줄에 걸린 날벌레처럼 니다를 재빨리 잡아 가둬야 했다. 하지만 니다는 그저 황급히 발을 멈춰 설 뿐, 웃음을 터트린다. 그녀의 내부에서 다른 실 가닥이 뻗어 나와 가차 없이 휘돌며 그녀를 에워싼 그물을 찢어발긴다. 니다가 다시 나쑨을 향해 돌진한다. 수호자의 빠르고 효과적인 반격에 잠시 주춤한 나쑨은 이어 땅속에 박힌 바윗돌을 뽑아 올려 니다의 발을 향해 던진다. 하지만 그걸로는 겨우 약간의 시간을 벌었을 뿐이다. 니다가 공중에 바위 파편을 흩날리며 달려든다. 신발에 날카로운 돌조각이 박혀 삐죽이 고개를 내밀고 있는데도 아랑곳하지 않는다. 한 손은 야수의 갈고리발톱처럼 매섭게 오므리고, 다른 한 손은 날붙이처럼 일자로 곧게 세우고 있다. 어느 쪽이 먼저 닿든 니다는 맨손으로 나쑨을 동강 낼 것이다.

나쑨은 당황한다. 아주 약간이지만. 그렇지 않으면 사파이어에 대한 통제력을 잃을 테니까. 하지만 그래도, 조금이나마. 나쑨은 니다를 통해 낮게 웅웅대는 은빛 실의 생경한, 굶주린, 혼란스러운 반향을 느낀다. 이제껏 한 번도 인식하지 못한 낯선 것, 그리고 왠지, 갑자기, 겁에 질린다. 나쑨은 니다가 나쑨의 맨살을 만진다면 그 이상한 파동이 그녀에게 무슨 짓을 할지 까맣게 모른다.(하지만 그녀의 어머니는 알고 있지.) 나쑨은 한 발짝 뒤로 물러나며 사파이어 장검을 들어 올려 일종의 방어 자세를 취한다. 상처 입지 않은 쪽 손이 아직 사파이어 검의 자루에 얹혀 있어, 덜덜 떨리는 손으로 느릿느릿 무기를 휘두르는 것처럼 보인다. 니다가 높고 환희에 찬 웃음소리를 낸다. 두 사람 모두 사파이어로는 그녀를 멈출 수 없다는 것을 알고 있다. 니다의 갈고리 같은 손이 허공을 가르고, 넓게 벌어진 손가락이 나쑨의 뺨을 향해 돌진한다, 나쑨이 어설프게 휘두르는 검날을 뱀처럼 유연하게 피해……

나쑨이 사파이어를 떨어뜨리며 비명을 지르고 마비된 보님기관이 간절하게, 절박하게 수축하려고 애쓰는 그때……

그러나 수호자들은 나쑨에게 또 다른 수호자가 있음을 잊고 있다.

스틸은 움직이는 것 같지 않다. 방금까지 그는 바닥에 흩어져 있는 지자를 등진 채 평온한 표정으로 북쪽 지평선을 향해 나른한 자세로 서 있었다. 하지만 다음 순간 그가 가까운 곳에, 나쑨의 바로 옆에 나타난다. 나쑨의 귀에 공기가 밀려드는 날카로운 소리가 들릴 정도로 순식간에 일어난 일이다. 쏜살같이 달려들던 니다가 느닷없이 가로막혀 멈춘다. 그녀의 목에 스틸의 손아귀가 감겨 있다.

니다가 새된 비명을 지른다. 나쑨은 니다가 몇 시간 동안이나 혼자서 재잘재잘 수다를 떠는 것을 본 적이 있고, 그래서 이제껏 니다를 작은 새처럼 수다스럽고 시끄럽고 무해한 존재로 여기고 있었는지도 모르겠다. 하지만 이것은 먹잇감을 쫓다가 뜻밖의 훼방을 받고 흉포함이 분노로 돌변한 육식조의 비명이다. 니다는 피부와 힘줄을 희생하면서까지 몸을 비틀며 빼내려 하지만 스틸의 아귀는 바위처럼 강건하다. 니다는 빠져나갈 수가 없다.

뒤에서 들려오는 소리에 나쑨이 번개처럼 몸을 돌린다. 3미터쯤 떨어진 곳에서 움버와 샤파가 나쑨의 눈으로는 따라잡지도 못할 속도로 육박전을 벌이고 있다. 나쑨은 무슨 일이 일어나고 있는지 알 수가 없다. 두 사람 다 너무 빨리 움직이고 있는 데다, 그들의 공격은 신속하고 잔인하다. 나쑨의 귀가 그들의 손과 발이 만든 공기의 진동을 알아차렸을 즈음에는 벌써 다음 동작이 시작된 뒤다. 나쑨은 그들이 뭘 하고 있는지도 모르겠다. 하지만 아이는 겁이 난다.

샤파가 걱정돼 죽을 것 같다. 움버의 몸 안에는 은빛이 강물처럼 콸콸 흐르고 있고, 빛나는 굵은 뿌리가 꾸준하고 안정적으로 힘을 흘려보내고 있다. 샤파의 몸 안에 흐르는 가느다란 개울에는 여울과 웅덩이가 시시때때로 숨어 있고, 그의 신경과 근육을 잡아당기고 정신을 산만하게 하려고 예측할 수 없는 패턴으로 날뛰고 있다. 나쑨은 깊은 집중력을 발휘하고 있는 샤파의 표정으로 보아 아직은 그가 주도권을 쥐고 있고, 덕분에 지금까지 버티고 있을 수 있다는 것을 알 수 있다. 그의 동작은 종잡을 수가 없고, 전략적이며, 신중하다. 그렇지만. 그가 이렇게 싸울 수 있다는 것 자체가 믿기 힘들 정도다.

샤파가 손날을 세워 움버의 턱에 손목까지 쑤셔 넣어 싸움에 종지부를 찍는 모습은, 끔찍하고도 무시무시하다.

움버가 고통스러운 비명을 지르며 갑자기 움직임을 멈춘다. 하지만 다음 순간, 그의 손이 흐릿한 잔상을 그리며 샤파의 목을 향해 쇄도한다. 샤파가 숨을 헉 들이켜더니(너무 빨라서 그냥 숨을 쉰 것일지도 모르지만 나쑨은 그 소리에서 불안감을 느낀다.) 움버의 공격을 피한다. 하지만 움버는 멈추지 않는다. 눈동자는 머리 뒤쪽으로 돌아가 있고 동작은 어색하고 어설프다. 나쑨은 그제야 알 것 같다. 움버는 지금 움버가 아니다. 뭔가 다른 것이 움버의 팔다리와 반사 신경을 조종하고 있다. 저 중심 뿌리와 연결되어 있는 한에는. 다음 순간 샤파가 숨을 내쉬며 움버를 바닥에 메치고는, 머리에 박혀 있던 손목을 비틀어 빼내 적의 머리를 강타한다.

나쑨은 차마 볼 수가 없다. 뭔가 으드득 깨지는 소리가 들린다.

그것만으로도 충분하다. 움버가 계속 꿈틀대는 소리가 들린다. 미약하지만 집요하게. 샤파가 몸을 구부리자 옷자락이 바스락거린다. 그러고 나서 나쑨은 그녀의 어머니가 30년 전 펄크럼의 수호자 별관에 있던 작은 방에서 들은 것과 똑같은 소리를 듣는다. 뼈가 부서지고 연골이 뜯겨 나가는 소리. 샤파가 움버의 부서진 두개골 아래쪽에 손가락을 넣고 후비는 소리.

나쑨은 귀를 막을 수가 없고 그래서 니다에게 집중하기로 한다. 그녀는 아직도 스틸의 강철 같은 손아귀에서 빠져나오려 몸부림치고 있다.

"나, 난……."

나쑨이 입을 연다. 심장박동이 순간적으로 느려지는 것 같다. 사파이어가 손안에서 격렬하게 진동한다. 니다는 아직도 나쑨을 죽이고 싶어 하고, 동맹이 될 가능성을 제시하긴 했으나 아직 확실한 동맹은 아닌 스틸은 그저 손의 힘을 빼기만 하면 된다. 그러면 나쑨은 죽을 것이다. 하지만.

"나……난 당신을 죽이고 싶지 않아요."

나쑨이 기어이 말을 마친다. 그 말은 사실이다.

니다가 갑자기 조용해진다. 얼굴 가득 팽배해 있던 분노가 천천히 잦아들더니 곧 무표정으로 변한다.

"지난번에 그것은 해야 할 일을 했다."

온몸에 오싹한 기운이 퍼진다. 뭐라 꼬집어 말할 수는 없지만, 뭔가가 바뀌었다. 뭔지는 몰라도, 나쑨은 그게 더 이상 니다가 아니라고 직감한다. 아이는 마른침을 꼴딱 삼킨다.

"누가? 뭘 해요?"

니다의 시선이 스틸에게 날아가 박힌다. 스틸의 입술이 희미하게 삐걱거리는 소리와 함께 옆으로 벌어지더니 그가 이를 드러내며 히죽 웃는다. 나쑨이 다시 뭐라고 물을지 미처 떠올리기도 전에 스틸의 손이 움직인다. 힘을 빼는 게 아니다. 부자연스러울 정도로 느릿한 동작으로 손목이 조금씩 방향을 바꾼다. 아마 인간의 움직임을 흉내 내는 것일 테다.(아니면 조롱의 의미일지도.) 팔을 접고 손목을 비틀어 니다의 몸을 돌려세운다. 그녀의 등이 자신을 향하도록. 그의 입술이 니다의 목에 닿는다.

"그것은 화가 났다." 니다가 차분한 목소리로 말을 잇지만, 지금 그녀의 얼굴은 스틸과 나쑨을 향해 있지 않다. "하지만 지금도 기꺼이 타협할 의향이, 용서할 의향이 있지. 그것이 요구하는 것은 정의다. 그러나……."

"벌써 수천 번이나 정의의 심판을 내렸잖아. 난 더 이상 빚진 게 없어."

스틸이 그렇게 말하고는 입을 쫙 벌린다.

나쑨은 다시 고개를 돌린다. 오늘 아침에 제 손으로 부친을 산산조각 냈음에도, 아직 어린아이인 나쑨에게 어떤 것들은 여전히 감당하기 힘들다. 적어도 니다는 스틸이 그녀의 몸을 바닥에 내려놓자 다시는 움직이지 않는다.

"더는 여기 있을 수 없다."

샤파가 말한다. 나쑨은 침을 꿀꺽 삼키며 샤파에게 집중한다. 움버의 시신이 샤파의 발치에 뒹굴고 있고, 그의 피투성이 손에는 뭔가 작고 날카로운 것이 쥐어져 있다. 샤파는 죽여야 할 적수를 대할 때와 똑같이 냉담하고 무심한 눈빛으로 그 물체를 바라본다.

"다른 이들이 올 거다."

거의 죽을 뻔한 경험으로 충만한 아드레날린 덕분에, 나쑨은 샤파가 다른 오염된 수호자들을 말하고 있다는 것을 깨닫는다. 반쯤 오염되어 아직 자유의지를 휘두를 수 있는 샤파와는 다른 수호자들. 나쑨은 다시 숨을 삼키며 고개를 끄덕인다. 이제는 그나마 그녀를 죽이려 달려드는 사람이 없어 조금은 마음이 진정되는 것 같다.

"그럼…… 그럼 다른 애들은 어떻게 해요?"

아이들은 나쑨이 사파이어를 장검 형태로 소환했을 때 발산된 거대한 진동 때문에 잠에서 깨어나 숙소 건물 현관에 옹기종기 모여 있다. 아이들은 여태껏 일어난 모든 일을 보고 들었다. 몇몇은 그들의 수호자가 죽은 것을 보고 흐느끼고 있지만, 대부분은 너무 놀란 나머지 나쑨과 샤파를 멍하니 쳐다보고 있을 뿐이다. 어린아이 하나는 계단 옆에서 토악질을 하고 있다.

샤파는 한참 동안 그들을 바라보다 슬며시 나쑨을 곁눈질한다. 그의 눈빛은 차갑고 목소리에는 드러나지 않은 것들이 담겨 있다.

"지금 즉시 제키티를 떠나야 한다. 수호자가 없다면 향민들이 저 아이들을 참아 줄 리가 없으니까."

아니면 샤파가 죽일 수도 있다. 그게 바로 그가 자신의 통제하에 있지 않은 오로진을 만날 때마다 해 왔던 일이니까. 그의 것이 아니라면, 오로진은 위험하다.

"싫어요."

나쑨이 불쑥 말한다. 그가 한 말의 내용이 아니라, 그 안에 담긴 냉혹함에 대해 하는 말이다. 샤파가 한층 더 싸늘해진다. 샤파는 나쑨이 싫다고 말하는 것을 좋아하지 않는다. 나쑨은 숨을 깊이 들이마시고 마음을 진정시킨 다음, 다시 말한다.

"제발요, 샤파. 난 그냥…… 더 이상 못 하겠어요."

그것은 위선이다. 나쑨이 최근에 한 선택들, 아버지의 시체 앞에서 맹세했던 무언의 약속과는 모순된다. 샤파는 나쑨이 무슨 선택을 했는지 모르지만, 나쑨은 시야 한쪽 끝에서 스틸이 피에 젖은 미소를 띠는 것을 느낀다.

나쑨은 입술을 꼭 다문다. 어쨌든 그건 진심이다. 거짓말이 아니다. 나쑨은 더는 이런 잔인함을, 끝없는 고통을 견딜 수가 없다. 중요한 건 그거다. 앞으로 그녀가 할 일은 신속하고 자비로울 것이다.

샤파는 한동안 나쑨을 찬찬히 뜯어본다. 그러더니 얼굴을 일그러뜨린다. 지난 몇 주일 동안 나쑨이 자주 봤던 모습이다. 경련이 지나가자 샤파가 미소를 짓더니 나쑨에게 다가온다. 하지만 그 전에 움버의 머리에서 꺼낸 쇳조각을 주먹으로 꽉 감싼다.

"어깨는 어떠니?"

나쑨은 상처 부위를 만져 본다. 잠옷이 피에 젖어 있지만 흥건하지는 않다. 팔을 움직이는 데에도 그다지 무리가 없다.

"아파요."

"꽤 오래 갈 거다."

샤파는 주위를 둘러보고는 움버의 시신을 향해 걸어간다. 시신에서 소맷자락 하나를 뜯어 내더니(피가 묻지 않은 쪽이다. 나쑨은 멀리서 보고 안도한다.) 다시 나쓴에게 돌아와 아이의 소매를 걷어 올리고 어깨에 천을 감는다. 꽉 잡아당겨 묶는다. 그래야 피가 멎고 상처를 꿰맬 필요가 없다는 걸 알지만, 나쓴은 너무 아픈 나머지 샤파에게 살짝 몸을 기댄다. 그가 비어 있는 손으로 머리를 쓰다듬어 준다. 피와 살점 범벅이 된 다른 쪽 손은 아직도 금속 조각을 꽉 쥐고 있다.

"어떻게 할 거예요?"

나쓴이 그의 주먹 쥔 손을 쳐다보며 묻는다. 나쓴은 왠지 끔찍한 상상을 하고 만다. 그것이 덩굴손을 넓게 뻗어 사악한 대지의 의지에 감염시킬 또 다른 사람을 더듬더듬 찾아다니는 모습이 상상된다.

"나도 모르겠다." 샤파가 낮게 잠긴 목소리로 대답한다. "나한텐 위험하지 않지만 내 기억엔……." 그는 얼굴을 찡그리며 잃어버린 기억을 더듬는다. "이걸 재활용하는 장소가 있었던 것 같은데, 여기서는 외진 곳을 찾아 묻은 다음 아무도 찾아내지 못하길 바라야겠지. 너는 저걸 어떻게 할 작정이냐?"

나쓴이 샤파의 시선을 따라간 곳에는 사파이어 장검이 그녀의 등 뒤에 30센티미터쯤 떨어진 데서 허공에 둥둥 떠 있다. 나쓴이 움직이자 그것도 살짝 움직인다. 희미하게 웅웅거리는 소리가 난다. 나쓴은 그것이 왜 저러는지 이해할 수가 없지만, 주변을 감싸고 있는 안정된 힘에 편안함을 느끼는 것도 사실이다.

"있던 자리에 되돌려놔야죠."

"어떻게 한 거니?"

"그냥 저게 필요했는데, 내 마음을 알고는 저렇게 변신했어요."

나쑨은 어깨를 살짝 으쓱한다. 말로 설명하기가 너무 어렵다. 나쑨이 상처를 입지 않은 손으로 샤파의 셔츠를 붙잡는다. 나쑨은 샤파가 질문에 대답하지 않는 게 좋은 신호가 아니라는 것을 알고 있다.

"다른 애들은요, 샤파."

샤파가 결국 한숨을 푹 내쉰다.

"아이들이 짐 싸는 걸 도와주러 가야겠다. 걸을 수 있겠니?"

나쑨은 너무도 안도한 나머지 순간 하늘로 날아오를 것만 같다.

"그럼요. 고마워요, 정말정말 고마워요, 샤파!"

샤파가 고개를 절레절레 젓는다. 벌써부터 후회하고 있는 게 틀림없다. 하지만 곧 다시 미소 짓는다.

"네 아버지 집에 가서 가져갈 만한 쓸모 있는 물건들을 챙겨 놔라, 아이야. 조금 이따 거기서 보자."

나쑨은 잠시 주저한다. 샤파가 찾은달 아이들을 죽이기라도 하면…… 안 그러겠지? 안 죽이겠다고 했는걸.

샤파가 말을 멈추고는 미소 띤 입술 위로 한쪽 눈썹을 차분하게, 정중하게 묻듯이 추켜올린다. 저 미소는 진짜가 아니다. 은빛이 지금도 샤파의 몸 안에서 격렬하게 날뛰며 나쑨을 죽이라고 몰아붙이고 있다. 그러니 끔찍한 고통에 시달리고 있을 것이다. 하지만 지난 수 주일간 그런 것처럼 샤파는 아직도 은빛의 선동에 저항하고 있다. 샤파는 나쑨을 죽이지 않을 것이다. 그녀를 사랑하니까. 그리고 나쑨이 샤파를 믿을 수 없다면 세상 누구를 믿을 수 있겠는가.

"알았어요. 아빠 집에서 봐요."

나쑨은 샤파를 떠나면서 스틸을 힐끗 쳐다본다. 그는 샤파를 보고 있다. 몇 번의 호흡이 지나는 동안 스틸은 그새 입술에서 피를 닦아 냈다. 어떻게 한 건지 도통 알 수가 없다. 하지만 그는 회색 손을 그들에게 내밀고 있고…… 아냐, 샤파에게다. 샤파가 고개를 갸웃거리며 잠시 생각에 잠기더니 피투성이 쇳조각을 스틸의 손에 올려놓는다. 눈 깜짝할 사이에 스틸의 손이 닫히더니 다시 천천히, 교묘한 묘기를 부리는 것처럼 펼쳐진다. 쇳조각이 사라져 있다. 샤파가 고맙다는 듯이 고개를 살짝 숙인다.

괴물 같은 나쑨의 두 보호자. 이 둘은 나쑨을 위해 서로 도와야 한다. 하지만…… 나쑨도 괴물이 아닌가? 지자가 나쑨을 죽이려고 하기 전에 감지한 것, 그 엄청난 힘의 폭발은 수십 개의 오벨리스크가 한꺼번에 응축시켜 증폭한 것이다. 스틸은 그것을 '오벨리스크의 문'이라고 불렀다. 오벨리스크를 만든 죽은 문명이 불가사의한 목적으로 창조한 방대하고 복잡한 메커니즘. 스틸은 또 달이라는 것에 대해서도 말했다. 나쑨도 들은 적이 있다. 아주 오래전에, 딱 한 번. 아버지 대지에게는 자식이 있었다. 그 자식을 잃었을 때 대지는 분노했고, 계절을 몰고 왔다.

전승가들의 옛이야기는 불가능한 희망에 관한 메시지를 전달하고 산만한 청중을 유혹하기 위한 별 의미 없는 표현들로 채워져 있다. 어느 날 대지의 자식이 돌아온다면……. 그건 언젠가 아버지 대지가 마침내 분노를 가라앉힐지도 모른다는 뜻이다. 언젠가 때가 되면 계절이 사라지고 세상만사가 올바르게 돌아갈 것이라는 메시지다.

하지만 그때가 오더라도 아버지들은 오로지 자식을 살해할 것이다. 그렇지? 설사 달이 제자리로 돌아온다고 해도, 그것만은 무엇도 멈출 수 없다.

달을 집으로 데려오렴. 스틸은 말했다. 세상의 고통을 끝내 버리자.

어떤 선택은 사실 선택이 아니다.

나쑨은 의지를 발휘해 사파이어가 다시 앞쪽에 떠다니도록 만든다. 움버와 니다가 조산력을 무효화시켰기에 아무것도 보낼 수가 없지만 세상을 인지하는 방식은 그것만이 아니다. 물처럼 어룽거리는 사파이어의 명멸 속에는, 사파이어가 수정 격자에 저장된 방대한 양의 응축된 은빛 안에서 스스로를 재구성했다가 풀려나는 과정 속에는 나쑨이 본능적으로 풀 수 있는 힘과 균형의 방정식에 관한 미묘한 메시지가 수학이 아닌 다른 방식으로 기록되어 있다.

아주 멀리. 미지의 바다 건너편. 오벨리스크의 문의 열쇠는 나쑨의 어머니에게 있는지도 모르지만 나쑨은 재 덮인 회색 길 위를 방랑하며 문을 열 수 있는 방법이 하나가 아니라 수없이 많다는 것을 배웠다. 경첩을 부수거나 문을 타고 올라 넘거나 문지방 밑을 파낼 수도 있다. 그리고 저 멀리, 세상 반대편에는 오벨리스크의 문에 대한 에쑨의 통제력을 전복시킬 수 있는 곳이 있다.

"우리가 어디로 가야 할지 알 것 같아요, 샤파."

샤파는 오래도록 나쑨을 지긋이 살핀다. 그의 시선이 스틸에게 꽂혔다가 되돌아온다.

"그러니?"

"네, 하지만 아주 멀어요." 나쑨이 입술을 잘근거린다. "나랑 같이 갈래요?"

샤파가 고개를 기울인다. 그의 미소는 크고 따뜻하다.

"어디든 함께 가마, 내 작은 아이야."

나쑨은 안도의 한숨을 길게 내쉬고는 그를 올려다보며 살짝 웃는다. 그러고는 유유히 몸을 돌려 찾은달과 시체를 뒤로하고 언덕을 걸어 내려가기 시작한다. 나쑨은 절대로, 단 한 번도 뒤돌아보지 않는다.

제국력 2729년: 아만드 향(디바 사향주, 북중위지방 서부)의 목격자에 따르면 등록되지 않은 여성 로가가 마을 근처에 있는 가스 기공을 분출시켰다고 한다. 어떤 종류의 가스인지는 알 수 없으나 사망에 이르기까지의 시간이 매우 짧았다. 혀가 붓고 푸르게 변했다는 걸로 보아 중독보다는 질식? 아니면 둘 다? 또 보고에 의하면 다른 여성 로가가 첫 번째 로가를 막고 가스를 기공 내로 되돌리고 구멍을 닫았다고 한다. 아만드 향민들은 앞으로 있을 사고를 미연에 방지하기 위해 두 로가를 즉시 처단했다. 펄크럼의 판단에 따르면 해당 가스 기공은 북중위지방 서부에 거주하는 사람 및 동물의 절반을 사망시킬 수 있는 규모이며, 이후 표토층도 오염되었다는 보고가 있다. 말썽을 일으킨 여성 로가는 17세, 여동생이 성추행을 당했다는 말에 반응. 소요를 가라앉힌 여아의 나이는 7세, 첫 로가의 동생.

— 예이터, 디바스의 혁신자의 연구조사 기록 중

"호와." 등 뒤에서 누군가 말한다.

(나? 그래, 나.)

나는 따끔따끔한 창문과 깜박이는 꽃이 핀 정원을 내다보다 고개를 돌린다. 게이와와 지휘자 한 명, 그리고 한 여자가 나란히 서 있다. 나는 모르는 여자다. 겉으로 보기에 그녀는 그들과 비슷하다. 부드러운 갈색 피부, 회색 눈, 진갈색 머리카락은 밧줄처럼 꼬아 내렸고 키가 크다. 그러나 그녀의 넓적한 얼굴에는 다른 단서가 심겨 있다. 아니면 내가 수천 년이라는 렌즈를 통해 이 기억을 돌이켜보며 보고 싶은 것만을 보고 있는 것인지도. 그녀의 생김새는 중요하지 않다. 내 보님기관이 느끼기에 여자가 우리의 동족이라는 사실은 풍성하게 부푼 게이와의 하얀 머리칼만큼이나 확연하다. 여자는 주변에 압력을 가해 불가능할 정도로 무겁고 압도적인 힘으로 대기를 휘젓고 있다. 그것은 그녀가 우리와 똑같이 생물마학(生物魔學) 배합을 거쳐 그릇에 담겨졌다는 것을 뜻한다.

(너는 그녀와 닮았다. 아니야. 난 네가 그녀와 닮았기를 바란다. 설사 그게 사실이라고 할지라도 불공평한 일이지. 너는 그녀와 닮았다. 단순히 겉모습뿐만 아니라 다른 모든 면에서 그래. 너를 다른 사람과 비교해서 미안.)

지휘자가 그들답게 말한다. 주변 공기에만 잔물결을 일으킬 뿐 땅은 울리지 않는 가냘픈 음향 진동. 단어. 나는 이 지휘자의 이름을 의미하는 단어를 알고 있다. 페일린. 나는 그녀가 지휘자 중에서 상냥한 사람이라는 것을 안다. 하지만 이 지식은 희미하고 불명확하다. 그들에 대한 많은 기억들이 그렇다. 아주아주 오랫동안, 나는 그들을 개별적으로 구분할 수가 없었다. 생김새는 제각각이지만 그들은 모두 주변 환경 속에서의 존재감이라는 것이 존재하지 않는다. 내게 지각판의 미세한 떨림이 그렇듯이, 나는 아직도 그들 각자가 지닌 머리카락의 질감과 눈의 모양, 독특한 체취가 그들에게는 큰 의미가 있다는 사실을 끊임없이 상기해야 한다.

나는 그들의 다름을 존중해야 한다. 어쨌든 결함 있는 자들, 인간을 인간으로 만들어 주는 요소를 박탈당한 것은 바로 우리이기에. 그것은 반드시 필요한 일이었고, 나는 지금의 나라는 존재에 아무 불만도 없다. 나는 쓸모 있는 것이 좋다. 그러나 내 창조주들을 더 잘 이해할 수 있다면 많은 일이 쉬워질 것이다.

그래서 나는 처음 보는 여자를 바라본다. 우리와 같은 여자. 그러고는 지휘자가 그녀를 소개하는 단어에 집중하려고 애쓴다. 소개란 이름의 소리값과 어…… 가족관계? 직업? 그러한 것을 설명하는 일종의 의식이다. 솔직히 말하자면 잘 모르겠다. 나는 내가 있어야 할 자리에 서서 말해야 할 것을 말한다. 지휘자는 새로 온 여자에게 나는 호와이며 게이와는 게이와라고 말한다. 그것은 그들이 우리에게 사용하는 이름단어다. 새로 온 여자의 이름은, 지휘자의 말에 따르면 켈렌리다. 하지만 틀렸다. 사실 여자의 이름은 깊숙한 찌름, 점토층에 뚫리는 구멍과 상쾌한 파열, 부드러운 규산염 하부층, 반향(反響)이다. 하지만 나는 말할 때 사용할 "켈렌리"라는 단어를 기억하려고 노력한다. 지휘자는 내가 적절한 타이밍에 "안녕하세요."라고 말하자 매우 흡족한 것 같다. 나도 기쁘다. 소개는 아주 어려운 일이지만 나도 거기 능숙해지려고 열심히 노력했기 때문이다. 지휘자가 다시 켈렌리에게 말을 건다. 지휘자가 더 이상 내게 할 말이 없음이 명확해지자, 나는 게이와의 뒤로 자리를 옮겨 그녀의 복슬복슬하게 부푼 머리카락을 땋기 시작한다. 지휘자들은 우리가 이러는 것을 좋아하는 것 같다. 왜 그런지는 모르겠다. 언젠가 지휘자 한 명이 우리가 꼭 사람처럼 서로를 아끼고 돌봐 주는 게 "귀엽다."고 말한 적이 있다. 나는 귀엽다는 게 무슨 뜻인지 모르겠다.

그러는 동안, 나는 귀 기울여 듣는다.

"이해가 안 돼." 페일린이 한숨을 내쉬며 말한다. "그래, 숫자는 거짓말을 하지 않지. 하지만……."

"이의를 제기하고 싶다면."

켈렌리가 입을 연다. 그녀의 단어들은 이제껏 내가 한 번도 느껴보지 못한 매력을 띠고 있다. 지휘자와 달리 그녀의 목소리는 무겁고, 질감이 느껴지며, 지층 깊숙이 스며들고, 여러 층위가 겹겹이 쌓여 있다. 그녀는 입으로 말을 하면서 마치 속으로 혼잣말을 덧붙이듯이 단어들을 대지로 밀어 넣는다. 덕분에 그녀의 말은 훨씬 현실적으로 느껴진다. 페일린은 켈렌리의 단어가 얼마나 깊고 강렬한지 눈치 채지 못하고(아니면 그저 관심이 없는지도.) 언짢은 표정을 내비친다. 켈렌리가 다시 말한다.

"정말로 그걸 원한다면, 내가 갈라트한테 명단에서 나를 빼 달라고 요청할 수도 있지요."

"그러고는 나한테 고래고래 소리 지르는 걸 견디라고? 사악한 죽음이여, 나한테 생난리를 칠걸. 그 사람 성질이 얼마나 고약한데." 페일린이 피식 웃는다. 즐거워서 웃는 웃음이 아니다. "얼마나 힘들겠어, 프로젝트도 성공시키고 싶고, 너도…… 흠. 너를 예비용으로 준비해 둔대도 나는 괜찮아. 하지만 아직 시뮬레이션 데이터를 못 봤는걸."

"난 봤어요." 켈렌리가 진지한 어조로 말한다. "지연-실패 확률은 낮지만, 무시할 수준은 아니더군요."

"뭐, 네가 있잖아. 해결 방도만 있다면야 아무리 확률이 낮아도 조심하는 게 좋지. 하지만 예상보다 훨씬 불안한가 봐? 너까지 동원……." 갑자기, 페일린이 당황해하며 입을 다문다. "어…… 미안. 마음 상하게 하려는 건 아니었어."

켈렌리가 싱긋 웃는다. 나와 게이와는 그게 진짜 표정이 아니라 표면층만 실룩이는 것이라는 걸 알 수 있다.

"괜찮아요."

페일린이 안도의 한숨을 내쉰다.

"좋아. 그럼 난 관찰실로 돌아갈 테니 너희 셋이 친해져 봐. 끝나면 문 두드리고."

그 말과 함께 지휘자 페일린이 방을 떠난다. 그건 좋은 일이다. 지휘자가 없으면 우리는 더 편하게 대화를 나눌 수 있다. 문이 닫히고, 나는 몸을 돌려 게이와를 마주 본다.(사실 그녀는 푸르스름하게 빛나는 소금 맛의 금 간 정동, 잦아드는 메아리이다.) 게이와가 미미하게 고개를 끄덕인다. 그녀가 긴요하게 할 말이 있다는 내 짐작이 맞았다. 우리는 항상 관찰되고 있다. 약간의 연기는 필수적이다.

게이와가 입을 움직여 말한다.

"지휘자 페일린이 우리의 구성 설정을 변경하고 있대."

그러고는 나머지 부분으로 공기를 미세하게 진동시키고 은빛 실을 걱정스럽게 잡아 뜯으며 말한다. 테틀레와가 가시나무 덤불로 보내졌어.

"날짜가 얼마 남지도 않았는데 지금?"

나는 우리와 동류의 여자, 켈렌리가 우리의 대화를 이해하고 있는지 확인하려고 그녀를 흘깃 쳐다본다. 켈렌리는 정말로 그들과 흡사하게 생겼다. 겉으로 드러난 피부색과 우리 둘보다 머리 하나는 더 큰 길쭉한 뼈대.

"당신도 이 프로젝트와 관련이 있어?"

나는 그녀에게 이렇게 물으며 게이와의 말에 대답한다. 아니야.

나의 아니야는 게이와의 말을 부인하는 것이 아니라 사실을 진술하는 것이다. 우리는 여전히 테틀레와의 익숙한 열점의 교란(攪亂)과 융기하는 지층, 침강(沈降)의 마찰을 감지할 수 있지만 그렇지만…… 뭔가 다르다. 그는 더 이상 가까운 곳에 있지 않거나 아니면 적어도 우리의 탐색 범위 안에 있지 않다. 그리고 그의 교란과 마찰도 거의 조용해졌다.

해제는 우리 중 하나가 서비스에서 제거될 때 지휘자들이 사용하는 단어다. 그들은 그런 변화가 발생할 경우 어떤 느낌이 드는지 우리에게 개별적으로 질문을 한 적이 있다. 우리의 네트워크에 일시적으로 혼란이 발생하기 때문이다. 우리는 무언의 동의에 따라, 각자 상실의 충격에 대해 설명했다. 일부분이 떨어져 나가고, 외부로 새어 나가고, 신호 강도가 희미해지고. 그리고 무언의 동의에 따라, 우리 중 누구도 지휘자들이 사용하는 단어로는 표현할 수 없는 나머지에 대해서는 말하지 않았다. 우리가 경험하는 것은 불타는 듯한 강렬함, 그리고 땅 밑을 탐색할 때 이따금 마주치는, 전위(電位)를 밑바닥까지 소모하고 부식되어 녹슬고 날카로워진 고대 문명의 전선이 뒤엉켜 저항하며 온몸을 찔러 대는 느낌. 그런 것과 비슷하다.

누가 명령을 내렸어? 나는 궁금하다.

게이와는 황량하고, 혼란스럽고, 좌절감에 가득 찬 단층선의 느릿한 파문이 된다. 지휘자 갈라트. 다른 지휘자들이 화가 나서 누군가 더 높은 곳에 보고했는데, 그래서 켈렌리를 보낸 거야. 오닉스와 월장석을 유지하려면 우리 모두가 필요하니까. 네트워크의 안정성을 걱정하는 거지.

나는 짜증스럽게 대꾸한다. 그 생각을 미리 했었어야지…….

"그래, 난 프로젝트와 관련이 있어." 켈렌리가 끼어든다. 지금까지 우리 둘의 입말 대화는 잠시도 멈추거나 지연되지 않았다. 단어는 대지어(大地語)에 비하면 너무 느리다. "나는 신비(神秘) 감응력이 있거든. 그리고 너희와 비슷한 능력도 갖고 있지."

그러고는 이렇게 덧붙인다. 나는 너희를 가르치러 왔어.

켈렌리는 우리가 지휘자들이 사용하는 단어와 우리의 언어, 땅의 언어를 오갈 때처럼 손쉽게 소통 방식을 바꾼다. 그녀의 의사소통적 존재는 강한 빛을 발하는 중금속, 타는 듯이 뜨거운 운철(隕鐵)의 결정화된 자력선, 그리고 그 아래 존재하는 더욱 복잡한 수많은 지층들. 전부 충격적일 정도로 예리하고 강력하여 게이와와 나는 순간 경탄하며 숨을 들이켠다.

하지만 방금 뭐라고 한 거지? 우리를 가르쳐? 우리는 배울 필요가 없다. 우리는 그릇에 담길 때부터 이미 알아야 할 모든 것을 알고 있으며, 나머지도 다른 조율기(調律器)들과 함께 지내면서 몇 주일 만에 전부 익혔다. 그렇지 않았다면 우리 역시 지금쯤 가시나무 덤불에 가 있을 것이다.

나는 눈에 띄게 얼굴을 찡그린다.

"당신이 어떻게 우리처럼 조율기가 될 수 있는데?"

그것은 우리를 지켜보고 있는 사람들을 위한 거짓말이다. 우리의 생각과 행동을 피상적으로만 볼 수 있는 이들. 켈렌리는 우리처럼 하얗지 않고 조그맣거나 이상하지도 않지만, 우리는 그녀가 발산하는 지질 변동을 느낀 순간부터 우리와 같은 동족으로 여긴다. 나는 그녀가 우리와 같지 않다고 믿지 않는다. 논쟁할 가치조차 없음을 믿지 않을 수 없다.

내 거짓말을 알아차린 켈렌리가 재미있다는 듯이 웃는다.

"너희와 완전히 똑같지는 않지만 충분히 비슷하지. 너희들이 완성된 예술품이라면 나는 그 원형이야."

대지의 열기 속에 마법의 실 가닥과 반향, 그리고 다른 의미를 덧붙인다. 프로토타입이지. 우리라는 실험의 대조군. 우리를 어떻게 만들어야 할지 알기 위해 만들어진 원형. 우리와 그들이 수많은 점에서 차이가 있다면, 켈렌리는 오직 한 가지 점에서 차이가 있을 뿐이다. 그녀는 우리처럼 면밀하게 설계된 보님기관을 지니고 있다. 그것만으로도 우리의 과업을 성취하게 도와줄 수 있을까? 그녀의 확고한 대지-존재가 그렇다고 말한다. 그녀가 계속해서 단어로 말한다.

"나는 최초로 만들어진 자가 아냐. 최초로 살아남은 자지."

그 말에 우리는 모두 사악한 죽음을 몰아내기 위해 허공을 밀어내는 손짓을 한다. 하지만 나는 과연 그녀를 믿어도 될지 의심스럽다는 듯이 이해할 수 없다는 태도를 내보인다. 지휘자는 켈렌리를 친근하게 대했다. 페일린은 지휘자 중에서도 상냥한 편에 속하지만, 그런 그녀도 우리가 무엇인지 절대로 잊는 법이 없다. 하지만 그녀는 켈렌리가 누구인지 깜박한 것 같았다. 어쩌면 인간들은 켈렌리가 자신과 같은 부류라고 생각하는지도 모르겠다. 적어도 누군가 그게 아니라고 말해 줄 때까지는. 인간이 아니면서 인간과 같은 취급을 받는다는 건 어떤 기분일까? 그리고 그들이 우리와 켈렌리만 남겨 두었다는 사실도 있다. 그들은 우리를 언제든 오발 사고가 일어날 수 있는 무기처럼 다루지만…… 켈렌리는 신뢰하고 있는 것이다.

"얼마나 많은 조각[短片, fragment]들과 동조(同調)했어?"

나는 그게 중요한 일인 양 큰 소리로 묻는다. 이는 또한 그녀를 시험하는 행위이기도 하다.

"하나." 켈렌리가 말한다. 하지만 그녀의 얼굴에는 여전히 미소가 감돌고 있다. "오닉스."

오. 오. 그건 정말로 중요하다. 게이와와 나는 깜짝 놀라 걱정스러운 눈빛을 교환하고는 다시 그녀를 쳐다본다.

"내가 여기 온 이유는 말이지." 켈렌리가 이 중요한 정보를 단순한 단어로 전달한다는 것 자체가 왠지 그 사실을 삐딱하게 강조시킨다. "명령이 떨어졌기 때문이야. 조각들은 저장 용량이 이미 최고치에 달했고 생성 사이클을 시작할 준비도 끝났어. 28일 후면 코어포인트와 제로사이트가 가동될 거야. 드디어 플루토닉[深成] 엔진을 발동하게 되는 거지."

(지금으로부터 수만 년이 지나고 "엔진"이 무엇인지 수없이 거듭해서 망각되고 마침내 사람들이 조각을 "오벨리스크"로만 아는 시대가 되면, 지금 우리의 삶을 지배하는 이것에는 또 다른 이름이 붙을 것이다. 이것은 오벨리스크의 문이라고 불릴 것이다. 시적이고 고풍스럽고 원초적이지. 나는 이 이름이 더 마음에 들어.)

그리고 지금, 게이와와 내가 거기 서서 빤히 응시하는 사이, 켈렌리는 우리 몸속 세포들의 떨림 속에 마지막 충격을 떨어뜨린다.

그건 내가 너희들이 진짜 누구인지 알려 줄 시간이 한 달밖에 남지 않았다는 의미이기도 하지.

게이와가 얼굴을 찡그린다. 나는 애써 태연한 척한다. 지휘자가 우리의 얼굴 표정뿐만 아니라 신체적 변동까지도 감시하고 있기 때문이다. 하지만 그건 너무 어려운 일이다. 나는 몹시 혼란스럽고, 여간 당혹스러운 게 아니다. 지금 이 대화를 나누는 시점에서 나는 그것이 종말의 시작이라는 사실을 전혀 모르고 있다.

왜냐하면 보다시피, 우리 조율기는 오로진이 아니기 때문이다. 조산력은 우리의 다름이 오랜 세대를 거쳐 세상의 변화에 순응하고 다듬어진 것이다. 너는 우리의 이른바 비정상적인 낯섦이 자연의 정제를 거쳐 더욱 얄팍해지고 더욱 전문적으로 분화된 결과물이다. 알라배스터처럼, 너희 중에 오직 소수만이 우리가 가졌던 힘과 다예(多藝)에 접근할 수 있을 것이나, 그건 우리들이 너희가 오벨리스크라고 부르는 조각처럼 의도적이고 인공적으로 설계되고 제조되었기 때문이다. 우리는 보다 방대한 기계를 구성하는 부품이다. 유전공학과 생물마학, 지마학(地魔學), 그리고 미래에는 이름 없이 잊힐 다양한 학문들의 위대한 업적이자 승리이다. 조각상이나 예술품, 다른 귀한 물건들처럼 우리는 우리를 만든 세상에 대한 찬미(讚美)이다.

우리는 그 사실을 원망하지 않는다. 우리의 의견도 경험도, 마찬가지로 꼼꼼하게 정성 들여 고안된 것이니까. 우리는 켈렌리가 우리에게 주고 싶어 하는 민족의식이라는 것을 이해하지 못한다. 우리가 자아 개념이라는 것을 형성하는 것이 어째서 금지되어 있었는지 이해하지 못한다. 하지만…… 곧 알게 될 것이다.

그리고 그때가 되면, 우리는 인간을 소유하는 것이 불가능하다는 것을 이해하게 될 것이다. 그러나 우리는 인간이고, 또한 소유물이기에, 하지만 그래서는 안 되기에, 우리의 마음속에 새로운 개념이 싹트기 시작할 것이다. 지휘자들이 우리 앞에서는 입 밖에 내는 것조차 금지되어 있어 전에는 한 번도 들어 본 적이 없는 단어. 혁명.

흠. 그래. 어쨌든 우리에게 단어는 별로 쓸데가 없다. 하지만 이게 바로 내가 하고 싶었던 이야기란다. 시작. 그리고 에쑨, 너는 그 끝을 보게 될 것이다.

3장

너는 균형을 잃고

제 발로 일어나 걸을 수 있게 되기까지는 며칠이 걸린다. 네가 스스로 움직일 수 있게 되자마자 이카는 들것을 운반하던 이들을 본업으로 돌려보내고, 너는 한쪽 팔이 사라진 탓에 어색하고 서툰 동작으로 절룩이며 힘겹게 걸어야 한다. 처음 며칠간은 상당히 뒤처져서 밤에 남들이 야영을 시작한 지 한참 뒤나 되어야 따라잡을 수 있다. 그때쯤엔 네 몫의 음식도 거의 남아 있지 않다. 네가 허기를 느끼지 않아 다행이다. 비상자루를 잃어버렸기에 기본 생필품이나 생활 도구를 조금 받기는 했지만 침낭을 깔 곳도 찾기가 힘들다. 사람들이 꺼리는 장소가 조금 남아 있을 뿐이다. 야영지 가장 바깥쪽이나 도로와 가까운, 야생 짐승이나 무항민의 공격을 받을 확률이 가장 높은 곳. 어쨌든 너는 거기서 잠을 잔다. 피곤하기 때문이다. 진짜 위험이 닥친다면 호아가 도와줄 테니까. 그는 눈 깜짝할 사이에 땅을 통과해 너를 다른 곳으로 옮겨 줄 수 있을 것이다. 하지만 이카의 노여움은 견디기가 힘들다. 여러 가지로.

통키와 호아가 네 뒤를 지키며 따라오고 있다. 옛날 생각이 난다. 다만 지금은 길을 걷는 중간중간 네 뒤에 있던 호아가 갑자기 앞쪽에 불쑥 나타나는 것만 다를 뿐이다. 대개는 중립적인 자세지만 가끔은 아주 희한한 자세를 할 때도 있다. 한번은 뛰는 듯한 포즈를 취한 것도 봤다. 스톤이터도 가끔은 심심한 모양이다. 햐르카도 통키와 같이 있기 때문에 너희 일행은 넷이다. 아니, 다섯 명이다. 러나도 네 옆에서 걷고 있으니까. 그는 환자가 푸대접을 받고 있다는 사실에 잔뜩 성이 나 있다. 러나는 얼마 전까지 의식불명이었던 환자는 뒤처져 걷기는커녕 아예 걸어 다녀서는 안 된다고 생각한다. 너는 카스트리마 사람들의 화가 러나에게까지 미칠까 봐 너와 붙어 다니면 안 된다고 말했지만, 그는 코웃음을 치면서 카스트리마가 정식으로 의학 훈련을 받은 유일한 사람을 쫓아낼 만큼 멍청하다면 자기도 여기 머물 이유가 없다고 말했다. 그건…… 흠, 좋은 지적이다. 너는 입을 다문다.

너는 러나의 예상보다 꽤 잘 버티고 있다. 가장 큰 이유는 사실 네가 그동안 혼수상태가 아니었기 때문이고, 두 번째 이유는 과거 길 위를 떠돌던 시절의 정신적, 육체적 상태를 카스트리마에 살던 일고여덟 달 동안 몽땅 잃어버리지는 않았기 때문이다. 몸에 익은 습관은 생각보다 금방 돌아온다. 느려도 꾸준히 전진할 수 있는 적당한 속도를 찾을 것, 자루를 길고 느슨하게 메서 짐의 무게가 어깨가 아니라 엉덩이 위에 분산되게 할 것, 걸을 때는 고개를 숙여서 고글 위에 재가 쌓이지 않게 할 것. 한쪽 팔을 잃은 것은 견디기 힘든 역경이라기보다 조금 불편한 정도에 불과하다. 적어도 옆에 이렇게 자발적으로 도와주려는 사람이 많을 때에는 말이다. 몸의 균형이 안 맞아 한쪽으로 삐뚤게 기울거나 존재하지도 않는 팔꿈치와 손가락이 간지럽거나 쑤실 때를 빼고 가장 힘든 점은 아침에 옷을 갈아입는 것이다. 쪼그려 앉아 넘어지지 않고 볼일을 보는 데는 용케 빨리 익숙해졌는데, 어쩌면 기저귀를 사용하다 보니 거기서 빨리 벗어나고 싶어서 그런 건지도 모르겠다.

그래서, 어쨌든 너는 꽤나 잘해 나가고 있다. 처음에는 다소 느렸지만 며칠이 지나자 점점 속도가 붙는다. 하지만 문제가 하나 있다. 네가 가야 할 곳은 이쪽이 아니다.

어느 날 밤, 통키가 네 옆에 앉는다.

"서쪽으로 더 멀리 갈 때까지 넌 아무 데도 못 가." 그녀가 다짜고짜 말한다. "내 생각엔 머츠 사막까지는 가야 할 것 같은데. 그리고 거기까지 갈 거면 이카랑 화해해야 할 거야."

너는 통키를 매섭게 노려본다. 하지만 이 정도면 통키치고는 사려 깊은 행동이다. 햐르카가 침낭 속에서 코를 골고 러나가 야영지에 있는 변소에 갈 때까지 기다렸으니 말이다. 호아는 향의 야영지 안쪽까지 들어와 가까운 곳에서 너희 일행을 노골적으로 보호하듯이 서 있다. 모닥불 불빛이 그의 검은 대리석 얼굴 아래쪽을 비춘다. 통키는 호아가 너에게 얼마나 충직한지 알고 있다. 호아에게 충직이라는 단어가 어디까지 의미하는지는 몰라도.

"이카는 날 증오해."

마침내 네가 말한다. 아무리 열심히 째려봐도 통키에게서 안타깝다거나 미안해하는 기색을 조금도 끌어 내지 못했기 때문이다.

통키가 눈동자를 데굴데굴 굴린다.

"아, 쫌! 나도 사람을 증오한다는 게 어떤 건지 알거든. 그게 아니라 이카는…… 불안한 거야. 그리고 물론 화도 좀 나 있고. 하지만 어느 정도는 네가 자초한 거잖아. 이카네 사람들을 위험하게 했으니까."

"난 그 사람들을 위험에서 구한 거야."

순간, 마치 네 말을 강조라도 하는 것처럼 야영지 건너편에서 누군가 움직이면서 잘그랑거리는 소리가 난다. 레나니스 병사로, 지난 전투 때 생포된 몇 안 되는 포로 중 한 명이다. 여자는 목에 형틀의 일종인 칼을 쓰고 있다. 목 주위에 경첩이 달린 커다란 널빤지가 채워져 있고 널빤지 양옆에 뚫린 구멍에는 두 손을 따로 끼워 고정해 놨는데, 손에 묶인 두 가닥 사슬이 다시 발목에 채운 쇠고랑과 연결되어 있다. 원시적인 방식이지만 매우 효과적이기도 하다. 러나가 포로들이 입은 타박상이나 찰과상을 치료하고 있는데, 너는 그들이 밤에 칼을 차야 하는 이유를 이해한다. 만약 상황이 반대였다면 카스트리마 사람들이 레나니스에게 받을 처우에 비하면 이 정도는 약과일 거다. 그럼에도. 눈에 보이는 형벌은 모든 것을 어색하게 만든다. 레나니스 병사들이 탈출하거나 도주할 수 있는 것도 아니기 때문이다. 형틀을 차지 않고 있더라도, 만일 어떤 포로가 지금 탈출을 하더라도, 먹을 것도 생필품도 대규모 집단의 울타리도 없다면 며칠도 안 돼 누군가의 고깃덩이가 되고 말 것이다. 목에 쓴 칼은 그저 전쟁 중에 입은 부상에 더해 모욕감을 주기 위한 것이고 앞으로 더한 고통이 있을지도 모른다는 불안감을 조성하는 장치다. 너는 눈길을 돌려 버린다.

통키는 네가 무엇을 보고 있는지 알아차린다.

"그래, 너는 카스트리마를 하나의 위험에서 구한 다음, 그에 맞먹는 또 다른 위험 속에 밀어 넣었지. 이카는 앞부분만 원했을 뿐인데 말이야."

"뒷부분을 피할 수가 없었어. 그럼 내가 로가들이 스톤이터한테 학살당하는 걸 잠자코 보고 있었어야 해? 걔가 죽게 놔둬? 놈들이 이겼다면 어차피 정동은 못 쓰게 됐을 거라고!"

"그건 걔도 알아. 그래서 걔가 널 증오하는 게 아니라고 말한 거고. 하지만……." 통키는 왜 그렇게 멍청하게 구느냐는 듯이 한숨을 푹 내쉰다. "카스트리마는 일종의 실험대였어. 정동이 아니라 거기 살던 사람들 말이야. 이카는 떠돌이들과 로가를 모아서 향을 만드는 게 얼마나 어렵고 불안한 일인지 알고 있었지. 하지만 결과가 나오고 있었잖아. 토박이들한텐 신참이 필요하다는 걸 설득했고, 모두가 로가를 똑같은 사람으로 생각하게 하는 데 성공했지. 사람들이 지하에, 언제 전부 죽을지도 모르는 사문명 유적지에 살도록 설득하는 데에도 성공했고. 심지어 그 회색 스톤이터가 나타나서 폭동이 일어날 뻔했을 때에도……."

"그걸 막은 건 나야."

너는 중얼거린다. 하지만 너는 통키의 말을 경청하고 있다.

"네가 도움이 되긴 했지. 하지만 너밖에 없었다면? 너도 너 혼자서는 아무것도 못 했을 거라는 거 알면서. 카스트리마가 성공할 수 있었던 건 이카 때문이야. 이카라면 향을 지키기 위해 자기 목숨이라도 내놓을 거라는 걸 모두 알았으니까. 카스트리마를 도와줘. 그러면 이카도 다시 네 편이 될 거야."

적도권에 있는 주인 없는 도시 레나니스에 도착하기까지는 몇 주일, 아니 몇 달이 걸릴지도 모른다.

"난 지금 나쑨이 어디 있는지 알아." 너는 속을 부글거리며 말한다. "카스트리마가 레나니스에 도착했을 쯤엔 다른 곳으로 가 버릴지도 모른다고!"

통키가 한숨을 내쉰다.

"이미 몇 주일이나 지났는걸, 에쑨."

그렇다면 나쑨은 네가 깨어나기도 전에 다른 곳으로 떠났을 것이다. 몸이 떨린다. 이성적인 것과는 거리가 멀지만, 너도 알지만, 그래도 이렇게 말한다.

"하지만 지금 출발하면, 어쩌면…… 어쩌면 그 애를 따라잡을 수 있을지도 몰라. 호아가 다시 그 애의 파장을 찾아내면 내가……."

너는 입을 다문다. 왜냐하면 그때, 가냘프게 떨리고 있는 네 갈라진 목소리가 귀에 들어오고, 녹슬긴 했지만 아직 무뎌지지는 않은 모친의 본능이 어디선가 불쑥 튀어나와 너를 꾸짖기 때문이다. 그만 좀 징징대지 못해? 너는 지금 징징거리고 있다. 그래서 너는 남은 말을 속으로 삼키지만, 그래도 여전히 떨고 있다. 아주 조금.

통키가 고개를 살래살래 젓는다. 그녀의 얼굴에 떠오른 표정은 연민이거나, 아니면 네가 처량하고 한심하다고 생각하고 있는지도 모르겠다.

"너도 그게 안 좋은 생각이라는 걸 알잖아. 하지만 그래도 꼭 가야겠다면 지금 당장 준비하는 게 좋을 거야."

통키가 고개를 돌린다. 그녀를 책망할 수는 없다. 안 그래? 하나 둘도 아니고 몇 개나 되는 공동체를 파괴하고 무너뜨린 여자를 따라 위험할 게 빤한 여행을 떠날 것인가, 아니면 이론적으로는 곧 보금자리를 찾을 향과 동행할 것인가? 물어볼 필요도 없는 질문이다.

하지만 너는 통키가 어떤 선택을 할지 속단하지 말았어야 한다. 통키가 한숨을 뿜고, 너는 마음을 다잡고 방금까지 의자처럼 사용하던 바위 위에서 자세를 고쳐 앉는다.

"보급 담당한테 가서 대거리 좀 하고 나면 생필품을 얻어 올 수 있을 거야. 혁신자한테 필요한 재료를 찾으러 나갔다 온다고 핑계를 대면 되겠지. 내가 워낙 자주 그래서 익숙하거든. 하지만 두 사람 몫을 챙길 수 있을지는 모르겠어."

네가 지금 통키에게 얼마나 고마움을 느끼고 있는지, 조금 놀라울 정도다. 흠. 충직이라는 표현은 그다지 맞지 않을 것 같다. 애착이라고 해야 할까? 어쩌면 네가 아주 오랫동안 그녀의 연구 대상이었기에, 그래서 고요 대륙의 절반을 횡단해 수십 년간 너를 뒤쫓아왔기에 지금 와서 너를 놓아주고 싶지 않은지도 모르겠다.

하지만 너는 얼굴을 찡그린다.

"둘? 셋이 아니라?"

너는 통키와 햐르카가 잘 되고 있다고 생각했다.

통키가 어깨를 으쓱하더니 공동 솥에서 가져온 콩과 쌀이 담긴 작은 그릇 속으로 들어가기라도 할 것처럼 어색하게 몸을 수그린다. 음식을 삼킨 뒤, 통키가 말한다.

"난 최대한 보수적으로 판단하는 걸 선호하거든. 너도 그래야 하고."

요즘 너에게 점점 애착이 늘고 있는 것 같은 러나를 말하는 거다. 도무지 이유를 모르겠다. 엄밀히 말해 너는 그다지 매력적이지 않다. 옷은 재투성이에 한쪽 팔은 없고, 더구나 그는 네게 반쯤 화가 나 있다. 항상이 아니라는 게 신기할 정도다. 러나는 항상 이상한 아이였다.

"그건 그렇고, 네가 생각해 봐야 될 문제가 하나 있는데. 나쑨을 발견했을 때, 갠 뭘 하고 있었어?"

너는 몸을 움찔 튕긴다. 왜냐하면, 젠장, 통키가 이번에도 또 배려심 없이 네가 입 밖에 내고 싶지 않은 것을 적나라하게 꺼내 들었기 때문이다.

그리고 왜냐하면, 네가 그 순간을 기억하기 때문이다. 문의 힘이 봇물처럼 터지며 너를 타고 세차게 흘렀을 때, 네가 뻗어 미치고 닿아 익숙한 공명이 역시 네게 닿는 것을 느낀 그 순간. 깊고, 푸르고, 이상하게 문의 연결에 저항하는 무언가가 증폭시켜 되돌려 보낸 파동. 문이 네게 말했다. 그것은 사파이어라고.

열 살짜리 네 딸이 오벨리스크로 무엇을 하고 있는 걸까?

열 살짜리 네 딸은 어떻게 오벨리스크를 움직이고도 무사한 걸까?

너는 그 접촉의 순간에 느낀 것을 떠올린다. 나쑨이 태어나기 전부터 잠재워 왔고 아이가 두 살이 되던 때부터 직접 훈련시켜 익숙한 조산력의 울림…… 전보다 훨씬 예리하고 강렬하다. 너는 나쑨에게서 사파이어를 빼앗으려는 게 아니었다. 오벨리스크의 문은 오닉스의 복잡한 격자 패턴 속에 새겨져 있는, 오래전에 죽은 창조자의 명령에 따르고 있었을 뿐이다. 하지만 나쑨은 사파이어를 지키는 데 성공했다. 네 딸은 오벨리스크의 문과 싸워 물리쳤다.

네 어린 딸은 도대체 어떤 길고 암울한 1년을 보냈기에 그런 놀라운 능력을 갖게 된 걸까?

"넌 걔가 지금 어떤 상태인지 모르잖아." 통키가 말한다. 덕분에 너는 끔찍한 상념 속에서 탈출해 다시 통키의 말에 집중한다. "어떤 사람들이랑 같이 살고 있는지도 모르고. 걔가 남극권에 있다고 했지? 동해안 근처에? 그쪽 지방은 확실히 아직 계절이 심하진 않을 거야. 그래서 걔를 어떻게 할 건데? 네 딸을 안전하고, 배도 채울 수 있고, 아직 하늘도 볼 수 있는 향에서 억지로 끌고 나와서 열개 바로 옆에 붙어 있는 향으로 데려올 거야? 하루 종일 흔들이 일어나고, 옆에 붙어 있는 가스 구멍이 언제든 사람들을 전부 죽여 버릴 수도 있는데?" 통키가 너를 뚫어지게 쳐다본다. "딸을 돕고 싶은 거야, 아니면 그냥 네 옆에 데리고 있고 싶은 거야? 그 두 개는 완전히 다르다고."

"지자가 우체를 죽였어."

너는 대꾸한다. 이제는 그 말을 할 때도 괴롭지 않다. 그들을 생각하지 않는다면. 네 아들의 체취, 자그마한 웃음소리, 아니면 담요 아래 누워 있는 작은 몸뚱이만 떠올리지 않는다면. 코런덤에 대해 생각하지 않는다면. 너는 슬픔과 죄책감이라는 두 갈래의 욱신거림을 분노로 찍어 누른다.

"그놈이랑 나쑨을 떼어 놔야 해. 그 자식이 내 아들을 죽였어!"

"하지만 딸은 아직 안 죽였잖아. 시간이 얼마나 지났지? 스무 달? 스물한 달? 거기엔 분명히 의미가 있어." 통키가 사람들 사이를 헤치며 이쪽으로 걸어오는 러나를 힐끗 보고는 한숨을 내쉰다. "어쨌든 잘 생각해 봐. 내가 하고 싶은 말은 그것뿐이야. 그리고 내가 이런 말을 한다는 게 나도 안 믿기지만, 네 딸도 오벨리스크를 사용할 줄 아는데 지금은 나도 그 애를 연구하러 못 가고 있다고." 통키가 좌절감에 가득 찬 신음을 뱉어 낸다. "이 빌어먹을 계절이 정말 너무 싫어. 삭아죽을 만치 현실적으로 굴어야 하잖아."

너는 그만 웃음을 터트리고 만다. 비록 맥 빠진 웃음이긴 하지만. 통키가 제시한 문제들은 당연히 생각해 봐야 할 것들이고, 그중 몇 개는 너도 답할 수가 없다. 그날 밤, 그리고 그 후로 며칠간 너는 그녀의 질문에 대해 깊이 고민한다.

레나니스는 서해안 근처에 있다. 머츠 사막을 조금 지나서다. 레나니스에 도착하려면 사막을 횡단해야 한다. 옆으로 돌아가려면 엄청나게 오랜 시간이 걸리기 때문이다. 몇 달이냐 몇 년이냐의 문제다. 하지만 지금 너희가 있는 남중위 중앙은 도로도 꽤 쓸 만하고 강도떼나 야생동물의 습격도 없었다. 사냥꾼들은 향의 저장고에 도움이 될 많은 먹거리를 구해 왔고, 가져오는 사냥감도 늘었다. 별로 신기한 일은 아니다. 더는 벌레 떼와 경쟁할 필요가 없어졌기 때문이다. 하지만 충분할 정도는 아니다. 작은 들쥐나 가금류로는 천 명 남짓한 향민들을 오래 지탱할 수 없다. 그래도 아무것도 없는 것보다야 낫지.

사막이 가까워지고 있음을 알리는 징조들이(앙상한 뼈대만 남은 숲이

옮어지고, 지대가 평평해지고, 지층 속 지하수면이 낮아지고) 나타나기 시작하자 너는 드디어 이카와 이야기를 나눌 때가 됐다고 결정한다.

너희는 돌숲[石林]에 들어와 있다. 크고 날카로운 검은 뾰족 기둥들이 머리 위 하늘을 불규칙하게 할퀴는 곳. 이런 돌숲은 세계에서 몇 군데 되지 않는다. 대부분은 흔들 때문에 무너지거나 아니면, 펄크럼이 존재하던 시절에는 펄크럼의 검은 옷이 지방 향의 의뢰를 받고 없애버리기 때문이다. 이런 돌숲에서는 향이 살 수 없고, 번영 중인 향들은 주변에 이런 지대가 있는 것을 좋아하지 않는다. 돌숲은 쉽게 무너지는 데다 숲 안쪽을 전부 괴멸시킨다는 점 외에도, 수굴(水窟)이나 물에 삭아 구멍이 숭숭 뚫린 공간이 많아 위험한 식물이나 동물군의 훌륭한 서식지가 될 수 있다. 그리고 물론, 사람도.

길은 돌숲 한가운데로 곧게 뚫려 있는데, 정말 말도 안 되는 소리다. 이런 곳에 길을 닦다니 제정신일 리가 없다. 만약에 어떤 사향주 지사가 강도떼가 옳다구나 달려들 이런 도로를 세금을 써서 만들자고 했다면 아마 다음 선거 때 자리를 빼앗기거나…… 아니면 한밤중에 등에 칼을 맞을 거다. 그래서 그 길은 네가 이곳이 뭔가 잘못됐다는 느낌을 받게 된 첫 번째 이유다. 두 번째 단서는 숲에 초목이 거의 없다는 점이다. 물론 계절이 시작되고 좀 됐으니 식물을 찾아보기가 쉽지 않은 게 당연하지만 애초에 여기서 초목이 자라고 있었다는 흔적 자체가 거의 없다는 게 문제다. 다시 말해 이 돌숲이 아주 최근에 생겨났기에 비바람에 바위가 부식돼 초목이 자라는 데 필요한 환경이 아직 조성되지 못했다는 의미다. 어느 정도로 최근이냐면, 이 숲은 계절이 시작되기 전에는 존재하지 않았다.

세 번째 단서는 네 보님기관이 알려 주었다. 대부분의 돌숲은 석회암이고 수십, 수백만 년에 걸친 물의 침식작용으로 형성된다. 이 숲은 검은 흑요석이다. 화산 활동이 만들어 낸 유리석. 날카롭고 뾰족한 기둥들은 위로 곧게 솟은 게 아니라 안쪽으로 둥글게 휘어 있다. 심지어 길 위를 둥근 아치 지붕처럼 덮고 있는 것들도 있다. 가까이 다가가 살펴볼 수는 없어도 네게는 전반적인 패턴이 보녀진다. 이 숲은 용암이 분출 중에 굳어 생성된 것이다. 하지만 주변의 지각층이 무너지고 폭발했는데도 길은 전혀 손상된 곳이 없다. 아름다운 작품이다, 정말로.

네가 찾아낸 이카는 한 카스트리마인과 언쟁을 벌이고 있다. 이카는 돌숲을 한 30미터쯤 앞두고 정지 명령을 내렸는데, 삼삼오오 모여 있는 사람들은 여기서 잠시 쉬겠다는 건지 아니면 꽤 늦은 시간이니 아예 야영지를 꾸리겠다는 건지 알 수가 없어 고민하는 것 같다. 이카와 말다툼을 벌이고 있는 사람은 에스니, 카스트리마의 완력꾼이자 완력꾼 신분의 대표다. 네가 두 사람에게 다가가 옆에 서자, 에스니가 불안한 눈빛으로 힐긋 쳐다보지만 네가 고글과 가리개를 벗자 표정이 다소 누그러진다. 그녀가 너를 알아보지 못한 건 체온을 유지하려고 빈 소매에 헝겊을 채워 넣었기 때문이다. 에스니의 반응은 그나마 모든 카스트리마인이 네게 화가 나 있는 건 아니라는 반가운 신호다. 에스니가 지금 살아 있는 건 네가 스톤이터들을 수정기둥에 가둬, 레나니스 병사들이 전망대를 지키던 완력꾼 부대를 돌파하는 최악의 상황에 종지부를 찍을 수 있었기 때문이다.

하지만 이카는 돌아보지도 않는다. 네가 여기 있다는 걸 보닐 수 있으면서도. 이카가 입을 연다. 에스니를 향한 것이겠지만 네게도 해당될 수 있는 말이다.

"어쨌든 지금은 듣고 싶지 않아."

"잘됐군. 왜냐하면 난 네가 왜 여기서 멈추자고 했는지 정확히 알고 있고, 그게 좋은 생각이라고 생각하거든."

네 목소리는 쓸데없이 조금 크다. 너는 에스니에게 눈짓으로 지금 여기서 이카와 결판을 낼 작정이니 빠지는 게 좋을 거라는 눈치를 준다. 하지만 향의 방어군을 이끄는 여자는 쉽게 겁먹지 않는 법. 그래서 너는 에스니가 재밌다는 표정으로 가슴 앞에 팔짱을 끼고는 좋은 구경을 할 준비를 하는 걸 보고도 별로 놀랍지 않다.

이카가 느릿느릿, 너를 향해 고개를 돌린다. 짜증과 불신이 뒤섞인 표정이다.

"이해해 주셔서 고맙네." 전혀 고맙지 않다는 어조다. 그러고는 덧붙인다. "어차피 네 생각엔 관심도 없지만."

너는 이를 꽉 문다.

"너도 보니지? 저건 네 반지 아니면 다섯 반지의 작품이야. 물론 지금은 나도 야생 출신도 흔치 않은 능력을 가질 수 있다는 걸 알지만 말이야."

그건 이카를 말하는 것이다. 너는 지금 평화의 올리브 가지를 내밀고 있다. 아니면 그냥 추켜세우는 것일 수도 있고.

이카는 쉽게 넘어오지 않는다.

"어두워지기 전에 최대한 많이 갈 거야. 저 안에서 야영을 할 거고.” 이카가 돌숲을 향해 고개를 까딱인다. “하루에 넘기는 너무 크니까. 돌아갈 수도 있긴 한데 뭔가…….”

눈동자의 초점이 흐릿해지더니 이카가 이맛살을 찌푸리며 다시 고개를 돌려 버린다. 네게 약한 모습을 보여 주기 싫은 것이다. 이카는 뭔가를 보닐 수 있을 만큼 예민하지만 그게 뭔지 정확하게 알 수 있을 정도는 아니다.

너는 여러 해 동안 조산술을 이용해 땅속에 묻힌 돌을 읽는 법을 배웠고, 그래서 자세한 정보를 보충해 준다.

“저쪽엔 나뭇잎으로 덮어 놓은 꼬챙이 함정이 있어.” 너는 돌숲 한쪽에 있는 오래된 낙엽 무더기를 고개로 까딱한다. “그 뒤쪽엔 올가미 덫이 설치되어 있고. 몇 개인지는 몰라도 철사와 밧줄이 만든 운동에너지 장력이 상당히 보녀지네. 반대쪽으로 돌아간대도 돌숲 경계를 따라 미리 군데군데 잘라 놓은 돌기둥과 바윗돌이 설치돼 있지. 돌사태를 일으키기 쉽게 말이야. 그리고 전략적 요충지에는 돌기둥 바깥면을 따라 구멍이 뚫려 있어서, 거기서 석궁이나 아니면 평범한 활과 화살이라도 쏘면 피해가 크겠어.”

이카가 한숨을 쉰다.

“그래, 그러니까 질러 가는 게 제일 좋은 방법이지.”

그러면서 이카는 에스니를 흘겨본다. 에스니는 돌아서 가자고 주장하고 있었던 모양이다. 에스니도 한숨을 내쉬고는 어깨를 으쓱이며 마지못해 패배를 수긍한다.

너는 이카를 똑바로 응시한다.

“이 숲을 만든 게 누군지는 몰라도, 만약에 아직 살아 있다면 한 마디 경고도 없이 몇 초 만에 향 사람들 절반은 얼려 버릴 수 있을 거야. 숲을 통과할 생각이라면 우리들을 나눠서 경계와 잡일을 교대로 돌려야 해. 여기서 우리라는 건 제어력이 뛰어난 오로진을 말하는 거고, 오늘 밤에는 우리 모두 깨어 있어야 해."

이카가 눈을 가늘게 뜬다.

"왜?"

"만약에 놈들이 기습을 했는데 자고 있다면……." 너는 오늘 밤 기습이 있을 거라고 확신한다. "본능적으로 반응할 테니까."

이카가 얼굴을 찡그린다. 그녀는 평범한 야생 출신이지만 오로진이 자다가 본능적으로 조산술을 쓰면 어떤 사태가 생길지 정도는 알고 있다. 도적 떼에게 죽지 않은 사람들도 오로진 때문에 목숨을 잃을 것이다.

"제기랄." 이카는 오랫동안 먼 곳을 응시한다. 혹시 네 말을 믿지 않는 건가 했는데 그냥 생각에 잠긴 건가 보다. "좋아. 그럼 사람들을 교대로 경계를 세운다. 로가들에게는 망보는 일을 맡기지 말고, 그래, 얼마 전에 구해 온 야생콩 까는 일을 맡기면 되겠네. 아니면 완력꾼들이 짐을 질 때 사용하는 멜빵을 수선하라고 하든가. 내일 수레에는 우리가 타야 할 테니까. 오늘 밤을 새우면 내일은 피곤해서 제대로 못 걸을 거야."

"그래, 그런데……." 너는 잠시 주저한다. 아직은 아니다. 너는 이들에게 네 약점을 시인할 수 없다. 아직은 안 된다. 그렇지만. "난 빠져야 해."

그 즉시 이카의 눈이 가늘어진다. 에스니가 네게 의심 어린 눈초리를 던진다. 마치 이제까지 잘하고 있었는데라고 말하는 것처럼. 너는 재빨리 덧붙인다.

"지금으로선 내가 뭘 할 수 있을지 모르겠어. 카스트리마 지하에서 그 일을 하고 나서…… 난 변했거든."

거짓말이 아니다. 너는 무심코 멀쩡한 손을 뻗어 빈 소매를 만지작거린다. 아무도 네 팔이 사라진 자리를 볼 수는 없지만 왠지 과민하게 의식하게 된다. 호아는 알라배스터의 팔에 선명한 이빨 자국을 남긴 안티모니와는 달리 그런 방식을 별로 좋아하지 않는 모양이다. 네 팔 그루터기의 끝부분은 모난 데 없이 둥그스름하고 마치 사포질을 한 것처럼 반질하다. 싹아빠질 완벽주의자 같으니.

이카의 시선이 네 손동작을 좇더니 얼굴을 찌푸린다.

"허, 그래. 그렇겠지." 이카의 턱 근육이 실룩거린다. "그래도 보니는 건 잘하는 거 같은데."

"그래. 망보는 걸 도와줄 순 있어. 하지만 난…… 아무것도 하면 안 돼."

이카가 고개를 젓는다.

"좋아. 그럼 밤에 제일 마지막 교대를 서."

그건 사람들이 가장 꺼려하는 순번이다. 이제 밤이 되면 기온이 물이 어는 수준까지 떨어지기 때문에 가장 추운 때이기도 하고, 그 시간이면 대부분의 사람들은 따뜻한 침낭 속에 누워 있는 걸 선호한다. 게다가 가장 위험한 시간대이기도 하다. 머리를 쓸 줄 아는 약탈자들이라면 방어군이 잠에 취해 굼떠질 때까지 기다릴 테니까. 너는 이게 신뢰의 표시인지 아니면 일종의 벌인지 알 수가 없다. 그래서 시험 삼아 물어본다.

"무기라도 하나 줄 수 있을까?"

너는 티리모를 떠나고 몇 달 뒤에 갖고 있던 칼을 괴혈병을 늦추기 위해 장미 열매와 맞바꾼 뒤로는 무기를 가져 본 적이 없다.

"안 돼."

삭아빠져죽을. 너는 팔짱을 끼려다 빈 소매가 홱 젖혀지자 그럴 수 없다는 걸 깨닫고는 얼굴을 찌푸린다.(이카와 에스니도 똑같이 찡그린다.)

"그럼 어쩌라고. 소리라도 질러? 내가 못마땅하다는 이유로 향 전체를 위험에 빠트릴 거야?"

이카가 눈동자를 굴린다.

"삭아빠져죽을." 머릿속 생각이 메아리치는 것 같아 너는 눈살을 찌푸린다. "믿을 수가 없다. 넌 내가 정동 때문에 화가 난 줄 알아?"

너는 저도 모르게 에스니를 쳐다본다. 에스니가 너희 둘의 심경을 대변하듯 뭐야, 그럼 아니야?라는 표정으로 이카를 쳐다본다.

이카가 너희 둘을 이글거리며 쏘아보더니 손바닥으로 얼굴을 문지르면서 긴 한숨을 쉰다.

"에스니, 넌 그만…… 젠장. 가서 완력꾼이 할 일이나 찾아봐. 에씨, 너는…… 이리 와. 나랑 좀 걷자."

이카가 답답하다는 듯이 거칠게 손짓한다. 너는 화가 난다기보다는 어리둥절하다. 이카가 몸을 돌려 걷기 시작하자 너는 그 뒤를 따라간다. 에스니가 어깨를 으쓱하더니 사라진다.

너희 둘은 한참 동안 묵묵히 야영지를 가로지른다. 모두들 돌숲이 얼마나 위험한지 알고 있는지 이제껏 네가 본 중 가장 분주하게 밤을 준비하고 있다. 완력꾼 몇몇은 수레에 실려 있는 물건들을 옮기고 있다. 중요한 필수품을 바퀴가 더 튼튼한 수레에 실어 무게를 분산한다. 그러면 급할 때 필요한 것만 챙겨서 금방 출발할 수 있다. 사냥꾼들은 근처에서 죽은 어린나무나 나뭇가지를 구해 와 끝을 뾰족하게 다듬고 있다. 야영지가 완성되면 주변에 둘러 꽂아 약탈자들을 몰아넣을 살상지대를 만들기 위해서다. 나머지 완력꾼들은 시간이 난 김에 눈을 붙이고 있는데, 밤이 되면 순찰을 돌거나 야영지 끄트머리에서 자야 하기 때문이다. 돌의 가르침은 전한다. 완력꾼을 이용해 모두를 지켜라. 인간 방패가 되는 게 싫은 완력꾼은 자신의 쓸모를 증명해 다른 신분이 되거나 아니면 다른 향으로 떠나야 한다.

너는 임시로 파 놓은 길가의 변소 도랑을 지날 때 저도 모르게 코를 찡그린다. 벌써 예닐곱 명이 쭈그려 앉아 있고 어린 내항자 몇 명이 삽으로 모래를 떠서 덮는 내키지 않는 일을 하기 위해 근처에서 있다. 오늘은 흔치 않게 차례를 기다리는 줄이 만들어져 있다. 이렇게 많은 사람들이 한꺼번에 장을 비워야 한다는 것도 별로 놀랄 일은 아니다. 여기, 돌숲의 어두운 그림자 밑에서는 모두가 신경이 날카로워져 있다. 아무도 어둠이 깔린 뒤에 바지를 내리고 있다가 뒤통수를 맞고 싶지는 않은 법이니까.

너도 조만간 도랑을 사용해야 할지도 모른다는 생각을 하고 있을 때, 이카가 너를 그 우스꽝스러운 생각 속에서 불쑥 끄집어낸다.

"넌 아직도 우리를 안 좋아하는 거야?"

"뭐라고?"

이카가 야영지를 향해 손짓한다. 카스트리마 향 사람들.

"벌써 카스트리마에 산 지 1년 가까이 됐는데, 너 친구는 있어?"

너. 너는 반사적으로 생각한다.

"없어."

이카는 한참 동안 너를 물끄러미 바라보고, 너는 양심의 가책을 느끼며 혹시 이카가 자기 이름을 말해 주길 원한 건가 생각한다. 이내 이카가 한숨을 쉰다.

"아직도 러나랑은 안 뒹굴었고? 사람 취향이야 제각각이라지만 번식사들 말로는 대놓고 티가 난다던데. 나는 남자가 필요할 때는 말수가 적은 애로 골라. 솔직히 그 점에선 여자들이 훨씬 낫지. 분위기를 안 망치는 방법을 알거든."

이카가 기지개를 펴더니 등이 뻐근한지 얼굴을 찡그린다. 너는 그새를 틈타 죽고 싶을 정도로 당황한 표정을 허둥지둥 지운다. 그놈의 삭아빠질 번식사들은 할 일도 없나?

"아니."

"아직도?"

너는 한숨을 쉰다.

"아직…… 아니야."

"삭을, 도대체 왜 그렇게 빼는 건데? 당장 내일 뭔 일이 생길지도 모르는 세상에."

너는 이카를 노려본다.

"나한테 관심 없는 줄 알았는데?"

"없어. 하지만 그게 내가 하고 싶은 말이랑 연관이 있거든."

이카는 너를 수레 쪽으로 데려간다. 적어도 처음에는 그런 것 같았다. 하지만 너희는 수레를 그냥 지나치고, 너는 놀라서 몸을 굳힌다.

여기 모여 앉아 음식을 먹고 있는 것은 레나니스의 포로들이다. 모두 일곱 명. 평범하게 앉아 있는 모습마저 카스트리마 사람들과는 다르다. 모두 순수한 산제인이거나 구별이 안 될 만큼 산제인에 가깝다. 평균보다 체격이 좋고 건장한데, 갈기처럼 풍성한 긴 회발을 늘어뜨렸거나, 귀 옆 머리를 치고 여러 가닥으로 땋았거나, 강한 인상을 주려고 복슬복슬한 머리를 짧게 밀었다. 목에 차고 있던 칼은 바닥에 놓여 있지만 죄수들을 연결한 사슬은 그대로 채워져 있다. 옆에서는 완력꾼들이 감시 중이다.

너는 그들이 음식을 먹고 있다는 데 놀란다. 아직 밤을 보내기 위한 야영지가 다 완성되지도 않았다. 보초를 서고 있는 완력꾼들도 식사를 하고 있지만 그건 이해할 수 있다. 그들은 곧 다가올 기나긴 밤에 대비해야 하기 때문이다. 너와 이카가 가까이 다가가자 레나니스인들이 고개를 들어 너희를 쳐다보고, 너는 순간적으로 발을 멈춘다. 포로 중에 아는 얼굴이 있다. 다넬, 레나니스 군의 장군. 그녀는 건강하고, 칼 때문에 목과 손목 주위에 난 찰과상을 제외하면 다친 곳도 없다. 네가 다넬을 마지막으로 봤을 때 그녀는 너를 죽이기 위해 웃통 벗은 수호자를 불러냈었다.

다넬도 너를 알아봤는지 입가에 체념에 가까운 씁쓸한 곡선을 그리며 입을 꾹 다문다. 그러더니 보란 듯이 네게 고개를 끄덕이고는 다시 음식이 담긴 그릇에 집중한다.

놀랍게도 이카가 다넬 옆에 웅크려 앉는다.

"그래, 음식은 먹을 만해?"

다넬은 음식을 씹으며 어깨를 으쓱일 뿐이다.

"없는 거보단 나으니까."

"맛있어." 반대쪽에 앉은 다른 포로가 대답한다. 다른 포로들이 노려보자 그는 어깨를 으쓱해 보인다. "하지만 진짜 그런걸."

"우리한테 수레를 끌게 하려는 거야."

다른 사내가 그를 째려보며 내뱉는다.

"그건 그래." 이카가 말한다. "잘 맞혔어. 카스트리마의 완력꾼은 배급품과 잠자리를 받을 수 있지. 향에 기여한 보답으로 말이야. 레나니스에선 너희한테 뭘 줬어?"

"삭아빠질 자부심이지."

처음 대답한 포로를 노려보던 사내가 아까보다 더 반항적인 눈초리로 대답한다.

"폴드, 닥쳐." 다넬이 말한다.

"잡종 새끼들 주제에 지들이 무슨……."

다넬이 음식이 든 그릇을 바닥에 탁 하고 내려놓는다. 사내가 즉시 입을 턱 닫더니 잔뜩 긴장한다. 그의 눈이 약간 커다래진다. 잠시 후 다넬이 다시 그릇을 집어 들고 우물거리기 시작한다. 그러는 동안 표정 하나 바뀌지 않았다. 너는 다넬이 어린아이를 키운 경험이 있을 거라고 생각한다.

이카가 한쪽 무릎에 팔꿈치를 괴고 주먹 위에 턱을 올려놓더니 한참 동안 폴드를 관찰한다. 그러고는 다넬에게 말한다.

"저 녀석을 어떻게 해 줄까?"

폴드가 얼굴을 찌푸린다.

"뭐?"

다넬이 어깨를 으쓱한다. 손가락으로 빈 그릇 안쪽을 둥글게 훑어 남은 국물을 마지막 한 방울까지 싹싹 비워 낸다.

"내가 뭐라고 할 수 있는 처지가 아닌데."

"별로 똑똑하진 않은 것 같군." 이카가 입술을 꾹 다문 채 남자를 이리저리 뜯어본다. "생긴 건 나쁘지 않은데 생김새보다는 머리가 나빠서 번식을 하기도 힘들겠어."

다넬은 한동안 아무 말도 하지 않는다. 어리둥절한 폴드가 이카와 다넬을 번갈아 쳐다본다. 다넬이 한숨을 크게 내쉬며 시선을 들어 폴드를 바라본다.

"내가 뭐라고 하길 바래? 난 이제 이 녀석 상관이 아니야. 처음부터 바라던 자리도 아니었고. 징집된 거였지. 삭아빠질, 이젠 나하고 아무 상관도 없다고."

"믿을 수가 없어." 폴드의 목소리는 지나치게 크고, 당혹감이 역력하다. "난 널 위해 싸웠는데."

"그리고 졌지." 다넬이 고개를 흔든다. "이젠 생존과 적응의 문제야. 레나니스에서 산제와 잡종에 대해 들은 헛소리는 전부 잊어버려. 항을 결집시키려는 선전 문구였을 뿐이니까. 이젠 사정이 달라졌어. 필요가 유일한 법이지."

"지금 나한테 삭아죽을 돌의 가르침을 인용하는 거야?"

"네가 못 알아먹으니까 그러는 거잖아." 음식이 맛있다고 대답한 남자가 받아친다. "이 사람들은 우리한테 먹을 걸 주고 있어. 쓸모 있어질 기회를 주는 거라고. 이건 시험이야, 이 멍청아. 우리가 이 향에서 자리를 얻을 수 있을지 시험하는 거라고!"

"이 향이라고?" 폴드가 두 팔을 크게 벌린다. 그의 웃음소리가 바위 사면에 반사돼 울려 퍼지자 사람들이 무슨 문제가 생긴 건 아닌지 이쪽을 힐끔거린다. "뭔 소리를 하는 거야? 이놈들은 가망이 없어. 우리가 쓸어 버린 향 중에 하나를 찾아서 들어가든가, 빨리 궁둥이 붙이고 살 곳을 찾아야지, 이딴……."

이카는 태연하게 몸을 일으키지만, 너를 속일 수는 없다. 다음 순간 무슨 일이 벌어질지 모두가 예상할 수 있다. 심지어 폴드마저도. 하지만 그는 머리가 너무 굳은 나머지 현실을 인식하지 못한다. 이카가 다리를 펴고 일어나 무심한 손짓으로 어깨에 묻은 재를 툭툭 털더니 둥글게 모여 앉아 있는 죄수들의 뒤편으로 돌아가, 폴드의 머리에 손을 얹는다. 그가 몸을 꿈틀대며 그녀의 손을 떨쳐내려 한다.

"그 녹병들 손 치우지 못……?"

하지만 그의 말은 거기서 끊긴다. 두 눈이 휘둥그레진다. 이카가 폴드에게 그것을 시전한다. 지하 카스트리마에서 사람들이 오로진을 구타하고 살해할지도 모르는 폭도로 변해 가던 그때 커터에게 한 일. 너는 무슨 일이 일어날지 알기 때문에, 이번에는 이카가 그 이상한 파동을 주입할 때 더 잘 대처할 수 있다. 그것은 분명히 마법이다. 사람의 몸 안 입자들 사이에서 춤추고 있는 가늘고 깜박이는 은빛 실을 조종하는 것. 이카가 발산한 파동이 폴드의 뇌 아래쪽, 보님기관 바로 위에 있는 은빛 매듭을 재빨리 절단한다. 육신에는 상처 하나 나지 않았지만 마법적으로는 그의 머리를 자른 거나 마찬가지다.

폴드의 몸이 서서히 뒤쪽으로 기울고, 이카가 한 발짝 옆으로 비켜서자 바닥으로 힘없이 쿵 하고 쓰러진다.

레나니스 여자 하나가 깜짝 놀라 헛숨을 들이켜며 허둥지둥 뒤로 물러나자 묶여 있던 사슬이 짤랑거린다. 보초들은 불편한 기색으로 시선을 교환하지만 별로 놀라지는 않는다. 이카가 커터에게 한 일은 향 전체에 파다하게 퍼졌다. 줄곧 한마디도 하지 않았던 레나니스 남자가 해안지방 혼성어로 욕설을 내뱉는다. 우텁어가 아니라서 이해할 수는 없지만 그가 얼마나 겁을 먹었는지 확연하게 알 수 있다. 다넬은 그저 한숨을 쉴 뿐이다.

이카도 한숨을 내쉬며 죽은 사내를 내려다본다. 그러고는 다넬을 쳐다본다.

"미안."

다넬이 힘없이 웃는다.

"우리 둘 다 노력은 했어. 그리고 네 입으로 말했잖아. 저 친구가 별로 똑똑하진 않다고."

이카가 고개를 끄덕인다. 그러고는 이유는 모르겠지만 눈을 들어 너를 쳐다본다. 방금 있었던 일에서 네가 뭘 배워야 하는 건가?

"족쇄를 풀어 줘." 이카가 말한다. 너는 일순 당황하지만 이내 그게 보초들을 향한 명령이라는 것을 깨닫는다. 보초 하나가 동료에게 뭐라 속삭이고, 둘은 열쇠꾸러미를 뒤지기 시작한다. 이카가 스스로에게 진저리를 치며 외친다. "오늘 보급 담당 누구야? 멤시드? 내항자들 몇 데리고 와서 이거 처리하라고 해."

그러고 나서 폴드를 향해 고개를 까딱인다.

순간 모두가 얼어붙는다. 하지만 누구도 반박하지는 못한다. 사냥꾼이 구해 오는 식량이 다소 늘어나긴 했지만 카스트리마는 지금 보유한 것보다 훨씬 많은 단백질을 필요로 하고, 그들 앞에는 사막이 기다리고 있다. 언제든 이렇게 될 예정이었다.

하지만 한 차례 정적이 지난 후에, 너는 이카에게 다가간다.

"정말로 이렇게 할 거야?"

나지막한 음성으로 묻는다. 보초 중 한 명이 다가와 다넬의 발목에 채워져 있던 쇠고랑을 풀어 준다. 얼마 전까지 카스트리마의 모든 향민을 죽이려 했던 다넬. 너를 죽이려 했던 다넬.

"안 될 건 뭔데?" 이카가 어깨를 으쓱한다. 죄수들도 들을 수 있을 만큼 커다란 목소리다. "레나니스랑 있었던 전투 때문에 완력꾼이 부족한 상태야. 덕분에 여섯 명 자리는 채웠네."

"기회만 생기면 우리를, 아니면 적어도 너를 등 뒤에서 찌를 놈들이잖아!"

"내가 먼저 눈치 채고 죽여 버리지 않는다면 그렇겠지. 하지만 정말로 그런다면 진짜 멍청한 것들일 테지. 내가 저 중에 제일 멍청한 놈을 처리한 데에는 다 이유가 있어."

너는 이카가 레나니스인 포로들을 너무 겁주지 않으려고 애쓰고 있다는 느낌을 받는다. 그녀는 그저 사실을 말하고 있을 뿐이다.

"있지, 내가 너한테 항상 말하고 싶었던 게 이거야, 에씨. 세상은 적과 친구로 나뉘어 있는 게 아니야. 네게 도움이 될 사람들과 방해가 될 사람들로 이뤄져 있지. 쟤네들을 다 죽여 봤자 얻는 게 뭔데?"

"우리의 안전?"

"안전을 확보하는 방법에는 여러 가지가 있어. 그래, 이렇게 하면 내가 한밤중에 찔려 죽을 확률은 높아지겠지. 하지만 대신에 우리 향이 더 안전해질 수 있어. 그리고 향이 강해질수록 우리 모두가 살아서 레나니스에 도착할 확률은 늘고." 이카가 어깨를 으쓱하더니 돌숲을 돌아본다. "이걸 만든 사람은 우리랑 같아. 능력도 뛰어나고. 우린 그 능력이 필요해."

"잠깐만, 설마 네가 노리는 게……." 너는 고개를 세차게 흔든다. 도무지 믿을 수가 없다. "날강도 야생 오로진을 입향시키겠다는 거야?"

하지만 문득, 너는 입을 다문다. 왜냐하면 아주 오래전, 너는 날강도 야생 오로진을 사랑했으므로.

이논을 추억하며 애도하는 너를, 이카가 빤히 쳐다보고 있다. 그러더니 놀랍도록 상냥한 어조로 말한다.

"난 단순히 내일까지 살아남는 것보다 더 장기적인 계획을 세우고 있어, 에씨. 너도 이번엔 내 방식을 따라 보는 게 어때?"

너는 묘한 반항심이 치미는 것을 느끼며 고개를 픽 돌려 버린다. 너는 이제껏 내일 다음을 상상하는 사치를 누릴 기회를 가져 본 적이 없다.

"난 향장이 아냐. 그냥 로가일 뿐이지."

이카가 놀리듯이 고개를 갸웃 기울인다. 너는 그 단어를 이카만큼 자주 사용하지 않는다. 이카가 로가라는 단어를 말할 때, 그것은 자부심의 표시다. 네가 그 단어를 사용할 때, 그건 모욕의 의미다.

"흠, 난 양쪽 다야. 향장이자 로가지. 난 양쪽 다가 되기로 선택했고, 그보다 더 많은 것이 될 거야." 이카가 너를 스쳐 지나가더니 어깨 너머로 마지막 말을 던진다. 아무 의미도 없다는 양 무심한 태도로. "너, 오벨리스크를 사용했을 때 우리들 생각은 하나도 안 했지? 넌 적을 물리치는 데만 정신이 팔려 있었어. 살아남는 데만 급급해서 다른 건 아무것도 생각 안 했어. 내가 너한테 화가 난 건 그 때문이야, 에씨. 우리 향에서 몇 달이나 살았으면서, 아직도 넌 그냥 로가일 뿐이라고."

그러더니 이카는 너를 두고 멀어져 간다. 주변 사람들에게 휴식이 끝났다고 큰 소리로 외치면서. 너는 투덜거리며 기지개를 켜는 사람들 사이로 이카의 뒷모습이 사라질 때까지 눈을 떼지 못하다, 무심코 다넬을 쳐다본다. 그녀는 족쇄에서 해방되자 자리에서 일어나 발목에 붉게 쓸린 자국을 문지르고 있다. 너를 마주 보는 그녀의 얼굴에는 신중하게 조절한 중립적인 표정이 떠올라 있다.

"이카가 죽으면 너도 죽어."

너는 말한다. 이카가 제 몸을 돌보지 않는다면 너라도 할 수 있는 일을 할 것이다.

다넬이 재미있다는 듯이 숨을 푹 내쉰다.

"네가 날 협박하든 말든 그렇게 되긴 하겠지. 여기 사람들이 기회를 또 줄 것 같진 않으니까." 그러고는 미심쩍은 얼굴로 너를 쳐다본다. 상황이 바뀌었는데도 산제인 특유의 자긍심은 조금도 상처입지 않았다. "너 정말로 이런 것에 안 익숙하구나?"

대지불이나 맞아라. 너는 몸을 돌려 떠난다. 향을 위험에서 구해 냈는데도 저렇게 실망했는데 그저 짜증이 난다는 이유로 사람을 죽였다간 이번엔 이카가 정말로 좋아하지 않을 테니까.

2562년: 서부 해안지방에 9도 흔들 발생. 진앙은 바가 사향주로 추정됨. 당시 전승가 기록에 따르면 흔들이 "지표면을 액체로 만들었다"고 한다.(시적 표현?) 한 어촌 마을은 아무 피해도 입지 않았다. 마을 사람의 글: "로가이 후'뢰'자식 하나가 흔들을 죽였고, 그런 다음 우리가 그놈을 죽였다." 펄크럼에 보관된, 후에 해당 지역을 방문한 제국 오로진의 보고서(허가 후 열람) 역시 해저 저유층(貯油層)이 흔들 때문에 붕괴해 기름이 유출될 뻔했으나 마을에 거주하던 미등록 로가가 이를 막아 냈다고 적고 있다. 로가가 없었다면 근방 수 킬로미터에 달하는 해안 및 해양이 오염되었을 것이다.

— 예이터, 디바스의 혁신자의 연구조사 기록 중

4장

광야를 떠도는 나쑨

샤파는 인정을 베풀어 제키티 마을 찾은달에 살고 있는 나머지 여덟 아이들을 함께 데려가기로 한다. 그는 향장에게 향에 지진 활동의 여파가 미치지 않게 조금 먼 곳으로 훈련을 하러 갈 거라고 말한다. 마침 나쑨이 사파이어를 하늘로 돌려보낸 차라(대량의 공기가 밀려나 커다란 천둥소리가 우르릉 하늘을 흔들고 갑자기 머리 위에 짙푸른 거대한 사파이어가 나타나는 극적인 방법으로) 향장은 아이들이 한시라도 빨리 떠날 수 있도록 지극정성을 다해 휴대용 식량과 여행 물품이 담긴 비상자루를 마련해 주었다. 긴 여행에 적합한 꾸러미는 아니다. 나침반도 없고, 튼튼한 장화와 몇 주일은 상하지 않을 식량 정도에 불과하지만 그래도 빈손으로 떠나는 것보다는 낫다.

향민들은 아직 니다와 움버가 죽었다는 사실을 모른다. 샤파는 두 사람의 시체를 수호자 숙소로 옮겨 각자의 침대에 누인 다음, 그럴듯한 자세로 꾸며 놓았다. 머리가 부서진 움버보다는 목에 난 상처만 빼면 사지가 멀쩡해 보이는 니다 쪽이 더 그럴듯해 보였다. 집

밖에 난 핏자국은 흙을 뿌려 가렸다. 언젠가는 마을 사람들도 무슨 일이 있었는지 알게 될 것이다. 하지만 그때쯤이면 찾은달 아이들은 안전을 보장할 수는 없어도 그들의 손이 닿지 않는 곳에 가 있으리라.

지자의 경우에는 나쑨이 만들어 놓은 모습 그대로 내버려 두었다. 지자의 시신은 예쁜 돌무더기가 흩어져 있는 것으로밖에는 보이지 않는다. 누군가 바윗덩어리들을 일부러 유심히 살펴보지만 않는다면 말이다.

아이들은 그동안 보금자리였던 향을 떠나야 한다는 사실에 의기소침해진다. 몇 명은 벌써 여기서 산 지 수년이 되었다. 그들은 비공식적으로(그리고 상스럽게도) 로가 계단이라고 불리는 길을 통해 마을을 떠난다. 그것은 향의 북쪽에 있는 현무암기둥들로, 오직 오로진만 사용할 수 있다. 현무암기둥을 오래된 화산 속으로 밀어 넣어 지상 높이로 낮추는 우데의 조산술은 이제껏 나쑨이 보녀서 알고 있는 것보다 훨씬 안정적이다. 그렇지만 나쑨은 소년의 얼굴에서 절망감을 읽을 수 있고, 그래서 가슴이 찢어지는 것 같다.

그들은 함께 서쪽으로 향한다. 그러나 1킬로미터를 가기도 전에 아이들 사이에서 소리 없는 흐느낌이 흘러나오기 시작한다. 마음속으로 내가 아버지를 죽였어라든가 아빠, 보고 싶어요 같은 생각을 하고 있던 나쑨은 물기 없는 눈으로 그들과 슬픔을 나눈다. 나쑨이 저지른 일 때문에 다른 아이들마저 험한 계절에 재투성이 세상으로 내몰리는 시련을 겪어야 한다는 건 너무 잔인한 일이다.(아니야, 나쑨은 자기가 아니라 지자가 저지른 일 때문이라고 고쳐 말해 보지만 스스로도 그 말을 믿지 못한다.) 하지만 그들을 제키티 향에 두고 가는 건 그보다 도 더 잔인한 일일 것이다. 무슨 일이 일어났는지 알게 된 향민들이 아이들을 내버려 둘 리가 없으니까.

쌍둥이인 오에긴과 이네겐은 나쑨을 조금이라도 이해심이 담긴 눈빛으로 보는 유일한 아이들이다. 둘은 나쑨이 하늘에서 사파이어를 낚아채 쥐었을 때 가장 먼저 오두막 밖으로 나왔다. 다른 아이들이 샤파와 움버가 격투를 벌이고 스틸이 니다를 죽이는 모습만 봤다면, 그 둘은 지자가 나쑨에게 무슨 짓을 했는지 목격했다. 그들은 나쑨이 왜 지자에게 대항할 수밖에 없었는지 이해한다. 다른 누구라도 그러했을 테니까. 하지만 아이들은 나쑨이 에이츠를 죽인 것을 아직도 기억하고 있다. 샤파가 말한 것처럼 몇 명은 나쑨을 용서하기도 했다. 특히 수줍고 흉터투성이인 빼꼼이는 나중에 남몰래 나쑨에게 할머니가 그녀를 죽이려고 칼로 찔렀을 때 무슨 짓을 했는지 말해 주었다. 오로진 아이들은 회한이 무엇인지 아주 일찍 배운다.

하지만 그렇다고 아이들이 나쑨을 두려워하지 않는 건 아니고, 공포는 어린애들 특유의 합리화 과정을 생략하는 명료함을 제공한다. 어쨌든 그들은 진짜 살인자가 아니지만…… 나쑨은 그렇다.

(나쑨도 원해서 이렇게 된 게 아니야. 네가 그랬듯이.)

이제 일행은 사거리에 서 있다. 남동쪽과 남서쪽을 잇는 지방도로와 그보다 서쪽으로 가는 제키티-테바미스 제국도로가 만나는 지점이다. 샤파는 제국도로가 고가도로와 이어진다는데, 나쑨은 고가도로에 대해 말은 들어 봤어도 직접 본 적은 없다. 이 사거리는 샤파가 다른 아이들에게 더 이상 그를 따라오면 안 된다고 말하기로 결정한 장소이기도 하다.

샤파의 말에 유일하게 반항하는 것은 얌체다.

"우린 많이 먹지도 않아요." 얌체는 샤파에게 간절히 매달린다. "먹을 거 걱정은 안 해도 돼요. 그냥 따라가게만 해 줘요. 우리 먹을 건 알아서 찾을 테니까. 어떻게 해야 할지도 알아요!"

"나쑨과 나는 해야 할 일이 있다."

샤파의 목소리는 여전히 부드럽고 상냥하다. 나쑨은 그런 말투가 반대로 더 절망적으로 느껴진다는 것을 안다. 샤파의 다정한 언행은 그가 사실은 무엇을 더 중요하게 여기는지 실감하게 해 준다. 작별은 잔인하게 굴 때 더 쉽다.

"그리고 아주 오랫동안 위험한 길을 가야 한다. 너희들끼리 따로 가는 게 더 안전할 거야."

"안전한 무향민이라니."

우데가 말하고는 웃음을 터트린다. 나쑨은 우데가 이렇게 비아냥대는 어조로 말하는 것을 처음 들었다.

얌체가 울음을 터트린다. 아이의 얼굴에 쌓여 있는 회색 재 위로 눈물이 선명한 자국을 남긴다.

"이해가 안 돼요. 샤파는 우리를 보살펴 줘야 하잖아요. 니다나 움버보다 훨씬 더 우릴 좋아하잖아요! 그럼 왜…… 이렇게 가, 가 버릴 거면 왜……."

"그만해."

라샤가 싸늘한 목소리로 잘라 말한다. 작년 한 해 동안 라샤는 고

귀한 혈통을 지닌 산제 소녀답게 키가 훌쩍 자랐다. 나이가 들면서 우리할아버지는적도인이었어 같은 오만함은 많이 사라졌지만 여전히 화를 낼 때면 거만해진다. 라샤는 가슴에 팔짱을 낀 채 도로가 아니라 별로 멀지 않은 민둥 언덕을 빤히 응시한다.

"꼴사납게 굴지 마. 우린 재투성이가 되긴 했지만 아직 살아 있고 제일 중요한 건 그거야. 저 언덕에 쉼터를 만들면 되겠네."

얌체가 라샤를 쏘아본다.

"이제 우리한텐 쉼터가 없어! 우린 굶어죽을 거야! 아니면……."

"안 그래." 머리를 수그리고 땅바닥에 얕게 쌓여 있는 재를 한쪽 발로 뭉기고 있던 데샤티가 갑자기 고개를 든다. 데샤티는 샤파에게 눈을 맞춘 채 얌체와 다른 아이들에게 얘기한다. "우리가 살 수 있는 곳이 있어. 안에 있는 사람들이 문을 열게 만들기만 하면 돼."

아이의 얼굴은 결연하고, 단호하다. 샤파는 데샤티를 날카롭게 응시하지만 용케도 데샤티는 조금도 움찔하지 않는다.

"강제로 들어가겠다는 거냐?"

"그게 샤파가 바라는 거 아닌가요? 우리가…… 해야 할 일을 해도 되는 게 아니면 우릴 보내지 않을 거잖아요." 데샤티가 어깨를 으쓱한다. 소녀는 그런 평범한 동작도 제대로 못 할 만큼 긴장해 있다. 마치 온몸에 마비가 와서 경련을 일으키는 것처럼 보인다. "허락해 줄 생각이 아니었으면 우리가 지금 이렇게 살아 있지도 않았겠죠."

나쑨은 땅바닥에서 시선을 떼지 못한다. 다른 아이들이 이런 선택을 할 수밖에 없는 건 전부 다 그녀 탓이다. 찾은달은 아름다운 곳이었다. 나쑨은 자기와 똑같은 아이들 사이에서 진정한 자신을 드러내는 기쁨을 배웠고, 그 기쁨을 이해하고 나눌 수 있는 사람들 사이에서 무엇을 할 수 있는지 배웠다. 완벽하고 좋았던 것이 이젠 죽어 버렸다.

너는 결국 네가 사랑하는 모든 것을 죽이게 될 거다. 스틸은 나쑨에게 이렇게 말했다. 나쑨은 그가 옳다는 게 원망스럽다.

샤파는 아이들을 지그시 바라보며 오랫동안 생각에 잠긴다. 그의 손가락이 씰룩거린다. 예전의 생, 여덟 명의 어린 미살렘을 세상에 풀어 놓는다는 생각을 하는 것만으로도 참을 수 없던 또 다른 자아를 떠올리는 듯이. 하지만 그랬던 샤파는 죽었다. 이건 그저 반사적인 동작일 뿐이다.

"그래." 샤파가 입을 연다. "내 입으로 직접 듣고 싶다면 말해 주마. 그게 바로 내가 너희들이 했으면 하는 일이란다. 너희들끼리 숨어 사는 것보다는 크고 번창한 향에 합류해야 생존 가능성이 높아지지. 그러니 내가 조언을 하나 해 주마."

샤파가 한 발짝 앞으로 내딛더니 무릎을 굽히고 앉아 데샤티와 눈을 맞춘다. 한 손을 뻗어 얌체의 앙상한 어깨를 쥔다. 샤파는 아이들 모두에게, 아까와 똑같이 부드럽고 상냥한 어조로 말한다.

"딱 한 명만 죽이렴. 처음에는 그거면 돼. 너희를 해치려는 자를 고르되 딱 한 명이면 된다. 얼마나 많은 사람이 달려들든 상관없다. 나머지는 못 움직이게만 해도 되지만 그 한 명은 보란 듯이 공들여 죽여라. 최대한 고통스럽게. 그자가 비명을 지르게 만들렴. 그게 제일 중요하단다. 첫 번째로 죽인 놈이 비명을 지르지 않는다면 하나를 더 죽여라."

아이들은 멍한 표정으로 그를 바라본다. 심지어 라샤조차 당황한 것 같다. 하지만 나쑨은 샤파가 사람을 죽이는 것을 본 적이 있다. 옛 자아의 일부를 포기하긴 했지만 샤파의 남은 부분은 여전히 공포의 예술가다. 만일 샤파가 아이들에게 그의 비결을 알려 줘도 된다고 생각한다면 이 아이들은 엄청나게 운이 좋은 것이다. 나쑨은 그게 얼마나 고마운 일인지 친구들이 알아줬으면 좋겠다.

샤파가 말을 잇는다.

"죽이는 게 끝나고 나면, 너희가 자기방어를 위해 그럴 수밖에 없었다는 걸 분명하게 주지시켜라. 그런 다음 죽은 사람이 하던 일을 대신 하겠다거나 아니면 남은 사람들을 위험에서 지켜 주겠다고 해. 그렇게만 말하면 사람들은 그게 무슨 뜻인지 이해할 거다. 틀림없이 너희를 향에 받아들여 줄 거란다." 샤파는 말을 마친 다음, 빙백의 시선을 데샤티에게 고정시킨다. "그들이 거절한다면 어떻게 해야 하지?"

아이가 마른침을 꿀꺽 삼킨다.

"저……전부 죽여요."

샤파가 빙그레 웃는다. 제키티를 떠나온 뒤 처음 짓는 웃음이다. 그러고는 애정 어린 손길로 데샤티의 뒤통수를 쓰다듬는다.

얌체가 숨을 작게 들이켜더니 충격을 받았는지 다시 눈물을 쏟는다. 오에긴과 이네겐은 서로의 손을 맞잡는다. 그들의 얼굴에는 절망뿐이다. 라샤의 털은 팽팽하게 긴장되어 있고, 콧구멍이 벌름거린다. 라샤는 샤파의 충고를 가슴 깊이 새기는 중이다. 데샤티도 그러고 있다고 나쑨은 단언할 수 있지만…… 그렇게 데샤티 안의 무언가도 죽을 것이다.

샤파도 알고 있다. 그는 몸을 일으키며 데샤티의 이마에 입을 맞춘다. 거기에는 너무나도 크고 깊은 슬픔이 담겨 있어, 나쑨은 다시금 가슴이 울컥해진다.

"계절이 되면 모든 게 변하지. 살아라. 난 너희가 살았으면 좋겠다."

데샤티의 한쪽 눈에서 눈물이 주르륵 흘러내린다. 아이는 터져 나오려는 울음을 꿀꺽, 소리 내며 삼킨다. 하지만 곧 고개를 끄덕이더니 샤파에게서 한 걸음 물러나 친구들과 나란히 선다. 이제 그들 사이에는 거대한 심연이 존재한다. 한쪽에는 샤파와 나쑨이, 다른 한쪽에는 찾은달의 아이들이 있다. 길은 갈라졌다. 샤파는 괴로운 기색을 드러내지 않는다. 그래야만 하는데도. 왜냐하면 나쑨의 눈에는 샤파의 몸 안에서 은빛 실이 격하게 고동치며 그가 아이들을 자유롭게 놓아주기로 한 선택에 항의하고 있는 것이 보이기 때문이다. 하지만 그는 전혀 아프다는 티를 내지 않는다. 옳다고 생각하는 일을 할 때, 고통은 그를 더욱 강인하게 만들 뿐이다.

샤파가 몸을 펴고 일어선다.

"그리고 계절이 진정될 조짐이 보이면…… 도망쳐라. 뿔뿔이 흩어져서 될 수 있는 한 각자 다른 곳으로 섞여들어라. 수호자는 사라지지 않았다, 작은 아이들아. 그들은 돌아올 거야. 그리고 너희들이 무슨 짓을 했는지 소문이 퍼지면 그들이 너희를 쫓아올 거란다."

평범한 수호자. 나쑨은 샤파의 말을 그렇게 이해한다. 예전의 샤파처럼 "오염되지 않은" 수호자. 수호자들은 계절이 시작된 후 모습을 드러내지 않고 있다. 어쨌든 적어도 나쑨은 그들이 향에 합류했다거나 길에서 목격되었다는 이야기를 들은 적이 없다. 돌아온다는 건 그들이 특정한 장소로 몸을 피했다는 것을 암시한다. 거기가 어딜까? 샤파와 오염된 이들은 가지 않은, 또는 갈 수 없는 곳.

하지만 중요한 것은 이 수호자가 비록 오염되었을망정 그들을 돕고 있다는 사실이다. 나쑨은 갑자기 비이성적인 희망이 샘솟는 것을 느낀다. 그래, 샤파의 충고가 친구들을 안전하게 지켜 줄 것이다. 그래서 나쑨은 침을 꼴깍 삼키고는 말한다.

"너희들 다 조산술에 뛰어나니까. 어쩌면 향에서도 너희를…… 그러니까 어쩌면……."

나쑨은 갑자기 무슨 말을 해야 할지 몰라 말꼬리를 얼버무린다. 어쩌면 너희를 좋아할지도 몰라. 머릿속에 떠오른 건 그거였지만 막상 입 밖으로 내려니 멍청한 말처럼 느껴진다. 아니면 너희를 유용하게 여길지도일지도. 하지만 그 말은 이제 예전과 같은 의미를 지니지 못한다. 향은 펄크럼 오로진을 짧은 기간 동안만 고용한다. 적어도 샤파의 말은 그랬다. 필요한 일을 하고 떠나가도록. 심지어 열점이나 결함층 근처에 있는 향들도 아무리 오로진을 절실하게 필요로 한들 그들이 영원히 머무르는 것은 원치 않았다.

나쑨이 머릿속을 더듬어 다른 말을 찾아내기도 전에, 우데가 나쑨을 노려본다.

"넌 닥쳐."

나쑨이 눈을 깜박인다.

"뭐?"

빼꼼이가 쉿 소리를 내며 우데의 입을 막으려 들지만 우데는 아랑곳하지 않는다.

"닥치라고. 난 네가 삭아죽게 싫어. 니다는 나한테 노래를 불러줬단 말이야."

그러더니 아무 경고도 없이, 우데가 울음을 터트린다. 빼꼼이는 당황한 것 같지만 이내 다른 아이들이 우데의 주변에 몰려들어 아이를 다독이기 시작한다.

그 광경을 옆에서 지켜보던 라샤가 나쑨을 힐난하듯이 힐끗 쳐다보더니 샤파에게 말한다.

"그럼 우린 이제 갈게요. 고마웠어요, 수호자. 음…… 이제껏 우리한테 해 준 것들요."

라샤는 몸을 돌려, 아이들을 다그치며 몰고 가기 시작한다. 데샤티는 고개를 떨군 채 뒤돌아보지 않는다. 이네겐은 차마 발을 떼지 못하고 뒤처져 머뭇거리다가 나쑨을 재빨리 돌아보며 속삭인다.

"미안."

그러더니 친구들을 따라잡으려 후다닥 서두른다.

아이들이 시야에서 완전히 사라지자, 샤파가 나쑨의 어깨에 손을 얹고는 돌려 세운다. 서쪽으로 나 있는 제국도로를 향해서.

침묵 속에서 수 킬로미터를 걸은 후, 이윽고 나쑨이 입을 연다.

"아직도 그 애들을 죽여야 했다고 생각해요?"

"그렇단다." 샤파가 나쑨을 쳐다본다. "너도 나만큼이나 잘 알고 있잖니."

나쑨은 어금니를 꽉 깨문다.

"네."

그래서 끝내야 한다. 모든 걸 끝장내야 한다.

"정해 둔 목적지가 있구나."

샤파의 말은 질문이 아니다.

"네. 난…… 샤파, 세상의 반대쪽에 가야 해요."

마치 하늘에 떠 있는 별에 가야 해요처럼 황당한 말이지만, 실제로 나쓴이 해야 할 일과 별 차이도 없기에 창피해하지 않기로 한다.

하지만 놀랍게도, 샤파는 웃어넘기는 게 아니라 고개를 살짝 기울일 뿐이다.

"코어포인트로 말이냐?"

"네?"

"이 세상의 반대쪽에 있는 도시지. 거길 가겠다는 거냐?"

나쓴은 숨을 삼키고, 입술을 깨문다.

"모르겠어요. 내가 아는 거라곤 그냥 내가 할 일이 있는데……."

나쓴은 그걸 어떻게 표현할지 몰라 두 손을 동그랗게 모았다가 손가락을 꿈틀거려 보이지 않는 잔물결이 서로 부딪쳐 엮이는 모습을 흉내 낸다.

"오벨리스크가…… 거기로 가고 있어요. 그게 만들어진 곳이거든요. 거기 가면, 내 생각엔, 어…… 다시 잡아당길 수 있다? 다른 데선 못 해요. 왜냐하면……."

나쓴은 설명할 수가 없다. 힘이 흐르는 역선(力線), 시선이 미치는 가시선(可視線), 수학적 조정. 필요한 지식은 모두 머릿속에 있지만 혀를 통해 재생산할 수가 없다. 일부는 사파이어가 준 선물이고, 일부는 어머니가 가르친 이론을 응용한 것이며, 그리고 일부는 이론과 관찰을 결합해 본능적으로 산출한 것이다.

"거기 있는 어떤 도시인지는 몰라도 가까이만 갈 수 있으면, 그리고 주변을 탐색해 보면, 어쩌면 내가……."

"세상의 반대쪽에는 코어포인트밖에 없단다, 아이야."

"그게…… 네?"

샤파가 돌연 발을 멈추고는 등에 둘러멘 가방을 내린다. 쉬어 갈 때가 됐다는 신호라는 걸 눈치 챈 나쑨도 똑같이 따라한다. 지금 두 사람이 있는 곳은 바람이 부는 쪽의 언덕 사면으로, 이 언덕은 제키티 밑에 있는 크고 오래된 화산에서 분출된 용암이 굳어 조성된 것이다. 근방에는 자연적으로 형성된 계단식 단구(段丘)가 늘어서 있는데, 비바람에 풍화된 흑요석이 드러나 있고 몇 센티미터 밑에 단단한 암반층이 있어 농사를 짓거나 심지어 나무를 심기조차 힘들다. 드물게 불굴의 의지로 얕게나마 뿌리 내린 나무들이 서리처럼 하얀 재로 덮인 단구 위에서 물결치지만, 대다수는 낙진 때문에 질식해 죽어 가고 있다. 여기라면 위험한 게 다가오더라도 미리 알아차릴 수 있을 것이다.

나쑨이 두 사람이 먹을 것을 준비하는 사이, 샤파는 바람에 날려 쌓인 잿더미 위에 손가락으로 뭔가를 그리고 있다. 나쑨은 목을 길게 빼고 그가 바닥에 두 개의 동그라미를 그리는 것을 지켜본다. 그중 한 동그라미 안에 샤파는 나쑨이 보육학교 지리 시간에 배워서 눈에 익은 고요 대륙의 윤곽을 대충 그려 넣는다. 다만 적도권 근처에 선을 그어 고요 대륙을 두 개의 덩어리처럼 그린다. 그렇다. 이제 열개는 수천 킬로미터에 달하는 광막한 바다보다도 더 건널 수 없는 곳이 되었다.

그렇지만 다른 원은(이제는 나쑨도 그것이 세상을 의미한다는 것을 안다.) 원의 중심 바로 위, 약간 동쪽으로 치우친 한 곳을 제외하고는 텅 비어 있다. 샤파는 섬이나 대륙을 그리지도 않았다. 그저 점 하나를 찍었을 뿐이다.

"아주 오래전에는 지금은 아무것도 없는 곳에도 많은 도시들이 있었다." 샤파가 설명한다. "어떤 고대 문명은 바다 위나 밑에도 도시를 세웠지. 하지만 그 무엇도 오래도록 살아남지는 못했다. 지금까지 남아 있는 건 코어포인트뿐이란다."

말 그대로 세상 너머에 있는 곳.

"거기는 어떻게 가요?"

"만약에……."

샤파가 입을 다문다. 그의 얼굴 위로 망연한 표정이 스치고, 그걸 본 나쑨은 뱃속이 덜컹 내려앉는다. 이번에는 샤파도 이맛살을 찌푸리며 눈을 감는다. 과거의 자신과 접촉하려는 시도가 평소의 고통을 더 가중시키는 듯이.

"기억이 안 나는 거예요?"

샤파가 한숨을 내쉰다.

"내가 거기 갔었다는 건 기억이 난다."

진즉에 짐작했어야 했다. 나쑨은 입술을 잘근 깨문다.

"스틸은 알지도요."

샤파의 턱 근육이 미세하게 꿈틀거리더니, 재빨리 제자리로 돌아온다.

“그럴지도 모르겠구나.”

샤파가 다른 수호자들의 시신을 치우는 사이에 자취를 감춘 스틸은 지금도 암석층 어디선가 그들의 대화를 엿듣고 있을지도 모를 일이다. 그가 나타나 무엇을 어떻게 해야 할지 말해 주지 않는다는 건 뭔가 다른 의미가 있는 걸까? 어쩌면 그들에게는 그가 필요 없을지도 모른다.

“남극권 펄크럼은 어때요? 거기 보관된 자료라든가 기록 같은 건 없을까요?”

나쑨은 전에 샤파와 움버와 함께 펄크럼을 방문했을 때 도서관을 봤던 걸 기억해 낸다. 펄크럼 대표를 만나, 안심차를 마시고, 그들 모두를 죽여 버리기 전의 일이다. 도서관은 천장이 까마득히 높고 바닥부터 천장까지 책으로 가득한 신기한 방이었다. 나쑨은 책을 좋아한다. 어머니가 책이라면 사족을 못 써서 몇 달마다 한 권씩 산 데다, 지자가 아이들이 읽어도 되는 책이라고 판단하면 나쑨도 어머니의 책을 물려받을 수 있었다. 나쑨은 평생 그렇게 많은 책을 한꺼번에 본 적이 없었기 때문에 입을 헤벌리고 놀랐던 기억이 난다. 책이 그렇게 많았으니까 분명히 그중에서 몇 권은⋯⋯ 아무도 들어 보지 못했고 오로지 수호자만 가는 방법을 알고 있는 오래된 고대 도시에 관한 정보를 담고 있지 않을까? 어⋯⋯ 음.

“그럴 가능성은 적다.” 샤파가 나쑨의 불길한 예감을 확인해 준다. “그리고 지금쯤이면 남극 펄크럼은 다른 향에 합병되거나 무향민 폭도들에게 점령됐을 거다. 식용작물로 가득한 밭에, 집도 거주가 가능했으니까. 거기로 다시 돌아가는 건 큰 실수가 될 거야."

나쓴은 아랫입술을 잘근잘근 씹는다.

"그럼, 어…… 배를 만들면요?"

나쓴은 배에 대해서는 아무것도 모른다.

"안 된단다, 아이야. 작은 배로는 그렇게 멀리까지 가지 못해."

샤파는 한동안 아무 말도 하지 않는다. 나쓴은 그것을 경고의 표시로 받아들이고는 마음의 채비를 한다. 드디어 샤파가 나쓴을 버릴 거라고, 아이는 겁에 질리고 괴로움에 몸부림치며 그렇게 확신한다. 드디어 샤파가 나쓴의 꿍꿍이를 궁금해할 순간이 왔다고, 그리고 더는 나쓴과 같이 가지 않겠다고 선언할 거라고. 그가 왜 나쓴의 곁에 남겠는가? 심지어 나쓴조차 자신의 소원이 끔찍하다는 걸 알고 있는데.

"그러니까, 너는 오벨리스크의 문을 조종하려는 거구나."

나쓴은 숨을 헉 들이켠다. 오벨리스크의 문을 샤파가 알고 있어? 나쓴도 그날 아침에 스틸에게 들어 겨우 알고 있을 뿐인데? 하지만 생각해 보면 세상에 대한 오랜 지식들, 이상하고 신기한 장치와 작동 방식과 영겁의 비밀들은 샤파의 머릿속에 대부분 그대로 남아 있다. 사라진 건 그의 옛 자아와 연결된 것들뿐이다. 그건 즉 코어포인트로 가는 길이 과거의 샤파가 알아야 했던 특별한 정보라는 뜻이다. 한데 그게 무슨 의미지?

"어, 네. 그래서 코어포인트에 가고 싶은 거예요."

나쓴의 놀란 반응에 샤파의 입술이 슬쩍 비틀린다.

"문을 발동할 수 있는 오로진을 찾는 게 우리의 원래 목적이었다,

나쑨. 애초에 그게 찾은달을 설립한 이유였어."

"정말요? 왜요?"

샤파가 시선을 하늘로 돌린다. 해가 저물고 있다. 한 시간 정도 더 걸으면 완전히 어두워질 것이다. 하지만 그가 보고 있는 것은 아직도 제키티 위에 머물고 있는 사파이어다. 샤파는 무심코 뒤통수를 문지르면서, 두터운 구름 사이로 희미하게 비치는 오벨리스크의 그림자를 바라보며 고개를 끄덕인다.

"나와 니다, 움버는 어쩌면 10년쯤 전에…… 남쪽으로 가서 서로 접선하라는…… 명령을 받았다. 오벨리스크에 접속할 수 있는 오로진을 찾아 훈련시켜야 했지. 그건 원래 수호자의 일이 아니란다. 오로진에게 오벨리스크의 길을 따르도록 조장하는 이유는 한 가지뿐이거든. 하지만 대지는 그걸 원했지. 이유가 뭐냐고? 나도 모른단다. 그때의 나는…… 지금보다 순종적이었지." 일순 그의 입술이 말려 올라가며 씁쓸한 미소를 짓는다. "이제 와 보니 짐작이 가는구나."

나쑨은 얼굴을 찌푸린다.

"무슨 짐작이요?"

"대지에게 인류에 대한 계획이 있다는 것 말이다……."

샤파가 돌연 온몸을 긴장시키더니 흔들거리며 주저앉는다. 나쑨이 잽싸게 그를 붙들자, 샤파가 반사적으로 아이의 어깨에 팔을 두른다. 샤파의 팔이 아프게 죄어 들지만 나쑨은 아무 내색도 하지 않는다. 샤파에겐 지금 나쑨이 필요하니까. 대지는 엄청나게 격노해 있고, 그게 샤파가 대지의 비밀을 폭로했기 때문이라는 건 샤파의 온몸에 신경과 세포를 따라 퍼져 있는 은빛이 그 어느 때보다도 무자비하게 날뛰고 있다는 사실로 미뤄 분명히 알 수 있다.

"말하지 마요." 나쑨이 말한다. 목구멍이 뜨끈하다. "아무 말도 말아요, 샤파. 그것 때문에 계속 아픈 거면……."

"하지만 나를 지배하진 않아." 샤파가 숨을 헐떡이며 간신히 내뱉는다. "내 근원을 차지하지 못했으니까. 나는…… 으흑…… 우리에 갇혀 있을망정 목줄에 매이지는 않았어."

"알아요." 나쑨은 입술을 잘근거린다. 나쑨에게 늘어져 기대 있는 샤파 때문에 땅바닥에 댄 무릎이 눌려 지독히도 아프다. 하지만 나쑨은 그래도 괜찮다. "어쨌든 지금은 말하지 마요. 나 혼자서도 방법을 알아낼 테니까요."

필요한 단서는 전부 다 있어, 하고 나쑨은 생각한다. 언젠가 니다가 오벨리스크에 접속하는 나쑨의 능력에 대해 펄크럼에서는 추려서 뽑아내 버렸지라고 말한 것을 기억한다. 그때는 이해할 수 없었지만 오벨리스크의 문의 막대한 힘에 대해 뭔가를 깨달은 나쑨은 어째서 아버지 대지가 샤파의, 그를 통한 대지의 통제하에 그녀가 머무르지 않는다면 죽이고 싶어 하는지 짐작할 수 있다.

나쑨은 입술을 짓씹는다. 샤파가 이해해 줄까? 나쑨은 샤파가 그녀를 떠난다면, 혹은 심지어 적대시하기라도 한다면 과연 감당할 수 있을지 모르겠다. 그래서 나쑨은 날숨을 크게 마신다.

"스틸이 그러는데 달이 돌아오고 있대요."

일순, 샤파가 있는 쪽에서 적막이 흐른다. 그가 받은 충격의 무게가 느껴진다.

"달이라고?"

"그런 게 진짜 있대요."

하지만 아이는 그게 진실인지 아닌지 알 도리가 없다. 그저 스틸이 해 준 말일 뿐이다. 심지어 나쑨은 달이라는 게 뭔지도 잘 모른다. 옛이야기 속에서 아버지 대지가 오래전에 잃어버린 자식이라는 것뿐. 하지만 나쑨은 왠지 모르게 스틸의 말이 사실이라는 것을 알 수 있다. 보닐 수도 없고 크고 굵은 은빛 실이 하늘과 연결되어 있지도 않건만, 나쑨은 태어나 한 번도 본 적 없는 세상 반대편이 정말로 있다고 믿는 것처럼, 지각이 어떻게 융기해 산이 되는지 그리고 아버지 대지가 진짜로 존재하고 살아 있고 그녀의 적이라는 것을 아는 것처럼, 달이 돌아오고 있다는 것이 사실임을 안다. 어떤 진실은 너무나도 막중해서 부인할 수 없다.

하지만 놀랍게도, 샤파가 말한다.

"아, 달이 진짜 있다는 건 나도 안다." 아픈 게 좀 잦아들었는지 지평선 위에 덮인 구름을 뚫지 못하고 흐릿하게 깜박이는 둥근 태양을 물끄러미 바라보는 얼굴이 다소 단호해진다. "그것만큼은, 나도 기억한다."

"정말요? 그럼 샤파도 스틸의 말을 믿어요?"

"나는 너를 믿는단다, 작은 아이야. 오로진은 달이 가까워지면 그 인력(引力)을 느낄 수 있거든. 달을 느끼는 건 네가 흔들을 보니는 것만큼이나 자연스러운 일이란다. 더구나 난 그걸 본 적이 있지." 샤파가 눈을 가느스름하게 뜨며 나쑨을 날카롭게 쏘아본다. "그런데 스톤이터는 어째서 네게 달에 대해 말해 준 거지?"

나쑨은 다시 숨을 깊이 들이마신 다음, 길게 내쉰다.

"난 그냥 좋은 곳에 살고 싶었어요. 그러니까…… 샤파랑 같이요. 좋은 향민이 될 수 있으면 힘든 일도 마다하지 않을 거고요, 어쩌면 전승가가 될 수도 있겠죠." 나쑨은 턱이 팽팽해지는 것을 느낀다. "하지만 그런 건 불가능해요. 어딜 가도 안 될 거예요. 내가 누군지 숨기지 않으면. 난 조산술이 좋아요, 샤파. 적어도 그걸 숨길 필요가 없을 때는요. 난 조산력이 있다는 게, 어, 그러니까, 로……로가라는 게……." 나쑨은 말을 멈추고 뺨을 붉히며, 나쁜 말을 했다는 자책감을 떨쳐내려 한다. 하지만 그 나쁜 말은 이 순간 가장 잘 어울리는 단어다. "내가 로가라는 게 나쁘거나 이상하거나 죄는 아니……."

아이는 다시 입을 닫고는 꼬리에 꼬리를 물고 이어지는 생각의 길에서 황급히 빠져나온다. 왜냐하면 그 길은 하지만 넌 추악한 짓을 수없이 저질렀는걸로 이어지기 때문이다.

나쑨은 저도 모르게 이를 빠드득 갈며 주먹을 불끈 쥔다.

"그건 옳지 않아요, 샤파. 옳지 않다고요! 남들이 내가 나쁘거나 이상하거나 죄를 저지르길 바란다는 거, 그 사람들이 나를 나쁘게 만드는 건……." 나쑨은 적절한 단어를 찾아 머릿속을 뒤지며 고개를 흔든다. "난 평범하고 싶었어요! 하지만 난 평범한 애가 아니고, 그리고 또 모두가, 엄청 많은 사람들이 나를 증오해요. 내가 평범하지 않다는 이유로 증오한다고요. 내가…… 나란 이유로 싫어하지 않는 건 오직 샤파뿐이에요. 그리고 그건 옳지 않아요."

"그래, 옳지 않다." 샤파가 힘겨운 듯 가방에 등을 기대앉는다. "하지만 너는 사람들에게 두려움을 극복하라고 요구하는 게 쉬운 일처럼 말하는구나, 아이야."

샤파가 입 밖으로 말하진 않았지만, 나쑨은 생각한다. 지자는 극복하지 못했죠. 갑자기 배 속에서 뭔가가 울컥 넘어온다. 주먹을 황급히 입에 쑤셔 넣어야 할 만큼. 어서 빨리 이 재투성이 세상에 대해, 시린 귀에 대해 생각하지 않으면 안 될 만큼. 나쑨의 배 속엔 방금 먹은 약간의 대추밖엔 없지만 정말 끔찍한 느낌이다.

샤파는 평소의 그답지 않게 나쑨을 달래 주지 않는다. 그저 지친 표정으로 가만히 쳐다볼 뿐, 다른 감정은 읽을 수가 없다.

"그게 얼마나 어려운지는 나도 알아요." 그래, 말을 하니 좀 낫다. 속이 완전히 진정된 건 아니지만 구역질이 올라오지는 않는다. "나도 사람들이, 둔치들이 두려움을 떨칠 수 없을 거라는 건 알아요. 우리 아빠도 못 했는데……." 다시 욕지기가 올라온다. 나쑨은 문장의 뒷부분에 다다른 생각을 황급히 낚아채 던져 버린다. "아마 영원히 무서워하겠죠. 그리고 우리도 영원히 이렇게 살아야 할 테고요. 그건 옳지 않아요. 그러니까 틀림없이 바, 바로잡을 방법이 있을 거예요. 이런 게 영원히 계속된다는 건 옳지 않다고요."

"하지만 어떻게 그걸 해결할 생각이냐, 아이야?"

부드러운 목소리다. 나쑨은 깨닫는다. 그는 이미 짐작하고 있다. 샤파는 나쑨보다도 더 나쑨을 잘 알고 있고, 그래서 나쑨은 그를 사랑한다.

"아니면, 어떻게 끝낼 생각이니?"

나쑨은 벌떡 일어나 빠른 걸음으로 작은 원을 그리며 샤파의 가방과 자신의 가방 사이를 왔다 갔다 걷기 시작한다. 메스꺼움과 초조함을 누그러뜨리는 데에도, 피부밑에서 스멀거리는 뭐라 불러야 할지 모를 긴장감을 가라앉히는 데에도 큰 도움이 된다.

"어떻게 바로잡아야 할지 모르겠어요."

하지만 엄밀히 말해 그건 사실이 아니다. 샤파는 육식동물이 피 냄새를 맡듯이 그 사실을 번개처럼 알아차린다. 그의 눈이 가늘어진다.

"만약에 방도를 알고 있다면, 바로잡을 거니?"

그리고 그때, 지난 1년간 나쑨이 차마 다시 돌아보지 못한, 또는 애써 봉인해 둔 기억이 번득이며 살아나고, 아이는 티리모에서 있었던 마지막 날을 떠올린다.

집에 갔다. 아빠가 거실 한가운데 씩씩거리며 서 있다. 아빠가 왜 저러고 있는 걸까 의아했다. 왜 아빠가 아빠처럼 보이지 않는지 의아했다. 크게 뜨인 두 눈, 헐렁하게 벌어진 입, 아파 보일 만큼 구부정하게 말린 어깨. 다음 순간 나쑨은 바닥을 내려다본 것을 기억한다.

시선을 아래로, 멍하니 쳐다보고 또 쳐다보면서, 머리로는 저게 뭐야? 하고 생각하면서, 지그시 응시하며, 공인가? 보육학교 애들이 점심시간에 차고 노는 것 같은, 하지만 그런 공은 가죽으로 되어 있는데 아버지의 발밑에 있는 건 다른 갈색이고, 갈색인데 표면에 자줏빛 반점이 가득하고, 울퉁불퉁하고, 꼭 가죽 같은 질감에 바람도 반쯤 빠져 있지만, 아냐, 공이 아니야. 잠깐만, 저거 눈이야? 어쩌면. 하지만 퉁퉁 부어오른 데다 꼭 닫혀 있는 것이 크고 통통한 커피콩 같다. 아냐, 공이 아니야, 왜냐하면 동생의 옷을 입고 있으니까.

그날 아침 지자가 아이들 도시락 가방을 챙기느라 여념이 없을 때 나쑨이 우체에게 입혀 준 바지. 우체는 저거 입기 싫어했는데. 왜냐하면 걔는 아직 어리고, 그래서 유치하고 바보 같은 걸 좋아했고, 그래서 나쑨은 우체를 위해 엉덩이춤을 춰 줘야 했고, 우체는 그걸 보고 까르르 웃었는데, 자지러지게, 숨이 넘어갈 것처럼 까르르 웃었는데! 우체의 웃음소리는 나쑨이 세상에서 제일 좋아하는 거였고, 엉덩이춤이 끝나자 우체는 고맙다는 표시로 바지를 입히는 걸 허락해 줬다. 그러니까 저 바닥에 놓여 있는 뭔지 모를 바람 빠진 공처럼 생긴 것은 우체 저건 우체 저건 우체……

"아뇨." 나쑨은 나직한 목소리로 내뱉는다. "난 바로잡지 않을 거예요. 방법을 안다고 해도요."

나쑨이 서성대던 발을 멈춘다. 한쪽 팔로 배를 감싸 안고, 주먹 쥔 반대쪽 손으로 입을 틀어막는다. 정신없이 말을 뱉어 낸다. 목구멍 밖으로 마구 쏟아져 나오는 단어들에 숨 막혀 죽을 것만 같다. 배를 틀어쥔다. 너무 끔찍한 것들로 가득 차 있어 빨리 밖으로 뱉어 내지 않으면 안에서부터 갈가리 찢겨 터져 버릴 것 같다. 나쑨의 목소리가 일그러지고, 덜덜 떨리는 분노한 음성이 이따금씩 날카롭게 째지며 더 높이 솟구쳐 갈라진다. 비명을 지르지 않으려면 어쩔 수가 없으므로.

"난 바로잡지 않을 거예요, 샤파. 절대로요. 미안해요, 난 세상을 바로잡고 싶지 않아요. 난 나를 싫어하는 인간들을 전부 다 죽여 버리고 싶어……."

배 속이 너무 무거워 서 있을 수가 없다. 나쑨은 몸을 반으로 접는다. 무릎을 땅에 댄 채 허물어진다. 토하고 싶다. 하지만 그 대신에 땅바닥을 짚은 두 손바닥 사이로 말을 뱉어 내고 또 뱉어 낸다.

"다…… 전부 다! 전부 다 **없애버리고 싶어요**, 샤파! 몽땅 **불타 버렸으면** 좋겠어. 전부 불타서 없어, 없어져 버렸으면, **아무것도 없게** 저, 전부, 증오도 없고, 죽는 사람도 없고, 아무것도 없게, 삭아빠질 세상에 아무것도 안 남고 **완전히, 영원히**……."

샤파의 손, 단단하고 강인한 손이 나쑨을 붙들어 위로 끌어 올린다. 아이는 몸부림친다. 주먹을 휘두른다. 미워서도 아니고 무서워서도 아니다. 나쑨은 절대로 샤파를 다치게 하지 않을 것이다. 다만 저 속에 담긴 것을 어떻게든 밖으로 내보내야 하기에, 그렇지 않으면 미쳐 버릴 것만 같기에. 나쑨은 생전 처음으로 아버지를 이해한다. 아이는 절규하고 발버둥치고 주먹질하고 이빨로 물어뜯고 자신의 옷과 머리카락을 잡아 뜯고 이마로 샤파의 머리를 받으려 한다. 샤파는 서둘러 나쑨을 돌려세운 다음, 커다란 팔로 아이를 꼭 끌어안아 팔을 움직이지 못하게 한다. 그를 다치게 하지 못하도록, 그리고 나쑨의 분노가 아이 자신을 다치게 하지 못하도록.

지자도 이런 기분이었던 거구나. 저 멀리 떨어진 하늘에서, 냉담하고 무심하게 지켜보고 있던 오벨리스크와 하나 된 나쑨의 일부분이 생각한다. 엄마가 거짓말을 했고, 내가 거짓말을 했고, 우체가 거짓말을 했다는 걸 알았을 때, 이런 심정이었던 거야. 그래서 나를 마차에서 떠민 거야. 그래서 오늘 아침 손에 유리칼을 쥐고 찾은달을 찾아온 거야.

이것. 이건 나쑨의 안에 있는 지자다. 나쑨이 몸부림치고 고함지르고 펑펑 울게 만드는 것. 나쑨은 지금 이 순간 그 어느 때보다도 아버지와 가까워진 느낌을 받는다. 절망만이 가득한 이 분노의 순간에.

샤파는 나쑨이 제풀에 지쳐 기진맥진해질 때까지 놓아주지 않는다. 마침내 나쑨이 힘없이 늘어진다. 바들바들 떠는 몸뚱이, 씨근거리는 숨소리, 가느다란 신음을 내뱉으며 눈물콧물 뒤범벅이 된 얼굴로.

나쑨이 다시 주먹을 쥐고 달려들지 않을 거라는 확신이 들자, 샤파는 두 다리를 나비처럼 꼬고 앉아 나쑨을 들어 무릎 위에 앉힌다. 나쑨이 그에게 엉겨 붙는다. 언젠가 아주 여러 해 전에 아주 멀리 떨어진 곳에서, 그가 그를 위해 시험에 통과해 달라고, 그래서 살아 달라고 부탁했을 때 어떤 어린 소녀가 그랬던 것처럼. 그러나 나쑨은 이미 시험을 마쳤다. 과거의 샤파도 그 점에는 동의할 것이다. 이토록 격렬한 울분을 쏟아 내는 와중에도 나쑨의 조산력은 조금도 꿈틀거리지 않았고, 아이는 은빛을 향해 힘을 뻗지도 않았다.

"자, 자, 쉬이이이……." 샤파가 나쑨을 달랜다. 방금까지 내내 그런 것처럼 나쑨의 등을 문지르며 엄지손가락으로 눈물을 닦아준다. "그래, 그래, 가여운 것아. 내가 잘못했다. 오늘 아침만 해도……." 샤파는 한숨을 내쉰다. "쉬이이…… 내 작은 아이야, 그만 쉬거라."

나쑨은 지치고, 피곤하고, 안에 든 모든 것을 쏟아내 텅 빈 느낌이다. 이제 아이에게 남은 것이라고는 매몰차게 흐르는 질척한 화산이류(火山泥流)처럼 주변 모든 것을 어지러이 집어삼키는 슬픔과 분노뿐. 슬픔과 분노, 그리고 마지막 하나 남은 소중하고 오롯한 감정.

"내가 세상에서 사랑하는 건 샤파뿐이에요." 나쑨의 목소리는 솔직하고, 지쳐 있다. "샤파만 아니었다면, 난……난…… 하지만, 하지만……."

샤파는 나쑨의 이마에 입을 맞춘다.

"네게 필요한 끝을 내렴, 나의 나쑨."

"하지만 그러고 싶지 않아요." 아이는 침을 꼴깍 삼킨다. "난……난 샤파가 살았으면 좋겠으니까요!"

그는 부드럽게 웃는다.

"아직 어린애구나, 얘야. 여태껏 그런 일을 겪고도."

그 말에 나쑨은 발끈하지만, 샤파가 의미하는 바는 분명하다. 나쑨이 샤파를 살리는 동시에 이 세상의 증오를 죽이는 것은 불가능하다. 나쑨은 둘 중 하나의 종말을 선택해야 한다.

하지만 그때, 샤파가 단호한 음성으로 다시금 말한다.

"네게 필요한 끝을 내렴."

나쑨이 몸을 뒤로 슬쩍 물리고는 그의 얼굴을 쳐다본다. 샤파가 또렷한 눈빛으로 빙그레 웃는다.

"뭐라고요?"

샤파가 나쑨을 껴안고 있는 팔에 슬며시 힘을 준다.

"넌 내 구원자란다, 나쑨. 너는 내가 사랑했고 보호해야 했던, 심지어 나 자신에게서 보호해야 했던 모든 아이들이다. 네가 평온을 얻을 수만 있다면……." 샤파가 나쑨의 이마에 입을 맞춘다. "그렇다면 나는 이 세상이 불타 무너질 때까지 너의 수호자가 되겠다, 내 작은 아이야."

그것은 축복이자 위안이다. 마침내 배 속에서 들끓던 역겨움이 가라앉는다. 나쑨은 샤파의 품안에서 안전하게, 드디어 완전한 인정과 포용을 만끽하며 잠든다. 온 세상이 밝게 불타 녹아내리는, 나름의 방식으로 마침내 평화로워진 세상을 꿈꾸며.

* * *

"스틸."

다음 날 아침, 나쑨이 소리 내어 부른다.

스틸이 흐릿한 잔상과 함께 모습을 드러내더니, 희미하게 재미있다는 표정을 띤 채 길 한가운데 팔짱을 끼고 우뚝 서 있다.

"코어포인트로 가는 가장 가까운 길은 별로 멀지 않다. 비교적 말이야." 나쑨이 샤파가 잃어버린 정보에 대해 묻자, 그는 이렇게 대답한다. "한 달 남짓 걸릴 거다. 물론……."

그러고는 일부러 말꼬리를 흐리며 길게 잡아 뺀다. 그는 나쑨과 샤파에게 세상의 반대편으로 직접 데려다 주겠다고 제안했다. 스톤이터는 그런 일을 할 수 있는 모양이다. 스틸의 제안을 받아들인다면 어렵고 위험한 단계를 건너뛸 수 있을 테지만 대신에 특이하고 섬뜩한 그들 종족의 이동 방법, 즉 땅을 통과해 움직일 때 두 사람의 안위를 오롯이 그의 손에 맡겨야 한다.

"아니, 괜찮아."

나쑨이 재차 거절한다. 그 점에 있어서 나쑨은 근처에 있는 큰 바윗돌에 몸을 기대고 있는 샤파에게 의견을 구하지도 않는다. 나쑨은 샤파의 의견을 물을 필요가 없다. 스틸이 오로지 나쑨에게만 관심이 있다는 사실은 명백하다. 어쩌면 그는 샤파를 함께 데려가는 것을 깜박 잊어버릴 수도 있고, 코어포인트로 가는 길에 샤파의 손을 놓아 버릴 수도 있다.

"하지만 우리가 가야 하는 곳에 대해 좀 알려 줄 수 있어? 샤파는 기억이 안 난대."

스틸의 회색 시선이 샤파를 향한다. 샤파는 기만적으로 느껴질 정도로 태연하게 웃어 보인다. 그의 몸 안에 있는 은빛마저 지금 이 순간만큼은 고요하다. 어쩌면 아버지 대지도 스틸을 좋아하지 않는 건지 모른다.

"그곳은 역(驛)이라고 하지." 잠시 후, 스틸이 말한다. "아주 오래된 곳이야. 죽은 문명의 유적이라고 부를 수도 있을 거다. 하지만 그 역은 아직 작동하고 있고, 무너져서 더는 작동하지 않는 다른 유적 안에 있다. 아주 오래전에 사람들은 그런 역을 사용해서, 그보다는 그 사이를 오고 가는 교통수단을 이용해 걷는 것보다 훨씬 효율적인 방법으로 장거리를 이동했지. 하지만 요즈음에 그런 역이 존재한다는 걸 아는 건 우리 스톤이터와 수호자뿐이다."

그들 앞에 모습을 드러낸 순간부터 일말의 변화도 없는 그의 미소는, 차분하지만 냉소적인 데가 있다. 그리고 왠지 샤파를 향한 것처럼 보인다.

"힘에는 대가가 필요하지."

샤파가 말한다. 평소에 그가 머릿속으로 나쁜 일을 할까 말까 저울질할 때처럼 싸늘하고 부드러운 목소리다.

"그래." 스틸이 거슬릴 정도로 한참 동안 말을 멈춘다. "그리고 그런 교통수단을 사용할 때도 대가를 치러야 한다."

"하지만 우린 돈이나 교환할 물건이 없는걸."

나쑨이 난처한 표정을 짓는다.

"다행히도 대가를 치를 다른 방법이 있지."

갑자기 스틸의 서 있는 자세가 바뀐다. 그의 얼굴이 위로 향하고, 나쑨은 그의 시선을 따라 고개를 들어서, 본다. 아, 밤새 사파이어가 좀 더 가까워졌다. 이제 사파이어는 그들과 제키티 사이의 중간즈음에 있다.

"역은 계절이 생기기 전부터 존재하던 장소다. 오벨리스크가 건설된 시대에 말이야. 그 문명이 남긴 모든 유적은 똑같은 동력원을 사용하지."

"그러니까……." 나쑨이 숨을 들이켠다. "은빛을 말하는 거구나!"

"그걸 그렇게 부르니? 참 시적이기도 해라."

나쑨은 불편한 기색으로 어깨를 으쓱해 보인다.

"뭐라고 불러야 할지 몰라서."

"아, 세상이 얼마나 변했는지." 나쑨이 얼굴을 찌푸리지만 스틸은 그 수수께끼 같은 말이 무슨 뜻인지 설명해 주지 않는다. "늙은이의 똥꾸멍이 나올 때까지 이 도로를 계속 따라가렴. 그게 어디 있는지는 아니?"

나쑨은 아주 오래전에 남극권 지도에서 그 지명을 보고 키득거린 것을 기억한다. 나쑨이 샤파를 쳐다보자 그가 고개를 끄덕이며 대답한다.

"찾을 수 있다."

"그럼 거기서 만나지. 그 유적은 풀숲 한가운데, 안쪽의 원형 공터 안에 있다. 새벽 동이 트자마자 구멍으로 들어가렴. 꾸물거리지 말고. 땅거미가 진 후에는 그 숲에 있고 싶지 않을 테니까."

스틸이 잠깐 동작을 멈추더니 새로운 자세로 변한다. 의심할 여지 없이, 이른바 생각에 잠긴 포즈다. 고개를 살짝 옆으로 돌려 기울이고, 턱에 손가락을 대고 있다.

"네 어머니일 거라고 생각했는데."

샤파가 흠칫 몸을 굳힌다. 처음에는 뜨거운 열기가, 이내 싸늘한 기운이 나쑨의 몸 전체로 퍼져 나간다. 천천히, 그 복잡하고 이상한 감정을 걸러 내며 나쑨이 말한다.

"그게 무슨 뜻이야?"

"그녀가 이 일을 하게 될 거라고 예상했다는 것뿐이야." 어깨를 으쓱하지는 않지만 스틸의 목소리에는 어차피 상관없다는 기색이 섞여 있다. "나는 그녀가 살던 향을 위협했지. 그녀의 친구들, 지금 그녀가 아끼는 사람들. 그러면 그들이 그녀를 배신할 거고, 그래서 결국엔 이 길을 선택할 거라고 생각했다."

지금 그녀가 아끼는 사람들.

"엄마가 티리모에 있는 게 아냐?"

"아니. 다른 향에 합류했지."

"그럼 그 사람들은…… 엄마를 배신하지 않았어?"

"그래, 놀랍게도." 스틸의 눈동자가 스르륵 움직여 나쑨과 시선을 마주친다. "그녀는 이제 네가 어디에 있는지 안다. 문이 말해 줬거든. 하지만 널 찾으러 오지는 않고 있어. 어쨌든 적어도 지금은 그렇다. 먼저 자기 친구들이 안전한 곳에 자리를 잡는지 확인하고 싶어 하거든."

나쑨은 이를 빠드득 간다.

"어차피 나도 지금 제키티에 없는걸. 그리고 조금 있으면 엄마는 문을 조종할 수 없을 거고, 그러면 나도 다시는 못 찾을 거야."

스틸이 고개를 돌려 나쑨을 마주 본다. 그의 움직임은 사람이라고 하기에는 너무 느리고 부드럽지만, 놀란 듯한 표정은 진짜처럼 보인다. 나쑨은 스틸이 천천히 움직일 때가 너무 싫다. 온몸에 소름이 쫙 끼친다.

"그러하다. 영원히 지속되는 건 없지."

"무슨 뜻이야?"

"내가 너를 과소평가한 것 같구나, 작고 어린 나쑨."

나쑨은 스틸이 자신을 그렇게 부르는 게 싫다. 스틸은 또다시, 이번에는 정말 다행스럽게도 순식간에 생각에 잠긴 자세로 돌아간다.

"다시는 그러지 않는 게 좋을 것 같군."

스틸은 그 말과 함께 사라진다. 나쑨이 샤파에게 얼굴을 찌푸려 보이자 샤파가 고개를 가로젓는다. 두 사람은 다시 가방을 들쳐 메고 서쪽으로 걷기 시작한다.

2400년: 적도권 동부(이 지역 노드망 밀도를 확인해 볼 것. 왜냐하면……)

이름이 알려지지 않은 항. 갑작스러운 화산 분출물 및 쇄설물을
얼음으로 바꾼 간호사에 대한 옛 노래가 전해 내려온다.
폭도들이 그녀를 공격하자 한 환자가 몸을 날려 대신
석궁을 맞았다고 한다. 폭도들은 그녀를 놓아주었고,
여자는 그 뒤로 자취를 감췄다.
— 예이터, 디바스의 혁신자의 연구조사 기록 중

실 아나기스트4

모든 에너지는, 비록 그 이름과 상태가 변화한다고 해도 언제나 동일하다. 운동은 열을 생성하고, 열은 빛과 같으며, 빛은 소리처럼 파동하고, 소리는 진동의 강도를 조절해 결정체 구조의 원자 결합을 강화하거나 완화시킬 수 있다. 이 모든 상태를 반사 공명하는 것이 바로 마법, 삶과 죽음의 복사방출(複寫放出)이다.

그리고 우리의 역할은 이처럼 본질적으로 상이한 에너지들을 하나로 엮는 것이다. 조종하고 완화하여, 우리의 의식이라는 프리즘을 통해 부정할 수 없는 하나의 힘을 생성하는 것이다. 불협화음을 교향악으로 변화시키는 것. 플루토닉 엔진이라고 불리는 이 거대한 기계는 악기이다. 우리는 그것을 조율하는 조율기이다.

우리의 목적은 지신비력(地神祕力)을 실현하는 것. 지신비력은 무한한 효율성을 지닌 에너지 순환 체계를 추구한다. 만일 우리가 성공한다면 세상에는 갈등도 빈곤도 영원히 사라질 것이다……라고 우리는 들었다. 지휘자들은 우리가 주어진 역할을 위해 반드시 알아야 할 지식을 제외하고는 아무것도 설명해 주지 않는다. 온 인류가 상상을 초월하는 밝고 찬란한 미래를 향해 진일보할 수 있도록 우리, 하찮고 중요하지 않은 우리가 도움을 줄 수 있음을 아는 것만으로도 충분하다. 우리는 도구일지는 모르나 매우 빼어난 도구이며, 우리가 사용되는 목적 또한 고결하고 숭고하다. 거기서 자부심을 느끼기란 어렵지 않은 일이다.

우리는 매우 세밀하게 동조되어 있기에, 테틀레와를 잃은 뒤로 한동안 삐걱거려야 했다. 네트워크 초기화를 위해 결합하자, 심한 불균형이 느껴진다. 테틀레와는 우리의 카운터테너, 스펙트럼의 반파장(半波長)이었다. 테틀레와가 부재한 상황에서 그에게 가장 가까운 건 나지만, 내 공진 주파수는 약간 높았다. 그 결과 우리의 네트워크 결합은 전보다 약해졌고, 테틀레와가 있던 빈 중간대역으로 피드(feed)가 계속해서 새어 나갔다.

그러다 마침내, 게이와가 빈자리를 보완할 수 있게 되었다. 그녀는 더욱 깊이 뻗어 더욱 강하게 공명했고, 그로써 공백을 메웠다. 우리는 새로 구성한 네트워크의 안정성을 확립하기 위해 모든 네트워크 연결을 재조정하는 데 며칠을 쏟아부어야 했다. 사실 별로 어려운 일은 아니다. 시간이 조금 걸릴 뿐. 우리가 이런 작업을 하는 것도 처음이 아니다.

켈렌리는 가끔, 아주 드물게 우리의 네트워크에 합류한다. 실망스러운 일이다. 울림이 깊고, 강하고, 동시에 발끝이 따끔거릴 정도로 예리한 그녀의 목소리는 완벽하기 때문이다. 테틀레와보다 뛰어나며, 우리 모두를 합친 것보다도 더 넓은 대역폭을 지니고 있다.

하지만 우리는 지휘자에게서 그녀에게 익숙해지면 안 된다는 말을 들었다.

"켈렌리는 엔진을 시동할 때만 참여할 거야." 내가 묻자 지휘자 중 한 명이 대답했다. "그것도 그때까지 개가 할 일을 너희한테 못 가르쳤을 경우만 그래. 지휘자 갈라트는 일단 그녀를 예비용으로 두고 발사일 당일에만 데려갈 작정이라더군."

그건 합리적인 판단처럼 보인다. 적어도 표면적으로는.

켈렌리는 우리의 일부가 되면, 주도권을 쥐게 된다. 당연한 일이다. 그녀의 존재감이 우리보다 훨씬 크기 때문이다. 어째서일까? 창조된 방식이 다르기 때문인 걸까? 켈렌리에게는 우리와 다른 점이 있다. 마치…… 배경에서 늘 희미한 소리를 내고 있는 억눌린 건반처럼. 켈렌리의 안정적이고 균형 잡힌 연결선 중앙, 그 중심축(fulcrum)에는 쉴 새 없이 뜨겁게 작열하는 공허한 불꽃이 있다. 우리는 이해할 수 없는 무엇. 우리들 각자에게도 그와 비슷한 것이 있긴 하지만 우리의 것은 희미하고 간헐적이며 갑자기 환하게 타올랐다가 금방 수그러들어 조용해지지만, 그녀의 불꽃은 지속적이고 연료가 무한하게 공급되는 것처럼 보인다.

지휘자들도 알아차렸지만, 그녀의 이 억눌린 불꽃은 오닉스의 게걸스러운 혼란과 아름답게 어우러진다. 오닉스는 플루토닉 엔진 전체를 총괄하는 제어 알석이다. 엔진을 가동하는 다른 방법(서브 네트워크나 월장석을 사용하는 세련되지 못한 자구책)도 있긴 하지만 발사일이 되면 우리는 오닉스의 정교한 제어력이 필요하게 될 것이다. 오닉스가 없다면 지신비력을 성공적으로 활성화할 확률이 지극히 감소한다……. 그러나 지금까지 우리 중에서 오닉스를 몇 분 이상 제어할 수 있는 이는 없었다. 그래서 우리는 켈렌리가 무려 한 시간 동안이나 오닉스를 다루고, 접속을 해제한 뒤에도 전혀 동요하지 않는 모습을 찬탄 어린 눈길로 지켜본다. 우리가 오닉스와 결합할 때면 그것이 우리를 밀어내고 모든 걸 빨아 가서, 오닉스와 접속하고 나면 우리는 몇 시간이나 며칠 동안 활동 정지에 들어가기 때문이다. 하지만 켈렌리는 다르다. 오닉스의 스레드(thread) 가닥은 그녀에게 달려들어 잡아 찢는 게 아니라 부드럽게 어루만지는 것 같다. 오닉스는 켈렌리를 좋아한다. 말도 안 되는 소리 같지만 어쨌든 우리 모두는 그런 느낌을 받았고, 그래서 그렇게 여기기 시작한다. 이제 켈렌리는 오닉스가 그녀가 아니라 우리를 선호하도록 우리를 가르칠 것이다.

네트워크 재조정을 마치고, 정신 활동을 하는 동안 신체 활동을 유지해 주는 철사 의자에서 일어나, 비칠거리는 몸으로 지휘자의 부축을 받으며 가까스로 각자의 숙소로 돌아간 뒤…… 이 모든 일이 끝난 뒤에 켈렌리가 우리를 찾아온다. 지휘자의 의심을 사지 않게 한 명씩 개별적으로. 우리들 각자와 얼굴을 맞대고 음성언어로 의미 없는 대화를 하는 동안, 켈렌리는 우리 모두에게 대지어를 발화한다.

그녀는 자신이 경험이 많기 때문에 우리보다 더 민감하게 느낄 수 있다고 설명한다. 그리고 각 지역의 조각을 중심으로 조성된 연구단지가 아니라 외부에 살고 있기 때문이라고도 말했다. 연구단지는 우리가 그릇에 담긴 뒤로 알고 있는 유일한 세상이다. 우리는 태어나서 줄곧 하나의 노드에 살고 있지만, 켈렌리는 실 아나기스트의 여러 노드들을 직접 방문했다고 한다. 그녀는 이 지역의 조각인 자수정뿐만 아니라 무수한 조각들을 보고 직접 만져 보았다. 월장석이 있는 제로사이트에도 가 본 적이 있다. 우리는 그 사실에 탄복한다.

"나는 맥락을 알아." 그녀는 우리에게, 아니 내게 말한다. 켈렌리는 내 소파에 앉아 있다. 나는 창가 자리 의자에 얼굴을 묻은 채 그녀를 등지고 엎드려 있다. "너도 그걸 이해하면 나만큼 민감해질 거야."

(이 대화는 대지어를 이용해 음성언어에 보다 깊은 의미를 더하는, 우리끼리만 통하는 일종의 혼성어다. 그녀가 사용한 단어는 단순히 "나는 나이가 많아."지만 대지가 침강하는 흐릿한 잡음이 시간의 흐름에 따른 변형이라는 미세한 뉘앙스를 보태 주지. 켈렌리는 극도의 압력을 견디고 변형된 변성암이다. 쉽게 이해할 수 있게 앞으로는 불가능한 부분만 빼고 전부 단어로 번역해 줄게.)

"우리도 지금 너처럼 민감하면 좋을 텐데." 나는 말하기가 귀찮다는 듯이 응수한다. 징징거리는 게 아니다. 재조정을 하는 날은 늘 힘들다. "우리한테도 그 맥락이라는 걸 알려 줘. 그러면 오닉스도 우리 말을 들을 테고 나도 머리가 아플 필요가 없을 테니까."

켈렌리가 한숨을 내쉰다.

"이 장벽 안에서는 너를 더 민감하게 다듬을 방법이 없어." 일순 솟구쳤다가 순식간에 흩어지는 적개심의 부스러기. 그들은 너를 지나치게 안전하게 가둬 놓았지. "하지만 너와 다른 아이들을 도울 방법이 있을 것 같아. 너희를 여기서 데리고 나갈 수만 있다면 말이야."

"내가 더 민감해지게…… 돕는다고?"

(켈렌리가 나를 반질반질 쓰다듬으며 달랜다. 너를 이렇게 둔한 상태로 놔두는 건 친절한 게 아니야.)

"너는 너 자신에 대해 알아야 해. 네가 진짜로 어떤 존재인지."

나는 켈렌리가 왜 내가 뭔지 모른다고 생각하는지 이해할 수가 없다.

"나는 도구야."

"네가 도구라면, 가능한 한 정밀하고 예민하게 다듬어야 하지 않을까?"

켈렌리의 목소리는 잔잔하고 평온하다. 그러나 주변을 뒤흔드는, 화나고 억눌린 덜덜대는 진동(공기 분자가 떨리고, 발밑의 지층이 압축되고 우리의 보님 능력을 한계치까지 자극하는 불쾌한 마찰음)이 방금 내가 한 말을 켈렌리가 싫어한다는 것을 말해 준다. 나는 고개를 들어, 그 이분적(二分的) 감정이 켈렌리의 얼굴에 전혀 드러나지 않는다는 사실에 감탄하며 그녀를 바라본다. 이것은 켈렌리와 우리의 또 다른 닮은 점이다. 우리는 오랫동안 고통이나 두려움, 또는 슬픈 감정을 지상이나 하늘 밑에서는 드러내지 않는 법을 배웠다. 지휘자들은 우리가 석상처럼 만들어졌다고 말한다. 냉정하고 감정에 좌우되지 않으며 조용하고 말이 없는. 그들이 왜 정말로 우리가 그렇다고 믿는지 이해할 수가 없다. 우리도 그들처럼 따뜻한 몸을 지녔다. 우리도 그들처럼 감정을 느낀다. 다만 그들과 달리 얼굴이나 몸짓으로 잘 표현하지 않을 뿐이다. 아마 우리가 대지어를 하기 때문일까?(그들은 이 사실을 모르고 있는 것 같다. 그건 좋은 일이다. 땅속에서는 우리도 진정한 우리가 될 수 있다.) 우리가 잘못 만들어진 건지, 아니면 그들이 우리를 잘못 이해하고 있는지 아니면 그저 관심이 없는지는 답을 얻을 수 없는 의문이었다.

켈렌리는 속으로는 뜨겁게 들끓고 있을망정 겉으로는 차분하다. 나는 한참 동안 그녀를 물끄러미 바라본다. 켈렌리가 퍼뜩, 내가 자신을 응시하고 있는 걸 알아차리고는 빙그레 웃는다.

"너, 나를 좋아하는구나."

나는 그 말에 담긴 의미를 생각해 본다.

"그런 식으로는 아니야."

나는 습관처럼 대꾸한다. 때때로 나는 이것을 하급 지휘자나 다른 직원 들에게 설명해야 했다. 우리는 그 점에서도 석상처럼 창조되었다. 이 경우에 매우 효과적으로 작동하고 있는 우리의 설계 구현은 발정은 가능해도 그런 걸 시도할 흥미 자체가 없으며, 어차피 불임이다. 켈렌리도 그럴까? 아니야, 지휘자는 켈렌리가 오직 한 가지 부분만 다르게 만들어졌다고 말했다. 켈렌리는 이 세상 어떤 인간도 갖고 있지 않은, 우리처럼 강력하고 복잡하고 유연한 보님 기관을 보유하고 있다. 그 점만 제외하면 그녀는 그들과 똑같다.

"내가 섹스를 말한 게 아니라서 얼마나 다행인지."

켈렌리에게서 재미있다는 듯한 콧소리가 흘러나온다. 신경에 거슬리면서도 왠지 뿌듯한 기분이 든다. 왜 그런지는 모르겠지만.

내가 어리둥절해하는 걸 보고도 켈렌리는 아무것도 아니라는 듯이 벌떡 일어나, "나중에 다시 올게."라고 말하고는 방을 나가 버린다.

켈렌리는 며칠이 지나도 찾아오지 않는다. 하지만 그녀는 멀긴 하지만 우리 네트워크의 일부분으로 남아 있고, 그래서 우리가 깨어 있을 때, 식사를 하고 배변을 할 때, 잠들 때 꿈의 시작점과 우리 자신과 서로에 대한 자부심 속에 언제나 함께한다. 하지만 감시받는다는 느낌은 들지 않는다. 다른 이들은 어떨지 모르나 나는 그녀가 함께 있다는 게 좋다.

우리 모두가 켈렌리를 좋아하는 건 아니다. 특히 게이와는 그녀에게 호전적이고, 우리끼리 비밀스러운 대화를 나눌 때마다 이를 숨기지 않는다.

"우리가 테틀레와를 잃자마자 나타난다고? 프로젝트가 거의 끝나는 마당에? 우리가 지금의 우리가 되려고 얼마나 노력했는데, 일이 끝나면 공을 전부 빼앗기는 거 아니야?"

"켈렌리는 예비용일 뿐이야." 나는 이성의 목소리가 되려고 애쓴다. "그녀가 원하는 게 우리가 원하는 거고. 우리는 협력해야 해."

"그건 그 여자 말이고." 이건 렘와다. 렘와는 우리 중에서 자기가 제일 똑똑하다고 생각한다.(우리는 모두 동등한 지적 수준을 갖추도록 창조되었다. 렘와는 그냥 심술궂고 못됐을 뿐이다.) "지휘자들이 이제까지 그녀를 부르지 않은 덴 이유가 있을 거야. 어쩌면 말썽쟁이일지도 몰라."

멍청한 소리다. 하지만 나는 그 생각을 대지어로 표현하지 않는다. 우리는 방대한 기계의 일부분일 뿐이다. 기계의 성능을 향상시킬 수만 있다면 뭐든 중요하다. 그러한 목적을 달성하는 것과 연관이 없다면 무엇도 중요하지 않다. 켈렌리가 말썽쟁이라면 갈라트는 진즉에 그녀를 테틀레와와 함께 가시나무 덤불로 보내 버렸을 것이다. 그것만큼은 우리 모두 수긍하는 사실이다. 게이와와 렘와는 그저 까탈스럽게 굴고 있는 것뿐이다.

"켈렌리가 말썽쟁이인지 아닌지는 시간이 지나면 알 수 있겠지."

나는 단호하게 말한다. 우리의 논의는 종료되지는 않아도 최소한 나중으로 보류된다.

다음 날, 켈렌리가 돌아온다. 지휘자들이 우리를 불러 모아 설명한다.

"켈렌리가 세부조율 임무에 너희를 데려가고 싶다고 요청했다."

브리핑을 전하러 온 남자가 말한다. 그는 우리보다 훨씬 크다. 켈렌리보다도 키가 크고 호리호리하다. 남자는 완벽하게 색 조합을 맞춘 옷과 장식 버튼을 사용해 보기 좋게 차려 입는 것을 좋아한다. 머리카락은 길고 검으며, 피부는 우리만큼은 아니지만 희고 창백하다. 그러나 눈은 우리와 같다. 흰자위 안에 흰 눈동자. 얼음처럼 하얀 눈. 우리는 이 남자 말고는 우리 같은 눈을 가진 그들을 본 적이 없다. 이 사람은 지휘자 갈라트, 프로젝트의 최고 책임자다. 내게 갈라트는 투명하고 다이아몬드처럼 하얀 심성암 조각이다. 명료하게 각이 서 있고, 모든 면이 매끈하게 다듬어져 있으며 독특한 아름다움을 지녔다. 또한 그는 각별히 주의 깊게 대하지 않으면 매우 냉혹하고 위험하다. 우리는 그가 테틀레와를 죽인 장본인이라는 사실에 대해 깊이 생각하지 않으려 한다.

(그는 네가 생각하는 그 사람이 아니다. 그저 네가 그녀와 비슷하게 보였으면 하는 것처럼 갈라트도 그와 비슷하게 보였으면 하는 것뿐이지. 이게 바로 기억이 손상되는 데 따른 위험이란다.)

"세부조율…… 임무라고요?"

게이와가 이해할 수 없다는 양 말을 길게 늘인다.

켈렌리가 뭔가 말하려는 듯 입을 벌렸다가 곧 멈칫하고는 갈라트를 돌아본다. 갈라트가 그걸 보고 다정하게 웃어 보인다.

"우리는 너희가 켈렌리와 같은 성과를 보여 주길 바랐다만, 너희는 줄곧 그 기대에 못 미쳤다." 갈라트는 어깨를 으쓱할 뿐이지만 우리는 그의 비판에 불안감을 느끼면 바짝 긴장한다. "수석 생물마학자와 이야기해 봤는데, 너희도 상대적 능력에는 큰 차이가 없다고 주장하더군. 역량 자체는 켈렌리와 같은데 같은 기술을 발휘하지 못한다는 거다. 이 같은 괴리를 해결하기 위해 여러 대안을 고려해 볼 수 있다만, 가령 정밀조정이라든가……. 하지만 발사일이 얼마 남지 않았는데 그런 위험을 감수하고 싶진 않아."

우리는 순간적으로 똑같은 안도감의 파동을 동시에 파드득 발산한다.

"켈렌리는 우리에게 맥락을 가르치러 왔다고 말했어요."

나는 용기를 내서, 조심스럽게 말해 본다.

갈라트가 내게 고개를 끄덕인다.

"켈렌리는 바깥세상을 경험하는 데 그 해결책이 있다고 믿는다. 더 많은 자극의 노출, 문제 해결 인지도의 상향 조정 같은 것 말이지. 하지만 너희 모두를 한꺼번에 외부에 내보낼 순 없다. 사고라도 생기면 어떻게 하겠나? 그러니 너희를 두 조로 나눌 거다. 그러나 켈렌리는 한 명이니까 절반은 지금 켈렌리와 함께 출발하고, 나머지 절반은 일주일 뒤에 나간다."

바깥세상. 밖으로 나간다. 나는 누구보다 간절하게 첫 번째 그룹이 되고 싶지만, 우리 모두는 지휘자 앞에서 욕망을 드러내서는 안 된다는 사실을 아주 잘 알고 있다. 도구는 눈에 띄게 상자 밖으로 탈출하고 싶어 해서는 안 된다.

그래서 나는 이렇게 말한다.

"우리는 이미 충분히 상호 동조되어 있기 때문에 세부조율이 필요하지 않습니다." 내 목소리에는 아무 감정도 실려 있지 않다. 석상의 목소리. "시뮬레이션에 의하면 우리는 예상 수치에 맞춰 엔진을 안정적으로 제어할 수 있어요."

"두 조가 아니라 여섯 조로 분산해도 좋을 것 같습니다." 렘와가 첨언한다. 나는 이 터무니없는 제안 속에서 렘와의 갈망을 읽는다. "그러면 각 조마다 다양한 경험을 할 수 있지 않을까요? 제가 아는 바에 따르면…… 바깥세상에서는…… 경험을 일관성 있게 통제할 방법이 없다고 들었습니다. 이 임무 때문에 얼마 남지 않은 시간을 소모해야 한다면, 위험을 최소화하는 방식이 바람직하지 않을까요?"

"내 생각에 여섯 번에 걸쳐 나가는 건 비용적으로나 실용적인 측면에서나 별로 효율적일 것 같지 않아." 켈렌리가 우리의 연기가 아주 훌륭하다는 무언의 신호를 보내며 말한다. 그녀는 갈라트를 쳐다보며 어깨를 으쓱한다. 켈렌리는 우리처럼 감정이 없는 척하지 않는다. 그저 대수롭지 않다는 투다. "하나든 둘이든 여섯이든, 몇 개로 나누든 똑같아. 이동 경로를 미리 계획해서 노드 경찰에게 감시와 지원을 부탁하고, 추가로 호위를 붙이면 되겠지. 솔직히 말해서 여러 번 움직이면 반감을 품은 시민들이 이동 경로를 예상하고…… 불유쾌한 계획을 세울 수도 있어."

우리는 불유쾌함이라는 것을 경험할 수 있을지도 모른다는 생각에 매료된다. 켈렌리는 우리가 흥분해 일으키는 미진(微震)을 진정시킨다.

지휘자 갈라트는 켈렌리의 말에 미간을 찌푸린다. 정곡을 찔린 것이다.

"너희들이 외부 견학을 가는 건 중요한 결실을 얻을 가능성이 있기 때문이다."

갈라트가 우리에게 말한다. 얼굴에는 여전히 미소를 띠고 있지만 왠지 신경질적인 기색이 새어 나온다. 가는이라는 단어에 약간 힘이 실려 있나? 음성언어의 변화는 너무 미미하고 일시적이다. 어쨌든 내가 이해할 수 있는 건 갈라트가 우리를 바깥세상에 내보내줄 뿐만 아니라 여러 집단으로 나눠 개별적으로 이동시키기로 한 결정에 대해 마음을 고쳐먹었다는 것이다. 켈렌리의 제안이 합리적이기도 하지만, 그보다 더 큰 이유는 우리가 노골적으로 그의 의견을 내켜하지 않는다는 게 못마땅하기 때문이다.

아, 렘와가 늘 그렇듯 다이아몬드 끌처럼 거슬리는 그의 본질을 휘두른다. 잘했어. 나는 파동을 보낸다. 그가 점잖은 파형으로 고맙다고 응수한다.

우리는 그날 당장 출발하기로 한다. 하급 지휘자들이 밖에서 입고 돌아다니기에 어울리는 옷가지를 문 앞에 놓아둔다. 나는 평소보다 두꺼운 옷과 신발을 걸치며 생소한 질감에 신기해한다. 그러고는 하급 지휘자가 내 하얀 머리를 한 갈래로 땋는 동안 얌전히 앉아 있는다.

“밖에 나가려면 반드시 이렇게 해야 하나요?”

진심으로 궁금하다. 왜냐하면 지휘자들은 다양한 머리 모양을 하고 있기 때문이다. 어떤 것은 나는 흉내조차 낼 수가 없다. 내 머리카락은 굵고 북실북실해서 구불구불하게 말거나 반듯하게 펼 수가 없기 때문이다. 이런 머리카락을 가진 건 우리뿐이다. 그들은 모두 다양한 형태와 질감의 머리카락을 갖고 있다.

“도움이 될 거야.” 하급 지휘자가 말한다. “너희는 뭘 해도 눈에 띄겠지만 그래도 최대한 평범하게 보이는 게 좋으니까.”

“우리가 엔진의 부품이라는 걸 알아보겠지요.”

나는 자부심을 담아 허리를 약간 편다.

그의 손가락이 일순 느려진다. 본인은 깨닫지 못한 것 같지만.

“그렇다기보다는…… 너희가 다르다고 생각할 거다. 하지만 걱정하지 말렴. 말썽이 생기지 않게 호위를 딸려 보낼 테니까. 눈에 잘 띄진 않겠지만 늘 너희 옆에 있을 거다. 켈렌리가 너희가 충분히 보호되고 있다는 느낌을 받을 수가 없다고 주장하더구나. 이 정도면 충분한데 말이야.”

“우리가 다르다고 생각할 거라고요.”

나는 생각에 잠겨 천천히 그의 말을 되풀이한다.

지휘자가 손가락을 움찔하더니 머리 가닥을 유독 아프게 잡아당긴다. 나는 얼굴을 찡그리지도, 피하려고 머리를 움직이지도 않는다. 그들은 우리가 석상이라고 생각하는 게 편하고, 석상은 통증을 느껴서는 안 된다.

"음, 그럴 가능성은 희박하지만, 사람들은 너희가…… 음, 그러니까 그게 아니라는 걸 알아야 하는데, 그게……." 그가 한숨을 내쉰다. "아, 사악한 죽음이여. 복잡한 이야기야. 어쨌든 너무 걱정하지는 말렴."

지휘자들은 실수를 저지를 때면 늘 이렇게 말한다. 나는 다른 이들에게 이 대화를 전하지 않는다. 그들이 만남을 허가할 때 이외에는 의사소통을 최소화하는 게 버릇이 되어 있기 때문이다. 조율기가 아닌 사람들은 마법을 아주 기초적인 수준밖에 인식하지 못하고 우리에게는 너무나 자연스러운 일을 하는 데에도 기계나 도구에 의존해야 한다. 그럼에도 그들은 온갖 방법과 수단을 동원해 우리를 항상 감시하고 있고, 그러므로 우리는 그들이 불가능하다고 여기는 상황에서도 서로 대화하거나 그들의 말을 들을 수 있다는 사실을 들켜서는 안 된다.

나는 금세 외출할 채비를 마친다. 내 지휘자가 넝쿨을 이용해 다른 지휘자와 뭐라 의논하더니 내 얼굴에 물감과 파우더를 칠하기로 결정한다. 나를 그들과 비슷하게 보이게 하기 위해서다. 하지만 그래 봤자 나는 하얀 피부에 갈색 칠을 한 것처럼 보일 뿐이다. 지휘자가 거울을 들어 내 얼굴을 보여 주었을 때 내가 미심쩍은 표정을 지었는지, 지휘자가 한숨을 내쉬고는 자기는 화가가 아니라고 변명을 늘어놓는다.

그런 다음 내가 이제껏 몇 번밖에 가 본 적이 없는 곳으로 데려간다. 내가 거주하고 있는 건물의 아래층 로비다. 이곳의 벽은 흰색이 아니다. 자가치유 능력을 지닌 녹색과 갈색 섬유소가 표백되지 않은 채 자연 그대로 무성하게 자라고 있다. 누가 딸기 덩굴을 심어 절반은 흰 꽃, 절반은 붉게 익어 가는 과실로 덮여 있다. 꽤 예쁘다. 우리 여섯 명은 날아와 꽂히는 시선들을 모른 척하려고 애쓰며 바닥에 설치된 물웅덩이 옆에서 켈렌리를 기다린다. 풍성하게 부푼 흰색 머리카락에, 얼굴에 색칠을 하고 입술에는 방어적인 웃음을 띠고 있는 평균보다 조그맣고 땅딸막한 여섯 명의 사람들. 호위가 붙을 거라고 들었지만 얼빠진 얼굴로 우리를 빤히 쳐다보는 저 사람들 사이에 어디 있는지 알 수가 없다.

하지만 켈렌리가 우리를 향해 걸어올 때 나는 드디어 경호원을 알아본다. 켈렌리의 경호원은 남들의 눈에 띄지 않으려는 노력 따위는 하지 않고 그녀의 옆에 꼭 붙어 함께 움직인다. 키가 크고 갈색 피부를 가진 여자와, 그녀와 남매처럼 보이는 남자. 나는 그들을 전에도 본 적이 있다. 때때로 켈렌리가 우리를 만나러 올 때에도 따라다녔던 사람들이다. 켈렌리는 우리 앞으로 다가오지만 두 사람은 우리와 조금 떨어진 곳에서 멈춰서 그 이상은 다가오지 않는다.

"다들 준비됐지?" 켈렌리가 말한다. 그러고는 손을 내밀어 더쉬와의 뺨을 만져 보고 이맛살을 찌푸린다. 엄지손가락으로 얼굴에서 분가루를 털어낸다. "진심이야?"

더쉬와가 언짢은 표정으로 시선을 피한다. 다른 이들은 우리의 창조자들을 모방하도록 강요받는 것을 좋아하지 않는다. 의복도, 성별도, 이런 것은 특히 더더욱.

"좋으라고 한 건데."

우물쭈물 중얼거린다. 아마 스스로를 설득하려는 말일 테다.

"이런 건 너희를 더 눈에 띄게 할 뿐이야. 게다가 어차피 다들 너희가 뭔지 알아볼 테고." 켈렌리가 몸을 돌려 경호원 중 한 명을, 여자를 쳐다본다. "애들한테서 이 더러운 걸 씻어 주고 올게. 너도 도와줄래?"

여자는 말없이 켈렌리를 쳐다볼 뿐이다. 켈렌리가 웃음을 터트린다. 진심으로 유쾌한 웃음소리다.

켈렌리는 우리를 사적인 용변을 해결하는 벽감으로 데려간다. 그녀가 우리 얼굴에 깨끗한 물을 끼얹고 흡수력이 높은 천으로 문지르는 동안, 경호원들은 입구 밖에서 대기한다. 켈렌리는 내내 콧노래를 부른다. 이건 그녀가 즐겁다는 뜻일까? 켈렌리가 내 팔을 붙잡고 내 얼굴에서 끈적한 화장품을 닦는 사이 나는 그 질문에 대한 답을 찾아 그녀의 얼굴을 유심히 살핀다. 켈렌리의 눈초리가 날카로워진다.

"너는 생각이 많구나."

무슨 뜻인지 모르겠다.

"우리 모두 그래."

나는 말한다. 짧게 우르릉거리는 진동을 담아. 우리는 모두 그래야 해.

"내 말이. 그리고 넌 유난히 생각이 많아."

내 머리선 근처에 있는 갈색 칠이 몹시 완강한 모양이다. 켈렌리가 이맛살을 찌푸리며 문지르고, 또 문지르고, 한숨을 내쉬고 천을 헹군 다음 다시 문지른다.

나는 그러는 내내 그녀의 얼굴을 살핀다.

"왜 그들의 두려움을 비웃는 거야?"

멍청한 질문이다. 소리 내어 묻는 게 아니라 대지를 통해 말했어야 했다. 켈렌리가 내 얼굴을 닦던 손을 멈춘다. 렘와가 질책이 담긴 무표정한 얼굴로 나를 힐끗 보더니 벽감 입구 쪽으로 다가간다. 그가 경호원에게 혹시 얼굴에 칠한 물감의 보호가 없을 경우 태양빛 때문에 피부에 손상을 입을 위험은 없는지 지휘자에게 물어 달라고 부탁하는 목소리가 들린다. 경호원이 파안대소하더니 동료를 불러 렘와의 질문을 반복해 들려준다. 어쩜 이렇게 한심하냐는 듯이. 렘와가 경호원의 주의를 돌린 사이, 켈렌리가 다시 내 얼굴을 문지르기 시작한다.

"왜 비웃으면 안 되는데?" 그녀가 말한다.

"네가 웃지 않으면 그들이 너를 더 좋아할 테니까."

그러고 나서 나는 미묘한 의미를 담은 파동을 내보낸다. 정렬, 조화로운 얽힘, 순응, 회유, 완화. 만일 다른 사람들이 좋아해 주길 바란다면.

"내가 그런 걸 바라지 않는지도 모르지."

켈렌리가 어깨를 으쓱하며 다시 천을 물에 적시려 몸을 돌린다.

"넌 가능하잖아. 그들과 비슷하니까."

"충분하진 않지."

"나보단 비슷하잖아." 그것은 명백한 사실이다. 켈렌리는 그들과 유사한 아름다움, 그들과 같은 정상적인 외관을 지녔다. "노력만 하면……."

켈렌리가 피식 내게도 비웃음을 터트린다. 모진 웃음은 아니다. 본능적으로 알 수 있다. 이건 연민이다. 그러나 그 웃음의 기저에서는, 갑자기 켈렌리의 존재감이 고요히 침묵하더니 짓눌려 가라앉는다. 마치 지층 속 바위층이 강한 압력을 받아 뭔가 다른 것으로 변형되기 직전에 그러는 것처럼. 그러더니 느닷없이 분노가 폭발한다. 나를 향한 건 아니지만 어쨌든 내 말 때문이다. 나는 항상 그녀를 화나게 만드는 것 같다.

저들은 우리의 존재 자체가 두려운 거야. 우리는 저들이 두려워할 만한 일을 아무것도 하지 않았어. 그저 존재할 뿐이지. 저들에게 인정받기 위해 우리가 할 수 있는 건 아무것도 없어. 존재하는 걸 멈추는 것 말고는…… 저들이 원하는 대로 죽어 버리거나 아니면 저들의 비겁함을 비웃으면서 계속 살아가는 수밖에 없지.

처음에 나는 그녀의 말을 전혀 이해할 수 없다고 생각한다. 하지만, 나는 이해한다. 그렇지 않니? 우리는 한때 열여섯 명이었다. 지금 우리는 여섯 명이다. 어떤 이들은 의문을 제기했고 그래서 네트워크에서 해제되었다. 의문을 품지 않고 말없이 복종한 자들도 바로 그런 이유로 해제되었다. 협상했다. 단념했다. 조력했다. 절망했다. 우리는 모든 것을 시도했고, 그들의 요구를 들어주고 그 이상을 제공했지만, 그런데도 이젠 여섯 명밖에 남지 않았다.

그건 우리가 나머지 이들보다 더 뛰어나다는 뜻이라고, 나는 얼굴을 찌푸리며 나 자신을 설득한다. 더 똑똑하고, 적응력이 뛰어나고, 탁월한 능력을 지녔다는 의미라고. 이런 건 중요하다. 안 그래? 우리는 거대한 기계 장치를 구성하는 부품이고, 실 아나기스트 생물마학이 도달한 최고의 정점이다. 만약 우리 중 일부에 결함이 있어 전체 구성에서 제거되어야 한다면……

테틀레와는 결함 같은 거 없었어. 렘와가 주향이동 단층처럼 날카롭게 쏘아붙인다.

나는 두 눈을 깜박이며 그를 바라본다. 렘와는 벽감 안쪽으로 돌아와 빔니와와 살레와 옆에서 조용히 기다리고 있다. 켈렌리가 나와 게이와, 더쉬와의 얼굴을 씻어 주는 동안 그들 셋은 직접 수돗물을 이용해 얼굴에서 물감을 씻어 낸 참이었다. 렘와가 일부러 주의를 끌었던 경호원들은 아직도 입구 밖에서 그가 한 말을 곱씹으며 낄낄대고 있다. 렘와가 나를 노려본다. 내가 얼굴을 찌푸리자 그가 거듭 말한다. 테틀레와는 결함 같은 거 없었어.

나는 턱에 힘을 준다. 테틀레와한테 결함이 없었다면 아무 이유도 없는데 해제됐다는 뜻이잖아.

그래. 가장 기분 좋은 날에도 웃는 법이 없는 렘와가 비아냥거리듯 입술을 말아 올린다. 나를 향해서. 나는 렘와의 반응에 너무 큰 충격을 받은 나머지 겉으로 아무 일도 없는 척해야 한다는 사실마저 깜박 잊어버린다. 그게 켈렌리가 하려는 말이야. 우리가 뭘 어떻게 하는지는 중요하지 않아. 문제는 저들이야.

우리가 뭘 어떻게 하는지는 중요하지 않다. 문제는 저들이지.

내 얼굴이 깨끗해지자 켈렌리가 두 손으로 내 얼굴을 감싼다.

"유산(遺産)이라는 단어를 알고 있니?"

나는 그 단어를 전에 들은 적이 있고, 앞뒤 맥락을 살펴 무슨 뜻인지 추측했었다. 렘와의 뾰족한 대꾸를 듣고 난 뒤라 생각을 정리하기가 어렵다. 우리는 서로를 별로 좋아하는 편은 아니지만 그래도…… 나는 고개를 저어 생각을 흩어 버리고는 켈렌리의 질문에 집중한다.

"유산은 더 이상 쓸모는 없지만 완전히 포기하거나 버릴 수 없는 거야. 원하지는 않아도 필요한 거지."

켈렌리가 쓴웃음을 짓는다. 처음에는 내게, 그다음에는 렘와에게. 그녀는 렘와가 나한테 한 말을 전부 들었다.

"그 정도면 됐어. 오늘은 그 단어를 기억하렴."

그러고는 일어난다. 우리 셋은 그녀를 물끄러미 바라본다. 켈렌리는 우리보다 키가 크고 피부색이 짙을 뿐만 아니라 움직임도 활기차고 호흡도 더 자주한다. 켈렌리는 우리 이상의 존재다. 우리는 그런 그녀를 숭배한다. 그런 그녀가 우리를 어떻게 여기고 있을지 겁이 난다.

"가자."

켈렌리가 말한다. 우리는 켈렌리를 따라 세상으로 나간다.

2613년: 남극권 황무지와 고요 대륙 사이에 있는 테이저 협곡에서 거대한 수중화산이 폭발. 그때까지 오로진임이 밝혀지지 않았던 셀리스, 제나스의 지도자가 화산을 잠재운 게 분명하나 본인은 차후 발생한 쓰나미를 피하지 못했다. 남극권 하늘은 이후 5개월 동안 캄캄했지만 계절이 공식적으로 선포되기 전에 걷혔다. 쓰나미 직후 지도자 셀리스의 배우자(화산 분출 당시 향장이었으며 비상대책 선거를 거쳐 직위에서 해제)가 생존한 폭도들로부터 부부의 한 살짜리 자식을 보호하려다 살해되었다. 정확한 사인은 불분명: 어떤 목격자들은 폭도들이 돌로

때려죽였다고 하고, 일부는 수호자가 전 향장을 교살해 죽였다고 한다.

수호자가 부모를 잃은 아기를 워런트로 데려갔다.

— 예이터, 디바스의 혁신자의 연구조사 기록 중

5장

너는 잊히지 않았다

습격은 시계처럼 정확하게, 동틀 무렵에 시작된다.

모두가 단단히 대비한 채 기다리고 있다. 카스트리마 야영지는 돌숲 안쪽으로 3분의 1 정도 들어온 지점에 있다. 사위가 완전히 캄캄해지기 전에 사람들이 갈 수 있는 최대한이었다. 다음 날이면 해가 지기 전에 이 숲에서 벗어날 수 있을 것이다. 오늘 밤에 살아남기만 한다면.

너는 한시도 가만있지 못하고 야영지 안을 이리저리 방황하는 중이고, 너 혼자만 이러고 있는 것도 아니다. 낮 동안 정찰을 갔다 오거나 사냥감을 잡거나 먹거리를 채집하러 들판을 누빈 사냥꾼들은 이 시간이면 잠을 자고 있어야 하지만 너는 꽤 많은 사냥꾼이 깨어 있는 것을 발견한다. 완력꾼들도 파수를 교대할 수 있게 잠을 자야 하는데 전원이 깨어 있다. 상당수의 다른 쓰임새신분들도 마찬가지다. 햐르카는 높이 쌓인 짐 더미 위에 앉아 있다. 고개를 힘없이 떨구고 눈은 감겨 있지만 다리만은 언제든 뛰쳐나갈 수 있게 긴장해 있고, 양손에는 유리칼이 하나씩 쥐어져 있다. 조는 중에도 손가락에서 힘이 빠지지 않는다.

모든 면면을 고려할 때 이럴 때 기습을 하는 건 멍청한 일이지만, 그래도 이보다 더 적당한 시간이 없기에 적들은 기회를 최대한 활용하기로 한다. 너는 적의 습격을 보닌 첫 번째 사람이다. 너는 한쪽 발에 힘을 주고 몸을 빙글 돌리며 큰 소리로 조심하라고 외치는 동시에, 정신력을 집중시켜 화산을 다루는 정신적 공간으로 하강한다. 근처에 깊고 강한 중심축(fulcrum)이 땅속에 내리꽂혀 있다. 너는 그것을 따라 고리의 중앙, 원의 중심이 있어야 할 곳을 찾아 추적한다. 사냥감을 발견한 맹금처럼. 길 오른쪽. 돌숲 안쪽으로 6미터쯤 더 들어간 곳, 덤불과 늘어진 가지에 묻혀 시선이 미치지 않는 곳에.

"이카!"

그 즉시 텐트들 사이에서 이카가 나타난다.

"그래, 느꼈어."

"아직 활성화되진 않았어."

네 말은 고리가 아직 주위에서 열이나 움직임을 흡수하고 있지는 않다는 얘기다. 그렇지만 이 중심축은 식물의 곧은 뿌리처럼 땅속 깊이 단단하게 박혀 있다. 이 근방은 지진 활동이 활발하지 않고 얕은 지층이 받는 압력도 이 돌숲을 생성하는 데 상당히 소모되었다. 그러나 깊이 파고들 수만 있다면 대지의 열기는 어디에나 존재하며, 이 뿌리는 아주 깊다. 견고하고 안정적이다. 펄크럼 수준으로 정밀하다.

"우린 싸울 필요가 없어!"

느닷없이 이카가 숲 안쪽을 향해 외친다. 너는 화들짝 놀라지만, 사실은 별로 놀랄 일도 아니다. 그래도 너는 이카가 지금 진지하다는 데 충격을 받는다. 지금쯤이면 이카에게 익숙해질 때도 됐건만. 이카가 천천히 숲을 향해 다가간다. 몸은 긴장으로 경직돼 있고 무릎은 금방이라도 달려 나갈 것처럼 살짝 구부린 채, 두 팔을 활짝 펼치고 손가락을 꼼지락거린다.

너는 이제 전보다 마법을 훨씬 쉽게 다룰 수 있게 되었다. 습관 때문에 아직도 마법을 보려면 네 팔 끄트머리에 먼저 집중해야 하지만 말이다. 아마 평생이 지나도 조산력이 아닌 마법을 더 자연스럽게 여기지는 못할 테지만 적어도 이제는 그 둘에 대한 인지적 관점을 재빨리 바꿀 수 있다. 이카는 너보다 한참 앞쪽에 있다. 주변의 땅바닥에서, 대부분은 그녀의 앞쪽에서 은빛 가닥이 화려한 곡선과 잔물결을 그리며 춤추고, 이카가 그 가닥들을 땅속에서 끌어내 자신의 것으로 만들수록 명멸하는 빛이 앞으로 넓게 번져 나간다. 돌숲에는 보닐 수 있는 식물이 거의 없기 때문에 일이 평소보다 더 쉽고 간단하다. 어린 넝쿨과 빛에 주린 이끼들이 마치 전선처럼 은빛을 전달하고, 함께 엮어 패턴을 형성한다. 이해할 수 있는. 예측할 수 있는. 그리고 더듬어 찾아…… 아. 너와 이카가 동시에 움찔한다. 그래. 저기다.

땅속 깊이 뿌리 내린 중심축 위에, 회전하지 않는 고리의 중앙에, 쪼그려 앉은 몸뚱이 하나가 은빛으로 빛나고 있다. 너는 처음으로, 오로진이 내는 은빛이 주변 식물이나 곤충에 비해 더 밝고 덜 복잡하다는 사실을 깨닫는다. 같은…… 어, 양에 비해서. 이렇게 표현해도 될지 모르겠지만. 아니면 역량이나 잠재력, 생기라고 불러야 할까? 어쨌든 오로진의 마법은 다른 산 것들과 구성 방식이 좀 다르다. 오로진의 은빛은 비교적 적은 수의 밝은 선으로 응축되어 있고, 모두 비슷한 방향으로 정렬되어 있다. 그의 은빛은 깜박이지 않고, 그의 조산력 고리도 마찬가지다. 그는(너는 저 사람이 남자라고 생각한다. 아마도 맞을 것이다.) 듣고 있다.

밝고 정밀하게 응축된 또 다른 은빛인 이카가 만족스럽다는 듯이 고개를 끄덕인다. 목소리가 더 멀리까지 퍼질 수 있게 짐수레 위로 올라간다.

"나는 이카, 카스트리마의 로가다!" 이카가 소리 높여 외친다. 아마도 너를 가리키며 말한다. "얘도 로가지. 저 친구도 마찬가지야." 테멜. "저기 있는 아이들도 다 로가야. 우린 로가를 죽이지 않아." 이카가 잠시 말을 끊는다. "배고픈가? 우린 식량에 약간 여유가 있어. 훔쳐 갈 필요가 없다."

중심축은 꼼짝도 하지 않는다.

하지만 뭔가 다른 것이…… 돌숲 반대쪽에서 가늘고 약한 은빛 덩어리가 갑자기 혼란스럽게 움직이며 너를 향해 잽싸게 달려든다. 습격자들이 더 있다. 사악한 대지여. 로가에게만 정신이 팔린 나머지 등 뒤에 다른 놈들이 있다는 걸 놓치고 말았다. 하지만 이제는 들린다. 시끄러운 음성들, 욕설과 재투성이 모래 바닥을 울리는 발소리. 말뚝 울타리를 지키고 있던 완력꾼들이 고함을 지른다.

"놈들이 공격해 오고 있어." 너는 말한다.

"젠장." 이카가 내뱉으며 유리칼을 꺼내 든다.

너는 둥글게 설치된 텐트 안쪽으로 후퇴한다. 네가 무능력하다는 사실을 체감하는 건 낯설고도 몹시 짜증 나는 일이다. 게다가 아직 보닐 수는 있다는 점이 한층 더 고약하다. 네가 어떻게 도움이 될 수 있을지 알기에, 어서 빨리 뭔가를 해야 한다고 본능이 계속 부추기기에. 도적 떼 한 무리가 말뚝 방벽과 완력꾼이 비교적 가볍게 배치된 곳을 노리며 몰려오고, 너는 눈을 뜨고 그들이 야영지 안쪽으로 침입하려는 모습을 지켜본다. 평범한 무향민이다. 지저분하고 수척하고 재에 허옇게 바랜 천 쪼가리와 희생자들에게서 빼앗은 새 옷가지를 뒤죽박죽 섞어 걸치고 있다. 평소의 너라면 가볍게 고리를 돌리는 것만으로도 저 여섯 명을 단숨에 날려 버렸을 것이다.

그렇지만 너는 또한…… 느낄 수 있다. 네가 얼마나 잘 정렬되어 있는지. 이카의 은빛은 네가 본 다른 로가처럼 강하게 응축되어 있지만 들쑥날쑥 불규칙적으로 중첩되기도 하고 다소 불안정하게 자글거린다. 이카가 짐수레에서 뛰어내려 방어 중인 완력꾼을 도우라고 독려하며 달려갈 때에도 그녀의 몸 안에서는 은빛이 온갖 방향으로 대중없이 흐른다. 한편 네 안의 마법은 훨씬 안정적이고 원활하며, 모든 가닥이 다른 선들과 완벽하게 같은 방향으로 나란히 흐르고 있다. 이걸 어떻게 예전처럼 되돌릴 수 있을지 모르겠고, 그런 게 과연 가능한지도 모르겠다. 이 상태에서 은빛을 사용하면 몸 안의 모든 세포와 입자가 마치 석공이 벽돌로 벽을 쌓듯 차곡차곡 반듯하게 정렬될 것임을 본능적으로 알 수 있다. 그렇게 너는 돌이 될 것이다.

그래서 너는 네 본능에 저항하면서, 사무치는 마음으로 몸을 숨긴다. 텐트로 둥그렇게 둘러 놓은 이 안쪽에는 너 말고 다른 사람들도 웅크려 숨어 있다. 카스트리마의 어린애들, 몇 안 되는 노인들, 손에 장전된 석궁을 들고 있지만 임신한 몸이라 운신이 자유롭지 않은 여자 하나와 임산부와 아이들을 지키려고 검을 든 번식사 둘.

고개를 들어 전장을 내다본 순간, 너는 놀라운 장면을 목격한다. 방어용 울타리에서 나뭇가지를 깎아 만든 창을 빼어 든 다넬이 습격자들 사이를 헤치며 종횡무진으로 피투성이 길을 내고 있다. 그야말로 장관이다. 몸을 잽싸게 휘돌며 찌르고 막고 다시 찌르고, 무향민 도적들과 백만 번은 싸워 본 사람처럼 꼬챙이 창을 자유자재로 휘두른다. 단순히 전투 경험이 풍부한 완력꾼이 아니다. 차원이 다르다. 다넬은 정말 탁월한 전사다. 하지만 그럴 만도 하지. 레나니스가 괜히 그녀를 군대를 통솔하는 장군으로 임명한 게 아닐 테니까.

종국에는 전투라고도 부를 수도 없다. 뼈다귀만 남은 이삼십 명의 무향민 무리와 배가 빵빵한 것은 물론, 전투 훈련을 제대로 받은 데다 만반의 준비를 갖추고 있던 향민들이 충돌한 결과는 뻔하다. 이것이 바로 향이 계절에도 살아남을 수 있는 이유이며, 향 없이 떠도는 게 사형 선고나 마찬가지인 이유다. 이들은 절박했으리라. 지난 몇 달간 이 길에는 사람이 하나도 지나가지 않았을 테니까. 도대체 무슨 배짱으로 이렇게 덤비는 걸까?

오로진이 있기 때문이지. 너는 깨닫는다. 저들은 자기편에 오로진이 있기 때문에 이길 수 있다고 생각하고 있다. 하지만 그 오로진은 아직도 꼼짝하지 않고 있다. 그의 조산력도, 그의 몸도.

너는 자리에서 벌떡 일어난다. 아직도 곳곳에서 서로 달라붙어 육탄전을 벌이고 있는 사람들을 무시하고 서둘러 달려간다. 의식적으로 얼굴 가리개를 고쳐 쓰며, 길을 벗어나, 나무 말뚝으로 만든 방어벽을 지나, 돌숲의 깊은 어둠 속으로 발을 내디딘다. 야영장에서 흘러나오는 모닥불 빛 때문에 앞이 잘 보이지 않아, 어둠이 눈에 익을 때까지 잠시 서서 기다린다. 사실 너는 이렇게 혼자 숲에 들어가면 안 된다. 약탈자들이 어떤 함정을 설치해 뒀을지 알 수 없으니까. 그러나 너는 깜짝 놀란다. 왜냐하면 눈을 깜박인 순간, 온 사방에 선명한 은빛 선들이 네 눈을 찌르기 때문이다. 곤충, 낙엽, 거미줄, 심지어 바위에 이르기까지 주변 모든 존재들이 가느다란 덩굴이 어지럽게 얽혀 뻗어 있는 모양새로 밝게 깜박이고 있고, 격자 구조로 연결된 세포와 미세 입자가 또렷하게 빛난다.

그리고 사람들. 너는 은빛이 흐드러진 숲속에 웅크려 숨은 사람들을 발견하고는 걸음을 멈춘다. 돌숲의 섬세한 은빛 선들 위에서 유독 밝게 빛나는 무향민 로가는 여전히 처음 있던 자리에서 조금도 움직이지 않고 있다. 하지만 안쪽으로 6미터쯤 떨어진 곳에 있는 작은 구멍 속에 옹송그린 두 개의 형체가 보인다. 그리고 아치처럼 휘어 있는 삐죽삐죽한 바위 꼭대기에도 두 개의 몸뚱이가 더 있다. 망을 보는 일종의 초소일까? 넷 다 별로 움직임은 없다. 너를 발견하긴 했는지, 아니면 전투를 구경 중인지도 알 수가 없다. 다음 순간, 너는 네가 세상을 완전히 다른 방식으로 인식하게 되었다는 사실을 깨닫고 얼어붙는다. 너와 오벨리스크의 은빛 가닥을 볼 수 있게 된 데 따른 부수적인 효과인 걸까? 한번 요령을 익히고 나면 뭐든 그런 식으로 볼 수 있게 되는 걸까? 아니면 지금 네 눈에 보이는 게 실은 환영(幻影)인지도? 눈꺼풀 위에 오래 남는 잔상처럼 말이다. 어쨌든 알라배스터는 이런 걸 볼 수 있다는 말을 한 번도 한 적이 없지 않은가. 하지만 또 생각해 보면…… 알라배스터가 한 번이라도 제대로 선생 노릇을 한 적이 있던가?

너는 혹시 환영을 보고 있는 건 아닌지 손을 앞으로 내밀어 더듬거려 본다. 하지만 만약에 그렇더라도, 이건 매우 정확한 환영이다. 은빛 격자로 만들어진 3차원 세상에 발을 내딛는 건 이상한 느낌이지만 너는 금세 익숙해진다.

오로진의 독특한 격자와 고리는 별로 멀리 있지 않다. 다만 지상보다 약간 위쪽에 있는 것 같다. 네가 있는 곳보다 한 3미터쯤 위에. 발밑의 바닥이 약간 오르막으로 변하고 앞으로 내밀고 있는 손끝에 돌이 닿자, 이제야 조금 이해가 갈 것 같다. 어둠에 익은 눈에 기둥이 서 있는 게 보인다. 비스듬하게 기울어 있어 쉽게 타고 올라갈 수 있을 것 같다. 적어도 두 팔이 온전한 사람이라면 말이다. 그래서 너는 조금 떨어진 곳에서 발을 멈춘다.

"거기 너."

대답이 없다. 누군가의 숨소리가 들린다. 빠르고, 얕고, 애써 작게 억누른. 마치 남에게 들키고 싶지 않은 사람처럼.

"이봐."

어둠 속에서 눈을 가늘게 뜨자 마침내 나뭇가지와 낡은 판때기와 쓰레기를 쌓아 만든 일종의 구조물이 보인다. 몸을 숨기기 위한 엄폐물일까. 저 위에 있는 엄폐물에서는 도로가 내려다보일 것이다. 사실 보통의 오로진에게 시야는 별 의미가 없다. 훈련을 받지 않은 오로진은 목표를 정확하게 겨냥하지 못한다. 그러나 펄크럼 오로진이라면, 유용한 비축물자를 구분하거나 또는 그것을 지키는 사람들만 골라 얼리려면 시선의 방향을 맞춰야 한다.

머리 위 엄폐물에서 뭔가가 바스락 움직인다. 방금 숨 막히는 소리를 낸 건가? 너는 서둘러 머리를 뒤져 할 말을 찾아보지만 떠오르는 건 온통 물음표뿐이다. 펄크럼 오로진이 무향민 무리와 뭘 하고 있는 거지? 열개가 발생했을 때 임무를 수행하러 외부에 나와 있었던 게 틀림없다. 수호자는 곁에 없었을 것이다. 그랬다면 진즉에 죽었을 테니까. 그렇다는 건 그가 다섯 반지나 그 이상, 아니면 더 높은 반지 파트너를 잃은 세 반지나 네 반지라는 얘기다. 너는 과거의 너를 떠올린다. 알리아로 가던 중에 열개가 열렸다면 너는 어떻게 했을까? 수호자가 추적해 올 게 빤하지만 그래도 만에 하나, 너를 죽은 걸로 처리할지도 모른다는 작은 희망을…… 아니야. 네 상상은 거기서 끝난다. 샤파는 틀림없이 너를 붙잡으러 쫓아왔을 것이다. 실제로도 그는 너를 잡으러 왔었다.

그렇지만 그건 계절이 오기 전의 일이다. 계절이 닥치면 수호자는 향에 합류할 수 없고, 그것은 그들이 죽는다는 의미다. 그리고 실제로 열개가 열린 뒤에 네가 만난 유일한 수호자는 다넬과 레나니스 군대에 함께 있던 여자뿐이다. 그 여자는 네가 유인한 부글벌레의 폭풍에 휘말려 죽었고, 너는 그 사실이 기쁘다. 그녀는 웃통 벗은 살인자, 일반적인 수호자가 아니라 그보다도 훨씬 더 잘못된 부류였기 때문이다. 어쨌든 지금 여기에 있는 것은 어쩌면 겁에 질려 있고, 티끌만 한 자극에도 상대를 죽일 준비가 되어 있는 외톨이 전직 검은 옷이다. 너라면 그게 어떤 기분인지 알 거야, 그렇지? 하지만 이자는 아직 공격을 시도하지 않았다. 그러니 그에게서 동질감을 이끌어 내야 한다.

"난 기억해." 너는 나직하게 읊조린다. 아무에게도 들리지 않았으면 하는 것처럼, 심지어 너 자신도 듣고 싶지 않은 것처럼. "난 도가니를 기억해. 우리를 살리기 위해 죽이던 교관들을 기억해. 너도…… 너도 억지로 자식을 만들었니?" 코런덤. 너는 흠칫 놀라며 황급히 옛 기억에서 빠져나온다. "그들이 너도…… 젠장!"

샤파가 부러뜨린 네 손, 네 오른손은 지금 호아의 배 속이라고 불러야 할 곳에 들어가 있다. 하지만 너는 지금도 그 고통이 느껴진다. 존재하지 않는 뼈에 작열하는 존재하지 않는 고통.

"그들이 네 뼈를 부러뜨렸지. 네 손을. 우리 모두의 손을. 그들은 우리를 망가뜨렸어, 왜냐하면……."

들린다. 매우 또렷하게, 엄폐물 뒤에서 새어 나오는 작고 겁에 질린 헛숨.

일순, 고리가 흐릿해지면서 쏜살같이 회전하더니 바깥쪽으로 파열한다. 워낙 가까이 있었던지라 하마터면 고리에 휘말릴 뻔한다. 그 숨소리가 경고가 되어 준 덕분에 너는 본능적으로 조산력을 각성시켜 대비하지만, 불행히도 신체적으로는 그러지 못했다. 너는 흠칫 놀라는 바람에 안 그래도 하나뿐인 팔 때문에 불안정하던 몸의 균형이 무너지고 만다. 뒤쪽으로 넘어지면서 엉덩방아를 세게 찧는다. 그렇지만 너는 어렸을 때부터 한쪽의 통제력을 잃을 때에도 다른 쪽으로는 절대로 통제력을 잃지 않도록 수없이 훈련받았고, 그래서 순간적으로 보님기관을 수축시켜 상대의 중심축을 대지에서 뽑아낸 다음 고리를 거꾸로 뒤집어 위상(位相)을 전복시킨다. 네가 그보다 훨씬 강하기에 별로 어렵지도 않은 일이다. 너는 동시에 마법적으로도 반응한다. 그의 조산력 고리가 건드려 세차게 날뛰는 은빛 덩굴손을 반사적으로 잡아채고는 그제야 조산력이 마법에 영향을 끼친다는 사실을 기억해 낸다. 하지만 사실 조산력이 마법에 영향을 끼치는 게 아니다. 마법이 조산력을 피하는 것뿐. 그래서 마법을 운용하는 능력을 끄지 않으면 고도의 조산술을 사용할 수가 없었던 것이다. 아, 드디어 이해할 수 있어서 얼마나 기쁜지! 너는 거칠게 퍼덕이는 마법 가닥들을 내리눌러 단숨에 조용히 진정시킨다. 네가 입은 피해라고는 고작 몸에 서리가 얇게 내려앉은 것뿐이다. 다소 춥긴 하지만 살갗이 싸늘한 정도다. 이 정도는 참을 만하다.

그런 다음, 너는 모든 걸 내려놓는다. 마치 고무줄을 길게 잡아당겼다가 탁 놓은 것처럼, 네가 억제하고 있던 모든 조산력과 마법이 한꺼번에 튕겨 나간다. 네 안의 모든 것이 팅 소리를 내며 반응하고, 공명하고, 그리고, 아…… 아, 안 돼…… 네 몸을 구성하는 세포가 가지런히 정렬되면서 파동의 진폭이 상승하는 게 느껴진다……. 돌로 압축되는 게 느껴진다.

멈출 수가 없다. 네가 할 수 있는 일은 고작해야 변화가 일어나는 방향을 유도하는 것뿐이다. 너는 즉석에서 네 몸의 어떤 부분을 포기할지 선택한다. 머리카락! 안 돼, 머리카락은 수도 너무 많고 질량의 대부분이 모낭(毛囊)과 거리가 멀다. 가능하긴 해도 시간이 너무 오래 걸리고 일이 끝날 즈음이면 머리 거죽의 절반이 돌로 변해 있을 것이다. 발가락? 하지만 너는 앞으로도 오래 걸어야 한다. 손가락? 손은 벌써 하나가 없는걸. 남은 손만이라도 최대한 오래 온전하게 간직해야 한다.

가슴. 흠, 어쨌든 더는 애를 낳을 생각이 없으니까.

석화(石化)를 야기하는 공진(共振)을 한쪽 유방으로 유도하는 것만으로도 충분하다. 겨드랑이 밑에 있는 유선(乳腺)을 거쳐야 하긴 해도 진동을 근육층 위로만 잡아 두는 데 성공한다. 그러면 팔의 움직임이나 호흡에는 별문제가 없을 것이다. 너는 왼쪽 유방을 선택했다. 오른쪽 팔을 잃었으니 양쪽의 균형을 맞춰야지. 더구나 넌 항상 오른쪽 가슴을 더 좋아했다. 더 예쁘게 생겼거든. 모든 것이 지나고, 너는 바닥에 누워 있다. 아직 살아 숨 쉬며, 가슴 왼편에 묵직한 무게감을 느끼며, 그리고 잃어버린 것을 애도하기에는 너무 큰 충격에 사로잡힌 채. 어쨌든 아직은.

너는 어색한 동작으로 팔로 땅을 밀어 몸을 일으키며 얼굴을 찡그린다. 엄폐물 안에 있는 사람이 신경질적으로 킬킬댄다. 그러고는 말한다.

"와, 삭아죽을. 맙소사, 대지여. 다마야? 정말로 너니? 고리는 미안해, 난 그냥…… 넌 내가 여태까지 어떻게 살았는지 모를 거야. 세상에 대지여, 믿을 수가 없다. 너 그 사람들이 크랙한테 무슨 짓을 했는지 알아?"

아케테. 네 기억이 말한다.

"마시시." 네 목소리가 말한다.

그 오로진은 마시시다.

* * *

마시시는 예전의 반에도 못 미치는 처지로 전락했다. 어쨌든 신체적으로는 그렇다.

양다리 모두 넓적다리 아래는 없고 눈은 하나뿐이다. 적어도 제대로 볼 수 있는 건 하나뿐이다. 왼쪽 눈은 상처 때문에 뿌옇게 변했고 사물의 움직임을 제대로 따라가지 못한다. 머리의 왼쪽 부분은 분홍색 흉터로 엉망진창이고 네가 기억하는 아름다운 금회발은 온데간데없고 칼로 짧고 듬성듬성하게 잘라 냈으며, 귀는 상처가 나으면서 살덩이가 아무렇게나 붙어 구멍이 막힌 것 같다. 이마와 뺨에는 살이 찢겼다 붙은 흉터선이 남아 있고, 입술은 똑바로 봉합되지 않아 한쪽으로 삐뚤게 당겨져 있다.

그런데도 그는 성치 않은 몸을 꿈지럭대며 엄폐물 뒤에서 민첩하게 기어 나온다. 두 손으로 땅을 짚어 몸통을 지탱하고, 순수하게 근육의 힘만으로 잘린 다리를 움직인다. 다리 없이 움직이는 데 도가 튼 걸로 보아 이렇게 된 지 꽤 오래된 게 틀림없다. 네가 기둥을 올라가기도 전에 마시시가 먼저 네게 도달한다.

"정말로 너구나. 마지막으로 알았을 땐 네 반지라고 들었는데 방금 내 고리를 날려 버린 거야? 난 여섯 반지라고, 여섯 반지! 하지만 그래서 널 알아봤지 뭐야. 야, 근데 넌 진짜 옛날이랑 똑같이 보니는구나, 겉으로는 조용하고 차분한데 안에선 삭아빠질 화가 잔뜩 나 있어. 진짜 너구나!"

근처 은신처에 숨어 있던 다른 무향민들이 하나둘씩 모습을 드러내기 시작한다. 그들의 등장에 너는 약간 긴장한다. 허수아비 같은 몰골. 하나같이 비쩍 말랐고, 누더기를 걸친 몸에서 고약한 악취를 풍기며 직접 만들었거나 훔친 고글과 다른 누군가의 옷가지였던 게 분명한 천 조각으로 감싼 얼굴 뒤에서 너를 빤히 바라본다. 하지만 너를 공격하지는 않는다. 그저 주변에 몰려들어 너와 마시시를 지켜보고 있을 따름이다.

너는 마시시가 네 주위를 뱅글뱅글 돌며 요리조리 살펴보는 동안 가만히 바라본다. 그의 동작은 빠르고 민첩하다. 무향민들이 다 그렇듯이 너덜너덜한 긴 소매 옷가지를 여러 겹으로 겹쳐 입었지만 다 해진 옷감 아래 팔과 어깨 근육은 튼튼하고 우람하다. 하지만 나머지 부분은 뼈밖에 없다. 얼굴은 또 얼마나 수척한지 보는 것만으로도 괴로울 정도다. 하지만 오랫동안 굶주림에 허덕이면서도 몸 관리를 했다는 걸 알 수 있다.

"아케테."

너는 그가 늘 태어났을 때 받은 이름을 더 좋아했던 것을 기억한다.

그가 우뚝 멈춰 서더니 고개를 한쪽으로 기울이고 너를 물끄러미 응시한다. 어쩌면 그건 아직 시력이 남은 한쪽 눈으로 더 잘 보려는 몸짓인지도 모르겠다. 하지만 그의 얼굴에 드러난 표정은, 꼭 너를 야단치는 것 같다. 네가 더는 다마야가 아닌 것처럼, 이제 그는 아케테가 아니다. 너무도 많은 것이 변했다. 그럼 마시시로 하자.

"기억하는구나."

그러나, 그가 말한다. 그 가만한 순간에, 방금까지 폭풍우 같은 말을 쏟아 내던 눈빛 속에서, 너는 네가 기억하는 사려 깊고 매력적인 소년을 발견한다. 너무 뜻밖의 재회라 도저히 실감이 나지 않는다. 이보다 더 희한한 일이라고 할 만한 것이라면…… 오랫동안 잊고 있던 네 오빠와 맞닥뜨리는 정도일까. 오빠 이름이 뭐였지? 대지불이여, 이젠 기억도 안 난다. 하지만 만약 지금 네 오빠와 마주친다면, 너는 그를 알아보지 못할 것이다. 펄크럼의 잔모래들이야말로 네 진정한 형제자매다. 혈연은 아닐지언정 고통으로 이어져 있는.

너는 머리를 가로저어 상념을 떨쳐 버리고는, 고개를 끄덕인다. 바닥에서 일어나, 엉덩이에 묻은 낙엽과 재를 털어낸다. 가슴에서 뭔가 무거운 것이 당기는 낯선 감각이 느껴진다.

"나도 놀랐어. 네가 그 정도로 인상적이었나 보지."

마시시가 싱긋 웃는다. 한쪽으로 삐뚤어진 웃음이다. 그의 얼굴에서 정상적으로 움직이는 부분은 고작 절반 정도다.

"나는 잊어버렸는데. 일부러 애쓰기도 했고."

너는 어금니를 꽉 깨물며 마음을 단단하게 다진다.

"나는…… 미안."

아무 소용도 없는 말이다. 아마 그는 네가 뭘 미안해하는지도 기억하지 못할 것이다.

마시시가 어깨를 으쓱한다.

"상관없어."

"상관있어."

"아냐." 마시시가 시선을 먼 곳으로 돌린다. "나중에 너랑 얘기를 했어야 했는데. 너를 그런 식으로 원망하지 말았어야 했는데. 그녀가, 그들이 원한 대로 변하지 말았어야 했는데. 하지만 난 그랬지. 그리고 이젠…… 전부 다 상관없어."

너는 마시시가 말하는 "그녀"가 누구인지 안다. 크랙과 그 일이 있은 후에 드러난, 살아남기 위해 애쓰던 어린 잔모래들의 네트워크와 그들의 절박함을 이용하던 어른들의 거대한 네트워크……. 너는 기억한다. 마시시가 양쪽 손이 부러진 채 잔모래 숙소로 돌아왔던 일을 기억한다.

"크랙이 당한 일보단 낫지."

너는 미처 멈출 새도 없이 중얼거린다.

하지만 마시시는 별로 놀란 기색 없이 고개를 끄덕인다.

"노드 관리소에 간 적이 있어. 크랙은 아니었지만. 삭을, 대체 뭔 생각이었는지…… 그렇지만 애들을 전부 찾아보고 싶었어. 계절이 오기 전에." 마시시가 갈라진 목소리로 씁쓸하게 킬킬댄다. "그 애를 별로 좋아하지도 않았는데. 하지만 그래도 알아야 했어."

너는 고개를 젓는다. 그의 심경을 이해하지 못해서가 아니다. 진실을 알게 된 후에 너도 그런 생각을 해 본 적이 없다고 한다면 거짓말일 것이다. 모든 노드 관리소를 찾아가자. 그들의 손상된 보님 기관을 고칠 방법을 알아내서 그들을 전부 해방시키자. 그게 아니면 전부 자비롭게 죽여 버려야지. 아, 펄크럼이 기회만 줬다면 너는 정말 훌륭한 교관이 되었을 거다. 하지만 당연히도, 너는 아무것도 하지 않았다. 그리고 당연히, 마시시도 노드 관리자들을 구하기 위해 아무 일도 하지 않았다. 행동에 옮긴 것은 오직 알라배스터뿐이다.

너는 숨을 깊이 들이마신다.

"난 저들과 함께 살아." 너는 길이 있는 쪽으로 고개를 까딱이며 말한다. "아까 향장이 한 말 들었지? 우린 오로진도 환영이야."

마시시의 팔과 짧은 다리 위에서 몸뚱이가 앞뒤로 흔들린다. 어둠 속에서는 그의 표정을 알아보기가 어렵다.

"나도 보녔어. 저 여자가 진짜 향장이라고?"

"그래. 향민들도 다 알고 있고. 이 사람들은…… 이 향은……." 너는 다시 크게 숨을 들이켠다. "우리는, 지금까지와 다른 일을 해 보려 하고 있어. 오로진과 둔치가 서로 안 죽이고 같이 사는 거지."

마시시가 터트린 웃음소리는 얼마 안 가 기침으로 변한다. 옆에서 있던 무향민들도 낄낄거리지만 네가 걱정스러운 건 마시시의 기침 소리다. 마르고, 힘겹고, 그렁거리는 숨이 섞인 소리. 가리개 없이 재를 너무 오래 마셨다. 소리도 크다. 너는 지금쯤 카스트리마 사냥꾼들이 근처에서 조용히 지켜보며 마시시와 이 사람들을 활로 겨냥하고 있다는 데 네 비상자루를 걸고 맹세라도 할 수 있다.

기침 발작이 끝나고 나자, 마시시가 다시 고개를 한쪽으로 기울이며 너를 바라본다. 재미있다는 기색이 역력한 눈빛이다.

"나도 똑같은 일을 하고 있지." 마시시가 말을 느릿느릿 빼며 말한다. 주위에 몰려 있는 사람들을 턱짓한다. "이 녀석들이 나한테 붙어 다니는 건 내가 잡아먹지 않을 거라는 걸 알기 때문이야. 나한테 좆같이 굴지 않는 건 내가 자기들을 안 죽이기 때문이고. 이런 걸 두고 평화로운 공존이라고 하지."

너는 주위를 둘러보고는 이맛살을 찌푸린다. 사람들의 표정을 알아볼 수가 없다.

"하지만 우리 쪽 사람들을 공격하지 않았잖아."

그랬다면 지금쯤 죽어 있었을 테니까.

"그래. 그건 올렘신이었어." 마시시가 어깨를 으쓱하며 말한다. 그의 몸 전체가 들썩인다. "산제 혼혈 후레자식이지. 분노 조절 문제 때문에 향에서 두 번이나 쫓겨났다고 제 입으로 떠들더군. 그 자식 때문에 전부 죽을 판이라 사람들한테 살고 싶고 나랑 같이 있는 걸 견딜 수 있으면 나를 따르라고 했어. 그래서 우리끼리 지내게 된 거야. 이쪽 숲은 우리 영역이고 저 반대쪽은 그 자식들 거야."

두 무향민 부족. 하나가 아니었다. 그렇지만 마시시가 이끄는 무리는 부족이라고 하기는 어렵다. 고작해야 열 명이 조금 넘을까? 하지만 그는 그렇다고 말했다. 로가와 함께 살 수 있는 사람들은 그의 곁에 남았다. 그저 그럴 수 있는 사람이 많지 않았을 뿐이다.

마시시가 몸을 돌려 다시 엄폐물 위로 올라가기 시작한다. 그래야 높은 곳에 앉아 너와 대등한 눈높이에서 대화를 나눌 수 있기 때문이다. 하지만 또다시 거칠고 마른기침을 터트린다.

"그 자식은 내가 너희를 공격하길 기다리고 있었을 거야." 기침이 진정되자 마시시가 말을 잇는다. "그게 우리 방식이거든. 내가 얼리고 나면 저놈들이 잽싸게 나타나서 들고 갈 수 있는 걸 전부 갖고 튀고, 그런 다음에 우리가 남은 걸 챙기는 거지. 그렇게 양쪽 다 조금 더 오래 버틸 수 있게 되고. 하지만 내가 너네 향장 말을 듣고 당황해서 얼어 버린 거야." 마시시가 고개를 가로저으며 먼 곳을 응시한다. "올렘신은 내가 너희를 얼리지 않는 걸 보고 그냥 포기했어야 했어. 하지만, 뭐 결국 그렇게 된 거지. 진즉부터 내가 언젠가 그 자식 때문에 우리까지 전부 죽을 거라고 했는데."

"그래."

"잘됐지, 뭐. 팔은 어쩌다 그렇게 된 거야?"

이제는 마시시가 너를 훑어보고 있다. 몸을 왼쪽으로 기울여 구부정하게 서 있는데도 네 왼쪽 가슴에 대해서는 모르는 눈치다. 무거운 돌덩이가 피부에만 지탱해 매달려 있는 셈이라 꽤 아프다.

너도 응수한다.

"다리는 어쩌다 그렇게 된 건데?"

마시시는 삐딱한 미소를 지을 뿐, 대답하지 않는다. 너도 그렇다.

"그럼 우리 서로 안 죽이기로 한 거다." 마시시가 고개를 흔든다. "너네 향은 잘 돌아가고 있어?"

"아직까지는. 어쨌든 노력 중이야."

"실패할걸." 마시시가 다시 몸을 들썩이며 네 쪽으로 시선을 보낸다. "저기 합류하려고 뭘 줬어?"

너는 아무것도라고 대답하지 않는다. 어쨌든 그의 질문은 그런 뜻이 아니다. 너는 마시시가 여기서 생존하려고 어떤 거래를 했는지 알 것 같다. 마시시는 얼마 되지 않는 음식과 그리 좋다고 할 수 없는 잠자리를 자신의 조산술과 교환했을 것이다. 돌숲. 이 죽음의 함정은 그의 솜씨다. 마시시는 이 약탈자들을 도우려고 얼마나 많은 사람을 죽였을까?

너는 카스트리마를 위해 얼마나 많은 생명을 죽였지?

그건 달라.

레나니스 군대에는 얼마나 많은 사람이 있었지? 너는 얼마나 많은 사람들에게 부글벌레의 뜨거운 물을 끼얹어 죽음을 선사했지? 지금 지상 카스트리마에는 손이나 장화 신은 발이 삐져나와 있는 흙무덤이 얼마나 많이 생겨 있을까?

삭아죽을, 전혀 달라. 그건 놈들이냐 너냐의 문제였다.

마시시처럼, 살기 위해서. 그냐 그들이냐.

너를 이를 악물고, 머릿속에서 격렬하게 다투는 목소리를 침묵시킨다. 지금은 이럴 시간이 없다.

"우리는……." 너는 입을 열었다가 마음을 고쳐먹는다. "죽이는 것 말고 다른 방법도 있어…… 우리는 이렇게 되지 않아도 돼……."

이카의 말이, 위선을 끼얹은 번지르르한 말이 네 입에서 어색하게 흘러나온다. 이런 말이 과연 진실이기나 한 걸까? 이제 카스트리마에는 오로진과 둔치가 서로 협력할 수 있게 해 준 정동이 없다. 어쩌면 내일 당장이라도 분열될지 모른다.

어쩌면. 하지만 그때까지는, 너는 기어이 문장을 끝낸다.

"우리는 그들이 만든 대로 될 필요가 없어, 마시시."

마시시가 고개를 저으며 낙엽 더미를 바라본다.

"그 이름도 기억하고 있구나."

너는 혓바닥으로 입술을 축인다.

"그래. 나는 에쑨이야."

그 말에 마시시는 얼굴을 약간 찌푸린다. 아마 돌을 가리키는 이름이 아니기 때문일 것이다. 네가 그 이름을 선택한 것도 그래서였다. 하지만 그는 묻지 않는다. 이윽고 마시시가 길게 한숨을 뿜는다.

"삭아죽을 내 꼴을 봐, 에쑨. 내 가슴에서 나는 돌 소리를 들어 보라고. 너네 향장이 반푼이 로가를 받아 준다고 해도 난 오래 못 살 거야. 게다가……."

앉아 있는 덕분에 마시시는 이제 손을 사용할 수 있다. 그는 너희 둘을 둘러싸고 있는 허수아비 같은 몰골들을 가리킨다.

"우릴 받아 줄 향은 없어." 몸집이 작은 누군가 말한다. 여자 같지만 목소리가 작은 데다 너무 거칠게 쉬어 있어 장담할 수가 없다. "허튼수작 부릴 생각 마."

너는 거북하게 꿈지럭댄다. 여자의 말이 맞다. 이카는 향이 없는 로가라면 받아 줄 테지만 나머지는 그렇지 않을 것이다. 하지만, 이제껏 이카가 어떻게 행동할지 네 짐작이 들어맞은 적도 없다.

"물어보면 되지."

와르르 웃음이 터진다. 지치고, 피곤하고, 미약한 웃음소리. 마시시 말고 그렁거리는 기침 소리도 몇 개 더 울린다. 이 사람들은 굶어 죽기 직전이고 절반은 병들어 있다. 다 쓸모없는 짓거리다. 하지만. 너는 마시시에게 말한다.

"우리랑 같이 가지 않으면 너흰 전부 죽을 거야."

"올렘신네 사람들이 물자의 대부분을 갖고 있었어. 그걸 챙기면 돼." 그러고는 잠깐의 정적. 협상의 시작을 알리는 신호다. "우리를 전부 받아 줄 거 아니면 아무도 안 가."

"그건 향장의 결정에 달렸어."

너는 섣불리 약속하지 않는다. 하지만 흥정 조건을 알 것 같다. 펄크럼에서 훈련받은 로가와 몇 안 되는 무향민을 받아 주면 그들이 갖고 있는 물자까지 같이 얹어 준다. 하지만 이카가 이 개시 가격을 받아들이지 않는다면 마시시는 거래를 거절할 각오가 되어 있다. 너는 마음이 불편해진다.

"네가 얼마나 좋은 사람인지, 어쨌든 적어도 30년 전에는 괜찮은 애였다는 말도 옆에서 보태 줄게."

마시시가 피식 웃는다. 그 웃음을 네 속셈이 뻔히 들여다보인다는 의미로 해석하지 않기란 힘들다. 네가 지금 하는 꼴을 좀 봐. 이게 뭐 진짜 중요한 일이라도 되는 것처럼. 아니면 그저 네가 제 발이 저린 것인지도.

"우린 이 근방 지리에 대해서도 잘 알아. 그게 유용할 수도 있겠지. 어쨌든 너희에게 목적지가 있는 건 분명하니까." 마시시가 턱을 까딱여 바위 사이로 새어 나오는 모닥불 빛을 가리킨다. "어디로 가는 거야?"

"레나니스."

"그 씨발놈들."

그건 레나니스 군대가 남쪽으로 행군할 때 이 지역을 거쳐 갔다는 뜻이다. 너는 무심코 싱긋 웃는다.

"그 씨발놈들은 죽었어."

"허." 마시시가 보이는 쪽 눈을 가늘게 뜬다. "그 자식들이 요 근처 향들을 완전히 작살내 놨어. 그래서 우리도 더 고생한 거고. 레나니스가 한번 쓸고 간 뒤에는 교역단이 지나가지를 않는단 말이야. 하지만 놈들이 간 쪽에서 이상한 걸 보니긴 했지."

마시시가 입을 다물고, 너를 뚫어져라 바라본다. 당연히 그도 알고 있을 것이다. 반지를 보유한 로가라면 네가 레나니스와 카스트리마 사이의 전쟁을 그토록 단호한 방법으로 끝냈을 때 오벨리스크의 문이 열리는 것을 보녔을 것이다. 자신이 보닌 게 뭔지 모르거나 설사 알더라도 마법을 모른다면 정확히 무슨 일이 일어났는지 이해하지 못했을 테지만, 최소한 그 여파를 감지했을 것이다.

"그건…… 나였어."

그 사실을 시인하는 게 왜 이렇게 어려운지.

"녹병들 대지여. 다…… 에쑨, 어떻게 한 거야?"

너는 심호흡을 한다. 마시시에게 손을 내민다. 너무나도 많은 과거가 돌아와 네 발목을 잡아끌고 있다. 너는 너의 근원이 어디에 있는지, 절대로 잊지 못할 것이다. 그게 너를 삭아죽어도 놓아주지 않을 테니까. 어쩌면 이카의 말이 맞는지도 모른다. 너는 과거의 네 잔재를 부인하며 아무것도 또는 아무도 중요하지 않은 척할 수도 있고…… 아니면 그것을 인정하고 포용할 수도 있다. 다시금 너의 일부로 받아들여 더욱 강하고 완전하게 성장할 수도 있다.

"가서 이카와 이야기해 보자. 이카가 너와, 그래그래, 네 사람들을 전부 입향시킨다고 하면 전부 다 말해 줄게."

그리고 마시시가 조심하지 않는다면 너는 결국 그에게 그 방법을 가르치게 될 것이다. 어쨌든 그는 여섯 반지다. 만일 네가 실패한다면 누군가가 너를 대신해야 한다.

놀랍게도, 마시시는 경계심에 가까운 눈빛으로 네 손을 물끄러미 바라본다.

"내가 정말로 전부 알고 싶은지는 모르겠는데."

너는 웃음 짓지 않을 수가 없다.

"그건 그래."

마시시가 삐뚤게 미소 짓는다.

"너도 내가 무슨 일을 겪었는지 전부 알고 싶진 않을 거야."

너는 고개를 살짝 숙인다.

"좋아, 그럼 서로 좋은 부분만 말해 주기로 할까."

마시시가 씨익 웃는다. 잇몸에 이 하나가 비어 있다.

"그러면 대중 노래 하나도 안 될 텐데. 그런 얘기는 아무도 돈 내고 안 들을 거야."

하지만. 마시시가 몸을 한쪽으로 기울이며 오른손을 내민다. 그의 피부는 뿔처럼 두껍고, 굳은살이 박여 있으며, 지저분하다. 너는 악수를 나눈 뒤 무심코 바지에 손을 문질러 닦는다. 마시시의 사람들이 그걸 보고는 웃음을 터트린다.

그런 다음 너는 마시시를 빛 속으로, 카스트리마로 데려간다.

2470년: 남극권. 벤다인 시 밑에서 거대한 함몰공이 발생.(향은 얼마 안 가 죽었다.) 지진 활동이 아니라 석회질 지형의 자연스러운 침식 때문이었지만 도시가 함몰하면서 진파(震波)가 일었고, 남극권 펄크럼이 이를 감지했다. 어떻게 한 건지 몰라도 펄크럼이 도시 전체를 움직여 시민 대부분의 목숨을 구함. 펄크럼 기록에 따르면 그 과정에서 세 명의 상급 오로진이 죽었다고 한다.

— 예이터, 디바스의 혁신자의 연구조사 기록 중

6장

운명을 개척하는 나쑨

스틸이 말한 사문명 유적지를 찾아가는 데는 꼬박 한 달이 걸리고, 지금이 계절이라는 사실을 감안하면 딱히 그렇다 할 일은 일어나지 않는다. 체력을 유지할 만큼 충분한 식량이 있는데도 나쑨과 샤파는 체중이 줄기 시작한다. 나쑨의 어깨는 덧나지 않고 나았지만 중간에 며칠간 고열에 시달려야 했다. 그동안 샤파는 평소보다 더 자주 멈추며 쉬어 가자고 한다. 열이 내리고 사흘째가 되자 상처에 딱지가 앉기 시작하고, 두 사람은 다시 본격적인 여정을 시작한다.

길 위에서는 사람을 거의 보지 못한다. 계절이 시작된 지 1년하고도 반이나 지났으니 별로 놀랄 일도 아니다. 아직까지 향에 입향하지 못한 이들은 강도떼가 되었고, 그조차도 이젠 수가 얼마 되지 않는다. 개중에서 가장 악독한 자들, 포악한 성질과 식인 말고도 다른 우위를 지닌 이들만이 살아남았을 뿐이다. 대부분은 북쪽으로, 그나마 아직 약탈할 향이 있는 남중위 지방으로 향했을 것이다. 심지어 약탈자들조차 남극권은 좋아하지 않는다.

거의 고독감에 가까운 이런 환경은 많은 면에서 나쑨에게 편안한 느낌을 준다. 그들을 염탐하는 수호자도 없다. 늘 신경을 곤두세우고 비합리적인 두려움에 잠식된 향민들을 경계할 필요도 없다. 심지어 다른 오로진 아이들도 없다. 나쑨은 친구들이 그립다. 짧은 시간이나마 만끽할 수 있었던 또래들의 우정과 재잘거림이 그립다. 그러나 하루가 저물 즈음이 되자 나쑨은 샤파가 다른 애들에게 시간과 관심을 너무 많이 쏟았다는 데 울화가 치밀기 시작한다. 이젠 다 컸으니 그런 걸 시기하는 게 얼마나 유치한 짓인지 알면서도…….(부모님도 항상 우체에게만 더 신경을 썼지. 하지만 지금 와 생각해 보면 관심을 쏟는다는 게 반드시 더 좋아한다는 뜻이 아니다.) 샤파를 독차지할 수 있게 됐다는 게 기쁘지 않다거나 흡족하지 않다는 의미가 아니다.

그들이 함께하는 시간은 애정이 넘치고, 대체로 조용하다. 어쨌든 낮에는 그렇다. 밤에는 잠을 잔다. 날이 갈수록 혹독해지는 추위 속에서 서로를 부둥켜안은 채. 그래도 안전하다. 이제 나쑨은 공기의 미세한 변화나 땅바닥을 통해 느껴지는 희미한 발소리만으로도 금세 깰 수 있다는 걸 몇 번이고 입증해 보였기 때문이다. 때때로 샤파는 잠을 자지 않는다. 자려고 노력은 하지만 하릴없이 누워 몸을 떨면서 간혹 소스라치게 숨을 삼키거나 긴장한 근육만 움찔거릴 뿐, 그의 묵묵한 고통 때문에 나쑨이 잠에서 깰까 봐 내색을 하지 않으려 안간힘을 쓴다. 어쩌다 잠을 잔다고 해도 깊이 잠들지 못하고 경련을 일으키며 자주 깨곤 한다. 가끔은 나쑨도 그런 샤파가 너무 가여워 조용히 냉가슴만 앓으며 밤을 지새운다.

그래서 마침내 나쑨은 샤파를 위해 뭔가를 해야겠다고 결심한다. 그것은 나쑨이 찾은달에 있었을 때 알게 된 방법이다. 나쑨은 가끔 샤파의 보님기관에 숨어 있는 작은 코어스톤이 그녀의 몸에서 은빛을 조금 가져갈 수 있게 해 준다. 무슨 원리인지는 몰라도, 나쑨은 찾은달에서 수호자들이 아이들의 은빛을 조금 마시고 나면 안도한 듯 숨을 길게 내쉬는 것을 본 적이 있다. 마치 코어스톤에게 다른 희생양을 내주어 그들 안에서 날뛰는 무언가를 진정시킨 것처럼.

하지만 나쑨이 자신의 것을 전부 가져가도 좋다고 말한 날 이후, 샤파는 나쑨이나 다른 어떤 아이에게서도 은빛을 취하지 않았다. 나쑨이 샤파의 뇌에 박혀 있는 금속 파편의 정체를 알게 된 그날. 나쑨은 샤파가 왜 은빛을 가져가지 않는지 알 것 같다. 그날 두 사람의 관계에 변화가 일었고, 샤파는 더는 기생충처럼 나쑨에게서 그것을 빼앗을 수 없게 되었다. 그리고 바로 그렇기 때문에 나쑨은 샤파에게 자신의 마법을 흘려보낸다. 왜냐하면 이제는 둘 사이의 관계가 바뀌었으니까. 나쑨이 샤파를 필요로 하고 그가 받지 않으려는 것을 기꺼이 내어 준다면 샤파는 더 이상 기생충이 아니기에.

(머지않아 언젠가, 나쑨은 공생이라는 단어를 배우게 될 것이고 드디어 적당한 표현을 찾았다고 고개를 끄덕이며 흡족해하겠지. 하지만 그때가 되기 오래전부터 나쑨은 가족이라면 그래도 당연하다고 결정했을 것이다.)

나쑨이 샤파에게 은빛을 내줄 때 샤파는 잠들어 있지만 그의 몸이 너무 허겁지겁 은빛을 빨아들이는 바람에 나쑨은 너무 많이 빼앗기기 전에 다급하게 손을 떼야 한다. 나쑨이 줄 수 있는 건 고작 몇 방울 정도다. 그보다 더 많이 줬다간 다음 날 너무 피곤해서 제대로 걷지 못할 테니까. 하지만 이 작은 양만으로도 샤파는 한결 편하게 잠들고, 날이 갈수록 나쑨은 어찌된 일인지 자신의 은빛이 조금씩 늘어나고 있음을 깨닫는다. 그건 반가운 변화다. 나쑨 자신의 체력을 혹사하거나 고갈시키지 않고도 샤파의 고통을 잠재울 수 있기 때문이다. 편안하게 잠든 샤파를 볼 때마다 나쑨은 좋은 사람이 된 것 같아 마음이 뿌듯하다. 실은 그럴 리가 없다는 걸 잘 알면서도. 하지만 상관없다. 나쑨은 샤파에게 지자에게 그랬던 것보다 훨씬 더 좋은 딸이 될 것이다. 결국엔 모든 게 다 잘될 것이다.

때때로 샤파는 밤에 저녁 식사를 준비할 때 이야기를 들려주곤 한다. 샤파의 이야기 속에서 과거의 유메네스는 마치 바다 밑바닥처럼 생소하고 신기하고도 이상한 곳이다.(이야기 속 유메네스는 항상 오랜 과거의 유메네스다. 얼마 전까지 존재하던 유메네스는 샤파의 기억과 함께 사라졌다.) 나쑨에게는 유메네스라는 개념 자체가 이해하기가 힘들다. 인구가 수백만 명이 넘는데, 농부나 광부처럼 나쑨이 알고 있는 범주의 사람은 없고 대다수가 해괴한 유행과 정치, 그리고 계급이나 인종보다도 복잡한 동맹 관계에 집착한다. 지도자들과 유메네스 지도층의 고위 가문들. 다양한 인맥과 경제력을 갖춘 완력꾼 조합원과 조합에 속해 있지 않은 완력꾼들, 제7대학에 가기 위해 치열하게 경쟁하는 유서 깊은 혁신자 가문 사람들과 판자촌을 짓고 수리하는 혁신자들. 이렇게 유메네스가 특이한 곳이 된 가장 큰 이유가 그저 오래됐기 때문이라는 사실을 알고 나니 기분이 이상하다. 유메네스에는 오래된 가문이 있었다. 도서관의 책들은 티리모보다도 더 나이가 많았다. 서너 계절 전에 있었던 사소한 일을 일일이 기억하고 앙갚음을 하는 단체들이 있었다.

샤파는 별로 많지는 않지만 펄크럼에 대해서도 말해 준다. 펄크럼에 관한 그의 기억에는 아주 깊은, 오벨리스크처럼 가늠하기도 힘든 아주 거대한 구멍이 뚫려 있다. 가끔 나쑨은 그 한계를 건드려 보고 싶은 충동을 참을 수가 없다. 어쨌든 펄크럼은 한때 어머니가 살았던 곳이기도 하고, 무엇보다 나쑨은 그곳이 너무나도 궁금하다. 하지만 어느 날 나쑨이 드디어 마음을 단단히 먹고 단도직입적으로 물었을 때, 샤파는 에쑨을 잘 기억하지 못한다. 딴에는 나쑨의 질문에 대답해 보려 하지만 그럴 때마다 말문이 턱 막히고, 그의 얼굴에 떠오르는 표정은 너무나도 괴롭고, 당혹스럽고, 낯빛은 평소보다도 더 파리하다. 그래서 나쑨은 내키지는 않지만 조금씩 찬찬히 물어보기로 결심한다. 몇 시간, 또는 몇 달에 걸쳐서 샤파가 중간중간 마음을 추스르고 회복할 수 있도록. 나쑨이 알아낼 수 있었던 건 어머니와 펄크럼, 그리고 계절이 오기 전의 생활상에 대해 전부터 짐작하고 있던 것 정도다. 그래도 제 귀로 직접 확인하는 것은 도움이 된다.

그렇게 시간이 지나간다. 과거의 기억과 둥글려진 고통 속에서.

남극권의 상황은 날이 갈수록 악화된다. 낙진은 더 이상은 간간이 떨어지지 않고, 주변 풍경은 언덕과 산등성이, 죽은 식물들이 음영으로 아로새겨진 흑백 정물화가 되었다. 나쑨은 태양이 그리워지기 시작한다. 어느 날 밤에는 덩치 큰 커쿠사가 사냥이라도 하는지 뭔가 날카롭게 우짖는 소리가 들리지만 다행히도 멀리 떨어져 있다. 또 어느 날은 물 위에 화산재가 덮여 회색 거울처럼 보이는 연못 옆을 지나가기도 한다. 물살 빠른 개울이 그 못으로 흘러들고 있다는 사실을 감안하면 수면 밑이 섬뜩할 정도로 고요하다. 물통이 바닥을 드러내고 있지만 나쑨이 샤파를 쳐다보자 샤파도 동의의 표시로 말없이 고개를 끄덕인다. 뭔가 잘못됐다는 뚜렷한 증거는 없지만, 그래도. 계절에 살아남으려면 올바른 도구만큼이나 올바른 직감이 필수적이다. 그들은 잔잔한 물을 피하고, 살아남는다.

스물아홉 번째 날 저녁, 제국도로가 갑자기 평탄해지고 남쪽으로 휘는 곳에 다다른다. 나쑨은 도로 가장자리를 따라 나 있는 분화구의 테두리 같은 것을 보닌다. 볏처럼 불쑥 솟은 능선이 유달리 평탄한 원형의 넓은 땅을 에워싸고 있고, 길은 오래전에 황폐화된 지역의 가장자리 능선을 따라 돌아가다 반대쪽에서 다시 서쪽으로 향한다. 하지만 그 중간에서, 나쑨은 드디어 경이로운 것을 발견한다.

"늙은이의 똥구멍"은 분화구 안에 분화구가 있는 외륜(外輪) 화산이다. 이곳은 두 개의 칼데라가 완벽한 형태를 유지하고 있다는 점에서 매우 보기 드문 지형이다. 나쑨이 아는 한, 이런 경우는 대개 안쪽에 새로운 칼데라가 형성되면 외측 칼데라, 즉 기존의 더 오래된 칼데라가 크게 파괴되거나 손상되게 된다. 하지만 이곳은 세월의 흐름과 숲의 팽창 때문에 침식이 심하긴 해도 외측 칼데라가 거의 완벽한 원을 그리며 온전하게 남아 있다. 나쑨은 저 초록색 수풀 밑을 눈으로는 볼 수 없어도 뚜렷하게 보닐 수 있다. 내측 칼데라는 좀 더 타원형에 가까운데, 멀리서도 밝게 빛나고 있어 굳이 보니지 않아도 무슨 일이 있었는지 짐작할 수 있을 것 같다. 화산이 분출

했을 때 너무 뜨거워서, 아니면 어느 시점에서 너무 뜨거워져서 전체적인 지질 구조가 거의 엉망이 된 것이다. 타고 남은 것은 유리가 되었고, 수 세기에 거친 풍화작용도 이 자연의 담금질에는 별로 영향을 끼치지 못했다. 두 개의 칼데라를 남긴 화산은 이미 오래전에 꺼졌고, 마그마굄에는 불씨 하나 남지 않고 텅 비어 있다. 그러나 옛날 옛적에, 세상의 껍질에 흠집을 남긴 이 똥구멍은 진정으로 장관이었을 것이다. 그리고 또 끔찍했을 것이다.

스틸의 충고대로, 두 사람은 칼데라에서 2~3킬로미터쯤 떨어진 곳에 잠자리를 펼친다. 이른 새벽에 나쑨은 멀리서 들려오는 찢어지는 듯한 날카로운 소리에 눈을 뜨지만, 샤파의 말에 안심한다.

"아까부터 계속 들렸다."

그가 불똥이 타닥타닥 튀기는 모닥불 너머에서 나직이 말한다. 샤파가 새벽에 망을 보겠다고 우겨서 나쑨이 이른 밤에 먼저 불을 지켰다.

"숲에 뭔가 있긴 한데, 이쪽으로 오는 것 같진 않구나."

나쑨은 샤파의 말을 믿는다. 하지만 두 사람 다 그날 밤 잠을 잘 이루지 못한다.

그들은 동이 트기 전에 일어나 다시 길을 떠난다. 희미한 새벽 여명 속에서, 나쑨은 기만적일 정도로 고요한 이중 분화구를 말없이 내려다본다. 가까이 접근하니 내측 칼데라 벽에 일정한 간격으로 갈라져 있는 틈새가 보인다. 사람이 오고 갈 수 있게 누군가 만들어 놓은 것이다. 하지만 외측 칼데라는 무성한 잡초로 뒤덮여 있다. 저 황녹색으로 물결치는, 거의 나무만 한 높이로 자라 있는 수풀들은 주변의 다른 식생들을 고사시켰을 것이다. 빽빽한 수풀 속에는 동물들이 지나다니는 길도 보녀지지 않는다.

그러나 진정으로 놀라운 것은 똥구멍 밑에 있다.

"스틸이 말한 유적이에요. 지하에 있어요."

샤파가 깜짝 놀란 눈으로 나쑨을 쳐다보지만, 아이의 말에 반박하지는 않는다.

"마그마굄에 말이냐?"

"어쩌면요?"

나쑨도 믿을 수가 없다. 적어도 처음에는 그렇다. 하지만 은빛은 거짓말을 하지 않는다. 나쑨은 평소처럼 주변 지역에 보님감각을 펼쳐 더듬다가, 뭔가 이상한 것을 알아차린다. 은빛은 다른 모든 곳에서 그렇듯이 이곳의 지형과 숲의 동요를 반영하고 있다. 하지만 이곳의 은빛은 왠지 유독 밝고, 식물과 식물, 바위와 바위 사이를 더 빠르고 세차게 흐르고 있다. 서로 뒤섞이고 합쳐져 더 크고 눈부신 흐름이 되어 강처럼 흘러가는데, 그 종착점에는 힘차게 소용돌이치는 거대한 빛의 웅덩이 속에 고대 사문명의 유적이 놓여 있다. 은빛이 너무 많아 자세히 들여다볼 수도 없다. 그저 빈 공간과 건물들이 있다는 느낌만 받을 뿐이다. 이 유적은 엄청나게 크고 넓다. 이건 도시다. 나쑨이 이제껏 보닌 도시들과는 전혀 다른 곳이다.

하지만 나쑨는 이렇게 세찬 물살처럼 흐르는 은색의 파도를 전에도 보닌 적이 있다. 아이는 무심코 고개를 들어 몇 킬로미터 밖에 있어 이제는 잘 보이지도 않는 사파이어를 더듬어 찾는다. 사파이어는 많이 뒤처져 있지만 여전히 두 사람을 따라오고 있다.

"그래." 샤파는 줄곧 나쑨을 지켜보고 있고, 아이가 무엇을 깨달았는지 알고 있다. "이 도시는 기억나지 않지만 이것과 비슷한 곳이 있다는 건 기억난다. 오벨리스크가 만들어진 곳이지."

나쑨은 도리질을 치며 이해해 보려 애쓴다.

"여긴 왜 이렇게 된 거예요? 사람이 아주 많이 살았을 거 같은데."

"붕괴가 일어났지."

나쑨이 놀라 숨을 들이켠다. 당연히 아이는 붕괴에 대해 들은 적이 있고, 어린애들이 옛날이야기를 믿듯이 받아들였다. 보육학교 책에서 붕괴에 관한 삽화를 본 기억이 난다. 하늘에서 벼락과 바윗덩어리가 떨어지고, 땅에서 뜨거운 불길이 치솟고, 조그만 인간들이 허둥지둥 뛰어다니며 죽어 가고 있었다.

"그게 그런 거였어요? 커다란 화산이 터진 거예요?"

"이곳의 붕괴는 그랬을 거다." 샤파가 바람에 물결치는 수풀을 가리킨다. "다른 곳에서는 다른 형태로 발생했을 거고. 붕괴는 서로 다른 수백 개의 계절이었다, 나쑨. 전 세계 곳곳에서 동시에 발생했지. 인류가 생존할 수 있었다는 게 경이로울 정도야."

샤파의 말투는 마치…… 그런 건 불가능할 텐데. 나쑨은 입술을 꼭 깨문다.

"혹시 샤파는…… 그걸 기억해요?"

샤파가 놀란 표정으로 나쑨을 바라보더니 다소 힘없는, 하지만 재미있다는 듯한 미소를 짓는다.

"아니. 내 생각엔…… 나는 아마 그 뒤로 시간이 좀 지난 후에 태어난 것 같다. 증거는 없지만 말이다. 하지만 설사 내가 붕괴를 기억할 수 있더라도 그러고 싶진 않을 것 같구나." 샤파가 한숨을 내쉬며 고개를 가로젓는다. "해가 떴다. 과거는 과거로 남겨 두고 미래를 만나러 가자."

나쑨은 고개를 끄덕이고, 두 사람은 나무 사이에 난 길로 들어선다.

이곳의 나무들은 이상하다. 이파리는 길쭉하게 늘려 놓은 풀잎처럼 길고 가늘며, 좁고 잘 휘는 줄기가 몇십 센티미터 간격으로 자라고 있다. 샤파는 가끔 멈춰서 두 사람이 지나갈 수 있게 나무들 사이를 가르고 헤쳐야 한다. 무성한 숲을 지나는 일은 고되고, 나쑨은 얼마 안 가 지쳐서 헉헉대기 시작한다. 땀을 뻘뻘 흘리며 발을 멈추지만 샤파는 봐주지 않는다.

"샤파."

나쑨이 잠시 쉬자고 말할 요량으로 입을 뗀다.

"안 돼." 샤파가 끙 하고 나무줄기를 옆으로 밀쳐 내며 대답한다. "스톤이터의 경고를 기억하렴, 아이야. 땅거미가 깔리기 전에 숲의 중앙에 도달해야 한다. 쉴 틈이 없어."

샤파의 말이 맞다. 나쑨은 마른침을 삼키고, 숨을 깊이 들이마신 다음, 샤파를 따라 다시 수풀을 헤치고 걷기 시작한다.

나쑨은 샤파를 도와 길을 내면서 점차 일정한 리듬감에 익숙해진다. 아이는 빽빽한 줄기를 헤치며 지나갈 필요가 없는 쉬운 길을 솜씨 좋게 찾아낸다. 나쑨이 길을 찾아내면 샤파가 그 뒤를 따른다. 그러다 길이 끝나면 샤파가 다시 나무를 밀어 헤치고 발로 차고 끊어 내며 앞장서고, 나쑨이 그 뒤를 따라간다. 그렇게 짧게나마 소강상태가 되면 나쑨은 조금 숨을 돌릴 수 있지만 그래도 충분하지는 않다. 힘들어서 옆구리가 결린다. 앞도 잘 안 보인다. 두 개로 둥글게 말아 올린 당고머리가 나뭇가지에 찔려 흐트러지고 땀 때문에 얼굴에 머리카락이 붙어 시야를 가린다. 딱 한 시간만 쉬었다 가면 좋겠다. 물도 마시고, 배도 채우고. 하지만 머리 위에 걸린 구름이 점점 짙어지고 있어 날이 얼마나 남았는지 알 수가 없다.

"나, 할 수 있어요."

나쑨이 머릿속으로 조산력을, 아니면 은빛 실을, 그게 아니면 뭐라도 이용해 길을 낼 수 있는 방법을 고심하며 운을 뗀다.

"안 돼."

나쑨이 뭐라고 말할지 직감한 샤파가 단숨에 잘라 말한다. 그는 언제부턴가 검은색 유리 단검을 꺼내 들고 있다. 이런 상황에선 별로 쓸모 있을 것 같지 않은데, 나무둥치를 칼로 먼저 찌른 다음에 발로 힘껏 차면 줄기를 비교적 더 쉽게 부러뜨릴 수 있다.

"덤불을 얼려 봤자 지나가기가 더 어려워질 거다. 흔들 때문에 발밑에 있는 마그마굄이 무너질 수도 있고."

"그, 그럼 은빛을……"

"안 돼."

샤파가 우뚝 멈추더니 몸을 돌려 나쑨을 쏘아본다. 호흡은 전혀 흐트러지지 않았고, 이마에는 희미하게 땀방울이 번들거린다. 나쑨은 왠지 분한 마음이 든다. 샤파의 머리에 있는 쇳조각은 그를 고통스럽게 할망정 아직도 그에게 강력한 힘을 부여해 주고 있다.

"다른 수호자가 근처에 있을지도 모른다, 나쑨. 아무리 확률이 낮아도, 늘 가능성이 있어."

이제 나쑨이 할 수 있는 일은 서둘러 다른 질문거리를 찾아내는 것이다. 잠깐이나마 숨을 고를 시간을 벌 수 있게.

"다른 수호자요?"

아, 하지만 샤파는 계절이 되면 그들이 전부 어디론가 간다고 했고, 스틸이 말한 역이라는 게 거기로 가는 수단이라고 했다.

"기억나는 게 있는 거예요?"

"안타깝게도 없구나."

샤파가 나쑨이 왜 이런 걸 물어보는지 알겠다는 듯이 빙긋이 웃는다.

"이게 거기로 가는 방법이라는 것밖엔."

"거기가 어딘데요?"

샤파의 미소가 사라지고, 이제는 나쑨에게 익숙하고도 불안한 텅 빈 표정으로 메워진다.

"워런트."

나쑨은 그제야 샤파의 정식 이름이 샤파, 워런트의 수호자라는 것을 기억해 낸다. 나쑨은 이제까지 워런트 향이라는 게 어디 있을지 생각해 본 적이 없다. 하지만 땅속에 묻힌 죽은 도시를 통해 워런트로 갈 수 있다는 게 무슨 뜻일까?

"어…… 왜……?"

샤파가 굳은 얼굴로 고래를 가로젓는다.

"시간 끌지 마라. 벌써 해가 낮아졌어. 야행성 동물이라고 밤이 될 때까지 기다리는 게 아니다."

샤파는 얼굴을 아주 약간만 찡그리며 하늘을 올려다본다. 마치 그들의 생명이 위험하지 않다는 듯이.

쓰러질 것 같다고 하소연해 봤자 소용없다. 지금은 계절이다. 여기서 쓰러진다면 나쓴은 죽을 것이다. 그래서 나쓴은 샤파가 수풀 사이에 만든 틈새를 비집고 전진하며, 가장 짧고 쉬운 길을 찾기 시작한다.

그리하여 마침내, 그들은 목적지에 도달한다. 정말 다행이지. 만약에 그들이 실패했다면 이 이야기는 네가 네 딸이 죽었다는 사실을 알게 되는 이야기가 됐을 테고, 세상은 네 비탄 속에 시들어 갔을 테니까.

별로 인상적인 순간도 아니었다. 갑자기 두텁게 난 수풀이 엷어지더니, 내측 칼데라로 곧장 이어진 매끈한 길이 나타난다. 멀리서 봤을 때는 별로 높은 것 같지 않았는데 칼데라의 벽은 머리 위로 상당히 높게 솟아 있다. 길은 쌍두마차가 여유 있게 나란히 지나갈 수 있을 만큼 넓다. 벽은 끈적끈적한 이끼와 딱딱한 덩굴줄기로 덮여 있고 다행히 덩굴은 말라 죽어 있다. 그렇지 않았다면 지나기가 무척 어려웠을 것이다. 두 사람은 죽은 가지들을 옆으로 헤치며 서둘러 전진한다. 어느 순간, 샤파와 나쓴은 길에서 벗어나 돌도 금속도 아닌 새하얀 판석이 덮고 있는 널찍한 원형의 공터 위에 서 있다. 나쓴은 전에 다른 사문명의 유적 근처에서 이와 비슷한 것을 본 적이 있다. 밤이 되면 이 바닥은 때때로 희미한 빛을 내곤 했다. 내측 칼데라 전체가 이처럼 특이한 바닥판에 덮여 있다.

스틸은 고대 문명의 유적이 이곳에, 숲의 중앙에 있다고 말했지만 여기 있는 것이라곤 하얀 바닥판에 바로 박혀 있는 것처럼 보이는. 우아한 곡선을 그리며 바닥에서 솟아 있는 금속 장식뿐이다. 나쑨은 계절을 살아남은 생존자답게 낯선 것이 나타나자 잔뜩 긴장한다. 하지만 샤파는 조금도 망설이지 않고 그것을 향해 걸어간다. 옆에서 발을 멈춘다. 그의 얼굴 위로 일순, 버릇처럼 움직이려는 몸과 기억을 잃은 정신이 서로 갈등하는 묘한 표정이 스쳐 지나간다. 하지만 잠시 후, 샤파가 금속 막대 꼭대기에 있는 소용돌이 모양의 장식물에 손을 얹는다.

그 즉시 샤파가 서 있는 돌바닥 위로 평평한 빛의 선과 형체들이 나타난다. 나쑨은 숨을 헉 들이켜지만 그저 빛이 순차적으로 밝아지며 점차 퍼져 나가는 것 말고는 아무 일도 일어나지 않고, 마침내 샤파의 발밑 석판에 대충 사각형에 가까운 빛나는 형태가 만들어진다. 귀에 들리지도 않을 만큼 희미한 진동을 느낀 나쑨이 흠칫 놀라며 주위를 돌아본다. 잠시 후, 샤파의 앞에 있던 하얀 판석이 감쪽같이 사라진다. 옆으로 미끄러지거나 문처럼 열린 게 아니다. 그냥 사라졌다. 하지만 그건 문이다. 나쑨은 깨닫는다.

"정말로 여기 왔구나."

샤파가 중얼거린다. 다소 놀란 듯한 목소리다.

문 뒤에는 밑으로 구불구불 돌며 내려가는 통로가 뻗어 있다. 끝은 보이지 않고, 양쪽 벽에 붙어 있는 좁다란 사각형 판에서 새어 나온 조명이 계단 가장자리를 희미하게 비춘다. 지상에 솟아 있는 둥글게 말린 금속은 바로 난간이었다. 나쑨은 인지력을 새로이 조정하며 타박타박 걸어가 샤파의 옆에 선다. 저 깊은 지하로 내려갈 때 의지할 수 있는 사람.

두 사람이 방금 지나온 풀숲 저편에서 높고 새된 소름 끼치는 소리가 들리고, 나쑨은 그게 짐승이 내는 소리라는 것을 깨닫는다. 아마 곤충의 일종이겠지. 어젯밤에 들은 것보다 훨씬 크고 더 가까이서 들리고 있다. 나쑨이 어깨를 움츠리며 샤파를 올려다본다.

"메뚜기 같은 걸 거다."

방금 지나온 길을 힐끔거리는 샤파의 턱이 굳게 긴장해 있다. 뭔가의 기척은 느껴지지 않는다. 어쨌든 아직은.

"아니면 매미일 수도 있고. 그럼 들어가 볼까. 전에도 이런 걸 본 적이 있다. 우리가 들어가면 저절로 닫힐 거야."

샤파가 나쑨에게 먼저 들어가라고 손짓한다. 뒤쪽을 경계하기 위해서다. 나쑨은 깊이 심호흡을 한 뒤, 다짐한다. 이건 아무도 다치지 않는 세상을 만들기 위해서 반드시 해야만 하는 일이야. 그런 다음 계단을 따라 내려가기 시작한다.

나쑨이 앞으로 전진할 때마다 대여섯 걸음 앞쪽에 있는 빛판들이 순차적으로 밝아지고, 세 걸음 뒤쪽에서는 저절로 희미하게 꺼진다. 몇 미터쯤 내려가자 샤파의 말대로 계단통을 덮고 있던 하얀 판이 다시 스르륵 나타나 숲에서 들려오는 날카로운 소리를 지워 없애 버린다.

이제 남은 것은 빛과 계단, 그리고 오랫동안 망각되었던 지하도시뿐이다.

2699년: 임허 산의 분화 징후가 나타나 펄크럼 검은 옷 두 명이 디즈나 향
(우허 사향주, 서부해안, 키아시 트랩 근처)으로 파견되었다. 검은 옷은 향
관리들에게 화산 분화가 임박해 있으며, 광기(이 지역에서 광기의 계절을
유발한 초화산(超火山)을 이르는 말. 임허 산도 같은 열점 위에 있음.)를 포함해
키아시 클러스터 전체에 손을 대야 한다고 말했다. 두 검은 옷(세 반지
한 명, 다른 한 명은 반지를 끼지는 않았으나 일곱 반지로 추정)은 그들만의
힘으로는 임허 산을 진정시킬 수 없다고 여겼으나 반지 서열이
더 높은 제국 오로진을 불러오기엔 시간이 너무 촉박해 그대로
임무를 속행할 수밖에 없었다. 그들은 아홉 반지 제국 오로진이
도착할 때까지 화산 활동을 억눌러 지탱했고, 아홉 반지는
화산을 휴지(休止) 상태로 되돌렸다.(세 반지와 일곱 반지는
손을 맞잡은 채 불에 새까맣게 그슬리고 얼어붙은 채 발견되었다.)
— 예이터, 디바스의 혁신자의 연구조사 기록 중

신기하네. 이야기를 하다 보니 점점 더 많은 기억이 되살아나는 것 같아…… 혹시 나는 아직 인간인 걸까.

***

우리의 현장학습은 단순히 도시를 걸어 돌아다니는 것으로 시작된다. 처음 그릇에 담긴 후로 우리는 짧은 생애의 대부분을 보님기관에, 그리고 모든 형태의 에너지를 느끼는 데에만 전념했다. 바깥세상을 걸어 다니는 것은 우리에게 그보다 더 열등한 감각에도 주의를 기울이게 만들고, 처음에 이는 너무나 압도적이다. 우리는 도로를 구성하고 있는 섬유 조직이 신발 밑에서 무게에 눌렸다가 다시 탄성력 있게 튀어 오르는 느낌에 흠칫 놀란다. 우리 숙소에 있는 단단한 옻칠 나무와는 완전히 다르다. 우리는 으깨진 식물과 화학부산물, 그리고 수많은 타인의 숨결이 뒤섞인 공기를 들이마시며 재채기를 한다. 더쉬와는 난생처음 재채기를 하고는 놀라서 눈물을 글썽인다. 지나치게 많은 목소리와 신음하는 벽, 바스락거리는 이파리 소리와 윙윙대는 기계음을 막으려고 손바닥으로 귀를 눌러 보지만, 실패한다. 빔니와가 외부의 소음을 차단하려 목소리를 높였을 때에는 켈렌리가 재빨리 저지하며 평소처럼 말하도록 살살 달랜다. 나는 근처 덤불에 앉아 있는 새가 무서워 고개를 수그리며 꽥 비명을 지른다. 그나마 내가 우리 중에서 가장 차분한 상태인데도.

우리는 자수정 심성 조각의 아름답고 완벽한 자태를 감상한 후에야 마침내 마음을 진정시킨다. 참으로 경이로운 물건이다. 도시-노드의 심장부에 우뚝 서 아래를 굽어보며 느릿한 마법 파동을 규칙적으로 발산하고 있다. 실 아나기스트의 모든 노드는 각 지역의 독특한 기후에 맞춰 적응하고 발전했다. 사막에 있는 노드에서는 크고 껍질이 딱딱한 다육식물에서 건물이 자란다고 한다. 해양 노드는 유전자 조작을 거쳐 명령에 따라 성장하고 죽는 산호 조직으로 이뤄져 있다고 들었다.(실 아나기스트에서 생명은 신성한 것이지만, 때로는 죽음도 불가피하다.) 우리의 노드(자수정 노드)는 한때 오래 묵은 나무숲이었고, 그래서 나는 저 거대한 수정 조각 안에 아름드리 나무숲의 장엄함이 어느 정도 깃들어 있다고 생각하게 된다. 그러니까 자수정이 다른 조각들보다 더 강인하고 안정적인 게 당연하지! 그리 이상적인 생각이라고 할 순 없지만, 나는 자수정 조각을 열렬히 올려다보고 있는 동료 조율기의 얼굴 속에서 나와 똑같은 애정을 발견한다.

(아주 오래전 세상이 지금과 어떻게 달랐는지 들은 적이 있지. 한때 도시는 죽은

것이었고, 변화하지도 성장하지도 않는 돌과 금속으로 만든 정글이었으며, 토양을 오염시키고 물을 더럽히고 심지어 존재한다는 이유만으로도 기후를 변화시켰다고 한다. 실 아나기스트는 그에 비하면 훨씬 낫다. 하지만 우리는 도시-노드를 떠올릴 때 아무 느낌도 받지 않는다. 그건 우리에게 아무것도 아니다. 날마다 중요한 것 같지만 실은 그렇지 않은 일을 하러 가는, 우리가 전혀 이해하지 못할 사람들로 가득 찬 건물들. 하지만 저 조각은 달라. 우리는 조각의 목소리를 듣는다. 그들이 부르는 마법의 노래를 노래한다. 자수정은 우리의 일부분이고, 우리는 자수정의 일부분이다.)

"오늘 너희들에게 세 가지를 보여 줄 거야." 우리가 자수정을 보고 마음을 다소 가라앉히자, 켈렌리가 말한다. "걱정할까 봐 미리 말해 두자면, 지휘자들에게선 이미 승인을 받았단다."

켈렌리는 그러면서 렘와를 슬며시 바라보는 연기를 한다. 이번 견학을 하는 데 가장 큰 소리로 불평을 늘어놓은 게 렘와이기 때문이다. 렘와는 진저리가 난다는 듯이 일부러 길게 한숨을 내쉰다. 경호원들이 지켜보는 앞에서 이 둘은 정말 뛰어난 배우다.

켈렌리가 앞장서 우리를 이끌기 시작한다. 켈렌리와 우리는 참으로 대조적이다. 그녀는 고개를 높이 쳐들고, 자신 있고 침착한 태도로 중요하지 않은 것은 태연히 무시하며 당당하게 걸어간다. 그 뒤에서 우리는 걷다 말다 머뭇머뭇 주변을 어리숙하게 두리번거리며 어색하고 소심한 발걸음으로 종종거리며 따라간다. 사람들이 우리를 빤히 쳐다보지만, 그건 우리가 하얗고 이상하게 생겨서라기보다는 머저리처럼 굴고 있어서 그런 것 같다.

나는 원래 당당하고 자존심이 높은 성격인 데다 사람들의 호기심 넘치는 눈빛이 따갑게 느껴져서, 몸을 곧추세우고 켈렌리의 걸음걸이를 흉내내 본다. 그러려면 주변의 온갖 신기하고 경이로운 것들과 잠재적 위험을 전부 무시해야 하지만 말이다. 나를 본 게이와도 우리 둘을 흉내 낸다. 렘와는 그런 우리가 짜증 나는지 공기 중에 작은 파문을 일으킨다. 너희가 뭘 어떻게 하든 저들한텐 이상해 보일 거야.

나는 낮게 밀어내는 성난 맥동으로 대답한다. 저들이 우릴 어떻게 보는지가 중요한 게 아냐. 렘와가 한숨을 내쉬지만, 그도 내 자세를 모방하기 시작한다. 다른 이들도 하나둘씩 그 뒤를 따른다.

우리는 도시-노드의 남쪽 사분면에 와 있다. 이곳 공기에서는 희미한 황 냄새가 난다. 켈렌리는 이 냄새가 쓰레기재활용 식물 때문이며, 이 근처 지표면에서 도시의 중수도(中水道)가 집결하기 때문에 특히 두텁게 자라고 있다고 설명한다. 이 식물은 창조된 목적에 충실하게 수자원을 정화하고 두껍고 건강한 이파리를 도로 위에 늘어뜨려 기온을 식히는데, 아무리 정교한 유전자 조작 기술이라도 쓰레기 위에 사는 생물이 쓰레기 같은 냄새를 풍기는 것을 막을 수는 없었다.

"우리한테 보여 주고 싶은 게 쓰레기 처리 시설이야?" 렘와가 켈렌리에게 묻는다. "어떤 맥락인지 벌써 알 것 같네."

켈렌리가 코웃음을 친다.

"설마."

모퉁이를 돌자, 우리 앞에 죽은 건물이 나타난다. 우리는 모두 발을 멈추고 멍하니 바라본다. 건물 전체를 뒤덮고 있는 무성한 담쟁이덩굴, 그 밑에 있는 벽은 일종의 붉은 진흙을 압축해 만든 벽돌로 쌓은 것이다. 대리석기둥에도 담쟁이가 칭칭 감겨 있다. 하지만 담쟁이덩굴 말고 그 건물은 어떤 것도 살아 있지 않다. 낮고 땅딸막한 것이 네모난 상자처럼 생겼는데, 벽을 지탱하고 있을 수관(水管)의 정수압(靜水壓)이 느껴지지 않는 걸로 보아 물리적 힘과 화학적 수단의 힘을 빌려 서 있는 게 틀림없다. 창문은 오로지 유리와 금속뿐, 표면을 덮고 있어야 할 가시세포도 보이지 않는다. 그럼 건물 내부를 어떻게 안전하게 보호하는 거지? 문도 죽은 나무인데, 어두운 적갈색에 광택이 있고 담쟁이덩굴 무늬가 조각돼 있다. 신기할 정도로 예쁘다. 계단은 칙칙한 황토색 모래와 물을 섞은 것이다.(수 세기 전에 사람들은 그것을 콘크리트라고 불렀지.) 모든 게 충격적일 정도로 구식이고 시대에 뒤떨어졌다. 하지만 동시에 멀쩡하고 제대로 기능하고 있으며, 바로 그 독특함이 매력적이다.

"그것참…… 대칭적이네."

빔니와가 입술 끝을 살짝 휘어 올리며 말한다.

"그래." 켈렌리는 우리가 건물을 충분히 살펴보고 경탄할 시간을 주느라 멈춰서 기다리고 있다. "하지만 옛날 사람들은 이런 게 아름답다고 생각했지. 가자."

켈렌리가 앞으로 걸어가기 시작한다.

렘와가 그녀를 말똥말똥 쳐다본다.

"안으로 들어가자고? 이게 구조적으로 안전하긴 해?"

"그래, 그리고 첫 번째 질문에 대답하자면, 그래, 우린 안으로 들어갈 거야."

켈렌리가 말을 멈추고 렘와를 쳐다본다. 이번에는 그의 반발이 어느 정도 연기가 아니라는 걸 깨닫고 놀란 모양이다. 주변의 진동을 통해 켈렌리가 렘와를 쓰다듬으며 안심시키는 것을 느낄 수 있다. 렘와는 겁을 먹거나 화를 낼 때면 평소보다 더 짜증 나는 녀석이 되는데, 켈렌리의 다독임은 효과가 있다. 렘와의 신경질적인 떨림이 점차 잦아든다. 하지만 켈렌리는 우리를 지켜보는 눈들을 의식하며 계속 게임을 이어 가야 한다.

"하지만 그래도 내키지 않는다면 넌 밖에 남아 있어도 돼."

켈렌리가 두 경호원을 힐긋 쳐다본다. 갈색 피부의 남자와 켈렌리에게 바짝 붙어 있는 여자. 그들은 시야 바깥쪽에서 언뜻언뜻 비치는 다른 감시원들과는 달리 우리에게 밀착해 옆을 지키고 있다.

여자가 켈렌리에게 얼굴을 찡그려 보인다.

"안 되는 거 알잖아."

"혹시나 해서." 켈렌리가 어깨를 으쓱하고는 건물 쪽으로 고개를 까딱이며 렘와에게 말한다. "선택의 여지가 없는 것 같네. 하지만 건물이 무너지진 않을 거야. 내가 보장할게."

우리는 켈렌리를 따라 움직이기 시작한다. 렘와는 뒤에서 꾸물거리긴 하지만 결국 우리를 따라온다.

문지방을 넘자 공중에 홀로사인이 나타난다. 우리는 읽는 법을 배우지 않았기 때문에 그저 우스꽝스러운 형태처럼 보일 뿐이지만, 그때 건물의 음성 시스템에서 목소리가 울려 나온다.

"쇠락(衰落)의 이야기에 오신 걸 환영합니다!"

무슨 뜻인지 전혀 모르겠다. 건물 안의 냄새는…… 뭔가 잘못됐다. 건조하고, 먼지투성이에, 이산화탄소를 흡수하는 장치가 하나도 없는 것처럼 오래 묵고 퀴퀴하다. 건물 안에는 다른 사람들이 많다. 널찍한 현관 로비에 모여 웅성거리거나, 양쪽으로 복사한 것처럼 똑같은 모양으로 펼쳐져 있는 층계에서 벽 옆면에 장식된 나무 조각 패널을 구경하느라 여념이 없다. 주변에 널려 있는 신기하고 이상한 것들에 정신이 팔려 우리를 쳐다보지도 않는다.

그때 렘와가 말한다.

"이게 뭐지?"

렘와의 불안정하고 따끔대는 동요가 네트워크를 타고 울리자, 우리 모두 그를 쳐다본다. 얼굴을 찌푸린 렘와가 고개를 한쪽으로 갸웃거리며 서 있다.

"뭘……."

나는 입을 열었다가, 그가 말한 것을 듣는다. 아니, 보닌다?

"직접 보여 줄게."

그렇게 말한 켈렌리는 우리를 상자처럼 네모난 건물 깊숙이 데려간다. 우리는 뭔지 알 수 없지만 오래된 게 분명한 물건들이 담겨 있는 전시용 수정들을 지난다. 책과 철사 묶음, 그리고 사람의 머리 흉상이 눈에 들어온다. 전시물 옆에 각각 붙어 있는 플래카드에 그게 얼마나 중요한 물건인지 설명이 적혀 있는 것 같지만, 그런 게 어떻게 중요할 수 있는지 나는 모르겠다.

켈렌리가 우리를 데려간 곳은 고풍스러운 목재 난간이 붙은 널찍한 발코니다.(이건 개중에서도 특히 끔찍하다. 도시의 알람 시스템과 연결도 되어 있지 않은 죽은 나무로 만든 난간에 우리의 안전을 맡겨야 한다니. 어째서 사람이 추락하면 잡아 주는 평범한 덩굴을 심지 않은 거야? 옛날 옛적은 정말 끔찍한 시대였다.) 그리고 거기서 우리는, 크고 넓은 어떤 방 위에서, 이 죽은 장소에서 우리와 비슷한 처지에 있는 뭔가를 내려다본다. 다시 말해 이곳과 전혀 어울리지 않는다는 뜻이다.

제일 먼저 머릿속에 떠오른 건 이게 또 다른 플루토닉 엔진이라는 것이다. 엔진의 일부인 조각이 아니라 하나의 완성체. 그래, 저기 크고 길쭉하고 멋들어진 중심 수정이 있다. 그게 자라고 있는 단자도 있다. 무엇보다 이 엔진은 작동되고 있다. 구조물의 대부분이 공중에 떠서 미약하게 웅웅거리고 있다. 하지만 내가 이해할 수 있는 건 딱 거기까지다. 안쪽으로 둥글게 휘어진 기다란 구조물이 중심 수정을 감싸고 있다. 마치 국화를 형상화한 것처럼, 꽃송이가 연상되는 모습이다. 중심 수정은 희미한 금빛으로 빛나고, 보조 수정들은 아랫부분은 녹색이지만 위로 갈수록 점점 옅어지며 흰색을 띤다. 낯설고 생소한 모습이지만, 아름답다.

그러나 눈이 아닌 다른 것으로 엔진을 들여다본 순간, 대지의 섭동에 동조된 신경으로 그것을 조심스럽게 만진 순간, 나는 놀라 숨을 들이켠다. 사악한 죽음이여, 이것의 마법 격자는 숨이 막힐 정도로 아름답다! 실처럼 가느다란 수십 개의 은색 가닥들이 서로를 받치며 지탱하고 있다. 온갖 형태와 스펙트럼을 망라하는 다양한 에너지가 무질서해 보이지만 그럼에도 완벽하게 통제된 질서 속에서 상호 연결되어 상태 변화를 거듭한다. 중심 수정이 깜박깜박 명멸하며 내가 지켜보는 앞에서 잠재 차원으로 변화하고 있다. 게다가 이건 정말 작다! 나는 이렇게 완벽하고 정밀하게 조립된 엔진은 처음 봤다. 심지어 플루토닉 엔진도 그 크기를 고려하면 이렇게 강력하고 정밀하지 못하다. 플루토닉 엔진이 이 작은 엔진만큼 효율적이라면 지휘자들은 우리를 창조할 필요가 없었을 것이다.

하지만 이런 건 존재할 수 없다. 이 엔진에는 내가 지금 감지 중인 다량의 에너지를 생성할 만큼 충분한 마법이 공급되고 있지 않기 때문이다. 나는 고개를 가로젓는다. 하지만 이젠 내 귀에도 렘와가 들은 것이 들린다. 끊임없이 부드럽게 울리는 종소리 같은 진동. 다양한 높낮이가 뒤섞여 귓전을 맴돌고, 목덜미에 난 털이 쭈뼛 곤두서는 것 같다……. 내가 렘와를 쳐다보자, 그가 굳은 표정으로 고개를 끄덕인다.

내가 파악할 수 있는 한, 이 엔진의 마법에는 어떤 목적도 없다. 그저 보고 듣고 아름다운 것 외에는. 그리고 왠지…… 나는 온몸을 바르르 떤다. 이해할 수는 있어도 본능적인 거부감이 엄습한다. 왜냐하면 이건 지금껏 내가 배운 모든 물리법칙과 신비법칙에 어긋나기 때문이다. 어떻게 한 건지는 몰라도 이 구조물은 흡수하는 것보다 더 많은 에너지를 생산하고 있다.

나는 켈렌리에게 얼굴을 찌푸려 보인다. 그녀는 나를 바라보고 있다.

"이런 건 존재하면 안 돼."

나는 단어로만 말한다. 지금 내 심정을 어떻게 표현해야 할까. 경악? 불신? 그리고 두려움. 플루토닉 엔진은 현대 지마학의 결정체다. 지휘자들이 우리에게 그렇게 말했다. 우리가 그릇에 담긴 뒤로 몇 번이고, 몇 번이고 거듭해서 그렇게 말했다. 하지만 이 작고 이상한, 사람들의 기억에서 반쯤 잊힌 채 먼지 쌓인 박물관에 놓여 있는 이 엔진은 그보다 훨씬 뛰어나다. 게다가 미학적 용도 외에는 아무런 목적도, 쓸모도 없다.

그게 왜 이렇게 무섭게 느껴지지?

"하지만 이렇게 존재하는걸."

켈렌리가 그렇게 말하고는 나른한 자세로 난간에 기대지만, 나는 전시물에서 흘러나오는 은은하고 부드러운 화음 속에서 그녀의 날카로운 파장이 주변에 울려 퍼지는 것을 보닌다.

생각해 보렴. 켈렌리가 단어 없이 말한다. 나를 지그시 바라본다. 생각 많은 그녀의 사색가.

나는 다른 이들을 둘러본다. 켈렌리의 경호원을 발견한다. 그들은 발코니 양 끝에 자리 잡고 있어서 우리가 지나온 복도와 전시장을 한눈에 내려다볼 수 있다. 두 사람 모두 몹시 지루해 보인다. 켈렌리가 우리를 이곳에 데려왔다. 지휘자들에게서 우리에게 이것을 보여 줘도 좋다는 허락을 받았다. 그건 우리가 이 고대의 엔진에서 경호원들은 보지 못하는 뭔가를 찾아내야 한다는 뜻이다. 하지만 도대체 뭘?

나는 앞으로 다가가며 죽은 나무 난간에 손을 얹고 엔진을 유심히 관찰한다. 그러면 조금이라도 도움이 될 것처럼. 저기서 뭘 알 수 있지? 이것은 기본적으로 다른 플루토닉 엔진들과 동일한 구조를 지녔다. 다만 제작된 목적이 다를 뿐이다. 아냐, 그건 너무 단순한 분석이다. 이것의 다른 점은…… 철학적인 측면이다. 사고의 방향이다. 플루토닉 엔진은 도구다. 하지만 이건? 이건…… 예술 작품이다.

다음 순간, 나는 이해한다. 이것은 실 아나기스트 사람들이 만든 게 아니다.

나는 켈렌리를 쳐다본다. 단어를 사용하되, 나중에 경호원의 보고를 들은 지휘자가 그 내용을 눈치 채거나 추측할 수 있게 해서는 안 된다.

"누가?"

켈렌리가 빙그레 웃는다. 형용할 수 없는 무언가가 뜨겁게 밀려들며 몸 전체가 따끔거리는 것 같다. 나는 그녀의 사색가. 켈렌리가 내 대답에 만족하는 걸 보니 이렇게 행복할 수가 없다.

"너." 켈렌리가 대답한다. 무슨 뜻인지 알 수가 없어 당혹스럽다. 켈렌리가 난간에서 몸을 일으킨다. "너희들한테 보여 줄 게 또 있어. 가자."

계절에는 모든 것이 바뀐다.

— 첫 번째 석판, 「생존」, 제2절

7장

너는 앞서 계획을 세운다

이카는 네가 기대한 것보다 더 기껍게 마시시와 그가 이끄는 사람들을 받아들일 의향이 있다. 다만 러나가 무향민 무리에게 스펀지 목욕을 시키고 예비 검사를 마친 뒤에 마시시의 폐 상태가 별로 좋지 않다는 사실을 알려 줬을 때에는 그리 달가워하지 않는다. 러나가 새로운 일행 중 네 명이 곪은 상처부터 치아가 없는 것에 이르기까지 심각한 건강 문제를 갖고 있고 그런데도 영양만 충분히 공급받는다면 끈질기게 살 수 있을 거라고 말했을 때에도 좋아하지 않는다. 그렇지만 즉석에서 열린 자문위원회에서 이카는 옆에서 귀를 쫑긋 세우고 있을 사람들까지 전부 들을 수 있도록 큼지막한 목소리로 식량과 물자, 그리고 이 지역에 대한 풍부한 지식과 향민들을 안전하게 보호할 조산 능력을 가진 사람을 얻을 수 있다면 많은 것을 감내할 수 있다고 선언한다. 또 그녀는 마시시가 영원히 살지는 않을 거라고도 덧붙인다. 카스트리마에 도움이 될 수 있을 만큼만 오래 살아 준다면 그것만으로도 충분하다.

하지만 이카는 이렇게 첨언하지는 않는다. 알라배스터와는 다르게. 이카치고는 다정한, 아니 어쨌든 적어도 심하게 매몰차진 않다. 이카가 네 감정을 존중해 준다는 게 놀랍고, 어쩌면 이건 너를 용서하기 시작했다는 뜻일지도 모른다. 다시 친구가 생긴다는 건 정말 기쁜 일일 것이다. 친구들. 다시.

물론 그것만으론 부족하다. 나쑨은 살아 있고 너는 오벨리스크의 문을 사용한 데 따른 정신적, 체력적 고갈에서 거의 회복한 상태다. 그러니 네가 왜 아직도 카스트리마 향과 행동을 같이하고 있는지 날마다 고민하는 건 상당한 괴로운 일이다. 가끔은 남아 있는 이유를 하나씩 꼽아 보는 것도 도움이 된다. 나쑨의 미래를 위해, 그것도 한 가지 이유다. 네 딸을 찾은 뒤에 데려올 수 있는 안전한 장소를 확보하는 것. 두 번째 이유는 너 혼자서는 그 일을 할 수가 없다는 것이다. 게다가 통키가 아무리 같이 가고 싶어 해도 그녀를 데려갈 수는 없다. 조산술을 쓸 수 없게 된 지금, 남쪽으로의 긴 여정은 너희 둘 모두에게 사형 선고나 다름없으니까. 호아는 옷을 갈아입거나 먹을 것을 요리하거나 두 손이 필요한 일에는 아무 도움도 안 된다. 그리고 세 번째이자 가장 중요한 이유는, 어디로 가야 할지 모른다는 것이다. 호아는 나쑨이 이동 중이라고, 네가 오벨리스크의 문을 연 뒤로 사파이어가 있던 곳에서 계속 멀어지는 중이라고 말했다. 네가 깨어나기 전부터 이미 나쑨을 찾으러 가기엔 너무 늦어 있었다.

하지만 희망은 있다. 어느 날 새벽, 네 왼쪽 가슴에서 무거운 바위 짐을 들어낸 호아가 조용히 말한다.

"그 애가 어디로 가는지 알 것 같아. 내 생각이 옳다면 곧 멈출 거다."

확신하지 못하는 말투다. 아니야, 확신이 없는 게 아니라 난처해하는 것 같다.

너는 야영지에서 조금 떨어진 곳에 있는 바위 위에 앉아…… 절제술이 끝난 뒤 몸을 추스르는 중이다. 각오했던 것만큼 불편하지는 않았다. 네가 옷자락을 끌어내려 돌이 된 가슴을 드러내자 호아가 거기 손을 얹었고, 그러자 돌 가슴이 네 몸에서 저절로 깔끔하게 분리돼 그의 손바닥 위로 떨어졌다. 너는 호아에게 왜 지난번에 팔을 처리할 때는 이렇게 하지 않았느냐고 물었다.

"네게 편한 방법을 택한 것뿐이야."

그러고 나서 호아는 네 젖가슴을 들어 올려 입술에 가져다 댔고, 그 순간 너는 방금 전까지 네 가슴이 달려 있던, 지금은 돌로 지진 것처럼 까칠까칠하고 평평한 단면을 유심히 살펴보기로 결정한다. 약간 욱신거리는 느낌은 있지만, 그게 돌 가슴을 절제해서 그런 건지 아니면 보다 실존적인 이유 때문인지는 모르겠다.

(호아가 나쑨이 유독 좋아하던 젖가슴을 먹어 치우는 데에는 단 세 입이면 족하다. 너는 그것으로 누군가를 먹일 수 있다는 데 묘한 자부심을 느낀다.)

너는 한쪽 팔을 서툴게 움직여 속옷과 셔츠를 끌어 올리며(가슴가리개가 흘러내리지 않게 빈 쪽에 가볍고 얇은 속옷을 뭉쳐 넣었다.) 호아의 음성에서 감지했던 불안감의 정체를 건드려 본다.

"너 뭔가 아는 게 있구나?"

처음에 호아는 대답하지 않는다. 너는 너희 둘이 동맹 관계에 있다는 사실을 상기시켜야 할까 생각한다. 네가 달을 붙잡아 이 끝없는 계절을 끝내기로 결심했고, 네가 그를 소중하게 생각한다는 것, 그리고 이런 식으로 네게 영원히 진실을 숨길 수는 없다는 것. 이윽고 호아가 대답한다.

"나쑨이 오벨리스크의 문을 열려고 하는 것 같다."

그 말에 대한 네 반응은 즉각적이고 본능적이다. 순수한 두려움. 하지만 그럴 필요는 없다. 이성적으로 생각해 보면, 고작 열 살짜리 어린애가 너도 가까스로 해냈던 그 어려운 일을 할 수 있을 리가 없으니까. 하지만 그럼에도. 네 어린 딸이 내뿜던 울분과 노여움으로 충만한 짙푸른 힘을 기억하기에, 그리고 그때 그 아이가 네가 평생 할 수 있는 것보다도 더 오벨리스크를 잘 이해하고 있음을 깨달았기에, 너는 그 말을 믿을 수밖에 없다. 호아의 말에 담긴 전제는…… 네 딸이 네 짐작보다 훨씬 대단하다는 것이다.

"그랬다간 죽을 거야." 너는 내뱉는다.

"그럴 공산이 크지. 그래."

오, 대지여.

"하지만 너라면 그 애를 다시 찾아낼 수 있지? 카스트리마에서만 놓친 거잖아."

"그래, 그리고 이제 그 아이는 오벨리스크와 동조해 있지."

하지만 다시금, 호아의 목소리에서 묘한 망설임이 느껴진다. 왜? 뭘 그렇게 걱정하는 거지……? 아. 아. 삭아 불타죽을 대지여. 네 목소리가 덜덜 떨린다.

"그러니까 이 세상 모든 스톤이터가 그 애를 알아차리게 된 거구

나. 그런 거지?"

또다시 카스트리마가 된다. 루비 머리와 노란 대리석, 못생긴 옷. 너는 그런 기생충들을 다시는 보고 싶지 않고, 다행히 호아가 대부분을 죽여 버렸다.

"너희는 우리가 오벨리스크를 사용하거나 그럴 능력을 갖게 되면 우리한테 관심을 갖게 되는 거지? 그렇지?"

"그래."

아무런 감정도 실려 있지 않은, 부드러운 한 마디. 하지만 너는 이제 호아에게 익숙하다.

"대지불이여, 너희 중 하나가 지금 그 애를 노리고 있구나."

너는 스톤이터가 한숨을 쉴 수 있는 줄은 몰랐다. 하지만 호아의 가슴통에서 울려 나오는 건 분명히 한숨에 가까운 소리다.

"네가 회색 남자라고 부르는 자야."

온몸이 싸늘하게 식는 것 같다. 하지만, 그래. 너는 이미 짐작하고 있었다. 최근에 오벨리스크에 접속할 수 있었던 오로진이, 어, 세 명인가? 알라배스터와 너, 그리고 이제 나쑨. 어쩌면 우체도 가능했을 테지. 어쩌면 예전에 티리모에서도 스톤이터가 숨어 있었을지 모른다. 그 삭아죽을 후레자식은 우체가 돌이 되는 게 아니라 아버지에게 맞아 죽어서 엄청나게 낙담했을 것이다.

너는 이를 으드득 간다. 입안에 씁쓸함이 감돈다.

"그놈이 나쑨을 조종하고 있는 거야." 문을 활성화시키고 네 딸을 돌로 만들어 먹어 치우기 위해서. "그 자식이 카스트리마에 나타났던 것도 알라배스터나, 나, 아니면, 아니면 삭을, 이카든 누구든

폭주하게 만들어서 도, 돌로 만들려고…….”

너는 네 가슴에 남은 딱딱한 흔적에 손을 얹는다.

“타인의 절망과 절박함을 무기로 이용하려는 자들은 항상 있었지.”

거의 수치심이 묻어나는 부드러운 말투.

순간 너는 너 자신에게, 네 무능력함에 화가 난다. 그 분노의 대상이 실은 너 자신이라는 것을 알면서도 호아에게 창끝을 돌리지 않을 수가 없다.

“너희들은 전부 다 똑같아!”

호아가 고개를 돌려 불그스름한 지평선을 아득히 바라보는 자세를 취한다. 수심 어린 음영 속에서 향수에 젖어 있는 석상의 모습. 얼굴은 보이지 않지만 그의 목소리에서 상처 입은 기색을 읽을 수 있다.

“나는 너에게 거짓을 말한 적이 없어.”

“그래, 진실을 감췄을 뿐이지. 그런데 그 둘은 씨발 똑같은 거거든?” 너는 눈을 비빈다. 윗옷을 입으려면 고글을 벗어야 했고, 그래서 재가 눈에 들어갔다. “다 알고 있었으면서…… 됐어. 지금은 아무 말도 듣고 싶지 않아. 난 그만 가서 잘 거야.” 너는 벌떡 일어난다. “돌려보내 줘.”

호아가 너를 향해 불쑥 손을 내민다.

“한 가지 더 말할 게 있다, 에쑨.”

“내가 됐다고 했…….”

“제발. 네가 꼭 알아야 하는 일이야.” 호아는 네가 화를 삭이며 조용해질 때까지 기다린다. 그러고는 말한다. "지자가 죽었다."

너는 얼어붙는다.

***

지금. 내가 왜 이 이야기를 내가 아닌 너의 눈을 통해 말하고 있는지 새삼 떠올리는 중이다. 왜냐하면, 너는 어쨌든 표면적으로는 자신을 숨기는 데 지나치게 뛰어나니까. 얼굴에서 표정이 지워지고, 눈빛은 멍하니 가라앉는다. 하지만 나는 너를 알지. 나는 너를 안다. 네 안에서 무슨 일이 일어나고 있는지.

***

너는 네가 놀랐다는 데 놀란다. 화가 난 것도 아니고 좌절한 것도 아니고 슬픈 것도 아니다. 그저…… 놀랐을 뿐이다. 하지만 그건, 이제 나쑨은 안전해라고 안도감을 느낀 뒤 가장 먼저 떠오른 생각 때문이다.

안전한 거 맞지?

그러고는, 네가 두려워하고 있다는 데 놀란다. 이상하게도 왠지, 입안에 시큼한 맛이 감돈다.

"어쩌다?"

네가 묻는다.

호아가 대답한다.

"나쑨."

한층 더 거세게 밀려오는 두려움.

"조산력을 제대로 다룰 줄 몰라서 그래. 다섯 살 때 이후론 훈련을 못 해서……."

"조산력이 아니었다. 그리고 고의로 한 일이었지."

마침내. 드디어. 열개가 발생했을 때와 같은 끔찍한 충격이 너를 덮친다. 너는 한참 뒤에야 간신히 입을 연다.

"나쑨이 그 사람을 죽였다고? 의도적으로?"

"그래."

너는 그제야 입을 다문다. 멍하고, 머릿속이 혼란스럽다. 호아의 손은 여전히 너를 향해 있다. 해답을 제시하고 있다. 정말로 알고 싶어? 모르겠다. 하지만…… 하지만 너는 그의 손을 잡는다. 위안을 얻고 싶어서인지도 모른다. 호아의 손이 네 손을 감싸더니 아주 살짝, 정말로 아주 살짝 네 기분이 약간 나아질 만큼 힘이 들어간 건 절대로 네가 상상한 게 아니다. 너는 그의 마음 씀씀이가 정말로, 진심으로 고맙다.

"그 사람은…… 어디." 이윽고 말을 할 수 있게 되자, 너는 입을 연다. 하지만 아직 마음의 준비는 되지 않았다. "거기에 갈 수 있어?"

"거기?"

너는 호아가 네가 어디를 말하고 있는지 안다고 확신한다. 그는 네가 지금 무슨 부탁을 하고 있는지 정말 알고 있느냐고 확인하는 것뿐이다.

너는 마른침을 삼키며 해명해 보려 한다.

“둘은 남극권에 있었어. 지자는 나쓴을 계속 길 위에 잡아 둘 생각이 아니었지. 나쓴은 어딘가 안전한 곳에 살면서 강해졌을 거야.” 아주 많이. “나 땅속에서도 숨을 참을게. 네가…… 날 데려다 주기만 한다면. 그 애가 있……” 아니야. 네가 정말로 가고 싶은 곳은 그곳이 아니다. 아닌 척하지 말자. “지자가 있는 곳에 데려다 줘. 그 사람이…… 죽은 곳에.”

호아는 움직이지 않는다. 30초도 넘게 지난 것 같다. 그러고 보니 호아는 원래 이렇다. 대화에 반응하는 시간이 제각각이다. 가끔은 네 말이 아직 끝나지도 않았는데 먼저 대답을 하기도 하고 또 어떤 때는 네 말을 못 들었나 싶을 만큼 한참 뒤에야 대답을 내놓는다. 너는 호아가 그동안 생각에 잠기는 게 아니라 그저 시간이라는 것이 그에게는 아무 의미도 없기 때문일 거라고 생각한다. 1초가 됐든 10초가 됐든, 지금이든 나중이든. 어쨌든 그는 네 말을 들었고, 그렇다면 언젠가는 대답을 들려줄 것이다.

드디어, 호아의 모습이 순간 흐릿해지는가 싶더니 마지막 찰나에 움직임이 느려지면서 호아가 네 손 위에 다른 쪽 손을 포개어 딱딱한 두 손바닥 사이에 네 손을 끼워 넣은 것이 보인다. 두 손바닥에 조금씩 압력이 가해지더니 마침내 네 손이 단단하게 갇힌다. 불편할 정도는 아니지만, 그래도.

“눈을 감아.”

이제까지는 한 번도 이런 적이 없다.

“왜?”

호아가 너를 땅속으로 데려간다. 지금까지 네가 경험한 것보다 훨씬, 훨씬 더 아래로 깊숙이, 더구나 이번엔 순식간에 시작돼 순식간에 끝나는 것도 아니다. 어떻게 그런 건지는 모르겠지만 너는 무심결에 숨을 들이켰다가, 뒤늦게 숨을 참을 필요가 없다는 것을 깨닫는다. 어둠이 짙어지고 눈앞에 붉은 빛이 번득이고, 진득한 붉은색과 주황색 액체 속을 통과할 때는 넓게 탁 트인 공간 어딘가 저 멀리서 갑자기 뭔가가 격렬하게 터지면서 액체도 고체도 아닌 빛나는 덩어리들이 무수히 쏟아져 나오는 게 힐끗 보이…… 그러더니 사방이 다시 깜깜해지고, 다음 순간 너는 옅은 구름 아래 평평하고 넓은 땅 위에 서 있다.

"이래서지."

"씨발 삭아죽을 뻔했잖아!" 너는 호아에게 잡혀 있는 손을 빼려고 버둥거린다. "염병할, 호아!"

네 손을 감싼 호아의 손에는 더 이상 힘이 들어가 있지 않고, 그래서 너는 금방 자유의 몸이 된다. 비칠비칠 뒷걸음치면서 허둥지둥 온몸을 더듬어 보며 다친 곳은 없는지 확인한다. 너는 괜찮다. 타 죽지도 않았고, 압력에 찌그러지지도 않고, 질식하지도 않았고, 정신적으로 충격을 받지도 않았다. 음, 어쨌든 심하게 충격을 받진 않았다.

너는 허리를 세우고, 손바닥으로 얼굴을 문지른다.

"좋아. 다음부터는 스톤이터가 무슨 말을 할 땐 반드시 그만한 이유가 있다는 걸 명심해 둬야겠어. 진짜 대지불을 보고 싶진 않았다고."

하지만 이제 너는 여기에 있다. 일종의 높고 평평한 고지(高地)를 구성하고 있는 커다란 언덕 꼭대기에. 여기가 어딘지 단서가 되어 준 것은 하늘이다. 이곳은 방금까지 네가 있던 곳보다 시간이 더 많이 흘렀다. 새벽이 아니라 동이 튼 지 조금 지난 것 같다. 옅은 화산재 구름의 장막 뒤에 가려져 있긴 해도 해가 떠 있는 게 보인다.(너는 네가 그동안 얼마나 햇빛이 그리웠는지 깨닫고 조금 놀란다.) 태양이 보인다는 건 네가 있던 곳보다 열개에서 훨씬 멀리 떨어져 있다는 의미다. 너는 서쪽을 돌아본다. 저 멀리서 희미하게 빛나는 짙은 푸른색 오벨리스크가 네 짐작을 확인해 준다. 이곳은 한 달 전쯤 네가 오벨리스크의 문을 열었을 때 나쑨을 느꼈던 곳이다.

(저쪽. 그 애는 저쪽으로 갔지. 하지만 그쪽엔 고요 대륙이 수천 킬로미터나 뻗어 있다.)

고개를 돌린 너는 이 언덕 위에 몇 채의 목재 건물이 옹기종기 서 있는 것을 발견한다. 기둥 위에 세워진 저장고 하나, 비스듬한 지붕을 가진 별채 몇 개, 그리고 기숙사나 교실처럼 보이는 건물까지. 하지만 건물들은 전부 정확히 동일한 높이의 매끈한 현무암기둥 울타리에 둘러싸여 있다. 네 발밑에 있는 거대한 화산이 천천히 흘려보내고 있는 마그마를 교묘하게 부려 만든 이것이 오로진의 솜씨라는 건 저 하늘에 떠 있는 태양만큼이나 확연하다. 하지만 그만큼 분명한 사실은, 이곳이 비어 있다는 것이다. 사람은 아무도 보이지 않고, 지면 위 발걸음의 진동도 모두 울타리 바깥에서만 느껴진다.

호기심이 든 너는 현무암 울타리에 나 있는 틈새 쪽으로 걸어간다. 절반은 흙, 절반은 자갈로 덮인 길이 구불구불 언덕 아래로 이어진다. 언덕 기슭에는 마을 하나가 고원의 나머지를 차지하고 있다. 어디서나 흔히 볼 수 있는 평범한 향. 아직도 정원에 채마를 키우고 있는 다양한 형태의 주택과 몇 개의 비축창고, 목욕탕처럼 생긴 건물, 그리고 가마가 보인다. 건물 사이를 오가는 사람들은 고개를 들지 않고, 그래서 네가 거기 있다는 것을 아직 모른다. 뭐하러 신경 쓰겠어? 오늘은 날씨도 좋고, 이곳에는 아직도 해가 비친다. 돌봐야 할 밭이 있고 또(저 감시탑에 매어져 있는 건 배야?) 인근 바다에도 나가 봐야 한다. 뭐하는 곳인지는 몰라도 마을 사람들에게 이곳은 중요하지 않다.

너는 시선을 떼고 고개를 돌린다. 그러고는 다음 순간, 도가니를 발견한다.

건물이 모여 있는 단지가 아니라 변두리에, 언덕의 약간 높은 곳에 위치해 있지만 여기서도 확실히 볼 수 있다. 길을 돌아 다시 올라가 보니 자갈과 벽돌 바닥 위에 도가니가 또렷하게 그려져 있다. 너는 습관처럼 땅속으로 감각을 펼쳐 가장 가까운 곳에 있는 표시된 돌을 찾아낸다. 별로 깊지 않다. 1.5미터, 아니면 2미터 정도. 표면을 더듬어 끌로, 어쩌면 망치로 냈을 희미한 자국을 찾아낸다. 네 개. 너무 쉽다. 네가 훈련을 받던 시절에는 돌에 물감으로 숫자를 적었고 그래서 간파하기가 무척 어려웠다. 그렇지만 이 돌은 꽤나 작아서, 그래, 네 반지 이하라면 돌을 찾아 표식을 파악하는 데 애를 먹을 것이다. 훈련의 세부적인 사항은 달라도 기본 원칙은 동일하다.

"남극권 펄크럼일 리는 없어."

너는 쪼그리고 앉아 바닥에서 도가니의 원을 이루고 있는 돌멩이 하나를 손가락으로 문질러 본다. 네가 기억하는 아름다운 모자이크가 아니라 단순히 돌멩이를 가지런히 놓아 표시해 놓은 것뿐이지만 그래도, 이들은 무엇을 하고 있는지 정확히 알고 있었다.

호아는 아직도 너희가 땅속에서 빠져나온 자리에 서 있다. 두 손은 돌아갈 때를 위해서인지 여전히 네 손바닥을 위아래로 누르고 있는 모양새다. 호아는 네 말에 대답하지 않지만 어차피 너도 혼잣말이었다.

"남극권 펄크럼은 작다고 했지." 너는 말을 잇는다. "하지만 이건 펄크럼이 아니야. 그냥 훈련소일 뿐이야."

반지 정원이 없다. 본관도 없다. 그리고 너는 북극권과 남극권 펄크럼이 비록 규모도 작고 외딴 곳에 있긴 하지만 시설이 꽤 잘되어 있다고 들었다. 이해할 수 있다. 펄크럼의 화려한 미적 감각은 공식적으로 인가된 오로진이라는 사실을 과시하기 위한 것이었다. 이런 볼품없는 오두막은 그런 원칙에 어울리지 않는다. 그리고……

"화산 위에 지어졌어. 둔치들 마을도 너무 가깝고."

저 마을은 유메네스가 아니다. 노드 관리자들도 없고 강력한 상급 오로진의 보호를 받고 있지도 않다. 지나치게 예민한 잔모래 하나가 발작을 일으키기라도 하면 지역 전체가 크레이터로 변해 버릴 것이다.

"여긴 남극권 펄크럼이 아니야." 호아가 말한다. 평소에도 온화한 음성이지만 지금은 고개까지 반대쪽으로 돌리고 있어 한층 더 부드럽게 들린다. "그건 훨씬 서쪽에 있고 이미 말소되었다. 이제 거긴 오로진이 살지 않아."

당연히 말소됐겠지. 너는 밀려오는 서글픔에 어금니를 꽉 깨문다.

"그럼 이건 누군가 그곳을 기리며 만든 거군. 생존자일까?"

너는 문득 땅 밑에서 또 다른 표시물을 발견한다. 작고 둥근 돌. 15미터쯤 아래 묻혀 있고 잉크로 아홉이라고 적혀 있다. 아주 수월하게 읽힌다. 너는 고개를 저으며 주거단지를 더 자세히 살펴보려고 다리를 펴고 일어난다.

그러다가 흠칫 몸을 굳히며 동작을 멈춘다. 기숙사처럼 보이는 건물에서 한 남자가 절뚝절뚝 걸어 나오고 있다. 남자도 깜짝 놀라 너를 빤히 바라보며 멈춰 선다.

"당신 누구야?" 그가 심한 남극권 방언으로 말한다.

너는 본능적으로 대지 깊숙이 의지를 찔러 박았다가 이내 황급히 잡아 뺀다. 멍청하긴. 까먹었어? 조산술을 쓰면 넌 죽을 거야. 게다가 남자는 무장을 하지도 않았다. 나이는 꽤 젊고, 머리선이 후퇴하고 있긴 해도 아직 20대인 것 같다. 다리를 절고 있다는 건 금세 알아차릴 수 있다. 신발 한쪽이 다른 한쪽보다 높기 때문이다. 아. 마을 잡역꾼이 언제 다시 필요하게 될지 모를 건물을 손보러 온 모양이다.

"어, 안녕하세요."

너는 더듬거리며 말한다. 그러고는 무슨 말을 해야 할지 몰라 입을 다문다.

"안녕하세요."

남자가 호아를 보고 움찔하더니 전승가의 노래로 스톤이터에 대해 듣긴 했지만 그런 게 존재한다고는 믿지 않았던 사람 특유의 넋 빠진 표정으로 멍하니 쳐다본다. 그러다 한참 뒤에야 네가 있다는 걸 기억해 냈는지 네 머리와 옷에 쌓인 재를 보고 미간을 찌푸린다. 어쨌든 네가 호아만큼 인상적이 아니라는 것은 알겠다.

"제발 저게 석상이라고 말해 주십쇼." 남자가 네게 말을 걸더니 불안한 듯 웃는다. "하지만 아까 이 언덕을 올라올 땐 없었죠. 어, 안녕하세요?"

호아는 대답하지 않지만, 그의 눈동자가 네가 아닌 남자를 향해 스르륵 구르는 게 보인다. 너는 재빨리 마음을 가다듬고는 한 발짝 앞으로 나선다.

"놀라게 해서 미안합니다. 저 향 사람인가요?"

남자가 드디어 네게 관심을 돌린다.

"어, 네. 그리고 당신은 아니군요." 하지만 남자는 경계하는 게 아니라, 두 눈을 깜박인다. "당신도 수호자인가요?"

온몸에 소름이 쫙 끼친다. 순간적으로 너는 "아니야!"라고 악을 쓰고 싶지만, 잽싸게 분별력을 다잡는다. 너는 빙그레 웃는다. 그들은 항상 웃으니까.

"도라고요?"

젊은 남자가 너를 위아래로 훑어본다. 의심스러운 모양이다. 하지만 너는 그가 네 질문에 대답만 해 준다면, 그리고 너를 공격하지만 않는다면 신경 쓰지 않는다.

"예." 마침내 남자가 대답한다. "애들이 현장 훈련을 하러 떠난 뒤에 오두막에서 시신 두 구를 발견했어요."

남자의 입꼬리가 슬쩍 휘어진다. 아이들이 훈련을 떠난 게 아니라고 생각하는 건지, 아니면 "시신 두 구" 때문에 진심으로 마음이상한 건지, 그것도 아니면 단순히 사람들이 로가를 입에 올릴 때 짓는 표정인지 판단이 서지 않는다. 왜냐하면, 그가 말하는 문제의 아이들이 로가라는 데에는 의심의 여지가 없기 때문이다. 만일 수호자가 여기 있었다면.

"향장이 언젠가 다른 수호자가 올지도 모른다고 했거든요. 여기 살던 세 명도 다 따로따로 갑자기 나타났으니까요. 그쪽은 좀 늦었나 보네요."

"아." 수호자 흉내를 내는 것은 허탈할 정도로 쉽다. 얼굴에 미소를 띤 채 아무 정보도 알려 주지 않으면 되니까. "그럼 다른 사람들은 언제…… 훈련을 떠났나요?"

"한 달쯤 전요." 청년은 말하기가 다소 편해졌는지 고개를 들어 먼 하늘에 떠 있는 사파이어 오벨리스크를 바라본다. "샤파가 애들이 일으키는 여진이 느껴지지 않을 만치 멀리 간다고 했어요. 정말로 상당히 멀리 간 모양입니다."

샤파. 네 얼굴에 떠 있던 미소가 얼어붙는다. 저도 모르게 그 이름을 중얼거린다.

"샤파."

젊은이가 얼굴을 찡그리며 너를 바라본다. 이번에는 확실히 의심하는 눈치다.

"네, 샤파요."

그럴 리가 없다. 그는 죽었으니까.

"키가 크고 검은 머리에 빙백색 눈동자. 억양이 조금 특이한?"

사내가 긴장을 약간 푼다.

"아, 아는 사이군요?"

"그래요. 아주 잘 아는 사이죠."

미소를 짓는 건 쉽다. 비명을 지르고 싶은 충동을 억제하고, 어서 빨리 호아를 붙잡아 다시 땅속으로 들어가자고, 지금, 지금 당장, 어서 가서 네 딸을 구해 와야 한다고 우기고 싶은 마음을 억지로 참는 것은 어렵다. 그중에서 가장 어려운 것은 바닥으로 허물어지듯 쓰러져, 더는 존재하지 않지만 아직도 아픈 손을 부여잡고 몸을 둥글게 웅크려 말지 않는 것이다. 사악한 대지여, 너무나도 아프다. 손이 다시 부러진 것처럼 아프다. 환상통이 너무나도 진짜 같아 눈에 찔끔 눈물이 고인다.

제국 오로진은 어떤 상황에서도 통제력을 잃지 않는다. 너는 거의 20년 동안이나 검은 옷을 입지 않았고 살면서 몇 번이고 자제력을 잃었지만, 그럼에도 몸에 밴 훈련과 규율은 네가 제정신을 유지할 수 있게 도와준다. 나쑨, 네 작은 딸이 괴물의 손아귀에 있다. 어쩌다 그렇게 된 건지, 너는 반드시 알아야겠다.

"아주 잘 알고말고요." 너는 다시 중얼거린다. 수호자가 똑같은 말을 반복하는 것을 이상하게 여길 사람은 없다. "그 남자가 데리고 있던 아이에 대해서도 아나요? 중위도 출신 여자아이인데, 갈색 피부에 호리호리하고 곱슬머리에 눈은 회색인……."

"나쑨요? 맞아. 지자 딸내미죠."

이제 젊은 사내는 완전히 경계심을 풀었다. 반대로 너는 한층 더 바짝 긴장하고 있다는 사실을 깨닫지 못한 채.

"사악한 대지여, 이왕 멀리 간 김에 샤파가 그 애를 죽여 버렸으면 좋겠네요."

그건 너를 향한 위협이 아니다. 그런데도 머리로 미처 생각하기도 전에 또다시 네 의지가 대지를 꿰뚫는다. 이카 말이 맞다. 너는 정말로 몽땅 다 죽여 버려야지 식으로 반응하는 걸 그만둬야 한다. 어쨌든 네 얼굴의 미소는 아직 사라지지 않았다.

"흠?"

"내 생각엔 그 애가…… 삭을, 물론 애들 중에 누구라도 가능하긴 한데, 걔가 제일 소름 끼쳤거든요."

마침내, 칼날처럼 예리한 네 미소를 본 남자가 꿀꺽 긴장한다. 하지만 수호자에게 익숙한 사람이라면 결코 의문을 표하지 않을 것이다. 그는 그저 머뭇거리며 시선을 피할 뿐이다.

"그랬나요?"

"아, 하긴 알 리가 없겠죠. 따라오십쇼. 직접 보여 드리죠."

남자가 몸을 돌리고 다리를 절면서 건물 단지의 북쪽으로 향한다. 너는 짧게 호아와 눈빛을 교환한 다음, 남자의 뒤를 따라간다. 완만한 오르막길을 따라 올라가니 별을 관찰하거나 지평선을 감상하기 좋을 법한 평평한 지대가 나타난다. 여기서는 주변 풍광이 한눈에 내려다보인다. 비교적 최근에 쌓였는지 옅고 희끄무레한 재 아래 아직도 많은 초록색이 펼쳐져 있다.

하지만 여기, 뭔가 이상한 것이 있다. 돌무더기. 너는 처음에 깨진 유리 덩어리를 재활용하려고 모아 두는 곳이라고 생각한다. 티리모에 살 때에도 지자가 집 옆에 이런 것을 만들어 놨는데, 이웃들이 깨진 유리 조각을 버리면 지자가 그 찌끄러기를 활용해 유리칼

손잡이를 만들곤 했다. 어떤 것들은 평범한 유리보다 훨씬 좋아 보인다. 누군가 준보석 원석을 버리기라도 한 것처럼. 갈색, 회색, 약간의 푸른색. 다양한 색깔이 뒤섞여 있지만 붉은색이 가장 많이 눈에 띈다. 하지만 거기엔 일종의 패턴이 있다. 네 발을 멈추게 하고, 고개를 갸웃거리며 지금 네 눈에 보이는 것들을 하나로 꿰어 맞추게 만드는 무언가가. 그러다 마침내, 너는 가장자리에 쌓여 있는 돌덩이들의 색과 배열이 어렴풋이 모자이크처럼 보인다는 사실을 깨닫는다. 장화. 누군가 바위로 장화를 조각한 다음 산산이 깨뜨려 놓은 것 같다. 저건 바지처럼 생겼다. 안에 희멀건 뼈대처럼 보이는 걸 빼면. 그리고……

아니야.

오. 깊은. 대지. 불이여.

아니야. 너의 나쑨은 이런 짓을 하지 않았다. 그랬을 리가 없다. 그 아이는……

나쑨이 한 짓이다.

젊은 남자가 네 표정을 읽고는 한숨을 내쉰다. 얼굴에 미소를 띠는 걸 깜박했지만, 진짜 수호자라도 이런 상황에는 정색을 하지 않을 수 없을 것이다.

"저게 뭔지 알아보는 데 우리도 오래 걸렸죠. 그쪽은 어떻게 된 건지 알지도 모르겠네요."

남자가 기대 어린 눈빛으로 너를 바라본다.

너는 고개를 가로저을 뿐이다. 남자가 다시 한숨을 쉰다.

"애들이 떠나기 직전에, 새벽에 천둥소리 같은 게 들렸어요. 밖에

나가 보니 오벨리스크가 사라졌더라고요. 몇 주일 전부터 우리 마을 위에 떠 있던 크고 파란 거요. 그러더니 그날 오후에 그때처럼 갑자기 콰쾅!" 남자가 굉음을 흉내 내며 손바닥을 갑자기 짝 마주 친다. 너는 용케도 펄쩍 뛰어오르지 않았다. "다시 하늘에 떠 있는 겁니다. 그러더니 샤파가 느닷없이 향장한테 아이들을 데리고 멀리 다녀와야겠다고 한 거예요. 오벨리스크에 대해선 암말도 안 하고요. 니다랑 움버, 그러니까 샤파랑 같이 살던 다른 수호자들인데, 그 사람들이 죽었단 소리도 안 해 줬어요. 움버는 머리가 찌그러졌고, 니다는……." 그가 고개를 절레절레 젓는다. 그의 얼굴에 떠오른 건 순수한 혐오감이다. "머리 뒤쪽이…… 근데도 샤파는 아무 말도 안 한 거예요. 그냥 애들을 데리고 가 버렸죠. 솔직히 마을 사람들 대다수는 그가 애들을 다시 안 데려 왔으면 하고 있답니다."

샤파. 거기에만 집중해야 한다. 진짜 중요한 건 그거다. 저것 저것 저것 저것 저것이 아니라…… 하지만 너는 지자에게서 시선을 뗄 수가 없다. 삭아타죽을, 지자. 지자.

* * *

내 몸이 지금 살과 피였으면 좋겠다. 너를 위해서. 내가 아직도 조율기이고, 그래서 온도와 압력과 대지의 울림을 통해 네게 말을 걸 수 있으면 좋겠다. 단어는 이런 대화를 나누기에 너무 둔하고 섬세하지 못하다. 너는 지자를 좋아했다. 어쨌든 네 비밀이 허용하는 만큼은 그랬지. 너는 그가 너를 사랑한다고 생각했고, 실제로 그도 너를 사랑했다. 네 비밀이 허용하는 만큼만. 내가 아주 오래전에 깨우쳤듯이 사랑과 증오는 공존할 수 없는 게 아니란다.

정말 유감이야.

***

너는 가까스로 말한다.

"샤파는 돌아오지 않아요."

왜냐하면 네가 그를 찾아내 죽여 버릴 테니까. 그러나 피어오르는 두려움과 공포를 뚫고, 이성이 고개를 내민다. 펄크럼을 흉내 낸 이 이상한 곳, 이곳은 원래 샤파가 나쑨을 데려가야 하는 진짜 펄크럼이 아니다. 여기 살던 아이들은 죽임당하지 않았다. 나쑨은 누구나 알 만큼 노골적으로 오벨리스크를 조종했고 이 일을 저질렀는데…… 그런데도 샤파는 그 아이를 죽이지 않았다. 이곳에서 네가 이해할 수 없는 일들이 벌어지고 있다.

"저 남자에 대해 더 말해 봐요."

너는 아무렇게나 뒹굴고 있는 보석 덩어리들을 향해 턱을 치켜 올리며 말한다. 너의 전 남편.

젊은 남자는 옷이 스치는 소리가 들릴 정도로 어깨를 크게 으쓱한다.

"아, 맞다. 어, 그러니까, 저 사람은 이름은 지자, 제키티의 내항자였어요."

남자는 돌무더기를 내려다보며 한숨을 짓느라 네가 틀린 향명을 듣고 눈썹을 실룩이는 것을 보지 못했을 것이다.

"새로 입향한 쇄공인이었죠. 우린 남자가 너무 많긴 한데, 쇄공인이 진짜 절실했거든요. 그래서 이 사람이 찾아왔을 때 너무 나이가 많거나 병이 있거나 아니면 진짜로 미치지만 않았으면 괜찮았어요. 알죠?" 남자가 어깨를 으쓱한다. "처음엔 딸도 썩 괜찮은 애 같았고요. 그때는 걔 정체를 몰랐죠. 싹싹하고 예의도 바르고…… 누군지 몰라도 애를 참 잘 키웠더라고요."

너는 다시 빙그레 웃는다. 턱에 힘을 준 완벽한 수호자의 미소.

"그치만 지자가 우리 향을 일부러 찾아 왔다길래 걔가 뭔지 알게 된 거죠. 소문을 들었다고 하더라고요. 로가가 어…… 로가가 아니게 될 수 있다던가. 원래 그런 걸 물어보러 사람들이 많이 와요."

너는 얼굴을 찡그리다 하마터면 고개를 돌려 남자를 쳐다볼 뻔한다. 로가가 아니게 된다고?

"그런 일이 진짜로 있었다는 건 아니고요." 젊은이는 한숨을 내쉬고, 지팡이를 편하게 고쳐 잡는다. "만약에 그래도 그런 애들은 안 받아 주거든요? 나중에 자라서 또 잘못된 애를 낳기나 하면 어쩝니까? 그런 건 다 물려받게 되어 있는데. 어쨌든 몇 주 전까지만 해도 지 아빠 말을 잘 듣는 것 같더니, 어느 날 밤인가 이웃 사람들이 지자가 딸한테 큰 소리로 뭐라뭐라 소리치는 걸 들었답니다. 그 뒤로 애가 아예 짐을 싸들고 여기 올라와서 다른 애들이랑 같이 살기 시작했죠. 그래서 음, 말하자면 그때부터 지자가…… 정신줄을 놓아 버린 거 같아요. 제 딸이 아니라고 혼잣말로 궁얼거린다든가, 가끔은 큰 소리로 욕지거리를 하기도 하고요. 사람들이 안 본다고 생각할 때는 물건도 막 던지고, 벽도 막 주먹으로 때리고…… 그래서 딸도 점점 멀어진 거죠. 솔직히 애가 그럴 만도 했어요. 다들 한동안 지자 근처에서는 날달걀 위를 걷는 것처럼 조심조심했다니까요? 원래 평소에 조용한 사람이 더 문제잖아요, 안 그래요? 그 뒤로는 애가 전보다 더 샤파 옆에 딱 붙어 다니더라고요. 꼭 오리새끼같이, 그림자처럼 졸졸 따라다녔다니까요. 샤파가 가만있을 때면 손을 잡아 주기도 하고…… 그런데 그 사람은…….” 남자가 조심스럽게 너를 힐끔거린다. “평소에 살갑다거나 뭐 그런 사람이 아니란 말이에요? 그런데 걔는 진짜 아끼는 거 같았어요. 지자가 딸을 해치려고 했을 땐 샤파가 정말로 지자를 죽일 뻔했다고도 들었고요.”

존재하지 않는 손에 다시 찌릿한 통증이 울리지만 아까처럼 심하게 아프진 않다. 왜냐하면…… 그는 나쑨의 손을 부러뜨릴 필요가 없었을 거다. 안 그래? 그렇고말고, 그랬을 리가 없어. 네가 직접 그 애의 손을 부러뜨렸으니까. 그리고 우체도 손이 부러졌었지. 지자의 손으로. 샤파가 지자에게서 나쑨을 보호했다. 샤파는 나쑨에게 다정했다. 너는 그 애에게 다정하게 굴지 못했는데. 그 생각을 하자 네 안의 모든 것이 진저리치고, 그 내적 동요를 진정시키려면 도시 하나를 파괴할 때만큼 굳은 의지가 필요하다. 하지만……

하지만……

친부모의 무조건적 사랑이 아이를 거듭 배신했을 때, 수호자의 조건적이고 예측 가능한 사랑이 나쑨에게는 얼마나 달가웠을 것인가.

너는 두 눈을 질끈 감는다. 수호자는 울지 않기 때문에.

안간힘을 다해, 너는 말한다.

"여긴 뭐하는 곳이죠?"

남자는 흠칫 놀라 너를 쳐다보고는 다시 네 뒤에 있는 호아를 힐끔거린다.

"제키티 향이요, 수호자. 하지만 샤파와 다른 수호자들은……." 그는 네 주위를, 이 거주단지를 손짓한다. "향의 이쪽을 찾은달이라고 불렀죠."

그랬겠지. 그리고 샤파라면 당연히 네가 피와 살을 바쳐서야만 알 수 있었던 세상의 비밀을 이미 알고 있었을 것이다.

네가 침묵을 지키자, 젊은이가 머뭇머뭇 눈치를 본다.

"향장을 만나 보시겠어요? 수호자가 찾아온 걸 보면 기뻐할 텐데요. 약탈자들을 몰아내는 데 큰 도움이 될 테니까요."

너는 다시금 지자를 바라본다. 완벽한 새끼손가락 형태의 보석 덩어리 하나가 굴러다닌다. 너는 저 손가락을 안다. 너는 저 손가락에 입을 맞췄고……

안 돼, 더는 감당할 수 없다. 정신을 바짝 다잡고 더 이상 무너지기 전에 빨리 여기서 벗어나야 한다.

"나, 나는……." 심호흡을 깊이. "이 상황에 대해 숙고할 시간이 필요합니다. 가서 향장에게 내가 조만간 찾아가겠다고 말해 주겠어요?"

사내는 너를 힐끔거리지만 너는 지금 약간 멍한 듯 보이는 게 그리 나쁘지 않다는 걸 알고 있다. 그는 수호자가 주변 현실에 다소 초연한 듯 보이는 데 익숙할 것이다. 그리고 어쩌면 바로 그 때문에, 남자는 고개를 끄덕이며 어색한 동작으로 뒷걸음질 친다.

"뭐 하나 물어봐도 될까요?"

안 돼.

"네?"

남자가 입술을 깨문다.

"이게 다 무슨 일인가요? 요즘엔…… 정상적인 게 하나도 없는 것 같아요. 내 말은…… 아무리 계절이라고 해도 뭔가 수상하다고요. 수호자가 로가들을 펄크럼에 데려가지도 않고, 로가들이 듣도 보도 못한 일을 하기도 하고요." 그가 흩어져 있는 지자의 잔해를 턱으로 가리킨다. "북쪽에서 뭔 일이 일어났는지는 몰라도 하늘에 떠 있는 그 오벨리스크라는 것도 그렇고 전부…… 사람들이 수군거리고 있어요. 어쩌면 세상이 다시는 정상으로 돌아가지 않을지도 모르겠다고요. 영원히요."

너는 지자를 물끄러미 바라보지만 지금 네 머릿속에 떠오르는 것은 알라배스터뿐이다. 왜 그런지 모르겠다.

"어떤 사람에게는 정상적인 것이 다른 사람에게는 세상의 붕괴가 되기도 하지요." 너무 오랫동안 미소를 띠고 있다 보니 얼굴에 경련이 이는 것 같다. 다른 사람에게 신뢰감을 심어 줄 수 있는 미소를 짓는 건 일종의 예술이고, 너는 솜씨가 지독히도 형편없다. "우리가 전부 정상이 될 수 있다면 좋았겠지만, 많은 사람들이 그걸 원치 않았고, 그래서 이제 우리는 모두 불에 타 사라지는 거랍니다."

남자는 알 수 없는 공포에 질려 너를 뚫어져라 쳐다본다. 그러더니 결국 알아들을 수 없는 말을 웅얼거리며 호아에게 닿지 않으려고 크게 돌아서 자리를 뜬다. 그가 사라지니 이제야 좀 마음이 놓인다.

너는 지자의 옆에 쪼그려 앉는다. 이렇게 되고 나니 그는 참 아름답다. 형형색색의 보석 조각들. 이렇게 되고 나니 그는 참으로 괴물 같다. 너는 눈부신 색상 밑에서 사방팔방으로 두서없이 뻗어 있는 마법의 가닥들을 인지한다. 네 팔과 가슴에 일어난 일과는 전혀 다르다. 그는 미립자 수준으로 분해된 다음 다시 무작위로 배열되었다.

"내가 무슨 짓을 한 거지?" 너는 묻는다. "내가 그 애를 어떻게 만든 거야?"

시야 가장자리에 호아의 발이 들어온다.

"강하게 만들었지."

너는 고개를 세차게 흔든다. 그건 나쑨이 혼자서 스스로 이룬 일이다.

"살아 있도록 만들었지."

너는 눈을 감는다. 중요한 것은 네가 세 명의 자식을 세상에 내놓았고 이 아이, 마지막 남은 이 소중한 아이가 아직 살아 있다는 것이다. 하지만.

그 애를 나처럼 만들었어. 대지에 잡아먹힐 놈, 내가 그 애를 나로 만들었어.

어쩌면 그래서 나쑨이 아직까지 살 수 있었던 것인지도 모른다. 그리고 또한 그렇기 때문에…… 너는 나쑨이 무섭다. 그 애가 지자에게 저지른 짓을 보면서, 이제는 우체의 복수를 할 방도가 없음을 깨닫는다. 왜냐하면 네 딸이 너 대신 그 일을 해 주었으니까.

이제까지 네가 직시하지 못한 것. 입가에 재와 피를 묻힌 커쿠사.

지자가 네게 네 아들의 핏값을 졌다면, 너도 나쑨에게 빚진 것이 있다. 너는 그 아이를 지자에게서 구해 주지 못했다. 말 그대로 세상이 끝나고 있는 지금, 딸이 너를 필요로 할 때 옆에 있어 주지 못했다. 도대체 왜 네가 그 애를 보호해 줄 수 있다고 장담한 거지? 회색 남자와 샤파. 나쑨은 혼자서도 더 훌륭한 보호자를 찾아냈고, 스스로를 보호할 힘을 키웠다.

너는 딸이 자랑스럽다. 그리고 다시는 그 애 근처에 가지 않을 것이다. 평생 다시는.

호아의 무겁고 단단한 손이 네 온전한 어깨를 누른다.

"여기 계속 머무르는 건 현명하지 않아."

너는 고개를 젓는다. 향민들이야 어디 한번 와 보라지. 네가 수호자가 아닌 걸 알아보라지. 그러다 누군가 마침내 너와 나쑨이 얼마나 닮았는지 알아보라지. 어디 마음껏 석궁과 새총을 가져와……

호아의 손이 둥글게 휘어지며 네 어깨를 단단히 붙잡는다. 너는 이제 무슨 일이 일어날지 알지만, 굳이 대비하지 않는다. 그가 다시 너를 땅속으로 끌고 들어가 북쪽으로 데려갈 때에도 이번에는 일부러 두 눈을 크게 뜨고 버틴다. 눈에 보이는 광경은 이제 네 마음을 어지럽히지 못한다. 대지불은 지금 네가 느끼고 있는 심경에 비하면 아무것도 아니다. 너는 어머니가 되는 데 실패했다.

너희 둘은 야영지의 한적한 구석에서 불쑥 솟는다. 옆에 있는 작은 나무에서 악취가 나는 걸로 보아 사람들이 변소로 사용하는 곳 같다. 호아가 놓아주자마자 너는 성큼성큼 걷다가 우뚝 멈춰 선다. 머릿속이 텅 비어 있다.

"뭘 해야 할지 모르겠어."

호아는 아무 말도 없다. 스톤이터는 불필요한 말이나 행동을 하지 않고, 그는 이미 무엇을 바라는지 분명히 밝혔다. 너는 나쑨이 회색 남자와 이야기하는 모습을 상상하고는 나지막하게 웃는다. 그는 동족들에 비해 더 활달하고 수다스러워 보였지. 잘됐어. 그는 나쑨에게 잘 어울리는 스톤이터다.

"어디로 가야 할지 모르겠어."

너는 요즘 러나의 텐트에서 잠을 자고 있지만 지금은 그걸 말하는 게 아니다. 네 속에는 텅 빈 것이 있다. 커다랗게 뻥 뚫린 구멍이.

"이제 나한텐 아무것도 없어."

"네게는 항과 동족이 있다. 레나니스에 도착하면 집도 생길 거야. 네게는 삶이 있어."

네게 정말로 그런 것들이 있을까? 돌의 가르침은 죽은 자들은 바라는 게 없다고 전한다. 너는 티리모를 떠올린다. 가만히 앉아 죽음을 기다리고 싶지 않았던 곳. 그래서 너는 티리모를 죽여 버렸다. 네게는 항상 죽음이 따라다닌다. 죽음은 너다.

호아가 네 축 처진 등에 대고 말한다.

"난 죽을 수 없어."

너는 얼굴을 찌푸린다. 호아의 뜬금없는 말에 어두운 수심에서 빠져나온다. 그러고는 다음 순간, 너는 이해한다. 그는 네게, 자신만은 절대로 잃을 일이 없다고 말하는 것이다. 호아는 알라배스터처럼 부서지지 않을 것이다. 너는 코런덤이나 이논, 알라배스터나 우체, 심지어 지자와는 달리 호아를 잃는 고통을 겪지 않을 것이다.

너는 결코 호아 때문에 가슴을 앓지 않을 것이다.

"너를 사랑하는 건 안전하지."

너는 갑작스러운 깨달음에 놀라 중얼거린다.

"그래."

놀랍게도, 그 대답은 네 속에 갑갑하게 엉켜 있던 침묵의 매듭을 느슨하게 풀어 준다. 많이는 아니지만 그래도…… 그래도 도움이 된다.

"너는 어떻게 버틴 거야?"

상상할 수가 없다. 죽고 싶은데도 죽을 수가 없는 삶. 네가 알고 아끼고 사랑하던 모든 것이 죽고 사라져도, 어떤 일이 있어도 계속해서 살아가야 한다는 것. 아무리 힘들고 지칠지언정.

"앞으로 나아가."

"뭐라고?"

"앞으로. 나아가."

호아가 땅속으로 스르륵 사라진다. 네가 그를 필요로 할 때를 대비해 언제나 근처에 있을 테지. 하지만 지금은 그가 옳다. 지금은 호아가 필요하지 않다.

생각할 수가 없다. 너는 목이 마르고 배가 고프고, 피곤하다. 게다가 여긴 악취가 코를 찌른다. 이제는 없는 팔의 끄트머리가 욱신거린다. 가슴이 아까보다 더 아프다.

하지만 너는 발을 내디딘다. 야영지를 향해. 한 발짝. 또 한 발짝.

앞으로.

2490년: 동해안 근방 남극권. 제키티 시에서 30킬로미터쯤 떨어진 이름 없는 농업 향. 향민들이 전부 유리로 변하는 불가사의한 사건이 발생했다.(??맞는 기록인가? 유리? 얼음이 아니라? 3차 사료를 찾아볼 것.) 이후 제키티 시에서 유일한 생존자인 향장의 두 번째 남편이 발견되었고, 로가로 판명됐다. 향 민병대의 집요한 심문 결과, 본인이 그 일을 저질렀음을 시인했다. 제키티 화산이 폭발하는 것을 막는 유일한 길이었다고 주장했지만 화산 분화 조짐은 발견되지 않았다. 보고서에 따르면 사내의 손 역시 돌이 되었다고 한다. 심문은 스톤이터에 의해 중단되었다. 스톤이터가 17명의 민병대원을 살해하고 해당 로가를 땅속으로 데려갔는데, 그 후로 둘은 다시는 나타나지 않았다.

— 예이터, 디바스의 혁신자의 연구조사 기록 중

8장

지하로 내려간 나쑨

흰색 계단은 꽤 오랫동안 밑으로 이어진다. 좁은 벽은 답답하고 숨이 막힐 정도지만, 막상 숨 쉬는 공기는 신기하게도 오래되고 텁텁한 느낌이 없다. 낙진이 날리지 않는다는 것만으로도 신기한데 나쑨은 이내 먼지가 별로 없다는 사실을 깨닫는다. 정말 이상하지 않아? 여긴 모든 게 이상하다.

"왜 먼지가 없죠?"

나쑨이 계단을 내려가며 묻는다. 처음엔 작게 속닥이지만 차츰 긴장이 풀리기 시작한다. 아주 약간이긴 해도. 어쨌든 여긴 고대 사문명의 유적이고 나쑨은 이런 곳이 얼마나 위험한지 전승가들의 노래를 통해 자주 들었다.

"왜 아직도 불이 들어오는 거예요? 아까 그 문도요. 어떻게 아직까지 움직이는 거죠?"

"나도 모르겠구나, 아이야."

이제 샤파는 혹시 위험한 것이 튀어나올 경우에 대비해 나쑨보다 앞장서 걷고 있다. 그래서 샤파의 얼굴을 볼 수가 없는 나쑨은 넓은 등과 어깨만으로 샤파의 상태를 짐작해야 한다.(혹시 샤파의 기분이 변하진 않는지, 몸이 긴장하는 기색은 없는지 끊임없이 살피고 경계해야 한다는 건 매우 불편한 일이다. 이건 나쑨이 지자에게 배운 것이다. 상대가 누구든, 심지어 샤파를 대할 때도 이 버릇을 없앨 수는 없을 것 같다.) 나쑨은 샤파가 다소 피곤하긴 해도 다른 건 다 괜찮은 것 같다고 생각한다. 여기까지 왔다는 데 흡족해하는 것 같고 여기서 뭘 발견할지 걱정하는 것 같다. 그건 나쑨도 마찬가지다.

"여기가 사문명의 유적이기 때문이지."

"뭔가…… 기억나는 거라도 있어요, 샤파?"

어깨를 한 번 으쓱. 하지만 평상시처럼 무심한 동작은 아니다.

"조금. 잠깐씩 스쳐 지나가는 것들이 있다. 상황보다는 이유 같은 것들이지만."

"그럼 이유를 말해 줘요. 수호자들은 왜 계절이 되면 여기에 와요? 샤파가 제키티에서 그런 것처럼 향에 남아서 도와주면 되잖아요?"

계단은 나쑨의 보폭에 비해 너무 넓다. 둥글게 돌아가는 계단의 좁은 안쪽을 따라 걷고 있는데도 그렇다. 가끔 나쑨은 한 계단 위에 두 발을 함께 딛고 서서 잠시 숨을 골랐다가, 샤파를 따라잡으러 후다닥 뛰어 내려가곤 한다. 샤파는 나쑨이 중간에 멈추든 말든 북을 치듯이 꾸준히 걸어 내려간다. 하지만 나쑨이 그 질문을 던진 직후에 두 사람은 계단참에 다다르고, 고맙게도 샤파가 여기 잠시 앉았다 가자고 나쑨에게 손짓한다. 나쑨은 아직도 풀숲을 지나오느라 흘린 땀에 흠뻑 젖어 있지만, 지하에서는 조금 천천히 걷고 있는 덕분에 조금씩 땀이 말라 가고 있다. 수통의 물은 달콤하고, 바닥은 딱딱해도 기분 좋게 시원하다. 갑자기 졸음이 밀려온다. 귀뚜라미인지 매미인지가 신나게 울어 대는 저 바깥은 밤이니까 어쩔 수 없지.

샤파가 가방을 뒤져 육포 한 장을 건네준다. 나쑨은 한숨을 내쉬며 딱딱한 육포를 조금씩 씹어 먹기 시작한다. 샤파는 나쑨의 부루퉁한 모습에 미소를 짓더니, 아이를 조금이라도 달래 주려는지 질문에 대답해 준다.

"계절에 우리가 향을 떠나는 건 향에 제공해 줄 수 있는 게 아무것도 없기 때문이란다, 아이야. 예를 들어 나는 자식을 만들 수가 없고 그래서 공동체의 이상적인 일원이 될 수가 없지. 내가 향의 생존에 얼마나 많은 기여를 하든, 그들의 투자는 단기적 이익만을 얻을 수 있을 뿐이야." 샤파가 어깨를 으쓱한다. "그리고 보살필 오로진이 없다면 우리 수호자는 시간이 갈수록…… 버티기 힘들어지지."

그들의 머릿속에 있는 것이 끊임없이 마법을 원하기 때문에. 나쑨은 깨닫는다. 오로진은 수호자에게 나눠 줄 수 있을 만큼 많은 은빛을 만들지만 둔치들은 아니다. 수호자가 둔치에게서 은빛을 빼앗으면 어떻게 될까? 어쩌면 그게 수호자가 향을 떠나는 이유인지도 모른다. 아무도 그 결과를 알아내지 못하도록.

"자식을 만들 수 없다는 건 어떻게 알아요?" 나쑨은 과감하게 물어본다. 너무 개인적인 질문일지도 모르지만 샤파는 나쑨이 이런 걸 물어봐도 꺼려한 적이 한 번도 없다. "시도해 본 적 있어요?"

샤파가 수통에서 물을 한 모금 마신다. 수통을 내려놓은 그는 조금 곤혹스러운 표정이다.

"엄밀히 말하자면 자식을 만들면 안 된다고 해야겠지. 수호자도 조산력의 자질을 지니고 있으니까."

"아."

그럼 샤파의 어머니나 아버지가 오로진이라는 뜻일까? 아니면 할머니나 할아버지? 하지만 샤파의 조산력은 나쑨처럼 발현되지 않았다. 그의 어머니는(나쑨은 제멋대로, 딱히 이유도 없이 샤파의 어머니가 오로진이었다고 생각하기로 한다.) 나쑨의 엄마처럼 샤파를 훈련시키거나, 거짓말을 하라고 가르치거나, 아니면 그의 손을 부러뜨릴 필요가 없었을 것이다.

"운이 좋았네요." 나쑨이 중얼거린다.

샤파가 수통을 입가로 들어 올리다가 멈칫한다. 뭔가가 그의 얼굴 위를 스쳐 지나간다. 아주 드물긴 해도 나쑨은 샤파의 그런 표정을 읽는 법을 안다. 간혹 그는 기억하고 싶은 것들을 잊어버리지만, 지금은 잊고 싶은 것을 기억해 낸 것이다.

"그렇게 운이 좋은 건 아니었다."

샤파가 무심코 목 뒤쪽을 슬그머니 문지른다. 그의 신경을 따라 뜨겁고 밝게 작렬하는 빛의 그물망은 아직도 생생히 살아 움직이며 그를 괴롭히고, 강요하고, 호시탐탐 그를 무너뜨릴 기회만을 노리고 있다. 그리고 그 거미줄의 중심에는 누군가 샤파의 머릿속에 심어 놓은 코어스톤이 있다. 나쑨은 문득 그게 어떻게 샤파의 머릿속에 들어가게 됐는지 궁금해진다. 샤파의 목덜미에 있는 길고 흉측한 흉터를 떠올린다. 어쩌면 샤파는 그 흉터를 가리려고 머리를 길게 기르고 있는지도 모르겠다. 나쑨은 그 흉터의 의미를 생각하며 부르르 떤다.

"나는……." 나쑨은 누군가 샤파의 목에 칼을 대는 모습을, 고통스럽게 절규하는 샤파의 모습을 머릿속에서 애써 떨친다. "난 수호자들을 이해 못 하겠어요. 샤파랑 다른 수호자들요. 난…… 그 사람들은 끔찍해요."

샤파가 그들처럼 구는 모습은 상상도 할 수가 없다.

샤파는 침묵을 지키고, 두 사람은 조용히 음식을 씹는다. 이윽고 그가 나지막이 말한다.

"세부적인 것들, 이름이나 얼굴은 대부분 기억나지 않아. 하지만 감정은 아직 남아 있단다, 나쑨. 나는 내가 수호하던 오로진들을 사랑한 것을 기억한다. 적어도 그 애들을 사랑했다고 믿었지. 나는 그 애들이 안전하길 바랐다. 끔찍하고 잔혹한 일을 피하기 위해 그보다 더 작고 사소한 잔인함을 가해야 할지라도 말이다. 나는 뭐가 됐든 제노사이드보다는 낫다고 생각했다."

나쑨은 얼굴을 찌푸린다.

"그게 뭔데요?"

샤파는 다시 미소를 띠우지만, 이번에는 슬퍼 보인다.

"이 세상의 모든 오로진이 사냥당하고 학살당하는 것, 그 뒤로 태어난 모든 오로진 아기들의 목이 비틀리고 나처럼 오로진이 될 잠재력을 지닌 모두가 죽임당하거나 효과적으로 거세되는 것, 나아가 오로진이 인간이라는 개념 자체를 부인하는 것, 그것을 제노사이드라고 한다. 종족 전체를 말살하고 그들이 사람이라는 생각 그 자체를 없애버리는 것 말이다."

"아." 또다시 속이 울렁거린다. 대체 왜 이러는 걸까. "하지만 그건……."

샤파가 고개를 살짝 기울인다. 그는 나쑨이 얼버무린 말을 알고 있다. 지금도 그렇잖아요.

"그게 바로 수호자의 소명이란다, 작은 아이야. 우리는 조산술이 사라지는 것을 예방하지. 왜냐하면, 솔직히 그게 없다면 이 세상 사람들은 생존하지 못할 테니까. 오로진은 꼭 필요한 존재다. 하지만 너희가 그런 존재이기에 너희는 선택할 권리가 없다. 너희는 반드시 도구여야 하고 도구는 사람이 될 수 없지. 수호자는 도구를 지키고…… 가능한 한 그것을 온전하게 보존하는 한편, 도구의 유용성을 유지하기 위해 인간적인 부분을 죽여야 한다."

진도9의 지진이 세상을 뒤흔드는 것과도 같은 깨달음이 나쑨을 강타한다. 아이는 샤파를 뚫어져라 응시한다. 그렇다, 그게 바로 세상이 돌아가는 방식이다. 하지만 그건 틀렸다. 오로진이 겪는 일들은 저절로 일어난 게 아니었다. 그렇게 되도록 만든 것이었다. 수호자가 오랜 세월 동안 의도적으로 노력한 일이었다. 어쩌면 그들은 산제가 탄생하기 전부터 지도자와 군벌 들의 귀에 그런 생각을 속삭였는지도 모른다. 그들은 붕괴가 발생했을 때 그 자리에 있었는지도 모른다. 만신창이가 된 겁먹은 생존자들 사이에 숨어들어, 이런 비참한 처지로 전락한 게 누구 때문인지, 그들을 어떻게 찾을 것인지, 그리고 범인을 찾으면 어떻게 해야 할지 주입했는지도 모른다.

세상 모든 사람들은 오로진이 무섭고 강력한 존재라고 생각하며, 실제로도 그러하다. 나쑨은 자신이 마음만 진지하게 먹는다면 남극권 전체도 쓸어버릴 수 있을 거라고 확신한다. 물론 그러고도 죽지 않으려면 사파이어의 힘을 빌려야 할 테지만. 하지만 그 막대한 힘과 능력에도 불구하고 나쑨은 아직 어린애일 뿐이다. 나쑨은 다른 어린애들처럼 먹고 자야 하며, 계속 먹고 자고 살아가려면 사람들 사이에서 함께 살아가야 한다. 사람이 살아가려면 다른 사람이 필요하니까. 하지만 만약에 나쑨이 다만 살기 위해서 향 사람들 전체와 맞서 싸워야 한다면? 세상에 존재하는 모든 노래와 이야기와 역사와 수호자와 향 민병대와 제국법과 돌의 가르침에 대적해야만 한다면? 딸이 로가라는 사실을 용납할 수 없는 아버지와 싸워야 한다면? 평범하게 행복해지고 싶다는 원대한 소망을 빌 때마다 스스로의 절망감과 싸워야 한다면?

그런 싸움에서 조산술 따위가 무슨 소용이란 말인가? 계속 숨을 쉬게 해 줄 수는 있겠지. 어쩌면. 하지만 숨을 쉰다는 게 반드시 삶을 의미하는 것은 아니며, 그리고 어쩌면…… 제노사이드라는 게 반드시 뒤에 시체를 남기는 것도 아닐 것이다.

그리고 이제, 나쑨은 그 어느 때보다도 스틸이 옳다고 확신한다.

나쑨이 샤파를 올려다본다.

"세상이 불타 무너질 때까지."

그게 바로 나쑨이 오벨리스크의 문으로 무엇을 할지 말했을 때 샤파가 되돌려준 말이다.

샤파가 두 눈을 깜박이더니 빙그레 웃어 보인다. 사랑과 학대가 같은 동전의 양면이라는 사실을 늘 알고 있었던 남자의 상냥하고도 끔찍한 미소. 샤파가 나쑨을 끌어당겨 이마에 입을 맞추자, 아이는 그를 힘껏 껴안는다. 마침내, 응당 그래야 하는 것처럼 자신을 사랑해 주는 진정한 부모를 얻었음에 기뻐하면서.

“세상이 불타 무너질 때까지, 아이야.” 샤파가 나쑨의 머리카락에 대고 속삭인다. “그렇다마다.”

***

아침이 되자, 두 사람은 다시 돌돌 감긴 층계를 타고 다시 밑으로 내려가기 시작한다.

첫 번째 변화의 징조는 계단의 반대쪽에 나타난 또 다른 난간이다. 밝고 매끄럽게 빛나는 이상한 금속으로 만들어져 있다. 녹이 슬지도 않았고 변색되지도 않았다. 이제 계단 양쪽에 난간이 있는데도 층계 폭은 두 사람이 나란히 지나갈 수 있을 만큼 넓어졌다. 빙글빙글 감겨 있던 길도 점점 반듯해진다. 똑같은 내리막이지만 점차 굴곡이 줄고, 마침내 어둠을 향해 곧게 펼쳐진다.

한 시간 남짓 걸으니 갑자기 통로가 넓어지면서 벽과 천장이 사라진다. 이제 두 사람은 밝은 조명 속에서 공중에 떠 있는 계단 위를 걷고 있다. 이런 계단은 존재할 수가 없다. 밑에서 받쳐 주는 것이 아무것도 없는데 오직 난간과 계단 자체의 힘으로만 지탱되고 있다니. 하지만 나쑨과 샤파의 발걸음에도 심하게 요동치거나 삐걱대지도 않는다. 뭘로 만든 건지는 몰라도 평범한 돌보다 훨씬 튼튼한 게 틀림없다.

이제 두 사람은 엄청나게 크고 광활한 동굴에 도달한다. 어둠 속에선 이곳이 얼마나 넓은지 알 수가 없다. 동굴 천장에 불규칙한 간격으로 점점이 박혀 있는 차가운 백색 광원(光源)에서 빛기둥이 비스듬하게 비치고 있긴 하지만, 그 빛기둥 아래 드러난 건…… 아무것도 없다. 바닥에 간간이 모래 더미가 쌓여 있을 뿐 텅 비어 있다. 하지만 그들이 지금 와 있는 곳은 나쑨이 비어 있는 마그마굄이라고 생각했던 곳이고, 이제 나쑨은 지상에 있을 때보다 훨씬 또렷하게 보닐 수 있다. 나쑨은 단숨에 자신의 추측이 틀렸음을 깨닫는다.

"이건 마그마굄이 아니에요." 나쑨이 탄성을 지르며 샤파에게 말한다. "도시가 지어졌을 때 여긴 동굴도 아니었어요."

"뭐?"

나쑨이 고개를 가로젓는다.

"이렇게 닫힌 공간이 아니었어요. 어, 그러니까, 여긴 원래…… 어, 뭐라고 하지? 화산이 완전히 터져서 폭발하고 난 다음에 생기는 거 있잖아요."

"크레이터 말이니?"

나쑨은 자신이 알게 된 것에 신이 나서 열렬히 고개를 끄덕인다.

"그땐 하늘이 보였을 거예요. 그 크레이터 위에 도시를 세운 거죠. 그러다가 화산이 또 폭발했고요. 도시 한가운데서요."

나쑨이 앞쪽을, 어둠 속을, 계단이 향하는 곳을 가리킨다. 아이가 지금 보니는 것은 고대 문명의 멸망이 시작된 곳이다.

하지만 그럴 리가 없다. 용암의 종류에 따라 다르긴 하지만 두 번째 화산 분화는 도시를 완전히 파괴하고 기존의 분화구를 메워야 했다. 하지만 어찌된 일인지 용암 전체가 위로 분출해 도시를 지붕처럼 에워싸 덮었고, 그대로 굳어 이 동굴이 만들어진 것이다. 그리하여 크레이터 안의 도시가 고스란히 간직되었다.

"불가능해." 샤파가 미간을 찌푸리며 말한다. "용암은 그런 식으로 분출하지 않아. 하지만……."

그의 표정이 어두워진다. 샤파가 또다시 끊어지고 파편화된 기억을, 아니면 그저 세월에 바래 흐릿해진 기억을 더듬고 있다. 나쑨은 충동적으로 그의 손을 꼭 붙잡는다. 그에게 힘을 주고 싶어서. 샤파가 나쑨을 내려다보고 싱긋 웃더니 다시 얼굴을 찌푸린다.

"하지만 내 생각엔…… 오로진이라면 그렇게 할 수 있었을 것 같구나. 하지만 어마어마한 힘이 필요했을 거야. 아마 오벨리스크의 도움을 받았겠지. 최소한 열 반지였을 테고."

나쑨은 샤파의 말을 이해할 수 없어 얼굴을 찡그린다. 하지만 대충 요점은 알 것 같다. 누군가 이 일을 했다. 나쑨은 천장을 올려다보고는 이제껏 이상하게 생긴 종유석이라고 생각한 게 실은(아이는 숨을 헉 들이켠다.) 지금은 거기 없는 건물이 찍힌 흔적이라는 것을 깨닫는다! 그래, 저기 점점 좁아지는 부분은 건물의 뾰족한 꼭대기가 틀림없다. 저건 둥근 아치고, 저건 기하학적으로 특이한 모양새를 띠고 있는 곡선과 바퀴살이다. 꼭 버섯갓 안쪽에 있는 주름처럼 생긴 것이 묘하게 유기체처럼 보인다. 동굴 천장에는 그런 인상화석(印象化石)이 가득하지만, 석화된 용암은 수십 미터 위 허공에서 멈춰 굳어 있다. 그제야 나쑨은 그들이 지나온 "통로"가 건물의 남은 부분이라는 사실을 깨닫는다. 뒤를 돌아보니 통로의 외측 표면은 예전에 아버지가 섬세한 쇄공 작업을 할 때 사용하던 오징어뼈와 비슷해 보인다. 지상을 덮고 있던 석판과 똑같은 희고 이상한 재질인데 더 단단하다. 과거에 여기 존재하던 건물의 옥상 같은 거겠지. 하지만 통로의 지붕이 사라지자 몇 미터 아래에 있던 있는 건물도 끝나고, 그 이후로는 이상한 흰색 계단이 대신하고 있다. 그렇다면 저건 참극이 발생한 이후에 만들어진 게 틀림없다. 하지만 어떻게? 누가? 왜?

도대체 이곳의 정체가 뭘까 궁리하면서, 나쑨은 이번에는 동굴의 바닥을 면밀히 살펴보기 시작한다. 모래는 대체로 밝은 색인데 간간이 어두운 회색과 갈색이 섞여 있다. 가끔 배배 꼬인 긴 금속 조각이나 아주 커다란 것에서(건물일까?) 떨어져 나온 것 같은 큼지막한 덩어리들이 반쯤 파헤쳐진 무덤에서 삐져나온 해골처럼 모래 위로 삐죽 고개를 내밀고 있다.

하지만 뭔가 이상해. 나쑨은 생각한다. 이곳은 유적이라고 부를 만큼 과거의 잔해나 파편이 남아 있지 않다. 나쑨은 고대 문명이 남긴 도시나 유적을 많이 보지 못했지만, 이야기만큼은 충분히 듣고 읽었다. 나쑨은 그런 옛 도시에 많은 석조 건물과 목조 비축고, 금속 문과 자갈길이 가득했다고 장담한다. 하지만 그에 비해 이 도시는 아무것도 없다. 금속 파편과 모래뿐이다.

나쑨은 무형의 감각을 번득이며 주변을 탐색하는 동안 저도 모르게 몸 앞에 들어 올렸던 손을 내려놓는다. 문득 시선을 낮추자, 나쑨이 서 있는 계단과 동굴 모래바닥 사이의 공간이 갑자기 하품을 하면서 길게 늘어나는 것처럼 보인다. 나쑨은 뒷걸음질 치며 샤파에게 꼭 들러붙는다. 그가 나쓴을 안심시키려는 듯이 어깨에 손을 얹는다.

"이 도시는." 샤파가 입을 연다. 놀란 나쓴이 그를 올려다본다. 샤파는 생각에 잠겨 있는 것 같다. "머릿속에 단어가 떠오르긴 하는데, 그게 뭔지 모르겠다. 이름인가? 아니면 다른 언어로 의미가 있는 걸까?" 샤파가 고개를 가로젓는다. "하지만 여기가 내가 생각하는 그곳이라면, 나는 이 도시가 얼마나 아름답고 웅장했는지 옛이야기를 들은 적이 있다. 그때는 이 도시에 수십억 명이 살았다고 하지."

말도 안 되는 얘기다.

"도시 하나에요? 유메네스는 얼마나 컸는데요?"

"몇백만이었다." 샤파가 이를 드러내며 히죽 웃더니 이내 진지한 표정으로 정색한다. "하지만 지금은 고요 대륙에 있는 사람들을 전부 합쳐도 그 정도가 안 될 거다. 적도권이 사라졌을 때 엄청난 인구를 잃었으니까. 하지만 옛날에 세상은 지금보다 훨씬 크고 방대했단다."

그럴 리가 없다. 화산 분화구는 아무리 커 봤자 분화구일 뿐이다. 하지만…… 나쓴은 모래와 잔해 밑을 세세하게 보니며 불가능의 증거를 찾아본다. 모래는 나쓴이 생각한 것보다 훨씬 깊다. 하지만 지표면에서 한참 깊이 들어간 곳에서, 나쓴은 길고 곧게 뻗은 평평한 길을 찾아낸다. 도로일까? 둥글거나 길쭉하거나, 건물의 토대처럼 보이는 다양한 형태들도 있다. 모래시계처럼 생긴 8자형 고리, 통통한 S자 굴곡, 그릇처럼 오목하게 파인 공간. 네모난 것은 하나도 없다. 나쓴은 이런 특이한 모양새에 의아해하다가, 이내 그 모두에서 일종의 광물성을, 알칼리성 성분을 보닌다. 아! 이건 석화된 거야! 그렇다면 원래는……. 나쓴은 숨을 들이켠다.

"나무예요."

아이가 큰 소리로 말한다. 건물의 토대가 나무로 되어 있다고? 아냐, 이건 나무가 아니라 나무 같은 거야. 하지만 또 아버지가 만들곤 하던 고분자 화학물질과 비슷하기도 하고, 지금 그들이 밟고 있는 돌 아닌 돌과 비슷하기도 하다. 지금 나쓴이 보니는 모든 도로는 전부 어딘가 유사한 데가 있다.

"가루예요. 샤파, 여기 쌓여 있는 건 모래가 아니에요. 가루예요! 식물이에요! 아주 많아요. 아주아주 옛날에 죽어 버려서 말라 떨어져 가루가 된 거예요. 그래서……."

나쓴의 시선이 머리 위를 덮고 있는 용암 지붕으로 향한다. 어떻게 이렇게 된 걸까? 동굴 전체가 벌겋게 달궈진다. 공기가 뜨거워 숨을 쉴 수가 없다. 건물들은 그나마 조금 더 오래, 용암이 식기 시작할 때까지 버틴다. 하지만 이 도시에 살던 사람들은 용암이 분출하고 몇 시간도 되지 않아 이 불과 열기의 거품에 갇혀 통구이가 되었을 것이다.

그게 바로 저 모래 속에 있는 것이다. 헤아릴 수 없이 많은 사람들. 숯처럼 그을려 고운 가루로 바스러진 사람들.

"흥미롭구나."

샤파는 바닥에서 얼마나 높은 곳에 떠 있는지 전혀 개의치 않고 난간에 부주의하게 기대며 동굴 밑을 굽어본다. 저러다 혹시나 샤파가 떨어지면 어쩌지, 겁이 난 나쓴의 뱃속이 퍼덕인다.

“식물로 만든 도시라.” 그의 시선이 날카로워진다. “하지만 이젠 아무것도 살지 않는구나.”

그래. 나쑨도 알고 있는 사실이다. 이제껏 꽤 오랫동안 세상을 돌아다녔고 수많은 동굴을 접해 본 나쑨은 이곳에도 생명이, 이끼와 박쥐와 눈이 보이지 않는 희멀건 곤충들이 살고 있어야 한다는 것을 안다. 나쑨은 인식의 관점을 은빛으로 전환해 만약 여기 그런 무수한 산 것들이 있다면 전부 연결되어 있어야 할 섬세한 선들을 찾아본다. 그리고 나쑨은 발견한다. 아주 많이. 하지만…… 뭔가 이상하다. 수많은 은빛 선들이 한 곳으로 집중해 흐르고 있다. 가늘고 작은 가닥들이 모여 굵은 물길이 된다. 마치 오로진의 몸속을 흐르는 마법처럼. 나쑨은 식물이나 동물, 또는 토양에서 마법이 이렇게 흐르는 것을 한 번도 본 적이 없다. 점점 더 많은 가닥들이 하나로 합쳐지고, 계속해서 앞으로 흘러간다. 계단이 향하고 있는 곳으로. 나쑨은 계단이 어둠 속으로 사라지고도 한참이 지날 때까지 계속 흐름을 따라간다. 점점 더 굵어지고, 점점 더 밝아지더니…… 저 앞쪽 어디선가 갑자기 맥이 끊긴다.

“여기 뭔가 나쁜 게 있어요.”

피부가 따끔거리는 것 같다. 나쑨은 보니는 것을 그만 멈춘다. 왠지 앞에 뭐가 있는지 보니고 싶지 않다.

“나쑨? 얘야?”

“뭔가가 이곳을 먹어 치우고 있어요!” 나쑨은 불쑥 내뱉고는 자신이 왜 그렇게 말했는지 어리둥절해진다. 하지만 말은 이미 떨어졌고, 그만큼 적절한 표현도 없는 것 같다. “그래서 아무것도 안 자라는 거예요. 뭔가가 마법을 전부 빨아들이고 있으니까요. 마법이 없으면 다 죽거든요."

샤파는 한참 동안 나쑨을 유심히 뜯어본다. 그의 한쪽 손이 허벅지에 매어져 있는 검은 유리 단검 손잡이 위에 얹혀 있다. 나쑨은 웃음을 터트리고 싶다. 저 앞에 있는 것은 검으로 퇴치할 수 없는 것이므로. 하지만 나쑨은 웃지 않는다. 샤파에게 너무 잔인한 짓인 데다, 지금 웃기 시작한다면 멈출 수 없을지도 모른다는 생각에 덜컥 겁이 나서.

"계속 안 가도 된다."

그것은 만약 나쑨이 두려움 때문에 약속한 사명을 포기하더라도 여전히 그녀를 존중할 것이라는, 나쑨에게 절실하고도 다정함이 가득한 말이다. 하지만 도리어 나쑨은 마음이 상한다. 나쑨에게도 자존심이란 게 있다.

"아, 아뇨, 계속 가요." 나쑨이 침을 꿀꺽 삼킨다. "제발요."

"그래, 그러자꾸나."

그들은 앞으로 나아간다. 누군가 혹은 무언가가 부스러기 사이로, 존재 자체가 불가능한 계단 주위와 아래쪽에 길을 내놓았다. 두 사람은 계속해서 내려가며 간간이 높이 쌓여 있는 부스러기 산들을 지난다. 얼마 안 가 나쑨은 앞쪽에서 또 다른 터널을 보닌다. 이 터널은 동굴의 바닥에 있고(드디어!) 입구는 거대하다. 마침내 동굴 바닥과 만난 계단이 바위벽 안으로 이어지고, 머리 위에는 다양한 색조의 대리석으로 조각된 아치들이 동심원을 그리며 높이 솟아 있다. 통로는 갈수록 좁아지고 저 앞은 오직 어둠뿐이다. 동굴 입구의 바닥은 마치 옻칠을 해 놓은 것처럼 보이는데, 푸른색과 검은색, 암적색 타일이 단계적으로 깔려 있다. 아름답고 풍부한 색감이다. 오래도록 흰색과 회색에만 익숙해진 눈이 편안해지는 것 같다. 그렇지만 이건 정말 이상하다. 죽은 도시에는 가득 쌓여 있는 저 이상한 가루가 새로운 통로 안쪽에는 한 점도 날리거나 쌓여 있지 않으니 말이다.

아치형 입구는 한꺼번에 십수 명은 지나갈 수 있을 만큼 넓다. 1분이면 수백 명도 통과할 수 있을 것 같다. 하지만 지금은 오직 한 명만이, 그 자신의 창백한 무채색과 여실히 대조되는 장밋빛 대리석 아래에 서서 두 사람을 응시하고 있을 뿐이다. 스틸.

나쑨이 다가가는데도 스틸은 꼼짝도 하지 않는다.(샤파도 함께지만, 그는 경계를 바짝 세운 채 느릿느릿 걷고 있다.) 스틸의 회색 시선은 옆에서 있는 물체에 못 박혀 있다. 나쑨에게는 낯설지만 그녀의 어머니에게는 그렇지 않을 것이다. 바닥에서 솟아 있는 육각형 모양의 받침석. 중간에서 한 덩어리가 뭉텅 잘려 나간 것처럼 보이는 연수정 기둥. 상단 표면은 약간 비스듬하게 기울어 있다. 스틸의 손바닥이, 마치 나쑨에게 그것을 소개하듯 펼쳐져 있다. 너를 위해서.

그래서 나쑨은 받침석을 쳐다본다. 손을 내밀어 보지만 경사진 표면에 손가락이 닿기 직전, 기둥 가장자리에 뭔가 밝은 것이 불쑥 떠오르자 화들짝 놀라 손을 뒤로 물린다. 수정 위 허공에 붉은색 글씨가 떠오르고 그림과 상징 들이 나타난다. 그게 무슨 뜻인지는 몰라도, 나쑨은 불안감을 조성하는 색깔에 바짝 긴장한다. 스틸을 올려다보지만 그는 마치 이 장소가 존재한 이래 줄곧 여기 있었던 것처럼 미동도 없이 서 있다.

"뭐라고 적힌 거야?"

"지난번에 내가 말한 운송 수단이 지금은 작동하지 않는다는 내용이다." 스틸의 가슴통에서 소리가 울려 나온다. "먼저 동력을 공급하고 시스템을 재부팅해야 이 역을 사용할 수 있어."

"재…… 뭐?" 나쑨은 부츠와 고대 유적이 무슨 상관인지 고민해 보지만 이해할 수 없는 부분은 그냥 넘어가기로 한다. "동력을 어떻게 공급하는데?"

스틸이 돌연 아까와는 다른 자세로, 안쪽으로 이어지는 아치 길을 바라보며 서 있다.

"저 안에 들어가 뿌리에 동력을 주입해야 한다. 난 여기서 기다리고 있다가 동력이 충분히 충전되면 시동 시퀀스를 가동하지."

"뭐? 무슨 소리인지 난 전혀……."

회색자위 위 회색 눈동자가 나쑨을 향해 스륵 구른다.

"가 보면 뭘 해야 할지 알게 될 거다."

나쑨은 볼 안쪽을 잘근잘근 씹으며 입구를 바라본다. 저 안은 정말 어둡다.

샤파의 손이 나쑨의 어깨를 짚는다.

"당연히 나도 같이 가마."

당연히. 나쑨은 마른침을 삼키고 고개를 끄덕인다. 고마울 따름이다. 그런 다음 나쑨과 샤파는 어둠 속으로 걸어 들어간다.

어둠은 오래가지 않는다. 하얀 계단에서 그랬던 것처럼 그들이 앞으로 전진할 때마다 통로 양옆에서 작은 빛판이 반짝 켜진다. 조명은 침침하고, 세월의 흐름을 말해 주듯 바래서 혹은…… 지쳐서 노르스름하다. 왠지 모르지만 그게 나쑨의 머릿속에 떠오른 단어다. 발밑의 타일 모서리가 조명에 비쳐 가물가물 빛난다. 벽면에는 문과 벽감이 있는데, 한번은 뭔가 기묘한 것이 머리 위로 한 3미터쯤 돌출되어 있는 것을 발견한다. 그건 마치…… 둥근 덮개를 씌운 수레 침대처럼 생겼다. 바퀴도 멍에도 없지만…… 방금 내려온 계단과 똑같이 매끈한 재질로 만들어진 것 같고, 벽에 설치된 일종의 선로를 따라 이동하는 것 같다. 틀림없이 사람들을 운반할 목적으로 만들어진 것이다. 걸을 수 없거나 걷기 싫어하는 사람들을 위한 것일지도? 하지만 지금은 꼼짝도 하지 않고, 캄캄하고, 마지막 운전자가 버리고 간 뒤로 영원히 저 벽에 고정되어 있는 것 같다.

두 사람은 앞쪽에 이상한 푸르스름한 빛이 켜져 있는 것을 보고도 통로가 급격히 휘어지는 걸 예상하지 못한다. 이제 그들은 새로운 동굴에 와 있다. 아까보다 훨씬 작고 이상한 가루도 없다. 어쨌든 많지는 않다. 대신에 단단하고 거대한 검푸른 흑요석기둥이 우뚝 서 있다.

이 기둥은 어마어마하게 크고, 변칙적이고, 말도 안 된다. 나쑨은 입을 헤벌린 채 바닥과 천장, 그리고 그 너머까지 동굴을 거의 가득 메우고 있는 그것을 멍하니 바라본다. 이 기둥이 화산이 폭발하면서 분출한 용암이 순식간에 식어 굳어 만들어진 것이라는 데에는 의심의 여지가 없다. 그리고 어떻게 된 건지는 몰라도 방금 지나온 동굴을 덮고 있던 용암 지붕의 근원이라는 사실 또한 명백하다.

"이제야 알겠구나." 샤파가 말한다. 심지어 그조차도 이 장엄한 광경에 압도된 것 같다. "저길 보렴."

샤파가 아래쪽을 가리킨다. 덕분에 나쑨은 원근감과 거리, 크기를 가늠할 수 있는 기준점을 정립할 수 있게 되었다. 이 물체는 거대하다. 나쑨은 기둥의 아래쪽을 향해 층층이 동심 팔각형을 그리고 있는 다층구조를 볼 수 있다. 층은 전부 세 개다. 나쑨은 가장 외측에 있는 층이 건물단지라고 생각한다. 전부 심하게 손상됐고 반쯤 무너져 껍데기만 남았지만, 나쑨은 어째서 건너 동굴에 있는 건물은 전부 가루가 되었는데 이것들은 형태를 유지하고 있는지 보닐 수 있다. 동굴을 가득 메운 뜨거운 열기가 건물의 구성 물질 중 무언가를 변형시켜 더욱 단단하게 굳힌 것이다. 거센 물리적 충격도 상당한 손상을 입혔다. 건물들은 모두 똑같은 방향이 뜯겨져 나가 내부가 드러나 있다. 흑요석기둥을 마주한 쪽이다. 3층 건물로 보이는 것을 기준으로 짐작해 볼 때, 기둥은 생각만큼 멀리 떨어져 있지 않은 것 같다. 그저 나쑨이 처음 추측한 것보다 훨씬 커다랄 뿐이다. 어느 정도냐면…… 아.

"오벨리스크예요."

나쑨이 속삭인다. 나쑨은 지금 자신이 여기 있는 것만큼이나 분명하게 과거에 이곳에 무슨 일이 있었는지 짐작하고, 보닐 수 있다.

아주 오래전 여기, 이 동굴 바닥 어딘가에 오벨리스크가 기괴한 나무처럼 우뚝 서 있었다. 그리고 어느 시점엔가 박혀 있던 구멍에서 부상해 저 이상하고 거대한 도시 위에서 빛을 발하며 부유했고, 그러다 뭔가가 아주 많이, 크게 잘못된 것이다. 오벨리스크가…… 추락했다. 그것이 대지에 충돌한 순간 번져 나간 무시무시한 충격파의 메아리가 지금도 귀에 들리는 것 같다. 오벨리스크는 단순히 밑으로 떨어진 게 아니라 지상을 향해 돌진했고, 대지를 뚫고 아래로, 저 아래로, 그 핵에 응축되어 있던 은빛의 힘으로 회오리치며 추락했다. 나쑨은 오벨리스크가 지나간 길을 한 2킬로미터 정도밖에 더듬지 못했지만 그보다 훨씬 아래까지 떨어졌다고 짐작하지 못할 이유는 없다. 어디까지 갔을지는 나쑨도 알 수 없는 일이다.

그리고 그 결과, 저 땅속 가장 뜨거운 것이 녹아 있는 곳에서 말 그대로 대지불이 분수처럼 솟구쳐 도시를 묻어 버린 것이다.

나쑨은 주위를 두리번거려 보지만 어떻게 이 역이라는 곳에 동력을 공급할 수 있을지 모르겠다. 하지만 유리기둥 밑동 근처에 있는 푸른빛의 높고 뾰족한 송전탑에서 동굴을 밝히는 조명이 흘러나오고 있다는 사실을 발견한다. 세 개의 층 중에 가장 낮고, 가장 안쪽에 있는 것. 무언가가 그 빛을 생성하고 있다.

샤파도 같은 결론에 이른 모양이다.

"터널은 여기서 끝난다." 그가 푸른빛 송전탑과 기둥의 밑동을 가리키며 말한다. "저 거대한 것 밑으로 내려가는 것 말고는 더는 길이 없구나. 하지만 정말로 이런 짓을 한 자들과 똑같은 길을 밟고 싶은 거냐?"

나쑨은 아랫입술을 질끈 깨문다. 나쑨은 그러고 싶지 않다. 하지만 이곳은 아까 나쑨이 계단에서 보냈던 그 이상한 곳이다. 그 근원이 뭔지는 아직 모르겠지만, 그래도……

"스틸이 저 아래 뭐가 있는지 보라고 했어요."

"그가 원하는 일을 하고 싶은 게 확실하니, 나쑨?"

아니, 나쑨은 확신하지 못한다. 스틸은 믿을 수 없다. 그렇지만 나쑨은 이미 세상을 파괴하기로 결심했고, 스틸이 원하는 게 뭐든 그보다 더 나쁠 리는 없을 것이다. 그래서 나쑨은 고개를 끄덕인다. 샤파는 나쑨의 결심을 따르겠다는 듯이 고개를 슬쩍 숙이고는 아이에게 손을 내민다. 두 사람은 길을 따라, 송전탑을 향해 나란히 걸어간다.

층층의 단을 지나는 것은 묘지를 걷는 것과 비슷하다. 나쑨은 망자들에게 예의를 지키기 위해서라도 숨소리를 죽여야 할 것 같은 느낌을 받는다. 나쑨은 건물들 사이에 나 있는 탄화(炭化)된 길을, 한때 식물이 자라고 있었을 액화유리로 뒤덮인 고랑과 지금처럼 반쯤 녹지 않았더라도 그 용도를 짐작하지 못했을 기이한 기둥과 구조물을 알아볼 수 있다. 나쑨은 그 기둥이 말을 매어 놓는 것이고 이상한 모양의 틀은 무두장이들이 가죽을 말릴 때 널어 놓는 것이라고 제멋대로 결론 내린다. 하지만 낯선 물체에 익숙한 개념을 덧씌우는 건 쉬운 일이 아니다. 이 도시에는 평범한 것이라곤 하나도 없기 때문에. 여기 살았던 사람들이 뭔가를 타고 다녔다면 그건 말이 아니었을 것이다. 도자기나 연장을 만들었더라도 진흙이나 흑요석을 사용하지 않았을 것이며, 그런 도구를 만든 장인들도 단순한 쇄공인이 아니었을 것이다. 이들은 오벨리스크를 건설한 자들이고, 결국 그에 대한 통제력을 잃고 말았다. 그들이 살던 거리가 어떤 경이롭고 공포스러운 물건들로 채워져 있었을지는 누구도 알 수 없는 일이다.

나쑨은 불안한 마음에 사파이어를 향해 의식을 뻗는다. 수 톤의

냉각된 용암과 부식되고 석화된 도시를 뚫고 저 밖에 자신의 힘이 미칠 수 있다는 사실을 확인하고 안심하기 위해서. 나쑨은 여기서도 지상에서처럼 손쉽게 사파이어에 접속할 수 있고, 그것은 아이에게 안도감을 준다. 사파이어가 나쑨을 (오벨리스크가 할 수 있는 한) 부드럽게 잡아끌자, 나쑨은 순식간에 수면처럼 아른거리는 푸른 빛 속으로 빨려 들어간다. 이제 나쑨은 오벨리스크에 잠기는 것이 두렵지 않다. 인간이 무생물을 신뢰할 수 있는 최대한으로 나쑨은 사파이어 오벨리스크를 신뢰한다. 어쨌든 그녀에게 코어포인트에 대해 알려 준 것도 사파이어니까. 그리고 지금, 나쑨은 그 촘촘히 짜여 빛나는 격자 구조의 간극(間隙) 속에서 또 다른 메시지를 감지한다…….

"앞에." 나쑨은 퍼뜩, 자신도 모르게 말한다.

샤파가 발을 멈추고 그녀를 돌아본다.

"뭐라고 했니?"

나쑨은 고개를 세차게 도리질치며 푸른빛에서 빠져나와 자신의 몸으로 돌아온다.

"그…… 동력을 공급해야 하는 곳이요. 스틸이 말한 대로 저 앞에 있어요. 선로를 지나서요."

"선로?"

샤파가 고개를 돌려 그들이 걷고 있는 내리막길을 쳐다본다. 그들의 앞에는 두 번째 층이 있다. 매끈하고 단조로운, 돌이 아닌 평평한 하얀 물질. 오벨리스크를 건설한 사람들이 남긴 가장 오래되고 가장 온전한 유적들은 전부 이걸로 만들어진 것 같다.

"사파이어가…… 이곳을 알아요." 나쑨은 샤파에게 설명해 보려 하지만 둔치에게 조산술을 설명하는 것만큼이나 어설프다. "여기가 아니라 이곳과 비슷한 다른……."

나쑨은 다시 사파이어에 의식을 뻗어 무언(無言)의 설명을 요청하고, 이미지와 감각, 생각의 푸른 깜박임에 압도되다시피 한다. 갑자기 나쑨의 시점이 바뀐다. 나쑨은 지금 세 개의 층단 한가운데 서 있다. 동굴 안이 아니라 푸른 지평선을 마주한다. 포근한 구름이 소용돌이치며 서로 다투다 사라지고 또다시 태어난다. 주위는 바쁘고 분주하다. 모든 게 빠르고 흐릿한 움직임으로밖에 느껴지지 않고, 그나마 잠시 멈추는 듯하여 나쑨이 언뜻 구분할 수 있는 것도 말도 안 되는 것들뿐이다. 터널에서 봤던 이상한 탈것이 건물의 사면을 타고 색색의 불이 켜진 길을 따라 미끄러진다. 건물은 초록색 식물과 덩굴, 잔디 지붕에 덮여 있고, 벽과 기둥에는 꽃들이 휘감겨 있다. 사람들. 수백 명의 사람들이 건물 안팎을 들락거리고 잔상을 남기며 휙휙 빠른 움직임으로 거리를 오간다. 얼굴은 보이지 않지만 나쑨의 시야에 샤파처럼 길고 검은 머리카락과 덩굴을 모티프 삼아 우아하게 휘어 있는 귀고리, 발목 근처에서 흩날리는 드레스와 화려하게 색칠된 장식물이 반짝이는 손가락이 스쳐 지나간다.

그리고 모든 곳에, 이 모든 곳에, 모든 열기와 움직임의 이면에, 은빛이 있다. 오벨리스크를 구성하는 물질. 거미줄처럼 넓고 복잡한 패턴으로 퍼져 흐르고 있다. 가느다란 시내가 아니라 강이 되어 흐른다. 고개를 숙여 아래를 내려다본 순간, 나쑨은 물웅덩이처럼 고여 있는 은빛이 자신의 발을 흠뻑 적시고 있다는 것을 알……

지금으로 돌아온 나쑨의 몸이 휘청인다. 샤파의 손이 황급히 아이가 쓰러지지 않게 어깨를 붙잡는다.

"나쑨."

"괜찮아요."

정말로 괜찮은지는 잘 모르겠지만 그래도 그렇게 말한다. 샤파를 걱정시키고 싶지도 않고, 잠깐 동안 오벨리스크가 됐던 거 같아요라고 말하는 것보다 더 쉽기 때문이다.

샤파가 나쑨의 어깨를 잡은 채 아이와 눈높이를 맞추며 무릎을 굽혀 앉는다. 걱정스러운 표정이 피곤에 찌든 주름살과 심란한 심경, 그리고 점점 강도를 더해 가고 있는 저항의 징후를 가리는 데 거의, 거의 성공할 뻔한다. 지하로 내려오고부터 샤파의 고통이 더욱 극심해지고 있다. 샤파는 아무 말도 하지 않고 왜 통증이 더 심해지는지도 모르겠지만, 어쨌든 나쑨은 알 수 있다.

하지만.

"오벨리스크를 믿지 말렴, 아이야." 샤파가 말하면 그 말도 이상하거나 틀린 것 같지 않다. 나쑨이 충동적으로 두 팔을 벌려 샤파를 힘껏 껴안자 샤파가 나쑨을 마주 안으며 아이의 등을 다정하게 쓸어 준다. "우리는 몇 명이 성장하도록 내버려 뒀단다." 샤파가 나쑨의 귀에 대고 속삭인다. 나쑨은 눈을 깜박인다. 언젠가 위험하고 가엾은 니다도 같은 말을 했다. "펄크럼에서 말이다. 내가 그걸 기억하는 건 그게 중요하기 때문이겠지. 아홉 반지나 열 반지에 이른 아이들…… 그 아이들은 항상 오벨리스크를 느낄 수 있었고 오벨리스크도 그 애들을 느낄 수 있었단다. 그리고 항상 그런 아이들을 끌어당겼지. 그것들은 뭔가 결핍되고 불완전해서, 오로진이 그걸 채워 줄 수 있길 바랐거든. 하지만 오벨리스크는 늘 그 아이들을 죽였단다, 나의 나쑨."

샤파가 나쑨의 머리카락에 뺨을 지그시 대고 누른다. 나쑨은 제키티를 떠난 뒤로 씻은 적이 없어서 엄청 더럽고 지저분할 텐데. 하지만 샤파의 말은 그런 사소한 생각들을 흐트러뜨린다.

"오벨리스크는…… 나는 기억한다. 그것들은 너를 바꾸고, 가능하다면 너를 새로 짜 맞출 거다. 그게 바로 삭아빠질 스톤이터들이 바라는 거지."

샤파의 팔에 힘이 들어간다. 마치 그가 예전에 얼마나 힘이 셌는지 알려 주는 것처럼. 그 팔에 안겨 있는 건 세상에서 가장 기분 좋은 일이다. 이 순간 나쑨은 샤파가 어떤 일에도 결코 흔들리지 않을 것이며 나쑨이 원할 때는 반드시 그녀의 곁에 있을 것임을, 어떤 일이 있어도 절대 나약하고 그르치기 쉬운 인간으로 전락하지 않을 것임을 안다. 나쑨은 그런 샤파의 강인함을 제 목숨보다도 더 깊이 사랑한다.

"네, 샤파." 나쑨은 약속한다. "조심할게요. 절대로 지지 않을게요."

그에게. 나쑨은 속으로 생각하고, 샤파도 같은 생각을 하고 있다는 걸 안다. 나쑨은 스틸이 이기게 하지 않을 것이다. 적어도 그녀가 원하는 것을 먼저 이루지 않는 한.

그렇게 그들은 굳게 다짐한다. 나쑨이 팔을 풀고 물러서자 샤파가 고개를 끄덕이고 다리를 펴고 일어난다. 두 사람은 다시 앞으로 나아가기 시작한다.

층 구조의 가장 안쪽 단에는 흑요석 유리기둥의 푸르고 음울한 그림자가 드리워져 있다. 송전탑은 멀리서 봤을 때보다도 더 크고 높다. 샤파의 키보다 두 배는 높고, 폭은 서너 배나 넓은데 나쓴과 샤파가 접근하자 귀에 들릴 만큼 희미하게 웅웅거리는 진동이 느껴진다. 송전탑은 한때 오벨리스크가 세워져 있었을 구역 주변에 원형으로 둘러 배열되어 있는데, 마치 두 개의 외측 층을 보호하기 위한 완충지대 같은 느낌이다. 마치 저 바깥쪽에 있는 생명들이 부산하게 움직이는 도시와…… 이것을 분리하기 위한 울타리처럼.

이것. 처음에 나쓴은 이것이 가시나무 덤불이라고 생각한다. 복잡하게 엉킨 가시덤불이 지면과 송전탑의 내측 표면을 온통 뒤덮고 있고, 나아가 송전탑과 송전탑 사이와 유리기둥 사이 공간을 빽빽하게 메우고 있다. 하지만 이내 나쓴은 그게 가시나무 덤불이 아니라는 것을 깨닫는다. 이파리가 없다. 가시도 없다. 그저 밧줄처럼 구불구불 휘고 비틀리고 옹이 진, 나무처럼 보이지만 곰팡이 냄새가 나는 무언가일 뿐이다.

"이상하게 생겼구나. 살아 있는 건가?"

"어, 어쩌면 아닐지도요?"

비록 썩어 가루로 바스라지지 않고 아직 식물의 형태를 유지하고 있긴 해도, 이건 죽은 것 같다. 나쓴은 여기가 마음에 들지 않는다. 이 보기 흉한 덩굴과 유리기둥의 어두운 그림자가 불편하다. 혹시 저 송전탑은 이 흉측하고 기괴한 덩굴을 도시의 다른 쪽에서 보이지 않게 하기 위한 걸까?

"그리고 어, 어쩌면…… 다른 게 다 없어진 뒤에 자란 걸 수도 있고요."

하지만 나쑨은 옆에서 뒹구는 덩굴가지에서 뭔가 새로운 것을 발견하고 두 눈을 깜박인다. 그건 주변의 다른 가닥들과 다르다. 다른 것들은 죽은 게 분명하고, 시들어 검게 말라 빠지고 부러져 있지만, 이건 살아 있는 것 같다. 겉보기에는 엉망진창에 군데군데 마디가 져 있고, 나무를 닮은 표면은 오래 묵어 거칠지만 온전하게 남아 있다. 그 아래 바닥에는 여러 가지 파편과 잔해가 어지럽게 널려 있다. 희끄무레한 덩어리들과 먼지, 버석하게 삭은 천 쪼가리, 그리고 닳아 해지고 썩은 긴 밧줄 도막까지.

거대한 유리기둥이 있는 이 동굴에 들어온 뒤로, 나쑨은 지금껏 저항해 왔다. 알고 싶지 않았으니까. 하지만 지금, 나쑨은 눈을 감고 은빛 실을 찾아 덩굴 속을 뒤진다.

처음엔 어렵다. 이 덩굴의 세포들은(왜냐하면 이건 살아 있으니까. 식물보단 곰팡이에 가깝고 활동 구조가 이상하게 인공적이고 기계적이긴 해도.) 서로 너무 가까이 밀착되어 있어 나쑨은 여기서 은빛을 발견할 것이라곤 크게 기대하지 않는다. 이건 사람의 몸보다 밀도가 훨씬 높고 구조도 실제로 결정체에 가깝다. 세포들이 세밀하고 질서정연하게 나란히 배열되어 있는데, 나쑨은 이제껏 살아 있는 것에서는 이런 구조를 본 적이 없다.

덩굴의 구성 물질 사이의 간극을 살펴본 나쑨은 그 안에 은빛이 없다고 확신할 수 있다. 하지만 대신에…… 그걸 뭐라고 표현해야 할지 모르겠다. 공백? 은빛이 있어야 하지만 없는 곳. 은빛으로 채울 수 있는 공간. 나쑨은 그 이상한 공간을 살펴보는 데 열중한 나머지 그것이 자신의 의식을 점점 더 강하게 끌어당기고 있다는 사실을 나중에야 퍼뜩 알아차리고는, 그러고는…… 숨을 들이켜며 황급히 정신을 물린다.

뭘 해야 할지 알게 될 거야. 스틸은 말했다. 모를 수가 없을 거다.

옆에서 허리를 숙이고 밧줄 도막을 살펴보던 샤파가 미간을 찌푸리며 나쑨을 쳐다본다.

"왜 그러니?"

나쑨은 그를 물끄러미 올려다본다. 자신이 해야 할 일을 설명할 단어가 없다. 그런 언어는 존재하지 않는다. 하지만 나쑨은 무엇을 해야 할지 안다. 아이는 살아 있는 덩굴 앞으로 한 발짝 다가선다.

"나쑨."

불안감이 깃든 날선 음성의 경고.

"내가 해야 할 일이에요."

아이는 벌써 두 손을 들어 올리고 있다. 이곳이 바로 바깥쪽 동굴에서 은빛 줄기가 향하던 곳이다. 이제 나쑨은 안다. 이 덩굴이 모든 것을 집어삼키고 있었다. 왜? 나쑨은 그 이유도 안다. 아주아주 오래전에 그녀의 육신 깊숙이 각인된 설계도에 따라.

"어, 그러니까 시스템에 동력을 공급해야 해요."

그러고 나서 나쑨은 샤파가 미처 말리기도 전에 두 손으로 덩굴을 붙잡는다.

아프지는 않다. 그게 문제다. 온몸을 타고 흐르는 이 느낌은 사실 편안하기조차 하다. 기분이 좋다. 만약 나쑨이 은빛을 인지할 수 없었다면, 덩굴이 나쑨의 세포 사이 공간에서 은빛을 한 방울도 남김 없이 쪽쪽 빨아들이는 것을 볼 수 없었다면, 아이는 아마도 이 덩굴이 자기에게 좋은 일을 한다고 생각했을지도 모른다. 하지만 이것은, 그렇게 나쑨을 죽일 것이다.

그러나 나쑨은 자신의 몸 안에 있는 것보다 더 많은 은빛을 사용할 수 있다. 몸이 점점 나른하고 무기력해지는 것을 느끼며 나쑨은 사파이어를 향해 의식을 뻗고…… 그 즉시 사파이어가 응답한다.

증폭기. 나쑨이 태어나기 훨씬 전에 알라배스터는 오벨리스크를 그렇게 불렀다. 너는 오벨리스크를 배터리에 비유하며, 언젠가 이카에게도 그렇게 설명했다.

나쑨은 오벨리스크를 엔진으로 인식한다. 아이는 엔진을 본 적이 있다. 티리모에서 지력과 수력 공급을 제어하는 단순한 펌프와 터빈, 또 가끔은 양곡기처럼 더 복잡한 것도 본 적이 있다. 나쑨이 엔진에 대해 아는 지식이라고는 새끼손톱만큼도 되지 않지만 열 살짜리 어린애도 분명히 이해하는 것이 있다. 엔진을 작동시키려면 연료가 필요하다.

그래서 나쑨은 푸른빛과 함께 흐르고, 사파이어의 힘이 그녀를 통해 흐른다. 나쑨의 손에 잡힌 덩굴이 갑작스럽게 쏟아져 들어오는 막대한 힘에 깜짝 놀라 헐떡거리는 것 같다. 물론 나쑨의 상상에 불과하지만, 그래도 장담할 수 있다. 나쑨의 손안에서 살아 있는 덩굴이 진동하기 시작한다. 비어 있던 너른 공간이 은빛 망으로 가득 채워지면서, 눈부신 흐름이 요동치기 시작한다. 그러고는 흐름의 방향이 바뀌어 어딘가 다른 곳으로……

동굴 가득 딸깍 하는 소리가 커다랗게 울려 퍼진다. 한 번 더, 이번에는 조금 약하게, 그러더니 하나둘, 소리가 점차 규칙적으로 늘어나며 나지막한 웅웅 소리가 번져 나간다. 푸른색 송전탑이 갑자기 하얗게 빛나면서 동굴 전체에 불이 들어온 것처럼 급격히 밝아지고, 그들이 걸어온 모자이크 터널에서 침침한 노란색을 내던 조명도 환한 흰색으로 타오르기 시작한다. 사파이어에 의식을 맡기고 있던 나쑨마저 놀라 몸을 움찔거린다. 숨을 한번 들이마시기도 전에 샤파가 황급히 나쑨을 덩굴에서 떼어 낸다. 아이를 붙들어 안은 손이 덜덜 떨리고 있지만 그는 아무 말도 하지 않는다. 나쑨이 샤파의 품 안에 풀썩 기대자 그가 얼마나 안도하는지 피부로 느껴질 정도다. 나쑨은 갑자기 온몸에 진이 빠지는 것을 느끼며 샤파의 팔에 의지해 간신히 몸을 지탱한다.

뭔가 선로를 타고 이쪽으로 접근하고 있다.

그것은 유령처럼 흐릿하고, 마치 딱정벌레처럼 보는 각도에 따라 색이 변하는 녹색을 띠고 있으며, 우아하고 날렵하다. 유리기둥 뒤편 어디선가 느닷없이 나타나 이쪽으로 달려오는데 그 기척이 느껴지지 않을 만큼 조용하다. 나쑨의 눈에 비친 그것은 괴상하고 비현실적이다. 전체적으로 물방울 같은 모양인데, 좁고 뾰족한 앞쪽은 비대칭적이고, 끝부분이 마치 까마귀 부리처럼 높고 둥글게 굽어 있다. 집채처럼 거대하지만 지탱하는 것 하나 없이 선로 위 십수 센티미터쯤 허공에 둥둥 떠서 움직이고 있다. 몸통을 구성하는 재질은 또 어떠한가. 나쑨은 저게 뭔지 도저히 짐작도 가지 않는다. 하지만 저건…… 꼭 피부처럼 생겼는걸? 그렇다. 가까이 다가가 본 나쑨은 물체의 표면에 잘 손질된 두툼한 가죽처럼 미세한 주름이 져 있는 것을 발견한다. 곳곳에 주먹 크기의 이상하고 울퉁불퉁한 혹 같은 게 나 있는데, 얼핏 보기엔 아무 의미도 쓸모도 없는 것 같다.

그것의 몸통 전체가 갑자기 흐릿해지더니 깜박거린다. 선명해졌다가 투명해졌다가 다시 선명해진다. 마치 오벨리스크처럼.

"잘했다."

갑작스럽게, 옆에서 스틸의 목소리가 들린다.

녹초가 된 나쑨은 몸을 움찔거릴 기운조차 없다. 나쑨의 어깨를 붙잡고 있는 샤파의 손에 반사적으로 힘이 들어갔다가 이내 긴장이 풀린다. 스틸은 두 사람을 똑같이 무시한다. 마치 예술가가 청중 앞에서 최신 작품을 자랑스럽게 소개하듯이, 스톤이터의 손이 천천히 공중으로 올라가더니 허공에 떠 있는 저 이상한 것을 가리킨다. 스틸이 말한다.

"동력을 과다공급해서 여유분이 보다시피 조명과, 환경제어 같은 다른 시스템으로 전환된 거다. 아무 쓸모도 없지만 그렇다고 해가 되지도 않지. 어차피 나중에 다시 충전하지 않으면 몇 달 후에 전부 닳아 버릴 테고."

샤파의 목소리는 부드러우면서도 냉랭하다.

"나쑨이 죽을 수도 있었어."

스틸은 여전히 얼굴에 미소를 띠고 있다. 나쑨은 스틸의 그런 표정이 수호자가 평소에 짓는 미소를 조롱하는 게 아닌지 의심스럽다.

"그래, 오벨리스크를 사용하지 않았다면 그랬겠지." 스틸의 음성에는 조금도 미안해하는 구석이 없다. "시스템을 충전하는 자들은 대개 죽음을 맞이하지. 마법을 순환시키는 오로진은 살 수 있지만…… 외부에서 힘을 끌어올 수 있는 수호자도 마찬가지고."

마법? 혼란스러운 와중에도, 나쑨은 생각한다.

샤파의 몸이 일순 경직된다. 나쑨은 샤파가 왜 이렇게 발끈하는지 의아해하지만, 이내 깨닫는다. 평범한 수호자, 오염되지 않은 수호자는 대지에서 은빛을 끌어내 덩굴에 주입할 수 있다. 아마 움버와 니다도 할 수 있었을 것이다. 물론 아버지 대지에게 도움이 될 때나 그러겠지만. 하지만 샤파는 머리에 코어스톤이 삽입돼 있는데도 대지의 은빛에 의존할 수 없고, 원한다고 은빛을 끌어올 수도 없다. 나쑨이 덩굴에 동력을 주입하다 위험에 빠진다면 그건 다 샤파가 무능력하기 때문이다. 아니면 적어도 샤파가 무능력하기 때문이라고, 지금 스틸이 넌지시 암시하고 있는 것이다. 나쑨은 미심쩍은 눈길로 스틸을 노려보다가 샤파에게 고개를 돌린다. 아이는 벌써 원기를 어느 정도 회복했다.

"자신 있었어요."

샤파는 아직도 이글거리는 눈으로 스틸을 쏘아보고 있다. 나쑨은 샤파의 셔츠를 움켜쥐어 그가 자신을 쳐다보게 만든다. 흠칫 놀란 샤파가 눈을 깜박이며 나쑨을 바라본다.

"자신 있었어요. 나 혼자서도 할 수 있다는 걸 알았으니까요! 그리고 샤파가 하려고 했더라도 내가 허락 안 했을 거예요. 왜냐하면 이건 다 내 탓……."

나쑨이 말을 흐린다. 목구멍이 뜨거워지면서 눈물이 왈칵 치밀어 오른다. 긴장이 풀려서, 그리고 조금은 지쳐서 그러는 것일 테다. 하지만 가장 큰 이유는 나쑨의 내면에 웅크려 있던 죄책감이 지난 수개월 간 점점 크게 자라났고, 이제는 너무 지치고 힘든 나머지 더는 가둬 놓을 수가 없기 때문이다. 샤파가 모든 것을 잃은 건 전부 다 나쑨의 잘못이다. 찾은달, 샤파가 아끼고 보살피던 아이들, 동료 수호자들과의 우정, 그리고 코어스톤이 그에게 주던 힘, 심지어 평화로운 수면까지도. 샤파가 이 먼지투성이의 죽은 도시까지 온 것, 그들이 산제, 아니 어쩌면 고요 대륙 자체보다 더 오래된 기계에 몸을 맡기고 불가능한 장소에 가서 불가능한 일을 하려는 것도 전부 다 나쑨 때문이다.

샤파는 이 모든 것을 평생 아이들을 돌보며 쌓은 능력을 통해 순식간에 간파한다. 찌푸린 표정이 사라지고, 그는 고개를 저으며 쪼그려 앉아 나쑨과 눈을 맞춘다.

"아니야. 네 잘못은 아무것도 없단다, 나의 나쑨. 내가 어떤 대가를 치렀고 앞으로 어떤 대가를 치르게 되든, 항상 명심하렴. 나는…… 나는……."

샤파의 표정이 흔들린다. 나쑨에게 그가 아직도 건재하고 얼마나 강인한지 확신시키려는 지금 이 순간마저도, 끔찍하고 일그러진 혼돈이 그의 존재를 지워 없애버리겠다고 위협하고 있다. 나쑨은 숨을 들이켜며 샤파의 은빛에 집중한다. 다시 눈을 뜬 코어스톤이 깜박깜박 샤파의 신경과 뇌를 거미줄처럼 구석구석 헤집으며 어서 굴복하라고 강요하는 모습을 보고 이를 으드득 간다.

아니야. 나쑨은 분노가 솟구치는 것을 느끼며 생각한다. 샤파의 어깨를 붙들고 앞뒤로 세차게 흔든다. 워낙 몸집이 큰 어른이라 나쑨의 힘과 체중을 전부 동원해야 하지만 잠시 후 샤파의 두 눈이 깜박거리더니 눈동자에 초점이 돌아온다.

"샤파는 샤파예요. 샤파라고요! 그리고 샤파는…… 샤파가 되기로 선택했어요." 그건 중요하다. 이 세상은 그들이 선택권을 갖는 것을 원치 않기에. "샤파는 이제 내 수호자가 아니에요. 샤파는……." 이제야, 나쑨은 용기를 내어 큰 소리로 외친다. "샤파는 내 새로운 아빠예요. 알아들어요? 그건…… 그건 우리가 한 가족이라는 뜻이에요. 그러니까…… 그러니까 우리는 힘을 합쳐야 해요. 그게 가족이니까요. 그렇죠? 그러니까 가끔은 내가 샤파를 돕게 해 줘요."

샤파가 멍하니 나쑨을 쳐다보다 한숨을 내쉬며 몸을 기울여 아이의 이마에 입을 맞춘다. 입술을 떼지 않고 한참 동안 그대로, 나쑨의 머리카락에 코를 누른 채 움직이지 않는다. 나쑨은 울음을 터트리지 않으려고 안간힘을 써야 한다. 마침내 샤파가 입을 열었을 때에는 그의 얼굴을 뒤덮고 있던 참담한 혼란이 사라지고 눈가의 고통스러운 주름도 자취를 감춘다.

"그래, 알겠다. 가끔은 너도 나를 보호해도 된다."

그렇게 결정된다. 나쑨은 코를 훌쩍이며 소맷자락으로 코를 쓱 문질러 닦고는 몸을 돌려 스틸을 노려본다. 스틸은 꿈쩍도 하지 않고 두 사람을 지켜보고 있다. 나쑨은 샤파에게서 몸을 떼어 내 스틸에게 다가가, 그의 코앞에서 발을 멈춘다. 스틸의 눈동자가 그녀의 움직임을 따라 천천히 구른다.

"다시는 그런 짓 하지 마."

나쑨은 스틸이 평소처럼 내려다보는 말투로 대꾸할 거라고 생각한다. 뭘? 하지만 대신에 그는 이렇게 말한다.

"그를 데려가는 건 실수하는 거야."

온몸이 싸늘해졌다가, 뒤이어 뜨거운 분노가 엄습한다. 이건 협박일까? 아니면 경고? 어느 쪽이든 나쑨은 마음에 들지 않는다. 턱에 얼마나 세게 힘을 주고 있는지 다시 입을 열었을 때 하마터면 혀를 씹을 뻔한다.

"상관없어."

침묵이 돌아온다. 저건 항복의 표시일까? 아니면 동의? 그게 아니면 말다툼을 하기 싫다는 뜻? 나쑨은 모른다. 스틸에게 고래고래 악을 쓰고 싶다. 다시는 샤파의 마음을 상하게 하지 않겠다고 빨리 약속하란 말이야! 어른에게 고함을 지르는 건 나쁜 행동이겠지만, 나쑨은 지난 1년 반 동안 어른도 똑같은 사람이며 때로는 그들도 틀렸고 또 때로는 누군가 그들에게 소리를 질러야 한다는 걸 알게 되었다.

하지만 나쑨은 너무나도 피곤하고, 그래서 몸을 돌려 샤파의 손을 잡고는 스틸을 노려본다. 할 말이 있으면 어디 해 보라는 듯이. 하지만 스틸은 아무 말도 하지 않는다. 그래, 좋아.

그때 거대한 녹색 물체가 물결치듯 출렁이고, 세 명은 몸을 돌려 그것을 마주한다. 뭔가가……. 나쑨은 혐오감에, 그리고 동시에 강한 흥미를 느끼며 몸을 떤다. 그것의 표면을 덮고 있는 수많은 혹에서 뭔가가 자라나고 있다. 길이는 1미터가 넘고, 가늘고, 깃털처럼 생겼는데 끝으로 갈수록 가늘어진다. 수십 개의 하늘하늘한 깃털이 팔랑거리며 존재하지 않는 산들바람을 타고 부드럽게 흔들린다. 저건 섬모(纖毛)야. 나쑨은 문득 옛날 보유학교 생물하학 책에서 본 오래된 그림을 떠올린다. 그래, 당연하지. 식물로 건물을 만든 사람들이 미생물처럼 생긴 걸로 탈것을 만들지 말란 법도 없잖아?

몸통의 한쪽 측면에 일부 깃털들이 무리지어 모여들더니 주변의 다른 것들보다 더 빠른 속도로 깜박인다. 그러고는 위로 또르륵 말려 올라가 자개처럼 무지갯빛으로 반짝이는 표면에 납작하게 달라붙자 그 밑에 네모난 출입문이 드러난다. 나쑨은 문 안쪽에 온화한 조명과, 놀랍게도 편안해 보이는 의자가 줄지어 있는 것을 발견한다. 그들은 이 멋들어진 탈것을 타고 세상 반대편으로 가게 될 것이다.

나쑨이 샤파를 올려다본다. 샤파가 입매를 경직시키며 나쑨에게 고개를 끄덕인다. 나쑨은 스틸에게는 눈길 주지 않는다. 그는 움직일 기미가 전혀 없이, 있던 자리에 변함없이 서 있을 뿐이다.

두 사람이 차량에 올라타자 등 뒤에서 깃털들이 스르르 움직여 다시 문을 닫는다. 의자에 앉자 거대한 탈것이 낮은 진동음을 내뱉으며 드디어 움직이기 시작한다.

낙진이 날리기 시작하면 부(富)는 아무 쓸모도 없다.

— 두 번째 석판, 「구조」, 제10절

참으로 근사한 집이다. 아담하지만 우아하고, 아름다운 가구들로 채워져 있다. 우리는 아치와 책장, 나무로 만든 난간 기둥을 한참 쳐다본다. 섬유소 벽에는 식물이 몇 개 없어 공기가 건조하고 약간 퀴퀴한 냄새가 난다. 꼭 박물관 같은 느낌이다. 우리는 집 앞쪽에 있는 큰 방에 한데 뭉쳐 주변 물건에 함부로 손을 대지도 못하고 어떻게 행동해야 할지도 몰라 쭈뼛거린다.

"여기 살아?" 다른 이들 중 누군가 켈렌리에게 묻는다.

"가끔은." 그녀가 대답한다. 표정을 읽을 수는 없지만 그녀의 목소리에 배어 있는 무언가가 나를 불안하게 한다. "따라오렴."

켈렌리는 우리를 데리고 집 안 깊숙이 들어간다. 놀라울 정도로 편안한 집이다. 어디든 푹신푹신해서 앉을 수 있다. 바닥도 마찬가지다. 가장 충격적인 건 하얀색이 전혀 없다는 것이다. 벽은 초록색이고, 어떤 곳은 선명한 진홍색이다. 옆방에는 푸른색과 금색 천에 덮인 침대가 대조적인 색채를 뽐내고 있다. 어떤 것도 딱딱하지 않고, 어떤 것도 삭막하지 않다. 나는 이제까지 내가 사는 방이 감방 같다고 생각해 본 적이 없었는데, 지금은 생전 처음으로 그런 생각이 든다.

나는 이날 새로운 생각을 아주 많이 했다. 특히 이 집으로 오는 길에 그랬다. 우리는 계속 걸었다. 평소와 달리 익숙치 않은 쓰임새로 사용된 발은 욱신거렸고, 주변 사람들은 하루 종일 우리를 뚫어져라 쳐다보았다. 어떤 사람들은 쑥덕거렸다. 누군가 지나가면서 손을 내밀어 내 머리를 만졌고, 내가 깜짝 놀라 머리를 피하자 낄낄거렸다. 한번은 어떤 사내가 우리를 뒤쫓아 오기도 했다. 나이가 지긋하고 우리와 비슷할 정도로 옅은 회색 머리를 짧게 쳤는데, 불같이 성을 내면서 우리에게 뭐라고 고함을 질렀다. 몇몇 단어는 처음 듣는 것이었다.(“니스 잡종”, “뱀혓바닥” 같은 것들.) 어떤 것은 아는 단어인데도 무슨 뜻인지 이해할 수가 없었다.(“실수”라든가 “너희 같은 것들은 전부 쓸어버려야 해.” 하지만 그건 말이 안 된다. 우리는 매우 계획적으로 신중하게 제작되었기 때문이다.) 사내는 우리가 거짓말쟁이라고 했지만 우리는 그에게 말을 건 적이 없고, 또 그는 우리가 사라진 척했다고 비난했다.(어디로?) 남자는 그의 부모와 부모의 부모들이 진짜로 끔찍한 게 뭔지 가르쳐 줬는데 우리 같은 괴물은 선량한 사람들의 적이며 우리가 아무도 해치지 못하게 막을 것이라고도 말했다.

그러더니 가까이 다가와서 커다란 주먹을 치켜들었다. 우리는 너무 당황한 나머지 위험에 처했다는 것도 모른 채 말똥말똥 쳐다보기만 했는데, 결국 눈에 띄지 않게 따라다니기로 했던 경호원들이 모습을 드러내기로 결심하고는 사내를 건물 벽감으로 끌고 들어가 붙잡고 있었고, 그는 그러는 동안에도 계속 소리를 지르며 우리에게 달려들려 했다. 켈렌리는 그 와중에도 눈 하나 깜짝하지 않고 태연하게 걸었다. 고개를 높이 쳐들고, 사내에게는 눈길 하나 주지 않은 채. 그래서 우리도 켈렌리와 똑같이 했다. 그것 말고는 뭘 어떻게 해야 할지 알 수가 없었기 때문이다. 얼마 지나자 사내는 우리 뒤로 멀어져 갔고 그의 고함 소리도 도시의 소음 속에 묻혀 버렸다.

나중에 게이와가 약간 떨면서 화를 내던 그 남자는 대체 뭐가 문제냐고 켈렌리에게 물었을 때, 켈렌리는 나직하게 웃더니 대답했다.

"실 아나기스트인이라는 거지."

게이와는 그녀의 대답을 이해할 수 없어 혼란 속으로 침강했고, 우리는 우리도 무슨 뜻인지 모르겠다는 재빠른 파동을 내보내 게이와를 안심시켰다. 그건 게이와의 잘못이 아니다.

우리는 사람들 사이를 지나며 이것이 실 아나기스트의 평범한 일상이라고 이해했다. 평범한 거리를 오가는 평범한 사람들. 우리가 눈살을 찌푸리거나 뻣뻣하게 긴장하거나 흠칫 놀라 물러서게 되는 평범한 손길들. 평범한 가구로 채워진 평범한 집. 외면하거나 찡그리거나 휘둥그런 눈으로 쳐다보는 평범한 시선. 그 모든 평범함 속에서, 이 도시는 우리가 얼마나 평범하지 않은지를 통감하게 해 준다. 지금까지 나는 우리가 생물마학자들에 의해 제작되고 유전자 조작을 거쳤다는 사실을, 영양액 속에서 배양되어 더는 양육할 필요 없이 완전히 자란 형태의 그릇에 담겨졌다는 사실을 전혀 개의치 않았다. 나는…… 적어도 지금까지는 나라는 존재가 자랑스러웠다. 나는 만족하고 있었다. 그렇지만 이제 나는 평범하고 정상적인 사람들이 우리를 보는 눈길을 목도했고, 가슴이 찢어질 듯 아프다. 왜 그런 걸까.

어쩌면 너무 많이 걸어서 어딘가 손상된 것일지도 모른다.

켈렌리는 우리를 이 예쁜 집 안으로 데려간다. 하지만 우리는 현관을 지나쳐, 집 뒤편에 꽃과 풀이 무성하게 자라고 있는 정원에 와 있다. 계단 아래도 흙길 주위도, 눈길 닿는 곳은 전부 화단이고, 향기가 우리를 매혹한다. 이곳의 꽃들은 연구단지에 피어 있는 것처럼 정교한 유전자 조작을 통해 재배한, 색색으로 깜박이는 꽃들이 아니다. 사람의 손을 타지도 않았고, 어쩌면 열등하다고 해야 할지도 모르겠다. 줄기는 지나치게 길거나 짧고, 꽃잎은 완벽함과 거리가 멀다. 하지만 그런데도…… 나는 이 꽃들이 마음에 든다. 오솔길에 덮인 이끼류가 더 가까이 와 살펴보라고 손짓한다. 우리는 부산한 파동으로 소곤거리며 쪼그려 앉아 어째서 발밑이 이렇게 통통 탄력성 있고 기분 좋게 느껴지는지 골몰한다. 말뚝에 대롱대롱 걸려 있는 가위가 호기심을 자극한다. 나는 어여쁜 보라색 꽃 몇 송이를 갖고 싶다는 충동에 애써 저항하지만, 게이와가 먼저 가위에 달려들더니 꽃 몇 송이를 손에 와락 움켜쥐고는 놓을 생각을 하지 않는다. 우리는 이제까지 개인적인 사유물을 가져 본 적이 없다.

나는 남몰래, 거의 내 의지에 반할 정도로 켈렌리에게서 시선을 떼지 못한다. 그녀는 우리가 노니는 모습을 지켜보고 있다. 내가 켈렌리에게 이토록 강한 흥미를 느낀다는 게 어리둥절하고 약간은 두렵기까지 하지만 도무지 저항할 수가 없다. 지휘자들이 우리를 무감정하게 만드는 데 실패했다는 건 알아도, 그래도 우리는…… 뭐라고 해야 할까, 나는 우리가 그런 강렬한 감정에 초연하다고 생각했다. 그 오만한 태도가 나를 어떻게 만들었는지 보라. 지금 우리는 감각과 반응 속에서 허우적대고 있다. 게이와는 구석에 옹송그리고 앉아 가위를 한쪽 손에 든 채 목숨을 걸고라도 제가 쥔 꽃을 사수할 기색이다. 더쉬와는 정신 나간 사람처럼 깔깔거리며 제자리에서 빙글빙글 돌고 있다. 뭐가 그렇게 좋은 건지 모르겠다. 빔니와는 경호원 한 명을 따로 불러내 우리가 여기까지 걸어오는 동안 보고 경험한 것들에 대해 속사포 같은 질문을 퍼붓고 있다. 경호원이 궁지에 몰린 눈빛으로 두리번거리는 게 누군가 구해 주길 간절히 바라는 것 같다. 살레와와 렘와는 작은 연못가에 걸터앉아 물속에서 움직이는 게 물고기인지 개구리인지 열띤 토론을 벌이는 중이다. 그들의 대화는 대지어가 아니라 순수한 음성언어다.

그리고 나는, 멍청하게 켈렌리를 바라본다. 나는 그녀가 우리가 무엇을 배우길 원하는지 알고 싶다. 박물관에서 본 예술 작품에서, 그리고 이 정원의 목가적인 풍경에서. 하지만 켈렌리의 표정도 보님기관도 아무것도 말해 주지 않는다. 그래도 괜찮다. 나는 그저 그녀의 얼굴을 보고, 그녀의 깊고 강력한 조산적 존재감을 담뿍 누리고 싶을 뿐이다. 정말이지 말도 안 되는 소리다. 켈렌리도 아마 이런 내가 불편하겠지. 그렇다고 해도 아무 내색도 하지 않고 나를 무시하고 있지만. 켈렌리가 나를 봐 줬으면 좋겠다. 그녀와 이야기를 나누고 싶다. 그녀가 되고 싶다.

나는 내가 느끼는 이 감정이 사랑이라고 결론짓는다. 실은 그게 아니더라도 이건 내게 신기하리만큼 참신한 개념이고, 그래서 나는 이 충동이 이끄는 곳으로 따라가기로 결심한다.

한참 후, 켈렌리가 자리에서 일어나 정원을 배회하는 우리들을 두고 다른 쪽으로 향한다. 정원 한가운데 작은 구조물이 있다. 조그만 집처럼 생겼지만 일반적인 건물처럼 섬유소 유기층이 아니라 벽돌로 만들어져 있다. 담쟁이덩굴 하나가 불굴의 의지를 발휘해 한쪽 벽을 타고 자라고 있다. 켈렌리가 그 집의 문을 여는 모습을 본 것은 나 하나뿐이다. 켈렌리가 집 안으로 들어갔을 즈음엔 다른 이들도 하던 일을 멈추고 서서 그녀를 지켜보고 있다. 켈렌리가 (내 생각에는) 우리의 돌연한 침묵과 갈망을 느꼈는지 재미있다는 듯 동작을 멈춘다. 그러고는 한숨을 내쉬며 말없이 고개를 까딱한다. 이리 와. 우리는 앞다퉈 그녀에게 달려간다.

우리는 켈렌리를 따라 조심스럽게 집 안으로 몸을 밀어 넣는다. 이곳은 좁다. 안에는 나무로 된 마룻바닥과 약간의 가구가 있다. 우리가 사는 연구단지 방만큼이나 휑하지만 아주 중요한 차이점이 있다. 켈렌리가 의자에 앉은 순간, 우리는 깨닫는다. 이 집은 켈렌리의 집이다. 켈렌리의 소유물이다. 이곳이 그녀의…… 감방일까? 아니야. 여기엔 온갖 특이한 것들이 많다. 켈렌리의 개성과 과거를 짐작할 수 있는 흥미로운 단서들. 구석에 있는 책장과 거기 꽂혀 있는 책들은 누군가 그녀에게 읽는 법을 가르쳤다는 뜻이다. 세면대에 놓인 빗과 빗살에 촘촘히 낀 머리카락으로 짐작해 보건대 켈렌리는 스스로 머리를 빗는 것 같다. 어쩌면 그녀가 있어야 할 집은 저 큰 집이고, 가끔은 거기서 잠을 잘지도 모른다. 그렇지만 이 뒤

뜰에 있는 작은 집이야말로…… 켈렌리의 진짜 집이다.

"나는 지휘자 갈라트와 함께 자랐지." 켈렌리가 조용히 입을 연다.(우리는 바닥과 의자와 침대에 켈렌리를 둘러싸고 앉아 그녀의 지혜를 갈구하는 중이다.) "우린 함께 양육됐어. 그는 실험에서 내 통제군이었고. 지금 내가 너희의 통제군인 것처럼 말이야. 갈라트는 평범한 사람이야. 그저 바람직하지 않은 선조의 피가 조금 섞여 있을 뿐이지."

나는 빙백색 눈을 깜박이며 갈라트를 떠올린다. 그러고는 불현듯, 여러 가지를 깨닫는다. 내가 오 하고 입을 벌리자 켈렌리가 빙그레 웃는다. 그러나 그녀의 미소는 오래가지 않는다.

"그 사람들, 갈라트의 부모는 내가 누군지 말해 주지 않았어. 나는 그 사람들이 내 부모인 줄 알고 자랐지. 학교에 가고, 게임을 하고, 평범한 실 아나기스트 아이들과 똑같은 것들을 하며 자랐어. 그렇지만 그들은 나를 갈라트와 똑같이 대하지 않았단다. 그래서 난 아주 오랫동안 내가 뭔가를 잘못했기 때문이라고 생각했지." 켈렌리의 시선이 씁쓸한 과거의 무게에 짓눌려 허공을 떠돈다. "내가 얼마나 끔찍한 짓을 저질렀기에 내 부모님마저 나를 사랑하지 않는 건가 의아했어."

렘와가 허리를 웅크리고 바닥에 깔린 목재를 손으로 문지른다. 왜 그런 짓을 하는지 모르겠다. 살레와는 아직도 밖에 있다. 그 애의 취향에는 켈렌리의 집이 너무 좁기 때문이다. 그녀는 재빠른 날갯짓으로 꽃들 사이를 날아다니는 작은 새를 구경하러 갔다. 하지만 동시에 우리와 열린 현관문을 통해 켈렌리의 이야기를 듣고 있다. 우리는 모두 켈렌리의 이야기를 들어야 한다. 그 목소리와, 그 진동과, 진중하고 흐트러짐 없는 눈빛과 함께.

"왜 너를 속인 건데?" 게이와가 묻는다.

"그건 내가 인간이 될 수 있는지 알아보기 위한 실험이었거든." 켈렌리가 피식 웃으며 말한다. 그녀는 의자에 앉아 무릎에 팔꿈치를 얹은 채 두 손을 내려다보고 있다. "정상적이고 교양 있는 사람들 사이에서 자란다면 나도 정상적이지는 않을지 몰라도 교양 있게 자랄 거라고 생각한 거야. 그래서 내가 이룩한 모든 성공은 실 아나기스트인의 성과지만, 내가 저지른 모든 실수나 잘못된 행동은 유전적 열등함의 증거가 됐지."

게이와와 나는 서로를 쳐다본다.

"왜 네가 교양이 없다고 생각한 건데?"

게이와가 진심으로 어리둥절해하며 묻는다.

켈렌리는 상념에서 깨어나 우리를 물끄러미 바라보고, 우리는 그녀와 우리 사이에 깊은 심연이 놓여 있음을 느낀다. 켈렌리는 그녀가 우리와 같다고 생각하고 그것은 사실이다. 하지만 그녀는 자신이 인간이라고 생각한다. 이 두 가지 개념은 공존할 수 없다.

"사악한 죽음이여." 켈렌리가 나지막하게 탄식하며, 우리의 생각을 소리 내어 말한다. "너희는 정말 아무것도 모르는구나."

경호원들은 정원으로 이어지는 계단 꼭대기에 서 있기 때문에 그들의 귀에는 우리의 대화가 들리지 않는다. 이 공간은 사생활 보호라는 측면에서 이날 우리가 방문한 다른 모든 곳과 마찬가지다. 다시 말해 지금도 모든 것이 도청되고 있다는 얘기다. 그렇지만 켈렌리는 전혀 개의치 않는 것 같고, 그건 우리도 마찬가지다. 켈렌리가 다리를 세우더니 두 팔로 무릎을 감싼다. 지층 속에서 태산만큼이나 깊고 육중한 존재감을 가진 이치고는 이상할 정도로 연약해 보인다. 나는 손을 내밀어 과감하게 그녀의 발목을 건드려 본다. 그러자 켈렌리가 눈을 깜박이며 내게 미소를 지어 보이고는 손바닥으로 내 손가락을 덮는다. 나는 그 뒤로 수백 년이 넘도록 그때 내가 느낀 감정이 무엇인지 이해할 수 없을 것이다.

손과 손의 접촉이 켈렌리에게서 용기를 끌어낸 것 같다. 그녀의 미소가 희미해진다.

"그럼 내가 말해 줄게."

렘와는 여전히 마룻바닥만 뚫어지게 노려보고 있다. 그는 손가락으로 나뭇결을 문질러 먼지 분자를 통해 메시지를 전달하는 데 성공한다. 꼭 그래야 해? 분하다. 내가 먼저 생각해 냈어야 하는 건데.

켈렌리가 웃으며 고개를 젓는다. 아니, 그럴 필요는 없다.

하지만 그녀는 이야기할 것이다. 그 모든 이야기가 사실임을 우리가 알 수 있도록 대지를 통해.

***

내가 전에 한 말이 기억나니? 이 시대의 고요 대륙은 하나가 아니라 세 개의 땅덩어리로 이뤄져 있다. 그 이름은 메이카, 카키아라, 그리고 실리어라고 하지. 실 아나기스트는 카키아라의 한 지역에서 처음 탄생하여 대륙 전체로, 뒤이어 메이카까지 뻗어 나갔다. 그렇게 모든 곳이 실 아나기스트가 되었다.

남쪽에 있는 실리어는 작고 보잘것없는 민족들이 살고 있던 작고 보잘것없는 땅이었다. 그중 한 집단이 스니스였다. 그 이름을 올바로 발음할 줄 몰랐던 실 아나기스트인들은 그들을 니스라고 불렀다. 엄밀히 말해 두 단어는 의미가 다르지만, 어쨌든 사람들에게 기억된 건 두 번째 단어였지.

실 아나기스트인들이 그들의 땅을 정복했다. 니스는 저항했으나, 종국에는 생존 자체가 위험해진 다른 모든 살아 있는 것처럼 대응했지. 대규모 집단 이동. 남은 이들은 새롭게 뿌리를 내리고 살 수 있는 곳을 찾아 뿔뿔이 흩어졌다. 니스의 후손들은 모든 땅에, 모든 민족에 섞여 들어갔고, 그 지방의 풍습에 적응하고 스며들었다. 그러나 그들은 자신들이 누구인지 결코 잊지 않았단다. 다른 언어를 유창하게 말할 줄 알면서도 그들만의 고유어를 사용했다. 몇 가지 전통과 풍습도 유지했다. 소금산을 이용해 혓바닥을 둘로 가른다거나. 그렇게 하는 이유는 오직 그들만이 알았지만. 작은 땅덩어리에 고립되어 있었기에 갖게 된 독특한 외형 역시 상당한 희석을 거쳤으나 살아남아 이어졌고, 빙백색 눈과 회발은 사회적 낙인이 되었다.

그래, 이젠 너도 알겠지.

하지만 니스를 진정으로 다른 이들과 구분 지은 것은 바로 그들의 마법이었다. 마법은 온 세상에 존재하는 것이다. 누구나 마법을 보고 느낄 수 있으며, 누구나 마법과 함께 흐른다. 실 아나기스트에서는 화단과 나무, 덩굴로 뒤덮인 벽을 통해 마법을 생산했다. 모든 가정집과 사업체가 할당된 생산량을 채워야 했고, 그렇게 생산된 마법은 유전자 조작 덩굴을 통해 집산되어 문명 전체를 움직이는 동력이 되었다. 실 아나기스트에서 생명을 죽이는 것은 금지되어 있었다. 생명이야말로 가장 소중한 자원이기에.

니스는 그런 것을 믿지 않았다. 그들은 마법이 생명과 마찬가지로 소유될 수 없는 것이라고 주장했고, 그래서 두 가지를 모두 낭비했다. 그래서 (다른 수많은 발명품 중에서도) 아무 성능도 없는 플루토닉 엔진을 창조했지. 그것은 그저…… 보기에 예쁜 것이었다. 보는 사람의 사고와 감수성을 자극하고 순수하게 창조의 기쁨을 즐기기 위한 것이었다. 그런데도 이 "예술품"은 실 아나기스트인들이 만든 어떤 것보다도 더 강력하고 효율적이었다.

그 일은 어떻게 시작되었을까? 너는 그런 것들이 항상 두려움에서 비롯된다는 걸 알아야 해. 니스는 다른 민족과 다른 방식으로 보고, 다른 방식으로 행동했으며, 실제로도 달랐다. 하지만 원래 모든 집단은 제각각인 법이지. 다르다는 사실만으론 문제가 발생하지는 않아. 실 아나기스트는 내가 만들어지기 100년도 전부터 하나로 동화된 세상이었다. 모든 도시는 실 아나기스트였다. 모든 언어는 실 아나기스트어가 되었다. 그러나 정복자들만큼 겁이 많고 그들 자신의 두려움에 익숙지 않은 자들은 없을 것이다. 그들은 끊임없이 허깨비를 발명하고, 언젠가 그들의 희생자들이 앙갚음할 것이라는 두려움에 떨었다. 사실 그들에게 희생된 이들은 그런 사소한 일에 연연하지 않고 계속 앞으로 전진했을 따름이건만. 정복자들은 언젠가 그들이 진실로 우월한 존재가 아니라 단순히 운이 좋았을 뿐이라는 사실이 만천하에 드러날지 모른다는 공포 속에 살았다.

그리하여 니스의 마법이 무기로 활용되지는 않았을망정 실 아나기스트의 것보다 훨씬 뛰어나고 효율적이라는 사실이 입증되었을 때……

켈렌리는 우리에게 말했지. 어쩌면 그건 니스인은 하얀 홍채 때문에 시력이 약해 성질도 고약하고 두 개로 갈라진 혓바닥은 진실을 말하지 않는다는 쑥덕거림으로 시작됐을지도 모른다고. 사소한 놀림과 비웃음이 시작되고, 독특한 문화에 대한 조롱과 괴롭힘이 사회 전체로 확산되고, 사태는 점차 악화되었다. 학자들은 니스인이 다른 인간들과 근본적으로 다른(더 민감하고 활동적이며 통제가 어렵고 발달이 더딘) 보님기관을 갖고 있으며 그것이 바로 그들이 지닌 마법적 특이성의 원인이라는 이론을 주장함으로써 손쉽게 명성과 경력을 쌓아 나갔다. 따라서 니스인은 다른 이들과 똑같은 종류의 인간일 수가 없었다. 그 결과 그들은 다른 이들만큼 충분히 인간적이지 못했다. 그러므로, 그들은 인간이 아니었다.

니스가 멸망하자 전설처럼 내려오던 니스인의 보님기관이 존재하지 않는다는 사실이 명확해졌다. 실 아나기스트의 학자와 생물마학자들에게는 연구와 실험 용도로 쓸 수 있는 죄수들이 넘쳐났지만 아무리 노력해도 평범한 사람들과 구분할 수 있는 차이점을 발견할 수가 없었다. 참을 수 없는 일이었다. 있을 수 없는 일이었다. 만일 니스인이 평범한 인간이라면, 여태까지 있었던 군비 지출과 교육학적 해석, 관련 학문 분야는 도대체 무엇에 근거하고 있었단 말인가? 심지어 그들의 원대한 목표인 지신비력마저 실 아나기스트의 마과학(魔科學)이 생리학적 요행에 불과한 니스 마법에 비해 더 우월하고 절대적이라는 이론에 기인하고 있건만.

만일 니스인이 똑같은 인간에 불과하다면, 그들의 비인간성을 기반으로 쌓아 올린 세상은 무너지고 말 것이다.

그래서…… 그들은 우리를 만들었다.

얼마 남지 않은 니스 유전자를 신중하게 조작하고 변형해 만든 우리는 평범한 사람들보다 복잡한 보님기관을 갖고 있다. 최초로 만들어진 켈렌리는 그들이 만족할 만큼 다르지 않았지. 명심하렴. 우리는 단순한 도구에 그치는 게 아니라 전설이 되어야 했다. 나중에 제작된 우리에게는 니스인의 특성이 더욱 과장된 형태로 부여되었다. 넓적한 얼굴, 작은 입, 무채색에 가까운 흰 피부, 촘촘한 빗은 들어가지도 않는 풍성한 머리카락. 그리고 우리는 모두 작았다. 그들은 우리에게서 대뇌변연계의 신경화학 물질을 제거하고, 경험으로 채워져야 할 삶과 언어와 지식을 박탈했다. 그렇게 우리가 그들의 머릿속에만 존재하는 공포의 이미지를 갖추게 된 다음에야 그들은 비로소 만족했다. 그들은 우리 안에 니스의 본질과 능력을 완벽하게 담았음을 흡족해하며, 마침내 옛 적수를 유용하게 활용할 방도를 찾았다고 자찬한다.

그러나 우리는 니스인이 아니다. 심지어 내가 예전에 믿었던 것처럼 인간의 위대한 지성을 입증하는 상징도 아니다. 실 아나기스트는 환상 속에 세워졌고, 우리는 거짓말의 산물이다. 그들은 우리의 진정한 모습을 알지 못한다.

그렇다면, 우리의 운명과 미래는 우리가 결정할 몫이다.

***

켈렌리의 가르침이 끝났을 즈음엔 벌써 몇 시간이나 지나 있다. 우리는 그녀의 발치에 앉아, 여전히 충격에서 헤어나지 못한 채, 켈렌리의 단어를 통해 변화하고, 또 변화했다.

시간이 늦었다. 켈렌리가 의자에서 일어선다.

"가서 먹을 것과 담요를 가져올게. 오늘 밤은 여기서 자도록 해. 내일은 너희 임무에 필요한 세 번째와 마지막 요소를 보게 될 테니까."

우리는 지금까지 연구단지의 작은 방 말고는 다른 곳에서 자 본 적이 없다. 신나는 일이다. 게이와가 주변에 기쁨의 의미를 담은 작은 파문을 일으키고, 렘와가 은은한 진동으로 즐거움을 표시한다. 더쉬와와 빔니와는 흥분한 나머지 자꾸만 큼지막한 펄스를 커다란 진폭으로 내뿜고 있다. 우리가 이런 일을 해도 괜찮은 걸까? 인류가 오랜 역사에 걸쳐 해 왔던 일, 바로 자기 집이 아닌 다른 곳에서 잠을 자는 것 말이다. 둘은 안전을 확보하려고 서로 몸을 붙이고 눕지만 도리어 둘의 흥분을 더 자극할 뿐이다. 우리는 서로의 몸을 만지는 것을 자주 허락받지 못한다. 하지만 둘은 서로를 쓰다듬으며 조금씩 마음을 가라앉힌다.

켈렌리는 그들의 불안감이 흥미로운 모양이다.

"괜찮을 거야. 아침이 되면 직접 알게 되겠지만."

이렇게 말하고 문 쪽으로 향한다. 나는 문간에 서서 창문 너머로 새로 뜬 달을 올려다보고 있다. 내가 켈렌리의 앞길을 가로막고 있기 때문에, 그녀는 나를 툭 건드린다. 나는 움직이지 않는다. 내 방

창문에서는 달을 자주 볼 수 없기 때문이다. 기회가 있는 지금 이 아름다움을 한껏 음미하고 싶다.

"우리를 왜 여기 데려왔어?" 나는 여전히 달을 쳐다보며 켈렌리에게 묻는다. "왜 이런 걸 말해 주는 거지?"

켈렌리는 즉답하지 않는다. 그녀도 달을 감상하고 있는 것 같다. 그러더니 대지를 통해, 신중하고 사려 깊은 반향을 울려 대답한다. 니스와 그들 문화를 위해 내가 무슨 일을 할 수 있을지 고민했거든. 남아 있는 게 거의 없어서 수많은 거짓에서 진실을 걸러내야 했지. 하지만 음…… 그 사람들한텐 일종의 전통 같은 게 있었어. 소명(召命)이라고. 진실을 알리는 걸 소명으로 삼는 사람들이 있었지.

나는 무슨 뜻인지 이해할 수가 없어 미간을 찌푸린다.

"그래서…… 뭐야? 죽은 사람들 전통을 따르고 싶은 거야?"

나는 단어로만 응수한다. 나는 삐딱하다.

켈렌리가 어깨를 으쓱한다.

"안 될 이유도 없잖아?"

나는 고개를 가로젓는다. 피곤하고, 당혹스럽고, 어쩌면 약간은 화가 났는지도 모른다. 이날, 나 자신에 대한 인식이 완전히 뒤집혔다. 나는 평생 동안 내가 인간이 아닌 도구라고 알며 살아왔다. 하지만 적어도 나는 유능함과 우수함과 긍지의 상징이었다. 그리고 이제, 나는 내가 피해망상과 탐욕과 증오의 상징임을 알게 되었다. 받아들여야 할 게 너무 많다.

"니스 같은 건 잊어버려." 나는 대꾸한다. "그 사람들은 죽었어. 그들을 기억하는 게 무슨 의미가 있는데?"

나는 켈렌리가 화를 내길 바라지만 그녀는 그저 어깨를 으쓱할 뿐이다.

"그건 네가 선택할 문제지. 하지만 그 전에 그에 대한 정보를 충분히 알아야 하지 않겠니."

"어쩌면 내가 알고 싶지 않을지도 모르지."

나는 유리문에 몸을 기댄다. 유리는 서늘하고, 내 손가락을 찌르지도 않는다.

"오닉스를 다룰 수 있을 만큼 강해지고 싶지?"

나는 작게 웃음을 터트린다. 너무 피곤해서, 아무것도 못 느끼는 척해야 한다는 것조차 잊어버렸다. 부디 우리의 감시자들이 눈치채지 못하기를. 나는 대지어로 바꿔, 쓰라림과 경멸, 굴욕과 비통함이 담긴 억눌린 산성의 들끓음으로 답한다. 그게 무슨 상관이야? 지신비력은 다 거짓말인데.

켈렌리는 자기연민에 빠진 나를 다정하면서도 무자비한 주향이동(走向移動) 단층과 같은 웃음으로 뒤흔들어 놓는다.

"아, 나의 사색가야, 네가 이렇게 멜로드라마틱한 부분이 있을 줄은 몰랐는걸."

"멜로…… 뭐?"

나는 고개를 흔들며 입을 다문다. 모르는 게 너무 많다는 건 지겨운 일이다. 그래, 나는 토라진다.

켈렌리가 한숨을 내쉬더니 내 어깨를 짚는다. 나는 누군가의 따뜻한 손과 접촉하는 데 익숙하지 않아 흠칫 놀라지만, 그녀는 손을 떼지 않고 나는 곧 가만해진다.

"생각해 보렴. 플루토닉 엔진은 작동할까? 네 보님기관은? 넌 그들이 만들려고 했던 존재가 아니지. 하지만 그렇다고 네가 네가 아닌 게 되니?"

"난…… 무슨 뜻인지 모르겠어."

아니야, 난 그저 고집을 부리는 것뿐이다. 나는 켈렌리의 말을 이해한다. 나는 그들이 만들려고 했던 것이 아니다. 나는 뭔가 다른 것이다. 나는 그들이 상상도 못 한 방식으로 강하다. 그들은 나를 만들었지만 통제하지는 못한다. 적어도 완벽하게 통제할 수는 없다. 그래서 그들이 우리에게서 감정을 제거하려고 그토록 애썼는데도 나는 감정을 느낄 수 있는 것이다. 우리는 대지어를 표현할 수도 있고…… 어쩌면 지휘자들이 모르는 다른 능력과 재능을 갖고 있는지도 모른다.

켈렌리는 내가 그녀의 말을 골똘히 생각하는 걸 보고는 흐뭇한지 내 어깨를 토닥인다. 마룻바닥이 나를 부른다. 나는 오늘 밤 달콤한 수면을 누릴 것이다. 하지만 고된 피로와 싸우면서 계속 켈렌리에 대해 생각할 것이다. 지금은 잠보다도 그녀가 더 필요하기에.

"너는 네가…… 그…… 진실을 말하는 자라고 생각해?"

"전승가라고 해. 이렇게 말해도 될지 모르겠지만, 나는 니스의 마지막 전승가야." 켈렌리의 미소가 갑자기 사그라진다. 그제야 나는 이제껏 그녀의 미소에 가려져 있던 깊은 피로감과 애수가 깃든 주름을 발견한다. "전승가는 전사(戰士)이자 이야기꾼이자 귀족이었어. 책과 노래에 진실을 담았고, 엔진 예술을 통해 진실을 말했지. 나는 그저…… 이야기를 할 뿐이야. 그렇지만 그들과 같은 일을 하고 있다고 주장할 권리를 조금은 얻었다고 생각해."

투쟁하는 자들이 전부 칼을 휘두르는 건 아닌 것처럼.

대지어로는 오직 진실만을 전할 수 있다. 그리고 때로는 의도한 것보다 더 많은 진실을 드러내기도 한다. 나는…… 그녀의 비애 속에서 뭔가 다른 것을 감지한다. 단호한 인내심. 소금산을 핥을 때처럼 조마조마한 가슴. 뭔가를 보호……해야 한다는 확고한 다짐. 하지만 그게 뭔지 미처 알아내기도 전에 진동은 잦아들고, 이내 사라진다.

켈렌리가 숨을 크게 들이마시며 다시 빙긋 웃는다. 그녀의 미소는 대부분 진짜가 아니다.

"오닉스를 자유자재로 다루려면." 켈렌리가 운을 뗀다. "니스를 이해해야 해. 지휘자들이 이해 못하고 있는 건 오닉스가 특정한 감정적 공명에 반응한다는 거야. 내가 말해 준 게 도움이 될 거야."

그러더니 마침내, 켈렌리가 밖으로 나가려고 나를 슬며시 옆으로 밀친다. 지금 묻지 않으면 기회가 없다.

"그래서 어떻게 됐어?" 나는 느릿느릿 묻는다. "니스 사람들 말이야."

켈렌리가 발을 멈추고, 싱긋 웃는다. 이번만큼은 진심이 담긴 웃음이다.

"내일이 되면 알게 될 거야. 내일 보러 갈 테니까."

나는 어안이 벙벙해진다.

"무덤에?"

"실 아나기스트에서 생명은 신성하지." 켈렌리가 어깨 너머로 말한다. 그녀는 문지방을 넘는다. 걸음을 늦추지도, 돌아보지도 않고 꾸준히 발을 옮긴다. "몰랐어?" 그러고는 사라진다.

켈렌리의 말이 무슨 뜻인지 이해해야 할 것 같지만…… 나는 어떤 면에서 아직도 순진하다. 켈렌리는 상냥하다. 내가 그 순진함을 하룻밤 더 지킬 수 있게 해 주었으니까.

받는 사람: 알마, 디바스의 혁신자
보낸 사람: 예이터, 디바스의 혁신자

알마, 위원회에서 연구 자금을 못 주겠답니다. 하지만 이걸 봐 줘요. 이제껏 내가 조사한 건데, 사건사고가 발생한 연도를 좀 봐요.

마지막 열 개만이라도 확인해 봐요!

2729

2714-2719: **질식의 계절**

2699

2613

2583

2562

2530

2501

2490

2470

2400

2322-2328: 산성의 계절

제7대학에선 계절에 상응하는 사건의 발생 빈도에 관한 기존 가설이 실은 완전히 틀렸다는 데 관심이 있긴 하답니까? 계절은 200년이나 300년마다 발생한 게 아닙니다. 거의 30~40년 주기로 발생하는 거라고요! 로가가 없었다면 수천 배나 되는 사람들이 죽었을 겁니다. 나는 저 주기와 내가 수집한 다른 사료들을 활용해서 다음에 진짜 심각한 계절이 언제 도래할지 예측 모형을 구상 중입니다. 일정한 주기가, 간격이 보여요. 다음에 닥칠 계절이 얼마나 심각할지, 아니면 얼마나 오랫동안 유지될지 알아야 하지 않겠습니까? 과거를 연구하지 않으면 어떻게 미래를 준비할 수 있겠습니까?

9장

짧게나마 사막, 그리고 너

계절에 사막은 다른 지역보다 훨씬 혹독하고 열악한 곳이다. 통키는 이카에게 식수를 구하는 건 그나마 쉬운 축에 속한다고 말한다. 카스트리마 혁신자들은 이미 '이슬잡이'라고 이름 붙인 이상한 장치를 몇 개 개발했다. 잿구름 때문에 따가운 햇볕도 큰 문제가 되지 않을 것이다. 잿구름에 고마워할 날이 올 줄은 꿈에도 생각 못 했는데. 게다가 낮에는 덜할지 몰라도 날씨는 꽤 추울 것이다. 어쩌면 눈도 올지 모른다.

계절에 사막이 위험한 이유는 거의 모든 동물과 곤충이 동면에 들어가기 때문이다. 아직 온기가 남은 모래땅 속으로 깊이, 아주 깊이. 모래땅을 파헤쳐 동면에 들어간 도마뱀 같은 생물들을 포획할 방법을 안다고 주장하는 사람들도 있긴 하지만 대부분은 허풍에 불과하다. 사막 인근의 몇 안 되는 향에서는 그런 지식을 철저하게 비밀에 부친다. 지표면에 자라는 식물들은 쪼글쪼글 말라빠지거나 동면을 앞둔 동물들의 배 속에 들어가 있어 지금 땅 위에는 모래와 화산재뿐이다. 계절에 사막을 여행하는 이들에게 돌의 가르침이 전하는 말이 있다면, 굶어 죽고 싶지 않으면 그런 짓을 하지 말라는 것이다.

카스트리마 향 사람들은 머츠 사막을 앞두고 야영을 꾸리며 사막을 건널 채비를 하고 있지만, 사실 마지막 남은 멜로우를 나눠 피우며 이카가 네게 털어놓은 바에 따르면 앞으로 맞을 고생길을 조금이라도 쉽게 만들 채비 따윈 존재하지 않는다. 사람들은 죽을 것이다. 그리고 너는 그중에 한 명이 되지 않을 것이다. 만에 하나 위험이 닥치기라도 하면 호아가 눈 깜짝할 사이에 너를 코어포인트로 데려갈 수 있다는 걸 알고 있는 건 이상한 기분이다. 어쩌면 반칙일지도 모른다. 하지만 그건 반칙이 아니고, 너는 네 능력이 닿는 최대한 다른 사람들을 도울 것이다. 그리고 너는 죽지 않을 것이기에, 다른 이들이 고통을 겪는 모습을 지켜봐야 할 것이다. 하지만 적어도 그건 네가 할 수 있는 일이며, 이제 너는 카스트리마 사람들의 목적과 대의에 진심으로 동참하기로 결심한다. 그들의 삶을 두 눈으로 똑똑히 목도하고, 죽을 필요가 없는 사람들이 죽지 않도록 대지불처럼 격렬하게 맞서 저항할 것이다.

그러는 사이 요리를 담당한 이들은 2교대로 일하며 벌레를 굽고 덩이줄기를 말리고 마지막 남은 곡물을 빻아 빵을 만들고 고기를 절인다. 마시시네 생존자들은 일단 배를 채우고 기운을 좀 차리고 나자 식량 조달에 매우 유용한 인력임이 드러난다. 이 지방 출신이 섞여 있어서 버려진 농장이나 아직 탈탈 털리지 않은 쓰레기 더미가 어디 있는지 기억하고 있기 때문이다. 여기서 가장 중요한 건 속도다. 그들의 생존은 사막의 크기와 카스트리마의 저장 물자 중 누가 이기느냐에 달려 있다. 그래서 언제나 불평불만투성이지만 어느새 혁신자들의 대표가 된 것 같은 통키는 짐마차를 분해해 사막의 모래땅에서도 적은 힘으로 더 쉽게 끌 수 있는 가볍고 충격에 강한 디자인으로 다시 조립하도록 지시한다. 내항자들과 번식사들은 만에 하나 수레를 잃을 경우 식량이 치명적인 수준으로 부족해지지 않도록 남은 물자를 다시 골고루 분배해 싣는다.

사막을 건너기 전날 밤, 요리용 불 옆에 쭈그리고 앉아 하나밖에 남지 않은 팔이 익숙하지 않아 어색한 동작으로 밥을 먹으려 하고 있는데 누군가 네 옆에 다가와 앉는다. 너는 조금 놀란다. 몸을 들썩이는 바람에 접시에서 옥수수빵이 떨어질 정도다. 빵을 집어 드는 손은 크고 구릿빛에, 전투에서 입은 상처가 있고 손목에는 너덜너덜하고 지저분하지만 충분히 알아볼 수 있는 노란 물결무늬 실크 조각이 둘러져 있다. 다넬.

"고마워."

너는 제발 그녀가 이걸 대화를 시작할 빌미로 이용하지 말길 속으로 빌며 말한다.

"사람들이 그러는데, 너 옛날에 펄크럼에 있었다며."

다넬이 네게 옥수수빵을 건네며 말한다. 역시 그런 행운은 없군.

카스트리마 사람들이 수근덕대고 있는 건 별로 놀랄 일도 아니다. 너는 신경 쓰지 않기로 결심하고 옥수수빵을 스튜에 적셔 입에 집어넣는다. 오늘은 스튜 맛이 유독 좋다. 옥수수가루를 넣어 걸쭉하고, 돌숲에 들어온 뒤로 넉넉해진 부드럽고 짭짤한 고기도 잔뜩 들어 있다. 어쨌든 사막을 건너려면 가능한 한 몸에 지방을 쌓아 놔야 한다. 너는 고기에 대해서는 생각하지 않기로 한다.

"그래."

네 대답이 제발 의미심장한 경고처럼 들렸으면 좋겠다.

"반지가 몇 개야?"

너는 불쾌감에 얼굴을 찌푸린다. 알라배스터가 네게 준 "비공식적인" 반지에 대해 설명해야 할지, 펄크럼에서 나온 뒤로 네가 얼마나 발전했는지 말해야 할지, 별거 아니라고 겸손을 떨어야 할지…… 고민하다가 결국 정확한 사실을 답해 주기로 한다.

"열 개."

열 반지 에쑨. 이제 펄크럼은 너를 이렇게 부를 것이다. 상급자들이 지금의 네 이름에 트집을 잡지 않는다면, 만일 펄크럼이 지금도 존재한다면. 어쨌든 그렇다.

다넬이 놀랍다는 듯이 휘파람을 휙 분다. 반지가 뭔지 알고 있고 또 중요하게 생각하는 사람을 만나다니 기분이 이상하다.

"또 사람들이 그러는데, 너는 오벨리스크로 엄청난 일을 할 수 있다며? 그래서 카스트리마에서 우리를 이긴 거라고 하더라. 난 네가 벌레를 그런 식으로 이용할 수 있을 줄은 상상도 못 했어. 그렇게 많은 스톤이터를 돌에 가둔 것도."

너는 관심 없는 척 옥수수빵에 집중한다. 빵은 살짝 달콤한 맛이 난다. 요즘 요리불 반(班)은 영양가 있는 식량을 저장할 공간을 마련하기 위해 설탕을 다 써 버리려고 애쓰는 중이다. 아주 맛있다.

"그리고 또 사람들이 그러는데……." 다넬이 너를 곁눈질로 힐끔거리며 말한다. "적도권에서 세상을 파괴한 것도 열 반지 로가라며."

잠깐. 이건 안 되지.

"오로진이야."

"뭐?"

"오로진이라고."

유치한 반응이다. 이카가 로가를 쓰임새신분으로 사용하고 있기에 둔치들도 아무 생각 없이 그 단어를 사용하고 있을 뿐이다. 아니, 전혀 유치한 게 아니다.

"로가가 아니라고. 너는 로가라고 하면 안 돼. 그럴 자격이 없으니까."

몇 번의 호흡이 지나는 동안 정적이 이어진다.

"알았어."

이윽고 다넬이 대답한다. 네게 미안해하는 기색도 없고 그렇다고 맞장구를 쳐 주겠다는 태도도 아니다. 그저 새로운 규칙을 인정하고 받아들일 뿐이다. 다넬은 네가 열개를 일으킨 사람일지도 모른다는 말도 꺼내지 않는다.

"어쨌든 간에, 넌 다른 평범한 오로진은 못 하는 일을 할 수 있는 거잖아, 그렇지?"

"그래."

너는 감자 위에 떨어진 재 한 톨을 입으로 훅 불어 떨어낸다.

"사람들이 그러는데." 다넬이 무릎에 손을 얹고 몸을 기울이며 말한다. "너는 이번 계절을 끝낼 방법을 안다더라. 곧 계절을 끝내려고 여행을 떠날 거라며. 그래서 같이 갈 사람이 필요하다는 이야기를 들었어."

뭐라고? 너는 감자를 쳐다보며 얼굴을 찌푸린다.

"그래서 같이 가고 싶다는 거야?"

"어쩌면."

너는 고개를 홱 돌려 다넬을 노려본다.

"완력꾼에 입적한 지 얼마 되지도 않았는데?"

다넬은 속을 알 수 없는 표정으로 네 얼굴을 한참 동안 살핀다. 너는 지금 그녀가 자신의 비밀을 밝힐지 말지 고민하고 있다는 사실을 깨닫지 못한다. 마침내 다넬이 한숨을 쉬며 결단을 내린다.

"난 사실 전승가 신분이야. 다넬, 레나니스의 전승가지. 옛날엔 그랬어. 다넬, 카스트리마의 완력꾼은 나한테 안 어울려."

다넬이 입술을 검게 물들인 모습을 상상하려다 도저히 못 믿겠다는 표정을 드러내고 만 모양이다. 다넬이 눈동자를 굴리며 시선을 피한다.

"레나니스엔 전승가가 필요 없다고 향장이 말했어. 필요한 건 군인이라고. 그리고 전승가가 전투에 뛰어나다는 건 다들 알고 있으니까……."

"뭐?"

다넬이 한숨을 내쉰다.

"적도권 전승가들은 그래. 우리처럼 유서 깊은 전승가 가문에서 자란 애들은 격투술과 병법을 배우지. 그러면 계절이 와도 쓸모가 많아지는 데다 지식을 보호하는 데에도 유용하거든."

전혀 몰랐다.

"지식을 보호해?"

다넬의 턱 근육이 실룩거린다.

"계절이 왔을 때 향을 수호하는 건 군인일지 몰라도, 산제의 일곱 향을 지킨 건 이야기꾼이지."

"아, 그래."

중위도인의 몰상식함에 기가 막힌 다넬은 대놓고 고개를 절레절레 젓지 않으려고 최선을 다하고 있다.

"어쨌든 칼받이가 되는 것보다야 장군이 되는 게 나았으니까. 둘 중 하나 말곤 선택의 여지가 없었거든. 그래도 난 항상 진짜 내가 누군지 잊지 않으려고 애썼지……." 불현듯 다넬의 표정이 진지해진다. "있지, 요즘엔 세 번째 석판의 글귀가 정확하게 기억이 안 나. 무쉬타티 황제의 이야기도 그렇고. 이야기를 읊지 않은 지 겨우 2년밖에 안 됐는데 벌써 잊어버린 거야. 이렇게 빨리 이야기를 잃을 줄은 몰랐어."

너는 뭐라고 대답해야 할지 몰라 난감하다. 다넬이 어찌나 침울해 보이는지 거의 위로해 주고 싶을 정도다. 이젠 네가 남중위도에서 얼마나 끔찍한 대량학살을 저질렀는지 생각할 필요가 없으니까 괜찮을 거야처럼. 하지만 그런 말을 비난처럼 들리지 않게 말하려면 어떻게 해야 할지 모르겠다.

방금 무슨 결심이라도 했는지, 다넬의 턱 근육이 한층 더 경직된다. 다넬이 날카로운 눈빛으로 너를 쳐다본다.

"하지만 새로운 이야기가 쓰이는 순간을 알아볼 재간은 아직 남아 있지."

"어…… 난 그런 거 전혀 모르겠는데."

다넬이 어깨를 으쓱한다.

"원래 이야기의 주인공인 영웅은 모르는 법이야."

영웅? 너는 일순 소리 내어 웃는다. 날이 선 웃음소리다. 너는 알리아를, 티리모를, 메오브를, 레나니스를, 그리고 카스트리마를 떠올리지 않을 수 없다. 영웅은 악몽처럼 끔찍한 벌레 떼를 불러들여 적들을 먹어 치우게 하지 않는다. 영웅은 친딸에게 괴물이 되지 않는다.

"이젠 절대로 내가 누구인지 잊지 않을 거야."

다넬이 말한다. 한 손을 무릎 위에 얹고 상체를 앞으로 기울이며 자기 이야기에 몰두해 있다. 며칠 전에 그녀는 칼을 지급받았고, 그걸로 머리통 양옆을 밀었다. 덕분에 이제 깡마르고 굶주린 인상을 풍긴다.

"만약에 내가 세상에 남은 마지막 적도권 전승가라면 널 따라가는 건 내 의무야. 무슨 일이 있었는지 기록하고, 만약에 내가 살아남는다면 세상에 그 이야기를 들려줘야지."

황당한 소리다. 너는 다넬을 멍하니 쳐다본다.

"넌 우리가 어디 가는지도 모르잖아."

"내가 같이 간다는 문제부터 먼저 해결해야 해서? 하지만 네가 원한다면 귀찮은 부분은 그냥 넘어가도 돼."

"난 너 못 믿어." 너는 거의 짜증을 내며 말한다.

"나도 너 안 믿어. 하지만 같이 일한다고 반드시 서로 좋아할 필요는 없잖아." 다넬의 접시가 비었다. 그녀가 접시를 들고 흔들자 설거지를 맡고 있는 아이 하나가 달려온다. "그리고 나한텐 널 죽여야 할 이유도 없는걸. 어쨌든 이번엔 말이야."

그런 말을 하다니 더더욱 고약하다. 웃통 벗은 수호자를 시켜 너를 공격한 걸 기억하고 있을뿐더러 전혀 미안해하지도 않다니. 그래, 그건 전쟁이었고, 그래, 네가 다넬의 부대를 학살하긴 했지만 그래도……

"너 같은 인간한텐 이유가 필요 없잖아!"

"나 같은 인간에 대해서 아는 게 하나도 없는 거 같네." 다넬은 화가 난 게 아니다. 그녀의 말투는 덤덤하다. "하지만 이유가 필요하다면 말해 주지. 레나니스는 똥통이었어. 그래, 물도 있고 먹을 것도 있고 잠잘 지붕도 있었지. 진짜로 거기가 비어 있다면 너네 향장은 너희를 거기 데려가는 게 맞아. 적어도 무향민으로 떠돌거나 비축고 하나 없이 향을 처음부터 다시 시작하는 것보다는 말이야. 하지만 그래도 똥통은 똥통이야. 나라면 다른 곳을 찾아보겠어."

"지랄하네." 너는 얼굴을 찌푸린다. "그렇게 나쁜 향이 어딨어."

다넬은 씁쓸하게 코웃음 칠 뿐이다. 그걸 본 너는 조금 불안해진다.

"어쨌든 잘 생각해 봐." 드디어 다넬이 자리를 뜬다.

* * *

"난 다넬이 같이 가는 거 찬성이에요." 그날 밤, 다넬과 나눈 대화에 대해 이야기하자 러나가 말한다. "싸움 솜씨가 좋잖아요. 길도 잘 알고. 그리고 다넬 말이 맞죠. 그녀는 우리를 배신할 이유가 없어요."

너는 반쯤 잠들어 있는 상태다. 성교를 했기 때문이다. 드디어 해치우고 났더니 좀 허무한 것 같기도 하다. 너는 결코 러나에 대해 정열적인 감정을 품거나, 죄책감에서 벗어날 수 없을 것이다. 너는 늘 그에 비해 네 나이가 너무 많다고 여겼으니까. 하지만, 음. 러나가 네게 없어진 가슴을 보여 달라고 했고, 그래서 너는 그의 부탁을 들어주었다. 어쩌면 드디어 그가 네게 흥미를 잃을지도 모른다고 생각했기 때문이다. 네 부드러운 갈색 피부 위에 덮인 모래빛 석질은 딱딱하고 까칠까칠하다. 색깔도 촉감도 다르지만 마치 상처에 붙어 마른 딱지 같다. 러나는 부드러운 손길로 그곳을 검사하며 상처가 다 나아 더는 붕대를 감을 필요가 없겠다고 말했다. 너는 그에게 아프지 않다고 대답했다. 앞으로 아무것도 느끼지 못할까 봐 겁이 난다고 털어놓지는 않았다. 네가 변화하고 있고, 점점 더 딱딱하고 무정해지고 있으며, 모두가 이용해 먹으려는 무기가 되고 있다는 말도 하지 않았다. 너는, 네 사랑에 보답해 줄 다른 사람을 찾아봐라고 말하지 않았다.

그러나 네가 그 모든 말을 입안에 삼켰음에도, 진찰을 끝낸 러나가 너를 똑바로 마주 보며 말했다. "당신은 여전히 아름다워요." 너는 그 말이 네가 짐작했던 것보다 훨씬 더 절실했던 모양이다. 그래서 이렇게, 너희는 함께 누워 있다.

너는 러나의 말을 천천히 곱씹는다. 왜냐하면 러나는 네 마음을 편안하게 해 주고 네 몸을 흔들거리게 만들고, 다시 인간이 된 것 같은 기분을 느끼게 해 주기 때문이다. 너는 한 10초 정도 그 기분을 만끽하다가 불쑥 말한다.

"우리?"

러나는 너를 물끄러미 바라볼 뿐이다.

"젠장." 너는 말한다. 그러고는 한 팔을 들어 눈을 가린다.

다음 날, 카스트리마는 사막에 들어선다.

* * *

더 큰 고난과 역경의 시간이 닥친다.

원래 계절은 고난의 시기다. 다섯 번째 계절은 죽음이자, 모든 계절의 군주다. 하지만 이번엔 다르다. 이건 개인적인 일이다. 이건 1000명이 넘는 사람들이 하늘에서 떨어지는 산성비가 없더라도 위험한 사막을 건너는 일이다. 곳곳에 집 한 채가 들어가고도 남을 커다란 구멍이 뻥뻥 뚫려 있고 불안하게 흔들리는 고가도로를 따라 행군하는 일이다. 고가도로는 원래 흔들에도 버티도록 설계됐지만 거기에도 한계는 있는 법이고, 열개는 분명 그 한계를 능가하는 사건이었다. 이카는 어쨌든 모래벌판보다는 손상된 고가도로를 사용하는 편이 빠르기 때문에 위험을 감수하는 편을 택했다. 모든 오로진은 경계 태세를 발동 중이다. 너희가 고가도로 위에 있을 때 잔흔들보다 조금이라도 더 안 좋은 일이 생긴다면 엄청난 재앙이 벌어질 수 있기 때문이다. 하루는 펜티가 본능을 억누르는 데에만 몰두한 나머지 너무 지쳐서 무심코 불안정한 깨진 아스팔트 위에 발을 내딛고, 아스팔트 덩어리가 골조 사이로 추락하기 전에 때마침 다른 로가 아이 하나가 펜티를 다급히 붙잡아 끌어 올린다. 펜티보다 부주의한 어떤 사람들은 그런 행운을 누리지 못한다.

산성비는 뜻밖의 요소다. 돌의 가르침은 계절이 기후에 끼치는 다양한 영향에 대해 자세히 전하지 않는다. 그런 예상이 맞아떨어지는 경우는 거의 없으니까. 하지만 전혀 예상치 못했던 일도 아니다. 열개는 적도에서 북쪽을 향해 열기와 미립자를 뿜어 내고 있다. 바다에서 불어오는 습기 머금은 열대바람이 이 구름 씨앗을 품은 에너지 벽과 충돌하면 폭풍우가 발생한다. 조금 전에 눈이 올까 봐 걱정한 게 기억나지? 틀렸다. 실은 끝없고 고달픈 비가 쏟아지고 있다.

(하지만 비의 산성도는 낮은 편이다. 산제가 건립되기 훨씬 전이라 너는 모를 테지만, 토양 변화의 계절에 동물의 피부를 오렌지 껍질처럼 벗겨지게 만드는 산성비가 내린 적이 있었지. 이건 그때에 비하면 아무것도 아니고, 빗물에 희석돼 있다. 식초처럼. 너는 괜찮을 거야.)

이카는 고가도로 위에서 사람들을 거의 살인적인 속도로 다그친다. 첫날에는 어둠이 떨어지고도 한참 뒤에야 야영지를 꾸렸고, 네가 피곤한 몸을 끌고 텐트를 치고 한참이 지날 때까지도 러나는 너를 찾아오지 않았다. 넘어지거나 발목을 삔 환자 대여섯 명을 치료하고 호흡 곤란을 겪고 있는 두 노인과 임산부를 돌보느라 정신이 없기 때문이다. 노인들과 임산부는 잘 견디고 있다고, 새벽이 되어서야 네 침낭 속으로 들어온 러나가 말한다. 옹기장이 온트라그는 오기로 버티고 있고, 임산부는 가족들과 번식사들 절반이 달라붙어 돌보고 있다. 문제는 부상이다.

"이카한테 말해야겠어요."

너는 비에 젖은 저장빵과 시큼한 소시지를 그의 입에 밀어 넣은 다음 잠자리에 눕히고 이불을 덮어 준다. 러나는 무심결에 자동적으로 입안에 든 것을 씹고 삼킨다.

"이런 속도로는 계속 못 가요. 이대로 가다간 사람들을 잃을 겁니다. 만약에……."

"이카도 알아."

너는 러나에게 말한다. 될 수 있는 한 온화하게 말했지만 그는 입을 다문다. 러나는 네가 어색한 동작으로 한쪽 팔만 이용해, 하지만 무사히 그의 옆에 누울 때까지 너를 빤히 바라본다. 끝내 피로가 번민을 상대로 승리를 거두고, 그는 잠든다.

하루는 네가 이카와 나란히 걷는다. 그녀는 훌륭한 지도자답게 무리의 선두를 지키며 누구보다도 혹독하게 스스로를 채찍질하고 있다. 한낮에 휴식을 취할 때가 되자 이카가 장화 한쪽을 벗고, 너는 물집이 터져 피가 흘러내리는 그녀의 발을 본다. 네가 미간을 찌푸리며 그녀를 빤히 쳐다보자, 버티다 못 한 이카가 한숨을 쉰다.

"돌아다니면서 쓸 만한 장화 없나 얻어 올 생각은 집어치우는 게 좋을 거야. 너무 헐렁해서 그래. 시간 여유가 좀 있을 줄 알았지."

"네 발이 썩기라도 하면."

네가 입을 열자 이카가 눈동자를 굴리며 야영지 한가운데 놓여 있는 물자 더미를 가리킨다.

너는 이카가 가리킨 것을 흘깃 보고는 어리둥절해진다. 다시 질책 모드로 들어서려다 입을 다문다. 곰곰이 생각한다. 비축물자를 다시 쳐다본다. 만약에 모든 수레에 소금 뿌린 저장빵 상자 하나와 소시지 상자가 실려 있고, 저 나무통에는 야채 절임이 들어 있고, 저건 곡물과 콩……

너무 적다. 1000명이나 되는 사람이 머츠 사막을 통과하는 수 주일 동안 버티기엔 식량이 너무 적다.

너는 더 이상 장화 문제로 타박하지 않는다. 이카가 다른 사람들에게서 양말 몇 켤레를 얻어온다. 그건 도움이 된다.

너는 네가 꽤 잘 버티고 있다는 데 충격을 받는다. 너는 건강하지 않다. 엄밀히 말하자면 그렇다. 월경이 멈추긴 했지만 아직 폐경을 맞은 건 아닐 것이다. 몸을 씻으려고 옷을 벗을 때마다(어차피 쉼 없이 비가 내리고 있어 별 의미는 없지만 습관은 어쩔 수가 없다.) 늘어져 처진 피부 위로 갈비뼈가 도드라진 게 보인다. 하루 종일 가열하게 걷는 것은 원인의 일부분일 뿐이다. 또 다른 이유는 네가 끼니를 때우는 것을 까먹기 때문이다. 하루를 마칠 즈음이면 피곤하긴 하지만 그조차 비현실적으로 느껴지고, 마치 네 몸이 네 몸이 아닌 것 같다. 러나를 만질 때면(섹스를 위해서가 아니다. 그런 것까지 할 기운은 없다. 하지만 서로 껴안고 따뜻한 체온을 나누면 칼로리가 절약되고 러나에게도 그런 위안은 필요하다.) 기분이 좋지만, 역시 그런 너 자신을 멀리서 보고 있는 느낌이다. 네 몸과 분리되어 허공에 둥둥 떠서 한숨 쉬는 러나를 내려다보고 남의 하품 소리를 듣고 있는 것 같다. 마치 그 모든 일이 다른 사람에게 일어나고 있는 것처럼.

알라배스터도 그랬었지. 너는 문득 생각한다. 네 몸이 육신이 아닌 것으로 변해 가면서 점점 심해지는 육신과의 괴리감. 너는 앞으로는 가능한 한 끼니를 반드시 챙겨 먹기로 다짐한다.

예상했던 대로 사막에 들어온 지 3주일이 지나자 고가도로의 방향이 서쪽으로 바뀐다. 이제 카스트리마는 다시 지상으로 내려와 고집 센 사막과 치열하게 다퉈야 한다. 하지만 어떤 면에서는 이게 더 쉽다. 적어도 지상에서는 발밑이 갑자기 무너지는 일은 없으니까. 하지만 다른 한편으로 모래바닥은 아스팔트보다 걷기가 훨씬 어렵다. 모두의 속도가 느려진다. 마시시는 모래와 재의 표면층에서 습기를 모아 사람들의 발밑을 단단하게 얼리는 재주로 그의 가치를 증명한다. 하지만 그건 엄청난 힘과 노력을 요하는 일이고, 그래서 그는 가장 곤란한 때에 대비해 힘을 비축해 둔다. 마시시는 테멜에게 요령을 가르치려 하지만 테멜은 평범한 야생 오로진이다. 그는 그런 일을 하는 데 필요한 정밀한 기술을 구사할 수 없다.(너도 전에는 저런 일을 할 수 있었지. 너는 거기에 대해 생각하지 않으려고 한다.)

보다 쉬운 길을 찾으러 갔다 온 정찰대의 보고는 늘 똑같다. 사방이 삭아빠질 모래와 재와 진창뿐이다. 편한 길은 존재하지 않는다.

카스트리마는 고가도로에 세 사람을 두고 왔다. 발이 삐거나 부러져 더는 걸을 수 없는 사람들. 너는 모르는 사람들이다. 원칙적으로는 부상이 회복되면 너희를 뒤따라오게 되어 있지만, 너는 그들이 식량도 잠잘 곳도 없이 어떻게 건강을 회복할 수 있을지 모르겠다. 지상에 내려온 뒤에는 더욱 나빠졌다. 발목을 분지른 사람이 대여섯은 되고, 다리가 부러진 것도 한 명, 한 완력꾼은 수레를 끌다가 허리가 나갔다. 모두 지상에 내려온 지 하루 만에 일어난 일이다. 시간이 조금 지나자, 러나는 먼저 도움을 요청하지 않는 한 사람들의 몸 상태를 살펴보는 것을 그만둔다. 대부분은 그를 부르지 않는다. 어차피 그가 할 수 있는 일은 없고 모두가 그 사실을 알고 있다.

쌀쌀한 어느 날, 옹기장이 온트라그가 털썩 주저앉아 더 이상 가고 싶지 않다고 선언한다. 이카는 그녀와 말다툼을 벌인다. 솔직히 너는 이카가 그럴 줄 몰랐다. 온트라그는 이미 젊은 두 제자들에게 가진 기술을 모두 전수해 줬고 더 이상은 쓸모가 없다. 아이를 낳을 나이도 지난 지 오래고, 구 산제의 법률과 돌의 가르침에 따르면 향장으로서 별로 어려운 선택도 아니다. 마침내 온트라그가 이카에게 닥치라고 윽박지르더니 딴 쪽으로 걸어가 버린다.

이건 나쁜 징조다.

"더는 못 해먹겠어."

나중에, 길가에 남은 온트라그가 드디어 네 시야에서 사라졌을 때, 너는 이카가 이렇게 말하는 것을 듣는다. 이카는 평소와 다름없는 꾸준한 속도로 터벅터벅 걸어가고 있다. 푹 숙인 고개 위로 축축한 회발 타래가 그녀의 얼굴을 가리고 있다.

"못 하겠다고. 이건 옳지 않아. 이래서는 안 돼. 이건…… 카스트리마 사람이 된다는 건, 삭을, 단순히 유용해지는 게 아니라고. 온트라그는 보육학교에서 날 가르쳤단 말이야. 이야기도 많이 알고 있고. 난 이제 도저히 못 하겠어."

어린 시절부터 다수를 살리기 위해 소수를 죽여야 한다는 교육을 받아 온 햐르카, 카스트리마의 지도층이 이카의 어깨를 토닥이며 말한다.

"해야 할 일을 하는 것뿐이야."

이카는 그 뒤로 몇 킬로미터 동안 아무 말도 하지 않는다. 어쩌면 더는 할 말이 없기 때문인지도 모른다.

가장 먼저 채소류가 떨어진다. 그다음은 고기다. 이카는 저장빵을 가능한 한 오래 배급하려 하지만 어쨌든 인간은 먹지 않으면 속도를 유지할 수가 없다. 결국 이카는 하루 한 번 얇은 납작과자를 배급한다. 충분하진 않아도 아무것도 없는 것보단 낫다. 그러고는…… 마침내 아무것도 남지 않는다. 그래도 너희는 계속 걷는다.

먹을 게 바닥난 상태에서 사람들은 희망만을 붙잡고 버텨 나간다. 어느 날 밤, 다넬은 모닥불 주위에 둘러앉은 향민들에게 말한다. 사막을 건너면 제국도로가 나온다고. 그것만 타면 레나니스까지는 금방이라고. 삼각주 지역에 있어서 땅도 비옥하고, 한때는 적도권의 곡창지대였다고. 향 주변에 버려진 농장들도 많다고. 다넬의 군대는 남하하면서 신나게 배를 채웠다고 한다. 사막만 넘으면 음식을 먹을 수 있어.

사막만 넘으면.

너는 이 이야기의 끝을 알아. 그렇지? 아니라면 지금 이렇게 앉아서 이야기를 듣고 있을 수가 없을 테니까. 하지만 때때로 정말로 중요한 건 최종 단계가 아니라 그 과정에 있단다. 그게 제일 중요하지.

그래서 너희는 드디어 마지막 단계에 이른다. 사막을 건너기 시작했을 때에는 거의 1100명에 달했던 사람들이 제국도로에 도착했을 때에는 800하고도 50명이 조금 넘을 정도다.

그 뒤로 며칠 동안, 향이 붕괴하기 시작한다. 이제 절박해진 이들은 사냥꾼이 구해 오는 식량을 순번대로 기다리는 게 아니라 비틀거리는 몸으로 반쯤 썩은 덩이식물과 쓰디쓴 애벌레, 씹기도 힘든 나무뿌리를 찾아 산성비에 젖은 땅을 파헤친다. 이곳의 땅은 말라빠졌고 풀도 나무도 없으며, 레나니스 사람들이 오랫동안 버려둔 탓에 절반은 황폐하고 절반은 비옥하다. 이카는 너무 많은 향민을 잃기 전에 마침 건물 몇 채가 아직 남아 있는 낡은 농장에 야영지를 세우라고 명령한다. 건물이라고 해 봤자 기틀과 뼈대밖에 남지 않은 벽에 불과하지만 어쨌든 아직 무너지지는 않았다. 이카가 원한 것은 지붕이다. 사막을 거의 다 건너온 지금, 빗발이 약해지고 간헐적이긴 해도 아직도 산성비가 내리고 있기 때문이다. 마른 잠자리에서 잘 수 있다는 것은 기쁜 일이다.

사흘. 이카는 사람들에게 사흘간 휴식을 취할 시간을 준다. 흩어졌던 사람들이 하나둘씩 다시 모여들고, 어떤 이들은 몸이 약해 스스로 먹을 것을 구할 수 없는 사람들에게 식량을 나눠 주기도 한다. 충직하게 귀환한 사냥꾼들이 가까운 냇가에서 물고기를 잡아 온다. 한 사냥꾼이 구해 온 물건은 너희 모두를 구원한다. 이제껏 지나온 모든 죽음에도 불구하고 다시 삶을 체감하게 해 준다. 이름 모를 농부가 몰래 감춰 두었던 옥수수가루. 폐허가 된 집 마룻바닥에 점토 항아리가 숨겨져 있었다. 우유도 달걀도, 말린 고기도 없이 그저 산성 물만 섞었을 뿐이지만 음식이란 영양가만 있으면 그만이라고 돌의 가르침도 전하지 않던가. 그날 밤 카스트리마 사람들은 옥수수가루 튀김으로 잔치를 즐긴다. 항아리 하나가 깨진 탓에 깍지벌레가 바글거리지만 아무도 신경 쓰지 않는다. 단백질이 덤으로 추가됐을 뿐인걸.

많은 사람들이 다시는 돌아오지 않는다. 지금은 계절이다. 모든 것이 변하기 마련이다.

사흘이 지나자 이카는 지금까지 야영지에 남은 사람들이 카스트리마 향이라고 선언한다. 돌아오지 않은 자들은 향에서 방출되었고, 이제 그들은 무향민이다. 그들이 어떻게 죽었을지 또는 누가 그들을 죽였을지 궁금해하는 것보다 간단한 해결법이다. 남은 자들은 야영지를 걷는다. 너희는 다시 북쪽으로 향한다.

***

이야기가 너무 빠르니? 어쩌면 비극을 이렇게 간단하게 요약해서는 안 될지도 모르지. 잔인한 게 아니라 반대로 상냥하게 굴려는 거란다. 그래도 계속 살아가야 한다는 것, 그것이야말로 실로 잔인한 일이지……. 하지만 네가 느끼던 거리감, 단절감은 치유된다. 가끔은.

나는 사막에서 너만 데려갈 수도 있었다. 그랬다면 너는 그들과 달리 괴로움을 겪지 않아도 됐겠지. 하지만…… 그들은 너의 일부였다. 카스트리마 향의 사람들. 네 친구들. 동료들. 너는 그들을 끝까지 지켜봐야 했다. 고통은 너를 치유한다. 적어도 지금은.

네가 나를 단순한 돌로, 인간 아닌 것으로 생각하지 않도록 나도 내가 할 수 있는 일을 했단다. 사막의 모래 밑에서 동면하는 야수들은 사람을 잡아먹기도 한다. 알고 있었니? 네가 그 위를 지날 때 그것들이 눈을 떴지만 내가 쫓아냈다. 수레의 목재 버팀축 하나가 산성비에 삭았을 때에도 너희는 눈치 채지 못했지. 나는 나무를 변화시켜(정확히 말하자면 석화시켰지만 네가 이 표현을 더 선호한다면) 부러지지 않게 만들었다. 버려진 농장에서 좀먹은 깔개를 움직여 너희 사냥꾼들이 옥수수가루를 발견할 수 있게 한 것도 나였다. 온트라그는 옆구리와 가슴의 통증이 점점 심해지고 있고 숨 쉬기가 힘들다는 말을 이카에게 하지 않았고, 카스트리마와 헤어진 뒤에 그리 오래 살지 못했다. 온트라그가 숨을 거둔 밤에 나는 그녀를 찾아가 미약하나마 고통을 덜어 주었단다.(너도 그 노래를 들은 적이 있지. 안티모니가 알라배스터에게 불러 준 노래. 언젠가는 나도 네게 이 노래를 불러 줄 거야…….) 온트라그는 마지막 순간 혼자가 아니었다.

내가 한 이야기가 조금이라도 위안이 되니? 부디 그러길 바란다. 전에도 말했지만 나는 아직 인간이다. 네가 나를 어떻게 생각하는지는 내게 아주 중요한 의미를 지닌다.

카스트리마는 살아남는다. 그게 가장 중요하다. 그리고 너도 살아남는다. 어쨌든 적어도 지금은 그래.

그리고 마침내, 시간이 조금 흘러, 너는 레나니스의 남쪽 경계에 도달한다.

위험을 뚫고 살아남음을, 안전을 확보함을 찬양하라.

필요는 유일한 법이다.

— 세 번째 석판, 「구조」, 제4절

10장

나쑨은 불길을 뚫고

모든 일은 땅속에서 일어난다. 그리하여 그것을 알고, 네게 말해 주는 것은 나의 몫이다. 고통은 그 아이의 몫이다. 정말 유감이야.

무지갯빛 광택을 가진 차량의 내부 벽에는 우아한 덩굴무늬가 황금빛 상감세공으로 새겨져 있다. 단순한 장식용인지 아니면 따로 실용적인 목적이 있는 건지 모르겠다. 딱딱하고 반질반질한 의자는 은은한 파스텔 톤에, 찾은달에서 가끔 먹은 적이 있는 홍합 껍데기 같은 모양이고 쿠션은 엄청나게 푹신푹신하다. 좌석은 바닥에 고정되어 있는데 옆으로 회전하기도 하고 등을 기대면 기울어지기도 한다. 도대체 뭘로 만든 건지 나쑨은 짐작도 가지 않는다.

자리를 잡고 앉자, 갑자기 허공에서 음성이 흘러나와 나쑨은 깜짝 놀란다. 여성의 목소리는 정중하고 사무적이며, 왠지 몰라도 민음직하게 들린다. 하지만 그 언어는…… 나쑨에게는 낯설고 이해할 수도 없다. 다만 음절의 발음이 산제어와 비슷하고 문장을 말하는 리듬과 어순도 나쑨의 귀가 기대하는 것과 일치한다. 나쑨은 첫 문장의 일부분이 어서 오라는 환영 인사라고 생각한다. 묘하게 명령조로 느껴지는 문단에서는 한 단어가 거듭 반복되는데 부탁드립니다 같은 뜻인 것 같다. 하지만 나머지는 알아들을 수가 없다.

여성의 음성은 금세 끝나고, 다시 정적이 찾아온다. 나쑨은 무심코 샤파를 올려다봤다가, 그가 얼굴을 일그러뜨린 채 뭔가에 집중해 눈을 가느스름하게 좁히고 있는 걸 보고는 조금 놀란다. 턱에도 긴장감이 가득해 평소보다 더 입가에 핏기가 없다. 은빛이 그를 너무도 심하게, 참을 수 없을 만큼 아프게 하고 있는 것 같다. 그런데도 샤파가 놀란 표정으로 나쑨을 마주 본다.

"이 언어가 기억난다."

"이 이상한 말요? 아까 뭐래요?"

"이게……." 샤파가 얼굴을 찡그린다. "이걸 이동수(移動獸)라고 부른다고 한다. 2분 뒤에 이곳을 출발해 코어포인트로 이동할 예정인데 목적지까지는 여섯 시간이 걸린다는구나. 그리고 다른 차량과 다른 경로, 또 돌아오는 다양한…… 노드에 대해 말한 것 같긴 한데, 그게 무슨 뜻인지는 기억이 안 난다. 그리고 편안한 여행이 되길 바란다고 했다."

샤파가 힘없이 웃는다.

"아."

샤파의 대답에 만족한 나쑨은 의자에 깊숙이 기대앉아 발을 대롱대롱 흔든다. 행성 반대쪽까지 여섯 시간밖에 안 걸린다고? 하지만 별로 놀랄 일이 아닌 것 같기도 하다. 이것도 오벨리스크를 만든 사람들의 작품이니까.

가만히 앉아서 기다리는 것 말고는 달리 할 일이 없다. 나쑨은 조심스러운 동작으로 비상자루를 어깨에서 내려 의자 등받이 뒤에 건다. 그러다 문득 바닥에 이끼 같은 것이 자라고 있는 것을 발견한다. 진짜 이끼는 아닐 테고, 그렇다고 우연히 여기서 자라는 것도 아닐 테다. 반듯한 사각형 패턴으로 깔려 있으니까. 발을 내밀어 문질러 보자 카펫처럼 부드럽다.

샤파는 평소와 달리 안절부절못하고 이 편안한…… 어…… 이동수 안을 서성이며 이따금 벽에서 금빛 혈관처럼 빛나는 무늬를 만져 본다. 걸음걸이 자체는 느리고 규칙적이지만, 샤파에게는 별로 흔치 않은 일이라 나쑨도 왠지 점차 불안해진다.

"타 본 적이 있어." 그가 중얼거린다.

"네?"

물론 나쑨은 샤파가 한 말을 들었다. 그저 무슨 소리인지 몰라 어리둥절할 뿐이다.

"이 이동수 말이다. 어쩌면 똑같은 자리였는지도 몰라. 난 이걸 타 본 적이 있다. 느낄 수 있어. 그리고 저 언어도…… 기억은 안 나지만, 왠지……." 샤파가 갑자기 목을 으르렁대며 손가락으로 머리카락을 헤집는다. "익숙하다. 하지만, 아니, 아니야……. 맥락이 없어! 의미가 없다! 이 여행은 뭔가 잘못됐어. 뭔가가 잘못됐는데 그게 뭔지 기억나지가 않아."

나쑨이 알던 샤파는 처음부터 어딘가 잘못돼 있었지만 그게 나쑨에게도 잘못된 것처럼 보이는 건 처음이다. 평소보다 훨씬 빨리 말을 속사포처럼 쏟아 내고 있어 단어들끼리 서로 물리고 부딪친다. 눈을 희번덕거리며 이동수 내부를 두리번거리는 것이 마치 존재하지 않는 뭔가를 보고 있는 것 같다.

나쑨은 불안감을 애써 감추며 손바닥으로 옆자리를 탁탁 두드린다.

"이거 엄청 부드러워서 잠을 자도 괜찮을 거 같아요, 샤파."

속이 빤히 보이는 말인데도, 샤파가 고개를 돌려 나쑨을 바라본다. 딱딱하게 경직돼 있던 표정이 순간 부드럽게 풀어진다.

"항상 나를 걱정해 주는구나, 내 작은 아이야."

하지만 샤파의 초조함은 정말로 나쑨의 말에 누그러지고, 샤파는 나쑨이 가리킨 의자로 다가와 앉는다.

그때(나쑨은 펄쩍 놀란다.) 다시 여성의 음성이 울려 퍼진다. 뭔가를 묻고 있다. 샤파가 눈살을 찌푸리며 천천히 해석해 준다.

"내 생각엔 저게 이동수의 목소리인 것 같은데…… 우리한테 말을 걸고 있다. 혼자 일방적으로 떠드는 게 아니야."

나쑨은 몸을 꿈지럭거린다. 갑자기 여기 앉아 있는 게 영 편치 않다.

"말을 걸어요? 이게 살아 있다고요?"

"이런 곳을 만든 사람들에게 산 생물과 그렇지 않은 무생물이 뭐가 다를지 모르겠다만……."

샤파가 잠시 머뭇대더니 목소리를 높여 공중에 대고 더듬더듬 이상한 말을 한다. 음성이 다시 대답한다. 나쑨이 아까 들은 단어들이 섞여 있다. 단어가 어디서 시작되고 끝나는지는 몰라도 똑같은 음절이 있다.

"저 말에 따르면 어…… 환승 지점에 접근 중이라고 한다. 그리고

음…… 뭔가를 경험하고 싶으냐고 물어보는 거 같은데." 샤파가 신경질적으로 고개를 가로젓는다. "뭔가를 보고 싶으냐고 물어보는 것 같다. 이해는 되는데 우리말로 옮기기가 어렵구나."

긴장한 나머지 근육이 실룩거린다. 나쑨은 발을 모아 의자 위에 올려놓으며 혹시 이 동물-물건이 아프진 않을까 걱정한다. 자기가 뭘 묻고 싶은지도 잘 모르겠다.

"그걸 보면 아플까요?"

원래는 이동수가 아플까요?라고 물으려는 거였지만 우리가 아플까요?도 같이 생각하지 않을 수가 없다.

샤파가 나쑨의 질문을 통역하기도 전에, 음성이 즉시 대답한다.

"아니요."

나쑨은 소스라치게 놀라 앉은 자리에서 거의 펄쩍 뛰어오르고, 여기 예전의 에쑨이 있었다면 호통을 치고 남을 정도로 아이의 조산력이 크게 요동친다.

"방금 아니라고 한 거예요?"

나쑨이 허둥지둥 이동수 안을 두리번거리며 말한다. 어쩌면 우연이었을지도 모른다.

"생물마력 추가 용량 사용 요청……." 음성이 다시 고대 언어로 말하기 시작하지만, 나쑨은 이상한 발음의 산제어를 들은 것이 자신의 상상이 아니라고 확신한다. "처리 중……."

문장이 끝난다. 목소리는 침착하고 부드럽지만 주변 벽에서 직접 흘러나오는 것 같고, 그래서 나쑨은 어디를 쳐다봐야 할지 모른다는 것, 목소리는 들리지만 쳐다볼 상대의 얼굴이 없다는 사실이

영 마땅찮다. 입도 없고 목구멍도 없는데 말은 어떻게 하는 걸까? 탈것의 외부에 나 있는 무수한 섬모가 곤충다리처럼 서로 비벼서 소리 내는 모습을 상상하자 온몸이 오싹해진다.

차량이 말을 잇는다.

"번역……" 어쩌고 "언어 변천에 따른……."

귀에 들리는 건 산제어 같은데 무슨 뜻인지 전혀 모르겠다. 여성의 음성이 계속해서 이해할 수 없는 단어를 늘어놓는다.

나쑨은 샤파를 올려다본다. 샤파도 놀란 표정으로 얼굴을 찌푸리고 있다.

"아까 물어본 거에 어떻게 대답해요?" 나쑨이 속닥인다. "저게 말한 걸 보고 싶으면 어떻게 하죠?"

그 질문에 대한 대답으로(비록 나쑨은 이동수에게 직접 물어볼 의도는 아니었지만) 두 사람 앞에 있는 밋밋한 벽에 못생긴 사마귀가 돋는 것처럼 갑자기 검고 둥그런 점이 생겨난다. 그러고는 순식간에 옆으로 번져 나가 벽의 절반 정도가 새까맣게 변한다. 마치 창문으로 도시의 배 속을 들여다보는 것처럼. 하지만 이동수 바깥은 컴컴한 암흑뿐이다.

새로 생겨난 창문 아래쪽 가장자리에 조명이 비추기 시작한다. 나쑨은 깨닫는다. 이건 진짜 창문이야. 어떻게 한 건지는 몰라도 이동수 몸체의 전면부가 통째로 투명해진다. 지하로 내려온 계단 옆에 줄지어 붙어 있던 것과 똑같은 네모난 빛판이 앞에 놓인 어둠을 순차적으로 밝혀 나간다. 덕분에 나쑨은 이동수 주변을 둥글게 감싸고 있는 벽을 볼 수 있다. 터널은 이동수가 간신히 통과할 만큼 좁고, 흠결 하나 없는 반듯함을 좋아하는 오벨리스크 건설자들의 취향을 생각하면 의외다 싶을 만큼 아무렇게나 대강 잘라 낸 암석 벽을 지나고 있다. 이동수는 곡선으로 휘어진 이 터널을 따라 빠르지는 않아도 꾸준한 속도로 이동한다. 몸통 밑에 있는 섬모가 분주하게 움직여서 앞으로 나가는 걸까? 아니면 나쑨은 상상도 못 하는 다른 방법으로? 나쑨은 호기심을 느끼면서도 동시에 약간 지루해진다. 그런 게 가능하다면 말이지만. 이렇게 느린 것이 여섯 시간 만에 세상 반대편에 갈 수 있다니 믿을 수가 없다. 여섯 시간 내내 컴컴한 바위굴 속을 심심한 하얀 불빛을 따라 이상하게 안절부절못하고 있는 샤파와 육신 없는 목소리를 길동무 삼아 가야 한다면 실제보다도 훨씬 길게 느껴질 것이다.

그때 곡선을 그리며 휘어 있던 터널이 곧게 방향을 바꾸고, 나쑨은 처음으로 구멍을 목격한다.

구멍은 그다지 크지 않다. 그럼에도 거기엔 뭔가 즉시적으로 사람의 본능을 자극하는 데가 있다. 둥근 아치 천장을 이고 있는 동굴 한가운데, 수많은 빛판이 구멍을 에워싸고 있다. 이동수가 가까이 접근하자 빛판이 흰색에서 밝은 붉은빛으로 변한다. 나쑨은 그게 경고의 의미라고 짐작한다. 구멍 밑에는 거대한 암흑이 아가리를 쩍 벌리고 있다. 나쑨은 본능적으로 그 밑에 얼마나 큰 공간이 있는지 보니려 한다. 하지만 할 수가 없다. 구멍의 둘레를 보닐 수는 있다. 지름은 6미터 정도고, 완벽한 원형이다. 하지만 그 깊이는…… 나쑨은 미간을 찌푸리고는, 저도 모르게 허리를 곧게 펴며 다시 집중한다. 마음속에서 사파이어가 들썩이며 자신의 힘을 사용하라고 손짓하지만, 나쓴은 그 제안을 물리친다. 이곳에는 은빛, 즉 마법에 나쓴은 알 수 없는 방식으로 반응하는 것들이 너무 많다. 게다가 나쓴은 오로진이다. 땅속 구멍의 깊이를 보니는 건 아주 간단한 일이어야 하는데…… 하지만 이 구멍은 정말로 깊고, 깊고, 나쓴의 인지 범위를 한참 능가한다.

이동수의 선로는 저 구멍 속으로, 가장자리를 넘어 뻗어 있다.

원래 이러는 게 맞지? 나쓴의 목적은 코어포인트에 가는 것이다. 하지만 그 순간, 나쓴은 공황발작이 일 만큼 겁에 질린다.

"샤파!"

그 즉시 샤파가 나쓴에게 손을 내민다. 나쓴은 샤파의 손을 힘주어 꽉 쥔다. 샤파가 아파할지도 모른다는 걱정 따위는 하지 않는다. 그의 강인한 힘, 이제껏 항상 나쓴을 보호해 왔고 그녀에게는 결코 위협이 되지 않았던 그 힘이야말로 지금 나쓴에게는 무엇보다 절실한 것이다.

"예전에도 해 봤으니 걱정 말렴." 샤파의 목소리에는 왠지 확신이 결여되어 있다. "내가 이렇게 살아 있잖니."

하지만 어떻게 살았는지 기억 못 하잖아요. 나쓴은 뭐라고 설명해야 할지 모를 공포심을 느끼며 생각한다.

(그런 걸 불길한 예감이라고 한단다.)

구멍의 가장자리가 눈앞에 있다. 이동수가 앞쪽으로 기운다. 나쓴은 숨을 들이켜며 의자 손잡이를 콱 움켜쥐지만 이상하게도 현기증이 느껴지지는 않는다. 이동수는 더는 속도를 내지 않고, 그 자리에 멈춰 선다. 이동수가 전진에서 하강 모드로 전환하는 순간, 시야 귀퉁이에서 섬모 몇 개가 갑자기 흐릿해진다. 기내의 무슨 설정 같은 게 조정됐는지 나쓴도 샤파도 의자 앞쪽으로 몸이 기울거나 떨어지지 않는다. 이런 게 어떻게 가능한지 모르겠지만 나쓴의 허리와 엉덩이는 이전보다도 더 굳건하게 의자에 딱 붙어 있다.

지금까지는 너무 낮고 조용해서 거의 잠재의식 속에 흐르는 것 같던 이동수의 윙윙 소리가 조금씩 커지기 시작한다. 어딘가 숨겨져 있는 기계 장치가 점점 빨리 돌고 있는 게 틀림없다. 앞으로 기울던 이동수의 움직임이 멈추고, 시야가 다시 컴컴한 암흑으로 채워진다. 나쓴은 그게 거대한 입을 벌린 구덩이라는 것을 안다. 이제 그들 앞에는 아무것도 없다. 오직 하강뿐이다.

"발진." 목소리가 말한다.

갑작스런 가속에 몸이 의자 깊숙이 처박히자, 나쓴은 헉 놀라며 샤파의 손을 아까보다 더 세게 잡고 누른다. 실제 반작용은 당연히 그래야 하는 것만큼 심하지는 않다. 온몸의 감각이 방금 나쓴이 어마어마한 속도로, 말을 탄 것과는 비교도 안 될 만큼 엄청난 속도로 돌진하고 있음을 말해 주고 있기 때문이다.

어둠 속으로.

처음에 어둠은 절대적이다. 터널 속을 돌파하는 사이, 희미한 빛의 고리가 규칙적으로 옆을 스쳐 지나가는 게 보인다. 이동수의 속도가 차츰 증가하면서 빛의 고리도 점점 빠른 속도로 흘러가 이제는 섬광처럼 번쩍번쩍 순식간에 사라진다. 지금 뭘 보고 보니고 있는지를 깨닫기까지 세 번의 고리가 지나가고, 나쓴은 마지막 고리가 지나간 뒤에야 그것의 정체를 깨닫는다. 창문이다. 이 터널 벽에는 밝은 빛을 내는 창문이 있다. 이 아래 있는 건 거주 공간이다. 적어도 몇 킬로미터 아래까지는 말이다. 그러더니 창문이 사라지고, 한동안 암흑이 지속된다.

나쓴의 감각에 뭔가 변화가 보녀지더니, 터널이 급격히 밝아진다. 터널의 바위벽 위에 불그스름한 빛들이 흩뿌려져 있는 게 보인다. 아, 그래. 드디어 암석이 벌겋게 녹아내리는 심층까지 내려온 것이다. 새로운 붉은 빛이 이동수 내부를 핏빛으로 물들인다. 벽에 새겨진 가느다란 금빛 세공은 마치 불이 붙은 것처럼 보인다. 앞에 뭐가 있는지 처음에는 잘 보이지 않는다. 그저 회색과 갈색과 검은색 바탕에 뭔가 붉은 게 있다는 게 느껴질 뿐이다. 그러나 나쓴은 본능적으로 자신이 뭘 보고 있는지 알아차린다. 그들은 맨틀에 와 있다. 마침내 두려움이 호기심과 경외감에 압도되기 시작한다.

"연약권(軟弱圈)*이야."

나쓴이 중얼거린다. 샤파가 미간을 찌푸리며 그녀를 쳐다보지만, 눈앞에 있는 것에 이름을 붙이고 나자 더는 무섭지 않다. 이름에는 힘이 있다. 나쓴은 아랫입술을 깨물다가, 이윽고 샤파의 손을 놓고 의자에서 일어나 앞쪽 창으로 다가간다. 가까이 가니 지금 보고 있는 게 진짜가 아니라 일종의 환영이라는 걸 알겠다. 이동수의 안쪽 피부에 마치 홍조처럼 솟아난 자잘한 다이아몬드가 움직이는 모자이크 이미지를 만들고 있다. 대체 무슨 원리지? 나쓴은 짐작도 안 간다.

눈앞에 광경에 매료된 나쓴은 저도 모르게 손을 내밀어 건드려

* 맨틀 대류가 일어나는 융해된 암석권. — 옮긴이

본다. 이동수의 안쪽 피부는 뜨겁지 않다. 인간의 거죽 정도는 단숨에 타 버릴 만큼 뜨거운 땅속 깊은 곳에 있는데도. 나쑨이 눈앞의 이미지를 건드린 순간 마치 수면에 파문이 일듯 아이의 손가락 밑에서 이미지가 미세하게 일렁인다. 적갈색 파도 위에 손바닥을 얹자, 나쑨의 얼굴 가득 저절로 미소가 피어오른다. 겨우 몇십 센티미터 너머 이동수의 피부 건너편에 불타는 대지가 있다. 지금 이 순간, 나쑨은 저 밖에 존재하는 불타는 대지를 만지고 있다. 나쑨은 다른 쪽 손바닥마저 가져다 대고, 그 매끄러운 표면에 가만히 뺨을 대본다. 죽은 문명이 남긴 이 기이한 유물 속에서, 나쑨은 과거 존재했던 어떤 오로진보다도 대지와 일체된 존재다. 대지는 나쑨이고, 그녀의 내부에 존재하며, 나쑨 또한 그 안에 있다.

나쑨이 어깨 너머로 샤파를 돌아본다. 샤파는 눈가에 통증이 첨예하게 드러난 주름을 달고도 미소 짓고 있다. 평소의 미소와는 다른 웃음이다.

"왜요?"

"유메네스의 지도층 가문은 한때 오로진이 세상을 지배했다고 믿었지. 그들은 너희 종족이 다시는 권력을 잡지 못하게 막는 게 그들의 의무라고 여겼다. 너희가 잔혹한 지배자가 될 것이며, 평범한 인간들이 너희에게 한 짓을 그대로 되돌려 줄 것이라고 말이다. 난 그럴 리가 없다고 생각하지만 그럼에도……." 샤파는 붉은 대지 불의 찬연한 광채를 업고 선 나쑨을 몸짓으로 가리킨다. "너를 보렴, 작은 아이야. 설령 네가 그들이 상상한 것처럼 괴물이라고 해도…… 너는 진실로 아름답다."

나쑨은 샤파를 너무나도 사랑한다.

그리고 그렇기 때문에, 나쑨은 힘에 대한 환상을 포기하고 다시 그의 옆에 가서 앉는다. 가까이 가자 샤파의 몸이 얼마나 경직되어 있는지 느낄 수 있다.

"머리가 많이 아픈 거죠?"

샤파의 미소가 사라진다.

"참을 만하단다."

나쑨은 걱정스러운 마음에 그의 어깨에 손을 얹는다. 수십 번의 밤을 지나며 그의 고통을 잠재운 경험이 있기에 별로 어려운 일은 아니다. 하지만 이번에는 나쑨이 그의 몸에 은빛을 흘려보내도 세포 사이에 하얗게 작열하는 실 가닥들이 진정할 기미를 보이지 않는다. 아니, 오히려 아까보다 더 밝게 불타오른다. 샤파가 흠칫 몸을 굳히며 나쑨을 뿌리치고 다시 빠른 걸음으로 이리저리 걷기 시작한다. 쉼 없이 앞뒤로 서성이면서 거의 환하게 웃다시피 하지만 나쑨은 웃음이 생성하는 엔도르핀이 이번엔 아무 효과도 없다는 걸 알 수 있다.

어째서 더 밝게 타오르는 거지? 나쑨은 자신의 몸속을 들여다보며 이유를 찾아보려 한다. 나쑨의 몸 안을 흐르는 은빛은 평소와 똑같고 항상 그렇듯 선명하게 빛나며 거침없이 흐르고 있다. 샤파의 은빛으로 시선을 돌린 나쑨은 그때야, 그제서야 놀라운 사실을 발견한다.

이동수는 은빛으로 만들어져 있다. 가늘고 섬세한 선이 아니다. 차량 전체를 은빛이 감싸 안고 있을 뿐만 아니라 속속들이 스며들어 있다. 나쑨이 보고 있는 것은 은빛의 물결. 기다란 띠처럼 출렁이며 이동수의 앞쪽에서부터 시작되어 나쑨과 샤파의 주변을 에워싸며 다시 뒤에서 아물려 있다. 마법 덮개야. 나쑨은 깨닫는다. 이것이 땅속 열기를 밀어내고 압력에 저항하고 역선(力線)을 기울여 중력이 행성의 중심이 아닌 이동수 바닥으로 향하게 만들고 있는 것이다. 벽은 그저 마법을 지탱하는 뼈대로서 은빛이 흐르고 서로 연결되고 격자 구조를 형성하기 쉽게 돕는 역할을 수행할 뿐이다. 금빛 세공은 이동수의 머리 부분에 있는 거대한 에너지 휘돌이를 안정화하기 위한 장치다. 어쨌든 나쑨의 짐작에 따르면 그렇다. 왜냐하면 나쑨은 이런 마법들이 어떻게 상호작용하는지 이해할 수 없기 때문이다. 뭐가 너무 복잡하다. 이건 마치 오벨리스크에 타고 있는 것과도 같다. 바람을 타고 나는 것과도 같다. 나쑨은 은빛이 이런 신기한 일을 할 수 있을 줄은 꿈에도 몰랐다.

하지만 이 경이로운 벽 너머에 뭔가 다른 게 있다. 이동수의 외부에. 무언가.

처음에 나쑨은 자신이 인지하고 있는 것이 무언지 알 수가 없다. 빛인가? 아니야. 그녀는 전부 잘못 이해하고 있었다.

그것은 은빛이다. 나쑨의 몸속 세포 사이를 흐르는 것과 똑같은 은빛. 그것은 단 한 줄기의 은빛이다. 그러나 그것은 장대하고, 뜨겁고 말랑말랑한 반고체 암석과 지글거리는 고압의 물거품 사이에서 굽이치고 있다. 하나의 거대한 흐름…… 그런데도 두 사람이 지나온 터널보다도 길고도 길다. 나쑨은 이 은빛 줄기의 시작도 끝도 찾을 수가 없다. 이동수의 몸통보다 한참은 더 크고 두껍다. 하지만 나쓴의 몸 안에 있는 어떤 은빛 가닥보다도 더욱 선명하고 강렬하게 응축되어 있다. 똑같은데…… 거의 무한할 정도로 방대하다.

그제야 나쓴은 이해한다. 이해한다. 그토록 급작스럽게, 너무도 통렬하게, 이해한다. 나쓴의 두 눈이 번쩍 뜨이고, 아이는 경악스러운 깨우침에 휘청거리며 비칠비칠 뒷걸음질 치다 의자에 부딪쳐 넘어질 뻔했다가, 가까스로 의자를 움켜쥐고 몸을 세운다. 샤파가 가냘프게 끙끙대며 나쓴을 부축하려 손을 내밀지만, 순간 몸 안에서 은빛이 화르륵 타오르자 몸을 반으로 움츠리며 머리를 붙잡고 신음한다. 너무도 끔찍한 고통 때문에 수호자로서의 의무를 수행할 수도, 나쓴에 대한 걱정스러운 마음을 표현할 수도 없다. 그의 몸 안에 있는 은빛이 조금씩 부풀어 오르더니 벽 너머, 마그마 속을 흐르고 있는 거대한 은빛 줄기에 필적하리만큼 눈부신 광채를 내뿜는다.

마법. 스틸은 은빛을 마법이라고 불렀다. 조산력의 기저에 흐르고 있는 것. 살아 있거나 과거에 살아 있던 것으로 구성된 것. 아버지 대지의 이 깊숙한 곳에 존재하는 거대한 은빛은 살아 숨 쉬는 세포들 사이를 움직일 때와 한 치도 어김없는 방식으로 대지의 파편들 사이를 흐르고 있다. 그것은 이 행성이 살아 있기 때문이다. 나쓴은 본능적으로 확신한다. 아버지 대지가 살아 있다는 옛이야기들은 전부 진실이었다.

하지만 맨틀이 아버지 대지의 몸뚱이라면, 어째서 샤파의 은빛이 점점 더 밝게 타오르고 있는 걸까?

아냐. 설마, 안 돼.

"샤파."

나쑨이 속삭인다. 샤파가 끙끙대며 신음을 뱉는다. 힘없이 무너지는 몸뚱이를 한쪽 무릎으로 가까스로 지탱하며 머리를 부여잡고 헐떡인다. 나쑨은 그에게 다가가 달래 주고, 도와주고 싶다. 하지만 그 자리에 못 박힌 양 우두커니 서 있을 뿐이다. 방금 깨달은 사실이 제 앞에 다가오고 있음을 느끼며, 눈앞이 캄캄해지고 숨이 가빠진다. 나쑨은 부인하고 싶다.

"샤파, 제, 제발요, 샤파의 머릿속에 있는 그거, 그 쇳조각 말이에요, 코어스톤이라고 부르는 거, 샤파……."

나쑨의 목소리가 가늘게 떨린다. 숨을 쉴 수가 없다. 공포심이 목구멍을 틀어막는다. 안 돼. 안 돼. 여태까지 나쑨은 이해하지 못했지만 지금은 알고, 알 수 있고, 그걸 어떻게 멈춰야 할지 모르겠다.

"샤파, 머릿속에 있는 코어스톤, 어디서 난 거예요?"

이동수가 다시 인사말을 건네더니 길게 떠든다. 마치 다른 세계에서 들려오는 듯한 상냥하고 사근사근한 말투가 이젠 진저리가 난다.

"경이로우며, 오직 이곳에서만……." 어쩌고 "경로입니다. 이 이동수는……." 어쩌고 "중심이며 밝게……." 어쩌고 "여러분의 즐거움을 위해."

샤파는 대답하지 않는다. 그러나 나쑨은 이제 그 질문에 대한 대답을 보닐 수 있다. 자신의 몸 안에 흐르고 있는 가늘고 보잘것없는 은빛이 공명하는 것을 느낀다. 그러나 그 공명은 미약하다. 나쑨의 육신에서 생성된 오롯한 나쑨의 은빛이기에. 하지만 샤파와 다른 모든 수호자의 몸 안에 있는 은빛은 보님기관에 삽입되어 있는 코어스톤이 생성하는 것이다. 나쑨은 이따금 샤파의 코어스톤을 관찰하곤 했다. 샤파가 잠을 잘 때, 그리고 그에게 마법을 나눠 줄 때. 그것은 쇳조각이지만 나쑨이 이제껏 보닌 어떤 금속과도 다르다. 이상하리만큼 밀도가 높고, 이상하리만큼 활동적이다. 어느 정도는 그 코어스톤이…… 어디에선가 끌어와 샤파의 몸 안에 흘려 넣는 마법 때문이기도 하지만…… 정말 기묘하리만큼 활발하게 살아 있다.

이동수 승객들에게 좀처럼 보기 드문 세상의 신비, 속박되지 않은 세계의 심장을 보여 주기 위해 우측 차체 전체가 갑자기 스르륵 투명해졌을 때, 나쑨의 눈앞에 이글이글 불타는 그것이 있다. 땅 밑에 있는 은빛 태양. 너무도 밝게 타올라 저도 모르게 눈이 찡그려지고 그 거대함에 보님기관이 지끈거린다. 강렬한 마법에 사파이어와의 연결이 전율하고, 심지어 오벨리스크마저 하잘것없이 느껴지게 만드는 그것. 이것이 대지의 핵, 코어스톤의 근원이다. 지금 나쑨의 눈앞에 있는 것은 세계 그 자체다. 가까이 다가갈수록 화면 전체를 가득 메우고 그 너머까지 집어삼키는.

바위처럼 보이지는 않는데. 나쑨은 공포심에 허덕이면서도 망연히 생각한다. 땅 밑의 용융 금속과 이동수 주위에서 너울거리는 마법 때문에 그렇게 보이는지는 몰라도, 자세히 보니 희미한 빛이 어른거리는 것 같다. 뭔가 단단한 지점들이 있다. 더 가까이 접근하자, 나쑨은 이 밝은 구(球)의 표면에 이상한 반점들이 박혀 있다는 것을 깨닫는다. 오벨리스크다. 상대적으로 아주 작아 보이는 오벨리스크다. 수십 개의 오벨리스크가, 세상의 심장에, 마치 바늘겨레에 박힌 바늘처럼 곳곳에 박혀 있다. 하지만 그건 아무것도 아니다. 아무것도 아니다.

나쑨도 아무것도 아니다. 세상의 중심 앞에서는 그 무엇도 아무것도 아니다.

그를 데려가는 건 실수하는 거야. 스틸은 샤파에 대해 이렇게 말했다.

공황이 덮쳐 온다. 샤파가 쓰러진 순간, 나쑨은 그에게 달려간다. 샤파가 경련을 일으키고 있다. 크게 벌어진 입에서는 비명도 나오지 않고, 빙백색 눈은 크게 뜨여 있다. 나쑨은 뻣뻣하게 굳은 그의 등을 바닥으로 찍어 누르려 안간힘을 쓴다. 허공에서 바르작거리는 팔 하나가 나쑨의 빗장뼈를 강타하는 바람에 아이의 몸이 뒤로 날려가고 눈앞에 통증이 번쩍인다. 나쑨은 생각할 겨를도 없이 다시 샤파에게 황급히 달려간다. 팔을 붙들고 진정시키려 애쓴다. 왜냐하면 샤파가 머리를 향해 손을 뻗고 있고, 손가락을 갈고리처럼 구부려 자신의 머리가죽과 얼굴을 긁어 파내려 하고 있기 때문이다.

"샤파! 안 돼요!"

나쑨이 울부짖는다. 그러나 그의 귀에는 나쑨의 목소리가 들리지 않는다.

바로 그때, 이동수가 갑자기 어둠에 감싸인다.

하지만 움직임은 멈추지 않았다. 속도가 점차 느려지고 있을 뿐. 둘은 반고체 상태의 핵 내부에 진입했고, 이동수는 그 표면 위를 얕게 스치며 달리고 있다. 왜냐하면, 오벨리스크를 건설한 자들이라면 당연히 행성 내부를 통과할 수 있는 그들의 능력과 재주를 일종의 오락거리로 즐겼을 테니까. 나쑨은 격렬하게 소용돌이치는 은빛 태양의 눈부신 광휘를 느낀다. 그러나 그때, 뒤쪽의 벽-창문이 갑자기 꺼진다. 이동수 외부에서 뭔가가 마법 덮개를 압박하고 있다.

샤파가 나쑨의 무릎 위에서 소리 없는 고통에 몸부림치는 사이, 나쑨은 천천히 고개를 돌려 대지의, 지구(地球)의 핵을 마주한다.

여기, 성스러운 심장에서 사악한 대지가 그녀를 마주 본다.

대지는 말할 때 단어가 필요 없다. 너는 이미 알고 있겠지만 나쑨은 이제야 그 사실을 알게 되었지. 나쑨은 그 의미를 보니고, 귀 뼈의 진동을 듣고, 피부를 통해 전율하고, 눈물 고인 눈으로 느낀다. 그것은 마치 에너지와 감각, 감정 속에 익사하는 것과 같다. 아프다. 기억나지? 대지는 나쑨을 죽이고 싶어 한다.

아, 하지만 이것도 기억하렴. 나쑨도 똑같이 그것이 죽길 바란다.

그래서 그것은 말한다. 남반구 어딘가에 거대한 쓰나미를 일으키는 잔흔들을 통해. 안녕, 작은 적아.

(그 비슷한 말이다. 너도 알겠지만 나쑨의 여린 마음이 견딜 수 있는 건 그 정도가 다거든.)

샤파가 꺽꺽거리며 경기를 일으키고, 나쑨은 고통으로 뒤틀리는 샤파의 몸을 굳게 붙든 채 검게 물든 삭아빠질 벽을 노려본다. 아이는 이제 두렵지 않다. 분노가 나쑨을 강인하게 벼린다. 과연 나쑨은 그 어미의 딸이다.

"샤파를 놔줘." 아이가 으르렁거린다. "지금 당장 놔줘."

세상의 중심은 녹아 흐물거리는 금속. 그럼에도 단단하다. 나쑨의 눈앞에서 가단성(可鍛性)을 지닌 붉은 어둠의 표면에 파문이 일며 변형되기 시작한다. 나쑨은 그게 뭔지 금방 알아차리지 못한다.

하지만 왠지 익숙하게 보이는 패턴이다. 그래, 얼굴이다. 눈과 입, 어두운 코처럼 사람의 얼굴을 연상시키는 얼룩. 곧이어 눈의 형태가 또렷해지고 세심한 입술이 나타나고 눈 아래 검은 점이 돋고, 눈이 번쩍 뜨인다.

나쑨이 아는 사람은 아니다. 그저…… 있을 수 없는 곳에 떠오른 평범한 얼굴일 뿐. 나쑨은 그것을 사납게 노려본다. 스멀스멀 피어오르는 공포가 분노를 조금씩 잠식하고 있을 때, 나쑨은 또 다른 얼굴을 발견한다. 그리고 또 하나, 또 하나. 수많은 얼굴들이 갑자기 시야 전체를 가득 메운다. 새로운 얼굴들이 전에 있던 얼굴을 밀치며 울쑥불쑥 생겨난다. 수십, 수백의 얼굴들. 턱살이 길게 늘어진 피곤한 표정의 얼굴, 울다 나온 사람처럼 퉁퉁 부어 있는 얼굴. 저것은 입을 크게 벌리고 소리 없는 비명을 지르고 있다. 마치 샤파처럼. 간절한 눈길로 나쑨을 바라보며 소리가 들리더라도 이해할 수 없는 단어들을 뻐끔거리는 얼굴들.

그 모든 얼굴들이, 거대한 존재감을 내뿜으며 만족스럽게 일렁인다. 그건 내 거야. 소리로 말하는 게 아니다. 대지는 말할 때 단어가 필요 없다. 그렇지만.

나쑨은 입술을 꼭 다물고 의식을 뻗어 샤파의 몸 안에 무수히 뻗어 있는 덩굴손들을, 코어스톤 근처에 있는 것들을 닥치는 대로 자르고 쳐내기 시작한다. 하지만 샤파의 은빛 선들은 평소에 나쑨이 다른 산 것을 수술할 때와는 다르다. 잘리는 족족 순식간에 길게 되살아나 아까보다 더 사납게 맥동하며 활개치고, 그때마다 샤파는 격렬하게 몸부림친다. 나쑨은 상황을 더 악화시키고 있다.

선택의 여지가 없다. 나쑨은 자신의 은빛 선들로 샤파의 코어스톤 주위를 감싼다. 몇 달 전에 샤파가 허락하지 않았던 수술을 감행해야 할 때가 왔다. 설사 샤파가 앞으로 살날이 줄어든다고 해도 적어도 남은 인생을 고통스럽게 보낼 필요는 없을 것이다.

재미있다고 말하는 듯한 유쾌한 진동이 이동수 전체를 뒤흔든다. 샤파의 몸에서 폭발하듯 발산된 은빛 광채가 나쑨의 가녀린 은색 선들을 간단히 떨쳐내 버린다. 수술은 실패한다. 샤파의 코어스톤은 여전히 그의 보님기관 중앙에 확고하게 자리 잡고 있다. 마치 기생충처럼.

나쑨은 뭔가 도움이 될 만한 게 없는지, 지푸라기라도 잡고 싶은 심정으로 미친 듯이 주변을 두리번거린다. 그러다 문득, 불그죽죽한 어둠의 표면 위에서 수많은 얼굴들이 보글보글 끓어오르며 서로 자리를 바꾸고 빼앗는 광경에 시선을 빼앗기고 만다. 저 사람들은 대체 누굴까? 왜 여기, 대지의 심장 안에서 끓고 있는 걸까?

빚을 갚아야 하기 때문이지. 대지가 열기의 잔물결과 압도적인 압력으로 대답한다. 나쑨은 이를 악물며 대지의 대답이 내뿜는 경멸 가득한 압력에 짓눌리지 않기 위해 혼신을 다해 버틴다. 도둑질을 하거나 빌린 것은, 반드시 보상해야 한다.

그리고 나쑨은 그게 무슨 뜻인지 온전히 이해한다. 여기 대지의 품 안에서, 뼛속 깊숙이 대지의 의도가 울리며 스며드는 곳에서. 은빛, 즉 마법은 생명에서 비롯된다. 오벨리스크를 만든 자들은 마법을 동력으로 이용하고자 했고, 성공했다. 아, 대성공이었다. 그들은 마법을 이용해 상상을 뛰어넘은 경이로운 물건들을 만들어 냈다. 하지만 그럼에도 그들 자신의 생명력보다, 나아가 대지의 표면에 억겁의 세월 동안 축적된 삶과 죽음이 줄 수 있는 것을 능가하는 마법을 손에 넣고 싶었다. 그리하여 지표면 아래 얼마나 많은 마법이 축적되어 있는지 알게 되었을 때, 그저 손을 내밀어 파내기만 하면 된다는 사실을 알게 되었을 때……

그토록 방대한 양의 마법, 그토록 거대한 생명이 어쩌면…… 의식을 지니고 있을지도 모른다는 생각은 그들에게 떠오르지 않았다. 어쨌든 대지는 말을 사용하지 않으니까. 이제껏 세상에서 수많은 것을 보고 들었으나 그럼에도 여전히 어린애 특유의 순진함을 간직한 나쑨은, 어쩌면 이 위대한 오벨리스크 네트워크의 건설자들이 그들과 다른 삶이나 목숨을 별로 존중하지 않았을지도 모른다는 것을 깨닫는다. 그들은 펄크럼을 지배하던 자들, 약탈자들, 혹은 그녀의 아버지와 별로 다르지 않다. 그리하여 산 것을 착취할 수 있는 것으로만 여겼다. 원하는 것을 부탁하거나, 있는 그대로 놔두는 게 아니라 강탈하고 유린했다.

세상에는 정의로도 해결할 수 없는 범죄가 있다. 방법은 오직 배상뿐이다. 그래서 그들이 지표면 밑에서 쪽쪽 빨아간 모든 생명력에 대한 배상으로 대지는 100만 명이 넘는 인간 자투리들을 자신의 심장으로, 중심으로 끌고 간 것이다. 어쨌든 시신이란 땅에 묻혀 썩는 법이고, 토양 밑에는 지각판이 있고, 지각판은 궁극적으로 대지불로 흘러 들어가 맨틀 속에서 끊임없이 대류하므로…… 대지는 모든 것을 먹어 치운다. 그것만이 공평하고 합리적이다. 땅속 깊은 곳에서 분노에 몸서리치며 세상의 피부에 상흔을 내고 무수한 계절을 일으키면서. 그것은 정당한 일이다. 이런 적대적인 관계를 시작한 것은 대지가 아니다. 달을 훔쳐 간 것도, 다른 이의 살가죽 밑을 파고들어 생생하게 살아 있는 살점을 전리품이나 도구로 삼겠다고 뜯어 간 것도 대지가 아니다. 끝없는 악몽 속에서 인간을 노예로 만들 음모를 꾸민 것도 대지가 아니다. 전쟁을 시작한 것은 대지가 아니나, 당연한 제 몫을. 받아갈. 것이다.

그리하여. 아. 과연 나쑨이 그걸 이해하지 못할까? 나쑨의 증오심에 동요가 일고, 샤파의 셔츠를 움켜쥔 주먹에 힘이 들어가 파르르 떨린다. 그녀가 대지에게 공감하지 않을 수 있을까?

나쑨은 너무나도 많은 것을 빼앗겼다. 나쑨에게는 남동생이 있었다. 아버지도, 그리고 이제는 이해할 수 있지만 그러고 싶지 않은 어머니도 있었다. 그리고 집도, 꿈도. 고요 대륙의 사람들은 나쑨에게서 어린 시절과 미래에 대한 희망을 앗아 갔고, 바로 그 때문에 나쑨은 너무, 너무나도 화가 나서 **이 짓거리를 멈춰야 해**와 **내가 멈출 거야** 말고는 아무것도 생각하지 못하게 된 것이다…….

그래서 나쑨은 사악한 대지의 분노에 공명하지 않는가?

공명하고말고.

아, 굶주린 대지여, 이해하고말고.

나쑨의 무릎 위에 누운 샤파는 이제 꼼짝도 않는다. 나쑨의 한쪽 다리 밑이 축축하다. 샤파가 오줌을 지렸기 때문이다. 두 눈을 부릅뜨고 숨을 얕게 헐떡인다. 뻣뻣하게 굳은 근육이 이따끔 경련이 이는 것처럼 파드득거린다. 누구든 충분히 오랫동안 고문을 가한다면 무너지기 마련이고, 도저히 견딜 수 없는 것을 견디고자 하는 인간의 정신은 현실이 아닌 다른 곳으로 도피하기 마련이다. 나쑨은 고작 열 살이지만 영혼은 그보다 훨씬 성숙하며, 그런 것쯤은 이해할 수 있을 만큼 세상의 사악무도함을 수없이 목격했다. 나쑨의 샤파. 샤파가 떠나 버렸다. 그리고 어쩌면 다시는, 다시는 돌아오지 않을지도 모른다.

이동수가 속도를 낸다.

핵에서 벗어나자 시야가 다시 밝아진다. 내부 조명이 돌아와 부드러운 빛을 발한다. 샤파의 옷자락을 쥔 나쑨의 손가락에서 힘이 빠진다. 아이가 어지러이 회오리치는 거대한 핵을 물끄러미 바라보는 사이, 마침내 이동수의 측벽이 투명해진다. 정면에 있는 화면은 아직 사라지지 않았지만 역시 어두워지기 시작한다. 이제 그들은 다른 터널에 들어섰고 이번에는 더 넓고 단단한 검은 벽이 외핵과 맨틀의 열기를 차단해 준다. 나쑨은 이동수가 방향을 바꿔 상승하고 있으며 핵과 멀어지고 있는 것을 느낀다. 그들은 다시 지상으로, 행성의 반대쪽으로 향하고 있다.

샤파가 떠나 버린 지금, 나쑨은 혼자 속삭인다.

"이런 건 이제 멈춰야 해. 내가 멈출 거야." 눈을 감자 축축한 속눈썹이 엉겨 붙는다. "약속해."

누구에게 약속하는지는 나쑨도 모른다. 별로 중요한 것도 아니다.

잠시 후, 이동수가 코어포인트에 도착한다.

실 아나기스트1

아침이 되자, 그들은 켈렌리를 데려간다.

전혀 예상하지 못한 일이다. 적어도 우리는 그렇다. 사실 우리 때문에 일어난 일도 아니다. 우리는 재빨리 깨닫는다. 먼저 찾아온 건 지휘자 갈라트이고, 다른 상급 지휘자 몇 명도 정원 위쪽에 있는 집에서 이야기를 나누는 게 보인다. 갈라트는 켈렌리를 문 밖으로 불러내 이야기를 나누는데, 화가 난 것 같지는 않지만 목소리가 상당히 격앙돼 있다. 그때쯤 우리는 모두 일어나 있다. 그저 딱 하룻밤 딱딱한 바닥에 누워 다른 이들의 숨소리와 이따금 몸을 움직이는 소리를 들은 것밖에는 없지만 왠지 모를 죄책감에 동요의 파동이 물결친다. 나는 켈렌리를 주시한다. 그녀가 잘못될까 걱정스럽고, 무슨 일인지는 몰라도 그녀를 보호해 주고 싶다. 하지만 그녀가 어떤 위험에 처해 있는지 모르겠다. 켈렌리는 그들처럼 큰 키를 당당하게 세우고 갈라트와 대화를 나누고 있다. 나는 그녀가 금방이라도 갈라져 어긋날 것 같은 단층선처럼 긴장해 있는 것을 본다.

그들은 정원에 있는 오두막 문 밖에 5미터쯤 떨어진 곳에 있다. 일순 갈라트의 목소리가 날카롭게 치솟는다.

"언제까지 이런 쓸데없는 짓을 할 건데? 이런 창고에서 잠이나 자고!"

그러자 켈렌리가 조용히 대답한다.

"무슨 문제라도 있어?"

갈라트는 지휘자 중에서 직책이 가장 높다. 그리고 가장 잔인한 사람이기도 하다. 우리는 그가 일부러 그러는 것은 아니라고 생각한다. 갈라트는 그저 우리에게 잔인해질 수 있다는 것 자체를 이해하지 못할 뿐이다. 우리는 기계의 조율기에 불과하며, 오직 프로젝트의 성공이라는 목표에 걸맞게 조율되어야 한다. 그 과정에서 때때로 고통이나 두려움을 느끼거나 혹은 임무에서 해제되어 가시나무 덤불로 가게 되더라도…… 그건 부차적인 일에 불과하다.

우리는 늘 갈라트에게도 감정이라는 게 있는지 궁금했다. 나는 갈라트가 흠칫 놀라며 마치 켈렌리의 말이 그에게 주먹이라도 날린 것처럼 상처 입은 표정으로 한 발짝 물러나는 것을 보고는 그에게도 감정이 있다는 것을 알게 된다.

"내가 너한테 얼마나 잘해 줬는데."

갈라트의 목소리가 떨리고 있다.

"그건 고맙게 생각해."

켈렌리의 목소리는 한 치의 흐트러짐도 없고, 얼굴 근육도 마찬가지다. 내가 본 중에 처음으로 그녀는 우리들 같은 표정으로, 우리들처럼 말한다. 그리고 우리가 자주 그러는 것처럼 켈렌리와 갈라트는 사실 그들의 입에서 나오는 단어와는 전혀 상관없는 대화를 나누고 있다. 나는 확인해 본다. 주변의 공기와 지층에서는 아무것도 느껴지지 않는다. 두 사람의 음성이 만들어 낸 희미한 진동뿐이다. 그럼에도.

갈라트가 켈렌리를 뚫어져라 쳐다본다. 그의 얼굴에서 분노와 충격이 점점 사그라들고, 피곤함이 그 자리를 채운다. 갈라트가 고개를 돌리며 대꾸한다.

"오늘 실험실로 귀환해. 하위 그리드(grid)에서 또 불안정 파동이 발생했어."

마침내 켈렌리의 얼굴이 움직이면서 눈썹이 밑으로 처진다.

"사흘을 주겠다고 했잖아."

"네 여가 활동보다 지신비력 발전이 훨씬 중요해, 켈렌리."

그는 나와 다른 이들이 모여 있는 작은 집을 힐끗 쳐다봤다가 내가 그를 빤히 바라보고 있는 것을 발견한다. 나는 시선을 피하지 않는다. 그도 감정이 있고 괴로워할 수 있다는 사실이 너무나도 신기하여 눈을 뗄 수가 없다. 갈라트는 순간 당황하는 것 같더니 이내 신경질을 낸다. 켈렌리에게 평소처럼 성마른 목소리로 말한다.

"생물마학은 연구단지 외부에서 장거리 스캔만 할 수 있지만, 그쪽 말에 따르면 조율기 네트워크 흐름에서 흥미로운 징후가 감지됐다는군. 네가 이것들에게 뭘 하고 있는지는 몰라도 완전히 시간 낭비는 아니었던 모양이야. 그러니 오늘 가려고 했던 곳은 내가 데리고 갔다 오지. 너는 연구단지로 돌아가."

켈렌리가 우리를 돌아본다. 나를 본다. 나의 사색가.

"별건 아니야." 켈렌리는 나를 뚫어져라 응시하며 갈라트에게 말한다. "이 지역의 엔진 조각을 견학하러 갈 예정이었어."

"자수정 말이야?" 갈라트가 그녀를 빤히 바라본다. "얘네들은 어차피 그 밑에서 살고 있잖아. 하루 종일 그걸 보고 산다고. 그게 무슨 도움이 되는데?"

"단자를 본 적은 없잖아. 단순히 이론적인 걸 넘어서 성장 과정을 완전히 이해할 수 있어야 해." 그러고 나서 켈렌리는 내게, 갈라트에게 등을 돌리고는 큰 집을 향해 걸어가기 시작한다. "그걸 보여줘. 그런 다음 연구단지에 데려다 주면 돼."

나는 켈렌리가 어째서 저렇게 오만한 말투로 말하는지, 왜 우리에게 작별 인사를 하지 않는지 정확하게 이해할 수 있다. 우리가 속한 네트워크의 일부가 벌을 받는 것을 보거나 보닐 때 우리도 똑같이 행동하기 때문이다. 우리는 그런 것에 관심 없는 척, 신경 쓰지 않는 척한다.(테틀레와, 너의 노래는 단조롭지만 사라지지는 않았어. 너는 어디서 노래를 부르고 있는 거니?) 그래야 우리 모두에 대한 처벌이 더 간소해지고, 지휘자들이 다른 이들에게 화풀이를 하는 것을 막을 수 있기 때문이다. 하지만 그런 것을 이해하는 것과 멀어지는 켈렌리의 뒷모습을 보며 아무것도 느끼지 않는 건 완전히 다른 이야기다.

켈렌리와 대화를 마친 갈라트는 기분이 굉장히 언짢다. 그는 우리에게 빨리 가야 하니 소지품을 챙기라고 명령한다. 어차피 우리는 가진 것이 없다. 몇몇은 출발하기 전에 신체상의 노폐물을 버려야 하고, 우리 모두는 물과 음식이 필요하다. 갈라트는 첫 번째 이들에게 켈렌리의 작은 화장실을 사용하거나 집 뒤쪽에 있는 낙엽

더미를 사용하라고 허락한다.(나는 두 번째를 선택한다. 쪼그려 앉는 건 기분이 이상하지만 동시에 벅찬 경험이기도 하다.) 그런 다음 우리에게 허기와 목마름을 무시하고 빨리 가자고 재촉하고, 그래서 우리는 그의 말을 따른다. 갈라트는 빨리빨리 걸으라고 채근한다. 우리는 그보다 다리도 짧고 어제 하루 종일 걸어서 아직도 다리가 뻐근한데. 우리는 그가 이동수를 부른 것을 보고 안도한다. 이동수가 도착하자 우리는 의자에 앉아 다시 번화가로 향한다.

갈라트와 다른 지휘자들이 이동수에 우리와 동행한다. 그들은 우리를 무시한 채 갈라트에게만 말을 거는데, 갈라트는 무뚝뚝하게 한 단어로만 짧게 대답할 뿐이다. 그들은 주로 켈렌리에 대해 묻고 있다. 항상 이렇게 비협조적인지, 그게 예상하지 못한 유전자 결함 때문인지, 그리고 모든 목적과 의도에 있어 그녀는 구식 프로토타입일 뿐인데 어째서 이 프로젝트에 참여하는 것을 허락했는지.

"왜냐하면 이제까지 켈렌리가 한 제안은 항상 옳았으니까." 세 번째 질문을 들은 갈라트가 틱틱거리며 응수한다. "그리고 그게 우리가 조율기를 개발한 이유잖아. 그들이 없다면 플루토닉 엔진은 시험 발사를 하는 데만도 70년은 더 걸릴걸. 어디가 잘못됐고 어떻게 해야 더 효율적으로 만들 수 있는지 정확하게 지적해 줄 수 있는 센서가 있는데 그걸 사용하지 않으면 그게 더 멍청한 짓이지."

그 말은 지휘자들의 입을 다물게 하는 효과가 있고, 이제 그들은 갈라트를 내버려 두고 자기들끼리 쑥덕대기 시작한다. 나는 지휘자 갈라트와 가까운 곳에 앉아 있기 때문에, 다른 지휘자들이 갈라트를 경시하기 시작하자 그의 긴장감이 점차 고조되고 마치 해가

지고 밤이 되면 바위에서 방출되는 태양복사 잔열처럼 피부에서 노여움이 뿜어져 나오는 것을 느낄 수 있다. 지휘자들 사이에는 이상한 역학 관계가 존재한다. 우리는 이제껏 그것을 해석해 보려고 열심히 궁리했지만 우리로서는 도저히 이해할 수가 없었다. 하지만 이제 켈렌리의 설명 덕분에 나는 갈라트가 바람직하지 않은 선조를 갖고 있음을 알고 있다. 우리는 의도적으로 만들어진 존재지만 갈라트는 우연의 일치로 인해 창백한 피부와 빙백색 눈을 지니고 태어났다. 그것은 니스인에게서 흔히 볼 수 있는 특질이다. 그리고 니스인은 멸종했다. 실 아나기스트 사람들 중에도 피부가 흰 종족은 있다. 그러나 저 눈동자는, 그의 조상 중 누군가가(아마도 아주 오래 전이었을 것이다. 그렇지 않았다면 그는 학교에 다니고 의료 혜택을 받고 지금처럼 높은 지위에 오르지 못했을 테니까.) 니스인과 아이를 만들었다는 의미다. 혹은 아니었을 수도 있다. 외적 특성은 단순한 돌연변이나 우연한 색소(色素) 발현으로 나타날 수도 있으니까. 하지만 아무도 그렇게 생각하지 않는 모양이다.

갈라트가 누구보다 더 열심히 오래 일하고 높은 직책에 있음에도 불구하고 다른 지휘자들이 그를 열등한 듯이 취급하는 것도 바로 그래서다. 만약 그가 자신이 당한 것을 우리에게 똑같이 되돌려주지 않았다면 나도 그에게 연민을 느꼈을 테지. 그리고 바로 그렇기에, 나는 그가 두렵다. 항상 그가 두려웠다. 하지만 켈렌리를 위해서, 나는 용감해지기로 결심한다.

"왜 화가 났나요?"

내 목소리는 조용하고, 윙윙거리는 이동수의 신진대사 사이클 때문에 알아듣기가 어렵다. 다른 지휘자들은 내가 말을 했다는 사실조차 알아차리지 못한다. 누구도 신경 쓰지 않는다. 질문을 던지기에 완벽한 타이밍이었다.

갈라트가 흠칫 놀라더니 나를 처음 보기라도 한 것처럼 신기한 눈으로 쳐다본다.

"뭐라고?"

"켈렌리한테요."

나는 시선을 들어 그와 눈을 마주친다. 나는 오랜 경험을 통해 우리가 그렇게 하는 것을 지휘자들이 좋아하지 않는다는 걸 알고 있다. 그들은 눈을 마주치는 것을 일종의 반항이라고 생각한다. 하지만 그러면서도 우리가 눈을 똑바로 쳐다보지 않으면 우리를 모른 체하는데, 나는 지금 무시당하고 싶지 않다. 나는 갈라트가 이 대화를 느끼기를 원한다. 비록 그의 원시적이고 나약한 보님기관으로는 내 질투심과 적개심 때문에 방금 도시의 지하수 수온이 2도나 상승했다는 사실을 알 수 없을지라도.

갈라트가 나를 노려본다. 나는 태연하게 그를 마주 본다. 네트워크가 긴장하는 것이 느껴진다. 다른 이들, 지휘자들은 눈치 채지 못한 것들을 당연히 알아챈 이들이 나를 걱정해 주고 있다……. 하지만 나는 그들이 무슨 걱정을 하든 별로 신경 쓰지 않는다. 왜냐하면 불현듯, 나는 이들이 나와 얼마나 다른지 깨달았기 때문이다. 갈라트의 말이 옳다. 우리는 변하고 있다. 켈렌리가 보여 준 것들 때문에 우리는 더욱 복잡해지고 있고, 주변 환경에 끼치는 영향 역시 더욱 강력해지고 있다. 이런 걸 향상되었다고 할 수 있을까? 아직은 잘 모르겠다. 어쨌든 우리는 이제껏 대부분 하나로 통합되어 있었기에 지금은 더없이 혼란스러운 상태다. 렘와와 게이와는 내가 다른 이들에게 동의를 구하지 않고 독단적으로 위험한 행동을 한 데 화가 나 있다. 이런 무모함이야말로 변화를 거친 후 발현된 나만의 고유한 특성일 거라는 생각이 든다. 켈렌리가 내게 이상한 영향을 끼쳤다고 생각하는 빔니와와 셀레와는 논리적이지 못하게도 켈렌리에게 화를 내고 있다. 더쉬와는 우리 모두에게 진절머리를 내며 빨리 집에 가고 싶어 한다. 게이와는 울화통을 터트리면서도 그 기저에서는 나를 걱정하고 또 동정하고 있다. 내 무모한 행동이 뭔가 다른 것의 증상임을 이해하고 있기 때문일 것이다. 나는 내가 사랑에 빠졌다고 생각하지, 사랑은 한때 안정적이었던 내 표면 아래에서 들끓는 고통스러운 열점이며, 나는 그것을 좋아하지 않는다. 어쨌든 얼마 전까지 나는 내가 위대한 문명이 창조한 가장 정교한 도구라고 믿었으니까. 하지만 나는 이제 내가 그저 자신들의 범상함에 기겁하여 강박증에 빠진 도둑놈들이 조잡하게 기워 짜 맞춘 실수에 불과하다는 것을 안다. 그러니 무모해지는 것 말고 도대체 무엇을 느껴야 할지 모르겠다.

그러나 우리 중 누구도 갈라트가 간단한 대화를 나누기엔 너무 위험하다는 이유로 그에게 화를 내고 있지는 않다. 그건 뭔가 잘못됐다.

마침내 갈라트가 말한다.

"왜 내가 켈렌리한테 화가 났다고 생각하는 거지?"

나는 입을 열어 그의 음성과 몸짓, 얼굴 표정이 딱딱하게 굳어 있으며 짜증스러운 소리를 내고 있다고 지적하려 한다.

"아냐, 신경 쓰지 마라. 너희가 정보를 어떤 식으로 처리하는지 아니까." 그가 한숨을 내쉰다. "네 말이 맞을 거다."

물론 내 말이 맞고말고. 하지만 그가 알고 싶지 않은 것을 굳이 상기시킬 필요가 없다는 것 정도는 나도 안다.

"그녀가 지휘자님의 집에 살기를 바라는 거지요?"

아침에 두 사람의 대화를 엿듣기 전까지 나는 그게 갈라트의 집이라는 것을 몰랐다. 하지만 그래도 짐작했어야 했다. 그곳에서는 갈라트의 냄새가 났으니까. 우리는 보님기관 말고 다른 감각기관을 사용하는 데 익숙하지 않다.

"켈렌리의 집이다." 갈라트가 대꾸한다. "거기서 자랐으니까. 나와 같이."

켈렌리도 우리에게 그렇게 말했다. 자신이 평범한 정상인이라고 생각하면서 갈라트와 함께 자랐다고. 그러다 누군가 그녀의 부모님이 왜 그녀를 사랑하지 않는지 진실을 알려 주었더랬지.

"켈렌리는 프로젝트의 일부였지요."

갈라트가 고개를 한번 까딱인다. 그의 입술이 조소로 비틀린다.

"나도 마찬가지였다. 인간 아이는 필수적인 통제 요인이었으니까. 그리고 나는…… 실험에 유용한 특성을 지니고 있었지. 나는 우리가 열다섯 살이 될 때까지 친남매라고만 생각했다. 그런데 그때 얘기를 들었지."

15년은 참으로 긴 시간이다. 그러나 켈렌리는 자신의 다름에 의혹을 품었을 것이다. 은빛 마법은 물처럼 우리 주위를 흐르고 우리를 통해 흐른다. 사람은 누구나 그것을 보낼 수 있지만, 우리 조율기들은 그것과 함께 살고, 그것도 우리 안에 함께 살아간다. 켈렌리는 결코 자신이 평범하다고 생각하지 않았을 것이다.

하지만 갈라트는 엄청난 충격을 받았다. 그가 세상을 보는 관점이 완전히 뒤집혔을 것이다. 지금 내가 그런 것처럼. 어쩌면 그는 그러한 현실에 대한 감정을 갈무리하기 위해 나와 똑같은 방식으로 발버둥 쳤을, 아니면 아직도 발버둥 치고 있을지도 모른다. 나는 불현듯 그와 동질감을 느낀다.

"나는 켈렌리에게 잔인하게 군 적이 없어."

갈라트가 낮게 읊조린다. 나는 그가 지금 누구에게 말하고 있는지 잘 모르겠다. 갈라트는 팔짱을 끼고 다리를 꼰 채 이동수 창밖을 물끄러미 바라보고 있지만, 그 시선은 어디에도 닿지 않고 자신의 세계에만 침전해 있다.

"켈렌리에게는 절대로 너……."

그가 갑자기 두 눈을 끔벅이더니 초점 없는 눈동자를 내게 향한다. 나는 그 심정을 이해한다는 듯이 고개를 끄덕이려던 참이었지만 뭔가가 본능적으로 그렇게 하지 말라고 경고한다. 그래서 나는 갈라트를 빤히 바라본다. 그는 긴장을 푼다. 왜 그러는지 모르겠다.

"너희들처럼"이라고 말하고 싶지 않았던 거야. 렘와가 내 우둔함에 짜증을 내며 웅웅 진동한다. 그리고 혹시 그렇게 말했더라도 네가 그게 무슨 뜻인지 모르길 바란 거고. 자기는 자기 삶을 힘들게 만든 사람들하고는 다르다고 확신하고 있거든. 물론 거짓말이지만, 저 사람한텐 그게 필요하지. 그리고 저 사람은 우리가 그 거짓말을 뒷받침해 주길 바라고 있어. 켈렌리는 우리에게 우리가 니스라는 걸 말해 주지 말았어야 했어.

우리는 니스가 아니야. 나는 그에게 중력펄스를 뿜어 낸다. 솔직히 말하자면 렘와가 내게 이런 것을 일일이 설명해 줘야 했다는 데 화가 난다. 렘와의 설명을 듣고 나니 이렇게나 빤히 보이는데.

저들한테는 그래. 게이와가 잔흔들을 내보내고 곧장 반향을 소멸시켜 버리자 싸늘한 적막만이 뒤에 남는다. 우리는 말다툼을 그만둔다. 게이와의 말이 옳기 때문이다.

우리가 겪고 있는 정체성의 혼란에 대해서는 까맣게 모른 채, 갈라트가 말을 잇는다.

"난 켈렌리한테 내가 할 수 있는 한 최대로 자유를 누리게 해 줬어. 켈렌리가 뭔지 다들 알아도 다른 평범한 여성들과 똑같은 특권을 누릴 수 있게 해 줬지. 물론 웬만한 제약이나 한계는 있지만 그것도 다 이유가 있어서야. 내가 너무 무르다는 인상을 주면 안 되니까, 혹시……."

그는 말꼬리를 얼버무리며 상념에 빠져든다. 턱 근육이 좌절감에 꿈틀댄다.

"하지만 켈렌리는 그걸 이해할 수 없는 것처럼 행동해. 꼭 이 세상이 아니라 내가 문제인 것처럼. 나는 도와주려는 것뿐인데!"

갈라트가 무거운 한숨을 내쉰다.

하지만 우리에겐 이 정도로도 충분하다. 나중에 이 모든 정보를 처리할 때, 나는 다른 이들에게 이렇게 말할 것이다. 그녀는 그저 인간이고 싶었던 거야.

불가능한 걸 바라네. 더쉬와는 이렇게 말할 것이다. 갈라트는 어차피 실 아나기스트가 똑같은 짓을 할 거면 켈렌리를 자기 혼자 소유하는 게 낫다고 생각한 거야. 하지만 그녀에게 인간이란…… 누구에게도 소유되지 않는 것이지.

그렇다면 실 아나기스트는 더 이상 실 아나기스트여서는 안 돼. 게이와는 서글프게 덧붙일 것이다.

그래. 내 동료 조율기들…… 그들의 말이 전부 옳다. 하지만 그렇다고 자유를 쟁취하고픈 켈렌리의 소망이 잘못되었다는 뜻은 아니다. 또는 뭔가가 아주, 아주 어렵다고 해서 그게 불가능한 것도 아니다.

이동수가 멈춰 선다. 놀랍게도 이곳의 모습은 내게 무척 익숙하다. 직접 본 적은 단 한 번뿐이지만, 나는 거리의 모습과 식물층 벽에서 자라는 덩굴꽃을 보고 이곳이 어딘지 알아차린다. 자수정을 비스듬히 투과하는 태양빛이 내 안에 열망과 안도의 감정을 일으킨다. 언젠가 나중에 나는 그것이 향수(鄕愁)라고 불린다는 사실을 알게 될 것이다.

다른 지휘자들이 자리에서 일어나 연구단지로 돌아간다. 갈라트가 우리를 손짓으로 불러 모은다. 그는 아직도 화가 나 있고 빨리 이 일을 해치우고 싶어 한다. 그래서 우리는 얌전히 그의 뒤를 따라가지만 이내 뒤처지고 만다. 우리는 갈라트보다 다리가 훨씬 짧은 데다 아직 근육통에 시달리고 있기 때문이다. 한참 뒤에야 우리와 경호원이 3미터나 뒤처져 있는 것을 발견하고는 걸음을 멈추고 우리가 따라잡길 기다리지만, 턱 근육이 실룩이고 한쪽 손 손가락이 팔짱 낀 반대쪽 팔꿈치를 초조하게 두드린다.

"서둘러. 오늘 밤에는 시험 가동을 해야 하니까."

불평은 금물이지만 지휘자의 관심을 딴 데로 돌리는 것은 꽤 유용한 전략이다. 게이와가 말한다.

"뭘 보기 위해 이렇게 서두르는 건가요?"

갈라트는 귀찮다는 듯 고개를 휘저으면서도 질문에 대답해 준다. 게이와가 계획한 대로 그는 우리에게 말을 하느라 발걸음을 다소 늦추고, 덕분에 우리는 좀 더 천천히 걸을 수 있게 되었다. 우리는 필사적으로 숨을 고른다.

"조각이 자라는 단자다. 너희는 딱 기본적인 사항만 알고 있을 거다. 조각들이 실 아나기스트 노드의 발전기로 기능한다는 것 말이야. 마법을 빨아들여 촉진시킨 다음, 일부는 도시에 공급하고 잉여분은 저장하지. 물론 엔진이 활성화될 때까지지만."

눈앞의 광경에 정신이 팔린 갈라트가 갑자기 우뚝 멈춰 선다. 우리는 조각의 밑동에 있는 제한구역에 다다랐다. 세 개의 층으로 구성된 널찍한 부지로, 관리용 건물 몇 채와 매주 코어포인트로 출발하는(그렇게 들었다.) 이동수 역이 있다. 전부 실용적이고 밋밋하다.

하지만. 여기, 자수정 조각이 시야 가득 머리 위 하늘을 메우고 있다. 갈라트가 조바심을 내든 말든 우리 모두 발을 멈추고 경외감에 차서 그것을 올려다본다. 우리는 그 보랏빛 그림자 아래 살고 있고, 이것이 원하는 것에 반응하고, 이것의 아웃풋을 통제하기 위해 만들어졌다. 이것은 우리다. 우리는 이것이다. 우리는 자수정을 이렇게 가까이서 직접 접할 수 있는 기회가 거의 없다. 우리가 살고 있는 감방의 창문은 전부 조각이 보이지 않는 쪽을 향해 있기 때문이다.(우연한 접속 가능성, 조화, 가시선과 파형 효율 등등 때문에. 지휘자들은 조각이 우연히 가동하게 될지 모를 모든 가능성을 미연에 방지하길 바랐다.) 조각은 아름답고 웅장하다. 물리 상태일 때에도 마법적 중첩 상태일 때에도. 후자의 상태일 때 조각은 빛을 발하고, 결정격자는 내부에 저장된 마법으로 거의 완전히 충전되어 있다. 우리는 곧 저 힘을 사용해 지신비력을 가동할 것이다. 우리가 전 세계의 동력 시스템을 저장과 발전 용량에 한계를 지닌 오벨리스크에서 대지의 무한한 흐름으로 전환할 때, 코어포인트가 완전하게 가동하여 그 힘을 제어하게 될 때, 그리하여 마침내 세계가 실 아나기스트의 위대한 지도자와 사상가 들의 꿈을 실현하게 될 때……

……그때가 되면 나와 다른 이들은 더 이상 필요치 않게 될 것이다. 우리는 세계가 부족과 결핍에서 자유로워지면 어떻게 될지 무수히 들었다. 사람들은 영원히 살게 될 것이다. 미지의 별들 너머로, 다른 세상으로 갈 수 있게 될 것이다. 지휘자들은 우리가 죽임을 당하지 않을 것이라고 장담했다. 우리는 마과학의 정점으로서, 나아가 인류의 가장 위대한 성취에 대한 살아 있는 화신이자 상징으로서 찬양되고 치하받을 것이다. 존경받는다는 건 참으로 고대되는 일이 아닌가? 우리는 자부심을 느끼지 말아야 할까?

그러나 살아생전 처음으로, 나는 만일 내게 선택권이 있다면 어떤 삶을 원했을지 생각해 본다. 나는 갈라트가 살고 있는 집을 생각한다. 크고, 아름답고, 차가운 집. 나는 정원에 있는 켈렌리의 집을 생각한다. 작고, 또 자그맣게 자라는 마법에 둘러싸인 집. 나는 켈렌리와 함께 사는 삶에 대해 생각한다. 밤마다 그녀의 발치에 앉아,

내가 아는 모든 언어로 아무런 두려움도 없이 원하는 만큼 실컷 그녀와 이야기를 나눌 수 있는 삶. 나는 켈렌리가 쓴웃음이 아니라 순수한 즐거움이 담긴 웃음을 짓는 모습을 떠올리고, 그런 생각을 하는 것만으로도 무한한 기쁨을 느낀다. 그러고는 이내 수치심을 느낀다. 마치 내게는 그런 것들을 상상할 권리가 없는 양.

"시간 낭비야." 갈라트가 오벨리스크를 올려다보며 중얼거린다. 나는 그 말에 몸을 움찔하지만 그는 알아차리지 못한다. "자, 다 봤다. 켈렌리가 왜 너희들에게 이걸 보여 주라고 했는지 모르겠지만, 이제 됐지?"

우리는 응당 그래야 하듯이 자수정에 찬탄한다.

"조금만 더…… 가까이 가서 봐도 될까요?"

게이와가 묻는다. 몇 명이 대지를 통해 신음한다. 다리도 너무 아프고 배도 고프다. 그러나 게이와는 답답하다는 듯이 응수한다. 여기 있는 동안엔 저걸 최대한 이용하는 게 나아.

갈라트는 그러마고 말하는 것처럼 한숨을 내쉬고는 자수정의 밑동을 향해 경사진 길을 따라 걷기 시작한다. 자수정은 처음 증식배지를 주입한 이후로 줄곧 저 단자 안에 굳게 뿌리박고 있다. 나는 바람과 함께 흘러가는 구름 속에서, 때로는 하얀 달무리에 둘러싸인 자수정 조각의 꼭대기를 본 적이 있다. 그러나 자수정의 아래쪽 기반은 내게도 생소한 광경이다. 내가 배운 바에 따르면 저 아래에는 에너지 변환 송전탑이 있고, 그것은 자수정 핵에 있는 발전로(發電爐)에서 마법을 빨아들인다. 플루토닉 엔진이 생산하는 어마어마한 양에 비하면 미량에 불과하지만, 조각이 생성한 마법은 무수한 전선관을 통해 노드 전역의 가정집과 사무용 건물, 기계 장치와 이동수 충전역으로 공급된다. 전 세계 실 아나기스트에 속하는 어떤 도시 노드에 가도 똑같다. 256개의 조각들이 각각의 노드 중심에서 같은 일을 하고 있다.

그때, 갑자기 이상한 감각이 느껴진다. 이런 이상한 건 처음 보닌다. 뭔가 넓게 분산되어…… 가까운 곳에서 동력을 생산하고 있는데……. 나는 고개를 저으며 발을 멈춘다.

"저게 뭐죠?"

지금처럼 짜증을 내고 있는 갈라트에게 말을 걸어도 될지 미처 고민할 새도 없이 무심코 묻고 만다.

그는 발을 멈추고 나를 노려보더니 이내 내가 왜 그렇게 어리둥절한 표정을 짓고 있는지 금세 깨닫는다.

"아, 너희는 여기서도 감지할 수 있나 보구나. 싱크라인[陷沒線] 피드백일 뿐이야."

"싱크라인이 뭔데요?"

내가 일단 운을 뗐으니, 렘와가 묻는다. 갈라트가 아까보다 더 성질을 내며 노려본다. 우리는 모두 긴장한다.

"사악한 죽음이여." 마침내 갈라트가 한숨을 내쉰다. "말로 설명하기보다 직접 보는 게 낫겠지. 따라 와라."

그가 다시금 걸음을 재촉하지만 이번에는 우리 중 누구도 불평하지 않는다. 혈당도 떨어지고 약간의 탈수증도 느껴지지만 우리는 빼근한 다리를 열심히 놀려 갈라트를 따라간다. 자수정의 가장 아래층에 다다라, 이동수 선로를 건너, 웅웅거리며 진동하는 두 개의 커다란 송전탑 사이를 지난다.

그리고 그곳에서…… 우리는 무너진다.

지휘자 갈라트는 노골적으로 짜증이 묻어나는 어조로 송전탑 너머에 조각을 위한 시동 및 번역 시스템이 있다고 설명한다. 기술적 문제에 대해 구구절절 설명을 늘어놓지만 사실 우리는 그의 이야기를 듣고 있지 않다. 우리의 네트워크, 우리 여섯 명이 항상 서로 소통하고 건강 상태를 확인하고 우르릉거리며 충고하거나 부드러운 노래로 서로를 달래며 일정 상태로 유지되던 연결 시스템이 갑자기 먹통이 된다. 이것은 충격이다. 공포다.

갈라트의 설명을 간단히 요약하면 이렇다. 수십 년 전, 처음 조각이 배양되기 시작했을 때 그것은 스스로 마법을 생산할 수 없었다. 살아 있지 않은 것, 수정과 같은 비(非)유기체는 인위적으로 마법을 주입해야 했고, 조각의 생성 사이클을 가동하려면 원초적인 마법을 촉매제로 사용해야 했다. 모든 엔진에는 시동기(始動機)가 필요한 법이다. 우리는 싱크라인으로 들어간다. 그것들은 포도넝쿨처럼 두껍고, 울퉁불퉁 혹이 져 있으며, 말리고 꼬이고 비틀려 자수정 조각의 밑동에 살아 있는 잡목림을 형성하고 있다. 그리고 그 덩굴 안에 뒤엉켜 있는 것은……

내가 니스인이 어디 있느냐고 물었을 때, 켈렌리는 내일 보러 갈 거라고 대답했다.

이들은 아직 살아 있다. 나는 즉시 알 수 있다. 덩굴숲 속에 꼼짝도 않고 아무렇게나 누워 있지만(덩굴 위에, 사이에 엉겨서, 둘둘 감싸여, 또는 꼬챙이처럼 꿰여서) 저 손의 세포 사이, 또는 저 사람의 등에 난 솜털 사이에서 미세한 은빛 실이 오가며 춤추는 것을 보니지 않기란 불가능하다. 심지어 어떤 이들은 알아차리기 힘들 정도로 느리긴 해도 지금도 숨을 쉬고 있다. 많은 사람들이 세월에 삭아 부스러지거나 해져 누더기가 된 옷을 걸치고 있고, 몇 명은 아예 발가벗고 있다. 머리카락과 손톱 발톱은 자라지 않고, 눈에 보이는 한 어떤 배설물도 배출하지 않는다. 그리고 고통을 느끼지도 않는다. 적어도 그것만큼은 자비롭다고 해야 할까. 그건 싱크라인이 이들이 가진 모든 생명의 마법을 빨아들이고 있기 때문이다. 끊임없이 더 많은 마법을 생산하도록 목숨을 연명하는 데 필요한 아주 극소량만을 제외하고.

이것이 가시나무 덤불이다. 우리가 처음 그릇에 담겼을 때, 우리 뇌에 주입되어 있던 언어의 사용법을 배우던 성장 단계에 지휘자 한 명이 우리가 더 이상 일을 할 수 없게 되면 어디로 가는지 말해준 적이 있다. 그때 우리는 열네 명이었다. 그녀는 말했다. 우리가 계속 간접적으로 프로젝트에 기여할 수 있는 곳으로 은퇴하게 될 것이라고. "거긴 평화롭단다." 지휘자는 그렇게 말했다. 아직도 똑똑하게 기억한다. 그녀는 빙그레 웃으며 이렇게 말했더랬다. "언젠간 알게 될 거야."

가시나무 덤불의 희생자들은 여기 아주 오랫동안 누워 있었다. 수십 년 동안. 시야에 닿는 이들만 수백에 달하고, 만약 싱크라인 덤불이 자수정의 밑동 전체를 감싸고 있다면 보이지 않는 곳에는 수천 명이 더 있을 터였다. 거기에 256을 곱하면 수백만이다. 테틀레와나 다른 이들은 보이지 않는다. 그러나 우리는 그들 역시 이곳

어딘가에 있다는 것을 안다. 아직도 살아서, 그렇지만 살아 있지 않은 채로.

우리가 죽은 듯한 적막 속에서 눈앞의 광경을 응시하고 있는 사이, 갈라트가 말을 마친다.

"그래서 시스템을 가동하고 생성 사이클이 안정적으로 자리 잡으면, 그다음엔 가끔 재점화만 해 주면 되는 거지." 그는 제 목소리가 지겨운지 한숨을 쉰다. 우리는 말없이 바라본다. "싱크라인은 만일의 경우에 대비해 마법을 저장해 두는 수단이다. 발사일 즈음엔 각각의 싱크 저장소에 약 37라모터가 저장될 텐데, 그 용량이면 세 배의……."

갈라트가 갑자기 입을 다문다. 한숨을 내쉰다. 두 손가락으로 콧등을 집고 누른다.

"이게 다 뭔 소용이람. 켈렌리는 너희를 갖고 놀고 있는 거야, 이 멍청이들아." 마치 그의 눈에는 지금 우리 눈에 비치고 있는 것이 보이지 않는 것처럼. "이제 됐다. 시설로 돌아갈 시간이다."

그래서 우리는 집으로 돌아간다.

그리고 마침내, 우리는 계획을 세우기 시작한다.

두들겨 패고

나란히 세워

납가리로 만들자!

꼭꼭 밟아라

주둥이 닥쳐
깡총 껑충 휙휙!
혓바닥을 잘라
눈을 가려라
놈들이 질질 짤 때까지!
아무것도 안 들려
아무것도 안 보여
그게 바로 우리가 이기는 법!

— 전(前)산제 시대 유메네스에서 유행한 동요, 할토리, 니아논, 이웨크 사향주, 기원 불명, 다양한 변형 존재. 이것이 가장 기본 형태의 가사로 보인다.

11장

너는 집에 거의 다 왔다

너와 카스트리마인들이 비처럼 날리는 낙진을 뚫고 나타났을 때, 노드 관리소의 경비들은 너희를 물리칠 수 있다고 생각한 것 같다. 아마도 너희들 대다수가 뼈만 남아 앙상하고 산성비에 쫄딱 젖은 재투성이 옷을 걸치고 있어 조금 규모가 클 뿐인 평범한 강도떼처럼 보이기 때문일 것이다. 이카가 다넬을 보내 설득할 겨를도 없이 석궁이 날아오기 시작한다. 그러나 그들의 사격 솜씨는 형편없고, 그건 네게 무척 다행한 일이다. 평균의 법칙은 그들 편이지만, 실은 그렇지 않다. 이카가 고리를 방패로 사용하는 법을 전혀 모른다는 사실을 네가 깨닫기도 전에 카스트리마인 셋이 화살에 쓰러진다. 하지만 너 역시 대가를 치르지 않고서는 고리를 돌릴 수 없음을 깨닫자마자 너는 마시시를 소리쳐 부르고, 그는 다이아몬드와도 같은 예리함과 정밀함으로 날아오는 화살들을 산산조각 내 얼어붙은 나무 쪼가리로 만들어 버리는데, 그것은 네가 티리모를 떠나던 마지막 날에 한 일과 별반 다르지 않다.

마시시는 그때의 너만큼 능숙하지는 못하다. 고리의 일부가 그의 주위에 남아 있다. 마시시는 그저 고리의 바깥쪽 위상을 확장해 카스트리마와 노드 관리소의 거대한 스코리아 문 사이에 방어막을 만든 것뿐이다. 다행히도 그의 앞에는 아무도 없다.(네가 사람들에게 마시시에게서 당장 비켜나라고 고래고래 외친 덕이다.) 그런 다음 그는 운동에너지를 방출해 문을 날려 버리고, 석궁 사수들을 꽁꽁 얼린 다음 고리를 해체한다. 카스트리마 완력꾼들이 돌진해 뒷일을 처리하는 동안, 너는 마시시가 수레 짐칸에 벌러덩 누워 숨을 헉헉대는 것을 발견한다.

"형편없기는." 마시시의 손을 잡고 일으켜 세우며 네가 말한다. 왜냐하면 너는 두 손으로 그의 손을 비벼 온기를 나눠 줄 수가 없기 때문이다. 네 겹의 옷가지 위로도 그의 피부가 얼마나 찬지 느낄 수 있다. "적어도 3미터 밖에 고리 축을 박았어야지."

마시시가 두 눈을 감은 채로 툴툴거린다. 체력이 고갈되긴 했지만 그건 아마 굶주림과 조산술의 궁합이 좋지 않기 때문일 것이다.

"요 몇 년간은 사람을 얼리는 거 말고는 세밀하게 운용할 일이 없었다고." 그러더니 그가 너를 찌릿 노려본다. "자기는 손가락 하나 까딱 안 한 주제에."

너는 힘없이 웃는다.

"네가 해 주리라는 걸 알았으니까."

너는 손바닥으로 수레에서 얼음덩어리를 쓸어내 전투가 끝날 때까지 앉아 있을 자리를 만든다.

모든 상황이 마무리되자, 너는 그새 잠든 마시시를 토닥여 준 다음 이카를 찾으러 간다. 이카는 에스니와 완력꾼 몇 명과 함께 문 안쪽에 서 있다. 다들 넋을 놓은 채 자그만 방목장을 멀거니 바라보는 중이다. 그 안에 염소 한 마리가 있다. 건초를 씹으면서 무심한 눈길로 사람들을 쳐다본다. 세상에, 너는 티리모를 떠난 후로는 염소를 본 적이 없다.

하지만 어쨌든 먼저 해야 할 일부터.

"놈들이 의사를 죽이지 않았는지 확인해." 너는 이카와 에스니에게 말한다. "틀림없이 노드 관리자와 함께 저 안에 있을 거야. 러나는 관리자를 돌보는 법을 모르니까. 특별한 기술이 필요하거든." 너는 잠시 말을 멈춘다. "네 계획이 아직 그대로라면 말이야."

이카가 고개를 끄덕이고 에스니를 쳐다보고, 에스니가 고개를 까딱하고는 다른 여자를 바라보고, 그녀가 젊은 남자에게 눈동자를 굴리자 남자가 노드 시설을 향해 달려가기 시작한다.

"의사가 관리자를 죽일 확률이 얼마나 될까?" 에스니가 묻는다. "자비를 베풀기 위해서 말이야."

자비는 인간을 위한 거지. 너는 저도 모르게 튀어나오려는 말을 꾹 눌러 참는다. 아무리 냉소적이라 한들 이런 식으로 생각하는 건 제발 그만둬야 한다.

"아주 낮아. 문 밖에서라도 항복하면 아무도 안 죽일 거라고 말해 둬. 그게 도움이 될 거 같으면."

에스니가 전령을 하나 더 보낸다.

"당연히 그대로지." 이카가 말한다. 그녀가 얼굴을 문지르자 재 때문에 피부에 지저분한 얼룩이 남는다. 재 밑에는 더 많은 재가,

더 깊은 곳까지 스며 있다. 너는 이제 이카의 원래 피부색도 기억나지 않을 정도다. 그녀가 눈 화장을 하고 있는지조차 알 수가 없다. "사실 우리 중 대부분은 흔들을 어느 정도 통제할 수 있어. 애들도 그렇고. 하지만……." 이카가 하늘을 향해 시선을 돌린다. "하지만 저게 있으니까."

너는 그녀의 시선을 따라가지만 무엇을 보게 될지 이미 알고 있다. 너는 이제껏 그것을 보지 않으려고 안간힘을 썼다. 너희 모두가 그랬다.

열개.

머츠 사막의 이쪽 편에는 하늘이 존재하지 않는다. 남쪽에서 열개가 내뿜은 화산재 구름은 어느 정도 넓게 대기 중으로 퍼져 네가 지난 2년간 질리도록 봤던 물결구름을 만들었다. 하지만 이곳은. 위를 올려다보려 해도 네 시선이 하늘에 닿기도 전에 부딪치는 것은 천천히 끓어오르고 있는, 북쪽 지평선을 완전히 가로막은 검붉은 벽이다. 화산이 폭발한 거라면 지금 네가 보고 있는 것을 분출기둥이라고 부르겠지만 열개는 단순히 하나의 화산이 분화한 게 아니다. 그것은 고요 대륙의 한쪽 해안에서 반대쪽 해안까지 일렬로 늘어선 수천 개의 화산이며, 끝없는 대지불과 혼돈이다. 통키는 지금 네가 보고 있는 것을 사람들이 정확한 명칭으로 부르게 하려고 안간힘을 쓰고 있다. 화재적란운이라고 하던가? 재와 불과 번개를 머금은 거대한 폭풍의 벽. 하지만 사람들은 그것을 이미 다른 이름으로 부르고 있다. 아주 단순한, 장벽. 아마 앞으로는 그 이름이 통용될 것이다. 만일 누군가 한두 세대가 지나도록 살아남아 이번 계절에 이름을 붙인다면 아마도 장벽의 계절이 되지 않을까 생각한다. 네 귓가에는 늘 낮고 희미한 소리가 맴돈다. 대지가 덜컹거리는 소리. 네 중이(中耳)를 끊임없이 진동시키는 나지막한 울림. 열개는 단순한 흔들이 아니다. 그것은 아직도 진행 중이고, 두 개의 지각판이 새로 탄생한 단층선을 따라 끊임없이 이동하는 역동적인 과정이다. 열개가 처음 열렸을 때 발생한 여진은 앞으로도 수년간 지속될 것이다. 네 보님기관은 며칠째 계속 찡찡대며 날카롭게 울리고 있고, 이 치명적인 지진 활동을 어떻게 하지 않으면 안 된다는 절박감으로 경련하면서 앞으로 일어날 일에 대비하거나 아니면 빨리 도망쳐야 한다고 경고하고 있다. 너야 그럭저럭 버틸 수 있지만 문제는 따로 있다. 카스트리마의 모든 오로진이 지금 네가 보니는 것을 보니고 있다. 뭔가 하지 않으면 안 된다는 똑같은 조바심에 시달리고 있다. 그리고 그들이 탁월하고 정교한 펄크럼 상급 반지이고, 다른 상급 반지 보유자들을 연결해 고대 사문명의 네트워크를 발동할 능력을 갖고 있지 않은 이상, 뭔가를 하는 것은 그들을 죽일 것이다.

그래서 이카는 네가 한쪽 팔이 돌로 변해 의식불명에서 깨어났을 때부터 알고 있던 진실과 타협하기로 결심했다. 카스트리마가 레나니스에서 생존하려면 노드 관리자가 필요하다. 새로운 향은 그들을 돌봐야 할 것이다. 그리고 노드 관리자가 죽는다면 카스트리마는 그들을 대체할 방법을 찾아야 한다. 하지만 그 부분에 대해서는 아직 아무도 이야기를 꺼내지 않고 있다. 어쨌든 지금은 해야 할 일부터 먼저.

한참 후, 이카가 한숨을 내쉬며 열린 문 사이로 건물 안을 들여다본다.

"끝난 거 같은데."

"그렇네." 정적이 이어진다. 이카의 턱 근육이 실룩거린다. 너는 덧붙인다. "같이 가 줄게."

이카가 너를 쳐다본다.

"그럴 필요 없어."

너는 이카에게 처음 노드 관리자를 봤을 때에 대해 말해 주었고, 그녀는 네 목소리에서 아직도 생생하게 살아 있는 경악과 공포를 느낄 수 있었다.

하지만 안 돼. 알라배스터는 네게 길을 보여 주었고 너는 더 이상 그가 지운 의무를 회피하지 않을 것이다. 너는 노드 관리자의 머리를 돌려 이카에게 목 뒤의 흉터를 보여 주고, 그렇게 손상된 존재로 만드는 과정을 설명할 것이다. 만일 이카가 정말로 그것을 선택할 작정이라면 자신이, 그리고 카스트리마가 어떤 대가를 치러야 할지 정확히 이해해야 한다.

너는 그렇게 할 것이다. 이카에게 진실을 보여 주고 너 또한 다시 그것을 마주할 것이다. 왜냐하면 그것이야말로 오로진에 관한 완전한 진실이기에. 고요 대륙이 너희 종족을 두려워한 데에는 마땅한 이유가 있다. 그래, 그건 사실이지. 그러나 또한 너희 종족은 그들에게서 경외받아 마땅한 이유가 있으며, 그들이 선택한 것은 둘 중 하나뿐이었다. 세상 모든 사람 중에서도 특히 이카는 사실을 알아야 한다.

이카의 턱 근육이 다시 팽팽하게 긴장하지만, 고개를 끄덕인다.

에스니는 호기심이 가득한 눈으로 너희 둘을 쳐다보다 이내 어깨를 으쓱하고는 등을 돌린다. 너와 이카는 나란히 노드 시설 안으로 발걸음을 향한다.

***

노드에는 물자가 그득하게 채워져 있는 저장고가 있는데 짐작건대 향 전체를 위한 보조 창고인 듯하다. 향 없이 떠돌며 오랫동안 굶주린 카스트리마 사람들이 양껏 배를 채우고도 넉넉할 정도고, 그동안 모두에게 간절했던 것들도 넘쳐난다. 빨갛고 노란 말린 과일이나 야채 절임 같은 것들. 이카는 사람들이 즉석에서 홍청망청 잔치를 벌이지 못하게 금하지만(너희는 앞으로도 얼마나 길지 모를 세월을 버티기 위해 식량을 아껴야 한다.) 그럼에도 대부분의 사람들이 홍에 겨워 몇 달 만에 처음으로 불룩한 배를 어루만지며 흡족하게 잠드는 것을 막지는 못한다.

이카는 노드 관리자의 방 입구와("이 염병할 것을 다른 사람들까지 볼 필요는 없지." 이카의 말을 들은 너는 그녀가 향의 둔치들이 이 사실을 알게 되는 것을 원치 않는다고 생각한다.) 저장창고에 보초를 세운다. 염소에는 3중으로 삼엄한 경비를 붙였다. 농장 향에서 온 혁신자 아이가 하나 있는데 염소젖을 짜는 방법을 알아내는 임무를 맡았고, 성공했다. 가장 먼저 염소젖을 맛본 것은 사막에서 짝을 한 명 잃은 임신한 여성이다. 그래 봤자 아무 의미도 없을지 모른다. 임신과 굶주림은 별로 좋은 짝이 아니고, 그녀는 아기가 며칠 동안 움직임이 없었다고 말한다. 아이를 잃을 거면 차라리 러나가 아직 항생제와 살균 기구를 사용할 수 있는 지금이 낫다. 최소한 모친의 목숨은 살릴 수 있을 테니까. 그럼에도 너는 여자가 염소젖이 담긴 작은 단지를 받아들고 얼굴을 찡그리면서도 꼴깍꼴깍 삼키는 모습을 지켜본다. 그녀는 아직 턱에 기운이 남아 있다. 아직은 가능성이 있다. 중요한 건 그거다.

이카는 노드 관리소에 있는 샤워실에도 감시조를 붙였다. 엄밀히 말해 그들은 보초는 아니지만 그래도 필수 인력이다. 많은 카스트리마 사람들이 중위도의 작은 시골향 출신이라 배관시설이 어떻게 작동하는지 잘 모르기 때문이다. 어떤 사람들은 뜨거운 물 밑에서 산성비가 말라붙은 피부에 달라붙은 모래와 회색 재를 씻어 내며 한 시간이 넘도록 흐느끼기도 한다. 그래서 이제는 10분이 지나면 감시조가 사람들을 샤워 꼭지 밑에서 정중하게 몰아내 구석에 있는 벤치로 데려가고, 그러면 그들은 다른 사람들이 샤워를 하는 동안 거기서 흐느낄 수 있다.

너는 몸을 씻지만 아무 느낌도 들지 않는다. 그저 청결해졌다는 느낌뿐. 관리소의 공동 식당 구석에 자리를 잡은 뒤에는(수백 명이 밤새 화산재를 맞지 않고 잠을 잘 수 있게 식탁과 의자를 전부 치워 버렸다.) 바닥에 깔아 놓은 침낭 위에 앉아 스코리아 벽에 등을 기댄 채 하염없이 상념 속을 떠돈다. 등 뒤에 닿아 있는 벽 안에 도사리고 있는 태산이 느껴진다. 너는 그를 불러내지 않는다. 다른 카스트리마 사람들이 호아를 탐탁지 않게 여기기 때문이다. 호아는 이제 주변에 얼쩡거리는 유일한 스톤이터고, 향민들은 스톤이터가 중립적이고 무해한 존재가 아님을 아직도 생생하게 기억하고 있다. 너는 멀쩡한 손을 뻗어 부드럽게 벽을 토닥인다. 태산이 몸을 뒤척이고, 뭔가가 등을 거세게 되미는 느낌이 든다. 메시지를 보냈고, 답을 받았다. 이런 소소하고 은밀한 접촉이 너를 얼마나 기분 좋게 만들어 주는지 조금 신기할 정도다.

너는 다시 느낄 수 있게 되어야 한다. 너는 눈앞에 펼쳐지는 자잘한 군상을 바라보며 생각한다. 저쪽에서 두 여성이 배급품 중에 마지막 남은 말린 과일을 누가 먹어야 하는지 다투고 있다. 그 뒤에서는 한 남자가 다른 남자에게 작고 부드러운 스펀지 조각을 슬그머니 건네주며 속닥거리고 있다. 그건 적도에서 용변을 보고 뒤를 닦을 때 사용하는 물건이다. 여건만 된다면 작은 사치를 마다할 사람은 없는 법이다. 오로진 아이들을 가르치는 테멜은 침낭 위에서 아이들에게 둘러싸여 코를 골고 있다. 배 옆에는 사내아이 하나가 몸을 둥글게 말고 있고, 목 뒤에는 펜티의 양말 신은 발이 놓여 있다. 방 건너편에는 통키가 햐르카와 함께 서 있는 게 보인다. 아니, 그보다는 햐르카가 통키의 손을 붙잡고 같이 춤을 추자며 꼬드기고 있는데 통키는 뻣뻣하게 서서 눈동자를 굴리며 웃지 않으려고 참는 중이다.

이카는 어디 있는지 모르겠다. 아마 밖에 있는 오두막이나 텐트에서 잠을 자고 있겠지. 너는 이카가 오늘 밤에는 연인 중 하나와 시간을 보내고 있으면 좋겠다. 이카는 몇 명의 젊은 여성이나 남성과 돌아가며 잠자리를 같이하는데, 그중 몇은 다른 파트너와 공유하기도 하고 어떤 이들은 이카가 스트레스를 풀 목적으로 자기들을 종종 이용하는 것을 별로 개의치 않는 눈치다. 지금 이카에게는 그런 게 필요하다. 카스트리마는 향장을 잘 보살펴야 한다.

카스트리마도, 그리고 너도. 한참 생각에 빠져 있는데 러나가 어디선가 불쑥 나타나 네 옆에 털썩 앉는다.

"체사를 보내야 했어요." 그가 조용히 말한다. 체사는 레나니스인의 화살에 맞은 세 완력꾼 중 한 명이다. 아이러니하게도 원래는 레나니스 출신으로 다넬과 함께 징집된 병사였다. "다른 둘은 아마 살 거예요. 하지만 체사는 석궁에 배가 뚫려서 그대로 두면 길고 고통스러운 죽음이 됐을 겁니다. 하지만 여긴 진통제가 많더군요." 러나가 한숨을 내쉬며 눈가를 문지른다. "당신도 그…… 철사 의자에 있던…… 걸 봤지요?"

너는 고개를 끄덕이고, 잠시 머뭇머뭇하다 손을 내밀어 러나의 손을 잡는다. 러나는 애정 표시를 많이 하는 편이 아니고 너는 그게 다행이라고 생각하지만, 가끔은 그에게도 이런 소소한 위안이 필요하다. 그가 혼자가 아니며 세상만사가 모두 절망적인 건 아니라고 말해 줄 수 있는 행동들. 그래서 너는 말한다.

"내가 열개를 닫는 데 성공하면 그 뒤로는 노드 관리자가 필요없어질지도 몰라."

사실인지 아닌지는 너도 모른다. 하지만 그랬으면 좋겠다.

러나가 네 손을 가볍게 쥐고 누른다. 신기하게도 그는 이제껏 네게 신체적 접촉을 먼저 시도한 적이 없다. 항상 네가 먼저 손을 내밀 때까지 기다리고, 그런 다음에야 너무 과하지도 약하지도 않게 꼭 네가 준 만큼 되돌려준다. 러나는 네 영역을 존중하고, 네가 그어 놓은 선은 항상 날이 서 있고 작은 일에도 과민하다. 너는 오래도록 러나를 알고 지냈지만 그가 이토록 신중하고 관찰력이 뛰어난 사람이라는 건 전혀 모르고 있었다. 하지만 진즉에 알았어야 했다. 그는 벌써 몇 년 전에 너를 유심히 지켜보는 것만으로도 네가 오로진이라는 것을 알아차렸으니까. 이논이라면 러나를 마음에 들어 했을 것이다.

마치 네 생각을 읽기라도 한 양 러나가 시선을 들어 너를 바라본다. 눈빛에서 심란함이 읽힌다.

"당신한테 말 안 한 게 있어요. 그렇다기보다는 당신이 모르기로 선택한 것 같아서 굳이 말해 주지 않으려고 한 거지만요."

"시작이 거창하네."

러나가 피식 웃더니 다시 한숨을 내쉬고, 너와 맞잡고 있는 손을 내려다본다. 얼굴에서 미소가 사라진다. 정적이 이어지고 긴장감이 고조된다. 이런 건 러나답지 않다. 하지만 마침내, 그가 깊이 한숨을 쉰다.

"달거리를 안 한 지 얼마나 됐어요?"

"어떻게……." 너는 입을 다문다.

젠장.

젠장.

너의 침묵에 러나가 한숨을 쉬며 벽에 머리를 기댄다.

너는 머릿속으로 가능한 변명거리를 짜낸다. 영양 결핍. 육체적 혹사. 나이도 마흔넷이나 된다. 아마도. 지금이 무슨 달인지도 기억나지 않는다. 그럴 가능성은 카스트리마 향이 사막을 건너는 데 성공할 확률보다도 낮다. 하지만…… 네 몸은 한평생 규칙적이었고, 월경이 멈춘 것은 딱 세 번뿐이었다. 세 번의 그 시기에. 펄크럼이 너를 번식시켜야겠다고 결정한 이유도 그 때문이었다. 괜찮은 조산력, 그리고 아주 쓸모 있는 중위도인 엉덩이.

너는 이미 알고 있다. 러나의 말이 맞다. 너도 어느 정도는 짐작하고 있었다. 하지만 그냥 모르기로 선택했다. 왜냐하면……

러나는 한동안 조용히 주변에 느긋하게 풀어져 있는 다른 향민들을 바라본다. 네 손 안에 잡혀 있는 그의 손은 힘없이 늘어져 있다. 러나가 아주 작은 소리로 말한다.

"그러니까, 정해진 시간 내에 코어포인트에 가서 해야 할 일을 끝내야 하는 거죠?"

지나치게 사무적인 말투다. 너는 두 눈을 감으며 한숨을 내쉰다.

"그래."

"곧 떠날 건가요?"

호아는 며칠 후면 근지점(近地點), 즉 달이 행성에 가장 가까이 접근하는 시점이 된다고 말했다. 그 시기가 지나면 달은 이 행성을 지나쳐 다시 머나먼 별들 사이로, 이제껏 배회하던 공간 속으로 또다시 떠나 버릴 것이다. 지금 붙잡지 않으면 다시는 기회가 없다.

"그래." 너는 대답한다. 피곤하다. 너는…… 가슴이 아프다. "이제 곧."

너는 지금까지 이 문제에 대해 러나와 이야기한 적이 없다. 너희 둘의 관계를 생각하면 진즉에 그랬어야 하지만. 그러나 너는 대화를 할 필요가 없었다. 왜냐하면 할 말이 없기 때문에. 러나가 입을 연다.

“당신 팔은 오벨리스크를 한꺼번에 사용해서 그렇게 된 거죠.”

너는 무심결에 짧은 그루터기만 남은 팔로 시선을 던진다.

“그래.” 너는 러나가 무슨 말을 하고 싶은지 알고, 그래서 그 대목을 뛰어넘어 곧장 결론으로 넘어가기로 한다. “나더러 계절을 어떻게 해 보라고 한 건 너였잖아.”

러나가 한숨을 푹 내쉰다.

“그땐 화가 나서 그랬죠.”

“하지만 틀린 말은 아니었지.”

네 손 안에서 러나의 손이 움찔거린다.

“내가 하지 말라고 부탁한다면요?”

너는 웃지 않는다. 그랬다간 쓴웃음을 짓게 될 테고, 러나는 그런 부당한 취급을 받아서는 안 된다. 대신에 너는 한숨을 쉬며 털썩 드러눕고는 러나도 살짝 밀쳐 옆에 같이 눕게 만든다. 러나는 너보다 약간 작기 때문에 네가 그를 뒤에서 껴안는 형국이 된다. 이렇게 되면 네 얼굴을 그의 회색 머리칼에 파묻게 되지만 샤워를 했으니까 괜찮다. 러나에게서는 좋은 냄새가 난다. 건강한 냄새.

“하지만 안 그럴 거잖아.” 네가 러나의 머리통에 대고 말한다.

“하지만 만약에 그런다면요?”

지쳐서 늘어지는, 열의 없는 질문. 그는 진심이 아니다.

너는 러나의 목덜미에 입을 맞춘다.

“그래 하고 대답한 다음에 셋이서 한 식구가 되고, 폐병에 걸려 죽을 때까지 오래오래 행복하게 살겠지.”

러나가 다시 네 손을 잡는다. 이번엔 네가 먼저 손을 잡은 게 아니지만 어색하지는 않다.

"약속해 줘요."

그는 네 대답을 기다리지도 않고 잠들어 버린다.

***

나흘 뒤, 너는 레나니스에 도착한다.

좋은 소식은 더는 화산재 때문에 고생할 일이 없다는 것이다. 열개가 너무 가까워서 장벽이 가벼운 입자를 상층 대기로 상승시키고 있는 덕분이다. 이제 너희는 다시는 낙진을 걱정할 필요가 없다. 대신에 발화성 입자를 머금은 돌풍이 시시때때로 불어온다. 화산력(火山礫)은 분진과 달리 크기가 커서 들이마실 염려는 덜하지만 불이 붙은 채로 하늘에서 떨어진다. 다넬이 레나니스에서는 이것을 불똥비라고 불렀다고 말해 주었다. 대체로 해는 없지만 불똥비 때문에 불이 날 경우에 대비해 전략적 위치마다 수레에 여분의 물통을 준비해 둬야 한다.

불똥비보다도 더 장관인 것은 도시의 지평선 위에서 화려하게 춤추고 있는 번갯불이다. 그걸 본 혁신자들은 아주 신이 났다. 통키는 이런 믿음직한 번갯불을 활용할 방법이 무궁무진하다고 말한다.(그 말을 한 게 통키가 아니었다면 너는 그 인간을 얼빠진 표정으로 쳐다봤을 것이다.) 하지만 번개는 지상에 내리치지 않는다. 높은 건물 꼭대기에만 떨어질 뿐이고, 그것도 도시의 전 거주민들이 세워 놓은 피뢰침에만 집중된다. 번개는 아무 해도 없다. 금세 익숙해질 것이다.

레나니스는 네가 예상했던 모습과는 꽤나 다르다. 아, 대도시이긴 하지. 적도권 특유의 건물들로 가득하고, 수도 시설도 작동하고 있어서 정수된 물이 콸콸 흐르고, 크고 높은 흑요석 벽에는 이 도시의 적들이 어떻게 됐는지를 보여 주는 잔인한 이미지들이 새겨져 있다. 유메네스만큼 아름답거나 인상적이지는 않지만 유메네스는 적도권 도시 중에서도 특출난 곳이었고 레나니스는 간신히 적도권이라는 이름을 유지하는 곳이다. "겨우 50만 명." 지난 생애에서 누군가 이렇게 비웃었던 것이 기억난다. 하지만 너는 두 번의 삶 이전에 작고 초라한 북동위 마을에서 태어났고, 아직 네 안에 남아 있는 다마야에게 레나니스는 여전히 놀라운 곳이다.

한때 수십만 명이 살았던 이곳을 채워야 할 너희의 인구는 고작 1000명 남짓밖에 되지 않는다. 이카는 향민들에게 여러 녹지대 중 하나 옆에 있는 작은 건물 단지에 각자 자리를 잡으라고 지시한다.(레나니스에는 녹지 구역이 열여섯 개나 있다.) 편리하게도 레나니스의 전 거주민들은 건물들을 구조적 안정성 수준에 따라 색깔 코드로 구분해 두었다. 레나니스도 열개의 영향으로부터 완벽하게 살아남지는 못했기 때문이다. 녹색 X자로 표시된 건물은 안전한 곳이다. 노란색 X는 무너질 가능성이 있고, 특히 대규모 흔들이 도시를 다시 덮친다면 위험한 곳이다. 붉은색으로 표시된 건물은 육안으로도 구분할 만큼 무너지고 손상되어 있지만, 너는 그런 집에서도 사람이 살았던 흔적을 발견할 수 있다. 야외에서 재투성이가 되느니 언제 무너질지 몰라도 지붕이 있는 편이 낫다고 생각한 사람들이었을 것이다. 녹색 X로 표시된 건물은 모든 카스트리마인들이 차지하고도 남을 정도로 충분하기 때문에 다들 가구가 구비되어 있고 안전하고 아직도 수력과 지력이 작동하는 공동 주택을 골라잡는다.

야생 닭과 더 많은 염소가 거리 곳곳을 돌아다니고 있다. 전 주민들이 사육하던 가축들일 것이다. 하지만 녹지 구역의 경작물은 전부 말라 죽었다. 네가 레나니스인들을 전부 죽여 버리고 카스트리마 사람들이 여기 도착하기까지 수개월 동안 아무도 물을 주지도 돌보지도 않았기 때문이다. 하지만 씨앗창고에는 민들레와, 적도권에서 기본 식재료로 사용되는 타로처럼 낮은 조도에서도 자라는 작물의 씨앗이 많이 쌓여 있다. 그리고 비축고에는 저장빵과 치즈, 지방이 풍부한 매콤한 소시지, 곡물과 과일, 기름에 절인 허브와 잎채소가 넘쳐난다. 개중 어떤 것들은 다른 식량에 비해 눈에 띄게 신선한데, 아마 레나니스 군대가 다른 향에서 약탈해 온 물자일 것이다. 다해서 카스트리마 사람들이 10년간 매일 밤 축제를 벌이고도 남을 정도다.

정말이지 끝내준다. 하지만 동시에 몇 가지 문제가 있다.

첫 번째는 레나니스의 수도시설을 관리하는 것이 예상보다 더 복잡하다는 것이다. 이곳의 수도시설은 전자동이라, 아직 망가지진 않았지만 만에 하나 문제가 발생하면 그 작동 원리를 알 수가 없다. 이카는 혁신자들에게 빨리 사용 방법을 알아내거나 수도시설이 고장 날 경우에 대비해 대책안을 생각해 내라고 닦달한다. 통키는 불만을 토로한다. "내가 하수구 청소하는 법이나 알려고 제7대학에서 6년간 썩은 줄 알아?" 하지만 이렇게 툴툴거리면서도 즉시 임무에 착수한다.

두 번째 문제는 카스트리마로서는 레나니스의 방벽을 수비할 수가 없다는 점이다. 어쨌든 이 도시는 너무 크다. 그리고 너희는 수가 너무 적다. 지금이야 선택의 여지가 없는 이상 아무도 이런 북쪽까지 올라오지는 않을 테지만 누군가 여기 쳐들어오기로 결심한다면 정복자와 향 사이를 가로막을 보호책은 방벽 말고는 없다.

이 문제는 딱히 해결책이 없다. 조산술조차 위험한 이 열개의 그림자 아래에서는 오로진도 전력에 큰 도움이 되지 못한다. 레나니스의 잉여 인구였던 다넬의 군대는 지금쯤 남동쪽 중위도 지방에서 열심히 부글벌레의 배를 채워 주고 있을 것이다. 물론 그렇다고 그들이 지금 여기 있으면 좋겠다는 건 아니다. 어차피 너희를 불법 침입자 취급할 테니까. 이카는 번식사들에게 어서 빨리 인구를 증가시킬 수 있는 수준의 재생산에 착수하라고 이르지만, 설령 모든 신체 건강한 향민의 도움을 받는다고 해도 한 세대가 지나기 전까지는 향을 안전하게 방어할 만큼 충분한 인구를 채울 수가 없다. 지금으로서는 그저 카스트리마 사람들이 거주하고 있는 구역만이라도 수비할 수밖에.

"만약에 다른 군대가 침입하면……." 너는 이카가 중얼거리는 것을 엿듣는다. "그냥 들어오라고 해서 방을 하나씩 나눠 줘야지. 그러면 해결될 거야."

세 번째이자 가장 큰 문제, 보급보다 실존적 문제는 시체에 둘러싸여 살아야 한다는 점이다.

사방에 석상들이 널려 있다. 공동 주택 부엌에 서서 설거지를 하는 석상. 침대에 누워 있는 석상과 돌덩이로 변한 사체의 무게에 짓눌려 내려앉았거나 아예 무너져 내린 침대. 돌이 되어 버린 보초와 또 동료와 임무 교대를 하러 흉벽 계단을 올라가는 중인 석상. 공동 부엌에 앉아 오래전에 말라 버린 차를 홀짝이고 있는 석상도 있다. 풍성한 연수정 머리카락과 반질반질한 벽옥 피부, 전기석이나 터키석, 가넷이나 황수정 옷을 걸친 모습이 무척 아름답긴 하다. 미소를 짓고 있거나 눈동자를 굴리거나 지루한 듯 하품 중인 얼굴들. 왜냐하면 정말 자비롭게도, 오벨리스크의 문이 방출한 충격파가 문자 그대로 눈 하나 깜짝할 새도 없이 모두를 변화시켰기 때문이다. 겁을 먹거나 놀랄 틈도 없었다.

첫날에는 모두가 석상을 멀리 피해 다닌다. 그들이 보이는 곳에는 아예 앉으려고도 하지 않는다. 그건…… 몹시 무례한 짓처럼 느껴지기 때문이다. 하지만. 카스트리마는 이들이 시작한 전쟁에서 살아남은 생존자이자 그 전쟁이 낳은 난민이다. 그 진실을 죄책감 때문에 덮으려 한다면 그건 카스트리마에서 죽은 마을 사람들을 존중하지 않는 처사일 것이다. 그래서 하루 이틀이 지나자 사람들은 석상을 받아들이기 시작한다. 어차피 그것밖엔 도리가 없다.

하지만 뭔가가 너를 괴롭힌다.

어느 날 밤, 너는 궁금해진다. 너희가 살고 있는 단지에서 그리 멀지 않은 곳에 노란색 X로 표시된 건물이 하나 있는데 보기에 무척 아름다운 곳이다. 건물 겉면에 포도넝쿨과 꽃 모양 장식이 새겨져 있는데 어떤 곳에는 금박이 입혀져 반짝반짝한다. 금박 장식은 보는 각도에 따라 반짝이거나 깜박이는데, 그래서 마치 살아 움직이는 식물에 덮여 있는 것 같은 착시를 일으킨다. 그것은 레나니스에 있는 대부분의 건물보다 훨씬 오래되었다. 이유는 딱히 모르겠지만 너는 왠지 그 건물이 마음에 든다. 옥상까지 올라가 보지만 층층마다 석상들이 살고 있는 평범한 공동 주택이다. 옥상문은 잠겨 있지도 않고 활짝 열려 있다. 어쩌면 열개가 일어났을 때 누군가 이 옥상에 올라와 있었을지도 모른다. 너는 옥상 문으로 나서기 전에 피뢰침이 제자리에 있는지 먼저 확인한다. 문제없음. 고작 6~7층밖에 안 되는 것 같지만 이래 봬도 레나니스에서는 가장 높은 건물 중 하나다.(고작, 시에나이트가 이죽거린다. 고작? 다마야가 탄성을 지른다. 그래, 고작. 너는 재빨리 응수하며 둘의 입을 막아 버린다.) 지붕에는 피뢰침만 있는 게 아니라 텅 빈 배수탑도 있다. 뭐가 됐든 금속 표면에 기대거나 피뢰침 바로 옆에 서 있지만 않는다면 죽지는 않을 것이다. 아마도.

그리고 여기, 열개가 만들어 낸 연기구름 벽을 바라보며, 마치 건물 벽의 꽃 장식이 새것이었을 시절부터 줄곧 이 자리에 있었던 것 같은 모습으로, 호아가 너를 기다리고 있다.

"석상 수가 안 맞아." 너는 그의 옆에 다가가서며 말한다.

호아가 무엇을 보고 있는지 그 시선을 따라가지 않을 수가 없다. 여기서는 열개가 보이지 않는다. 이 도시와 그 괴물 사이에는 죽은 열대림과 높은 산등성이가 있는 것 같다. 어쨌든 장벽만으로도 충분히 방해가 되기도 하고.

어떤 실존적 공포는 더 쉽게 감당할 수 있을지 몰라도, 너는 이곳 사람들에게 오벨리스크의 문의 힘을 사용한 것을 기억한다. 그들의 세포 사이를 흐르는 마법을 뒤틀어 미세입자를 탄소에서 규소로 변형시킨 것을 기억한다. 다넬은 레나니스에 얼마나 많은 사람이 살고 있었는지 말해 주었다. 사람이 너무 많아서 생존을 위해 다른 향에 정복 군대를 내보내야 했던 도시. 하지만 지금 이곳에는 석상이 그만큼 많지 않다. 한때는 그랬다는 흔적이 남아 있긴 하다. 누군가와 열띤 대화를 나누고 있는 듯한 석상은 있지만 맞은편에 상대방은 없다. 6인분이 차려진 식탁에는 두 사람만 앉아 있을 뿐이다. 녹색 X가 표시된 커다란 건물에 있는 한 침대에서는 한 석상이 발가벗고 입을 벌린 채 영원히 단단할 성기를 세우고 공중에 허릿짓을 하면서 손은 누군가의 다리를 움켜쥐고 있지만, 그는 혼자다. 마치 누군가 일부러 만들어 놓은 소름 끼치는 농담 같다.

"내 종족들은 배를 채울 기회를 놓치지 않지."

그래, 그런 대답을 듣게 될까 봐 두려웠다.

"그리고 엄청나게 허기졌나 봐? 여긴 정말 많은 사람이 살고 있었는데, 대부분이 사라졌어."

"우리도 너희와 마찬가지로 나중을 위해 잉여 자원을 비축해 두는 습성이 있거든, 에쑨."

너는 아직 남아 있는 손으로 얼굴을 문지르며 어딘가에 존재할 스톤이터들의 거대한 식품 저장고에 화려한 색색으로 반짝이는 석상들이 가득 채워져 있는 모습을 상상하지 않으려고 애써 보다 결국 실패하고 만다.

"사악한 대지여. 그럼 나한테 왜 그런 정성을 들이는 건데? 나는…… 저것들처럼 쉬운 식량이 아니잖아."

"내 동족 중 하등한 이들은 힘을 비축해야 하지만 나는 그럴 필요가 없거든." 호아의 어조에 미세한 변화가 인다. 이제는 너도 호아에 대해 알 만큼 안다. 저건 경멸이다. 호아는 매우 긍지 높은 존재다.(그건 본인도 인정하리라.) "그들은 부실하고, 나약하며, 짐승보다 나을 바가 없다. 처음에 우리는 너무 외로웠고, 그래서 우리가 무슨 일을 하고 있는지도 몰랐지. 허기진 자들은 우리의 미흡한 솜씨가 만들어 낸 결과물이야."

너는 잠시 동요한다. 그런 건 알고 싶지 않았으므로……. 하지만 너는 벌써 수년간 겁쟁이처럼 살았고, 그래서 이번에는 마음을 단단히 먹고 그를 쳐다보며 말한다.

"그래서 새로운 동족을 만들고 있는 거구나. 그렇지? 나……나를 이용해서 말이야. 음식이 아니라…… 재생산이었군."

돌이 되어 죽은 인간을 이용한 끔찍하고도 소름 끼치는 재생산. 거기에는 단순히 사람을 돌로 바꾸는 것보다 더한 비밀이 숨어 있을 것이다. 너는 노변집에서 마주쳤던 커쿠사를, 지자를, 그리고 카스트리마에서 네가 죽인 여자를 떠올린다. 너는 네가 어떻게 마법으로 그 여자를 강타하고 깨트렸는지 생각한다. 우체의 죽음을 떠올리게 하는 범죄 아닌 범죄를 저질렀다는 이유만으로. 하지만 알라배스터의 마지막은 네가 그 여자에게 한 짓과 달랐다. 그 여자는 색색으로 반짝이는 예쁜 보석 덩어리가 되었지만 알라배스터는 못생긴 갈색 바위 덩어리가 되었다. 그런데도 그 갈색 돌덩이가 세밀하고 정교하게 공들여 빚은 것이라면 여자의 아름다운 표면 밑은 엉망진창으로 조잡했다.

호아는 네 말에 침묵으로 일관하고, 그것은 충분한 대답이 된다. 그러고는 비로소 너는 기억해 낸다. 안티모니. 네가 오벨리스크의 문을 닫은 직후, 그리고 마법을 지나치게 사용한 후유증으로 정신을 잃기 전에 그녀의 옆에 다른 스톤이터가 서 있었다. 머리부터 발끝까지 온통 새하얗고 마음 한구석이 껄끄러울 만큼 이상하게 익숙해 보이던 스톤이터. 오, 사악한 대지여. 너는 정말로 알고 싶지 않다. 하지만……

"안티모니가……." 너무도 작고 초라한 갈색의 돌덩어리. "알라배스터를 이용해 만들었구나. 그를 재료로 사용해서…… 그, 그, 세상에 삭아빠질, 스톤이터를 만들었어. 그것도 그의 모습을 꼭 빼닮게 만들어서."

안티모니를 향한 증오심이 다시금 솟구친다.

"그가 자신의 형상을 스스로 선택한 거다. 우리는 모두 그래."

그 말에 너의 분노가 순식간에 수그러든다. 뱃속이 뒤틀리는 것 같다. 이번에는 혐오감 때문이 아니다.

"그럼…… 그렇다는 건……." 심호흡을 해야 한다. "그럼 그건 그 사람이야? 알라배스터야? 그, 그가……."

너는 차마 그 단어를 말할 수가 없다.

눈 깜짝할 사이, 호아가 너를 마주 보고 있다. 연민 가득한 표정, 그러나 또한 경고의 의미를 담고 있기도 하다.

"격자 구조가 항상 완벽하게 형성되는 건 아니야, 에쑨." 그가 부드럽게 말한다. "그리고 설사 그렇더라도…… 그 과정에서 데이터가 어느 정도 손실되지."

너는 그게 무슨 뜻인지 이해할 수 없지만 그럼에도 몸서리를 친다. 왜? 너도 이유를 알잖니. 네 목소리가 치솟는다.

"호아, 만약에 그게 알라배스터라면, 내가 그 사람과 말할 수 있다면……."

"안 돼."

"염병, 왜 안 되는데?"

"왜냐하면 그건 그가 선택할 문제니까." 단호한 목소리. 꾸짖음. 너는 어깨를 움찔한다. "그보다 더 중요한 건 우리가 막 태어났을 때에는 다른 모든 생명체처럼 연약하기 때문이지. 우리가, 우리가 된 사람이…… 식으려면 수 세기가 걸려. 아주 약간의 압력만 받아도 지금 네가 그러는 것처럼 다른 사람의 필요에 맞춰야 한다는 요구를 받게 된다면 그의 성격이 형성되는 데 손상을 끼칠 수 있다."

너는 주춤 뒤로 물러난다. 그러고는 화들짝 놀란다. 왜냐하면 어느새 호아에게 이렇게 바짝 다가가 얼굴을 맞대고 있는 줄은 몰랐기 때문이다. 그러고는 허망해진다. 알라배스터가 살아 있다. 하지만 살아 있지 않다. 스톤이터 알라배스터에게 네가 전에 알던 피와 살로 만들어진 알라배스터와 조금이라도 닮은 점이 있을까? 아니, 그게 중요하긴 한가? 이미 완전히 변해 버렸는데?

"난 그를 또 잃은 거구나." 너는 중얼거린다.

처음에 호아는 꿈쩍도 않는 것처럼 보이지만, 네 옆구리에 바람이 휙 스치더니 갑자기 딱딱한 손이 네 부드러운 손등을 지그시 덮는다.

“그는 영원히 살 거다.” 호아가 말한다. 텅 비어 울리는 목소리가 낼 수 있는 최대한 다감한 어조로. “대지가 존재하는 한 그의 일부는 영원토록 존재할 거야. 잃을 위험이 있는 건 너지.” 호아가 잠시 말을 멈춘다. “하지만 네가 시작한 일을 끝내지 않기로 선택한다고 해도, 나는 이해할 거다.”

너는 눈을 들어 호아를 바라보고, 이 순간만큼은 두 번째 혹은 세 번째로 호아를 이해할 수 있을 것 같다. 그는 네가 임신했다는 사실을 알고 있다. 어쩌면 너보다도 먼저 눈치 채고 있었는지도 모른다. 그게 그에게 어떤 의미일지, 너는 짐작도 가지 않는다. 호아는 네가 알라배스터를 어떻게 생각하는지도 안다. 그는 지금…… 네가 혼자가 아니라고 말해 주고 있는 것이다. 네게 아무것도 없는 게 아니라고 말해 주고 있는 것이다. 네게는 호아가 있고, 이카와 통키와 어쩌면 햐르카까지도, 친구들이 있다. 네가 괴물 같은 로가임을 알고 있고 그럼에도 너를 받아들여 준 친구들. 또 러나도 있다. 조용하지만 바라는 게 많고, 엄격하고 단호한 러나. 뭐든 단념하는 법이 없고, 네 변명을 참고 넘어가 주는 법도 없고, 사랑으로 고통을 없앨 수 있는 척하지도 않는 사람. 그는 또 다른 네 아이의 아버지고, 그 애는 아름다울 것이다. 네 자식들은 모두 아름답고 사랑스러웠다. 아름답고, 강력했다. 너는 안타까운 마음에 눈을 질끈 감는다.

하지만 그때 도시에서 들려오는 소리가 귀에 닿고, 너는 바람결에 실린 웃음소리에 흠칫 놀란다. 지상에서 여기까지 올라올 만큼 우렁찬, 도시의 공동 불가에 모여 앉은 사람들의 웃음소리. 덕분에 너는 네가 바라든 말든 너에겐 카스트리마도 있다는 사실을 떠올린다. 불친절한 사람들이 모여 만든 이 터무니없는 향은 아직도 불가능하리만큼 똘똘 뭉쳐 있고, 비록 마지못해 한 일이긴 해도 너는 그들을 지키기 위해 싸웠으며 그들 역시 너를 위해 싸워 주었다. 그 생각을 하자 입가에 미소가 떠오른다.

"아니야. 내가 해야 할 일을 하겠어."

호아가 너를 면밀히 살핀다.

"결심했구나."

그렇고말고. 바뀐 것은 없다. 세상은 망가졌고 너는 그것을 고칠 수 있다. 그게 바로 알라배스터와 러나가 네게 맡긴 일이다. 카스트리마는 너를 망설이게 하는 게 아니라, 그 일을 해야 할 더 큰 이유를 주었다. 그리고 이제는 움츠려 있던 몸을 펴고 나쑨을 찾아 나서야 할 때다. 그 아이가 너를 미워하더라도. 네 딸아이를 이 끔찍한 세상과 홀로 싸우게 내버려 뒀음에도. 네가 세상에서 가장 형편없는 어머니라고 해도…… 너는 최선을 다했다.

그리고 어쩌면 그건 네가 두 자식 중 하나를 선택했다는 의미인지도 모른다. 둘 중에서 살아남을 가능성이 더 큰 아이를 선택하는 것. 하지만 그게 천지개벽 이래 모든 어머니가 해야만 했고 또한 해왔던 선택과 뭐가 다르단 말인가. 더 나은 미래를 위해 현재를 희생하는 것. 그저 이번에 치를 희생이 더 크고 더 어려운 선택이라고 해도…… 어쩔 수 없다. 어차피 그게 어미 된 자가 해야 할 일이며, 너는 삭아빠질 열 반지다. 해야 할 일은 확실하게 처리할 것이다.

"뭘 기다리는 거야?"

"너." 호아가 대답한다.

"좋아. 시간은 얼마나 남았지?"

"근지점은 이틀 뒤다. 하루면 코어포인트에 데려다줄 수 있고."

"그래." 너는 숨을 깊이 들이마신다. "작별 인사를 좀 해야 하는데."

별일 아니라는 듯이 너무도 태연하게, 호아가 말한다.

"다른 사람들도 같이 데려갈 수 있는데."

오.

너도 그러고 싶지, 그렇지? 마지막 순간에 혼자가 되고 싶진 않으니까. 등 뒤에서 조용하면서도 고집 센 러나의 존재를 느끼고 싶으니까. 통키를 두고 간다면 코어포인트를 볼 기회를 안 줬다고 불같이 화를 내겠지. 통키만 데려가고 햐르카를 두고 간다면 이번에는 또 햐르카가 불같이 화를 낼 것이다. 다넬은 적도권 전승가라는 이유로 세상이 변해 가는 과정을 역사에 남기고 싶어 한다.

하지만 이카는……

"안 돼." 너는 정신을 번쩍 차리고 한숨을 내쉰다. "그건 이기적인 거지. 카스트리마엔 이카가 필요해. 지금까지 고생한 것만으로도 충분하니까."

호아는 다만 너를 가만히 지켜볼 뿐이다. 삭아빠질, 돌로 된 얼굴로 어떻게 저렇게 적나라한 표정을 지을 수가 있지? 그게 비록 네 자기절제적인 헛소리가 진심인지 아닌지 의심하는 표정이라도 말이다. 너는 웃음을 터트리고 만다. 딱 한 번, 쉬어서 갈라지는 목소리로. 웃어 본 지도 참 오래되었다.

"내 생각에는." 호아가 천천히 운을 뗀다. "누군가를 사랑하게 된다면 그들이 어떤 방식으로 사랑을 되돌려 줄지 너는 선택할 수가 없지."

그 말의 지층에는 무한한 층위가 쌓여 있어서.

하지만, 그래. 좋아. 어차피 이건 너만의 문제가 아니고, 한 번도 그런 적이 없다. 계절에는 모든 것이 변한다. 그리고 너의 일부는 외롭고, 쓸쓸하고, 복수심에 불타는 여성의 목소리를 내는 데 지쳤다. 네가 가족을 만드는 데 필요한 건 나쓴만이 아닐지도 모른다. 그리고 어쩌면, 너 혼자서 세상을 바꾸려 해서도 안 될지도 모른다.

"그럼 가서 물어보자. 그런 다음 내 딸을 데려오는 거야."

받는 사람: 예이터, 디바스의 혁신자
보낸 사람: 알마, 디바스의 혁신자

귀하의 연구 자금 지원이 중단되었음을 통보하라는 요청을 받았습니다. 가장 저렴한 수단을 이용하여 당장 대학으로 돌아오십시오.

그리고 내가 당신을 알기에, 오랜 벗이여, 내 말을 들어 주십시오. 당신은 이성과 논리를 신봉하지요. 당신은 우리의 존경받는 동료들이 엄연한 사실을 접하면 편견이나 정치적 논리의 영향에서 벗어날 수 있다고 믿습니다. 하지만 그것이 바로 당신의 학문적 소양이 얼마나 뛰어나든 연구기금 조달 및 배분 위원회에 참여할 수 없는 이유이기도 합니다.

우리의 연구 자금은 구 산제에서 나옵니다. 어떤 대학보다도 더 오래된 서적을 개인 소장 목록에 보유하고 있는 유서 깊은 가문들 말입니다. 그리고 그들은 우리가 거기 손끝 하나도 대지 못하게 하겠지요. 그런 가

문이 어떻게 이토록 오랫동안 살아남았다고 생각하는 겁니까, 예이터? 산제는 어떻게 이렇게 오랫동안 지속될 수 있었을까요? 돌의 가르침 때문이 아닙니다.

그런 사람들을 찾아가 로가를 영웅으로 만들 연구 프로젝트에 돈을 대달라고 할 수는 없는 겁니다! 그럴 수는 없어요. 그들은 아마 졸도할 겁니다. 그런 다음에 깨어나면 제일 먼저 당신을 죽여 버리겠지요. 그들의 삶과 유산에 위협이 되는 것이라면 언제나 그러했듯이, 당신도 파멸시킬 겁니다. 그래요, 당신은 지금 당신이 하는 일이 그런 게 아니라고 생각하겠지요. 아뇨, 틀렸습니다.

그리고 이런 말로도 설득력이 부족하다면, 당신마저도 합당하다고 느낄 이유를 알려 드리지요. 수호자들이 질문을 던지고 있습니다. 이유는 나도 모릅니다. 그 괴물들을 움직이는 게 뭔지는 아는 사람이 아무도 없으니까요. 하지만 바로 그렇기 때문에 나도 위원회의 다수와 같은 표를 던졌습니다. 설령 그래서 지금부터 당신이 나를 증오하게 된다고 해도 말입니다. 난 당신이 살기를 바랍니다, 벗이여. 심장에 유리 비수가 꽂힌 채로 계곡에서 발견되지를 않기를 바랍니다. 미안합니다.

무사 귀환을 빌며.

12장

나쑨은 혼자가 아니다

코어포인트는 고요하다.

이동수가 행성을 관통해 세상 반대쪽에 있는 역에서 솟구쳤을 때, 그게 나쑨이 알아차린 사실이었다. 역은 코어포인트 중앙에 있는 거대한 구멍을 둘러싼, 비스듬히 기운 이상한 건물 중 하나에 위치해 있다. 나쑨은 이동수의 문이 열리자마자 도와 달라고, 제발 누군가, 누군가 도와 달라고 울부짖으며 힘없이 늘어져 아무 반응도 없는 샤파의 몸을 질질 끌며 적막한 복도를 지나, 적막한 거리로 나선다. 샤파는 크고 무겁다. 그의 몸을 움직이려고 마법을 온갖 방식으로 활용해 보지만(하지만 결과는 형편없다. 마법은 원래 이렇게 조잡하고 사소한 일에 사용하는 게 아니고 나쑨도 집중력을 발휘할 수가 없기에.) 나쑨은 건물 단지에서 겨우 한 블록 정도밖에 가지 못하고 풀썩 주저앉고 만다.

***

삭아빠질 모년 모월,

이 책을 발견했다. 안은 비었고. 종이로 만든 게 아니다. 종이보다 두껍다. 잘 구부러지지도 않는다. 다행이지. 안 그랬다면 지금쯤 다 삭아빠져 가루가 됐을 테니까. 내가 쓴 게 영원히 남는다고! 하! 염병 내가 정신줄을 놓은 뒤까지 말이지.

뭘 써야 할지 모르겠다. 이논이라면 껄껄 웃고는 섹스에 대해 쓰라고 하겠지. 좋은 생각이야. 그래, 오늘은 자위를 했다. A가 나를 이곳에 끌고 온 뒤로 처음이다. 중간에 이논 생각이 났는데 사정도 못 했다. 내가 너무 늙은 걸까? 시엔이라면 아마 그렇게 말할 테지. 그 애는 내가 아직도 걔 배를 부르게 만들 수 있어서 화가 난 거야.

이논의 냄새가 기억 안 난다. 여긴 뭐든 전부 바다 냄새가 나. 하지만 메오브의 바다와는 또 다르다. 물이 다른 건가? 이논에게서는 메오브의 물 냄새가 났다. 바람이 불 때마다 조금씩 그를 잃고 있다.

코어포인트. 난 이곳이 지독하게 싫어.

***

코어포인트는 일반적인 유적이 아니다. 무너지거나 황폐하지도 않고, 사람이 살고 있지 않은 것도 아니다.

사방으로 확 트인 끝없는 바다 위에 세워진 이 도시는 변칙적인 건물들의 향연이다. 얼마 전에 사라진 유메네스나 그보다도 훨씬 오래전에 죽어 버린 실 아나기스트에 비하면 그리 높은 건물들도 없다. 그러나 코어포인트는 과거, 그리고 현재의 문화와 비교할 때 매우 독특한 곳이다. 건물은 견고하고, 차가운 금속과 이상한 중합체, 그리고 세상의 이쪽을 지배하는 매서운 풍속의 짠 바람을 견딜 수 있는 물질로 만들어져 있다. 까마득한 세월 전에 조성된 이곳 공원에서 자라는 몇 안 되는 식물들은 더 이상 코어포인트의 건설자들이 좋아하던 사랑스럽고 신중하게 조작된, 온실에나 어울리는 것들이 아니다. 코어포인트의 나무(과거 조경 식물들의 잡종이나 야생 후손)들은 거대하고, 가지가 우거져 있으며, 바람에 휘고 비틀어져 예술적인 형태를 띠고 있다. 원래는 가지런히 심겨 있었을 화단과 화분을 오래전에 무너뜨리고 탈주를 감행해 압축섬유 보도 위를 뒤덮고 있다. 실 아나기스트의 건축 양식과는 달리 이곳에는 날카로운 모서리가 많은데, 바람 저항을 최소화하기 위해서다.

하지만 이 도시에는 보이는 것보다 더 많은 것이 있다.

코어포인트는 커다란 해저 순상화산 위에 세워 졌으며, 도시 중앙에 뚫려 있는 구멍의 상층부에는 몇 킬로미터 아래까지 복잡한 거주 공간과 연구실, 제조공장 등이 설치되어 있다. 이 지하 공간은 원래 코어포인트에서 일하는 지마학자와 유전공학자를 위한 것이나, 오래전부터는 완전히 다른 목적으로 사용되고 있다. 왜냐하면 이 코어포인트는 바로 워런트, 수호자가 만들어지고 계절이 되면 돌아와 머무르는 곳이기 때문이다.

거기에 대해서는 나중에 더 자세히 이야기하기로 하자.

하지만 지금 코어포인트의 지상은 늦은 오후이고, 눈이 시리도록 맑고 푸른 하늘에는 구름 한 점 없다.(고요 대륙에서 시작된 계절이 반대쪽 반구의 기후에 심각한 영향을 끼치는 경우는 드물다. 적어도 앞으로 수개월이나 수년 동안은 그렇겠지.) 청명한 날씨에 걸맞게 거리와 나쑨의 주위에는 많은 사람이 나와 있지만 나쑨이 울먹이며 샤파를 힘겹게 옮기고 있는데도 아무도 다가오거나 도움의 손길을 내주지 않는다. 정확히 말하자면 다들 꿈쩍도 하지 않는다. 왜냐하면 그들은 모두 스톤이터니까. 장미대리석 입술과 반짝이는 운모 눈, 황철석이나 석영으로 만들어진 땋은 머리를 늘어뜨린 스톤이터들. 수만 년이 넘도록 인간의 발길이 닿지 않은 건물 앞 계단 위에 스톤이터들이 서 있다. 수십 년 동안 부담스러운 하중과 압력에 짓눌려 내려앉거나 형태가 변형된 석조나 금속 창틀에 그들이 앉아 있다. 한 스톤이터는 무릎을 세우고 그 위에 두 팔을 교차로 얹은 채 나무에 기대 앉아 있는데, 나무뿌리가 그녀를 칭칭 감싸고 있고 팔과 머리카락 위쪽에는 이끼가 끼어 있다. 약간의 흥미가 담긴 눈동자만이 또르르 움직여 나쑨을 쳐다볼 뿐이다.

그들은 그저 바라만 볼 뿐, 아무 반응도 하지 않는다. 지나치게 빨리 움직이는 이 시끄러운 인간 어린애가 소금기 먹은 바람 속에서 흐느끼다 이윽고 기력을 다해 샤파의 셔츠 자락을 꼭 부여잡은 채 하염없이 앉아만 있는 모습을 바라보며.

***

아마도 같은 해? 다른 날

이논이나 코루 이야기는 쓰지 말자. 지금부터 그건 금기사항으로 선포.

시엔. 그 애를 느낄 수 있다. 보니는 게 아니라 느껴진다. 여기 오벨리스크가 있는데, 내 생각엔 스피넬 같다. 거기 ~~접삭~~접속하면 그것과 연결돼 있는 걸 다 느낄 수 있는 것 같다. 자수정이 시엔을 따라다니고 있다. 걔도 알고 있을지 궁금하네.

안티모니는 시엔이 무사히 본토에 도착해 정처없이 ~~떠달~~떠돌고 있다고 한다. 그래서 나도 이렇게 헤매는 느낌인 건가? 시엔은 이제 내게 남은 유일한 사람이지만 우리 아이를 죽…… 씨발.

이곳은 황당하다. 제어실? 없이도 오벨리스크의 문을 시동할 방법이 있다는 안티모니의 말은 옳았다.(오닉스. 너무 강력하다. 위험을 감수할 수는 없지. 재정렬이 너무 빨리 시작될 거고. 그럼 그 뒤에 궤도 변경은 누가 할 건데?) 하지만 그걸 만든 녹쟁이 새끼들이 멍청한 구덩이 속에 전부 다 처박았지. 무슨 일이 있었는지 A가 대강 이야기해 줬다. 엄청난 프로젝트 같은 소리 하고 있네. 하지만 그런 걸 직접 보는 건 더 끔찍했을 테지. 이 삭아빠질 도시는 범죄 현장이다. 발길 닿는 대로 돌아다니다 해저 밑바닥까지 연결된 엄청나게 큰 파이프를 발견했다. ~~엄청~~**엄청나게 큰데**, 구멍에서 뭔가를 퍼 올려서 대륙으로 이송하기 위한 거였다. 마법을 옮기기 위한 거라고, 안티모니가 그랬다. 뭐가 그렇게 많이 필요한 건데????? 문보다도 더 많잖아!

'티니모니'에게 오늘 그 구멍을 보여 달라고 했다. 안 된단다. 그 구멍에 대체 뭐가 있는데? 어? 대체 뭐가 있냐고.

***

해 질 녘이 되자 다른 스톤이터가 나타난다. 우아한 드레스를 걸친 색색의 동족들 사이에서 그의 벌거벗은 가슴과 밍밍한 회색 피부가 평소보다 더 두드러진다. 스틸. 그는 한참 동안 나쑨을 내려다보며 서 있다. 어쩌면 나쑨이 고개를 들어 자기를 발견하길 기다리고 있는지도 모른다. 하지만 나쑨은 고개를 들지 않는다. 이내 그가 말한다.

"밤이 되면 바닷바람이 차질 거야."

침묵. 아이의 손이 샤파의 옷자락을 쥐었다 폈다를 반복한다. 경련이 아니다. 단지 피곤한 것뿐이다. 대지의 중심에 도착한 뒤로 나쑨은 줄곧 샤파에게 꼭 붙어 있다.

얼마 후 태양이 지평선을 향해 조금 더 움직이자 스틸이 말한다.

"두 블록 너머 있는 건물에 사람이 살 만한 집이 있다. 안에 보관된 음식도 아직 먹을 수 있을 테고."

"어디?"

아이의 음성이 말라 갈라진다. 물을 마셔야 한다. 수통에 남은 게 있을 거다. 샤파의 수통에도. 하지만 나쑨은 어느 쪽에도 손을 대지 않는다.

스틸이 자세를 바꿔 방향을 가리킨다. 나쑨이 시선을 들어, 그의 손가락을 따라, 도로를 바라본다. 지평선을 향해 부자연스러울 정도로 곧게 뻗은 포장도로. 나쑨은 힘겹게 일어난다. 샤파의 옷을 아까보다 더 굳게 움켜쥐고, 다시 그의 몸뚱이를 끌며 걷기 시작한다.

***

구멍 안에 누가 있지? 뭐가 있지? 어디로 통하지? 나는 또 얼마나 텅텅 비었지?

'스이'들이 오늘은 좀 그럴듯한 먹거리를 가져왔다. 내가 워낙 안 먹으니까. 엄청난 대접이군, 세상 반대쪽에서 공수해 온 신서어언한 음식이야! 씨앗은 말려서 심어야지. 토마토는 모아 놓고. 나중에 A한테 집어 던지게.

책에 적힌 언어는 산제어와 비슷해 보인다. 문자가 비슷한 건가? 아님 조상어? 어떤 단어는 거의 알 것 같기도 하다. 고대 에텁어 같은 데도 있고, 어떤 것은 흘라다어, 또 약간은 초기 왕조 레그워 같기도. 시나쉬가 여기 있다면 좋을 텐데. 내가 이 세상만큼 오래 묵은 책을 발받침으로 쓰고 있는 걸 보면 난리법석을 피우겠지. 놀려먹기 쉬운 인간이었다니까. 보고 싶군.

모두가 그립다. 삭아죽을 펄크럼에 있던 작자들(!)까지 전부. 사람 입에서 나오는 녹병들 목소리가 듣고 싶다. **시에나이트**라면 나한테 뭐든 먹일 수 있을걸, 이 말하는 돌멩이새끼들아. **시에나이트**는 정말로 나를 걱정해 줬다고. 내가 염병 관심도 없는 이 세상을 바로잡을 수 있든 말든 말이야. **시에나이트**는 지금 여기, 나랑 같이 있어야 해. ~~그 애를 여기 데려올 수만 있다면 뭐든 할 텐데.~~

아니야. 시엔은 나와 ~~아~~ 메오브를 잊어버려야 한다. 진짜로 마음이 동해서 같이 자고 싶은 멍청한 사내자식 하나를 잡아야지. 지루하고 심심한 삶도 살아야 하고. 시엔은 그럴 자격이 있다.

***

나쑨은 밤이 다 되어서야 스틸이 말한 건물에 도달한다. 스틸이 쐐기 모양의 기묘한 비대칭 건물 앞에 불쑥 나타난다. 높은 쪽 꼭대기는 바람 부는 방향을 향해 있고, 바람을 맞지 않게 비스듬히 경사진 지붕에는 못생기고 웃자란 식물들이 들쑥날쑥 자라고 있다. 지붕에는 흙이 많다. 아무리 수 세기 동안이라도 바람에 날려 쌓였다고 하기에는 너무 많다. 잡초가 무성하지만 누군가 계획적으로 일궈 놓은 것 같다. 뒤죽박죽 무질서 속에서도 나쑨은 누군가 정원을 만들려 했던 흔적을 찾아볼 수 있다. 최근의 일이다. 작물들도 제멋대로 자라 있다. 바닥에 떨어진 과일에서 돋은 새싹, 오랫동안 돌보지 않은 넝쿨들, 그렇지만 상대적으로 잡초의 수가 적고 아직 형태가 남은 나란한 고랑을 보면 정원이 버려진 지는 1~2년밖에 되지 않은 것 같다. 계절이 시작된 지는 2년이 되었다.

나중에. 나쑨이 다가서자 건물의 문이 옆으로 저절로 스르륵 열린다. 샤파를 문 안쪽으로 옮기자 다시 저절로 닫힌다. 스틸은 벌써 건물 안에 들어와 계단 위쪽을 가리키고 있다. 나쑨은 샤파를 계단 밑까지 끌고 가지만 거기서 그만 주저앉고 만다. 더는 움직일 수도, 생각할 수도 없을 만큼 지쳤다.

샤파의 심장은 아직도 힘차게 뛰고 있다. 나쑨은 베개 대신 그의 가슴을 베고 눕는다. 눈을 감고, 자신이 샤파를 안고 있는 게 아니라 샤파가 자신을 안고 있다고 상상한다. 사소한 위안거리긴 해도 꿈을 꾸지 않고 푹 잠들기에는 충분하다.

***

세상의 반대쪽은

구멍 반대쪽에 있다.

그

렇

지

?

***

아침이 되자 나쑨은 샤파를 계단 위로 옮긴다. 스틸이 말한 집은 다행히 2층에 있고, 계단에서 문을 열면 곧장 집으로 들어갈 수 있다. 집 안에 있는 가재도구는 나쑨에게는 하나같이 이상해 보이지만 어떤 용도로 사용되는지는 알 것 같다. 소파가 하나 있는데 등받이가 뒤쪽이 아니라 길다란 좌석의 한쪽 끝에 달려 있다. 의자도 있는데 그중 하나는 사선으로 기울어 있는 큰 탁자와 하나로 붙어 있다. 그림을 그리는 용도인 걸까. 옆에 붙은 방에는 침대가 놓여 있는데 개중에서도 제일 이상하다. 넓고 큼지막한 반구(半球) 형태이고 시트도 베개도 없이 밝은 색의 쿠션뿐이다. 하지만 나쑨이 머뭇거리며 그 위에 눕자 쿠션이 평평해지면서 아이의 몸을 딱 맞게 감싸 안는다. 놀랍도록 편안하다. 더구나 따뜻하기까지 하다. 몸에 닿는 부분이 뜨뜻하게 데워져 어제 차고 딱딱한 계단 위에서 밤을 보내느라 온몸에 스며든 뻐근함이 스르르 녹는 느낌이다. 신기한 마음에 침대를 자세히 살펴본 나쑨은 그것이 마법으로 가득 차 있고 자기 몸도 마법으로 감싸여 있다는 걸 알고는 깜짝 놀란다. 하늘하늘거리는 은색 실들이 나쑨의 몸과 신경을 이곳저곳 탐색하며 불편한 지점을 찾고 멍든 곳과 긁힌 상처를 치료한다. 다른 실들은 침대를 구성한 입자를 때리고 자극해 마찰열을 일으킨다. 더 많은 은빛 실들이 나쑨의 피부를 구석구석 만지며 미세한 각질과 먼지와 때를 문질러 제거한다. 나쑨이 은빛을 사용해 뭔가를 자르거나 치유하는 것과 똑같은 원리지만, 어찌된 일인지 침대가 자동으로 그런 일을 하고 있는 것이다. 나쑨은 도대체 어떤 사람들이 마법을 부릴 수 있는 침대를 만들었는지 상상도 안 간다. 왜 이런 걸 만들었는지도 모르겠다. 수많은 은빛 가닥에게 이런 좋은 일을 하라고 설득할 수 있다니 그게 과연 가능한 일인지도 모르겠다. 하지만 어쨌든 그게 지금 실제로 일어나고 있는 일인걸. 오벨리스크를 만든 사람들이 그토록 많은 은빛을 필요로 한 것도 당연하다. 일상생활에서 담요를 덮거나 목욕을 하거나 또는 상처가 자연적으로 낫게 기다리는 게 아니라 그런 것에 전부 마법을 사용했다면 당연하지.

샤파의 몸이 배설물로 더럽다. 옷을 벗기고, 화장실에서 찾은 까끌까끌한 천으로 그의 아랫도리를 닦는 건 조금 부끄럽고 꺼려지는 일이지만 그를 이대로 오물 위에 놔둘 수는 없다. 샤파의 눈이 번쩍 뜨이지만, 나쑨이 그의 몸을 닦는 동안에도 움직이지 않는다. 그는 낮에는 눈을 떴다가 밤이 되면 다시 눈을 감는다. 나쑨이 아무리 말을 걸어도(제발 일어나라고, 제발 도와 달라고, 나쑨에게는 그가 필요하다고) 대답하지 않는다.

나쓴은 샤파를 침대에 눕히고 헐벗은 엉덩이 밑에 천을 깔아 준다. 수통을 꺼내 그의 입에 물을 조금씩 흘려 넣고, 물이 떨어진 다음에는 부엌에 있는 이상하게 생긴 펌프로 물을 채운다. 돌리거나 누를 손잡이가 없는데도 수도꼭지 아래 수통을 들이대자 저절로 물이 쏟아지기 시작한다. 나쓴은 성실한 아이이다. 먼저 비상자루에서 가루를 꺼내 안심차를 만들어 물이 오염되지는 않았는지부터 확인해 본다. 안심차 가루가 물에 녹은 뒤에도 뿌연 색을 유지하자, 나쓴은 안심하고 물을 마신 다음 샤파에게도 더 가져다준다. 샤파는 선뜻 물을 잘 받아 마신다. 목이 마르다는 뜻이리라. 이번에는 건포도를 물에 불려 샤파의 입에 넣어 주자 기력은 없지만 느릿느릿 음식을 씹어 삼킨다. 여태껏 나쓴은 샤파를 잘 돌봐 주지 못했다.

하지만 앞으로는 더 잘할 수 있을 것이다. 나쓴은 이렇게 다짐하고는 두 사람이 먹을 음식을 구하러 정원으로 나간다.

***

시에나이트가 날짜를 알려 줬다. 6년. 6년이나 지났다고? 그 애가 그렇게 화가 난 것도 무리가 아니지. 나더러 구멍에 뛰어내려 버리란다. 시간이 너무 많이 지나서. 다시는 내 얼굴도 보고 싶지 않대. 매정한 것. 미안하다고 말했다. 전부 다 내 잘못이다.

내 잘못이다. 나의 달. 오늘 예비 열쇠를 돌려 봤다.(가시선, 역선, 3 곱하기 3 곱하기 3? 3차원 입방체 구조. 예쁘고 작은 결정격자처럼.) 열쇠는 문을 열 수 있다. 하지만 이렇게 많은 오벨리스크를 한꺼번에 유메네스에 데려가는 건 위험하지. 사방에 수호자가 깔려 있는걸. 뭘 해 볼 기회도 없이 붙잡힐지도 몰라. 오로진으로 예비 열쇠를 만드는 게 좋겠다. 누구를 이용하지? 강한 사람. 시엔은 안 돼. 근접하긴 하지만 충분치는 않다. 이논도 안 돼. 코루라면 가능하겠지만 그 애는 찾을 수가 없어. 게다가 아직 어린애인걸. 그러면 안 돼. 아기들. 아주 많은 아기들. 노드 관리자? 노드 관리자들!

안 돼. 이미 고통이라면 지겹게 겪은 이들이다. 차라리 펄크럼 상급자가 낫지.

아니면 노드 관리자들.

여기서 할 필요도 없잖아? 구멍을 막아 버리자. 거기 가서…… 유메네스를 무너뜨리고. 펄크럼을 무너뜨리고. 수호자들도 몽땅 다 죽여 버리자.

귀찮게 좀 굴지 마, 이 여자야. 가서 이논한테 붙어먹자고 하든가 아니면 딴 데 가서 소일거리라도 찾아보라고. 넌 욕구불만일 때면 까칠해진단 말이야. 구멍엔 내일 뛰어드마.

* * *

이제는 일상이 된다.

나쑨은 아침에 일어나 샤파를 돌보고, 오후에는 도시를 탐방하며 필요한 물자를 구해 온다. 신기하게도 샤파를 목욕시키거나 뒤를 닦아 줄 필요는 없다. 침대가 전부 해결해 주기 때문이다. 그래서 나쑨은 이제 그럴 시간에 샤파에게 말을 걸거나, 어서 눈을 뜨라고 간청하거나, 무엇을 해야 할지 모르겠다고 호소하며 보낼 수 있게 되었다.

스틸은 또다시 사라진다. 나쑨은 어차피 관심 없는 일이다.

하지만 다른 스톤이터들은 주기적으로 모습을 드러내고, 아니면 적어도 그들의 존재가 느껴진다. 나쑨은 소파에서 잠을 자는데 하루는 아침에 눈을 떴더니 몸에 이불이 덮여 있다. 평범한 회색 담요지만 따뜻해서 마음이 고맙다. 수지를 만들려고(비상자루에 챙겨 뒀던 양초가 떨어져 가고 있다.) 소시지에서 기름 덩어리를 떼어 내고 있을 때는 계단 위에서 한 스톤이터가 이리 와 보라는 듯이 나쑨을 향해 손짓하며 서 있는 것을 발견한다. 잠자코 따라가자 그가 이상한 그림이 그려진 사각형 판 옆에서 멈춘다. 스톤이터가 그림 하나를 손으로 가리킨다. 나쑨이 건드리자 은빛이 활성화되면서 그림이 금색으로 은은하게 빛나고, 은빛 가닥이 흘러나와 아이의 피부 위를 훑는다. 스톤이터가 나쑨이 이해할 수 없는 언어로 뭐라 말하더니 사라진다. 하지만 나쑨이 머무르고 있던 공동 주택으로 돌아오자, 방은 따뜻하고 머리 위에는 부드러운 흰색 조명이 빛나고 있다. 벽에 붙은 네모난 것을 건드리자 조명이 다시 꺼진다.

어느 날 오후에는 밖에 나갔더니 스톤이터 하나가 어떤 향의 비축고를 전부 털어오기라도 한 듯 높다란 무더기 옆에 쪼그려 앉아 있다. 뿌리채소와 버섯, 말린 과일이 가득 담긴 삼베자루와 크고 둥근 하얀 치즈 한 덩어리, 페미컨이 든 가방, 말린 쌀과 콩이 든 자루, 그리고 더할 나위 없이 고마운 작은 소금통. 나쑨이 식료품 더미를 향해 다가가자 고맙다는 말을 할 틈도 없이 스톤이터가 스륵 사라져 버린다. 나쑨은 식량을 챙겨 두기 전에 묻어 있는 재를 일일이 떨어내야 한다.

나쑨은 옥상 정원과 마찬가지로 이 집에도 얼마 전까지 누군가 살고 있었다는 걸 알 수 있다. 누군가의 일상이 남긴 파편들이 여기저기 흩어져 있다. 서랍장에는 나쑨에게는 너무 큰 바지가 있고, 그 옆에는 남성용 속옷이 있다.(하지만 어느 날 보니 나쑨의 몸에 맞는 옷으로 바뀌어 있다. 다른 스톤이터가 한 일일까? 아니면 이 집의 마법이 나쑨이 생각한 것보다 훨씬 정교한 걸지도.) 어떤 방에는 책이 가득 쌓여 있는데, 상당수가 코어포인트 물건이다. 나쑨은 이제 특이하고 깨끗하고 왠지 자연스럽지 못한 코어포인트의 물건들을 구분할 수 있게 되었다. 하지만 몇 개는 평범하게 생겼다. 갈라진 가죽 표지와 낱장에 아직도 화학약품과 손으로 쓴 잉크 냄새가 진동한다. 어떤 책들은 나쑨은 읽을 수 없는 언어로 쓰여 있고, 어떤 것들은 해안어다.

하지만 그중 하나는 분명히 코어포인트 물건인데 안에 적힌 손글씨는 산제어다. 나쑨은 그 책을 펼쳐, 자리에 앉아, 읽기 시작한다.

* * *

갔다

구멍 속

제발

나를 땅에 묻지 마

제발, 제발 시엔, 땅에 묻지 **말아라**, 사랑한다, 정말 미안해, 나를 지켜

줘, 날 지켜 주면 나도 너를 지켜 주마. 이 세상에 너만큼 강한 사람은 없다, 네가 지금 내 옆에 있다면 얼마나 좋을까, 제발, 제발 나를 땅에 묻지 **말아 줘**.

***

코어포인트는 정물화 같은 도시다.

이제 나쑨은 시간이 얼마나 지났는지도 모르겠다. 스톤이터가 간간이 말을 걸기도 하지만 대다수는 나쑨이 쓰는 언어를 모르고 나쑨은 그들의 의사를 이해할 만큼 그들의 언어를 알지 못한다. 이따금 나쑨은 스톤이터를 가만히 관찰하는데, 그중 몇몇이 일종의 연기를 하고 있다는 걸 알고는 감탄한다. 바람에 휜 나무들 사이에서 있는 저 진녹색 공작석 여성은 가지 하나를 위로 들어 올려 받치고 있다. 나뭇가지가 특정 방향으로 자라게 도와주고 있는 것이다. 유달리 한쪽 방향으로 쏠린 나무들, 처음에는 끊임없이 부는 강풍 때문인가 싶었지만 조금 과하게 극적이거나 가지가 퍼지거나 구부러진 모양이 지나치게 예술적인 저 나무들은 전부 그런 식으로 만들어진 것들이다. 엄청나게 긴 세월이 걸렸을 것이다.

도시 외곽에 있는 해안 바깥쪽으로 꼭 바큇살처럼 튀어나와 있는 이상한 시설(뭔지 모를 이상한 금속 부품이 곧게 뻗어 있을 뿐 부두는 아니다.)에서는 스톤이터 하나가 날마다 한 손을 높이 든 채 서 있다. 어느 날 나쑨은 우연히 그곳을 지나다가 그 스톤이터가 일순 흐릿해지는가 싶더니 다음 순간 첨벙 하는 소리와 함께 공중에 떠 있는 손에 그의 몸뚱이만큼 커다란 물고기가 꼬리를 잡혀 버둥거리는 것을 본다. 스톤이터의 대리석 피부가 흠뻑 젖어 번들거린다. 어차피 딱히 할 일이 없던 차라 나쑨은 쪼그려 앉아 계속 구경하기로 한다. 한참 뒤, 바다 포유류(언젠가 책에서 읽은 적이 있다. 물고기처럼 보이지만 공기를 호흡하는 생물이다.) 한 마리가 물가로 가만가만 옆헤엄으로 다가오는 게 보인다. 몸은 원통형이고 피부는 회색, 턱에는 날카롭지만 자그만 이빨이 다닥다닥 나 있다. 그 동물이 수면 밖으로 튀어 오른 순간, 나쑨은 그게 나이가 아주 많다는 걸 알 수 있다. 머리가 뭔가를 찾듯 두리번거리는 걸 보니 눈이 안 보이는 게 틀림없다. 이마에 오래 묵은 상흔이 보인다. 뭔가 이 동물의 머리에 심한 부상을 남긴 것이다. 포유류가 스톤이터를 툭툭 건드려 보지만 당연히 그는 움직이지 않는다. 포유류가 스톤이터의 손에 들려 있는 물고기를 덥석덥석 뜯어먹기 시작하고, 이윽고 스톤이터가 쥐고 있던 물고기의 꼬리를 놓는다. 배를 채운 눈먼 생명체가 높고 째지는 소리로 뭔가 복잡하게 재잘거린다. 마치…… 지저귀는 것처럼? 아니면 웃는 것? 그러더니 다시 물속으로 첨벙 뛰어 들어가 헤엄쳐 사라진다.

스톤이터가 다시 눈 깜짝할 새에 자세를 바꾸고는 나쑨을 바라본다. 호기심이 동한 나쑨은 그에게 말을 걸어 보려고 자리에서 일어나지만 나쑨이 그 자리에 도착했을 즈음 스톤이터는 이미 사라지고 없다.

그리하여 나쑨은 이해한다. 이곳에도, 이 사람들에게도 나름의 삶이 있다. 나쑨이 아는 삶도 아니고 그녀가 선택할 삶도 아니지만 그럼에도 이것이 그들이 살아가는 방식이다. 이 새로운 깨달음은 나쓴이 온전한 존재이며, 또 언제나 안전할 것이라고 말해 줄 샤파가 곁에 없는데도 편안함을 느끼게 해 준다. 그러한 심적인 안도, 그리고 온 세상에 가득한 적막이 드디어 나쓴에게 애도할 시간을 준다. 지금까지 나쓴은 자신에게 그게 필요하다는 걸 모르고 있었다.

***

결정했다.

이건 잘못됐다. 몽땅 다 잘못됐다. 완전히 망가져서 고칠 수가 없다. 아예 몽땅 무너뜨린 다음에 쓰레기를 치워 버리고 처음부터 다시 깨끗하게 시작해야 한다. 안티모니도 같은 생각이다. 다른 몇몇 '스이'들도 그렇다. 그리고 어떤 것들은 의견이 다르다.

삭아빠질 것들. 너희는 내 삶을 죽여서 너희의 무기로 만들었지. 그러니 진짜 무기가 되어 주지. 내 선택. 내 율법. 목표는 유메네스다. 계명은 돌에 새겨져 있나니.

오늘 시엔은 어떤지 물어봤다. 내가 왜 아직도 신경 쓰고 있는지 모르겠다. 하지만 안티모니는 아직도 그 애를 지켜보고 있다.(나 때문일까?) 시에나이트는 남위도 지방에 있는 무슨 똥통 같은 작은 향에 살고 있단다. 이름은 까먹었는데 보육학교 교사 놀이를 하고 있다지. 행복하고 덜떨어진 둔치인 척. 결혼해서 애도 둘이나 있고. 얼씨구? 딸은 모르겠지만 사내애는 아쿠아마린을 끌어당기고 있다.

굉장해. 이러니 펄크럼이 우리를 접붙이려고 한 것도 당연하지. 그리고 우리는 그 모든 것에도 불구하고 정말 아름다운 아이를 낳았었다. 그렇지? 내 아들.

그들이 절대로 네 아들을 찾지 못하게 하마, 시엔. 그들이 절대로 네 아이를 빼앗아, 뇌를 지져, 철사 의자에 앉히지 못하게 하겠다. 네 딸을 발견하게 두지도 않겠다. 만일 그 애가 우리와 같다면, 아니면 수호자가 될 잠재력을 지니고 있더라도. 내가 할 일을 마치고 나면 펄크럼은 더 이상 존재하지 않게 될 것이다. 하지만 그다음은 별로 좋지 않아. 그래도 모두에게 공평하게 나쁘겠지. 부자와 가난한 자, 적도인과 무향민, 산제와 극지방, 이제 그들 모두가 알게 될 것이다. 우리에게는 모든 계절이 **계절**이다. 영원히 끝나지 않는 지옥. 그들은 다른 종류의 공평함을 선택할 수도 있었다. 우리 모두 함께 안전하고 평화롭게 살아갈 수 있었다. 하지만 그들은 그런 걸 바라지 않았지. 그러니 이제는 아무도 안전할 수 없을 것이다. 오직 그래야만 그들도 세상이 변해야 한다는 걸 깨달을지 모른다.

그러니 내가 이 세상을 끝내고 달을 제자리에 돌려놓을 것이다.(첫 번째 궤도 수정만으로는 돌로 변하지 않을 거야. ~~내가 과소평가 한 게 아니~~ 그럴 리가 없다.) 어쨌든 나는 삭아죽게 강하니까.

그리고 그 뒤는…… 네게 달렸다, 시엔. 세상을 더 좋은 곳으로 만들어라. 언젠가 네게 그런 건 불가능하다고, 세상을 더 낫게 만들 방법 같은 건 없다고 말한 게 기억난다만, 하지만 내가 틀렸다. 내가 세상을 무너뜨리는 건 내가 틀렸기 때문이다. 다시 시작하렴. 네가 옳았어. 세상을 변화시켜라. 네가 남겨 놓은 아이들을 위해 세상을 더 좋은 곳으로 만들어. 코런덤이 행복하게 살 수 있는 세상으로. 우리 같은 사람들, 너와 나, 이논과 우리 사랑스러운 아들, 우리 아름다운 아이가 온전하고 완전하게 살아갈 수 있는 곳으로.

안티모니는 나도 그 세상을 볼 수 있을 거라고 한다. 그거야 두고 봐야지. 삭아빠질. 난 지금 일부러 질질 끄는 중이다. 그녀가 기다리고 있다. 오늘 우리는 유메네스로 간다.

너를 위해서, 이논. 너를 위해서, 코루. 너를 위해서, 시엔.

***

밤에는 달이 보인다.

그것은 소름 끼친다. 이 도시에서 보낸 첫날 밤, 밖을 내다봤다가 이상하고 희고 창백한 것이 거리와 나무의 윤곽을 감싸고 있는 것을 보고는 고개를 들어 희고 거대한 둥근 것이 하늘에 떠 있는 광경을 봤을 때, 그 끔찍한 기분이란. 그건 나쑨에게…… 엄청나게 크게 느껴진다. 태양보다 크고 별보다도 훨씬 크다. 나쑨은 뭔지 모르는, 꽁지에 길게 뻗어 있는 희미한 빛줄기는 달이 여기까지 오는 동안 표면에 들러붙은 얼음이 배출하는 가스다. 진짜 충격적인 것은 그게 눈부시게 하얗다는 것이다. 나쑨은 달에 대해 아무것도 모른다. 샤파에게 들은 것만 알 뿐이다. 그는 달이 위성이라고 말했다. 아버지 대지가 잃어버린 자식, 태양빛을 반사하는 것. 그래서 나쑨은 그게 노란색일 거라고 상상했었다. 추측이 틀렸다니 왠지 마음이 상한다.

그보다 더 신경 쓰이는 건 구멍이 뚫려 있다는 것이다. 거의 정중앙에, 마치 눈동자 한가운데 동공처럼 거대하게 입 벌린 검은 구멍. 아직은 너무 작아서 잘 모르겠지만 끈질기게 쳐다보고 있다 보면 그 구멍을 통해 반대쪽에 있는 별도 볼 수 있을 것 같다는 생각이 든다.

하지만 왠지 말이 되는 것 같다. 아주아주 오래전, 무슨 일 때문에 달을 잃은 건지는 몰라도 분명 참혹한 대참사가 일어난 거겠지. 대지가 붕괴를 경험했다면 달 또한 그 흉터를 갖고 있어야 맞고, 그게 정상일 것 같다. 나쑨은 엄지손가락으로 오래전에 어머니가 부러뜨린 손등뼈를 문지른다.

그런데도 지붕정원에 서서 한참 동안 보고 있으니 달이 아름답다고 느끼게 된다. 그것은 빙백색 눈동자와 닮았고, 나쑨은 그것을 싫어할 이유가 없다. 꼭 달팽이 껍질 같은 것 안에서 휘휘 도는 은빛처럼. 달은 나쑨에게 샤파를 떠올리게 하고, 그가 저 위에서 나쑨을 내려다보고 있다는 생각이 나쑨의 외로움을 조금은 덜어 준다.

시간이 지나자, 나쑨은 오벨리스크를 사용해 달을 느낄 수 있다는 것을 깨닫는다. 사파이어는 세상 반대편에 있지만 다른 오벨리스크들이 그녀의 부름에 응해 이곳 코어포인트의 바다 위로 모여들고 있고, 나쑨은 그 오벨리스크들에 하나씩 접촉하며 길들이고 있다. 오벨리스크는 달이 머지않아 행성과 가장 근접한 지점에 도달하리라는 것을 느끼게(보니는 게 아니다.) 도와준다. 만약 나쑨이 아무것도 하지 않는다면 달은 평소처럼 이곳을 지나쳐 하늘에서 사라질 것이다. 아니면 나쑨은 문을 열어 달을 끌어당겨, 모든 것을 바꿀 수도 있다. 잔혹한 현상 유지인가, 아니면 평온한 망각인가. 나쑨이 무엇을 선택해야 할지는 분명하다. 단 한 가지 이유만으로도.

어느 날 밤, 나쑨은 홀로 조용히 앉아 하늘에 떠 있는 크고 하얀 동그라미를 올려다보며 중얼거린다.

"일부러 그런 거지? 샤파가 어떻게 될지 나한테 말 안 해 준 거…… 샤파를 없애버리려는 거였어."

늘 주변에서 기웃대던 태산이 살짝 꿈틀대더니 나쑨의 등 뒤에 솟아난다.

"그래서 경고했잖아."

나쑨이 고개를 돌려 그를 본다. 아이의 표정을 본 그가 자기변명처럼 들리는 나지막한 웃음소리를 낸다. 하지만 나쑨이 입을 열자, 웃음이 멎는다.

"샤파가 죽으면 난 너를 이 세상보다 더 증오할 거야."

이제 나쑨은 안다. 이건 소모전이다. 그리고 아마도 그녀는 패배할 것이다. 코어포인트에 도착하고 몇 주일(?) 또는 몇 달(?)이 지나는 사이, 샤파는 눈에 띄게 약해지고 있다. 피부는 핏기가 사라지고 머리카락은 푸석푸석하다. 인간은 한 자리에 가만 누워 꼼짝도 않고 생각도 않고 그저 눈만 깜박이게 만들어진 존재가 아니다. 그날 아침 나쑨은 샤파의 머리카락을 잘라 줘야 했다. 침대가 머리카락을 청결하게 유지해 주긴 하지만 그래도 기름이 잔뜩 낀 데다 자주 엉켜서 불편하기 때문이다. 지난번에는 나쑨이 샤파를 엎드린 자세로 돌려 눕히다가 그의 긴 머리카락이 팔에 칭칭 감겨서 나쑨도 모르는 사이 샤파의 혈액순환을 막고 말았다.(침대가 항상 따뜻하기 때문에 그럴 필요는 없지만 나쑨은 늘 샤파의 몸 아래 시트를 깔아 둔다. 그가 벌거벗은 채로 본의 아니게 품위를 지키지 못하는 걸 보면 아이는 마음이 아프다.) 나쑨은 오늘 아침이 되어서야 문제를 발견했고, 샤파의 팔은 창백하고 약간 잿빛으로 변해 있었다. 나쑨은 서둘러 샤파의 머리카락을 푼 다음 혈색이 돌아오길 빌며 열심히 팔을 문질렀지만 결과가 그리 좋아 보이지는 않는다. 심각하게 잘못되기라도 하면 어떻게 해야 할지 모르겠다. 언젠가는 이런 식으로 샤파를 완전히 잃게 될 것이다. 천천히, 그러나 확실하게 그의 작은 부분들이 하나둘씩 죽어 가고 있다. 계절이 시작됐을 때 나쑨은 아홉 살도 안 된 나이였고 지금은 겨우 열한 살을 앞두고 있으며, 보육학교에서는 사지가 마비된 병자를 돌보는 법을 가르치지 않았기 때문이다.

"만일 그가 산다고 해도." 스틸이 흐리멍덩한 무채색 목소리로 말한다. "고통 없는 순간을 다시는 경험하지 못할 것이다."

그는 잠시 말을 멈춘다. 회색 시선이 나쑨을 응시하자, 그럴 리 없다고 부인하며 스틸의 말을 곱씹던 나쑨은 그가 옳을지도 모른다는 절망감이 부푸는 것을 느낀다.

나쑨이 벌떡 일어난다.

"샤, 샤파를 고칠 방법을 알아야겠어."

"넌 못 해."

나쑨은 두 주먹을 불끈 쥔다. 마치 수백 년처럼 느껴졌던 시간 동안 처음으로, 주변 지층을 향해 자신의 일부를 뻗는다. 코어포인트 아래 순상화산을…… 하지만 조산력으로 그것을 "붙잡은" 순간, 나쑨은 어찌된 일인지 화산이 고정되어 있다는 사실을 깨닫는다. 순간적으로 집중력이 흐트러졌지만 재빨리 인식의 관점을 은빛으로 바꾸고, 이내 눈부시게 번쩍이는 마법 기둥이 화산의 뿌리까지 깊고 견고하게 박혀 있는 것을 알게 된다. 화산은 활성화되어 있지만 이 기둥 때문에 결코 폭발하지 않을 것이다. 커다란 구멍이 대지의 심장까지 뚫려 있는데도 이 화산은 든든한 반석처럼 안정적이다.

쓸데없는 생각을 금세 떨쳐 버린 나쑨이, 이제껏 돌 인간의 도시에 살던 내내 마음속에 품고 있던 생각을 마침내 입 밖으로 낸다.

"만약에…… 만약에 내가 샤파를 스톤이터로 만들면 샤파도 살 수 있는 거지? 다시는 아파할 필요도 없고. 맞지?"

스틸은 대답하지 않는다. 그의 침묵이 길어지자 나쑨은 입술을 잘근잘근 씹는다.

"그러니까…… 샤파를 어떻게 너처럼 만들 수 있는지 말해 줘. 문을 사용하면 가능하다는 거 알아. 문은 뭐든 할 수 있으니까. 다만……."

다만. 오벨리스크의 문으로는 작고 사소한 일은 할 수가 없다. 나쑨이 보니고 느끼고 아는 한 오벨리스크의 문은 나쑨을 순간적으로 전능하게 만들어 줄 수 있지만 단 한 사람을 변화시키기 위해 문을 사용할 수는 없다. 만약 나쑨이 샤파를 스톤이터로 만든다면…… 이 행성에 사는 모든 사람들도 똑같이 변할 것이다. 고요 대륙의 모든 향. 모든 무향민들. 굶주린 방랑자들까지 전부. 하나가 아니라 수만 개의 도시가 이처럼 고요하고 적막한, 아무것도 움직이지 않는 멈춘 곳이 될 것이다. 온 세상이 코어포인트가 될 것이다.

하지만 그게 정말 끔찍한 일일까? 모두가 스톤이터가 된다면 더는 오로진도 둔치도 없을 텐데. 다시는 어린아이가 죽임당하지 않으며 아버지가 자식을 살해하는 일도 없을 것이다. 계절은 또다시 왔다가 가겠지만 아무도 신경 쓰지 않을 것이다. 아무도 다시는 굶어 죽지 않을 것이다. 세상을 코어포인트처럼 평화롭게 만든다면…… 그야말로 모두에게 좋은 일을 하는 게 아닐까?

시선은 나쑨에게 못 박혀 있지만 달을 향해 있던 스틸의 얼굴이 천천히, 나쑨을 향해 돌아간다. 그가 느릿하게 움직이는 걸 볼 때면 늘 이상하게 소름이 돋는다.

"영원히 산다는 게 어떤 기분인지 아느냐?"

나쑨이 놀라 눈을 깜박인다. 아이는 말다툼을 벌일 준비를 하고 있었다.

"뭐?"

달빛이 스틸의 얼굴에 또렷한 음영을 드리운다. 어두침침한 정원에 서 있는 흰색과 검은색의 그림자.

"내가 뭐라고 말했냐면." 스틸이 거의 명랑하다시피 한 목소리로 되풀이한다. "영원히 산다는 게 어떤 기분인지 아느냐고 물었다. 나처럼. 네가 사랑하는 샤파처럼. 너는 샤파의 나이가 얼마나 많은지 알고 있느냐? 관심이 있기는 하니?"

"난……." 그렇다고 대답하려는 찰나, 나쑨은 망설인다. 아니. 나쑨은 생각도 해 본 적이 없다. "나, 난 모르겠……."

"내가 짐작하기로, 수호자는 대개 3000년에서 4000년가량 산다. 그렇게 긴 세월을 상상할 수 있겠느냐? 지난 2년간 네가 어떻게 살았는지 생각해 보렴. 계절이 시작되고 나서 네 삶이 어땠는지 떠올려 보렴. 그런 다음 앞으로는 어떻게 될지 상상해 보렴. 그 정도는 할 수 있지? 이곳 코어포인트에서는 매일매일이 1년처럼 느껴진다. 어쨌든 너와 같은 종족이었던 자가 그렇게 말했지. 이제 그 3년에 1000배를 곱한 시간이 끝없이 이어진다고 상상해 보렴."

스틸은 그 숫자를 날카롭고 정확한 발음으로 힘주어 강조한다. 나쑨은 저도 모르게 퍼뜩 뛰어오른다.

하지만 또한 저도 모르게…… 나쑨은 생각한다. 아직 열한 살도 안 된 나이지만 세상의 온갖 풍파를 겪은 아이는 자신이 무척 나이 든 것처럼 느껴진다. 그날, 집에 와서 바닥에 죽어 누워 있는 남동생을 발견한 날 뒤로 아이는 너무도 많은 일을 겪었다. 지금의 나쑨은 전과는 완전히 다른 사람이고, 나쑨이라고 할 수도 없다. 그녀는 아직도 나쑨이 자신의 이름이라는 데 흠칫 놀라곤 한다. 앞으로 3년 후에는 얼마나 변해 있을까? 10년 후에는? 20년 후에는?

스틸은 나쑨의 표정에 변화가 일 때까지, 그녀가 그의 말을 진지하게 경청하고 있다는 증거를 발견할 때까지 미동도 없이 기다린다.

"하지만 내게는 너의 샤파가 대부분의 수호자보다 훨씬, 아주 훨씬 나이가 많다고 믿을 만한 근거가 있다. 그는 1세대는 아니야. 그들은 이미 오래전에 죽었다. 견디지를 못했거든. 하지만 그는 오래전, 초기에 생성된 자들 중 하나다. 사용하는 언어를 보면 알 수 있지. 태어났을 때 주어진 이름은 잊어버려도 언어는 쉬이 잊지 않는 법이거든."

나쑨은 샤파가 땅속을 움직이는 탈것이 말하는 언어를 알고 있다는 걸 기억해 낸다. 샤파가 그 언어가 통용되던 시절에 살았다고 생각하니 기분이 이상하다. 그렇다면 샤파의 나이는…… 상상도 가지 않는다. 구 산제는 일곱 계절을 거쳤고 지금의 계절까지 합치면 여덟 개나 된다. 거의 3000년에 육박하는 세월이다. 달의 귀환 주기는 더 길 텐데 샤파는 그조차도 기억하고 있다. 그러니까…… 그렇다. 샤파는 아주, 아주 나이가 많다. 나쑨은 얼굴을 찡그린다.

"그 정도로 오래된 자는 매우 드물지."

스틸의 말투는 너무도 평범하고 스스럼없어서 마치 제키티에 살던 나쑨의 이웃들에 대해 이야기하는 것 같다.

"코어스톤은 그들에게 굉장한 고통을 주지. 고통을 견디다 보니 늘 피로에 시달리고, 그러다 보면 방심하게 되고, 결국 대지가 그들을 오염시켜 의지를 잠식한다. 한번 잠식이 시작되면 오래가지 못해. 대지가 그들을 이용하고, 또는 동료 수호자들이 그들을 이용하고, 그들이 쓸모 있는 것보다 더 오래 살게 되면 한쪽이나 다른 한쪽이 그들을 죽인다. 샤파가 이토록 오래 살았다는 건 그가 강하다는 증거야. 아니면 다른 의미가 있는 것일 수도 있고. 수호자들이 죽는 것은 너도 알다시피, 평범한 사람들이 행복을 영위하는 데 필요한 것들을 잃기 때문이란다. 그게 어떤 기분일지 상상해 보렴, 나쑨. 네가 알고 아끼던 사람들이 하나둘씩 전부 죽어 가는 것을 지켜본다는 것. 네 고향이 죽는 것을 지켜보고, 새로운 고향을 찾아야 한다는 것. 그 짓을 영원히, 수없이 거듭해서 반복한다면 어떨 것 같으냐? 다른 인간들과 다시는 친밀한 관계를 맺을 수 없다면, 영원토록 친구를 사귈 수가 없다면. 왜냐하면 너는 그들 모두보다 훨씬 오래 살 테니까. 너는 외롭니, 작은 나쑨?"

나쑨은 자신이 화가 났다는 것조차 잊어버린다.

"그래."

생각할 틈도 없이 대답이 튀어나온다.

"영원토록 그렇게 외롭게 살아야 한다고 상상해 봐라."

스틸의 입술에는 어렴풋한 미소가 맺혀 있다. 이야기를 처음 시작했을 때부터 그랬다.

"여기 코어포인트에서 영원히, 나 말고는 이야기할 사람 하나 없이 산다고 상상해 보렴. 그것도 내가 너한테 대꾸를 해 줄 마음이 들 때나 가능할 테고 말이야. 그러면 어떤 기분일 것 같니, 나쑨?"

"끔찍해." 나쑨이 대답한다. 이번에는 얌전하게.

"그래. 그러니 내 생각을 말해 주마. 나는 너의 샤파가 제가 맡은 아이들을 사랑함으로써 살아남았다고 생각한다. 너와, 너와 비슷한 아이들이 그의 외로움을 달래 줬겠지. 그는 진심으로 너를 사랑할 거다. 그것만은 의심하지 않아도 돼."

나쑨은 가슴이 짓눌리는 듯한 통증을 꿀꺽 삼킨다.

"하지만 또한 그에게는 네가 필요하지. 너는 그를 행복하게 해 주거든. 너는 그를 인간이 될 수 있게 해 준다. 그렇지 않았다면 이미 오래전에 시간이 그를 다른 것으로 바꿔 놓았을 거야."

스틸이 다시 움직인다. 나쑨은 그제야 그가 유독 비인간적으로 느껴지는 이유가 그 느릿한 동작 때문이라는 것을 깨닫는다. 사람은 먼저 큰 동작을 빠르게 한 다음, 보다 천천히 움직이며 미세한 조정을 마친다. 하지만 스틸은 모든 동작을 한결같이 똑같은 속도로 움직인다. 그가 움직이는 모습을 보는 건 석상이 녹아내리는 걸 보는 것과 비슷하다. 그러나 지금, 그는 두 팔을 넓게 벌린 채 서 있다. 마치 나를 보렴이라고 말하듯이.

"나는 4만 살이다. 몇천 년 정도 차이가 날 수도 있지만."

나쑨은 멀거니 그를 바라본다. 이동수가 하던 말처럼 무슨 소리인지 모르겠다. 거의 이해가 안 되는 것 같다. 아니, 아이는 이해한다.

하지만 그게 대체 어떤 느낌이지?

"너는 문을 여는 순간 죽을 거다." 나쑨이 방금 그가 한 말을 이해한 것을 보자, 스틸이 말한다. "그때가 아니더라도 언젠가는 죽을 거다. 몇십 년 후가 됐든 몇 분 후가 됐든 다르지 않아. 그리고 네가 무슨 일을 하든 샤파는 너를 잃을 거다. 대지에게 먹히지 않으려고 발버둥치는 내내 그를 인간으로 유지해 주던 유일한 것을 잃게 될 거야. 그리고 다시는 그를 사랑해 줄 사람을 찾지 못하겠지. 적어도 여기서는 말이야. 대지의 중심을 관통하지 않으면 고요로 돌아갈 수도 없고. 그러니 샤파가 자리보전에서 일어나든 아니면 네가 그를 내 동족으로 만들든, 그는 어쩔 수 없이 계속 홀로 살아가야 할 것이다. 외롭고 쓸쓸하게, 영원히, 다시는 갖지 못할 것을 갈망하면서." 서서히, 스틸의 손이 아래로 처진다. "너는 그게 어떤 건지 모르겠지."

그러더니 갑자기 스틸이 나쑨의 코앞에 서 있다. 흐릿한 잔상도 없이, 경고 하나 없이, 그저 눈 깜짝할 사이에 여기 그가, 허리를 구부려 나쑨의 얼굴을 마주한다. 너무 가까워서 스틸의 부피에 갑작스레 밀려난 공기가 피부를 스치고 코끝에 흙먼지가 날리는 냄새가 느껴질 정도다. 나쑨은 그의 회색 홍채에 회색 줄무늬가 있다는 사실을 알게 되었다.

"**하지만 나는 알지.**" 스틸이 갑자기 꽥 고함을 지른다.

나쑨이 주춤 뒷걸음질하며 외마디 비명을 지른다. 하지만 다음 순간 스틸은 언제 그랬냐는 듯 다시 똑바로 서서 두 팔을 양옆으로 벌린 자세로 입술에 미소를 띠고 있다.

"그러니 잘 생각하렴." 스틸의 목소리는 아무 일도 없었던 양 가볍고 태연하다. "어린애처럼 이기적으로 굴지 말고 여러 가지에 대해 더 깊이 생각해 봐라, 작은 나쑨. 그리고 너 자신에게 물어보려무나. 설령 내가 가학적이고, 통제광에, 지금 와서 마치 네 새아빠라도 된 양 굴고 있는 저 쓸모없는 자식을 구하는 걸 도울 수 있다고 해도, 내가 왜 그래야 하지? 아무리 나의 적이라고 해도 평생을 그렇게 살아 마땅한 자는 없다. 그런 사람은 아무도 없어."

나쑨은 아직도 덜덜 떨고 있다. 하지만 용기를 내어 내뱉는다.

"샤, 샤파는 살고 싶을지도 몰라."

"그럴지도 모르지. 하지만 그래야 할까? 샤파가 아닌 누구든, 과연 이 세상에 살아도 되는 걸까? 그게 문제다."

스톤이터가 살아온, 자신에게는 결핍된 그 유구한 세월의 무게를 느끼며 나쑨은 어렴풋이 자신이 어린아이라는 사실이 부끄러워진다. 하지만 나쑨은 천성이 착한 아이고, 그래서 그의 이야기를 듣고 나니 평소에 그에게 품고 있던 분노 외에도 다른 감정을 느끼지 않을 수가 없다. 아이는 움찔거리며 시선을 멀리 돌린다.

"저기…… 정말 유감이야. 미안."

"나도 그렇다."

잠깐 동안 정적이 흐른다. 그 사이에 나쑨은 조금씩 마음을 가라앉힌다. 나쑨이 다시 스틸에게 관심을 돌렸을 때, 그의 미소는 사라지고 없다.

"네가 문을 연다면 나는 너를 막을 수 없다. 내가 너를 꼬드겨서 이리로 데려왔지, 그래, 하지만 궁극적인 선택은 네 몫이다. 잘 생각해 보렴. 나는 대지가 죽을 때까지 살 것이다, 나쑨. 그게 우리가 받은 형벌이었어. 우리는 대지의 일부가 되었고, 사슬로 운명이 엮이었다. 대지는 비겁하게 등 뒤를 찌른 자들을 잊지 않을 것이고…… 우리 손에 칼을 들려준 이들도 잊지 않을 것이다."

나쑨은 우리라는 말에 눈을 깜박인다. 하지만 샤파를 되돌릴 방법이 없다는 절망감에 휩싸여 금세 잊어버린다. 지금까지 그녀의 일부는 어른인 스틸이 모든 질문에 답을 갖고 있고 어쩌면 치료법을 알지도 모른다는 비이성적 희망으로 위안해 왔다. 이제 나쑨은 그 희망이 어리석었음을 안다. 어린애처럼 유치했다. 나쑨은 어린애다. 그리고 그녀가 의지할 수 있는 유일한 어른은 벌거벗고 상처입고 무력하게, 작별 인사도 나누지 못하고 죽을 것이다.

더는 감당할 수 없다. 나쑨은 바닥으로 무너져 내려, 한쪽 팔로 무릎을 껴안고 다른 한쪽 팔로는 얼굴을 덮는다. 스틸이 무슨 일이 일어나고 있는지 뻔히 알면서도 나쑨의 우는 얼굴을 보지 못하도록.

스틸이 그 모습을 보고 부드럽게 웃는다. 놀랍게도 그의 웃음소리는 모질지 않다.

"우리를 살려 둔다면 너는 아무것도 이루지 못하는 셈이지. 도리어 잔인해지는 것일 뿐. 우리 망가진 괴물들을 절망에서 구해 주렴,

나쑨. 대지, 샤파, 나, 너…… 우리 모두를.”

스틸이 사라진다. 희고 둥근 달 아래 나쑨을 홀로 남기고.

실 아나기스트0

과거에 대해 이야기하기 전에 현재로 잠깐 돌아와 보자.

이름 없는 장소. 뜨겁고 매캐한 그림자와 견디기 힘든 압력 속에서, 나는 눈을 뜬다. 나는 지금 혼자가 아니다.

내 동족 하나가 바위 속에서 불쑥 솟는다. 그녀의 얼굴은 갸름하고, 차분하며, 조각상이 으레 그렇듯이 우아하고 귀족적이다. 모든 것을 벗어 던진 지금도 원래 갖고 있던 창백한 색조만은 그대로다. 수만 년이 지난 지금에서야, 나는 비로소 깨닫는다. 밀려오는 추억이 향수를 불러온다.

그래서 나는 소리 내어 말한다.

"게이와."

그녀가 몸을 살짝 뒤튼다. 우리 식으로 말하자면 알아봤다? 놀랐다? 우리는 한때 형제자매였다. 친구였다. 그다음엔 경쟁자이자 적, 타인, 전설이었다. 최근에는 신중한 동맹 관계에 있다고 할 수 있겠지. 우리는 우리가 과거에 무엇이었는지 떠올리지만, 전부 다 기억나는 건 아니다. 나는 그들 모두에 대해 잊었다. 그녀가 그렇듯이.

"그게 내 이름이었나?"

"비슷했지."

"흠, 그럼 너는……?"

"호와."

"아, 그래."

"안티모니 쪽을 선호해?"

또다시 어깨를 으쓱하는 듯한 미묘한 동작.

"어느 쪽이든 선호도의 차이는 없어."

나는 생각한다. 나도 그래. 하지만 그건 거짓말이다. 내가 옛 이름을 기억하고 기리고 싶지 않았다면 너에게 내 새 이름을 말해 주지 않았겠지. 하지만 다 부질없는 생각이다.

나는 말한다.

"그녀가 세상을 바꾸겠다고 결심했어."

게이와, 안티모니. 지금은 누구고 무엇이 됐든, 그녀가 대답한다.

"나도 알아." 잠깐의 정적. "네가 한 일을 후회해?"

어리석은 질문이다. 우리 모두는 그날을 후회한다. 서로 다른 이유로, 서로 다른 방식으로. 그러나 나는 대답한다.

"그래."

나는 그녀가 다시 응수할 것이라 생각했지만, 더는 할 말이 없는 모양이다. 그녀가 희미한 소리를 내더니 바위 속에서 편안하게 자리 잡는다. 여기서 나와 함께 기다릴 작정이다. 기쁘다. 어떤 것들은 혼자가 아니면 더 잘 견딜 수 있으니까.

***

알라배스터가 네게 해 주지 않은 이야기가 있다. 본인에 대한 이야기.

내가 이 이야기를 아는 건 그를 관찰하고 지켜봤기 때문이다. 어쨌든 그는 너의 일부분이니까. 하지만 모든 스승이 그가 경지에 이르기까지 겪은 모든 잘못과 실패를 수제자에게 털어놓을 필요는 없다. 그래 봤자 무슨 의미가 있을까? 우리 중 누구도 하룻밤 만에 여기 이르지는 않는다. 사회에게 배신당하는 과정은 일련의 단계를 거치지. 먼저 차이점을 발견하거나, 위선을 목격하거나, 또는 설명이 불가하거나 앞뒤가 다른 부당한 대우를 받아 안주하던 평온한 삶에 동요가 인다. 그다음은 혼란의 시기다. 이제껏 진실이라 믿던 것이 허울에 불과했음을 깨닫고 버리는 것, 새로운 진실을 배우는 것. 그다음에는 결정의 시간이 온다.

어떤 이들은 운명에 굴복한다. 자긍심을 삼키고, 진실을 잊고, 그들에게 걸맞게 주어진 거짓을 받아들인다. 왜냐하면 그들은 자신이 그만큼 소중하고 가치 있을 리가 없다고 결정하기 때문이다. 사회 전체가 그들을 예속하는 데 이토록 열심이라면 그건 그들이 지배당해 마땅하기 때문이 아닐까? 그렇지 않더라도 싸우고 저항하는 것은 힘들고 괴롭고 불가능한 일이다. 적어도 가만히 참고 견딘다면 일종의 평화를 유지할 수 있다. 잠깐 동안은.

또 다른 대안은 불가능을 요구하는 것이다. 그건 옳지 않아. 그들은 속삭이고 오열하고, 소리 높여 외친다. 그들이 당한 일은 옳지 않아. 그들은 열등하지 않다. 그들은 그런 대접을 받아서는 안 된다. 그러므로 이 사회가 바뀌어야 한다. 그런 방법으로 평화를 이룩할 수도 있다. 그러나 이 방법을 택한다면 반드시 갈등과 충돌을 겪어야 한다.

한두 번쯤 부정 출발을 하지 않으면 아무도 거기 도달할 수 없다.

알라배스터는 젊은 시절 가볍고 편한 길을 좋아했다. 아, 물론 그때도 항상 화는 나 있었지. 어릴 적부터 공평한 대우를 받고 있지 않다는 걸 눈치 챘으니까. 하지만 그는 협조하는 편을 택했다. 한동안은.

그러다 한 남자를 만났다. 펄크럼에서 받은 임무를 수행하던 중이었고, 그 사람은 학자였다. 알라배스터는 그에게 성적인 관심을 느꼈다. 그는 꽤 잘생겼고 알라배스터의 추파에도 매력적인 수줍음으로 반응했다. 만약에 그가 고대 전승의 보고로 판명된 유적을 발굴하느라 바쁘지 않았다면 이 이야기는 그대로 끝났을 것이다. 알라배스터는 그와 사랑을 나누고, 떠났을 것이다. 약간의 후회는 있을망정 악감정은 없이.

그러나 학자는 알라배스터에게 그가 발견한 것을 보여 주었다. 알라배스터가 네게 말해 줬지. 돌의 가르침은 세 개의 석판만 있는 게 아니라고. 더구나 최근에 발견된 세 번째 석판은 산제가 고쳐 쓴 것이다. 엄밀히 말하자면 산제는 그것을 다시 고쳐 썼지. 석판은 이미 오래전부터 수없이 다시 쓰였으니까. 원래의 세 번째 석판은 실 아나기스트에 대해, 달을 어떻게 잃게 되었는지 담고 있었다. 이 지식은 지난 수천 년 동안 거듭해서, 다양한 이유로 인정할 수 없는 것으로 여겨졌다. 아무도 어떤 오만하고 자기중심적인 인간들이 그들이 사는 행성에 제멋대로 목줄을 채우려 했기에 세상이 이 모양 이 꼴이 되었다는 사실을 직시하고 싶지 않았기 때문이다. 또한 아무도 그 해결책이 오로진이 평범하게 살고 융성하고 타고난 능력을 발휘하게 내버려 두기만 하면 된다는 것을 받아들일 준비가 되어 있지 않았기 때문이다.

알라배스터는 전승 보관소의 지식을 감당할 수가 없었다. 그래서 도망쳤다. 과거에 있었던 일에 대한 지식은 그에게 너무나도 벅찬 것이었다. 그가 실은 학대받던 이들의 후예이며, 그의 조상들 역시 그러했다는 것. 그가 아는 세상이 누군가를 억지로 노예로 만들지 않으면 작동하지 못한다는 사실. 당시에 그는 이처럼 끊임없이 반복되는 역사가 종결되는 것을 상상할 수 없었고, 그가 사는 사회에 불가능을 요구할 방법도 알 수 없었다. 그래서 그는 절망했고, 도주했다.

하지만 당연히도, 알라배스터의 수호자가 그를 찾아냈다. 알라배스터는 원래 있어야 할 곳에서 세 사향주나 떨어진 곳에서 어디로 가는지도 모른 채 발길 닿는 대로 정처 없이 헤매고 있었다. 수호자 레셰트는 그의 손을 부러뜨리는 대신(알라배스터 같은 상급 반지에게는 다른 방법이 있다.) 술집으로 데려가 술을 사 줬다. 알라배스터는 와인잔을 앞에 두고 흐느끼며 다시는 이 세상을 전처럼 받아들일 수 없다고 고백했다. 그는 세상에 순응하려 했고 거짓을 포용하려 했으나, 그것은 옳지 않았다.

레셰트는 그를 달래 다시 펄크럼으로 데려가, 1년간 회복할 시간을 주었다. 그가 다시 규칙과 주어진 역할을 수용할 시간이었다. 알라배스터는 그 한 해 동안 꽤 만족스러운 시간을 보냈다. 그 시기에 그를 가장 잘 알았던 안티모니도 그렇게 믿고 있고. 알라배스터는 안정을 되찾았고 주변의 기대를 충족시켰으며, 세 명의 자식이 될 씨앗을 뿌렸고, 중급 반지들을 가르치겠다고 자청하기까지 했다. 하지만 그는 그럴 기회를 얻지 못했다. 수호자들은 알라배스터가 한번 달아난 데 대해 아무 처벌도 받지 않고 넘어가서는 안 된다고 결정했으니까. 그래서 그가 헤시오나이트라는 연상의 열 반지를 만나 사랑에 빠졌을 때……

아까 그들이 상급 반지에게는 다른 방법을 사용한다고 했지?

나도 그랬다. 한때는 도망쳤었지. 어떤 면에서는.

***

켈렌리가 계획한 조율 임무를 마치고 돌아온 다음 날, 나는 다른 사람이 되었다. 평소처럼 선충(線蟲) 창문 너머로 보랏빛 가득한 정원을 바라보지만, 이제 저 정원은 내게 아름답게 느껴지지 않는다. 하얀 별꽃이 깜박이는 모습을 봐도 저것이 유전공학자들이 만든 것이며 도시의 동력 네트워크와 연결돼 있어 마법으로 움직이고 있다는 생각밖에는 들지 않는다. 그게 아니라면 저렇게 깜박일 수 없을 테니까. 주변 건물들을 감아 올라가는 우아한 넝쿨을 볼 때도, 어디선가 생물마학자들이 저 아름다운 생물로부터 얼마나 많은 마법 라모터를 수확할 수 있을지 계산기를 두드리고 있다는 것을 실감한다. 실 아나기스트에서 생명은 신성한 것이다. 신성하고, 수지

타산이 맞고, 유용하다.

내가 이런 생각을 할 때, 그리고 매우 기분이 좋지 않을 때, 하급 지휘자 하나가 들어온다. 지휘자 스타닌, 그게 그녀의 이름이다. 원래 나는 그녀를 좋아했다. 아직 나이가 젊어서 숙련된 지휘자들의 나쁜 버릇을 덜 배웠기 때문이다. 나는 켈렌리의 도움으로 새로 뜬 눈을 들어 그녀를 보고, 새로운 사실을 발견한다. 큼지막한 이목구비, 작은 입. 지휘자 갈라트의 하얀 눈동자에 비하면 훨씬 미묘한 특색이지만 여기 제노사이드의 목적을 제대로 이해하지 못한 조상을 둔 또 다른 실 아나기스트인이 있다.

"오늘 기분은 어떠니, 호와?" 그녀가 노트보드를 들여다보며 웃는 얼굴로 묻는다. "건강검진 받을 준비는 됐니?"

"산책이 하고 싶군요. 정원에 나갈래요."

스타닌이 놀라서 눈을 깜박인다.

"호와, 그럴 수 없다는 건 너도 알잖아."

내가 알아차린 바에 의하면, 우리에 대한 그들의 감시 체계는 꽤나 느슨하다. 활력 신호를 모니터링하는 센서, 움직임을 감시하는 카메라, 대화를 녹음하는 마이크. 어떤 센서는 우리의 마법 사용을 감지하긴 하지만…… 그중 무엇도, 어떤 것도, 우리가 실제로 할 수 있는 일의 10분의 1도 잡아내지 못한다. 그들이 우리가 열등하다는 것을 얼마나 중요하게 생각하는지 몰랐다면 모욕감이 느껴질 정도다. 열등한 존재는 철저한 감시가 필요 없다. 그렇지 않은가? 실 아나기스트인들이 마과학으로 만든 창조물이 창조주를 능가하는 능력을 지녔을 리가 없다. 그렇지 않은가? 어떻게 감히 그런 상상을! 불가능한 일이다! 바보 같은 소리.

이런. 나는 모욕감을 느낀다. 겉으로만 생각해 주는 척하는 스타닌의 위선을 더는 참아 줄 수가 없다.

그래서 나는 카메라로 흐르는 마법 선을 찾아낸 다음, 거기에 영상 저장 수정으로 흘러드는 마법 선을 묶어 서로 연결한다. 이제 카메라는 지난 몇 시간 동안 녹화된 영상을 반복 재생할 테고, 그건 대부분 내가 샐쭉하게 창밖을 내다보는 모습이다. 음향 장비도 똑같이 조작해 방금 나와 스타닌이 나눈 대화 정보를 삭제해 버린다. 이렇게 하는 데 필요한 건 그저 내 의지뿐이다. 애초에 나는 거대한 고층건물만 한 규모의 기계를 조작하도록 설계됐으니까. 카메라 정도는 아무것도 아니다. 네트워크의 다른 이들에게 우스갯소리를 할 때도 이보다 더 많은 마법을 사용한다.

하지만 다른 이들도 내가 뭘 하는지 보닐 수 있다. 빔니와가 내 기분을 느끼고는 즉시 다른 이들에게 경고를 울려 보낸다. 나는 평소에 가장 착하고 순종적인 개체이기 때문이다. 나는 얼마 전까지도 진심으로 지신비학을 믿었다. 원래 우리 중에서 가장 회의적인 건 렘와다. 하지만 지금 렘와는 냉랭한 침묵 속에서 우리가 새로 알게 된 정보를 곱씹고 있다. 게이와도 조용하다. 그녀는 좌절감에 젖어 어떻게 불가능을 요구할 것인지 고민 중이다. 더쉬와는 다른 이들을 포옹하며 달래고 있고, 살레와는 잠을 너무 많이 잔다. 빔니와의 경고는 지치고, 좌절하고, 자신만의 상념에 몰두한 이들의 귀에 닿지만 무시된다.

내가 진지하다는 사실을 알게 되자 스타닌의 얼굴에서 미소가 사라진다. 그녀의 태도가 돌변한다. 허리에 손을 올리고 말한다.

"호와, 하나도 재미없어. 네가 외부에 나갔다 온 건 알지만……."

나는 그녀의 입을 다물게 할 가장 효과적인 방법을 알고 있다.

"지휘자 갈라트는 당신이 그를 매력적으로 생각한다는 걸 알고 있나요?"

스타닌이 두 눈을 크게 뜨며 순식간에 얼어붙는다. 그녀는 갈색 눈을 가졌지만 빙백색 눈을 좋아한다. 전에는 별로 신경 쓰지 않았지만, 나는 스타닌이 갈라트를 어떤 눈빛으로 바라보는지 안다. 하지만 나는 실 아나기스트에서는 니스 특유의 눈동자를 아름답다고 느끼는 게 일종의 금기일 거라고 생각한다. 그런 도착적 취향이 들통난다면 갈라트도 스타닌도 감당할 수 없을 것이다. 갈라트는 그런 소문을 듣거나 누군가에게서 귀띔이라도 받는다면 당장 스타닌을 해고할 것이다. 그게 내 입에서 나온 말이라도 말이다.

나는 스타닌에게 다가간다. 내 주제넘은 행동에 그녀가 이맛살을 찌푸리며 주춤 물러난다. 우리는 자기주장을 하지 않는다. 그저 생각만 할 뿐. 우리는 도구다. 나의 이런 행동은 그녀가 윗선에 보고해야 하는 이상 현상이지만, 지금 스타닌이 걱정하는 건 그게 아니다.

"방금 내가 한 말은 아무도 듣지 못해요." 나는 부드럽게 말한다. "지금 이 방에서 무슨 일이 일어나고 있는지도 볼 수 없고요. 그러니 진정해요."

스타닌의 아랫입술이 떨린다. 아주 조금. 너무 겁을 준 건 아닌지 죄책감이 든다. 아주 조금.

"너희는 멀리 못 가. 비, 비타민 결핍 때문에…… 너랑 다른 애들 모두 그래. 우리가 주는 특별한 음식이 없으면 며칠 안에 죽을 거야."

그제야 나는 스타닌이 내가 도망치려 한다고 생각하고 있다는 걸 깨닫는다.

그제야 나는 도망치자는 생각을 한다.

방금 지휘자가 말한 것은 해결하기 어려운 문제는 아니다. 음식이야 간단히 훔칠 수 있다. 다만 그게 떨어지면 죽겠지만. 어차피 내 생은 짧을 것이다. 그러나 진정으로 비참한 사실은 내가 도망칠 곳이 없다는 것이다. 온 세상이 실 아나기스트이므로.

"정원으로 가요."

이윽고 내가 말한다. 이것은 나의 장엄한 모험극, 탈출이 될 것이다. 스타닌에게 싱긋 웃어 보일까도 생각해 보지만 이제껏 감정이 없는 척해 온 버릇 때문에 그러지는 않는다. 나는 딱히 어딘가에 가고 싶은 게 아니다. 그저 내 삶에 대한 통제권이 있다는 기분을 느끼고 싶다. 아주 잠깐만이라도 좋으니까.

"딱 5분만 정원을 보고 싶어요. 그거면 돼요."

스타닌이 양쪽 발에 번갈아 체중을 실으며 몸을 좌우로 흔든다. 처량한 모습이다.

"내가 잘릴 수도 있어. 특히 상급 지휘자에게 들키기라도 하면. 내가 감옥에 갈 수도 있다고."

"근사한 정원이 보이는 전망 좋은 감방을 줄지도 모르죠."

스타닌이 얼굴을 찡그린다.

하지만 내가 선택의 여지를 주지 않았기에, 그녀는 나를 방 밖으로, 아래층으로, 바깥으로 데려간다.

보라색 꽃이 핀 정원을 다른 각도에서 보니 기분이 이상하다. 이렇게 가까이서 별꽃의 향기를 맡는 것은 완전히 색다른 경험이다. 꽃에서는 이상한 냄새가 난다. 설탕처럼 묘하게 달착지근한 향기가 나고, 핀 지 오래된 꽃이 시들거나 뭉개진 아래쪽에서는 뭔가 발효된 냄새가 풍긴다. 스타닌이 잠시도 가만있지 못하고 주위를 두리번거리는 동안 나는 그녀가 없다면 얼마나 좋을까 생각하며 정원을 천천히 거닌다. 하지만 어쩔 수가 없다. 연구단지를 혼자서 돌아다닐 수는 없으니까. 이러고 있는 걸 다른 경비나 직원이나 지휘자에게 들킨다고 해도 스타닌이 공적 임무를 수행 중이라고 여기며 내게는 질문을 하지 않겠지……. 그녀가 침착함을 유지할 수만 있다면 말이다.

하지만 그때, 나는 경쾌하게 흔들리고 있는 거미나무 뒤에서 우뚝 멈춰 선다. 어리둥절한 스타닌이 얼굴을 찡그리며 내 옆에 서서는…… 내가 본 것을 발견하고 경직된다.

저 앞에, 켈렌리가 연구단지 밖에 나와, 하얀 장미꽃 아치 아래 동글동글한 두 개의 관목 사이에 서 있다. 지휘자 갈라트가 그 뒤를 쫓아 나온다. 켈렌리는 가슴 앞에 팔짱을 끼고 있다. 그가 그녀의 등 뒤에서 뭐라고 고함친다. 너무 멀어서 알아들을 수는 없지만 갈라트의 목소리는 분명히 성이 나 있다. 하지만 두 사람의 몸짓언어는 지층만큼이나 흥미롭다.

“아, 안 돼.” 스타닌이 중얼거린다. “안 돼, 안 돼, 안 돼, 우리 빨리…….”

"조용."

나는 조용히 있어요라고 말할 생각이었지만 어쨌든 스타닌이 입을 다문 걸 보니 내가 무슨 말을 하려는지 알아들은 것 같다.

우리는 그 자리에 꼼짝않고 서서 갈라트와 켈렌리가 말다툼을 벌이는 모습을 지켜본다. 켈렌리의 목소리는 들리지 않지만, 그녀는 그에게 소리를 지를 수 없다는 사실이 퍼뜩 떠오른다. 그러면 위험하기 때문이다. 하지만 갈라트가 켈렌리의 팔을 움켜쥐고 홱 돌려 세우자 그녀가 반사적으로 배를 손으로 가리는 게 보인다. 정말 순식간에 일어난 일이다. 켈렌리의 반응과 자신의 폭력적인 행동에 놀란 갈라트가 화들짝 손을 놓자, 켈렌리는 다시 자연스럽게 팔을 밑으로 내린다. 갈라트는 켈렌리의 행동을 알아차리지 못한 것 같다. 두 사람이 말다툼을 시작하고, 이번에는 갈라트가 뭔가를 제안하듯이 두 팔을 넓게 벌린다. 뭔가를 애원하는 것 같지만 나는 그의 등이 얼마나 뻣뻣하게 굳어 있는지 알 수 있다. 겉으로는 애원해도 실제로는 자신이 그럴 필요가 없다고 생각하는 거다. 간청이 실패로 돌아가면 그는 다른 전략을 사용할 것이다.

나는 눈을 감는다. 드디어, 마침내, 나는 이해한다. 가슴이 찢어지는 것 같다. 켈렌리는 모든 면에서 우리와 같고, 항상 그러했다.

하지만 천천히, 켈렌리가 누그러진다. 고개를 떨구고, 마지못해 굴복하는 척 뭐라 말한다. 그건 진심이 아니다. 대지가 그녀의 분노와 두려움과 저항감으로 메아리친다. 그럼에도 갈라트의 뻣뻣하게 굳은 등이 조금 풀어지는 것이 보인다. 그가 빙그레 웃더니 아까보다 더 크게 팔을 움직인다. 그녀에게 몸을 붙이며 팔을 붙잡고, 뭔가 나지막이 속삭인다. 켈렌리가 갈라트의 격정을 얼마나 효과적으로 해체시키는지 감탄하지 않을 수 없다. 그는 자신이 말할 때 켈렌리의 시선이 얼마나 먼 곳을 배회하는지, 그녀를 가까이 끌어당길 때 켈렌리가 얼마나 싫어하는지 보이지 않는 것 같다. 켈렌리는 갈라트의 말에 미소 짓지만, 나는 15미터나 떨어진 여기서도 그게 연기라는 걸 쉽게 알아차릴 수 있다. 그렇다면 그도 당연히 눈치 채야 하지 않나? 하지만 나는 이제 사람들이 실제로 보고 만지고 보니는 것이 아니라 자기가 믿고 싶은 것만을 믿는다는 것을 깨닫기 시작하고 있다.

화가 풀린 갈라트가 몸을 돌려 떠난다. 다행히도 그가 향한 쪽은 나와 스타닌이 숨은 곳과 반대쪽이다. 이제 그의 태도는 완전히 바뀌었고, 아까보다 현저하게 기분이 좋다. 나도 그걸 다행으로 여겨야겠지? 그렇지? 갈라트는 프로젝트의 책임자다. 그가 행복하다면 우리는 더 안전하다.

켈렌리는 그의 뒷모습이 사라진 뒤에도 한참 동안 시선을 떼지 않는다. 그러더니 돌연 고개를 돌려 나를 똑바로 쳐다본다. 옆에서 스타닌이 목이 졸린 듯한 신음을 내지만, 머저리 같으니. 켈렌리는 당연히 우리를 일러바치지 않을 것이다. 왜 그러겠어? 그녀의 연기는 갈라트를 위한 게 아니었는데.

이윽고 켈렌리도 갈라트를 뒤따라 정원을 떠난다.

그것이 마지막 가르침이었다. 아마도 내게 가장 필요했던 가르침. 적어도 나는 그렇게 생각한다. 스타닌에게 다시 방으로 돌아가자고 하자 그녀는 문자 그대로 안도의 한숨을 내뱉는다. 방으로 돌아와 감시 장비의 마법 선을 푼 다음, 바보같이 굴지 말라는 상냥한 충고와 함께 스타닌을 내보낸다. 나는 소파에 누워 새로 알게 된 지식을 곱씹는다. 내 안에 타고 있는 불씨가 주위의 모든 것을 그을리며 연기를 피워 올린다.

***

그리고 그 불씨는, 우리가 켈렌리와의 임무에서 돌아온 지 몇 밤이 지난 뒤 우리 모두에게 옮겨 붙어 활활 타오르기 시작한다.

외부에 나갔다 온 후 처음으로, 우리는 한 자리에 모인다. 우리는 차가운 석탄층에서 의식을 얽는데, 매우 적절한 선택이었다. 렘와가 우리 모두에게 갈라진 틈새에 모래를 문지르는 듯한 쉭쉭거리는 소리를 내보낸다. 그것은 가시나무 덤불, 싱크라인의 소리/느낌/보님이다. 그것은 또한 한때 테틀레와가, 엔트와와 아르와, 다른 모두가 존재했던 네트워크의 빈자리가 만들어 낸 침묵의 메아리이기도 하다.

이게 바로 그들에게 지신비력을 내줄 때 우리를 기다리고 있는 거야. 렘와가 말한다.

게이와가 대답한다. 맞아.

렘와가 또다시 쉭쉭거린다. 그가 이렇게 격분한 것을 보니는 건 처음이다. 그는 우리가 바깥 여행에서 돌아온 후 날이 지날수록 점점 더 분노로 들끓고 있다. 하지만 그건 우리 모두 마찬가지다. 이제 불가능을 요구할 시간이다. 우리는 그들에게 아무것도 주지 말아야 해. 렘와가 선언한다. 나는 그의 결심이 점점 더 공격적으로 격화되는 걸 느낀다. 아니지. 그들이 빼앗아간 걸 똑같이 되갚아 줘야 해.

네트워크 전체에 깊은 인상과 행동을 의미하는 섬뜩한 단조의 파동이 퍼져 나간다. 드디어 계획을 세울 차례다. 불가능을 요구하는 게 불가능하다면 우리 스스로 불가능을 창조할 것이다. 조각이 발사되고 엔진이 가동하기 직전, 그 최적의 순간에 갑자기 동력이 급증한다면 조각 안에 저장돼 있던 모든(수십 년에 달하는, 한 문명에 달하는, 수백만 명의 생명에 달하는) 마법이 실 아나기스트의 동력 시스템 내부로 역류할 것이다. 가장 먼저 가시나무 덤불과 그 가여운 과실들이 불타고 단선(斷線)되어, 마침내 그들도 편히 잠들게 될 것이다. 그런 다음 마법은 우리, 그 거대한 기계 장치에서 가장 고장 나기 쉬운 취약한 부품을 통해 외부로 폭발하리라. 그렇게 되면 우리 역시 죽겠지만 그들이 우리를 위해 준비해 놓은 것에 비하면 차라리 죽음이 나으므로, 우리는 만족한다.

우리가 죽고 나면 플루토닉 엔진의 마법은 제동이 불가한 상태로 도시의 모든 마법 도관을 과부하로 태워 버려 도시 전체를 회복 불능으로 만들 것이다. 실 아나기스트의 모든 노드가 마비될 것이다. 이동수는 예비 발전기가 없는 이상 죽을 것이며, 빛은 어둠이 되고, 기계가 멈추고, 가구와 주방기구, 옷과 화장품에 이르기까지 현대 마과학이 발명한 방대한 편의시설이 전부 멈춰 설 것이다. 지신비력을 활용하기 위한 수 세대에 걸친 노력이 무위로 돌아가고, 엔진을 구성하는 수정 조각들은 덩치만 커다란 돌덩이가 되어 부서지고, 불타고, 힘을 잃을 것이다.

우리는 그들만큼 잔혹해지지 말자. 우리는 조각들에게 인구밀도가 높은 지역에서 최대한 멀리 떨어지라고 지시할 수 있다. 우리는 그들이 만든 괴물이고 그보다 더한 것이지만, 적어도 죽음을 앞둔 순간에는 우리 스스로가 원하는 괴물이 될 것이다.

모두 동의하는가?

그래, 렘와가 분노에 가득 차,

그래, 게이와가 비탄에 잠겨,

그래, 빔니와가 묵묵히 순응하며,

그래, 셀레와가 지당하다는 듯이,

그래, 더쉬와가 넌더리를 내며,

그리고 내가, 납처럼 무겁게 대답한다. 그래.

그렇게 우리 모두 동의한다.

그러나 나는 홀로 생각한다. 아니야. 마음속에서 켈렌리의 얼굴을 본다. 그러나 때때로 세상이 가혹할 때, 사랑은 그보다 더 가혹한 법이다.

***

발사일.

우리는 영양분을 공급받는다. 단백질과 신선하고 달콤한 과일. 그리고 다양한 비타민 보조제가 첨가되면 예쁜 색깔로 변하는 인기 음료라는 안정차. 특별한 날을 위한 특별한 음료. 뿌옇고 텁텁하다. 나는 이 음료가 마음에 들지 않는다. 그런 다음엔 제로사이트로 이동할 시간이다.

플루토닉 엔진이 작동하는 원리를 간단하게 설명하자면 이렇다.

먼저 우리는 조각을 일깨운다. 조각들은 수십 년 동안 단자에서 모든 실 아나기스트 노드에 생명에너지를 공급하고 있다. 한편 일부 에너지를 차후에 사용할 목적으로 내부에 저장해 두는데, 그중에는 가시나무 덤불을 통해 강제로 주입되는 생명도 포함된다. 현재 각 조각들은 마법에너지를 최고치까지 생산 및 저장하고 있고, 각각 그 자체로 독립적인 신비 엔진으로 기능하는 중이다. 이제 우리가 명령을 내리면 조각들은 단자에서 떠오를 것이다. 우리는 조각에 내포된 힘을 안정적인 네트워크로 연결하여, 마법을 한층 더 증폭하고 한 점에 집중시킬 수 있는 반사경으로 반사시켜 오닉스에 쏟아부을 것이다. 그러면 오닉스는 그 에너지를 지구의 핵에 직접 주입해 과부하를 일으키고, 그렇게 흘러넘친 힘을 실 아나기스트의 굶주린 동력 공급 시스템에 흘려보낸다. 그 결과 지구 또한 하나의 거대한 플루토닉 엔진이 되어 투입되는 것보다 더 많은 마법을 생성하는 일종의 발전기가 된다. 실 아나기스트는 행성의 생명 그 자체를 흡수하여 영원토록 살아가리라.

(단순히 무지 때문에 이런 계획을 세웠다고 변명할 수는 없다. 그래, 실제로 그 때는 아무도 대지가 살아 있다고는 생각하지 못했지. 하지만 당연히 알았어야 했다. 마법은 생명의 부산물이다. 그리고 대지에 마법이 존재한다는 건 즉…… 우리는 당연히 알았어야 했다.)

지금까지 우리가 한 일은 전부 실전이 아닌 연습에 불과했다. 우리는 이곳, 지구에 있는 플루토닉 엔진을 완전 가동해 본 적이 없다.

경사각과 통신 속도, 저항력, 반구의 곡률 등 고려할 요소들이 너무 많고 복잡하기 때문이다. 행성이란 왜 그렇게 어설픈 구형인지. 어쨌든 우리의 궁극적 목표는 지구다. 시선이 닿는 가시선(可視線), 힘이 미치는 역선(力線), 그리고 인력(引力). 우리가 이 행성에 살 거라면 실제로 거기 영향을 끼칠 수 있는 건 달이다.

그런 이유로, 제로사이트는 우리의 대지, 지구에 있지 않았다.

그날 새벽, 우리는 메뚜기나 그 비슷한 생물의 유전자를 조작해 만든 한 량(輛)짜리 이동수에 탑승한다. 다이아몬드 날개와 커다란 탄소섬유 다리가 있고, 만족스럽게 충전돼 증기를 내뿜고 있다. 지휘자들의 재촉을 받으며 이동수에 올라 타는데, 또 다른 이동수가 출발 준비를 하고 있는 것이 보인다. 인류 최대의 프로젝트가 실현되는 순간을 목격하기 위해 많은 사람들이 우리와 함께 갈 예정이다. 나는 앉으라는 곳에 앉고, 우리 모두 안전띠를 맨다. 이동수의 추진력은 때때로 지마학적 관성도 능가할 수 있…… 흠, 간단하게 발진시 약간의 충격을 받을 수 있다고만 해 두자. 물론 살아 있는 조각의 소용돌이 속에 뛰어드는 것과는 비교도 안 되지만, 인간들은 그 충격이 매우 심하고 난폭하다고 여기는 것 같다. 드디어 이동수가 달을 향해 출발하고, 그들이 흥분해 조잘조잘 떠드는 동안 우리 여섯은 목표를 되새기며 조용하고 냉철하게 앉아 있다.

달에는 월장석 조각이 있다. 보는 각도에 따라 색색으로 변하는 웅장한 회색의 제어 알석이 달의 흐릿한 잿빛 토양 위에 서 있다. 복잡한 건물 단지가 월장석 주위를 에워싸고 있고, 각 건물들은 밀폐되어 검은 진공 공간과 분리되어 있는데 우리가 방금 떠나온 연구단지와 크게 다르지 않은 모습이다. 그저 달에 있다는 점만 다를 뿐. 이곳이 제로사이트다. 역사가 만들어질 장소.

우리는 내부로 들어간다. 제로사이트에 상주하는 직원들이 현관 앞에 나란히 서서 자부심 가득한 경애의 눈빛으로 우리를 바라본다. 마치 섬세하고 정교하게 제작된 도구를 보고 경탄하듯이. 우리는 지구에서 날마다 연습할 때 사용하는 요람틀과 완벽하게 똑같이 생긴 받침틀이 설치된 곳으로 안내된다. 다만 이번에는 모두 따로 떨어져 각방을 사용할 예정이다. 방마다 크고 투명한 수정 창문을 사이에 두고 지휘자들을 위한 관찰실이 붙어 있다. 나는 일할 때 그들의 시선을 받는 데에는 익숙하지만 관찰실 안에 발을 들여 놓는 데에는 전혀 익숙하지 않다. 이건 오늘 처음 있는 일이다.

키가 작고 수수한 옷을 입은 나는 키가 크고 화려한 옷을 차려입은 사람들 속에서 누가 봐도 어색하고 불편한 모습으로 서 있다. 갈라트가 나를 "호와, 가장 뛰어난 조율기"라고 소개한다. 이 설명만 봐도 지휘자들은 우리가 어떤 식으로 일하는지 전혀 모르고 있거나, 아니면 갈라트가 긴장한 나머지 아무 말이나 지껄이고 있는 게 확실하다. 어쩌면 양쪽 다일지도 모르고. 더쉬와가 잔흔들을 연거푸 내보내며 웃는다. 달의 지층은 얇고 칙칙하고 죽어 있지만 지구와 크게 다르지는 않다. 나는 지휘자의 기대에 부응해 의례적인 인사말을 빼끔거린다. 어쩌면 갈라트도 이런 부분을 말한 건지 모르겠다. 나는 지휘자들의 헛소리에 장단 맞추는 척을 가장 잘할 수 있는 조율기다.

그때 뭔가가 내 관심을 사로잡는다. 소개와 인사말이 끝나고, 사소한 잡담이 오가기 시작하고, 내가 적절한 타이밍에 적절한 대답을 하는 데 집중하고 있을 때, 문득 고개를 돌리자 방 뒤쪽에 희미한 웅웅 소리를 내는 보호 자기장 속에서 플루토닉 에너지로 깜박이는 정체(停滯, stasis)기둥이 보인다. 그리고 수정으로 된 그 기둥 위에 떠 있는 것은……

사람들 중에 유달리 키가 크고 세련된 옷차림을 한 여인이 있다. 그녀가 내 시선을 좇더니 갈라트에게 말한다.

"저들이 시험 시추(試錐)에 대해 알고 있나?"

갈라트가 움찔하더니 나를 쳐다봤다가 정체기둥으로 시선을 돌린다.

"아니요." 여자의 이름이나 직위를 부르지는 않지만 매우 정중한 어조다. "기본적인 필수 정보만 알고 있습니다."

"난 맥락이 아주 중요하다고 생각하는데. 설령 그대들이라도 말일세."

갈라트는 우리가 같은 부류로 묶인 데 대해 발끈하지만, 그 말에 반박하지는 않는다. 여자는 재미있어하는 것 같다. 그녀가 허리를 굽혀 내 얼굴을 들여다본다. 내가 그렇게 작은 것도 아닌데.

"저게 뭔지 알고 싶니, 작은 조율기야?

나는 이 여자가 싫다.

"네, 부탁드립니다."

여자는 갈라트가 미처 말리기도 전에 내 손을 덥석 잡는다. 별로 기분이 나쁘지는 않다. 그녀의 피부는 건조하다. 여자가 정체기둥 근처로 다가가자 나는 그 위에 떠 있는 것을 자세히 볼 수 있게 되었다.

처음에 나는 그게 단순히 동그란 쇳덩어리라고 생각한다. 밑에서 비추는 하얀 조명을 받으며 기둥 표면에서 몇 센티미터 위를 부유하는 그것은 실제로 단순한 쇳덩어리일 뿐이다. 다만 그 표면에 빙 둘러 비스듬한 선들이 복잡하게 죽죽 그어져 있다. 운석 조각인 걸까? 아니야. 이 구(球) 모양의 덩어리는 움직이고 있다. 살짝 기울어진 남북 축을 중심으로 천천히 회전하고 있다. 나는 기둥 가장자리에 새겨진 경고 표시에서 극도로 높은 열과 압력을 의미하는 기호와 정체장(停滯場)에 닿지 않게 주의하라는 문구를 알아본다. 경고문 앞에는 이 물체의 천연적 환경을 인공적으로 재구성했다고 적혀 있다.

단순한 쇳덩어리를 보존하기 위해 그런 일을 하지는 않을 것이다. 나는 눈을 깜박여 내 인지적 관점을 마법과 보님으로 전환하고, 다음 순간 폭발하듯 눈부시게 작렬하는 하얀 빛에 놀라 화들짝 뒤로 물러난다. 마법으로 가득한 쇠공. 강력한 마법이 응축되어 있는, 금방이라도 터질 것처럼 따닥따닥 소리가 나는 무수한 마법 실들이 겹치고 또 겹쳐, 어떤 것들은 구의 표면 밖으로 보이지 않는 곳까지 길게 뻗쳐 있다……. 방 밖으로 뻗은 마법 실들이 어디까지 이어지는지는 나조차도 쫓아갈 수가 없다. 내 능력이 미치는 범위 밖이다. 하지만 머나먼 하늘 위까지 뻗어 있는 게 보인다. 그리고 날카롭게 지글거리는 저 파동 위에 쓰인 것은…… 나는 미간을 찌푸린다.

"이건 화가 났어요."

그리고 이건 익숙하다. 이런 것을, 이런 마법을 또 어디서 봤더라?

여자가 눈을 깜박인다. 갈라트가 이를 꽉 물며 신음한다.

"호와……."

"잠깐." 여자가 손을 들어 올려 갈라트를 저지한다. 여자는 아까보다 더 강렬한 눈빛으로 호기심을 드러내며 묻는다. "왜 그런 말을 하는 거지, 작은 조율기야?"

나는 그녀를 마주 본다. 이 사람은 틀림없이 중요한 인물일 것이다. 어쩌면 겁을 먹어야 할지도 모른다. 하지만 나는 두렵지 않다.

"저건 화가 났어요. 몹시 격분해 있어요. 여기 있고 싶지 않아 해요. 어딘가 다른 곳에서 가져온 거지요?"

방 안의 다른 사람들도 우리가 무슨 대화를 나누고 있는지 눈치챘다. 그들 모두가 지휘자는 아니지만 거북함과 당혹감이 서린 눈빛으로 나와 여자를 주시하고 있다. 갈라트가 숨을 헉 들이켜는 소리가 들린다.

"그래." 이윽고 여자가 내게 말한다. "남극에 있는 노드에서 시험 삼아 시추공을 뚫었지. 그런 다음 지구의 최내핵(最內核)에서 탐침기로 추출한 거다. 이 세상의 심장의 샘플이라고 할 수 있지." 여자가 흡족해하며 웃는다. "행성의 핵에서 생산되는 풍부한 마법이 바로 지신비력의 핵심이야. 그 테스트 때문에 코어포인트를, 조각들을, 그리고 너를 만들게 된 거란다."

나는 또다시 쇠공을 쳐다보고, 어떻게 그녀가 태연하게 그 옆에서 있을 수 있는지 경악한다. 그것은 화가 났다. 머릿속에 왜 이런 생각이 떠오르는지 모르겠지만, 나는 생각한다. 그것은 해야 할 일을 할 것이다.

누가? 누가 뭘 하는데?

나는 왠지 진절머리가 나서 고개를 흔들며 갈라트를 쳐다본다.

"이제 시작해야 하지 않나요?"

여자가 호쾌한 웃음을 터트린다. 갈라트는 나를 노려보지만 여자가 재미있어하는 걸 보고는 다소 긴장을 푼다.

"그래, 호와. 그래야 할 것 같다. 괜찮으시다면……."

(그는 여자의 경칭과 이름을 부르지만 세월이 지나면서 지금은 둘 다 잊어버렸다. 4만 년 동안 내 기억에 남은 것은 그저 그 여자의 밝은 웃음소리와 그녀가 갈라트를 우리와 똑같이 대했던 것, 그리고 순수한 적개심을 발산하고 있을 뿐만 아니라 제로사이트에 있는 모든 건물을 단숨에 날려 버릴 수도 있는 마법을 지닌 쇠공 옆에 서 있던 모습뿐이야.

그리고 나는, 그 뒤에 일어날 일에 대한 모든 경고의 신호를 나 역시 무시했다는 사실을 기억할 것이다.)

갈라트가 나를 요람실로 데려가고, 나는 철사 의자에 누우라는 지시를 받는다. 그들이 내 팔다리를 묶는다. 난 항상 그걸 이해할 수가 없었다. 어차피 자수정과 하나가 되면 몸을 움직이기는커녕 육체를 인식할 수조차 없는데. 안정차를 마신 뒤 입술이 얼얼한 걸로 보아 각성제를 섞은 것 같다. 그런 것은 필요 없는데.

다른 이들을 찾아 의식을 뻗자, 아직 화강암처럼 굳건한 그들의 의지가 느껴진다. 그래.

앞에 설치된 화면벽에 이미지가 떠오른다. 푸른 공처럼 보이는 지구, 다른 다섯 조율기들이 누워 있는 요람틀, 그리고 오닉스가 공중에 떠 있는 코어포인트. 화면 속에서 다른 조율기들이 나를 바라본다. 갈라트가 다가와 생물마학 부서에 수치를 전송하는 철사 의자의 통신 장비를 확인하는 연극을 해 보인다.

"오늘은 네가 오닉스를 다룰 거다, 호와."

나는 제로사이트의 다른 건물에서 게이와가 놀라 몸을 움찔하는 것을 느낀다. 오늘 우리는 서로에게 매우 예민하게 동조되어 있다. 내가 말한다.

"오닉스는 켈렌리의 책임이에요."

"이젠 아니야."

갈라트가 고개를 푹 숙인 채, 내 손을 비끄러매고 있는 가죽 끈을 쓸데없이 만지작거리며 말한다. 나는 그가 정원에서 켈렌리를 붙잡고 끌어당길 때에도 똑같은 손길이었다는 것을 기억해 낸다. 아, 이제야 이해하겠다. 이제까지 그는 그녀를…… 우리에게 잃을까 봐 두려웠던 것이다. 켈렌리가 그의 상관에게 우리처럼 평범한 도구로 비칠까 봐 두려웠던 것이다. 과연 그들이 지신비력이 가동된 후에도 갈라트에게 켈렌리를 남겨 줄까? 그는 켈렌리도 가시나무 덤불에 던져질까 봐 두려운 게 아닐까? 그래, 그게 틀림없다. 그게 아니라면 어째서 오늘처럼 인류 역사상 가장 중요한 날에 네트워크 설정에 이처럼 중대한 변경을 가한단 말인가.

내 짐작을 확인해 주기라도 하듯이, 그가 말한다.

"생물마학 부서에 따르면 이제는 너도 오닉스를 충분한 시간 동안 통제할 수 있는 높은 호환성을 지니고 있다고 한다."

갈라트가 나를 지그시 바라본다. 제발 내가 반항하지 않길 바라며. 순간 나는 내가 반항할 수 있다는 것을 깨닫는다. 오늘 갈라트가 내리는 모든 결정은 철저한 감시하에 있고, 만일 내가 갑작스런 설정 변경이 나쁜 생각이라고 주장한다면 방 안에 있는 모든 중요한 인물들이 갈라트의 실수를 눈치 채게 될 것이다. 여기서 그저 목소리만 조금 높이면 나는 갈라트에게서 켈렌리를 빼앗을 수 있다. 그가 테틀레와를 파괴했듯이 나도 그를 파괴할 수 있다.

그러나 그것은 어리석고 무의미한 생각이다. 내가 어떻게 그녀를 해치지 않고 그에게만 힘을 행사할 수 있을까? 플루토닉 엔진의 힘을 역류시키는 것만으로도 나는 켈렌리에게 해를 끼치게 될 것이다. 켈렌리는 첫 번째 충격파에서 살아남을 것이다. 설사 마법 흐름과 관련된 기기에 연결되어 있다 해도 그녀라면 피드백의 방향을 전환할 수 있을 테지. 그러나 그녀는 이후에 다른 생존자들과 똑같은 여파를 겪어야 할 것이며, 똑같이 고통받을 것이다. 아무도 켈렌리가 무엇인지 혹은 그녀의 자식이 무엇인지 알지 못하리라. 만일 켈렌리의 아기가 그녀와 같다면 혹은 우리와 같다면, 우리가 켈렌리를 해방시키더라도…… 그녀는 다른 모두와 함께 힘겹게 생존해야 할 것이다. 하지만 차라리 그편이 황금 새장 속에서 안전하다는 환상에 젖어 사는 것보다는 나을 거야. 안 그래?

네가 그녀한테 해 줄 수 있는 것보단 훨씬 낫지. 나는 갈라트를 바라보며 생각한다.

"좋아요." 내가 대답한다. 그가 미세하게 긴장을 푼다.

갈라트가 내 방을 떠나, 다른 지휘자들이 모인 관찰실로 향한다. 이제 나는 혼자다. 나는 결코 혼자가 아니다. 다른 이들이 나와 함께한다. 시작해도 좋다는 신호가 떨어지고, 온 세상이 숨을 멈춘 것 같은 순간이 온다. 우리는 준비되었다.

네트워크가 먼저.

우리는 서로에게 조율되어 동조되어 있기에, 우리의 은빛 흐름을 변주하고 저항력을 해체하는 것은 쉽고도 즐거운 일이다. 멍에는 렘와의 역할이지만, 그는 우리를 똑같은 속도로 밀고 당기기 위해 누구 하나를 특별히 증폭시키거나 억제할 필요가 없다. 우리는 모두 가지런히 정렬되어 있다. 우리는 모두 똑같은 것을 원한다.

머리 위에서, 그러나 우리가 쉽게 감지할 수 있는 범위 내에서 지구가 웅웅거리는 게 느껴진다. 마치 살아 있는 것처럼. 훈련 초기에 우리는 코어포인트를 오간 적이 있다. 그때도 맨틀을 가로질렀고, 철분과 니켈로 구성된 내핵에서 소용돌이치던 거대한 마법 흐름을 목격했다. 행성이라는 밑 빠진 독에서 마법을 퍼낼 수만 있다면 이는 인류가 이룩한 가장 위대한 업적이 될 것이다. 한때 나는 거기서 자부심을 느꼈다. 지금 내가 이 생각을 다른 이들과 공유하자 씁쓸한 냉소를 뜻하는 반짝이는 운모편의 가녀린 진동이 우리 모두를 휩쓸고 지나간다. 그들은 우리를 인간으로 취급하지 않았으나, 오늘 우리는 우리가 단순한 도구가 아님을 행동으로 입증할 것이다. 우리는 인류는 아닐지언정 분명한 사람이다. 그들은 다시는 우리를 부인하지 못할 것이다.

잡담은 이제 그만.

네트워크가 먼저. 다음은 엔진 조각들을 조립한다. 우리는 자수정에 접근한다. 가장 가까이 있기 때문이다. 우리는 여기, 다른 행성에서도 자수정이 낮은 파동을 뿜고 있고 에너지가 그득한 저장 매트릭스가 밝게 빛나고 있다는 것을 알 수 있다. 우리는 위로, 위로, 그 세찬 흐름 속에 의식을 맡긴다. 자수정 조각은 밑동을 덮고 있는 가시나무 덤불에서 생명을 빨아들이는 것을 멈추고 이미 하나의 닫힌 시스템으로 기능하고 있다. 조각은 마치 살아 있는 것 같다. 비활성 상태를 일깨우자 공명이 시작되고, 맥동이 일고, 마지막으로 생명체와 유사한 패턴으로(신경전달물질이 분비되거나 연동운동을 하는 것처럼) 어른거리기 시작한다. 혹시 엔진 조각은 살아 있는 게 아닐까? 나는 처음으로 궁금해진다. 켈렌리 덕분에 품게 된 의문이다. 자수정은 고(高)상태의 물질로 구성돼 있지만 동시에 그 이미지를 차용한, 한때 웃고 화내고 노래하던 사람들의 몸에서 빼앗아 만든 고상태의 마법과 한 차원에 존재한다. 혹시 자수정에 그 사람들의 의지와 소망이 조금이라도 남아 있지는 않을까?

만일 그렇다면…… 니스도 그들을 서툴게 모방한 자손인 우리가 지금 하려는 일에 찬성할까?

아냐, 이런 쓸데없는 시간에 낭비할 시간은 없다. 결정은 내려졌다.

그래서 우리는 시동 시퀀스를 네트워크 전체로 확장한다. 보님 기관을 사용하지 않고도 보닌다. 변화를 느낀다. 뼛속 깊이 온몸으로 알 수 있다. 우리는 엔진의 부품, 인류가 이룩한 위대한 성취의 일부이기 때문이다. 지구에서, 실 아나기스트의 모든 노드의 중심지에서, 사이렌이 도시 전체를 뒤흔들고 경보탑이 하나둘씩 붉게 번득이기 시작한다. 눈부신 엔진 조각들이 주변 대기를 진동하며 단자에서 분리되기 시작한다. 조각들 각자와 차례차례 공명하면서, 매끄러운 수정이 거친 바위 표면을 미끄러져 해방되는 것을 느끼며, 내 호흡이 조금씩 가빠지는 게 느껴진다. 느릿하고 육중한 무게감이 마법과 실재를 오가며 규칙적으로 맥동치는 파동을 발산하며 떠오르기 시작한다…….

(그때 뭔가가 덜컹인다. 흥분에 심취한 데다 워낙 순식간에 일어난 일이라 그때는 거의 알아채지 못하지만 기억의 렌즈를 통해 회상할 때에는 또렷하게 느낄 수 있다. 몇몇 조각들이 단자에서 분리될 때, 아주 미미하지만 우리에게 상처를 낸다. 거기 있어서는 안 되는 금속 파편이 우리를 긁고 지나가는 게 느껴진다. 우리와 하나가 된 결정체 표면에 바늘이 남긴 미세한 자국이 느껴진다. 공기 중에 희미한 녹 냄새가 떠돈다. 통증은 순식간에 지나가고, 재빨리 잊힌다. 바늘에 찔린 평범한 상처가 그렇듯이. 우리는 나중에야 기억할 것이며, 그제야 후회할 것이다.)

공중으로 떠올라, 웅웅 진동하며, 몸을 돌린다. 나는 우리의 발밑으로 단자와 도시의 전경이 멀어지는 것을 보며 숨을 깊이 들이켠다. 실 아나기스트가 예비 동력 시스템으로 전환한다. 지신비력이 공급될 때까지는 그것으로 버틸 것이다. 하지만 그런 건 이제 상관없다. 사소한 걱정거리들. 나는 흐르고, 날고, 위로 떨어진다. 급류처럼 흐르는 빛 무리 속으로, 보라색과 남색과 연보라색과 금빛 속으로. 스피넬과 토파즈와 가넷과 사파이어 속으로. 아, 너무나도 많고 너무나도 밝다! 꿈틀대는 생명력, 모여드는 힘.

(그래, 살아 있어. 나는 또다시 생각하고, 네트워크 전체가 몸서리치며 진동한다. 게이와도 똑같은 생각을 하고 있었기 때문이다. 또 더쉬와도…… 렘와가 결국 단층이 갈라져 미끄러지는 날카로운 소리와 균열로 우리를 상기시킨다. 멍청아, 집중

하지 않으면 우리 전부 죽을 거야! 그래서 나는 그 생각을 흩어 버린다.)

그리고, 아, 그래, 저 화면 속에, 우리의 의식 속에, 마치 사냥감을 노려보는 선뜩한 눈처럼 번득이고 있는 오닉스가 있다. 켈렌리가 말한 것처럼, 코어포인트의 머리 위에.

그것을 향해 뻗으며 되뇐다. 난 긴장되지 않아.

오닉스는 다른 조각들과 다르다. 오닉스에 비하면 월장석조차 무던하게 느껴질 정도다. 실제로도 그건 거울일 따름이니까. 그러나 오닉스는 강력하고, 무시무시하다. 어둠 속의 어둠, 이해가 불가능한 존재. 다른 조각들은 내가 더듬어 찾아 선제적으로 접속해야 한다면 그것은 내가 가까이 다가간 순간 내 의식을 움켜잡고 걷잡을 수 없이 쏟아지는 은빛 흐름 속 깊숙이 끌어당기려 한다. 예전에 우리가 접속하려 했을 때 오닉스는 나를 거부했고 다른 모두도 거부했다. 실 아나기스트에서 가장 뛰어난 마과학자들도 그 이유를 규명하지는 못했다. 그러나 지금, 내가 자신을 온전히 맡기고 오닉스가 나를 받아들인 순간, 나는 깨닫는다. 오닉스는 살아 있다. 다른 조각들과 공명할 때 던진 질문의 답이 여기 있다. 그것이 나를 보닌다. 나를 자각하고, 거부할 수 없는 존재감으로 나를 만진다.

그리고 내가 그들이 살아 있음을 깨닫고 이 존재들이 그들의 유전자와 그들을 멸망시킨 자들의 증오가 결합되어 창조된 한심한 후손을 어떻게 생각할지 두렵고 궁금해하는 순간……

나는 마침내, 니스조차 이해하기보다 그저 받아들인 마과학의 비밀을 터득한다. 이건 결국 과학이 아니라 마법이다. 언제나 아무도 상상하지 못한 미지가 존재하는 것. 그러나 이제 나는 안다. 살아 있지 않은 것에 충분한 마법을 주입하면 그것은 생명을 얻는다. 엄청난 양의 생명에너지를 저장 매트릭스 안에 주입하면 일종의 집단의식을 보유하게 되는 것이다. 그들은 그들이 경험한 공포와 잔혹 행위를 기억하고 있다. 아직도 끈질기게 간직되어 있는 그들의 일부를 통해. 너만 괜찮다면 그것을 영혼이라고 부를 수도 있겠지.

그리하여 오닉스가 내게 굴복한 것이다. 왜냐하면 드디어, 나 역시 고통을 알고 있음을 느꼈기에. 나는 이제 내가 착취당하고 열등한 취급을 당하고 있음을 이해한다. 나는 두렵고, 화가 나 있고, 그리고 상처 입었다. 그러나 오닉스는 내 안에 존재하는 이러한 감정들을 비웃지 않는다. 그것은 뭔가 다른 것을, 그 이상의 것을 찾고 있고 마침내 내 깊숙한 곳에서 이글거리고 있는 작은 응어리를 발견한다. 굳건한 결의. 나는 잘못된 것들을 전부 바로잡겠다고 결심했다.

그것이 바로 오닉스가 원하는 것이다. 정의. 그리고 나 또한 그것을 염원하기에……

나는 육신의 눈을 뜬다.

"제어 알석에 접속했습니다." 나는 지휘자에게 보고한다.

"확인 완료."

갈라트가 생물마학자들이 우리의 신비신경 연결 상태를 모니터링 중인 화면을 바라보며 말한다. 참관인들 사이에서 박수갈채가 터져 나오고, 내 안에서 그들을 향한 경멸이 치솟는다. 그들의 조잡한 도구와 나약하고 단순한 보님기관이 우리는 숨 쉬는 것처럼 당연히 알 수 있는 사실을 그제야 말해 준다. 플루토닉 엔진이 공중으로 부상하여, 가동되고 있다.

모든 엔진 조각들이 공중으로 발진해 256개의 도시 노드 겸 지진 에너지 목표점 위에서 명멸하며 진동하고 있다. 이제 우리는 증폭 시퀀스를 개시한다. 완충 장치인 옅은 색 조각들을 먼저 점화하고, 그런 다음 발전기 역할을 하는 짙은 색 보석들을 가속화한다. 오닉스가 내뱉는 웅장한 소리가 반구해(半球海) 전체를 요동치게 만든다.

피부가 곤두서고, 심장이 두근거린다. 나는 다른 곳, 다른 존재 속에서 주먹을 불끈 쥔다. 우리가 해냈다. 보잘것없는 여섯 개의 육신과 256개의 팔과 다리, 그리고 맥동하는 하나의 거대한 검은 심장을 하나로 연결하여. 오닉스가 저 아래, 지구의 내핵이 드러난 깊숙한 대지-마법의 끝없는 소용돌이를 이용할 수 있는 완벽한 위치에 자리 잡자 내 입이 열린다.(우리의 입이 열린다.) 드디어 우리가 창조된 목적을 실현할 순간이 왔다.

지금, 우리는 이렇게 말해야 한다. 지금, 여기서, 우리는 연결을 선언하고, 행성 전체의 마법 흐름을 끄집어내고 우리에 가둬 인류에게 봉사할 무한한 에너지로 변환할 것이다.

왜냐하면 그것이 바로 실 아나기스트인들이 우리를 만든 이유이기 때문이다. 그들이 아는 세상을, 신념을 확인하기 위해서. 실 아나기스트에서 생명은 신성하다. 그래야만 한다. 왜냐하면 실 아나기스트는 그들의 영광을 실현하기 위해 생명을 연료로 사용하기 때문이다. 니스는 그 구덩이에 삼켜진 최초의 민족이 아니며, 과거의 무수한 이들 중 가장 최근에 가장 잔인하게 학살당한 사람들일 뿐이다. 착취를 기반으로 세워진 사회에서 가장 큰 위협은 무엇인가? 억압당할 자가 아무도 남지 않는 것. 그러므로 지금 당장 행동하지 않는다면 실 아나기스트는 또다시 그들의 시민을 구별하고 세분화하여, 하위 집단들 사이에 갈등과 불화를 일으킬 또 다른 기준과 방법을 발명할 것이다. 유전자 조작 식물이나 동물에서 얻는 마법만으로는 충분하지 않다. 누군가 호사스런 삶을 누리려면 다른 누군가 반드시 고통을 겪어야 한다.

그렇다면 차라리 땅이 낫지 않느냐고, 실 아나기스트는 그렇게 합리화했다. 고통을 느끼지도 않고 저항도 항변도 하지 않는 살아 있지 않은 거대한 무생물을 노예로 만들면 된다고. 지신비력이 더 낫지 않겠느냐고. 그러나 그들의 합리화에는 결함이 있다. 왜냐하면 실 아나기스트는 궁극적으로 유지가 불가능한 존재이기 때문이다. 그것은 기생체다. 한 방울씩 입술을 적실 때마다 마법에 대한 갈증은 더욱 절실해지고, 지구의 핵은 무한하지 않다. 5만 년이 지나면 이 새로운 자원 역시 고갈될 것이며, 그러면 모든 것이 죽는다.

우리가 하는 모든 일은 무의미하고 지신비력은 거짓말이다. 만일 우리가 실 아나기스트가 이 길을 가게 돕는다면, 우리는 이렇게 말하는 셈이다. 우리가 겪어야 했던 일은 옳고, 당연하고, 어쩔 수 없었어.

틀렸다.

그래서. 지금, 우리는 말한다. 지금, 여기서, 연결한다. 옅은 색 조각들과 짙은 색 조각들을, 모든 조각들을 오닉스에…… 그런 다음 모든 에너지를 실 아나기스트로 역류시킨다. 월장석을 연결 회로에서 완전히 분리한다. 엔진 조각에 저장되어 있던 모든 동력이 도시 전체에서 폭발을 일으키고, 플루토닉 엔진이 죽을 때 실 아나기스트도 죽을 것이다.

우리는 지휘자들이 사용하는 다른 도구들이 문제를 감지하기도 전에 시작하고 끝낸다. 다른 이들이 나에게 합류하고, 우리의 선율은 잠잠해진다. 편안한 마음으로 기대앉아 피드백 고리가 우리를 덮치길 기다리는 동안, 나는 뿌듯함을 느낀다. 죽을 때 혼자가 아니라는 건 다행한 일이다.

***

그러나.

그러나.

기억하렴. 우리는 그날 맞서 싸우기로 결심한 유일한 자들이 아니었단다.

나는 나중에야 그것을 깨달았다. 폐허가 된 실 아나기스트를 찾아가 빈 단자와 그 벽면에 삐죽삐죽 튀어나온 무수한 쇠 바늘을 발견했을 때. 그것은 내가 그것의 발밑에서 다시 창조되고 스스로를 낮추었을 때에만 이해할 수 있는 적이었지……. 하지만 지금 이야기해 줄게. 네가 나의 고통을 통해 배울 수 있도록.

전에 내가 대지와 지표면에 사는 생명들 사이의 전쟁에 대해 이야기해 준 적이 있지. 적이 어떻게 생각하는지 말해 줄까? 대지는 우리 모두를 똑같이 여긴다. 오로진, 둔치, 실 아나기스트, 니스, 미래와 과거…… 그것에게 인간은 인간일 뿐이다. 다른 자들이 나의 탄생과 개발을 지시했고, 심지어 내 지휘자가 태어나기 전부터 실 아나기스트인의 오랜 꿈이 지신비력의 실현이었다고 해도, 설령 내가 그저 명령을 따랐을 뿐이며 우리 여섯이 그들에게 저항하고 맞서 싸울 것을 결심했다고 해도…… 대지는 전혀 상관하지 않았다. 우리는 모두 유죄였다. 세상을 노예로 전락시키려는 추악한 범죄의 공범들이었다.

그러나 지금, 대지는 우리 모두에게 유죄 판결을 내리고 선고문을 배포하고 있었다. 마침내 지금, 선한 의도와 행동을 따져 상벌을 내릴 의향이 있었다.

그것이 내가 기억하는 것이고, 나중에 짜맞춘 것이며, 내가 믿는 것이다. 하지만 명심하렴. 절대로 잊지 말렴. 그것은 전쟁의 시작에 불과했다.

***

처음에 우리는 그 잡음을 기계 속의 유령으로 치부한다.

우리 옆에, 우리 안에 느껴지는 존재감. 강렬하고 강압적이고 거대한 무엇. 무슨 일이 벌어지고 있는지 미처 깨닫기도 전에, 나는 오닉스의 통제권을 빼앗긴다. 우리가 깜짝 놀라 수군거리는 뭐야?, 뭔가 잘못됐어, 어떻게 된 거야? 같은 신호를 밀려드는 대지어의 충격파가 단숨에 침묵시키고, 언젠가 너도 열개를 만나면 그리될 듯이 우리는 망연해진다.

안녕, 작은 적들아.

지휘자들이 모여 있는 관찰실에 찢어지는 듯한 경보음이 왱왱거린다. 우리는 철사 의자 위에 얼어붙은 채, 우리의 이해를 능가하는 존재의 응답을 들으며 단어 없는 비명을 내지르고, 생물마학자들은 플루토닉 엔진의 9퍼센트(27개의 조각들)가 갑자기 연결 해제 모드를 거쳐 오프라인으로 전환되자 문제가 발생했음을 깨닫는다. 나는 지휘자 갈라트가 놀란 숨을 들이켜며 다른 지휘자와 귀빈 들과 겁에 질린 시선을 교환하는 것을 보지 못한다. 그저 내가 아는 갈라트라면 그랬을 것이라고 짐작하는 것뿐이다. 아마도 그라면 어느 시점에서 콘솔에 손을 뻗어 발사를 취소하려 했을 것이다. 또 나는 그들의 등 뒤에서 쇠공이 두근두근 규칙적인 파동을 내뿜으며 점차 부풀어 올라, 결국 폭발하듯 산산조각 나는 모습도 보지 못한다. 정체장이 파괴되고, 바늘처럼 날카롭고 뜨거운 쇳조각이 방 안에 있던 모든 사람들에게 쏟아진다. 나는 그들의 정맥과 동맥에 쇳조각이 파고들면서 난무하는 비명을, 그 뒤로 끝없이 이어지는 정적을 듣는다. 하지만 그 순간 나는 다른 시급한 문제에 직면해 있다.

우리 중에 가장 순발력이 뛰어난 렘와가 아직도 뭔가 다른 것이 엔진을 조종하고 있다는 충격에서 헤어 나오지 못한 우리를 다급히 붙잡아 뒤로 끌어낸다. 그게 누구인지, 무슨 이유 때문인지 궁금해할 시간 따위는 없다. 상황을 파악한 게이와가 흥분해서 파동을 남발한다. 27개의 "오프라인" 조각들이 아직 활성화되어 있다. 정확히 말하자면 일종의 하위 네트워크를 형성하고 있다. 예비 열쇠. 그것이 바로 다른 존재가 오닉스의 통제권을 빼앗을 수 있었던 이유다. 플루토닉 엔진이 지닌 힘의 상당 부분을 쥐고 생성할 수 있는 모든 조각이, 정체 모를 적대 세력의 통제하에 있다.

나는 천성적으로 자존심이 센 개체고, 그래서 이는 참을 수 없는 일이다. 오닉스가 통제권을 맡긴 것은 바로 나다. 그래서 나는 다시 오닉스를 붙잡아 엔진의 연결 체계 안에 삽입해, 잘못 주어진 통제권을 단숨에 박탈한다. 거의 폭력에 가까운 강제력의 발동에 충격파가 일자, 살레와가 재빨리 그것을 찍어 누른다. 이 쓰나미처럼 강력한 마법 파동이 엔진 전체를 울려 공명을 일으킨다면…… 음, 그게 어떤 결과를 불러올지 정확히는 알 수 없지만 어쨌든 별로 바람직하진 않을 것이다. 나는 그사이에 물리 세계에서 이를 꽉 문 채, 최초의 격동이 만들어 낸 충격파 속에서 형제자매들이 내짖는 비명과 신음과 놀란 숨소리를 들으며 혼신을 다해 그 반향을 억제하고 있다. 대혼란이다. 살과 피의 영역에서는 우리가 누워 있는 방의 조명이 전부 꺼져 벽에 붙은 비상 패널만 암흑 속에서 빛을 발하고 있다. 경보음이 쉴 새 없이 울려 퍼진다. 제로사이트의 다른 곳에서는 우리가 역류시킨 에너지 때문에 전자 장비들이 이상한 소리를 내며 덜덜 떨고 있다. 관찰실에서 혼비백산 중인 지휘자들은 우리를 도와줄 수 없다. 하긴 언제는 그랬던가. 지금 정확히 무슨 일이 일어나고 있는 건지 나는 모른다. 그저 전투 중이라는 것만 인식할 수 있을 뿐. 전장이 으레 그렇듯 의식할 수 있는 모든 순간이 혼란스럽고, 그 시점부터는 기억이 흐릿하다…….

우리를 공격한 알 수 없는 존재가 우리를 플루토닉 엔진에서 거칠게 끌어내려 다시 통제권을 장악하려 한다. 나는 단어 없이 간헐천처럼 격렬하게 끓는 마그마로 분노를 쏟아 낸다. 여기서 나가! 나는 폭발한다. 우리를 내버려 둬!

시작한 것은 너희다. 그것이 지층 속에서 쉭쉭거리며 또다시 시도한다. 이번에도 실패하자 좌절감에 그르렁거리고, 그러더니 갑자기 오프라인으로 전환된 27개의 조각들과 결합한다. 그것의 속셈을 깨달은 더쉬와가 황급히 27개 중 몇 개를 붙잡으려 하지만, 조각들은 마치 기름칠이라도 한 것처럼 그의 손가락 사이로 빠져나간다. 문자 그대로 말이다. 뭔가 이 조각들을 더럽히고 오염시켜서 우리가 붙잡는 것을 불가능하게 만들었다. 만일 우리가 힘을 합친다면 하나씩 순차적으로 다시 장악할 수 있을지도 모르지만 지금은 시간이 없다. 그리고 어쨌든 그때까지는 저 정체 모를 적이 27개의 조각을 수중에 보유하고 있다.

교착 상태. 우리에게는 오닉스가 있다. 그리고 실 아나기스트를 단숨에 파괴할 수 있는 피드백 파동을 방출할 준비를 갖춘 나머지 200개하고도 29개의 조각들과 우리가 있다. 그러나 우리는 그 선택을 뒤로 미루기로 한다. 이런 식으로 문제의 여지를 남겨 둬서는 안 되므로. 이 강력하고도 무시무시한 증오를 품은 것은 도대체 어디서 온 것인가? 수중에 넣은 오벨리스크로 무엇을 할 작정인 걸까? 팽팽한 긴장 속에서 기나긴 시간이 지난다. 모두를 대신할 자격은 없지만, 어쨌든 나는 적이 더 이상 공격할 마음이 없다고 생각하기 시작한다. 나는 언제나 그토록 어리석었다.

죽은 듯한 정적을 뚫고, 마법과 쇠와 돌을 통해, 악의로 팽배한 적이 기쁨에 젖어 요구한다.

날 위해 불태워다오. 아버지 대지가 말한다.

***

그 후에 일어난 일에 대해서는, 오랜 세월 답을 찾아 헤매었음에도 내 추측을 기반으로 할 수밖에 없다.

더는 차분하게 이야기할 수 없을 것 같다. 그 순간 모든 것이 혼돈과 절망으로 변했기에. 대지는 언제나 서서히 변화하나, 또한 그렇지 않기도 하다. 드디어 맞서 싸우기로 결심한 순간, 그것은 결코 망설이지 않았다.

맥락에 대해 말해 볼까. 지신비 프로젝트의 발단이었던 최초의 시험 시추는 대지에게 인류가 그것을 노예로 삼으려 한다는 것을 알려 주었다. 그리하여 그 뒤로 수십 년간 대지는 적을 연구했고, 우리의 계획을 이해했다. 금속은 대지의 동맹이자 수단이었다. 그러므로 금속을 신뢰해서는 안 되는 것이다. 대지는 자신의 일부 파편을 지상으로 올려보내 단자에서 자라는 조각들을 살펴보았다. 수정 안에는 생명이 저장되어 있었고, 그것은 단순한 육신은 불가능한 방식으로 비유기체인 조각을 이해할 수 있었다. 서서히, 대지는 살아 있는 인간을 통제할 수 있는 방법을 배워 나갔다. 비록 그러한 목적을 이루려면 코어스톤이라는 매개체가 필요했지만. 그마저 없다면 우리는 너무도 작고, 이해하기 힘든 생명체다. 때때로 우리 자신을 중요하리만큼 위험하게 만드는 안타까운 경향과는 별개로, 우리는 참으로 보잘것없고 하찮은 해충과도 같다. 그러나 오벨리스크는 인간보다 훨씬 유용한 도구였다. 어리석고 부주의한 이들의 손에 들린 무기가 그렇듯이, 간단히 빼앗아 만든 자에게 총구를 돌릴 수 있었다.

전소(全燒).

알리아를 기억하니? 그것보다 256배나 거대한 재앙이 발생했다고 상상해 보렴. 고요 대륙의 모든 노드와 화산 활동이 활발한 지역과 해저에 구멍이 뚫린다면 어떻게 될까. 수백 개의 열점과 가스주머니와 석유층이 분출해 하늘 높이 치솟고 세상의 모든 지각판이 흔들려 불안정해진다고 상상해 보렴. 그런 끔찍한 대재앙을 형용할 수 있는 단어는 없다. 행성의 표면이 흐물흐물 녹아내리고 바닷물이 증발하고 맨틀 위에 존재하는 모든 것이 불에 정화될 것이다. 우리, 그리고 미래에 지구에 해가 되도록 진화할 가능성을 지닌 모든 생명들에게 세상은 멸망할 것이다. 그러나 지구 그 자체는 무사하리라. 영원토록.

우리는 그렇게 되지 않게 막을 수 있었다. 원하기만 한다면.

유혹을 느끼지 않았다고는 말하지 않겠다. 문명 하나를 멸망시킬 것인가, 아니면 행성 전체의 생명들을 쓸어버릴 것인가. 실 아나기스트의 운명은 이미 결정되어 있었다. 오해는 말렴. 우리는 그것을 무너뜨릴 작정이었다. 대지가 바라는 것과 우리가 바라는 것은 그저 그 규모에 차이가 있을 뿐이었다. 하지만 세상은 과연 어떤 방식으로 끝나야 할까? 우리 조율기들은 죽을 것이다. 그러므로 그때, 내게는 어느 쪽이든 다를 바가 없었다. 잃을 것이 없는 사람에게 그런 질문을 던지는 건 현명하지 못한 일이다.

하지만. 나에게는 잃을 것이 있었다. 그 영겁과도 같은 찰나에 나는 켈렌리를, 그리고 그녀의 아이를 떠올렸다.

그래서 나는 의지를 발동해 네트워크의 상위 제어권을 장악했다. 혹시 네가 조금이라도 의심스러웠다면, 그래, 분명히 말해 주마. 이 세상이 어떤 방식으로 끝나야 할지 결정한 것은 바로 나였다.

바로 내가 플루토닉 엔진을 쥐고 있다. 우리는 전소 명령을 취소할 수는 없지만 대신 실행 시퀀스를 지연시키고 그 에너지를 다른 방향으로 돌릴 수는 있었다. 대지가 억지로 비집고 개입했을 때 불안정성이 증폭되어 힘이 날뛰기 시작했고, 그래서 우리는 계획대로 그것을 실 아나기스트에 쏟아 부을 수가 없었다. 그런다면 우리는 대지가 할 일을 대신 해 주는 셈이 되었겠지. 이 방대한 운동에너지를 어딘가 다른 곳에 소모해야 했다. 인류의 생존을 바란다면 이 행성이 아닌 다른 곳으로 쏘아 보내야 했다. 그리고 여기에는 달이, 월장석이 만반의 준비를 갖춘 채 대기하고 있었다.

나는 다급했다. 즉석에서 떠오른 계획을 검토할 시간조차 없었다. 애초의 계획대로 그 힘이 월장석에 반사되도록 할 수는 없었다. 그랬다간 모든 생명체를 전소시킬 에너지를 오히려 증폭시키게 될 테니까. 나는 사납게 으르렁거리며 다른 이들을 붙잡아 억지로 나를 돕게 만들었고(그들은 기꺼이 그러고자 했으나 굼떴다.) 우리는 월장석 제어 알석을 파괴했다.

다음 순간, 거대한 에너지가 부서진 돌조각에 충돌했고, 반사되지 못하고 대신 달을 먹어 들어가기 시작했다. 아무리 완화시킨들 충돌로 인한 충격은 그 자체로도 치명적이었다. 달을 궤도 밖으로 밀어낼 만큼.

우리는 엔진 가동에 실패한 반동으로 죽었어야 했다. 그러나 대지는, 기계 속의 유령은 여전히 건재했다. 우리가 극심한 고통 속에서 몸부림칠 때, 우리 주변에서 제로사이트가 붕괴하고 있을 때, 대지가 다시 통제권을 갈취했다.

그것의 생명을 빼앗고자 시도한 데 대해 그것이 우리에게 책임을 물었다고 한 적이 있지. 정말로 그랬다. 하지만 어찌된 일인지, 어쩌면 수년간 우리를 지켜본 탓인지, 대지는 우리가 그들의 도구에 불과하며 우리의 행동이 자유의지에 의한 것이 아님을 이해했다. 이 점을 명심하렴. 대지는 우리를 완벽하게 이해하지 못한다. 인류를 굽어볼 때, 그것의 눈에 비치는 것은 수명이 짧고 나약하며, 이상하게도 그들이 의존해 살아가고 있는 행성에 정신적으로나 물리적으로나 무관심하여 자신들이 행성에 어떤 해를 끼치고 있는지 이해하지 못하는 괴이한 생명체다. 어쩌면 그건 그들이 수명이 짧고, 나약하고, 행성에 무관심하기 때문일지도 모르지. 그래서 대지는 우리에게, 적어도 그것이 보기에는 우리에게 의미를, 변화를 줄 수 있는 형벌을 선택했다. 우리를 그것의 일부로 만든 것이다. 연금술이 내 육신을 덮쳐 말랑한 살을 원초적이고, 딱딱하고, 돌처럼 보이는 마법으로 바꾸는 동안, 나는 내내 철사 의자 위에서 비명을 질렀다.

적어도 우리는 최악의 결말을 맞지는 않았다. 그것은 대지를 가장 크게 모욕한 자들을 위한 몫이었다. 대지는 코어스톤을 이용해 가장 위험한 해충들을 직접 통제했으나 불행히도 원하는 것을 이룰 수는 없었다. 인간의 의지는 인간의 육신보다도 더 예측 불가한 것이기에. 그들은 결코 계속 존속될 계획이 아니었다.

변화를 겪은 직후에 내가 겪은 충격과 혼란에 대해서는 자세히 설명하지 않겠다. 어떻게 달에서 지구로 돌아왔는지에 대한 질문에도 대답할 수 없다. 나는 그저 끝없는 추락과 불타는 악몽만을 기억할 뿐이며, 어쩌면 그건 환각이었는지도 모른다. 일평생 다른 이들과 한 몸처럼 하나의 노래를 부르는 데 전념했건만, 항상 존재하던 선율이 갑자기 사라지고 세상에 홀로 남겨진다는 것이 어떤 기분일지 상상해 보라고도 하지 않겠다. 그것은 정의의 심판이었다. 나는 수긍한다. 내 죄를 인정한다. 그래서 그들에게 내 죄를 만회할 방법을 모색했다. 그러나……

그러나. 이미 일어난 일은 일어난 일.

우리가 변화하기 직전, 마지막 순간에 우리는 가까스로 229개의 조각에 전소 명령을 취소하는 데 성공했다. 어떤 조각들은 지나친 압력을 견디다 못해 깨져 버렸다. 어떤 것들은 해명불가한 신비력의 영향으로 그 뒤로 수천 년 동안 죽어 있을 것이다. 대부분은 대기 모드를 유지한 채 그들의 힘을 필요치 않는 세상 위에서 수천 년을 배회한다. 간혹 저 아래 존재하는 연약한 생명체 중 하나가 아무 목적도 없이 혼란스러운 접속 요청을 보내올 때까지.

우리는 대지가 빼앗아 간 27개 조각들을 막지 못했다. 다만 명령 체계에 지연 명령어를 가까스로 끼워 넣었을 뿐이다. 100년. 옛 노래들이 잘못 전하고 있는 건 정확한 시기뿐이란다. 알겠니? 아버지 대지가 자식을 빼앗기고 100년 뒤, 27개의 오벨리스크가 행성의 핵을 불사르고 피부 곳곳에 화상을 남겼다. 지구가 꿈꾸던 정화의 불은 아니었지만 그것이 바로 최초이자 최악의 다섯 번째 계절이었다. 너희가 붕괴라고 부르는 것. 인류가 생존할 수 있었던 이유는 대지에게는 100년이 아무것도 아니고 심지어 인류의 역사에서도 찰나에 불과하지만, 실 아나기스트의 멸망에서 살아남은 이들에게는 충분한 대비를 할 수 있는 시간이었기 때문이다.

그러는 사이에 심장을 관통당해 깊은 부상을 입고 피 흘리던 달의 잔해는 멀리 사라져 버렸다.

그리고……

나는 켈렌리도 그녀의 아이도 다시 보지 못했다. 내가 괴물이 되었다는 사실이 너무나도 부끄러워 차마 그들을 찾아갈 수가 없었다. 하지만 켈렌리는 살아남았다. 간혹 나는 켈렌리의, 그리고 그녀의 여러 자식들이 태어날 때 잘그락거리고 부딪쳐 마찰하는 돌의 목소리를 들었다. 그들은 외롭지 않다. 실 아나기스트의 생존자들은 마지막 남은 마과학 기술을 사용해 몇 명의 조율기를 더 그릇에 담아 대피소와 비상 대책, 경고 및 생존 시스템을 구축하는 데 활용했다. 그리고 그들은 쓸모를 다하거나, 또는 다른 이들이 대지의 분노에 대한 책임을 그들에게 돌릴 때마다 목숨을 잃었다. 오직 켈렌리의 자식들만이, 외관적으로 두드러지지 않아 평범한 자들 사이에서 힘을 숨길 수 있었던 그들만이 살아남았다. 오직 켈렌리가 남긴 유산만이, 마을과 마을을 오가며 대학살의 도래를 경고하고 어떻게 서로 협력하고 적응하고 기억해야 할 것인지를 가르치는 전승가의 형태로 니스를 유지하고 전승했다.

하지만 그 모두 의미가 있었어. 네가 살아남았으니까. 그것도 내가 한 일이었지. 그래. 나는 최선을 다했다. 도울 수 있을 만큼 도왔지. 그리고 이제, 내 사랑, 우리에게 두 번째 기회가 왔다.

네가 세상을 또다시 끝내야 할 때가 왔다.

2501년: 최소판-최대판 경계에서 대규모 단층운동 발생. 지진파가 북중위 지방 절반과 북극권을 휩쓸고 적도권 노드망 외곽에서 멈췄다. 다음 해 식량 가격이 현격하게 뛰었으나 기아는 발생하지 않았다.

— 예이터, 디바스의 혁신자의 연구조사 기록 중

13장

나쑨와 에쑨, 세상의 어두운 면에서

나쑨이 세상을 바꾸기로 결심한 것은 해 질 녘이다.

아이는 하루 종일 샤파의 옆에 몸을 웅크리고 누워, 아직도 재가 묻어 있는 그의 옷가지를 베개 삼아 그의 체취를 맡고 이뤄질 수 없는 소원을 빈다. 그러고는 마침내 침대에서 일어나 샤파에게 손수 만든 마지막 채수(菜水) 국물을 먹인다. 물도 아주 많이 먹인다. 나쑨이 달을 충돌 궤도로 끌어온 뒤에도, 대지와 충돌해 세상이 부서질 때까지는 며칠이 더 걸릴 것이다. 나쑨은 그동안 샤파의 고통이 너무 크지 않길 바란다. 나쑨이 옆에서 그를 돌봐줄 수 없기 때문이다.

(나쑨은 정말 착한 아이다. 그 애에게 화내지 말렴. 나쑨은 그저 제한된 경험을 토대로 선택을 했을 뿐이고, 그 아이가 겪은 경험의 대부분이 끔찍했던 건 그 애의 잘못이 아니니까. 대신에 나쑨이 얼마나 완벽하고 쉽고 철저하게 사랑을 베푸는지 찬탄하렴. 세상을 바꾸고자 결심할 만큼 무한한 사랑이라니! 분명 어디선가 이렇게 사랑하는 방법을 배웠을 테지.)

나쑨은 샤파의 입술에 묻은 국물을 천 조각으로 닦은 다음, 네트워크를 활성화시키기 시작한다. 여기 코어포인트에서는 오닉스가 없이도 그렇게 할 수 있다. 그저 시동 시간이 조금 더 걸릴 뿐이다.

"계명은 돌에 새겨져 있나니."

나쑨이 엄숙한 말투로 샤파에게 말한다. 그의 눈이 번쩍 뜨인다. 샤파가 눈을 깜박인다. 아마 소리에 반응하는 것일 테다. 나쑨은 거기 아무 의미도 없다는 걸 잘 안다.

그 말은 나쑨이 손글씨로 쓰인 이상한 책에서 읽은 것이다. 그 책은 나쑨에게 오벨리스크로 구성된 작은 네트워크를 일종의 "예비 열쇠"로 사용하면 "문"에 대한 오닉스의 통제권을 전복할 수 있다는 것을 알려 주었다. 아마 그 책을 쓴 사람은 미쳤을 것이다. 그가 오래전에 나쑨의 어머니를 사랑했다는 사실만으로도 알 수 있다. 이상하고 잘못된 일이지만 별로 놀랍지는 않다. 세상은 참으로 크고 넓은 곳인데, 요즘 나쑨은 세상이 또한 얼마나 좁은 곳인지 실감한다. 한없이 돌고 도는 똑같은 이야기. 몇 번이고 거듭되는 똑같은 결말. 그리고 영원히 반복되는 똑같은 실수.

"어떤 건 너무 심하게 망가져서 고칠 수가 없어요, 샤파."

나쑨은 하릴없이 지자를 떠올린다. 가슴이 너무 아파 한동안 말을 잇지 못한다.

"나……난 아무것도 더 좋아지게 만들 수는 없어요. 그렇지만 적어도 더는 나쁜 일이 일어나지 않게 막을 수는 있죠."

그 말과 함께 나쑨은 일어나서 자리를 뜬다.

나쑨은 샤파의 얼굴이, 마치 달이 어둔 그림자 속으로 미끄러져 들어가듯 서서히 회전해 그녀의 뒷모습을 응시하는 것을 보지 못한다.

***

네가 세상을 바꾸기로 결심한 것은 해 뜰 녘이다. 너는 러나가 노란색 X자가 표시된 건물에서 구해 온 침낭에서 꾸벅꾸벅 졸고 있다. 너는 그와 함께 배수탑 밑에서 밤을 보냈다. 언제나 공중에 떠돌고 있는 열개의 우르릉 소리와 때때로 번개가 번득이며 내리치는 소리를 들으면서. 성교를 한 번 더 나눴다면 좋았을 테지만 너는 그런 생각을 아예 하지 못했고, 러나는 제안하지 않았다. 뭐, 그러니 어쩔 수 없지. 어쨌든 그건 벌써 충분한 골칫거리를 안겨 줬는걸. 피임법이랍시고 중년의 나이와 영양실조에만 의존하면 안 되는 법이다.

러나는 네가 일어나 기지개를 켜는 모습을 유심히 바라본다. 경애로 가득 찬 그의 눈빛은 네가 이해할 수도 없고, 항상 어색한 기분이 드는 것이기도 하다. 러나는 네가 실제보다 더 좋은 사람인 것처럼 느끼게 한다. 그래서, 다시금, 너는 그의 자식이 태어나는 것을 보지 못하리라는 사실에 깊이 통탄한다. 러나의 조용하고도 물러섬 없는 선한 본성이야말로 이 세상에 반드시 필요한 것인데. 안타까운 일이다.

너는 아직 그의 존경을 얻지는 못했다. 하지만 이제는 그러려고 한다.

너는 계단을 내려가다 발을 멈춘다. 간밤에 너는 러나 말고도 통키와 햐르카, 이카에게 드디어 때가 왔다고 통보했다. 아침식사를 한 뒤에 떠나겠다고. 그들이 너와 함께 갈 것인지 말 것인지는 그들이 선택할 몫으로 남겨 두었다. 만약 그들이 같이 가겠다고 한다면 그것도 좋지. 하지만 네가 먼저 부탁하지는 않을 것이다. 그런 위험한 여행에 동행해 달라고 강요하는 건 정말 끔찍한 인간이나 하는 짓일 테니까. 안 그래도 그들은 이미 다른 모두와 마찬가지로 충분히 위험한 상황에 있다.

그래서 너는 계단을 내려갈 때까지도, 노란색 X 건물에서 그들 모두가 기다리고 있을 줄은 상상도 못 했다. 모두가 침낭을 말아 넣거나 하품을 하거나 소시지를 튀기거나 녹병들 누군가 차를 전부 마셔 버렸다고 구시렁대고 있다. 호아도 있다. 완벽하게 똑바른 자세로 선 채, 계단을 내려오는 너를 바라보고 있다. 또 다넬과 마시시도. 다넬은 구석진 곳에서 무술 동작을 연습 중이고 마시시는 프라이팬에 넣을 감자를 다지고 있다. 그렇다. 그는 건물 로비에 모닥불을 피워 놓았다. 그게 바로 무향민이 가끔 하는 짓이거든. 깨져 있는 창문 사이로 연기가 빠져나간다. 햐르카와 통키까지 있다는 건 조금 놀랍다. 둘은 모피 밑에서 서로 부둥켜안은 채 아직도 잠들어 있다.

무엇보다 너는, 정말로, 진심으로, 이 와중에 이카가 걸어 들어올 것이라고는 꿈에도 기대하지 않았다. 처음 만났을 때처럼 자신만만하고 당당한 걸음걸이로, 옛날처럼 완벽하게 눈 화장까지 덧댄 이카가 한 바퀴 빙 둘러보더니 너와 다른 사람들을 쳐다보며 허리에 두 손을 얹는다.

"내가 시간을 잘못 골랐나 봐?"

"넌 안 돼."

너는 불쑥 말한다. 말이 잘 나오지 않는다. 목구멍에 뭐가 걸려 있는 것 같다. 이카는 안 된다. 너는 이카를 본다. 사악한 대지여, 심지어 그녀는 옛날에 입던 그 모피 조끼를 걸치고 있다. 카스트리마 지하향에 두고 왔다고 생각했는데.

"넌 못 가. 향을 지켜야 하잖아."

이카가 짙게 칠한 눈두덩 밑에서 과장스럽게 눈동자를 굴린다.

"지랄하네. 하지만 네 말이 맞아. 난 안 가. 배웅이나 하려 온 거야. 누가 떠나는지도 좀 보고. 말 그대로 다 제 발로 걸어 나가는 거니까 너희를 전부 죽여 버려야 맞는데 지금은 그런 사소한 문제는 무시해도 되겠지."

"왜, 우리 다시 돌아오면 안 되는 거야?"

드디어 잠에서 깨어난 통키가 일어나 앉으며 말한다. 몸은 한 쪽으로 삐딱하게 기울고, 머리카락도 납작하게 눌려 있다. 누가 깨웠냐고 욕설을 웅얼거리며 일어나 앉은 햐르카에게 마시시가 감자 요리가 담긴 접시를 건네준다.

이카가 통키를 쳐다본다.

"너? 너 지금 오벨리스크 창조자들이 만든 어마어마하게 크고 완벽하게 보존된 유적을 찾아가는 거잖아. 난 너를 다시는 못 볼걸. 하지만 물론이지. 언제든 돌아와도 돼. 햐르카가 널 제정신 차리게 만들어서 끌고 올 수만 있다면야. 어쨌든 난 햐르카가 필요하니까."

마시시가 큰 소리로 하품을 쩍 하는 바람에 모두의 시선이 집중된다. 그는 옷을 입지 않았고, 덕분에 너는 이제야 그의 몸을 자세히 살펴볼 수 있다. 여전히 비쩍 곯아 뼈다귀만 남았지만 요즘엔 향의 절반에 달하는 인구가 전부 그렇다. 그렇지만 요즘에 기침이 좀 줄었고, 머리카락도 많이 자랐다. 아직 까슬까슬한 수준이라 회발이 보기 좋게 늘어지려면 시간이 좀 걸리겠지만. 그의 잘린 다리를 옷의 장막 없이 보는 건 처음이다. 너는 그의 흉터가 무향민 무리들이 쇠톱으로 잘라 냈다고 하기에는 지나치게 깔끔하고 반듯하다는 사실을 깨닫는다. 언젠가 직접 얘기해 주겠지. 너는 마시시에게 말한다.

"멍청한 짓 하지 마."

마시시는 약간 짜증이 난 것 같다.

"난 안 갈 거거든. 그럴 수도 있지만."

"아니, 넌 살아죽어도 안 돼." 이카가 받아친다. "말했잖아. 적어도 한 명의 펄크럼 로가는 여기 있어야 한다고."

마시시가 한숨을 내쉰다.

"알았어. 하지만 어쨌든 인사도 안 하고 보낼 수는 없지. 이제 그만 묻고 와서 밥이나 먹어."

마시시가 옷을 집어 들어 입기 시작한다. 너는 순순히 모닥불 쪽으로 다가가 음식을 먹는다. 아직 입덧은 없다. 얼마나 다행인지.

너는 모두를 둘러보면서 왠지 울컥하는 기분에 휩싸인다. 그리고 약간의 좌절감도. 물론 이들이 네게 작별 인사를 하러 모인 것은 감동적이다. 고마운 일이다. 안 그런 척하기도 힘들다. 네가 어디든 이런 식으로 떠난 적이 있었던가? 공개적으로, 아무도 폭력을 행사하지 않고, 사람들의 웃음소리를 들으면서? 이건 마치…… 아냐, 이게 어떤 기분인지 잘 모르겠다. 좋은 건가? 어떻게 반응해야 할지도 모르겠다.

하지만 너는 이들이 되도록 남는 쪽을 선택하길 바란다. 자칫하면 호아가 말 그대로 한 무리의 사람들을 데리고 대지를 통과해야 할 판이니까.

하지만 다넬을 발견했을 때, 너는 놀라 눈을 끔벅인다. 다넬은 머리를 다시 잘랐다. 머리가 긴 걸 정말로 안 좋아하는 모양이다. 귀 옆을 새로 밀었고…… 그리고 입술에 검은 칠을 했다. 저런 걸 어디서 구해 왔는지는 대지만이 알겠지만, 숯과 기름을 직접 섞어서 만들었을지도 모르겠다. 하지만 이제는 정말로 예전처럼 완력꾼 장군으로 생각할 수가 없다. 하긴 다넬은 원래 그런 사람이 아니었지. 다넬의 그런 모습은, 이상하게도 너를 변화시킨다. 네가 정말로 적도권 전승가가 후세에 길이 남기고 싶어 할 영웅의 운명을 마주하러 간다는 사실을 납득하게 해 준다. 그래. 이건 단순한 여행이 아니다. 이것은 삭아빠질 숙명적 추구다.

그런 생각을 하자 갑자기 코웃음-너털웃음이 터져 나오고, 모두가 하던 일을 멈추고 너를 말똥말똥 쳐다본다.

"아무것도 아냐." 너는 손사래를 치며 빈 접시를 옆에 내려놓는다. "그냥…… 젠장. 그래, 가자. 가고 싶으면 전부 가자고."

누군가 러나에게 짐을 건네주자 그가 말없이 너를 응시하며 가방을 어깨에 진다. 통키가 투덜거리며 자기 짐을 챙기러 뛰어가고,

하르카는 인내심을 발휘해 옆에서 그녀를 돕는다. 다넬이 헝겊 조각으로 얼굴에서 땀을 닦아 낸다.

너는 삐딱하면서도 재미있다는 표정으로 사람들을 지켜보고 있는 호아의 옆에 서서, 주변에서 벌어지는 한바탕 소란을 바라보며 한숨을 쉰다.

"저렇게 많은 수를 데려갈 수 있겠어?"

"나를 붙잡거나, 아니면 나를 붙잡고 있는 사람을 붙잡는다면 가능해."

"미안. 이럴 줄은 몰랐어."

"정말로?"

너는 그를 바라본다. 그때 아직도 뭔가를 씹으며 튼튼한 쪽 어깨에 가방을 멘 통키가, 호아가 공중에 들고 있던 손을 턱 붙잡더니 노골적으로 호기심을 뿜어 내며 염치도 없이 요리조리 살펴본다. 그래서 그 순간은, 결국 지나가 버린다.

"그래서, 어떻게 하는 거야?" 이카가 팔짱을 낀 채 모두를 돌아보며 방 안을 서성인다. 초조한 모양인지 눈에 띄게 가만히 있지를 못한다. "거기 가서 달을 붙잡아서 제자리로 돌려놓은 다음에, 그다음엔 어떻게 돼? 세상에 변했다는 걸 우리가 어떻게 알 수 있어?"

"열개가 식을 거야." 네가 말한다. "단기간에는 변화가 크게 느껴지지 않겠지. 낙진이 너무 많이 떨어지고 있으니까. 계절도 계속될 거고, 뭐가 어떻게 변하든 사는 건 여전히 팍팍할 거야. 어쩌면 달 때문에 더 나빠질지도 모르고."

너는 지금도 달이 세상을 잡아당기고 있는 것을 보닐 수 있다. 그래, 너는 상황이 더 악화될 거라고 확신한다. 하지만 이카는 고개를 끄덕인다. 그녀도 보닐 수 있으니까.

그렇지만 네가 아직 알아내지 못한 빈 부분이 있다. 장기적인 변화.

"하지만 만약에 내가 달을 제자리에 돌려놓는다면……."

너는 어깨를 으쓱하며 호아에게 시선을 보낸다.

"협상의 여지가 생기겠지." 그가 텅 비어 울리는 목소리로 말한다. 다들 동작을 뚝 멈추고 그를 쳐다본다. 움찔거리는 몸짓으로 보아 누가 스톤이터에게 익숙하고 그렇지 않은지 알 것 같다. "그리고 어쩌면, 휴전이 가능할지도."

이카가 미간을 찌푸린다.

"어쩌면? 계절을 멈출 수 있을지 없을지도 확실히 알지도 못하면서 이제껏 그 짓을 했단 말야? 맙소사, 사악한 대지여."

"그래." 너는 순순히 시인한다. "하지만 이번 계절은 멈출 거야."

그것만은 확신한다. 그것만으로도, 시도할 가치가 있다.

이카는 흥분을 누그러뜨리지만 간간이 뭔가를 중얼거린다. 덕분에 너는 이카도 내심 같이 가고 싶어 한다는 것을 알 수 있는데, 단념한 것 같아 다행이라고 생각한다. 카스트리마에는 이카가 필요하다. 너는 네가 떠난 뒤에도 카스트리마가 항상 여기 있을 것이라는 것을 알아야 한다.

드디어 모든 채비가 끝난다. 너는 왼손으로 호아의 오른손을 쥔다. 하지만 너는 러나에게 내줄 팔이 없기에 러나가 팔로 네 허리를 감싸 안는다. 네가 러나를 쳐다보자 그가 결연한 표정으로 고개를 끄덕인다. 호아의 반대쪽에는 통키와 하르카, 그리고 다넬이 사슬을 엮듯 줄줄이 손에 손을 잡고 서 있다.

"충격이 심하겠지?"

햐르카가 묻는다. 불안해 보이는 것은 그녀뿐이다. 다넬은 마침내 진정한 자신을 찾은 사람답게 차분하고 안온한 기운을 내뿜고 있다. 통키는 신이 나서 웃음을 멈출 수가 없을 정도다. 러나는 그저 네게 지그시 기대 있다. 언제나 그랬듯이 바위처럼 고요하고 흔들림 없이.

"틀림없이 그럴걸!" 통키가 작게 폴짝폴짝 뛰며 대답한다.

"정말이지 끝내주게 나쁜 생각이야." 이카가 팔짱을 끼고 벽에 기댄 채 곧 여정을 떠날 무리를 바라보며 말한다. "에씨야 가야 하지만, 너희는……."

이카는 고개를 절레절레 젓는다.

"향장만 아니었다면 당신도 같이 갈 건가요?"

러나가 묻는다. 대답은 없다. 그는 항상 이런 식으로 커다란 바위를 떨어뜨리곤 한다. 조용히, 하지만 난데없이.

이카가 얼굴을 찌푸리며 러나를 노려본다. 그러고는 걱정이 가득한, 어쩌면 약간은 쑥스러운 눈길로 너를 쳐다보고 한숨을 내쉬고는 벽을 밀치고 똑바로 선다. 하지만 너는 봤다. 목구멍에서 뜨거운 덩어리가 올라온다.

"있지." 이카가 도망치기 전에, 너는 재빨리 말한다. "이크."

이카가 너를 쳐다본다.

"나 그렇게 부르는 거 진짜 싫어하거든?"

너는 못 들은 체한다.

"그때 세레디스 꿍쳐 놓은 거 있댔잖아. 레나니스 군을 물리치고 나서 같이 마시자고 한 거, 기억나?"

이카가 두 눈을 끔벅인다. 얼굴 위로 천천히 미소가 피어오른다.

"네가 식물인간인지 뭔지가 되는 바람에 나 혼자 다 마셔 버렸는데."

너는 이카를 노려본다. 놀랍게도 진심으로 울컥한다. 네 표정을 본 이카가 낄낄거리며 웃는다. 참으로 애틋한 작별 인사로다.

하지만 뭐…… 그래도 포근한 기분이 된다.

"눈 감아." 호아가 말한다.

"저거 농담 아냐."

네가 사람들에게 경고한다. 하지만 너는 두 눈을 크게 뜬다. 온 세상이 깜깜해지고, 이상해진다. 너는 두렵지 않다. 너는 혼자가 아니다.

***

밤이 왔다. 나쑨은 코어포인트의 녹지 구역으로 짐작되는 곳에 서 있다. 실은 아니지만. 이 도시는 계절이 시작되기 전에, 녹지 구역 같은 것이 필요해지기 전에 건설되었다. 이건 그저 코어포인트의 중심, 거대한 구멍 근처에 있는 한 장소일 뿐이다. 구멍 주위에는 비스듬하게 기운 특이한 건물들이 서 있다. 나쑨이 실 아나기스트에서 봤던 송전탑과 비슷하지만…… 훨씬 크고, 높고, 블록 하나를 차지할 정도로 넓다. 가까이 다가간 나쑨은 건물에 문도 창문도 없으며, 밝게 빛나는 붉은 글씨와 상징으로 이뤄진 경고문이 몇 미터 위 상공에 둥둥 떠 있는 것을 발견한다. 그보다 더 거슬리는 것은 거리 가득 끊임없이 메아리치는 낮은 경보음이다. 소리가 별로 크지도 않은데도 쉼없이 울리고 있어서 이가 덜그럭거리고 간지럽게 느껴질 정도다.

(그럼에도 나쑨은 구멍 속을 들여다본다. 이 구멍은 지하도시에 있던 것과 비교도 안 될 만큼 무시무시하게 크다. 둘레는 수 배에 달하고, 가장자리를 따라 한 바퀴 걷는 데만도 한 시간이 넘게 걸릴 것 같다. 그러나 이 충격적인 규모에도 불구하고, 인류에게 오랫동안 잊혀 있던 지공학의 산물이라는 증거에도 불구하고, 나쑨은 그다지 큰 감명을 받지 못한다. 이 구멍은 아무짝에도 쓸모가 없다. 하늘에서 떨어지는 화산재나 적들의 공격에서 보호해 주지도 못하고 먹을 것이 나오지도 않는다. 심지어 나쑨에게 겁을 주지도 않는다. 어차피 그래 봤자 아무 의미도 없을 것이다. 지하도시와 세상의 중심을 지나오고 샤파를 잃은 나쑨에게는 이제 무서운 것이 없다.)

나쑨이 발견한 장소는 완벽한 원 모양의 공터로, 구멍이 경고 메시지를 보내는 위험 영역에서 아슬아슬하게 벗어나 있다. 그곳의 바닥은 좀 이상하다. 만져 보면 약간 보드랍고 발바닥 밑에서는 탄력이 느껴진다. 이제껏 나쑨이 만져 본 어떤 물질과도 다른 감촉이다. 하지만 그런 건 이곳 코어포인트에서는 별로 드문 일이 아니다. 이 공터에는 바닷바람에 날려 온 약간의 흙이 가장자리에 조금 쌓여 있을 뿐, 안쪽에는 흙바닥이 없다. 몇몇 해변 식물이 그 얕은 모래흙에 뿌리를 내리고 있고, 무수한 세월 이전에 살기 위해 최선을 다했지만 강풍에 넘어간 말라 빠지고 가시가 나 있는 어린 나무들이 몇 그루 죽어 있다. 그게 다다.

스톤이터 몇 명이 원 주위에 모습을 드러낸다. 나쑨은 원의 한가운데 자리를 잡고 선다. 스틸은 보이지 않지만 스물, 아니면 서른 명의 스톤이터가 거리 모퉁이나 길거리에 서 있거나 계단에 앉아 있거나 벽에 기대서 있다. 나쑨이 지나갈 때 고개나 눈동자를 움직여 따라오는 스톤이터도 있었지만 나쑨은 그들도 그들의 행동도 무시했다. 어쩌면 이들은 역사를 목격하러 왔는지도 모른다. 어쩌면 일부는 스틸처럼 지독히도 무한한 그들 자신의 존재를 제발 끝장내 주길 바라고 있을지도 모른다. 어쩌면 그동안 나쑨을 도와준 스톤이터들이 바란 것도 그것이었는지 모른다. 아니면 그냥 심심했을지도. 코어포인트는 별로 재미있는 곳이 아니니까.

다 상관없다. 지금 중요한 것은 밤하늘뿐. 이제 그 밤하늘에 달이 떠오르고 있다.

달은 지평선 위에 낮게 떠 있다. 어젯밤보다 약간 커진 것 같고, 대기의 왜곡 때문에 한쪽이 약간 더 길쭉해 보인다. 희고, 이상하고, 둥글고, 그것의 부재가 이 세상을 상징하는 모든 고통과 투쟁을 초래할 만큼 가치 있을 것 같지도 않다. 그럼에도 달은 나쑨의 내면에 있는 오로진을 끌어당긴다. 온 세상을 끌어당긴다.

그렇다면 세상도 그에 응해 마주 끌어당겨야 할 때다.

나쑨은 눈을 감는다. 필요한 건 전부 코어포인트 주변에 있다. 예비 열쇠. 3 곱하기 3 곱하기 3, 나쑨이 지난 수 주일간 어루만지고 길들이고 구슬려 데려온 27개의 오벨리스크. 사파이어는 느껴지긴 하지만 아직 멀리 있어 시야에 들어오지 않는다. 그러니 그것은 사용할 수 없다. 사파이어를 부른다고 하더라도 도착하는 데 몇 달은 걸릴 것이다. 하지만 다른 오벨리스크가 있으니 괜찮을 것이다. 짧은 생애 내내 오벨리스크가 하나만 떠 있는(혹은 하나도 없는) 하늘만 보아 온 탓에, 이처럼 많은 오벨리스크를 한꺼번에 보는 것은 몹시 이상한 기분이다. 이것들이 전부 자신과 연결되어 있고, 각자 미묘하게 다른 속도로 진동하고 다양한 용량의 힘을 품고 있음을 느끼는 것은 더더욱 이상한 기분이다. 색깔이 짙을수록 더 깊고 강하다. 이유는 모르겠지만 차이가 확연하게 느껴진다.

나쑨은 손을 들어 올려, 무의식중에 어머니와 비슷한 동작으로 손가락을 벌려 펼친다. 27개의 오벨리스크를 조심스럽게 서로 연결하기 시작한다. 하나를 다른 하나와, 그것들을 각각 다른 두 개와, 그런 다음 또 다른 것들과. 나쑨은 이해불가한 수학적 관계를 요구하는 이상한 본능에 따라, 시선이 미치는 가시선과 힘이 미치는 역선에 순종한다. 상호연결된 오벨리스크들은 서로의 격자 구조를 혼란시키거나 상쇄시키는 것이 아니라 오히려 더욱 견고하게 지탱한다. 마치 걸음걸이가 빠른 말과 느린 말이 있을 때 마구를 씌워 둘을 잇는 것과 흡사하다. 아주 예민한, 그러나 본질적으로는 똑같은 스물일곱 마리의 경주마를 멍에로 잇는 것과 같다.

그리고 그 모든 흐름의 줄기가 나쑨에 대한 저항을 멈추고 동일한 속도로 완벽하게 결합한 순간, 아, 참으로 아름답다. 나쑨은 숨을 크게 들이켜며 저도 모르게 미소 짓는다. 아버지 대지가 샤파를 망가뜨린 이후 처음으로 즐거움을 느낀다. 원래라면 두려움을 느껴야 할 텐데. 안 그래? 이토록 방대한 힘이라니. 하지만 나쑨은 두렵지 않다. 아이는 회색과 녹색과 연보라색과 투명한 흰색 급류를 타고 위로 떨어진다. 뭐라 불러야 할지 모를 나쑨의 일부분이 춤추는 스물일곱 개의 부품들 속에서 움직이고 조절되고 맞물린다. 아, 정말이지 황홀할 정도로 아름다워! 샤파가 이걸 볼 수만 있……

잠깐.

나쑨의 뒷덜미에 솜털이 쭈뼛 선다. 지금 집중력을 잃으면 위험하니 오벨리스크들을 차례대로 어루만져 대기 상태로 돌아가라고 설득한다. 대부분은 얌전히 나쑨의 말을 듣지만 오팔만은 약간 들썩거려서 억지로 비활성 상태로 되돌려야 한다. 마침내 모든 오벨리스크가 안정되자, 나쑨은 조심스레 눈을 뜨고는 주변을 돌아본다.

달빛에 비쳐 흑백으로 음영이 진 거리가 평소와 변함없이 펼쳐져 있다. 나쑨이 무엇을 하는지 지켜보러 이렇게 많은 스톤이터들이 모여들어 있는데도 고요하고, 조용하다.(코어포인트에서는 군중 속의 고독이 뭔지 실감할 수 있다.) 그러다 문득…… 나쑨은 움직임을 느낀다. 뭔가, 누군가, 그림자 사이에서 휘청거리고 있다.

깜짝 놀란 나쑨이 움직이는 형체를 향해 한 걸음 다가간다.

"어…… 저기요?"

누군가의 인형(人形)이 코어포인트에 있는 작은 기둥 같은 것을 향해 비틀비틀 걸어간다. 도시 곳곳에 세워져 있지만 나쑨은 아직도 그 기둥이 어디에 쓰는 물건인지 알아내지 못했다. 거의 쓰러지는가 싶더니 가까스로 기둥을 부여잡고 몸을 지탱한다. 경련처럼 움칫 떨다가 나쑨의 목소리에 고개를 들어 쳐다본다. 어두운 그늘

속에서 날카로운 빙백색 시선이 나쑨에게 꽂힌다.

샤파.

의식을 되찾아, 움직이고 있는 샤파.

멍청하게 발을 내딛던 나쑨이, 이내 있는 힘을 다해 그를 향해 달려가기 시작한다. 심장이 목구멍 밖으로 튀어나올 것만 같다. 옛날에 어른들이 이런 말을 하는 걸 들었을 때에는 아무 생각도 없었는데(그냥 시적 표현일 뿐이야, 웃기네.) 이제는 그게 무슨 뜻인지 알 것 같다. 입안이 바짝 마르고, 혀에서 쿵쿵 뛰는 맥박이 느껴진다. 시야가 흐릿해진다.

"샤파!"

샤파는 10미터, 어쩌면 12미터쯤 떨어져 있다. 코어포인트의 구멍을 둘러싼 송전탑 중 하나 근처에. 그 정도 거리면 나쑨을 알아보고도 남을 텐데 이상하게도 그녀를 알아보는 기색이 없다. 오히려 두 눈을 멍하게 깜박이더니 천천히 미소 짓는다. 그 서늘한 기운에, 나쑨은 비틀거리며 발을 멈춘다. 온몸에 소름이 돋는다.

"샤……샤파?"

나쑨이 더듬더듬 말을 건다. 세상이 멈춘 듯한 정적 속에서 아이의 목소리가 가냘프다.

"안녕, 작은 적아."

샤파가 말한다. 코어포인트와 그 아래 존재하는 거대한 화산, 그리고 수천 킬로미터 이상 뻗어 있는 너른 바다 전체를 뒤흔드는 음성으로.

그가 등 뒤에 우뚝 서 있는 송전탑 건물을 향해 몸을 돌린다. 손을 가져다 대자 벽이 갈라지며 높고 좁은 틈새가 생겨난다. 그가 휘청거리는 몸을 어색하게 가누며 그 사이로 들어간다. 그의 등 뒤에서 틈새가 닫힌다.

나쓴이 비명을 지르며 샤파를 향해 뛰쳐나간다.

***

너는 하부 맨틀 속에 있다. 세상을 절반쯤 통과했을 때, 오벨리스크의 문의 일부가 작동하는 것이 감지된다.

어쨌든 네 의식은 그렇게 해석했다. 당혹한 너는 두려움을 다잡고 네가 느낀 것을 확인하기 위해 의식을 뻗는다. 힘들다. 여기 대지 깊숙한 곳에는 너무도 많은 마법이 있어서 그 사이를 헤집으며 지상에서 무슨 일이 벌어지고 있는지 파악하려는 것은 마치 옆에서 커다란 폭포가 쏟아지고 있는데 멀리 떨어진 개울 소리를 들으려 귀를 곤두세우는 것과 같다. 호아가 너를 더 깊이 데려갈수록 힘에 부치고, 마침내 "눈을 감아야" 할 때가 왔을 때에는 마법을 인지하는 것을 포기한다. 근방에 뭔가 엄청난 게 있어서 눈이 부신 나머지 "아무것도 보이지" 않기 때문이다. 그건 마치 땅속에 묻혀 있는 태양 같다. 은빛으로 격렬하게 회오리치고 있는, 불가능할 정도로 방대한 마법 덩어리……. 하지만 너는 호아가 이 태양을 멀찌감치 둘러 가는 것을 느낄 수 있다. 그러면 이 여정이 쓸데없이 더 길어지겠지만. 나중에 그에게 물어봐야겠다.

이곳 땅속 깊은 곳에서는 어지럽게 휘몰아치는 붉은 기운 말고는 아무것도 보이지 않는다. 너는 지금 얼마나 빠른 속도로 움직이고 있는 걸까? 비교할 대상이 없으니 알 도리가 없다. 호아는 그 붉은 것 속에서 어둔 그림자처럼 보이고, 옆에 있는 그를 힐끔거릴 때면 드물게 아른아른 투명해 보이기도 한다. 어쩌면 너도 그와 비슷한 상태일지도 모르겠다. 호아는 대지를 앞으로 밀어내면서 전진하는 게 아니라 대지의 일부가 된다. 몸을 구성하고 있는 미세 입자를 주변 물질에 통과시켜, 네게는 마치 소리나 빛, 열기처럼 일종의 파장처럼 보너진다. 그가 네 몸에도 똑같이 하고 있다는 생각을 안 할 때에도 충분히 무섭고 기분 나쁜 일이다. 하지만 너는 호아의 손에서 느껴지는 약간의 압력과, 러나의 손에서 느껴지는 약간의 긴장감 외에는 아무런 느낌도 없다. 사방에서 울리는 우르릉 진동 소리 외에는 아무것도 들리지 않고, 심지어 황이나 다른 냄새도 맡을 수가 없다. 솔직히 말해 지금 네가 정말로 숨을 쉬고 있는지도 잘 모르겠다. 딱히 숨이 막히는 느낌은 없는데.

그러나 멀찍한 곳에서 다수의 오벨리스크들이 깨어나고 있다는 사실은 너를 당혹시키고, 거기 신경 쓰느라 하마터면 호아의 손을 놓칠 뻔한다. 그랬다간 네가 죽는 건 물론이요, 너희 일행 모두가 잿더미가 되어 대지불에 기화되고 그 기체마저 불타올라 세상에서 사라져 버릴 텐데.

"나쑨!"

너는 울부짖는다. 아니, 울부짖으려고 한다. 하지만 말은 대지의 무거운 노호 속으로 사라지고, 아무도 네 목소리를 듣지 못한다.

다만. 딱 하나.

뭔가 네 주위에서 움직이고 있다. 어쨌든 너는 뒤늦게나마 알아차린다. 네 옆에서 뭔가가 함께 움직이고 있다. 처음에는 별생각 없이 넘어간다. 그러다 또다시 움직임이 느껴지고, 갑자기 러나가 옆에서 움찔 움직인 것 같다. 그제야 네 동료들의 몸 안에 있는 은빛 가닥을 봐야겠다는 생각이 떠오른다. 그러면 적어도 주변의 붉고 밀도 높은 대지 속에서도 그들을 구분할 수 있을 것이다.

네 한쪽 손에 인간 형태의 한 밝고 눈부신 빛덩어리가 연결되어 있다. 태산처럼 무겁고, 빠르고 거침없이 위를 향해 돌진한다. 호아. 한데 그가 움직이는 방식이 독특하다. 때때로 이쪽저쪽으로 어지럽게 방향을 바꾸고 있다. 일찍이 느끼고 있던 사실이긴 하지만. 호아의 옆에는 희미한 빛을 발하는 섬세한 형체가 있다. 하나는 한쪽 팔의 은빛 흐름이 끊긴 자국이 뚜렷하게 보인다. 통키가 틀림없다. 햐르카와 다넬은 구분하기가 힘들다. 은빛으로는 머리 모양이나 상대적인 체구의 크기, 또는 치아 모양을 알아볼 수 없기 때문이다. 확실히 구분할 수 있는 사람이라곤 네 옆에 붙어 있는 러나 정도다. 그리고 러나의 뒤에는……

뭔가 번득 지나간다. 산처럼 무겁고 마법처럼 밝은, 인간의 모양을 띠고 있으나 인간은 아닌. 그리고 저건 호아가 아니다.

하나 더. 뭔가가 방금 본 것의 궤적에 쏜살같이 수직으로 충돌해 튕겨 낸다. 저기 또 하나 있다. 호아가 다시 방향을 바꾸고, 그 옆을 또 다른 번득임이 스쳐 지나간다. 아주 가깝다. 옆에서 러나가 또 움찔거리는 게 느껴진다. 그도 보이는 걸까?

제발 아니었으면 좋겠다. 왜냐하면 너는 이제 무슨 일이 벌어지고 있는지 알 것 같기 때문이다. 호아는 이것들을 피하고 있다. 그리고 너는 아무것도 할 수가 없다. 그저 호아가 너희를 그에게서 떼어 내려는 스톤이터들로부터 안전하게 지켜 줄 거라고 믿는 수밖에.

안 돼. 묵직하고 물컹한 반고체 맨틀 안에서 이렇게 겁에 질려 있을 때에는, 만일 실패할 경우 네가 사랑하는 모든 사람들이 끔찍한 고통 속에서 천천히 죽어 가게 된다면, 평생 경험한 것보다 훨씬 강력한 마법 흐름에 둘러싸여 있을 때에는, 그리고 잔인하고 공포스러운 스톤이터 무리에 포위되어 공격을 받고 있을 때에는, 정신을 집중하기가 어렵다. 그러나 너 역시 괜히 어린 시절부터 죽음의 공포 속에서도 아랑곳하지 않고 행동하는 법을 배우고 익힌 게 아니다.

가늘고 약한 마법으로는 스톤이터를 저지할 수 없다. 네가 할 일은 저 구불구불 흐르는 굵은 대지의 강에 손을 대는 것이다. 저것에 접근하는 것은 용암동굴 속에 뛰어드는 것과 비슷하다. 너는 호아를 놓친다면 바로 이렇게 되는 게 아닐까 상상한다. 훅 끼치는 무시무시한 열기와 고통, 그러고는 곧이어 망각이 찾아오겠지. 너는 상념을 몰아낸다. 기억을 떠올린다. 메오브. 절벽에 얼음 쐐기를 박아 넣었지. 정확한 타이밍에 정확한 위치로 절벽을 무너뜨려 수호자가 타고 있던 선박을 침몰시켰다…….

너는 의지를 쐐기 형태로 빚어 가장 가까이서 흐르고 있는 마법의 급류에 재빨리 찔러 넣는다. 효과가 있다. 하지만 정확하게 겨냥하지는 못했다. 마법 방울이 사방으로 튀겨 나가고, 호아가 잽싸게 몸을 피한다. 이번에는 너 때문이다. 씨발! 너는 다시 시도한다. 한층 더 집중하면서, 긴장을 푼다. 너는 이미 대지의 품안에 있다. 컴컴하고 따뜻한 곳이 아니라 붉고 뜨거운 곳이지만. 하지만 그게 뭐가 다를까? 너는 여전히 도가니에 있다. 단순한 모자이크 상징이 아니라 문자 그대로 진짜 도가니에. 쐐기를 이쪽으로 움직여, 저기를 겨냥해야 한다. 인간의 형상을 본뜬 또 다른 태산이 너희를 뒤쫓아 와 쏜살같이 달려들고…… 그 순간 너는 가장 밝고 순수한 은빛 줄기의 방향을 바꿔 그것을 향해 쏘아 보낸다. 빗나갔다! 너는 정말 형편없다. 하지만 마법 흐름이 스톤이터의 코끝을 스쳐 간 순간, 그것이 퍼뜩 멈춰 서는 게 보인다. 이곳, 이 깊고 붉은 것에 둘러싸인 공간에서는 표정을 알아보기가 어렵지만 너는 그것이 놀랐다고 생각한다. 어쩌면 위협을 느꼈을지도 모른다. 제발 그랬으면.

"다음번엔 제대로 맞힐 거야, 이 후레자식 같은 식인종 녹쟁이 새끼야!"

너는 고함을 내지르려 하지만 지금 너는 순수한 물리 공간에 있는 게 아니다. 공기와 소리는 외적 물질이다. 그래서 너는 저 녹쟁이 새끼가 알아듣길 바라며 머릿속으로 그 말을 상상한다.

하지만 위협적으로 너희 주위를 빙빙 돌던 스톤이터 무리가 움직임을 멈춘 것은 네 상상이 아니다. 호아는 계속 전진하지만, 그들은 다시 공격하지 않는다. 좋아. 쓸모가 있다는 건 기쁜 일이다.

방해거리가 사라지자, 호아는 한층 더 가속도를 붙여 상승하기 시작한다. 네 보님기관이 다시 깊이를 정상적인 수준으로, 수치화할 수 있는 것으로 인식하기 시작한다. 짙은 붉은색이 짙은 갈색으로, 다시 짙은 검은색으로 변한다. 그러더니……

공기. 빛. 단단함. 너는 다시 실재가 된다. 다른 물질이 섞이지 않은 순수한 살과 피, 발밑에는 도로가, 머리 위에는 이상하게 생긴 매끈한 건물들이 밤하늘 아래 마치 오벨리스크처럼 드높이 서 있다. 감각이 돌아오는 느낌은 환상적이고, 또한 압도적이다. 하지만 그 무엇도 네가 고개를 들어 하늘을 올려다봤을 때 느낀 충격에는 비할 수 없을 것이다.

왜냐하면 너는 지난 2년 동안 부연 화산재로 뒤덮인 하늘 밑에서 살았고, 마침내 달이 돌아왔다는 사실을 방금 전까지 까맣게 모르고 있었기 때문이다.

달은 칠흑 같은 배경 위에 떠 있는 얼음 조각처럼 창백하게 빛나는 것, 별빛의 태피스트리 위에 적힌 크고 무시무시한 불길함의 징조다. 보님기관으로 보닐 필요조차 없다. 너는 지금 달을 눈으로 직접 보고 있다. 커다란 둥근 바위. 끝없이 펼쳐진 하늘과 대비되어 기만적으로 작아 보이긴 하지만, 달 전체를 보니려면 오벨리스크의 힘이 필요할 것이다. 그러나 너는 달의 표면에서 분화구처럼 보이는 것을 발견한다. 너는 분화구 위를 걸어 본 적이 있다. 달의 표면에 나 있는 분화구는 여기서도 육안으로 볼 수 있을 만큼 거대하고, 걸어서 횡단하려면 몇 년은 걸릴 정도다. 그래서 너는 달이 네 머리나 이성으로는 이해할 수 없을 만큼 거대하다는 사실을 알 수 있다.

"씨발."

옆에서 들려온 다넬의 목소리에, 하늘에서 시선을 떼고 그녀를 바라본다. 다넬은 마치 땅바닥에 매달리듯이, 그 견고함에 감사를 표하듯이 손바닥과 무릎을 찰싹 붙이고 있다. 어쩌면 여기 따라온 것을 후회하고 있을 수도 있고 아니면 방금 전까지는 전승가가 된다는 게 군대를 지휘하는 장군이 되는 것만큼 끔찍하고 위험하다는 사실을 정확히 이해하지 못하고 있었는지도 모른다.

"씨발! 씨발!"

"저게 그거구나."

통키. 그녀도 달을 올려다보고 있다.

너는 러나는 어떤 표정을 짓고 있을지 궁금해서 고개를 돌리고, 그리고……

러나. 네 옆에서, 네 허리를 붙들고 있어야 할 러나의 자리가 비어 있다.

"우리를 공격할 거라곤 예상하지 못했다."

호아가 말한다. 너는 그를 돌아보지 못한다. 러나가 있어야 할 빈 공간에서 눈을 떼지 못한다. 호아의 음성은 여느 때처럼 무감하고, 공허한 듯 울려 퍼지지만…… 혹시 떨리고 있는 건가? 충격을 받은 걸까? 너는 그가 충격을 받지 않았길 바란다. 너는 그가, 하지만 당연히 전부 안전하게 데려올 수 있었지. 러나는 바로 저기 있어. 걱정하지 마라고 말해 줬으면 좋겠다.

하지만 호아는 이렇게 말한다.

"짐작했어야 했는데. 평화를 원치 않는 자들이……."

그가 말꼬리를 흐린다. 입을 다문다. 마치 말문이 막힌 평범한 사람처럼.

"러나."

그 마지막 충격. 네가 거의 피했다고 생각한 그때.

이런 일은 일어나서는 안 된다. 세상의 미래를 위해 희생할 사람은 너뿐이다. 그는 살아남아 무사히 돌아갔어야 했다.

"개가 뭐?"

이건 햐르카다. 손으로 무릎을 짚고 허리를 굽히고 있다. 꼭 토하기 직전처럼. 통키가 그러면 도움이 될 것처럼 등을 문질러 주고 있지만 햐르카가 지금 관심을 집중하고 있는 건 너다. 너는 그녀가 네 말을 이해했다는 것을 깨닫는다. 햐르카의 얼굴이 경악으로 물든다.

너는…… 모든 게 그저 아득하고 몽롱하게 느껴진다. 반쯤 돌이 되어 가면서 점점 익숙해진 무감함이 아니라, 이건 다르다. 이건……

"난 내가 그 사람을 사랑한다는 것도 몰랐어." 너는 중얼거린다.

햐르카가 얼굴을 찌푸리더니 상체를 세우고, 깊이 심호흡한다.

"다들 못 돌아올지도 모른다고 각오한 거 아니었어?"

너는 고개를 젓는다. 혼란스러운 걸까?

"그는…… 나보다 훨씬 젊은, 아니 젊었는데."

너는 당연히 러나가 너보다 오래 살 거라고 생각했다. 그랬어야 했다. 너야말로 그를 홀로 두고 먼저 가야 한다는, 태어나지도 못한 그의 자식을 죽여야 한다는 죄책감을 갖고 죽을 예정이었다. 그리고 그는 당연히……

"이봐."

햐르카의 목소리가 날카로워진다. 너는 햐르카의 저 표정을 안다. 지도층의 표정, 또는 네가 이 무리의 지도자임을 일깨우는 표정이다. 그래, 그녀가 옳다. 이 작은 원정대를 이끄는 사람은 바로 너다. 러나에게, 이들에게 항을 떠나선 안 된다고 말리지 않은 사람은 너다. 너는 혼자서 이 일을 감당할 용기가 없었다. 이들이 다치지 않길 바랐다면 당연히 말렸어야 했는데. 러나가 죽은 건 순전히 네 탓이다. 호아의 잘못이 아니다.

너는 멍하니 딴 곳을 바라보며 무심코 그루터기만 남은 짧은 팔을 만지작거린다. 비이성적인 행동이다. 너는 무의식중에 전투로 인한 부상을, 불에 탄 상흔을, 러나를 잃었음을 실감나게 해 줄 흔적을 찾고 있다. 하지만 네 팔은 괜찮다. 너는 괜찮다. 다른 사람들을 돌아본다. 그들도 모두 괜찮다. 왜냐하면 스톤이터와의 전투는 단순히 육체적 부상을 의미하는 게 아니니까.

"이건 전초전일 뿐이야."

햐르카를 돌보던 통키가 몸을 반쯤 돌리며 말한다. 하지만 덕분에 문제가 발생한다. 햐르카가 그녀에게 몸을 기대고 있기 때문이다. 햐르카가 투덜거리면서 넘어지지 않으려고 통키의 목에 힘주어 팔을 건다. 통키는 아무 느낌도 없는지 태연하게 주위를 둘러보고는 눈을 휘둥그레 뜬다.

"염병 씹어먹을 대지여. 이것 좀 봐. 부서진 데가 한 군데도 없잖아! 숨겨진 것도 아니고 위장시설이나 방어시설도 없고, 그렇다고 자급자족을 할 만큼 녹지 구역도 없……." 통키가 눈을 깜박인다. "아니면 필수 물자를 정기적으로 입수할 필요가 없었던 걸까? 여긴 생존하기 위한 곳이 아니야. 다시 말해서 적이 생기기 전부터 존재하던 곳이란 뜻이지!" 통키가 다시 눈을 깜박인다. "여기 살던 사람들은 고요 대륙에서 건너온 게 틀림없어. 어쩌면 근처에 교통수단이 있는데 우리가 아직 발견하지 못한 건지도 몰라."

생각에 빠진 통키가 쪼그려 앉아 손바닥으로 땅바닥에 뭔가를 그려대며 혼잣말로 중얼거린다.

너는 그런 것은 아무래도 좋다. 다만 지금은 러나를 애도할 시간도, 너 자신을 원망할 시간도 없다. 지금은 안 된다. 햐르카의 말이 맞다. 네게는 해야 할 일이 있다.

더구나 너는 하늘 높이 떠 있는 달 옆에서 다른 것을 보았다. 십수 개의 오벨리스크가 너무 낮게, 지상에 너무 가깝게 떠 있다. 충만한 에너지는 억눌려 있고, 네 부름에도 응답하지 않는다. 이미 길들여지고 언제든 가동할 준비가 되어 있으며 서로 긴밀히 연결되어 있지만, 저것들은 네 것이 아니다. 너는 그게 얼마나 나쁜 소식인지 깨닫는다. 저 오벨리스크들은 지금 아무것도 하고 있지 않다. 뭔가가 이들을 대기 상태로 유지하고 있다.

집중해. 너는 애써 목청을 가다듬는다.

"호아, 그 애는 어디 있어?"

네가 눈을 들자, 호아가 방금과는 다른 자세로 서 있다. 무표정한 얼굴, 약간 남동쪽을 향해 비틀어진 몸. 너는 그의 시선을 따라가다 뭔가를 발견하고, 경이감에 휩싸인다. 여러 채의 건물들이 군집해 있다. 높이는 6~7층에 달하고 쐐기 모양에 그다지 눈에 띄는 특색은 없지만 저 건물들이 원형을 이루고 있다는 것만은 쉽게 알아볼 수 있고, 그 원의 중심에 뭐가 있을지도 쉽게 짐작할 수 있다. 육안으로 확인할 수는 없지만 건물이 기운 각도를 보면 알 수 있다. 알라배스터가 말했지. 도시는 바로 그 구멍을 위해 존재한다.

숨을 쉴 수가 없다.

"아니야."

호아가 말한다. 그래. 너는 가까스로 숨을 내뿜는다. 그 애는 구멍 안에 없다.

"그럼 어디 있어?"

호아가 고개를 돌려 너를 본다. 천천히, 아주 천천히. 그의 눈이 크게 뜨여 있다.

"에쑨…… 그 아이는 워런트에 있다."

* * *

코어포인트가 지상에 있다면, 워런트는 지하에 있다.

나쑨은 흑요석 복도를 따라 달린다. 좁고 높은 천장이 답답하다. 이곳은 따뜻하다. 숨이 막힐 정도는 아니지만 갑갑한 온기가 사방을 덮고 있다. 화산이 내뿜는 온기, 그 중앙에 있는 오래 묵은 바위가 발산하는 열기다. 나쑨은 이곳을 건설할 때 무슨 일이 있었는지 과거의 메아리를 보닌다. 왜냐하면 그건 마법이 아니라 조산술이니까. 나쑨이 아는 어떤 조산술보다도 더 섬세하고 강력하긴 하지만. 하지만 지금 그런 것 따윈 아무 상관도 없다. 빨리 샤파를 찾아야 한다.

복도는 비어 있고, 지하도시에서 본 것과 똑같은 이상한 사각형 빛판들이 밝혀져 있다. 하지만 그 외에는 지하도시와는 닮은 점이

한 군데도 없다. 그곳은 설계적인 측면에서 일종의 여유가 느껴졌다. 역이 건설된 방식에는 각 단계마다 충분한 시간을 들여 차근차근 발전해 나갔음을 암시하는 미의식이 깃들어 있었다. 워런트는 어둡고 실용적이다. 복도를 달려가는 동안 나쑨은 경사로와 회의실, 교실, 식당, 휴게실을 지나치고, 그 모든 공간들은 전부 비어 있다. 이곳의 복도는 며칠 또는 몇 주일 동안 순상화산에 의해 쥐어뜯기고 다져졌다. 왜 그랬는지는 몰라도 아주 다급하게, 서둘러서 일어난 일이다. 나쑨은 스스로 신기하게 느껴질 정도로, 이 장소가 본질적으로 긴박하게 만들어졌다는 것을 알 수 있다. 워런트의 벽에는 공포가 스며들어 있다.

하지만 그런 게 다 무슨 상관이란 말인가. 여기 어딘가 샤파가 있다. 샤파. 몇 주일 동안 손가락 하나 꼼짝하지 못했지만 어찌된 일인지 달릴 수 있게 된 샤파. 그의 정신이 아닌 뭔가가 그의 몸을 조종하고 있다. 나쑨은 샤파의 은빛 가닥을 쫓아가면서, 그녀가 문을 열려고 낑낑대던 그 짧은 시간 동안 샤파가 이렇게 멀리까지 갔다는 데 놀란다. 사실 그 문은 열리지 않았고, 그래서 나쑨은 은빛 실을 이용해 틈새를 억지로 비집어 열었다. 샤파가 저 앞, 어딘가에 있는데, 그런데……

그리고 다른 이들이 있다. 나쑨은 순간 우뚝 멈춰 선다. 숨이 턱까지 차오르고 불안감이 엄습한다. 많다. 수십…… 아니, 수백은 족히 된다. 그리고 그들 모두 샤파와 같다. 이 사람들의 은빛은 가늘고, 이상하고, 또 어디선가 보충을 받고 있다.

수호자들. 그렇다면 이곳은 계절이 왔을 때 수호자들이 모이는 곳이다. 하지만 샤파는 그들이 그를 죽일 거라고 했다. 그가 "오염되었기" 때문에.

아냐, 절대로 못 죽여. 나쑨은 주먹을 불끈 쥔다.

(그들이 나쑨도 똑같이 죽일 거라는 생각은 떠오르지도 않는다. 아니, 실은 그런 생각을 하긴 하지만 그들은 나쑨의 인식 속에서는 전혀 중요하지 않지.)

짧은 계단 꼭대기에 있는 문을 지나자 답답한 복도가 갑자기 폭이 좁고 천장이 높은 방으로 연결된다. 천장이 드리운 그림자에 가려 꼭대기 자체가 보이지 않을 정도로 까마득히 높고, 방 건너편 끝이 보이지도 않을 만치 길다. 그리고 벽을 따라 가지런히, 천장 꼭대기까지 수십, 수백 개의 이상하고 네모난 구멍이 줄지어 나 있다. 나쑨은 벌집을 떠올린다. 그저 모양이 육각형이 아닐 뿐.

그리고 모든 구멍에는, 하나같이 시체가 들어 있다.

샤파는 멀리 있지 않다. 이 방 어딘가에 있는데 더 이상은 앞으로 움직이지 않고 있다. 나쑨도 발을 멈춘다. 샤파를 찾아야 한다는 절박감보다도 더 큰 두려움이 몰려온다. 사방을 뒤덮은 적막에 피부가 따끔거린다. 두려움을 느끼지 않을 수가 없다. 머릿속에는 계속 벌집의 이미지가 맴돌고, 나쑨은 구멍 안을 들여다보기가 무섭다. 저 무언가(사람)의 시체 위에 있는 커다란 유충과 눈이 마주칠 것만 같다.

그러나 무심코, 나쑨은 가장 가까이에 있는 구멍 안을 들여다보고 만다. 사람 어깨 하나가 겨우 들어갈 만한 너비의 작은 공간 안에 남자 하나가 잠든 것처럼 누워 있다. 나이가 젊은 회색 머리의 중위도인이고, 나쑨이 들은 적은 있지만 한 번도 직접 본 적은 없는 진홍색 제복을 입고 있다. 느리긴 하지만 분명히 숨을 쉬고 있다. 바로 옆 칸에 누워 있는 여성은 똑같은 제복을 입고 있지만 모든 면에서 남자와는 완전히 다르다. 새까만 피부의 동해안인이고, 머리카락은 두피에 붙여 복잡한 패턴으로 가닥가닥 땋아 내렸다. 포도줏빛의 짙은 입술에는 희미한 미소가 떠올라 있다. 마치 자는 중에도 수호자의 버릇만은 잊지 않는다는 양.

이들은 잠들어 있지만 단순히 잠들어 있는 게 아니다. 나쑨은 방안에 누워 있는 이들의 은빛을 따라 신경세포와 혈액 순환 기제를 살펴보고는 그들이 혼수상태와 비슷한 상태에 있음을 파악한다. 하지만 평범한 혼수상태와는 다르다는 느낌이 든다. 이들은 부상을 입거나 병을 앓고 있지 않다. 그리고 수호자들의 뇌에는 전부 코어스톤 조각이 박혀 있다. 샤파의 머릿속에 있는 것처럼 분노에 이글거리는 게 아니라 조용히 잠들어 있다. 이상하게도 수호자들의 은빛 실들은 주변 동료들의 은빛과 맞물려 서로 이어져 있다. 연결망을 이루고 있는 걸까? 서로를 지탱하고 뒷받침하며 지금도 일종의 임무를 수행하고 있는 걸까? 오벨리스크 네트워크가 그러는 것처럼? 나쑨은 잘 모르겠다.

(그들은 결코 계속 존속될 계획이 아니었다.)

그때, 나쑨이 있는 곳에서 30미터쯤 안쪽에 있는 방의 중앙에서 날카로운 기계음이 울린다.

나쑨은 놀라 펄쩍 뛰며 구멍에서 물러나, 겁에 질린 눈으로 재빨리 주변을 두리번거린다. 혹시 이 소리 때문에 수호자들이 깨어나는 건 아닐까? 다행히 그들은 미동도 하지 않는다. 나쑨은 침을 꿀꺽 삼키고는, 조심스럽게 목소리를 낸다.

"샤파?"

아이가 들은 대답은, 천장 높은 방 전체를 가로질러 메아리치는 낮고 익숙한 신음 소리다.

나쑨은 허둥지둥 달려간다. 숨이 턱턱 막힌다. 샤파다. 이 이상한 방 한가운데에는 이상한 기계들이 일렬로 늘어서 있다. 은빛 철사로 만들어진 둥글거나 길쭉한 모양새의 복잡한 장치가 붙어 있는 의자들. 나쑨은 이런 건 처음 본다.(하지만 너는 본 적이 있지.) 딱 사람 하나가 앉을 수 있는 크기지만 전부 비어 있다. 나쑨은 자세히 보려고 몸을 기울였다가 부르르 몸서리친다. 각각의 의자에는 기괴할 정도로 복잡한 장치가 설치된 돌기둥이 연결되어 있다. 작은 수술용 메스와 다양한 크기의 섬세한 집게처럼 생긴 것, 그리고 자르거나 구멍을 뚫는 데 사용되는 다른 도구들……

가까운 곳에서 샤파의 신음 소리가 들린다. 나쑨은 그 괴상한 도구들을 머릿속에서 지워 버리고는 가지런히 놓여 있는 의자들을 다급히 지나쳐……

방에서 유일하게 누군가 앉아 있는 철사 의자 앞에서 발을 멈춘다.

어찌된 일인지 의자의 위치가 조정되어 있고, 그 위에 샤파가 앉아 있다. 얼굴을 바닥으로 향한 채 철사 줄에만 의존해 공중에 매달려 있다. 아무렇게나 자른 머리카락이 목덜미 위에서 양옆으로 나뉘어 흘러내린다. 어떻게 된 건진 몰라도 의자 뒤에 붙은 기계 장치가 샤파의 몸 위로 긴 팔처럼 생긴 부품을 뻗고 있는데, 나쑨에게는 그 모습이 마치 먹잇감을 노리는 육식동물처럼 보인다……. 하지만 나쑨이 다가간 순간 그 팔은 벌써 뒤로 움츠러들고 있다. 피에 젖은 도구들이 기계 장치 안으로 모습을 감춘다. 나쑨의 귀에 뭔가 희미하게 돌아가는 소리가 들린다. 어쩌면 더러워진 도구를 세척하고 있는 걸지도. 딱 하나, 작은 핀셋처럼 생긴 도구만 아직 남아 있는데 그 끝에 샤파의 피로 번득이는 물체가 자랑스럽게 들려 있다. 작은 금속 조각, 불규칙한 모양, 짙은 색깔.

안녕, 작은 적아.

샤파는 미동도 않는다. 나쑨은 떨면서 그의 몸을 멀거니 바라본다. 샤파가 살아 있는지 확인하려면 은빛 실을, 마법을 살펴봐야 하는데 그럴 수가 없다. 샤파의 목 뒤쪽, 나쑨이 항상 궁금해했던 오래된 흉터 바로 위에 피투성이 상처가 깔끔하게 봉합되어 있다. 아직도 피가 흐르고 있긴 하지만 최대한 빨리, 그리고 거의 완벽하게 꿰매졌다는 데에는 의심의 여지가 없다.

제발 괴물이 없길 바라면서 침대 아래 시트를 들추는 어린아이처럼 나쑨은 머릿속으로, 의지의 힘으로 샤파의 등과 옆구리를 움직여 본다.

샤파가 갑자기 몸을 들썩이며 숨을 들이켠다.

"나, 나쑨." 거칠게 갈라진 목소리로 말한다.

"샤파! 샤파!"

나쑨은 털썩 바닥에 무릎을 꿇고 샤파의 얼굴을 보러 철사 의자 아래쪽으로 머리를 들이민다. 핏방울이 샤파의 목과 얼굴을 타고 떨어지지만 아랑곳하지 않는다. 샤파의 눈, 아름다운 빙백색 눈동자가 반쯤 힘겹게 모습을 드러내고, 이번에는 진짜 샤파다! 나쑨은 울음을 터트린다.

"샤파? 괜찮아요? 진짜 괜찮은 거예요?"

샤파의 목소리는 느릿하고 어눌하다. 나쑨은 왜 그런지 생각하지 않기로 한다.

"나쑨. 나는." 그의 표정은 말소리보다도 더욱 느릿하다. 양 눈썹이 일으킨 해진(海震)이, 얼굴의 나머지 부위로 천천히 깨달음의 해일을 밀어낸다. 그의 눈이 크게 뜨인다. "아프지 않아."

나쑨이 샤파의 얼굴을 만지작거린다.

"그, 그게 빠졌거든요. 샤파, 그 금속 조각이요."

샤파가 눈을 질끈 감는다. 나쑨의 뱃속도 뒤틀린다. 하지만 다음 순간 샤파의 미간에서 주름이 사라진다. 그가 빙긋 미소 짓는다. 나쑨이 샤파를 알게 된 지 처음으로 긴장도, 거짓도, 가장도 없는 진짜 미소다. 샤파는 지금 스스로의 고통이나 남들의 공포심을 누그러뜨리려고 미소를 띠는 게 아니다. 그의 입이 벌어지고, 입술 사이로 이가 드러난다. 샤파가 웃고 있다. 또 울고 있다. 샤파가 안도감과 기쁨에 사무쳐 울고 있다. 나쑨은 살아생전 이렇게 아름다운 모습을 본 적이 없다. 아이는 목덜미에 난 상처를 피해 샤파의 얼굴을 조심스럽게 두 손바닥으로 감싸 쥐고, 고개를 숙여 이마를 맞댄다. 샤파의 나직한 웃음소리에 아이의 몸이 함께 흔들린다. 나쑨은 샤파를 사랑한다. 정말 너무나도 사랑한다.

그리고 그와 닿아 있기에, 그를 사랑하기에, 그의 필요와 고통과 행복에 공명하고 있기에, 나쑨의 의식이 은빛을 타고 새어 나간다. 그럴 의도는 아니었다. 그저 눈으로 자신을 마주보는 샤파의 모습을 담고 싶었고, 손으로 그의 피부를 느끼고 싶었고, 귀로 그의 음성을 듣고 싶었을 뿐이다.

하지만 나쑨은 오로진이고, 보고 듣고 만지는 감각과 똑같이 보님기관을 오랫동안 닫고 있을 수가 없다. 그리고 바로 그런 이유로, 차츰 아이의 미소가 바래고 행복감이 잦아든다. 샤파의 몸에 흐르는 은빛 네트워크의 빛이 사그라들고 있음을 보닌 순간, 그가 죽어가고 있다는 사실을 더는 부인할 수 없기에.

그것은 느리고 더딘 과정이다. 샤파는 몇 주일, 아니 몇 달, 어쩌면 1년 정도는 버틸 수 있을지도 모른다. 하지만 그게 다다. 다른 모든 생물들의 은빛 가닥이 활기차게 콸콸 흐르는 곳에서도, 세포들 사이에서 평범하게 흐르거나 갑자기 튀어 오르거나 막힌 곳에서도, 샤파는 찔끔찔끔 몇 방울이 흐르고 있을 뿐이다. 그의 몸 안에 남은 은빛은 거의 전부 신경계로 집중되어 있고 나쑨은 그가 가진 은빛 네트워크의 중심지였던 보님기관에 크게 비어 있는 검은 공간을 볼 수 있다. 샤파가 경고한 것처럼, 코어스톤이 없다면 그는 오래 살지 못할 것이다.

샤파의 눈이 느른하게 감긴다. 연약한 몸뚱이를 끌고 너무 오래 돌아다닌 탓에 기력이 다한 것이다. 하지만 그때 그건 샤파가 아니었다. 나쑨은 바닥에서 일어나 몸서리를 치며, 샤파의 어깨에 손을 올려놓는다. 나쑨의 가슴에 샤파의 머리가 묵직하게 기댄다. 나쑨은 작은 금속 조각을 씁쓸한 표정으로 바라본다. 아버지 대지가 왜 샤파에게 이런 짓을 했는지, 아이는 이해한다.

아버지 대지는 나쑨이 달을 끌어 내리려고 하는 것을 알고, 그것이 붕괴보다 더 끔찍한 재앙을 초래할 것임을 아는 것이다. 대지는 살고 싶어 한다. 그것은 나쑨이 샤파를 사랑한다는 것도 알고, 샤파에게 평화를 가져다줄 수 있는 유일한 방법이라는 이유로 나쑨이 이 세상을 파괴하려고 한다는 것도 안다. 하지만 대지는 샤파를 되돌려 주었다. 나쑨에게 샤파를 일종의 살아 있는 휴전 조건으로 제시한 것이다.

이제 그는 자유다. 대지는 소리 없는 몸짓으로 속삭인다. 이제 그는 죽지 않고 안온한 삶을 누릴 수 있어. 만약 네가 그와 함께 계속 살고 싶다면, 작은 적아, 방법은 하나뿐이란다.

스틸은 이런 일이 일어날 수 없다고는 말하지 않았다. 다만 그럴 리가 없다고 했을 뿐. 어쩌면 스틸이 틀렸는지도 모른다. 어쩌면, 샤파는 스톤이터가 되어 혼자 외로이 남거나 영원히 슬퍼할 필요가 없을지도 모른다. 스틸은 워낙 못되고 심술궂어서 그의 옆에 있고자 하는 사람이 없을지 모르지만, 샤파는 착하고 다정하다. 틀림없이 그를 사랑해 줄 사람을 찾을 수 있을 것이다.

만일 온 세상이 스톤이터의 세상이 된다면.

나쑨은 결심한다. 인류는 샤파의 미래를 위해 희생해야 할 작은 대가일 뿐이다.

***

호아는 나쑨이 지하로, 수호자들이 누워 있는 워런트로 내려갔다고 말한다. 너는 그 충격적인 말에 시큼한 입맛을 느끼면서 구멍 주위를 서성이며 그 안을 들여다본다. 너는 호아에게 차마 네 딸을 데려와 달라고 부탁할 수가 없다. 회색 남자와 손잡은 자들이 사방에 도사리고 있고, 그들은 러나에게 그런 것처럼 너도 가차 없이 죽일 것이다. 물론 호아에게도 동맹이 있다. 두 개의 산이 긴 궤적을 그리며 충돌해, 하나가 다른 하나를 몰아내는 것을 본 기억이 흐릿하게 남아 있다. 하지만 달이라는 문제를 먼저 해결하지 않는 이상, 땅 밑에 들어가는 것은 너무 위험하다. 너는 스톤이터들이 전부 여기 모여 있는 것을 보닐 수 있다. 수천 개가 넘는 인간 모양의 육중한 산들이 코어포인트의 위에, 아래에 있고, 그중 일부는 네가 딸을 찾아 미친 듯이 거리를 뛰어다니는 모습을 구경하는 중이다. 태곳적부터 대립했던 스톤이터들의 파벌과 개인들의 전투가, 어떤 형태로든 오늘 밤 발발할 것이다.

하르카와 다른 이들은 뒤처져서 너를 따라오고 있다. 그들은 너만큼 공황에 빠져 있지 않다. 마침내 네가 송전탑 건물 하나가 열려 있는 것을 발견한다. 마치 누군가 커다란 칼을 휘둘러 잘라 낸 것 같다. 세 개의 불규칙한 상흔, 그런 다음 문을 바깥쪽으로 뜯어 냈다. 두께가 거의 30센티미터나 되는데. 그 뒤에는 넓고 낮은 천장의 복도가 어둠 속으로 펼쳐져 있다.

거기서 누군가 이쪽을 향해 올라오고 있다. 너는 의식을 뻗었다가 곧장 얼어붙는다.

"나쑨!"

너는 외친다. 왜냐하면 그것은 정말로 네 딸이기에.

문간에 서 있는 아이는 네가 기억하는 것보다 키가 많이 자랐다.

머리도 길었고, 두 갈래로 땋아 어깨 뒤로 넘겼다. 하마터면 그 애를 못 알아볼 뻔했다. 나쑨이 너를 보고 멈춰 선다. 두 눈썹 사이에 당혹한 듯 얕은 주름이 모이는 것을 보고, 너는 네 딸도 너를 알아보지 못한다는 것을 알아차린다. 이내 깨달음이 찾아온다. 나쑨은 여기서 만날 거라고는 가장 기대하지 않은 사람을 마주친 것처럼 너를 아연하게 응시한다. 왜냐하면 정말로 그렇기 때문이다.

"안녕, 엄마."

14장

세상의 끝에서 나는

나는 그 뒤에 일어난 일을 모두 목격한 자다. 그러니 내가 본 것을 이야기해 주마.

나는 너와 네 딸이 2년 만에 처음으로, 온갖 고난과 역경을 헤치고 마침내 마주한 모습을 본다. 오직 나만이 너희 둘이 어떤 일을 겪었는지 알고 있다. 너희 둘은 지금의 존재를, 행동을, 흉터를 통해 상대방을 판단할 수밖에 없다. 적어도 지금은 그렇지. 너는 나쑨이 보육학교를 빠지기로 결심한 날 마지막으로 본 어머니보다 훨씬 말랐다. 사막은 너를 시들게 했고 피부를 거칠게 만들었다. 산성비는 네 머리카락을 원래보다 밝은 갈색으로 탈색시켰고, 흰머리도 늘었다. 옷가지는 재와 산성비 때문에 바랬으며 팔이 없는 오른쪽 소매는 매듭으로 묶여 있다. 네가 숨을 헐떡일 때마다 달랑거리는 모양새가 그 안이 비어 있음을 확인시켜 준다. 그리고 열개가 열린 이후의 너에 대해 나쑨이 처음으로 받은 인상 중 하나는 네 뒤에 있는 사람들이 전부 나쑨을 뚫어져라 바라보고 있다는 것이다.

어떤 사람은 노골적으로 경계심을 드러내고 있지만, 네가 내비치고 있는 것은 오로지 비탄뿐이다.

나쑨은 스톤이터처럼 고요하고 차분하다. 아이는 열개가 발생한 뒤로 사실 12센티미터밖에 자라지 않았지만 네 눈에는 30센티는 족히 자란 것 같다. 너는 아이가 청소년기에 돌입했음을 알 수 있다. 나이에 비해 조금 이르긴 해도 혹독한 시기에 자연의 섭리라는 게 그렇다. 인간의 몸은 가능하다면 안정과 풍족함이라는 기회를 최대한 누리려 하고, 나쑨이 제키티에서 보낸 9개월은 아이에게 매우 바람직하게 작용했다. 이듬해가 오면 나쑨은 아마도 월경을 시작할 것이다. 음식만 충분히 섭취할 수만 있다면. 하지만 가장 큰 변화는 신체적인 것이 아니다. 나쑨의 눈빛에 드러난 신중함. 네가 기억하는 소심한 수줍음과는 거리가 멀다. 딸아이의 몸짓. 뒤로 당긴 어깨와 바닥을 힘 있게 딛고 선 발. 너는 옛날에 나쑨에게 늘 구부정하게 서 있지 말라고 무수히 타박했었고, 똑바르고 당당하게 선 아이는 크고 강인해 보인다. 참으로 강인하고 아름답다.

나쑨의 조산력은 마치 온 세상을 이고 있는 것처럼 네 의식을 지그시 압박하고, 바위처럼 안정적이고, 다이아몬드 송곳처럼 날카롭고 정밀하다. 사악한 대지여, 너는 생각한다. 아이는 꼭 너처럼 보닌다.

그것은 시작하기도 전에 끝난다. 너는 나쑨의 힘을 보닐 수 있는 것만큼이나 뚜렷이 느낄 수 있고, 그 두 가지는 너를 절박하게 만든다.

"널 찾아 다녔어."

너는 저도 모르게 손을 들어 올린다. 손가락이 펼쳐지고, 꿈틀거리고, 반쯤은 나쑨을 붙잡고 싶고 반쯤은 간청하듯이 쥐어졌다 펴진다.

나쑨이 시선을 내리깐다.

"아빠랑 같이 있었어요."

"나도 알아. 널 찾을 수가 없었어." 전혀 쓸데없는 말이다. 아무 말이나 지껄이고 있는 네가 한심하다. "넌…… 괜찮니?"

나쑨은 난처하다는 듯 시선을 피한다. 너는 지금 아이의 관심사가 네가 아니라는 사실이 가슴 아프다.

"난…… 내 수호자를 도와줘야 해요."

온몸이 뻣뻣하게 굳는다. 나쑨은 예전에, 메오브 사건이 발생하기 전에 샤파가 어떤 사람이었는지 샤파 본인에게 들어 알고 있다. 아이는 적어도 머리로는 네가 알고 있는 샤파와 자신이 사랑하는 샤파가 완전히 다른 사람이라는 것을 알고 있다. 나쑨은 펄크럼을 봤고, 그것이 거기 갇힌 수감자들을 어떻게 뒤틀고 왜곡시켜 놓았는지 보았다. 나쑨은 꼭 지금처럼 네가 진홍색을 보기만 해도 긴장해서 얼어 버리던 모습을 기억하고, 세상의 종말을 앞둔 지금 그 이유를 이해한다. 나쑨은 그 어느 때보다도 지금, 너를 깊이 이해한다.

하지만 그럼에도. 나쑨에게 샤파는 강도떼로부터, 그리고 아버지로부터 구원해 준 사람이다. 그는 나쑨이 무서워할 때마다 달래 주고 잠자리에 눕히고 이불을 덮어 준 사람이다. 나쑨은 샤파가 그녀가 절실히 원하던 부모가 되기 위해서 스스로의 잔혹한 본성과 대지에 맞서 싸우고 저항하는 것을 목격했다. 그는 나쑨이 제 자신을 사랑하는 법을 배울 수 있게 도와주었다.

나쑨의 엄마는? 너. 너는 나쑨에게 그 무엇도 해 주지 않았다.

그리고 그 팽팽하게 억눌린 긴장의 순간, 네가 이논의 살점이 뭉개지고 이제는 존재하지 않는 손등의 뼈가 부러지던 고통을 떠올리지 않으려고 애쓰는 동안, 머릿속에 나한테 절대로 싫다고 하지 마라는 음성이 울리는 동안, 아이는 네가 이제껏 부인했던 사실을 본능적으로 직감한다.

바로 아무런 희망도 없다는 것을. 너와 그 아이 사이에는 어떤 친밀함도, 신뢰도 존재하지 않는다는 것을. 왜냐하면 너희 둘은 고요 대륙과 계절의 산물이기에. 알라배스터가 옳았다. 어떤 것은 너무 심하게 망가져 고칠 수가 없다. 차라리 완전히 파괴해 버리는 게 낫다.

네가 움찔거리며 망연히 서 있는 사이, 나쑨이 고개를 절레절레 젓는다. 아이가 시선을 돌린다. 다시 고개를 젓는다. 어깨가 약간 휘어진다. 힘이 빠진 게 아니다. 그저 귀찮기 때문이다. 아이는 너를 비난하지는 않지만 그렇다고 네게서 뭔가를 기대하는 것도 아니다. 이 순간 너는 나쑨에게 그저 길을 막고 선 방해물일 뿐이다.

그래서 나쑨은 몸을 돌려 걷기 시작한다. 너는 딸아이의 반응에 경악한다.

"나쑨?"

"그 사람을 도와줘야 해요."

나쑨이 말한다. 고개를 숙인 채, 어깨는 긴장으로 굳어 있다. 아이는 걸음을 멈추지 않는다. 너는 숨을 훕 들이마시고는 나쑨을 따라가기 시작한다.

"내가 도와줘야 해요."

너는 이게 무슨 일인지 안다. 이미 예감했고, 내내 두려웠다. 등 뒤에서 다넬이 사람들을 말리는 소리가 들린다. 어쩌면 너와 네 딸에게 둘만의 시간이 필요하다고 생각한지도. 너는 동료들을 무시하고 나쑨을 쫓아 달려간다. 아이의 어깨를 붙잡고 돌려세운다.

"나쑨, 너 대체……."

아이가 네 손을 뿌리친다. 네가 휘청거릴 정도로 거세게. 한쪽 팔을 잃은 뒤로 너는 균형 감각을 많이 잃었고 나쑨은 옛날보다 훨씬 힘이 세졌다. 아이는 네가 하마터면 넘어질 뻔했다는 것조차 눈치채지 못한다. 나쑨은 아랑곳하지 않고 계속 발을 옮긴다.

"나쑨!"

심지어 돌아보지도 않는다.

너는 딸의 관심을 끄는 데 급급해, 뭐가 됐든 아이의 반응을 끌어내려고, 뭐든지, 뭐라도 좋으니까, 손을 내뻗으며 나쑨의 등을 향해 외친다.

"나…… 지, 지자에 대해 알아!"

그 말에 나쑨이 주춤 멈춰 선다. 지자의 죽음은 나쑨에게 아직도 치유되지 못한 상처다. 샤파가 상처를 닦고 꿰매 주긴 했지만 한동안은 낫지 않을 것이다. 나쑨이 무슨 짓을 했는지 네가 안다는 사실은 아이가 수치심에 허리를 접고 몸을 말게 만든다. 자기 방어를 위해 어쩔 도리가 없는 일이었다는 사실은 아이를 좌절하게 만든다. 그리고 네가 아이의 상처를 헤집었다는 사실은 수치심과 좌절감을 분노로 바꾼다.

"난 샤파를 도와야 해요."

아이의 어깨가 네가 임시로 만든 도가니에서 보낸 수백 날의 오후에, 그리고 두 살 때 싫어라는 말을 배운 뒤로 수없이 봤던 모양새로 으쓱 치솟는다. 나쑨이 이렇게 굴 때는 아무리 타일러도 설득할 수가 없다. 말은, 단어는 무의미하다. 중요한 것은 행동이다. 하지만 어떻게 행동해야 지금 네가 느끼고 있는 절망감을 전달할 수 있을까? 너는 무력한 기분에 다른 사람들을 돌아본다. 햐르카가 통키를 붙들고 있다. 통키의 시선은 하늘에 못 박혀 있고, 그곳에는 네 인생을 통틀어 본 것보다 더 많은 오벨리스크가 모여들어 있다. 다넬은 다른 이들과 조금 떨어진 곳에서 뒷짐을 진 채 서성이고 있다. 검게 물들인 입술이 보고 들은 것을 정확하게 기억하기 위한 전승가들 고유의 속기술로 달싹거린다. 그리고 러나는……

아. 러나는 여기 없지. 하지만 만약에 그가 있었다면 아마도 네게 경고했겠지. 그는 의사다. 가족끼리 입힌 상처는 그의 전문 분야가 아니지만…… 그 상처가 곪아 터졌다는 건 굳이 전문가가 아니라도 알 수 있으리라.

너는 발을 재개 놀리며 나쑨의 뒤를 쫓아간다.

"나쑨, 나쑨, 삭을, 엄마 좀 봐 봐. 지금 내가 너한테 말하고 있잖니!"

아이는 너를 무시한다. 따귀를 한 대 맞은 것 같은 기분이지만 덕분에 정신이 번쩍 드는 것 같다. 너는 싸우고 싶지 않다. 그래. 나쑨은 그 사람을 도울 때까지는 네 말을 듣지 않을 것이다. 샤파. 너는 생각하지 않기로 한다. 뼈다귀가 드글거리는 진창 속을 걷는 느낌이다. 하지만, 그래, 좋다.

"내가…… 내가 도와줄게!"

나쑨이 발걸음을 늦추더니 이윽고 멈춰 선다. 너를 돌아보는 아이의 얼굴에는 너무나도 깊은 의심이, 경계심이 가득하다.

"날 돕는다고요?"

너는 나쑨의 뒤쪽을 흘깃 쳐다보고는 아이가 또 다른 송전탑 건물을 향하고 있다는 사실을 깨닫는다. 널찍하고 난간이 있는 계단이 건물의 경사진 옆면을 타고 올라가고 있다. 저 꼭대기에서 본다면 저 하늘은 더더욱 장관이겠지. 너는 왠지 모르게, 나쑨이 저곳으로 올라가는 것을 막아야 한다는 생각이 든다.

"그래." 다시 손을 내민다. 제발. "뭘 해야 할지 말해 줘. 내가…… 나쑨." 무슨 말을 해야 할지 모르겠다. 지금 네가 어떤 심정인지 나쑨에게 알려 주고 싶다. "나쑨."

소용없다. 나쑨은 바위처럼 강고한 목소리로 말한다.

"오벨리스크의 문을 사용할 거예요."

너는 흠칫 놀란다. 내가 벌써 수 주일 전에 말했건만 너는 내 말을 믿지 않았나 보구나.

"뭐? 그건 안 돼."

너는 생각한다. 그럼 넌 죽어.

아이가 턱에 힘을 준다.

"할 거예요."

나쑨은 생각한다. 당신 허락 같은 거 필요 없어.

너는 못 믿겠다는 듯 도리질한다.

"뭘 하려고?"

하지만 너무 늦었다. 나쑨은 더는 네게 할 말이 없다. 너는 말로는 돕겠다고 해 놓고 막상 때가 되자 망설였다. 나쑨은 뼛속 깊이, 본질적으로, 샤파의 딸이기도 하다. 아, 대지불이여, 다름 아닌 너와 두 아버지가 이 아이를 만들었다. 나쑨이 이렇게 자란 게 진심으로 놀랍니? 나쑨에게 망설임은 싫어와 같은 의미다. 나쑨은 싫다는 말을 듣는 것을 좋아하지 않는다.

그래서 나쑨은 네게 다시 등을 돌리며 말한다.

"더 이상 따라오지 말아요, 엄마."

하지만 당연히 너는 곧장 나쑨을 따라가기 시작한다.

"나쑨……."

나쑨이 몸을 홱 돌린다. 아이는 땅속에 있다. 너는 보닌다. 아이는 공중에 있다. 너는 마법의 선을 본다. 그러고는 갑자기 그 두 가지가 너는 전혀 이해할 수 없는 방식으로 서로 얽히더니 코어포인트의 바닥을 구성하고 있는 물질이, 화산암 위에 층층이 쌓여 있는 금속인지 압축섬유인지 알 수 없는 그 물질이, 네 발밑에서 요동치기 시작한다. 수년 동안 자식들이 조산력경기를 일으킬 때마다 억제해 왔던 너는 휘청거리면서도 본능적으로 아이의 조산력을 해체할 때 늘 그런 것처럼 땅바닥에 축을 박아 고리를 회전시킨다. 하지만 이번에는 통하지 않는다. 지금 나쑨은 조산력만 사용하고 있는 게 아니기 때문이다.

그러나 나쑨은 네가 무엇을 하는지 보닐 수 있고, 눈을 가늘게 뜬다. 너를 꼭 닮은 회색 눈. 마치 재와도 같은. 그러고는 다음 순간, 네 바로 앞 땅바닥에서 금속과 섬유를 가르고 찢으며, 까만 흑요석 벽이 솟구쳐 올라 너와 나쑨의 사이를 갈라 놓는다.

지면이 출렁이는 무시무시한 충격에 너는 그만 나동그라지고 만다. 눈앞에 떠다니던 별이 사라지고 흙먼지가 가라앉고 나서야, 너는 네 앞에 놓인 벽을 망연자실 바라본다. 네 딸이 이랬다. 다름 아닌 네게.

누군가의 손이 너를 건드리자, 흠칫 놀란다. 통키다.

"혹시 아는지 모르겠는데." 통키가 너를 부축해 일으켜 세우며 말한다. "너의 그 욱하는 성질을 네 딸이 많이 닮은 거 같거든. 그러니까 너무 심하게 몰아붙이지 않는 게 좋겠어."

"저 애가 저걸 어떻게 한 건지 모르겠어." 너는 멍하니 중얼거리며 통키에게 고맙다는 표시로 고개를 까딱인다. "저건…… 나는……"

너는 딸에게 펄크럼 조산술의 기초를 가르쳤지만, 나쑨이 방금 한 것은 펄크럼 특유의 조산술이 아니었다. 너는 혼란스러워하며 벽에 손을 짚어 보고는, 그 안에서 입자와 입자 사이를 너울거리며 점차 꺼져 가고 있는 마법의 반짝임을 감지한다.

"마법과 조산력을 섞어서 사용했어. 그런 건 처음 봤어."

나는 본 적이 있다. 우리는 그것을 조율이라고 불렀지.

네 방해에서 벗어난 나쑨이 탑의 계단을 오르기 시작한다. 아이는 건물 꼭대기에서, 허공에서 빙글빙글 회전하는 밝은 붉은색 경고문에 둘러싸여 있다. 코어포인트의 거대한 구멍에서 불어오는 희미한 유황 냄새를 풍기는 묵직한 바람이 아이의 땋은 머리채에서 삐져나온 잔머리를 펄럭인다. 나쑨은 아버지 대지가 그녀를 구슬려 목숨을 건지게 된 데 대해 흐뭇해하고 있을지 궁금하다.

나쑨이 세상에 존재하는 모든 사람들을 스톤이터로 만든다면 샤파는 살 수 있다. 중요한 건 그뿐이다.

"네트워크 먼저."

나쑨은 중얼거리며 하늘을 향해 시선을 들어 올린다. 오벨리스크를 다시 가동시키자 27개의 오벨리스크가 한 몸처럼 동시에 깜박이며 실재와 마법을 오간다. 나쑨이 두 손을 앞쪽으로 뻗어 내민다.

그 아래 지상에서, 너는 27개의 오벨리스크가 일순에 활성화되는 것을 보니고, 느끼고, 공명하며 움찔거린다. 수십 개의 오벨리스크가 순식간에 이가 달달 부딪칠 만큼 강력한 진동을 발산하며 웅웅거린다. 너는 왜 통키가 너처럼 얼굴을 일그러뜨리지 않는지 모르겠다. 하지만 그녀는 그저 둔치일 뿐이지.

그러나 통키는 멍청하지 않고, 오벨리스크는 그녀가 평생토록 연구한 대상이다. 네가 경외감에 압도돼 네 딸을 응시할 때, 통키는 눈을 가늘게 뜨고 오벨리스크를 뚫어져라 바라보고 있다.

"세제곱이야." 그녀가 중얼거린다. 너는 말없이 고개를 가로젓는다. 통키가 왜 그렇게 멍청하냐는 듯이 너를 쳐다본다. "그러니까, 커다란 수정을 모방할 거면 작은 수정들을 입방형 격자로 쌓는 것부터 시작해야겠지."

그제야 너는 이해한다. 나쑨이 모방하고자 하는 커다란 수정이란 오닉스다. 문을 가동하려면 열쇠가 필요하다. 그게 알라배스터가 말해 준 것이다. 알라배스터가 네게 말해 주지 않은 건, 이 쓸모없는 머저리 자식, 여러 가지 형태의 열쇠가 존재한다는 것이다. 고요 대륙에 열개를 열었을 때, 그는 근방의 노드 관리자들로 구성된 네트워크를 사용했다. 오닉스를 사용했다간 그 즉시 그가 돌로 변할 수도 있으니까. 노드 관리자들은 오닉스를 대신할 열등한 대체품이었다. 예비 열쇠. 너는 지하 카스트리마에서 오로진들을 네트워크로 엮었을 때 네가 무엇을 하고 있는지 알지 못했다. 그러나 그는 오닉스가 네가 직접 손대기에는 너무 강력하다는 것을 알고 있었고, 너는 알라배스터와 같은 창의성이나 융통성이 없었다. 그래서 그는 네게 안전한 방법을 가르쳤다.

하지만 나쑨은 알라배스터가 꿈꾸고 바랐던 학생이다. 그 애는 오벨리스크의 문에 접속할 수 없었다. 지금까지 문은 네 것이었으니까. 하지만 네가 충격과 공포에 질려 있는 사이, 나쑨은 손수 만든 예비 열쇠 네트워크 너머로 힘을 뻗어 다른 오벨리스크들을 하나씩 찾아내 네트워크에 연결한다. 오닉스를 사용할 때보다는 더디지만 확실히 효과적인 방법이다. 그리고 그 결과 역시 효과적이다. 애퍼타이트[燐灰石]가 연결되고, 고정된다. 머나먼 남쪽 바다 어딘가 가시선 위에서 자그마한 맥동을 내보내고 있는 홍마노가, 그다음은 비취가……

나쑨은 문을 열 것이다.

너는 통키를 힘껏 밀어낸다.

"나한테서 최대한 멀리 떨어져. 너희들 전부."

통키는 실랑이를 하느라 시간낭비하지 않는다. 통키의 눈이 휘둥그레지더니 재빨리 몸을 돌려 달리기 시작한다. 통키가 다른 사람들에게 고함을 지르는 소리가 들린다. 다넬이 뭐라 반박하는 것 같지만, 너는 더 이상 그들에게 신경 쓸 여유가 없다.

나쑨은 문을 열 것이다. 돌로 변해 죽을 것이다.

나쑨의 네트워크를 막을 수 있는 유일한 방법이 있다. 오닉스. 네가 먼저 오닉스에 접속해야 한다. 하지만 지금 그것은 행성 반대편에, 카스트리마와 레나니스의 중간 어딘가 네가 놓아 둔 자리에 있다. 오래전, 지상 카스트리마에 있을 때 그것이 먼저 너를 부른 적이 있지만 나쑨이 문을 이루는 오벨리스크들을 차례대로 장악하고 있는 지금은 그런 요행을 기다릴 틈이 없다. 네가 먼저 오닉스에 접속해야 한다. 그리고 그러기 위해서는, 마법이 필요하다. 너 혼자서 끌어낼 수 있는 것보다 훨씬 많은 마법이. 네 부름에 응답하는 오벨리스크가 단 하나도 없는 지금, 여기서.

녹주석, 적철석, 아이올라이트……

지금 당장 뭔가를 하지 않으면, 나쑨은 네 눈앞에서 죽을 것이다.

너는 실성한 사람처럼 대지를 향해 의식을 집어 던진다. 코어포인트는 화산 위에 있다. 어쩌면 네가……

잠깐. 뭔가 네 관심을 사로잡는다. 화산 입구에, 지하에, 하지만 가까운 곳에. 이 도시 밑 어딘가에서, 너는 네트워크를 감지한다. 촘촘하게 엮여 있는 마법 선들이 깊게 뿌리내려, 서로를 지탱하고 뒷받침하며, 더 많은 마법을 공급할 수 있게……. 그것은 희미하다. 느리다. 네트워크에 접촉하자 네 마음속 깊은 곳에서 익숙하고도 꺼림칙한 울림이 웅웅 진동한다. 울림 위에 울림 위에 겹쳐진 울림들.

아, 그래. 네가 발견한 네트워크는 수호자들이다. 1000명이나 되는 수호자들. 삭아빠질, 그래, 당연하지. 너는 이제껏 그들에게서 마법을 찾아보려 한 적이 없다. 하지만 생전 처음으로, 너는 그 울림이 뭔지 알겠다. 심지어 앨라배스터에게서 훈련을 받기 전에도 너의 일부분은 수호자들의 몸 안에 있는 마법의 그 이질적인 기운을 느낄 수 있었다. 새로운 깨달음이 예리한 창처럼 네 몸을 꿰뚫는다. 두려움에 온몸이 마비되는 것 같다. 이들의 네트워크는 가까이 있고 이용하기도 쉽다. 하지만 섣불리 건드렸다가 벌집을 들쑤신 양 워런트에 있는 모든 수호자들이 분노해 뛰쳐나온다면, 과연 그들을 막을 수 있을까? 이미 문제라면 산더미처럼 많은데.

저 위에서 나쑨이 신음하고 있다. 놀랍게도 너는…… 사악한 대지여, 나쑨의 주위에서, 나쑨의 몸 안에서 마법이 마치 심지에 기름을 부은 것처럼 용솟음치는 것이 보인다. 나쑨이 네 의식 속에서 뜨겁게 불타오른다. 나쑨의 육중한 존재감이 온 세상을 짓누르기 시작한다. 카이언나이트[藍晶石] 오소클레이스[正長石] 스카폴라이트……

돌연, 네 모든 두려움이 녹은 듯이 사라진다. 네 사랑스러운 아이가 너를 필요로 하고 있기에.

그래서 너는 발을 내디딘다. 수호자든 뭐든 네가 발견한 네트워크를 향해 뻗어 닿는다. 꽉 다문 잇새로 으르렁거리며 그러모을 수 있는 모든 것을 움켜쥔다. 수호자들. 그들의 보님기관에서 흘러나오는 가닥들은 밑바닥 없는 심원으로 이어져 있고, 너는 네 힘이 닿는 한 모든 마법을 그곳으로부터 끌어모은다. 그들의 몸 안에 든 금속 조각, 사악한 대지의 의지가 담긴 작은 저장소에서.

그러고는 그 힘을 전부 네 것으로 만들어, 단단하게 비끄러맨 다음, 빨아들인다.

저 아래, 워런트 어디선가 수호자들이 비명을 지르며 깨어나, 좁은 칸막이 안에서 온몸을 비틀고 쥐어짜고 경련하며 머리를 부여잡는다. 너는 언젠가 알라배스터가 그의 수호자에게 했던 일을 그들 모두에게 하고 있다. 나쑨이 샤파에게 해 주고 싶었던 일. 단지 네 방식에는 상냥함이 없을 뿐. 너는 그들을 증오하지 않는다. 아무런 흥미도, 관심도 없다. 너는 그들의 머릿속에서 쇳조각을 낚아채, 세포 사이를 흐르는 모든 은색 가닥들을 마지막 한 방울까지 남김없이 쥐어짠다. 그들이 수정으로 변해 죽어 가는 게 느껴진다. 그러고는 마침내, 너는 마법으로 충만해진다. 임시로 만든 이 네트워크를 사용해 오닉스에 닿을 수 있을 만큼.

화산재에 덮인 고요 대륙의 하늘 위 저 머나먼 곳에서 오닉스가 네게 귀를 기울인다. 너는 그 안으로 떨어지고, 암흑 속으로 뛰어들며 필사적으로 간청한다. 제발. 애원한다.

오닉스는 네 부탁을 듣고 고민한다. 언어도, 감각도 아니다. 너는 그저 그것이 생각하고 있다는 것을 저절로 안다. 오닉스가 네가 품은 두려움을, 분노를, 모든 것을 바로잡고자 하는 결사적인 각오를 곰곰이 뜯어본다.

아, 드디어 오닉스가 공명한다. 너는 오닉스가 또다시 회의적인 심정으로 너를 면밀히 살펴보는 것을 안다. 왜냐하면 네 마지막 소원은 너무나도 하찮기에.(그냥 도시 전체를 쓸어버리라고? 너는 그런 일을 하는 데 오벨리스크의 문이 필요하지 않은 사람이다.) 오닉스가 네 안에서 발견한 것은 뭔가 다른 것이다. 피붙이가 잘못될지도 모른다는 공포. 실패할지도 모른다는 두려움, 필수적인 변화에 응당 수반되기 마련인 불안감. 그리고 그 모든 것의 바탕에는 세상을 더 좋은 곳으로 만들고자 하는 절박함이 있다.

저 멀리서, 오닉스가 지축을 뒤흔드는 웅장한 굉음과 함께 네트워크에 접속한 순간, 수십억의 죽어 가는 것들이 전율한다.

송전탑 위, 오벨리스크들이 내뿜는 맥동 밑에서 나쑨은 머나먼 곳에서 검은 것이 되살아나는 것을 느끼며 긴장한다. 그러나 나쑨은 지금 너무도 깊이 몰두해 있다. 너무나도 많은 오벨리스크가 아이를 그득 채우고 있다. 나쑨은 다른 것에 신경을 쓸 여유가 없다.

나머지 216개의 오벨리스크가 차례대로 굴복하는 것을 느끼며, 아이는 눈을 뜨고 하늘에 뜬 달을 바라본다. 나쑨은 달에 손을 대지 않고 다시 멀리 떠나가도록 내버려 둘 것이다. 그 대신 이 위대한 플루토닉 엔진의 힘을 세상에 쏟아부어 여기 사는 인간들을 모조리, 전부 변화시킬 것이다. 저 과거에 내가 그랬던 것처럼……

나쑨은 샤파를 떠올린다.

이런 순간에는 자기기만이 불가능하다. 세상 전체를 바꿀 수 있는 힘이 정신과 영혼과 온몸의 세포 속에 충만해 있을 때에는 보고 싶은 것만 볼 수가 없다. 아, 나는 아주 오래전 너희 둘보다 훨씬 먼저 그걸 깨달았단다. 샤파를 안 지 1년밖에 되지 않았고 그가 예전의 자아를 너무 많이 잃었기에, 나쑨이 그가 진정 어떤 인간인지 모른다고 해도 어쩔 수 없다. 모든 것을 잃은 나쑨이 그에게 매달릴 수밖에 없다는 것도 이해하지 않을 수가……

그러나 나쑨의 마음속에, 확고한 결심 속에 희미한 의심이 싹트기 시작한다. 아니, 단순한 의심 이상이다. 단순한 생각 이상이다. 그것이 속삭인다. 정말로 아무것도 없어?

정말로 세상에 샤파 말고는 너를 사랑하는 사람이 없어?

나는 나쑨이 망설이는 것을 본다. 손가락을 쥐었다 펴며, 작은 얼굴을 찌푸린다. 머리 위에서는 오벨리스크의 문이 완성되고 있다. 나는 거대하고 불가해한 에너지의 진동이 나쑨의 몸 안에 차곡차곡 정렬되는 것을 본다. 그 에너지를 조종하는 능력을 수만 년도 전에 잃었지만 아직 볼 수는 있지. 아름다운 신비화학 격자, 너는 단순히 갈색 석질과 그것을 야기하는 에너지 상태라고만 알고 있는 격자가 형성되고 있다.

나는 너 역시 그 사실을 알아차리고, 그게 어떤 의미인지 이해하는 모습을 본다. 나는 네가 광포하게 절규하며 너와 네 딸 사이를 가로막고 있는 벽을 때려 부수는 것을 본다. 네 손가락이 돌로 변하고 있다는 사실조차 모른 채. 나는 네가 송전탑 계단으로 나는 듯 달려가 나쑨을 향해 외치는 것을 본다.

"나쑨!"

그때, 너의 그 갑작스럽고 본능적이고 명백한 명령에 반응한 오닉스가 네 머리 위에 번쩍 나타난다.

그 소리, 온몸의 뼈를 진동시키는 묵직한 굉음은 참으로 무시무시하다. 압축된 공기의 느닷없는 폭발이 우레처럼 내리치며 너와 나쑨을 둘 다 바닥으로 넘어뜨린다. 나쑨은 비명을 지르며 뒤로 미끄러지고, 순간 집중력을 잃는 바람에 하마터면 오벨리스크의 문에 대한 통제력을 잃을 뻔한다. 너는 네 왼쪽 상완과 빗장뼈와 왼쪽 발과 발목이 슬금슬금 돌로 변하는 것을 보고 비명을 지른다.

하지만 너는 이를 으드득 간다. 더 이상 네게는 고통스러운 게 없다. 그저 네 딸에 대한 안타까움과 비통함뿐. 네가 바라는 건 단 하나. 나쑨이 오벨리스크의 문을 쥐고 있다면 네게는 오닉스가 있다. 그리고 오닉스를 올려다본 순간, 검은 흰자위의 바다 위에 뜬 빙백색 홍채와도 같은 흐릿한 반투명 달 너머를 내다본 순간, 너는 네가 해야 할 일을 깨닫는다.

오닉스의 도움을 받아, 너는 눈 깜짝할 사이에 행성의 반대쪽으로 날아가 세상을 반으로 갈라 놓은 상흔에 의지를 찔러 넣는다. 열개가 가진 모든 열기와 운동에너지를 하나도 남김없이 요구하자, 열개가 부르르 몸서리친다. 너는 그 어마어마한 힘 아래에서 몸서리치며, 어쩌면 열개가 용암기둥처럼 너를 뱉어 내고 모든 것을 집어삼킬지도 모른다고 생각한다.

하지만 지금 오닉스는 너의 일부분이다. 네가 경련을 일으키든 말든(왜냐하면 그게 네 상태니까. 너는 입에 거품을 물고 바닥에 쓰러져 구르고 있다.) 오닉스는 네가 민망할 만큼 너무도 간단하게 열개의 힘을 제어해 평형 상태를 유지한다. 오닉스가 나쑨이 오닉스를 모방해 만든 네트워크에, 가까운 곳에 있는 오벨리스크들에 차례차례 접속하기 시작한다. 이 복제품은 오닉스와 달리 힘만 있을 뿐 의지는 갖추고 있지 못하다. 네트워크는 아무런 의도도, 계획도 없다. 27개의 네트워크를 장악한 오닉스가 이번에는 나쑨의 나머지 네트워크를 잠식해 들어가기 시작한다.

그러나 이제, 그 의지는 더 이상 강력하지 않다. 나쑨은 느낀다. 저항한다. 너만큼이나 굳건한 결의의 의지로. 너희 둘 다 사랑 때문에. 나쑨을 향한 너의 사랑. 샤파를 향한 나쑨의 사랑.

그리고 나는 너희 둘을 모두 사랑한다. 이 모든 일을 겪고서 어떻게 그러지 않을 수가 있겠어? 결국 나는 인간이며, 이것은 세계의 운명을 거머쥔 싸움인 것을. 이 얼마나 끔찍하고도 장엄한 순간인가.

하지만 이건 전투다. 한 가닥 한 가닥, 마법의 줄기와 마법의 줄기가 부딪치는. 오벨리스크의 문의 힘이, 열개의 막대한 에너지가 가시광선부터 스펙트럼 너머의 파장에 이르기까지 형형색색의 에너지를 머금은 북극광처럼 너희 둘의 주위를 격렬하게 휘감으며 너울거린다.(그 에너지가 네 안에서 공명한다. 네 몸의 세포의 정렬은 이미 완성되었고, 나쑨의 몸 안에서는 계속 진동 중이다. 다만 나쑨의 파장은 무너지기 시작했지만.) 이것은 오닉스와 열개와 문의 대결, 너와 나쑨의 대결이다. 순수한 힘의 파도에 코어포인트 전체가 요동치기 시작한다. 어두컴컴한 워런트, 보석이 된 수호자들의 시신이 누워 있는 방에서 벽이 신음하고 천정이 갈라지고 돌가루와 파편이 우수수 떨어진다. 나쑨은 문에 남아 있는 마법을 끌어내 네 주위의 사람들, 그들 너머에 있는 모든 사람들에게 쏘아 보내기 위해 안간힘을 쓰고 있고, 마침내, 마침내, 너는 나쑨이 세상에 존재하는 모든 인간들을 녹슬어 빠질 스톤이터로 바꾸려 한다는 사실을 깨닫는다. 하지만 그동안에 너는 벌써 저 위에 도달했다. 달. 달을 붙잡기 위해서, 그래서 어쩌면 인류에게 두 번째 기회를 주기 위해서. 너희 둘 다 각자의 목적을 달성하려면 문과 오닉스를 모두 장악해야 하고, 더불어 열개가 공급하는 연료까지 손에 넣어야 한다.

그것은 끝이 예정된 교착 상태다. 오벨리스크의 문은 영원히 네트워크를 유지할 수 없고 오닉스도 열개의 혼돈스러운 에너지를 영원히 담고 있을 수는 없다. 그리고 두 인간, 아무리 강력하고 강인한 의지를 지닌 인간이라도 그토록 어마어마한 마법을 오랫동안 지탱할 수는 없다. 그렇기에, 드디어 그 일이 시작된다. 너는 네 몸의 변화를, 완벽하게 맞물린 격자를 느끼며 비명을 지른다. 나쑨. 나쑨의 몸을 이루고 있는 마법 입자들도 마침내 정렬을 끝마쳤다. 나쑨의 몸이 결정화되기 시작한다. 너는 절박함과 순수한 본능의 힘으로, 나쑨을 돌로 변화시키려는 에너지를 붙잡아 떼어 내서 멀리 튕겨 보낸다. 하지만 그래 봤자 고작 약간의 시간을 버는 것뿐이다. 코어포인트에서, 저 바다 속 너무 가까운 곳에서, 화산을 고정하고 있는 안전장치마저 감당할 수 없는 무겁고 광대한 진동이 새어 나온다. 서쪽 해저 바닥에서 비수처럼 날카로운 산이 불쑥 솟구친다. 동쪽에서는 또 다른 해저 화산이 융기하면서 뜨거운 연기가 모락모락 피어오른다. 나쑨이 좌절감에 으르렁거리며 이 새로운 힘의 원천을 붙잡아, 그 열기와 운동에너지를 끌어 모은다. 두 화산에 균열이 가고, 산산이 무너진다. 안전장치가 바다를 억눌러 쓰나미를 방지하지만, 그래 봤자 거기까지다. 그 장치는 이런 일에 대비하기 위한 게 아니다. 여기에 약간의 충격이라도 더한다면 코어포인트는 무너져 잿더미가 될 것이다.

"나쑨!"

너는 또다시 가슴이 에는 듯한 절규를 내지른다. 아이는 네 목소리를 듣지 못한다. 하지만 너는, 본다. 지금 네가 있는 곳에서도 나쑨의 왼쪽 손이 갈색으로, 너처럼 돌로 변하고 있는 것이 보인다. 나쑨도 느끼고 있다. 하지만 그것은 아이의 선택이다. 나쑨은 기꺼이 자신의 죽음을 불가피한 결과로 받아들일 것이다.

하지만 너는 아니다. 오, 대지여. 네 자식이 죽는 꼴을 또다시 볼 수는 없다.

그래서 너는…… 포기한다.

네 얼굴에 떠오른 표정은 내 가슴을 무너지게 한다. 네가 포기한다는 것은 곧 알라배스터의 꿈을, 너의 꿈을 포기한다는 의미이기에. 너는 나쑨을 위해 세상을 더 좋은 곳으로 만들고 싶었다. 하지만 그보다도 더 중요한 것이 있고, 너는 유일하게 남은 네 자식이 계속 살기를 바란다. 그래서…… 너는 선택을 내린다. 계속 싸운다면 너희 둘 다 죽을 것이다. 그렇다면 이길 방도는 싸우지 않는 것뿐이다.

유감이야, 에쑨. 정말 유감이야. 안녕.

나쑨이 헛숨을 들이켠다. 두 눈을 번쩍 뜬다. 문 위에서, 자신의 위에서 너의 존재를 느낀다. 너는 네 몸을 변형시키고 있는 끔찍한 마법 가닥들을 전부 잡아끌어 당기다가…… 돌연 모든 힘을 내려놓는다. 오닉스가 내리퍼붓던 공격을 멈추고, 연결되어 있는 수십 개의 오벨리스크와 함께 희미한 미광을 내뿜기 시작한다. 이들은 모두 힘으로 충만해 있고, 반드시, 절대로 반드시, 그 에너지를 다른 곳에 발산해야 한다. 하지만 오닉스는 순간적으로 명령을 보류한다. 안정화 마법이 드디어 코어포인트 주변에서 미친 듯이 날뛰던

파도를 진정시킨다. 이 순간, 온 세상이 숨죽여 기다린다. 팽팽하게 곤두선 채로, 고요하게.

아이가 몸을 돌린다.

"나쑨."

너는 가냘프게 속삭인다. 송전탑의 가장 아래 계단에 서서 딸을 향해 손을 내밀지만, 그런 일은 일어나지 않는다. 네 팔은 완전히 돌로 변했고 네 몸뚱이도 변해 가고 있기 때문이다. 매끄러운 바닥 위로 딱딱한 돌이 된 발이 헛걸음을 디디며 미끄러지고, 곧이어 다리의 나머지 부분도 굳어 버려 움직일 수가 없다. 아직 돌로 변하지 않은 반대쪽 발로 가까스로 한 발짝 내딛지만, 바윗덩이가 된 몸뚱이가 너무 무겁다. 바닥을 기어서라도 딸에게 가까이 다가가려 하지만, 이 역시 너는 해내지 못한다.

나쑨의 미간에 주름이 잡힌다. 너는 아이를 올려다보고, 깨닫는다. 네 어린 딸. 이처럼 크게 자라, 오닉스와 달 아래에 서 있는 네 딸. 참으로 강인하고. 너무도 아름다워서. 아, 참을 수가 없다. 너는 눈물을 터트린다. 웃음을 터트린다. 이미 허파 한쪽이 돌로 변한 탓에 김빠진 소리가 가냘프게 새어 나올 뿐이라고 해도. 네 어린 딸은 참으로 삭아죽게 놀라운 존재다. 너는 이토록 강한 아이에게 패배한 것이 자랑스럽다.

나쑨이 숨을 들이켠다. 지금 제 눈으로 보고 있는 것을 믿을 수가 없다는 듯이 두 눈이 휘둥그레진다. 어머니, 나쑨이 죽도록 무서워했던 어머니가 바닥에 쓰러져 있다. 돌이 된 팔다리로 바닥을 버둥버둥 기고 있다. 눈물에 축축하게 젖은 얼굴에는 미소가 떠올라 있다. 너는 결코, 절대로, 전에는 나쓴에게 미소를 지어 준 적이 없다.

그리고 마침내, 차츰차츰 네 몸을 돌로 잡아먹으며 올라오던 선이 드디어 얼굴에 도달하고, 너는 떠나간다.

물리적으로 너는 아직 거기 있다. 계단 위에 덩그러니 놓여 있는 갈색 사암 덩어리. 희미한 미소를 머금은 입술. 네 눈물도 아직 거기 있다. 돌 얼굴 위에서 반짝이는 물방울. 나쓴은 그 모든 것을 멍하니 바라본다.

바라보면서, 길고 허무한 숨을 들이켠다. 왜냐하면 이젠 정말로 아무것도 남지 않았기에. 아무것도, 나쓴에게는 아무것도 없다. 아버지를 죽였고, 어머니를 죽였고, 샤파는 죽어 가고 있고, 이제 그녀에게는 아무것도 남지 않았다. 아무것도. 세상은 그저 나쓴에게서 빼앗고, 빼앗고, 또 빼앗아 하나도 남김없이……

하지만 나쓴은 돌이 된 네 뺨 위에서 말라 가는 눈물에서 시선을 뗄 수 없다.

결국 세상은 네게서도 빼앗고 빼앗고 또 빼앗기만 했으니까. 나쓴도 알고 있다. 그런데도 어찌된 이유에선지 나쓴은 자신이 결코 이해하지 못할 것이라고 생각했다……. 심지어 죽어 가는 와중에도 너는 달에 닿으려고 하고 있었다.

오직 나쓴을 위해.

나쓴이 절규한다. 두 손으로 머리를 감싸 안는다. 한 손은 이미 반쯤 돌로 변하고 있다. 행성 전체와도 같은 비탄의 무게에 짓눌려 바닥에 털썩 주저앉는다.

참을성 있게 기다렸으나 그렇지 않은, 의식을 지녔으나 무정한 오닉스가 나쑨에게 접속한다. 이제는 나쑨만이 유일하게 작동 중인 문의 부품이며, 문을 보완해 줄 수 있는 의지이기에. 오닉스와 접속한 나쑨은 네가 계획대로 명령어를 입력하고 목표를 겨냥했으며, 남은 것은 그저 발사 명령을 내리는 것뿐임을 깨닫는다. 문을 연다. 문을 통해 열개의 에너지를 쏟아붓는다. 달을 붙잡는다. 그리고 계절을 끝낸다. 세상을 바로잡는다. 나쑨은 그렇게 네 마지막 소원을 보니고 느끼고 이해한다.

오닉스가 소리 없이, 묵직하게 묻는다. 실행하시겠습니까? 예/아니요

바위처럼 차가운 정적 속에서, 홀로, 나쑨은 선택한다.

예

코다

나, 그리고 너

너는 죽었다. 하지만 너는 죽지 않았다.

달의 귀환은 그다지 극적인 과정은 아니다. 적어도 아래쪽에 서 있던 사람들에게는 그렇다. 통키는 임시 대피처로 삼고 있는 건물 옥상에서 오래전에 말라 버렸지만 끝에 약간의 피와 침을 발라 되살린 고대의 필기도구를 사용해 한 시간 간격으로 달의 경로를 추적해 기록한다. 큰 도움은 되지 않는다. 정확한 궤도 계산에 필요한 변수도 모르는 데다, 통키는 삭아죽을 천측학자가 아니기 때문이다. 게다가 애초에 측정을 시작한 지점이 정확한지도 확신할 수가 없다. 나쑨이 달을 붙잡은 직후에 5, 6도의 지진이 발생해 햐르카가 재빨리 그녀를 창가에서 끌어당겼기 때문이다.

"오벨리스크 건설자들이 만든 창문은 안 깨진다고."

나중에 통키가 불만 가득 투덜거린다.

"하지만 내 삭아죽을 성질머리는 그래."

햐르카의 응수에 말다툼은 시작되기도 전에 끝나 버린다. 통키는 건전한 애정 관계를 유지하기 위해 협상하는 법을 배우는 중이다.

하지만 실제로 달은 변하고 있다. 그들은 며칠, 나아가 몇 주일 동안 계속 관찰한다. 달은 사라지지 않는다. 날이 갈수록 색과 형태가 처음에는 말도 안 되는 패턴으로 변화하더니 며칠이 지나도 밤하늘에 뜬 모습이 더는 작아지지 않는다.

오벨리스크의 문이 해체되는 과정은 그보다 훨씬 더 인상적이다. 지신비력이라는 강대한 목적을 완수하기 위해 내재된 모든 기능과 역량을 완전히 불사르고 나자, 문은 기존의 프로토콜에 따라 셧다운 과정에 돌입한다. 세상 곳곳을 떠돌고 있는 수십 개의 오벨리스크가 하나씩 코어포인트를 향해 이동하기 시작한다. 그러고는 하나씩 차례대로(이제는 완전히 비물질화되어 모든 양자 상태가 위치 에너지로 승화된 오벨리스크들이지. 너는 이 이상은 몰라도 된다.) 검은 협곡 속으로 하강한다. 모든 오벨리스크가 떨어지는 데에는 수일이 걸린다.

그러나 오닉스는 마지막까지 남는다. 오벨리스크 중에 가장 크고 위대한 오닉스는 구멍 속으로 떨어지는 대신 바다 위에서 부유한다. 고도가 하락할수록 그 장엄한 진동이 더 낮고 깊어진다. 오닉스는 손상을 최소화할 수 있도록 계획된 궤도를 따라 천천히 바닷물 속으로 몸을 담그고, 마지막 순간까지도 다른 오벨리스크들과는 달리 유일하게 물질적 위상을 유지하고 있다. 이는 지휘자들이 아주 오래전에 계획한 바에 따라 오닉스가 미래에 다시 필요해질 경우에 대비해 보존하기 위한 것이다. 그리하여 이렇게, 니스의 마지막 유산이 파랑(波浪)이 이는 무덤 안에 영원히, 완전히, 잠든다.

부디 미래에 어떤 용감무쌍한 오로진이 그것을 발견해 다시 세상에 띄워 올리지 않기만을 바라야겠지.

밖에 나가 나쑨을 발견한 것은 통키다. 다음 날 오전, 네가 죽고 나서 몇 시간이 흐른 후, 낙진이 날리지 않는 푸른 하늘에 다시 밝고 따스한 태양이 떠오른 뒤의 일이었다. 통키는 잠시 청명한 하늘에 사로잡혀 넋을 놓고 경탄하다가 이윽고 구멍 가장자리에 있는 송전탑 건물의 계단을 찾아간다. 나쑨은 아직 거기 있다. 갈색 돌무더기로 변한 네 옆에 앉아 무릎을 끌어안고 고개를 묻고 있다. 오벨리스크의 문을 작동시키려고 앞으로 내민 모습 그대로 돌이 된 손이 어색한 각도로 옆에 놓여 있다.

통키는 반대쪽에 앉아 한참 동안 너를 바라본다. 다른 사람의 존재를 느낀 나쑨이 고개를 들어 쳐다보지만, 통키는 그저 살짝 웃어 보일 뿐, 한때 네 머리카락이었던 것 위에 쭈뼛쭈뼛 손을 얹는다. 나쑨이 침을 꿀꺽 삼키더니 얼굴에 말라붙은 눈물 자국을 문지르고 통키에게 고개를 끄덕인다. 두 사람은 너와 나란히 앉아 너를 애도한다.

나중에 나쑨과 함께 워런트의 죽음과도 같은 암흑 속으로 샤파를 데리러 간 것은 다넬이다. 코어스톤을 갖고 있던 다른 수호자들은 전부 보석으로 변했다. 대부분은 잠든 사이 조용히 죽은 것 같지만 일부는 몸부림을 치다가 누워 있던 작은 방에서 떨어져 바닥에 널브러져 있고, 반짝이는 몸뚱이들이 벽이나 바닥에 어색한 포즈로 드러누워 있다.

샤파는 그 속에서 유일하게 살아 있는 자다. 정신적으로는 혼란스럽고, 체력은 약하다. 다넬과 나쑨이 그를 부축해 지상의 밝은 빛

아래로 데려오자, 봉두난발이 된 머리에 벌써 듬성듬성 흰색 머리칼이 섞여 있는 것이 보인다. 다넬은 그의 목덜미에 나 있는 상처가 다소 걱정스럽다. 그러나 피는 멎었고 통증도 없다. 샤파가 죽는다고 해도 원인은 그 상처가 아닐 것이다.

그럼에도. 일단 제 발로 설 수 있고 따뜻한 햇볕에 조금 정신을 차리고 나자 샤파는 즉시 나쑨을 덥석 껴안는다. 네 남은 잔해의 바로 옆에서. 나쑨은 울지 않는다. 아이는 그저 멍할 뿐이다. 다른 이들이 건물 밖으로 나온다. 통키와 햐르카가 다넬에게 합류하고, 그들은 샤파와 나쑨과 함께 해가 지고 달이 떠오를 때까지 가만히 서 있는다. 어쩌면 그건 말이 필요 없는 장례식인지도 모른다. 아니면 방금 겪은 모든 일들이 너무도 엄청나고 기이해서 거기서 헤어나기 위해 시간이 필요한지도. 어느 쪽인지는 나도 모르겠다.

그리고 코어포인트의 다른 곳, 이미 오래전 잡초밭으로 변해 버린 정원에서 나와 게이와가 이지러지는 달빛 아래 렘와(스틸, 회색 남자)를 마주한다.

그는 나쑨이 선택을 한 순간부터 계속 거기 있었다. 그가 입을 열자, 나는 그의 목소리가 너무 가늘고 약해졌다고 생각한다. 예전에는 예리하고 신랄한 유머로 바위에 파문을 일으키곤 했건만 지금의 그는 늙은이 같다. 수천 년이 넘는 유구한 세월은 인간을 그렇게 만든다.

렘와가 말한다.

"난 그저 모든 걸 끝내고 싶었을 뿐이야."

(안티모니든 뭐든) 게이와가 말한다.

"그건 우리가 만들어진 목적이 아니야."

렘와가 천천히 고개를 돌려 그녀를 바라본다. 그가 그렇게 움직이는 걸 보는 것만으로도 왠지 피곤하다. 고집불통 같으니. 그의 얼굴에는 해묵은 절망이 새겨져 있다. 이 모두 그가 인간이 되는 데 하나 이상의 방법이 존재함을 인정하길 거부한 탓이다.

게이와가 손을 내민다.

"우린 세상을 더 나은 곳으로 만들기 위해 만들어졌어."

그녀가 내게 도와 달라는 눈빛을 보낸다. 나는 내심 한숨을 쉬고는 휴전의 의미로 손을 내민다.

렘와가 우리의 손을 물끄러미 바라본다. 세상 어딘가, 또는 이 순간을 목도하기 위해 모인 동족 중에는 빔니와와 더쉬와, 셀레와도 있으리라. 그들은 오래전에 자신이 누구인지 잊어버렸거나 아니면 지금의 자신을 마음에 들어 하고 있을지도 모른다. 오직 우리 셋만이 과거의 우리를 약간이나마 유지하고 있고, 그건 좋은 일이기도 하고 나쁜 일이기도 하다.

"난 지쳤어." 렘와가 말한다.

"낮잠을 좀 자면 도움이 될지도 몰라." 내가 제안한다. "어쨌든 오닉스가 있으니까 괜찮을걸."

흠! 확실히 옛날의 렘와가 남아 있군. 저런 눈초리를 받을 말은 아니었던 거 같은데.

하지만 그는 우리의 손을 잡는다. 우리 셋은 다 같이, 그리고 세상이 바뀌어야 하며, 전쟁은 반드시 끝나야 함을 이해하고 있는 모든 이들과 함께 뜨겁게 들끓는 땅 밑으로 향한다.

우리는 세상의 중심으로 접근하며 차츰 속도를 늦춘다. 이곳은 평소보다 더 조용하다. 이건 좋은 신호다. 행성이 노호를 내뿜으며 우리를 쫓아내지도 않는다. 이건 더더욱 좋은 소식이다. 우리는 화해를 청하는 반향을 내보내며 조건을 제시한다. 대지는 생명 본연의 마법을 유지하고, 우리 역시 아무 방해도 받지 않고 생명을 보존한다. 우리는 달을 돌려주었고, 우리의 선의를 증명하기 위해 오벨리스크를 돌려주었다. 그러므로 그 보답으로 계절은 반드시 끝나야 한다.

고요한 시간이 흐른다. 나는 나중에서야 며칠이 흘렀음을 알게 된다. 막상 그 순간에는 수천 년처럼 느껴졌건만.

중력이 육중하게 꿈틀거린다. 받아들여졌다. 그러고는 역시 선의의 표시로, 그것이 오랜 세월에 걸쳐 섭취한 무수한 존재들을 해방시킨다. 그들이 마법의 흐름 속으로 빙글빙글 녹아들며 자취를 감춘다. 나는 그 뒤로 그들이 어떻게 됐는지 알지 못한다. 생명이 죽은 뒤에 그 영혼은 어떻게 되는지, 나는 영원히 알 수 없을 것이다. 아니면 적어도 지구가 죽을 때까지 최소한 70억 년 동안은 알 수 없겠지.

상상하기조차 두려운 세월이다. 4만 년도 견디기 힘들었건만.

하지만 한편으로…… 이제는 올라갈 수밖에 없다.

***

나는 그들에게 돌아간다. 네 딸과 네 오랜 적과 네 친구들에게.

그들에게 소식을 전하러 간다. 놀랍게도 그간 벌써 몇 달이 흘렀다. 그들은 나쑨이 사는 곳과 가까운 건물에 자리를 잡고 알라배스터가 만든 정원과 우리가 그와 나쑨에게 가져다준 물자에 의지해 살고 있다. 물론 오래 버틸 수는 없을 것이다. 임시변통으로 만든 낚싯줄과 새덫, 그리고 통키가 해변에서 채집하는 법을 알아낸 해초를 말려 용케 잘 버티고 있긴 해도 말이다. 이 현대인들은 정말 뛰어난 생존 능력을 지녔다. 그러나 살고 싶다면 고요 대륙으로 돌아가야 한다는 사실은 시간이 지날수록 분명해진다.

나는 나쑨을 발견한다. 아이는 이번에도 혼자 송전탑 위에 앉아 있다. 너의 유해는 변함없이 그 자리에 있고, 누군가 한쪽 손 위에 싱싱한 들꽃을 올려놓았다. 그 옆에는 손이 하나 더 놓여 있다. 네 짧은 그루터기 팔 앞에. 뭔가를 내밀어 바치는 듯한 모습의 손. 네 손이라기엔 너무 작지만 아이는 좋은 의도로 거기 올려놓은 것이다. 내가 나타났는데도 아이는 한동안 말이 없고, 나는 그게 마음에 든다. 아이의 동족은 말이 너무 많다. 그러나 침묵이 너무 길어지자 나조차 약간 초조해진다.

나는 나쑨에게 말한다.

"다시는 스틸을 만나지 못할 거다."

혹시 그 아이가 걱정하고 있을까 봐서. 나쑨은 내 존재를 깜박하고 있었다는 양 움찔한다. 그러고는 한숨을 내쉰다.

"미안하다고 전해 줘요. 난 그냥…… 할 수가 없었어요."

"그도 이해한단다."

아이가 고개를 끄덕인다. 그러고는.

"오늘 샤파가 죽었어요."

나는 그를 깜박 잊고 있었다. 그래서는 안 되는데도. 그는 너의 일부였다. 하지만. 나는 아무 말도 하지 않는다. 아이도 그쪽을 좋아하는 것 같다.

나쑨이 숨을 깊이 들이마신다.

"혹시…… 다른 사람들이 그러는데 당신이 그 사람들이랑 엄마를 여기로 데려왔다면서요. 우리를 다시 돌려보내 줄 수 있나요? 위험하다는 건 알지만요."

"이젠 위험하지 않아."

아이가 얼굴을 찌푸리자, 나는 그간 있었던 일을 전부 아이에게 들려준다. 휴전. 인질들의 해방. 계절이라는 형태로 발현된 위협적 행위의 즉각적 중단. 그렇다고 완벽한 안정과 안전을 보장할 수 있는 것은 아니다. 대륙판은 그래도 대륙판이다. 계절과 같은 자연재해는 언제든 일어날 수 있다. 다만 지금보다는 훨씬 빈도가 줄겠지. 나는 이렇게 마무리 짓는다.

"이동수를 타고 고요로 돌아갈 수 있어."

아이가 몸을 부르르 떤다. 나는 뒤늦게 나쑨이 거기서 괴로운 경험을 했음을 기억해 낸다.

"내가 그것에 마법을 줄 수 있을지 잘 모르겠어요. 내 생각에…… 아마 난……."

나쑨이 석질로 덮여 있는 왼쪽 손목을 들어 올린다. 그래, 나는 이해한다. 그래, 나쑨의 말이 옳다. 이 아이의 내부는 완벽하게 정렬되었고, 평생 그럴 것이다. 나쑨은 이제 조산력을 사용할 수 없다. 영원히. 적어도 너와 함께하고 싶지 않다면.

“내가 동력을 주입할 수 있다. 한번 충전을 하면 6개월쯤 유지될 거야. 그 안에 떠나렴.”

그러고 나서 나는 자세를 바꿔, 계단 밑에 선다. 나쑨이 놀라 주변을 두리번거리더니 너를 품에 안고 있는 나를 발견한다. 나는 아이의 오래된 손도 집어 든다. 아이들은 늘 우리의 일부니까. 나쑨이 일어선다. 나는 순간 아이가 기분 나빠할까 봐 약간 겁을 먹는다. 하지만 아이의 얼굴에 나타난 표정은 불쾌함이 아니다. 저건 체념이다.

나는 나쑨이 혹시 네 시신에 마지막으로 남길 말이 있을까 봐 잠시, 아니면 1년 정도 조용히 기다린다. 하지만 나쑨은 이렇게 말한다.

“우린 이제 어떻게 될까요?”

“우리?”

아이가 한숨을 쉰다.

“오로진이요.”

아.

“열개가 진정되긴 했지만 이번 계절은 한동안 지속될 거야. 이런 시기엔 다양한 사람들과 협력해야만 생존할 수 있다. 그리고 협력은 기회를 제공하지.”

아이가 얼굴을 찌푸린다.

“기회라니…… 뭘 위한 기회요? 앞으론 계절이 안 올 거라면서요.”

“그래.”

나쑨이 답답한 마음에 양손을, 아니 한 손과 손목만 남은 그루터기를 공중에 들어 올린다.

"사람들은 우리가 필요할 때도 죽이고 증오했어요. 이제 우리한텐 그것도 없다고요."

우리. 우리. 나쑨은 여전히 자신을 오로진이라고 생각한다. 이제는 대지를 듣는 것 말고는 아무것도 할 수 없는데도. 하지만 나는 나쑨에게 그 사실을 지적하지 않기로 한다. 그러고는 말한다.

"그리고 너도 그들이 필요하지 않을 거다."

나쑨은 어리둥절해하며 입을 다문다. 나는 아이의 이해를 돕기 위해 조금 더 자세히 설명하기로 한다.

"계절이 끝나고 수호자가 전부 죽은 지금, 오로진은 원하기만 한다면 둔치들을 정복하거나 없애버릴 수 있지. 전에는 너희 둘 다 서로의 도움 없이는 살 수 없었는데 말이야."

나쑨이 헛숨을 들이켠다.

"그건 너무 끔찍하잖아요!"

나는 끔찍하다고 해서 사실이 아닌 건 아니라는 것을 굳이 설명하지 않는다.

"앞으로 펄크럼은 존재하지 않을 거예요." 아이는 괴로운 표정으로 시선을 허공에 고정한다. 남극권 펄크럼을 말살했던 일을 떠올리고 있는지도 모른다. "내 생각에…… 그건 잘못됐어요. 하지만 어떻게 해야 할지……."

나쑨은 고개를 내젓는다.

나는 아이가 한 달, 혹은 아주 잠깐 동안 침묵 속에서 버둥대는 모습을 지켜본다. 그러고는 말한다.

"펄크럼은 틀렸다."

"네?"

"오로진을 울타리에 가두는 건 사회의 안전을 확보할 수 있는 유일한 방법이 아니었다."

내가 부러 말을 거기서 끊자, 아이가 눈을 깜박인다. 오로진 부모는 어떤 불상사도 일으키지 않고 오로진 자식을 돌볼 수 있다는 사실을 생각하고 있는지도 모른다.

"집단 폭력을 가하는 것도 결코 유일한 방법이 아니었다. 노드도 유일한 해결책이 아니었다. 그건 전부 선택이었지. 그러니 언제나 다른 선택을 하는 게 가능하단다."

네 어린 딸 안에는 슬픔이 너무 많다. 언젠가 나쑨이 세상에 혼자가 아니라는 것을 깨달았으면 좋겠다. 그 아이가 다시 희망을 품는 법을 배울 수 있으면 좋겠다.

나쑨이 시선을 떨군다.

"하지만 그들은 절대로 다른 선택을 하지 않을 거예요."

"그렇게 만들어야지."

아이는 너보다 더 현명하고, 억지로라도 사람들이 서로를 친절하게 대하게 만들어야 한다는 발상을 듣고도 저어하지 않는다. 문제는 방법론이다.

"난 이제 조산력을 못 써요."

"조산력은." 나는 나쑨이 내 말에 집중하도록 일부러 날카롭게 말한다. "세상을 바꾸는 유일한 방법이 아니야."

나쑨이 나를 멍하니 쳐다본다. 내가 전할 수 있는 말은 전부 다 했기에 나는 아이를 혼자 남겨 두고 떠난다. 내 말을 찬찬히 곱씹어 보도록.

나는 역을 찾아가, 고요 대륙으로 돌아가기 충분할 만큼 이동수에 마법을 충전한다. 나쑨과 일행이 남극권에서 레나니스까지 가려면 몇 달은 걸릴 것이다. 그들이 길 위를 걷는 동안 계절은 더욱 심해질 것이다. 이제 우리에게는 달이 있으므로. 그러나…… 그들은 모두 너의 일부다. 나는 그들이 살아남길 바란다.

그들이 고요로 떠난 뒤, 나는 이곳으로, 코어포인트 아래 있는 산의 심장부로 돌아온다. 너를 돌보기 위해.

우리가 이 과정을 행함에 있어 정해진 방법은 없다. 대지는(화해한 지금 나는 더 이상 그것을 사악하다고 부르지 않기로 한다.) 우리의 몸을 재배열했고, 이제 우리 중 많은 수가 기나긴 소화 과정을 거치지 않고도 재배열 과정을 복사할 수 있게 되었다. 그러나 나는 얼마나 서두르느냐에 따라 다양한 결과가 산출된다는 사실을 알게 되었다. 네가 알라배스터라고 부르는 존재는 자신이 누구인지 수 세기, 또는 영원토록 완전히 기억하지 못할 수도 있다. 하지만 너는 다를 거야.

나는 너를 이곳으로 데려와, 너를 구성하는 신비 물질을 재조립한 다음, 너라는 자아의 중요한 본질과 정수를 저장하고 있는 격자 구조를 다시 가동시켰다. 기억은 약간 잃겠지. 변화에는 언제나 상실이 수반되는 법이니까. 하지만 나는 네게 이 이야기를 들려주었고, 예전의 네가 최대한 간직될 수 있도록 정보를 부여했다.

내가 원하는 대로 너를 주조하려는 게 아니야. 너는 이제 네가 원하는 대로 뭐든 될 수 있다. 다만, 가야 할 곳을 알기 위해서는 자신이 어디서 왔는지를 먼저 알아야 하기 때문이야. 무슨 뜻인지 알겠니?

만약에 네가 나를 떠나기로 결심한대도…… 난 괜찮아. 그보다 더 나쁜 것도 겪어 봤는걸.

그래서 나는 기다린다. 시간이 지난다. 1년, 10년, 1주일. 시간은 중요하지 않다. 결국 게이와가 흥미를 잃고 다른 일을 하러 떠난다. 그러나 나는 계속 기다린다. 바라건대…… 아니야, 나는 그저 기다린다.

그러던 어느 날, 내가 너를 눕힌 깊고 깊은 틈새 속에서, 정동에 금이 가며 뜨거운 김이 새어 나온다. 반으로 갈라진 정동 속에서 네가 일어서, 본연의 모습 그대로 천천히 식어 간다.

아름답구나. 나는 생각한다. 밧줄처럼 꼬아 내린 비취 머리 가닥. 눈가와 입매에 마치 웃음선이 새겨진 듯 보이는 황토빛 줄무늬 대리석 피부. 그리고 층층이 주름진 옷자락. 너는 나를 보고, 나는 너를 본다.

네가 말한다. 한때 네가 가졌던 목소리를 메아리처럼 울리며.

"원하는 게 뭐야?"

"너와 함께 있고 싶어."

"왜?"

나는 고개를 숙이고 가슴 위에 한 손을 올려, 겸허한 자세를 취해 보인다.

"왜냐하면 그것만이 영원히 살 수 있는 방법이니까. 아니면 몇 년이라도. 친구. 가족. 사람들과 함께 행동하는 것. 계속 앞으로 나아가는 것."

내가 처음 그 말을 했을 때를 기억하니? 네가 과거의 잘못들을 어떻게 바로잡아야 할지 절망하고 있을 때? 네 자세가 바뀐다. 팔짱을 끼고, 미심쩍은 표정을 짓고 있다. 익숙한 표정. 나는 부질없는 희망을 품지 않으려고 노력한다.

"친구. 가족." 네가 말한다. "내가 너한테 뭔데?"

"둘 다. 그리고 그 이상이지. 우린 그런 관계 이상이야."

"흠."

나는 불안하지 않다.

"네가 바라는 건 뭐지?"

너는 생각한다. 저 깊은 곳에서 화산이 느릿하게 포효하는 소리를 듣는다. 네가 말한다.

"나는 세상이 지금보다 더 좋은 곳이 되면 좋겠어."

내가 공중으로 펄쩍 뛰어오르며 기쁨의 탄성을 지를 수 없다는 사실이 이보다 더 안타까울 수가 없다.

그래서 대신에, 나는 몸을 움직여 네게 한 손을 내민다.

"그러면 세상을 더 좋은 곳으로 만들러 가자."

너는 놀란 것 같다. 이건 너다. 정말로 너다.

"이렇게 간단하게?"

"시간이 좀 걸릴지도 몰라."

"난 별로 참을성 있는 편이 아닌데."

하지만 너는 내 손을 잡는다.

참을성을 발휘할 필요는 없어. 절대, 절대로 그러지 말렴. 이것이 바로 새로운 세상이 시작되는 방식이란다.

"나도 그래. 그러니까 지금 당장 시작하자."

〈끝〉

부록 I : 계절

산제 적도 동맹의 건국 전후에 발생한 다섯 번째 계절에 관한 기록
최근의 계절부터 오래된 순서대로 나열

질식(窒息)의 계절【제국력 2714년~2719년】

- 직접 원인: 화산 분출
- 발생 위치: 디버테리스 근방 남극권
- 아콕 산의 분화로 인해 800킬로미터 반경 지역이 낙진과 화산재 구름에 뒤덮이고, 사람들의 폐와 점막이 딱딱하게 굳어 호흡 장애를 일으켰다. 햇빛이 비치지 않는 기간이 5년 동안 지속되었지만 북반구의 피해는 상대적으로 적었다(2년).

산성(酸性)의 계절【제국력 2322년~2392년】

- 직접 원인: 진도10 이상의 대지진
- 발생 위치: 불명. 먼 해역(海域)
- 지각판의 급작스러운 이동으로 인해 주요 제트기류가 지나가는 길목에 일련의 화산대가 출현했다. 이에 영향을 받아 산성화된 제트기류가 서해안으로 이동하였고 결과적으로 대륙 전반으로 퍼져 나갔다. 계절 초반 대부분의 해안지방 향이 쓰나미에 휩쓸렸으며, 이후 항만 시설 및 선박들이 부식되고 물고기의 수가 줄면서 남은 향들도 다른 곳으로 이전하거나 끝내 생존하지 못했다. 화산재 구름이 7년 동안 신선한 대기의 유입을 차단하였으며, 해안지방의 ph농도는 이후 수년 동안 인간의 거주에 적합한 가능한 수준까지 회복되지 못했다.

부글의 계절[제국력 1842년~1845년]

- 직접 원인: 대형 호수 밑에 위치한 열점의 분출
- 발생 위치: 북중위지방, 테카리스 호수 사향주
- 열점이 폭발하여 수백만 갤런의 수증기와 분진이 공기 중에 분출되었으며, 이후 3년간 남반구 지역에 산성비가 내리고 극심한 대기오염이 지속되었다. 그러나 북반구의 피해는 그 절반 수준에도 미치지 못했기 때문에 이 시기를 '진정한' 계절로 분류할 수 있을지에 대해서는 아직도 고하학자들 사이에서 의견이 분분하다.

숨가쁨의 계절[제국력 1689년~1798년]

- 직접 원인: 광산 사고
- 발생 위치: 북중위지방, 사스 사향주
- 인재(人災)가 일으킨 계절로, 북중위지방 동북부 탄전(炭田)에서 일하던 광부들이 발생시킨 지중 화재로 인해 촉발됐다. 비교적 온화한 계절이었으며, 때때로 햇빛이 비치기도 했고 중심 지역을 제외하면 낙진이나 토양의 산성화도 발생하지 않았다. 계절령을 선포한 향도 거의 없었다. 처음 천연가스가 폭발한 후 화염이 지하 공간을 통해 빠른 속도로 번짐으로 인해 함몰공이 무너져 헬다인 시(市)에서 약 1400만 명이 사망했으며, 이후 제국 오로진이 화재를 진압하고 주변 지역을 봉쇄하여 사고가 확산되는 것을 막았다. 중심 지역은 격리된 뒤에도 약 120년 동안 계속해서 불탔다. 그로 인해 발생한 연기가 탁월풍을 타고 확산되어 호흡기 장애를 유발했고, 이후 수십 년에 걸쳐 때때로 해당 지역에서 대규모의 호흡 곤란 증세가 발생했다. 이 사건으로 북중위지방의 탄전이 상실돼 연료용 땔감 가격이 천정부지로 치솟았고, 그 부수적 결과로 지열 및 수력 발전을 이용한 난방이 널리 보급되었다. 지공학 자격 협회가 설립된 발단이 되었다.

이빨의 계절[제국력1553년~1566년]

- 직접 원인: 해양 지진으로 인한 초화산 분화
- 발생 위치: 북극권 결함틈
- 해양 흔들이 북극점 근방에 있던 알려지지 않은 열점을 자극하여 초화산이 폭발했다. 목격자들의 증언에 따르면 그 폭발음이 남극 지방까지 들렸다고 한다. 북극권이 가장 큰 피해를 입었지만 화산 분진이 상층 대기권까지 상승하여 빠른 속도로 행성 전체로

확산되었다. 많은 향에서 계절에 대한 대비가 미흡했던 까닭에 다른 계절보다 유독 피해가 극심했는데, 이는 그 전까지 약 900년 동안 계절이 발생하지 않았기 때문이다. 당시에는 다섯 번째 계절이 전설에 불과하다는 믿음이 널리 퍼져 있었다. 북쪽에서 시작된 식인 풍습이 널리 적도권까지 전파되었다는 기록이 발견된다. 이빨의 계절이 끝난 직후 유메네스에 펄크럼이 설립되었고, 북극 및 남극권에는 위성지부가 설치되었다.

곰팡이의 계절[제국력 602년]

- 직접 원인: 화산 분화
- 발생 위치: 적도권 서부
- 우기철에 일련의 화산이 분화하여 습도가 급증하고 6개월 동안 대륙의 약 20퍼센트 지역에 일조량이 감소했다. 비교적 온화한 계절에 속하나, 시기상 곰팡이 번식에 완벽한 조건이 형성되어 적도권을 비롯해 북부 및 남부 중위 지방에 곰팡이가 급속도로 번식하여 당시 중요 작물이었던 미로크(현재는 멸종)가 큰 피해를 입는다. 이후 4년 동안 기근이 지속되었다(곰팡이균 병충해가 지속된 2년, 이후 농업 및 식량공급 체제가 회복되기까지 걸린 2년). 이 기간 동안 곰팡이균의 피해를 입은 거의 모든 향이 생존에 성공하여 제국의 개혁안 및 계절 대비책이 효과적임을 입증했다. 그 결과 중위 지방 및 해안지역 향들이 자발적으로 제국에 편입하여 영토가 두 배 이상 확장되고 제국의 황금기가 시작되었다.

광기(狂氣)의 계절[제국력 전(前) 3년~제국력 7년]

- 직접 원인: 화산 분화
- 발생 위치: 키아시 트랩
- 노령 초화산의 분기공 지대가 폭발하여(약 1만 년 전에 발생한 쌍둥이 계절의 원인으로 추정) 감람석 및 화산쇄설물이 대기 중에 다량 분출되었다. 이후 10년간 지속된 암흑기로 인해 다른 계절처럼 자연환경이 피폐해졌고, 무엇보다 정신병 발생률이 현저하게 증가했다. 유메네스의 군 지도자 베리쉬가 심리전을 활용해 주변 향을 다수 정복함으로써 (『광기병법(편저, 제6대학 출판사)』 참고) 산제 적도 동맹('산제 제국'이라고도 불림)이 탄생했다. 어둠이 물러가고 첫 햇살이 비친 날, 베리쉬가 황제로 즉위했다.

편집자의 글: 산제 제국이 건립되기 전 발생한 계절에 대한 정보는 상당수가 상호 모순되거나 정확히 증명된 바 없다. 다음은 2532년 제7대학 고하학 학회에서 인정한 계절들이다.

방랑(放浪)의 계절[제국력 전 약 800년]

- 직접 원인: 자기극점(磁氣極點)의 이동
- 발생 위치: 확인 불가
- 당대의 중요한 교역용 곡물 중 일부가 이 계절에 멸종했으며, 진북점(眞北點)의 이동으로 인해 꽃가루 매개 곤충 및 동물들이 방향 감각에 혼란을 겪어 약 20년간 긴 기근이 지속되었다.

바람의 계절[제국력 전 약 1900년]

- 직접 원인: 불명
- 발생 위치: 확인 불가
- 원인 불명의 이유로 탁월풍의 방향이 수년간 변화했다. 대기 폐색이 발생하지 않았음에도 학자들은 이 시기를 계절로 인정하는데, 이는 오로지(아마 먼 해역에서 발생했을) 대규모 지진 활동만이 이러한 현상을 유발할 수 있기 때문이다.

중금속(重金屬)의 계절[제국력 전 약 4200년]

- 직접 원인: 화산 분화
- 발생 위치: 남중위지방 동해안 근방
- 화산(이르가 산으로 추정)이 분화하여 약 10년간 대기의 흐름이 멈추고 고요 대륙의 동쪽 절반에 심각한 수은 오염이 발생했다.

누른 바다[黃海]의 계절[제국력 전 약 9200년]

- 직접 원인: 불명
- 발생 위치: 동부 및 서부 해안지방과 남극권까지 이르는 해안가
- 적도권 유적지에서 발견된 기록으로만 남아 있다. 원인 불명의 이유로 거의 모든 바다 생물이 독성 바이러스에 중독되어 해안지방이 수십 년 동안 기근에 시달렸다.

쌍둥이 계절[제국력 전 약 9800년]

- 직접 원인: 화산 분화
- 발생 위치: 남중위지방
- 당대의 구전역사 및 노래에 따르면 화산 분화로 인해 대기 폐색이 3년간 지속되었다. 낙진구름이 걷힐 즈음 다른 분화구에서 두 번째 분출이 발생해 그 뒤로 30년간 대기 폐색이 이어졌다.

부록 II : 용어

고요 대륙 전역의 사향주에서 사용되는 공용 단어 모음

결함층(缺陷層, Fault)

지각변동으로 인해 심각한 흔들이나 불광이 자주 발생하기 쉬운 곳.

계절령(季節令, Seasonal Law)

일종의 계엄령. 향장이나 사향주 지사, 지방 총독, 혹은 명망 있는 유메네스 지도자라면 누구나 선포할 수 있다. 계절령이 내려지면 사향주 및 지방 행정 업무가 중단되고 각 향이 독립적인 사회정치 단위로 기능하게 된다. 다만 제국의 정책에 따라 다른 주변 향과의 협력이 강력히 권고된다.

남극권(南極圈, Antarctics)

위도상 고요 대륙의 최남단 지역. 남극권 향 출신의 사람들을 일컬어 '남극인'이라고 부른다.

내항자(內抗者, Resistant)

일곱 가지 기본 쓰임새신분 중 하나. 기근이나 역병을 견디고 살아남는 능력을 기반으로 선발된다. 계절이 오면 병약한 이들을 돌보고 시신을 처리하는 역할을 맡는다.

노드(接續點, Node)

제국이 지진 활동을 줄이거나 가라앉히기 위해 고요 대륙 전체에 설치한 기지망(基地網). 펄크럼에서 훈련받은 오로진은 상대적으로 수가 적기 때문에 주로 적도권에 몰려 있다.

노변집(路邊-, Roadhouse)

모든 제국도로와 다른 간선도로 곳곳에 설치되어 있는 시설. 모든 노변집은 수원(水原)과 더불어 근처에 경작이 가능한 땅이나 숲, 기타 유용한 자원을 갖추고 있다. 대부분 지진 활동이 최소한으로 적은 곳에 세워진다.

녹지(綠地, Green land)

돌의 가르침에 따라 향의 장벽 안쪽 또는 바깥쪽에 마련되어 있는 휴한지. 녹지 구역은 농경지나 목축지로 사용되기도 하고, 공원으로 이용하거나 계절에 대비해 공터로 놔두기도 한다. 향과는 별개로 가정용 녹지나 정원을 갖고 있는 집들도 많다.

다섯 번째 계절(Fifth Season)

(제국의 정의에 의하면) 지진 활동이나 다른 대규모 환경 변화로 인해 겨울이 최소 6개월 이상 지속되는 현상.

둔대가리(stillhead)

오로진이 조산력을 지니고 있지 않은 사람들을 비하할 때 부르는 말. 보통 줄여서 '둔치'라고 부른다.

멜라(Mela)

중위지방에서 자라는 식물. 적도권에서 자라는 멜론과 친척이다. 땅에서 자라는 덩굴식물로, 보통 땅 위에서 열매를 맺지만 계절이 오면 덩이줄기 식물로 변해 땅속에서 열매를 맺는다. 어떤 종은 곤충을 꾀어 잡아먹는 꽃을 피운다.

무향민(無鄕民)

어떤 향에서도 받아 주지 않는 범죄자 또는 기타 부적격자.

반지(斑指, Ring)

제국 오로진의 등급을 나타내는 단위. 아직 반지가 없는 수련생은 일련의 시험을 통과해야만 첫 번째 반지를 얻을 수 있다. 열 반지는 제국 오로진이 도달할 수 있는 최상의 경지다. 열 개의 반지는 각각 준보석을 세공해 만들어진다.

번식사(繁殖使, Breeder)

일곱 가지 기본 쓰임새신분 중 하나. 보통 육체적으로 건강하고 매력적인 사람들이 번식사로 선택된다. 계절이 왔을 때 이들의 임무는 선택적인 교배를 통해 우수한 혈통을 유지하고 자신이 소속된 향이나 민족을 발전 또는 개량하는 것이다. 번식사 쓰임새신분으로 태어났으나 공동체의 번식사 기준에 미달하는 이들은 향명식 때 가까운 친척의 쓰임새신분을 사용할 수 있다.

보님(sesuna)

땅의 움직임을 인식하는 것. 이러한 기능을 담당하는 감각기관을 '보님기관(sessapinae)'이라고 부르며 뇌관에 위치해 있다. 동사는 '보니다(sess)'.

보육학교(保育學校, Creche)

부모가 향에 필요한 일을 하는 동안 아직 어려 일을 하지 못하는 어린아이들을 맡아 돌봐주는 곳. 상황에 따라 교육 시설로도 기능한다.

붕괴지대(崩壞地代, Shatterland)

최근에 발생하거나 극심한 지진 활동으로 인해 무너지거나 변형된 지역.

부글(溫泉, boil)

간헐천, 온천 또는 증기 분출구.

북극권(北極圈, Arctics)

위도상 대륙의 최북단 지역. 북극권 향 출신을 일컬어 '북극인'이라고 부른다.

불쾅(火山, blow)

화산. 일부 해안지방에서는 '불산'이라고도 부른다.

비상자루(Runny-sack)

흔들이나 그 외의 비상상황에 대비하여 사람들이 집에 준비해 놓는 작고 운반하기 쉬운 비축 물자.

비축품(備蓄品, cache)

저장 식량 및 물자. 고요 대륙의 향은 다섯 번째 계절에 대비해 비축고를 짓고, 항상 빗장을 걸고 경비를 세워 단단히 보호한다. 비축품을 배급받을 권리는 향의 구성원으로 인정받은 이들에게만 있지만 성인(成人)들은 아직 향명을 받지 못한 어린이나 다른 성인들에게 자신이 받은 배급 물자를 나눠 줄 수 있다. 집집마다 따로 가정용 비축고를 갖추고 있는 경우가 많지만, 이런 경우 가족 외의 외부인에게는 철저하게 비밀로 유지한다.

사향주(四鄕州, Quartent)

제국 통치 체제의 중간 단위. 지리적으로 인접한 네 개의 향으로 구성된다. 사향주에는 사향주 지사(知事)가 있어 각각의 향장으로부터 보고를 받고, 사향주 지사는 이를 다시 지방 총독에게 보고한다. 사향주에 속한 네 개의 향 중에서 가장 큰 향이 수도가 되며, 규모가 큰 사향주는 모두 제국도로를 통해 연결되어 있다.

산제(Sanze)

과거 적도권에 존재했던 국가(國家, 제국이 세워지기 전에 존재했던 옛 정치 체제 단위). 산제 족의 기원이다. 광기의 계절 말기에(제국력 7년) 산제국(國)이 없어지고 베리쉬, 유메네스의 지도층 황제의 이름하에 '산제 적도 동맹'으로 새로이 탄생했다. 산제 족이 대부분을 차지하고 있던 여섯 개의 산제 향으로 이뤄진 산제 동맹은 계절의 여파를 타고 빠른 속도로 영토를 확장해 갔고, 마침내 제국력 800년에는 고요 대륙의 모든 지방을 점령한다. 이빨의 계절이 닥쳤을 무렵에는 구(舊) 산제 제국, 또는 구 산제라고 불리게 되었다. 제국력 1850년에 쉴틴 협약이 체결됨에 따라 산제 동맹은 공식적으로 소멸한다. 이는 계절이 닥쳤을 때 각 지방이 (유메네스 지도층의 지도 아래) 자율적으로 통치하는 편이 더욱 효율적이라고 여겨졌기 때문이다. 실제로 대부분의 향이 행정, 재정, 교육 및 그 외 다른 분야에 있어 계속해서 제국식 체제를 따르고 있으며 지방 총독들 또한 대부분 여전히 유메네스에 세금을 바치고 있다.

산제어(Sanze-mat)

산제 족이 사용하는 언어. 구 산제 제국의 공식 언어이며 현재 고요 대륙의 대부분 지방에서 사용되는 공용어이다.

산제인(Sanzed)

산제 족에 속하는 사람. 유메네스의 번식사 기준에 따르면 이상적인 산제인은 구릿빛 피부와 회발, 중배엽 또는 내배엽형 체형을 갖추고 있고 키는 최소한 180센티미터 이상이어야 한다.

세박인(Cebaki)

세박 민족을 일컫는 말. 세박은 한때 남중위지방에 존재했던 국가였지만 수백 년 전 구 산제 제국에게 정복된 후 사향주로 개편되었다.

쇄공인(碎工人, Knapper)

소도구를 만드는 장인. 돌이나 유리, 뼈 등의 재료를 이용한다. 대형 향에서 일하는 쇄공인은 기계나 대량생산 기술을 활용하기도 한다. 금속을 다루거나 솜씨가 형편없는 쇄공인은 속칭 '녹장이'라고 불린다.

쇠의 가르침(金屬傳承, Metallore)

연금술이나 천측학(天測學)처럼 신빙성이 없다고 여겨져 제7대학에서 학문으로 인정하지 않는 유사과학.

수호자(守護者, Guardian)

펄크럼보다 먼저 창설되었다고 알려진 특수 단체의 구성원. 수호자는 고요 대륙에 사는 오로진을 추적하고 보호하고 견제하고 지도한다.

스톤이터(食岩人, Stone eater)

매우 드물게 목격되는 인간형 지적 생명체로 머리카락이나 피부 등이 돌과 유사하다. 이들에 관한 정보는 거의 없다.

신생향(新生鄕, Newcomm)

아직 계절을 한 번도 겪지 않은 향을 부르는 속칭. 계절을 한번 이상 버텨 낸 향은 강인함과 효율성을 입증한 셈이므로 대개 더 살기 좋은 곳으로 여겨진다.

쓰임새명(Use Name)

대부분의 주민들이 갖고 있는 두 번째 이름. 그들이 속한 쓰임새신분을 의미한다. 공식적으로 인정되는 쓰임새신분은 전부 스무 개지만, 현재 그리고 구 산제 제국에서 흔히 사용되는 기본 쓰임새신분은 일곱 개에 불과하다. 쓰임새명은 자신과 같은 성별의 부모로부터 물려받는데, 이론에 따르면 유용한 특질은 그렇게 유전되기 때문이다.

안심차(安心茶, Safe)

협상 자리, 앞으로 적대적 관계가 될 가능성이 있는 상대와 나누는 첫 만남, 또는 공식 회의 석상에서 전통적으로 대접하는 음료. 이물질이 섞이면 즉시 변색하는 식물성 유즙이 들어 있다.

완력꾼(腕力-, Strongback)

일곱 가지 기본 쓰임새신분 중 하나. 뛰어난 육체적 기량을 가진 사람들이 완력꾼으로 선발되며, 계절이 오면 중노동과 마을의 방어를 맡는다.

오로진(造山人, Orogene)

조산력을 지닌 사람들. 조산술의 훈련 여부는 상관없다. 비하적 멸칭은 '로가'.

잔모래(grits)

펄크럼에서 아직 반지를 얻지 못하고 기초 훈련을 받고 있는 어린 오로진을 가리키는 말.

적도권(赤道圈, Equatorials)

적도와 인근 위도 지역을 포함한 지역으로 해안지방은 제외된다. 적도권 향 출신의 사람들을 가리켜 적도인이라고 부른다. 적도권 향은 기후가 온화하고 대륙판 중앙에 위치해 있어 비교적 안정적이기 때문에 대개 경제적으로 부유하고 정치적으로 강력한 영향력을 지닌다. 한때 구 산제 제국의 핵심을 구성했다.

전승가(傳承家, Lorist)

돌의 가르침과 잃어버린 역사를 연구하는 사람.

제국도로(帝國道路, Imperial Road)

구 산제 제국의 가장 위대한 혁신이자 업적 중 하나인 고가도로(高架道路, 말을 타거나 걷는 사람들을 위해 지상 위로 높이 설치한 도로)는 고요 대륙의 주요 향과 대부분의 대형 사향주를 연결한다. 지공학자들과 제국 오로진의 협력을 통해 건설되었으며, 오로진이 지진 활동의 영향이 가장 적은 안전한 길을 찾아내면(안전한 길이 없을 경우에는 지진 활동을 잠재워), 지공학자들이 계절에도 쉽게 이용할 수 있도록 주변에 물길을 내거나 다른 필수 자원들을 조달했다.

제7대학(第七大學, Seventh University)

지하학과 돌의 가르침에 대한 연구로 이름 높은 대학. 현재 제국으로부터 자금 지원을 받고 있으며, 적도권에 있는 디바스 시에 자리 잡고 있다. 기존에 존재했던 대학들은 개인이 사립으로 운영하거나 또는 단체나 집단이 공동으로 운영하기도 했다. 그중에서도 앰엘랏에 있었던 제3대학(제국력 전 약 3000년)은 당시 독자적인 국가로 인식되었을 정도다. 이보다 작은 지방이나 사향주립 대학은 제7대학에 공물을 바치고 그 대가로 전문 지식이나 자원을 얻는다.

조산력(造山力, Orogeny)

열 에너지와 운동 에너지, 기타 지진 활동을 다루는 것과 관련된 에너지를 조종하는 능력.

중위지방(中緯地方, Midlats)

고요 대륙의 '중간' 위도 지방으로 적도와 남극권, 또는 적도와 북극권 사이의 지역을 가리킨다. 중위지방 출신은 중위도인, 때로는 중위인이라고 불린다. 대륙이 소비하는 식량과 물자, 기타 중요 자원의 대부분을 생산함에도 불구하고 시골이나 오지 취급을 받는다. 북중위와 남중위로 구분된다.

지공학자(地工學者, Geneer)

'대지공학자(geoneer)'에서 비롯된 명칭. 지열 에너지 장치 개발, 터널 및 지하 기반 시설 건설, 채굴 등 토공(土工) 분야를 전문으로 하는 공학자이다.

지방(地方, Region)

제국 통치체제를 구성하는 최상위 단위. 제국이 공식적으로 인정하고 있는 지방은 각각 북극권, 북중위지방, 서부 해안지방, 동부 해안지방, 적도권, 남중위지방, 그리고 남극권이다. 각 지방에는 총독이 있어 휘하에 있는 사향주에서 올라오는 보고를 받는다. 지방 총독은 공식적으로는 황제가 임명하게 되어 있으나 실질적으로는 유메네스 지도층이 그들 사이에서 선출하거나 임명한다.

지하학자(地何學者, Geomest)

돌과 자연계에서 돌의 위상을 연구하는 사람. 일반적으로 과학자를 가리킨다. 특히 암석학과 화학, 지질학을 연구하는데 고요 대륙에서는 이들 학문을 따로 구분하지 않는다. 조산술과 그 효과에 관한 조산학을 전문으로 연구하는 일부 지하학자들도 있다.

커쿠사(Kirkhusa)

중간 크기의 포유류로 애완용으로 기르거나 집이나 가축을 보호하는 데 이용한다. 평소에는 초식성이지만 계절이 오면 육식성으로 변한다.

펄크럼(中心軸, Fulcrum)

이빨의 계절 이후 구 산제 제국이 창립한 준(準) 군사 조직(제국력 1560년). 본부는 유메네스에 있지만 대륙 전체를 최대한 넓게 보호하기 위해 남극권과 북극권에도 각각 위성지부가 설치되어 있다. 펄크럼에서 훈련받은 오로진("제국 오로진"이라고도 한다)은 합법적으로 조산술을 행할 수 있는 유일한 이들로 그 외에는 모두 불법으로 간주되며, 조산술을 사용할 시에는 반드시 펄크럼의 엄격한 규칙을 준수하고 수호자들의 엄중한 감독을 받아야 한다. 펄크럼은 자율적으로 관리되며 자급자족으로 운영된다. 제국 오로진은 이른바 "검은 옷"이라고 불리는 검은색 제복을 입고 있어 쉽게 구분할 수 있다.

해안인(海岸人, Coaster)

해안지방 향 사람들을 부르는 말. 해안지방 향은 암초를 제거하거나 쓰나미 방재책을 마련하기 위해 제국 오로진을 고용할 만한 경제적 여력을 갖춘 곳이 드물다. 따라서 해안지방 도시들은 끊임없이 도시를 재건해야 하며 그 결과 만성적인 자원 부족에 시달리는 경향이 있다. 서부 해안인은 대개 피부색이 옅고 머리카락은 직모이며 종종 몽고주름이 있다. 동부 해안인은 피부색이 짙고 곱슬머리이며, 역시 때때로 몽고주름이 있다.

향(鄕, Comm)

공동체. 제국 통치 체제를 구성하는 가장 작은 사회정치 단위. 대개 도시나 마을에 해당하며 대도시는 여러 개의 향으로 구성되기도 한다. 향의 구성원으로 받아들여지면 비축품을 배급받고 신변을 보호받을 권리를 부여받는 한편, 그 대가로 세금이나 다른 방법을 통해 향의 발전에 기여해야 한다.

향명(鄕名, Comm Name)

대부분의 주민들이 갖고 있는 세 번째* 이름. 어떤 향에 소속되어 있고 어떤 권리를 보유하고 있는지를 알려 준다. 향명은 보통 사춘기 때 부여받는데, 공동체의 중요한 구성원으로서 한 몫의 성인으로 인정받는다는 의미가 담겨 있다. 외부에서 온 이주자도 입향을 신청할 수 있으며, 향민으로 받아들여질 경우 새로운 향명을 사용할 수 있다.

혁신자(革新者, Innovator)

일곱 가지 기본 쓰임새신분 중 하나. 창의력이 뛰어나고 실용 학문에 재능을 지닌 이들이

* 한국어판에서는 번역 어순상 향명이 중간에 위치한다. 예)라스크, 티리모의 혁신자(Rask Innovator Tirimo)

선택되며, 계절이 닥치면 기술적인 문제나 물자 보급 문제를 해결한다.

회발(灰髮, ashblow hair)

산제인 특유의 인종적 특성. 번식사 쓰임새신분에게 특히 유용하게 여겨지기 때문에 번식사를 선발할 시 선호된다. 회발은 머리카락이 유독 굵고 억세며, 처음에는 위로 넓게 퍼지듯이 자라다가 길이가 길어지면 얼굴과 어깨 위로 늘어진다. 산성에 강한 내성을 지니고 있으며, 물에 담가도 잘 젖지 않고 자연재해 등 극한 상황에서도 재를 잘 거르는 장점을 지닌다. 대부분의 향에서는 번식사를 선발할 때 회발의 질감만을 중요하게 여기지만 적도권에서는 대개 머리색이 진짜 '잿빛'인 번식사(날 때부터 선천적으로 머리카락이 흰색이나 회색)를 선호한다.

후레자식(-子息, barstard)

쓰임새신분 없이 태어난 사람. 즉 부친이 누군지 알 수 없는 남성에게만 해당된다. 자신의 유용성을 입증한 사람은 향명을 받을 때 모친의 쓰임새신분명을 사용하도록 허락받을 수도 있다.

흔들(地震, Shake)

지진 활동으로 인한 땅의 움직임.

감사의 말

휴. 상당히 오래 걸렸다.

내게 『석조 하늘』은 단순히 3부작의 완결편이라는 것보다 더 큰 의미를 지닌다. 이 책을 쓰던 중 여러 가지 면에서 삶에 커다란 변화를 겪었기 때문이다. 가장 먼저 나는 낮에 일하던 직장을 그만두고 2016년 7월부로 전업 작가가 되었다. 나는 내 일을 정말로 좋아했다. 인생에서 결정적인 전환점을 앞둔 사람들이 가장 건전한 결정을 내릴 수 있게, 혹은 그럴 수 있도록 살아남게 도와주는 일이었으니까. 나는 지금도 내가 작가로서 사람들을 돕고 있다고 느낀다. 어쨌든 적어도 내 글에 얼마나 큰 감명을 받았는지 편지나 인터넷 메시지를 보내는 사람들을 보면 그런 것 같다. 하지만 직장 일이 가져다주는 고뇌와 보상은 훨씬 직접적이었다. 솔직히 예전의 일이 많이 그립기도 하다.

아. 하지만 오해는 말도록. 일을 그만둔 건 필수적이고도 바람직한 변화였다. 작가로서의 내 커리어는 모두 최선의 방향으로 발전

했고, 나는 글을 쓰는 게 좋다. 다만 내가 겪은 변화를 돌아보고 잃은 것이 있으매 얻은 것도 있음을 고찰하는 것이 내 천성일 따름이다.

변화는 2016년 5월에 시작된 패트리언 캠페인(창작자 크라우드펀딩)에서 정점에 달했다. 한편 그보다 우울한 쪽으로는…… 패트리언 펀딩은 2016년 후반부터 2017년 초반까지, 내 어머니의 생애 마지막 시간 동안 온전히 그분께 헌신할 수 있게 해 주었다. 나는 개인적인 이야기를 잘 하지 않는 편이지만 독자 여러분이라면 「부서진 대지」 3부작이 무엇보다 모성과 어머니를 극복하기 위한 시도임을 눈치 챘을 것이다. 우리 어머니는 지난 몇 년간 힘든 시간을 보냈고, 나는(돌이켜보면 내 소설들은 대부분 작품의 토대가 어디 있는지 뚜렷하게 드러나는 편이다.) 어느 정도 어머니의 죽음이 다가오고 있다는 사실을 예상하고 있었던 것 같다. 어쩌면 마음의 준비를 하려고 했던 것인지도 모른다. 그런데도 막상 그때가 되자…… 하지만 대체 누가 안 그럴 수 있겠는가.

그런 이유로 모두에게 감사하고 싶다. 가족, 친구들, 에이전트, 내 패트리언 후원자들, 오비트 출판사의 친구들, 새 편집자와 전 직장 동료들, 호스피스 직원들, 문자 그대로 내가 어머니 일을 극복할 수 있게 도와준 모두에게 감사한다.

그리고 그들의 존재야말로 내가 여행과 입원, 스트레스, 그리고 어머니가 돌아가신 뒤 무수한 행정적 모욕과 무례한 언동을 겪은 뒤에도 『석조 하늘』을 시간 내에 탈고하기 위해 부단히 노력한 이유이기도 하다. 이 책을 쓰던 시기에 나는 분명 최상의 상태는 아니었지만 이것만은 분명히 말할 수 있다. 이 책에 그려진 고통은 진짜 고통이다. 분노는 진짜 분노이다. 그리고 사랑은, 진짜 사랑이다. 여러분은 이 여정을 나와 함께했고, 언제나 내가 얻은 것 중에서도 가장 좋은 것을 얻게 될 것이다. 그게 바로 내 어머니가 원하셨던 것일 테니까.

옮긴이 | 박슬라

연세대학교에서 영문학과 심리학을 전공했으며, 현재 전문 번역가로 활동 중이다. 옮긴 책으로는 『스틱!』, 『부자 아빠의 투자 가이드』, 『페이크』, 『골리앗의 복수』, 『숫자는 거짓말을 한다』, 『구름 속의 죽음』, 『패딩턴발 4시 50분』, 『사라진 내일』, 『샤르부크 부인의 초상』, 『한니발 라이징』, 『아머』, 『칼리반의 전쟁』, 『몬스트러몰로지스트』 등이 있다.

석조 하늘 부서진 대지 3

1판 1쇄 펴냄 2020년 11월 20일
1판 3쇄 펴냄 2022년 6월 3일

지은이 | N. K. 제미신
옮긴이 | 박슬라
발행인 | 박근섭
편집인 | 김준혁
책임 편집 | 장은진
펴낸곳 | 황금가지

출판등록 | 2009. 10. 8 (제2009-000273호)
주소 | 06027 서울 강남구 도산대로 1길 62 강남출판문화센터 5층
전화 | **영업부** 515-2000 **편집부** 3446-8774 **팩시밀리** 515-2007
홈페이지 | www.goldenbough.co.kr

도서 파본 등의 이유로 반송이 필요할 경우에는 구매처에서 교환하시고
출판사 교환이 필요할 경우에는 아래 주소로 반송 사유를 적어 도서와 함께 보내주세요.
06027 서울 강남구 도산대로 1길 62 강남출판문화센터 6층 민음인 마케팅부

ISBN 979-11-5888-484-0 04840(3권)
979-11-5888-485-7 04840(세트)

㈜민음인은 민음사 출판 그룹의 자회사입니다.
황금가지는 ㈜민음인의 픽션 전문 출간 브랜드입니다.